台湾研究系列

回归中国

徐秀慧◎著

九州出版社 JIUZHOUPRESS | 全国百佳图书出版单位

图书在版编目（CIP）数据

回归中国 ：光复初期台湾的文化场域与文学思潮 ：
1945—1949 / 徐秀慧著. -- 北京 ：九州出版社,
2023.11

ISBN 978-7-5225-2583-9

Ⅰ. ①回… Ⅱ. ①徐… Ⅲ. ①台湾文学－文学研究－
1945-1949 Ⅳ. ①I209.958

中国国家版本馆CIP数据核字(2024)第060187号

回归中国：光复初期台湾的文化场域与文学思潮：1945—1949

作　　者	徐秀慧 著
责任编辑	肖润楷
出版发行	九州出版社
地　　址	北京市西城区阜外大街甲 35 号（100037）
发行电话	(010)68992190/3/5/6
网　　址	www.jiuzhoupress.com
印　　刷	北京捷迅佳彩印刷有限公司
开　　本	720 毫米 ×1020 毫米　16 开
印　　张	27
字　　数	320 千字
版　　次	2024 年 4 月第 1 版
印　　次	2024 年 4 月第 1 次印刷
书　　号	ISBN 978-7-5225-2583-9
定　　价	86.00 元

推荐序

深深祝愿两岸同胞未来能够携手同行

吕正惠

（福建师范大学闽台区域研究中心兼任研究员）

1999 年到 2004 年间，秀慧在台湾清华大学中文系修读博士，本书就是在她博士论文的基础上修改而成的。以我看来，在有关台湾文学的博士论文中，这是较优秀的一本。我想在这篇序言里说明，从 20 世 80 年代后半期开始，台湾文学为什么会逐渐成为大家关心的话题。这样，我们才能理解秀慧这本博士论文在选题上的独特性，以及她的研究成果所显示的意义。这本博士论文奠定了她的研究方向，而且最终导致她放弃在台湾已有的教职到大陆寻求发展。这个结局看来有点意外，但回顾来看，也并非纯属偶然。

1971 年 10 月 25 日，联大通过决议，恢复了中华人民共和国在联合国的合法席位，这样台湾地区在“国际上的地位”立即产生了问题，这让生活在台湾地区并受到国民党长期教育的台湾人感受到了强烈的危机。在这之前，台湾人可以很自然地说他是中国人，在这之后他就不知道该如何表明自己的身份了。在国民党的教育下，大陆长期被说成是“为共匪所窃据”，所以它是“匪区”。现在“匪区”被联合国恢复合法席位，台湾人一时难以适应这种“意外”的结果。

关于这个问题，可以有两种思考方式。第一种方式会质疑，中华人民共和国为什么在长达二十一年的时间里，不能在联合国获得中国代表权，而只占据台澎金马这么小的地区的“中华民国”竟然可以“代表中国”。在国民党的教育下，会有这种想法的极其稀少，但还是有一些。从国民党的立场来看，这些人竟然认同“共匪”，那当然是“叛乱犯”，譬如20世纪60年代的陈映真就因此而被捕。1987年台湾解除“戒严令”以后，有这种想法的人虽然不再会被逮捕，但在台湾的处境还是非常艰难的。我是从1971年开始思考这个问题的，并在20世纪八九十年代之交认识到，承认中华人民共和国的合法性是唯一可能的选择，从当时台湾一般人的眼光来看，我当然被归为统派，并被认为是难以理解的。

当时大部分的台湾人不可能这样思考。既然他们长期把共产党视为“共匪”，把大陆视为“匪区”，他们就不可能认同现在已经被联合国恢复合法席位的中华人民共和国。这些人中有些人还是长期反对国民党的，但在对大陆的看法上，仍然继承了国民党的偏见。就是在这种认同的困境下，台湾人开始关心台湾的历史与文化，想要从中寻求解决之道。这种想法本身，其实多少蕴含了脱离大陆、另外寻求自己前途的可能性，其实这就是“分离主义”的苗头。当时一般人不可能想得这么清楚，但其思考方向无疑会导致这样的结果。当时还无法从政治上直接谈论台湾前途问题，但借着谈论台湾文学，并在其中隐含自己的政治取向，虽然有点迂回，但还是比较安全的。以上所说的这些，大概是20世纪八九十年代之交台湾文学突然成为文化界热门话题的主要原因。

到了秀慧在1999年考上台湾清华大学博士班时，文化界的统“独”分野已经相当明确，在这种情况下她还找我担任博导，至少表明她不会是“独”派，而且可能更倾向统派。在这之前，曾健民医生已经从日本回台湾地区定居，并且和陈映真一起主持台湾社会科学研究会，想要探讨当前台湾社会的性质。曾医师跟我说他搜集了一批光复初期的资料，问我有没有学生可以利用这些资料来写一本博士论文。我立即想到秀慧，并且希望她考虑考虑。她稍加考虑后，就同意了这个选题。秀慧把曾医师提供的资料仔细阅读后，感到很困惑。她跟我说资料所显示的讯息，和她在学界所听到有关台湾文学的论述，好像有很大的矛盾。此后我们的讨论，就集中在如何解决这些矛盾上。我跟秀慧说，你原先所接受的一些观念实际上是“台独”派的观念，你现在应该更认真地阅读这些原始资料，先整理成自己的系统认识，凡是碰到跟这些资料不合的观念，都要想办法加以反驳。如果你觉得，你有能力利用原始资料来反驳这些“台独”派的论点，那就表示你已经形成自己的见解，就可以开始写论文了。其后几年，秀慧确实非常认真，除了反复阅读原始资料、寻找更多的原始资料外，还跟日本学者横地刚先生请教，并且随时阅读陈映真和曾健民所写的一些文章，以帮助自己整理思绪。这样经过几年的努力，终于把论文写出来。秀慧的论文让很多人（包括“台独”派和国民党派）都很惊讶，因为资料极其完整，所有论述都是根据资料而来，没有不合情理的地方，因此得到很高的评价，很快就找到教职。这本论文后来还申请到编译馆的补助，很快就于2007年由稻乡出版社出版。

秀慧在写博士论文期间，逐渐发现“台独”派学者常常没有独立的学术观点，为了宣扬他们的“台独”论，他们根本不在乎他们的立论是否在学术上站得住脚。秀慧在本书的引言中谈到“台独”文学论的鼻祖叶石涛，在1991年时还说“光复初期的知识分子最大的心理症结，并非现实的统独之事，而是马克思主义的蔓延”，“绝没有分离主义的倾向，倒有左倾思想却是事实”（见本书引言2—3页）。叶石涛讲这些话，是自己的经验之谈，他在“二·二八事件”后，亲身经历到“左”倾思想在台湾知识界的蔓延，那时候根本没有统“独”之争。可是，在同一时段内，叶石涛又在另一些地方宣扬台湾文学内部“省籍对立”的观点。从这个观点再往前进一步，就会形成“台湾文学是台湾人的文学”“外省人的文学不是台湾文学”这种极端的立场。叶石涛从游移不定，到最终确定自己的“台独”立场，是在民进党的政治势力完全站稳了以后。在博士论文的写作期间，秀慧终于认识到一些“台独”论者其实并没有始终如一的立场，有的只是政治上的机会主义，什么时机该讲什么话就讲什么话，这哪里算得上“学术研究”。

以叶石涛为代表的“台独”派的台湾文学论的另一特点是，当他们形成自己的台湾文学史论以后，后继者即不断地重复、加强这一论述，经过反复宣说，在文化界“形成共识”，仿佛是定论。此后即使遭遇到强有力的反驳，他们也完全置之不理，仿佛这些反驳完全不存在，并继续宣扬他们的史论。譬如叶石涛在《台湾文学史纲》这本书中特别突出台湾文学史上的三次论争，第一次是20世纪30年代的“台湾话文论争”，第二次是1947年发生在《新生报·桥》副刊上关于台湾文学未来发展方向的论争，第三次是20世纪70年代的乡土文学论争。叶石涛认为，这一系列的论争，“在台湾文学发展的历史性的每一个阶段犹如不死鸟再次出现”，证明台湾文学一直坚持追求自己的“主体性”。实际上，叶石涛按照自己的需要，完全扭曲了这三次论争的性质，根本无法以当时的资料来佐证。其后，笔者和赵遐秋对于第一次论争、陈映真和曾健民对于第二次论争，应用了历史资料，以当时的背景为基础，提出了更合理的诠释，但“台独”派却对这些说法从不辩驳，这就有一点像是将它们“冷冻”起来，让它们不会引起注意。至于叶石涛关于20世纪70年代乡土文学论争的说法，就更为离谱，因为当时的乡土文学主要是以陈映真的理论为代表，而叶石涛当时所写的唯一一篇文章《台湾乡土文学史导论》还遭到陈映真委婉的批驳。

秀慧的博士论文即是以光复初期台湾的文化场域作为研究对象，从更广泛的角度来论证，光复初期的台湾文学和文化其实是非常复杂的，根本没有办法以“台独”派的视角来加以诠释。正如前面已经说过的，她的论文在学术上获得很高的评价，但对当时流行的“台独”文学论根本没有任何影响，就像以前曾健民、陈映真和笔者的文章一样。这根本无法形成所谓的学术论争，真正产生影响的却是政治势力的大小。“独”派的政治势力越来越大，群众越来越多，“独”派学者所占有的资源远胜过统派，统派的历史诠释不论多么合理，最终还是会被淹没，以至于很少人知道，甚至被忘却。这也就是秀慧博士论文所遭遇的命运，她虽然因为这篇论文而谋得教职，但这篇论文所呈现的深厚的学术功力，却无法在一个不友善的环境中，对她后来的发展产生积极的作用。

文学“台独论”立论的基础是在于，以极其歪曲历史的方式，否定了1945年日本战败后中国光复台湾这一事实。民进党后来根本不再使用“光复”一词，10月25日光复节这一天不再放假，就是最好的证明。在这之前，叶石涛的台湾文学史论已为此发出先声，其后陈芳明将国民党接收台湾，称之为对台湾的“再殖民”，不过是这种议论的进一步发展而已。秀慧的博士论文将1945至1949年这关键的四年作为研究对象，终于完全了解了，从“台湾光复”到国民党当局于1949年退踞台湾，是一个非常复杂的历史现象，绝对不能像叶石涛、陈芳明，以至于整个民进党那样，以极其扭曲而简化的方式来加以表述。因此可以说，秀慧写作这本博士论文的过程，也是她认识台湾史的过程，她终于成为一个坚定的统派。

因为这一缘故，秀慧在台湾学术界的发展碰到一些困难。她和大陆学界的交流非常频繁，更愿意把论文发表在大陆刊物上；而台湾学界一向自以为是，轻视大陆刊物上的论文，认为水平不够，不知道秀慧的某些论文所发表的地方是大陆的一流刊物。她当时所碰到的院领导，是一个非常顽固的“台独”派，这导致她在升教授时受到刁难，让她非常生气。

2014年的所谓“反服贸运动”，把全岛的“反中”浪潮又推向另一波高潮，非常歇斯底里，让秀慧完全不能忍受，因为她发现一向交往的朋友中竟然也有些人受到影响。那时候我已从台湾淡江大学退休，正在重庆大学客座，她写信向我诉苦，觉得日子很难过。第二年我回台湾后，她跟我说，“反服贸运动”的闹剧终于让她理解，我在20世纪90年代为什么会那么孤独。我面对的是全岛第一波的“反中”浪潮，让我难以接受，因此才下定决心加入陈映真领导下的中国统一联盟。现在的秀慧就像当年的我，不过，现在她已经可以考虑到大陆就业了，而那个时候的我根本没有这种可能性。秀慧又考虑到，如果她两个非常聪明而可爱的小孩继续留在台湾受教育，前途恐怕难以想象。她开始寻找大陆教职，很幸运被福建师范大学所录用，而且待遇比她想象的要好得多。2020年新冠肺炎疫情暴发以后，我们一些受困在台湾的统派朋友，每天面对蔡英文“跪舔”美日、仇视对岸同胞的那种丑态，想起定居在福州的秀慧一家，都不由得产生了歆羡之情。

现在秀慧的博士论文就要在大陆出版了，她希望我写一篇序，我也知道我应该写。2019年11、12月我到大陆办事，年底回到台湾后，因受新冠肺炎疫情影响，困守台湾已经一年半。看到世事的变化，知道中国的完全统一已经为期不远，在期待中既充满了焦虑，同时也满怀希望。我相信秀慧一家在大陆的未来日子里，一定可以过得很幸福。而两岸同胞被有心人操弄出来的敌对情绪，也终将在国家的统一中消失于无形，一起为祖国的伟大复兴携手同行。

吕正惠

2021.6.25

目 录

引言

第一节　研究动机与问题意识

光复初期的台湾研究在21世纪日渐受到重视，起因于台湾地区的身份认同的分化与对立，从而影响台湾文学史的分期与定位的问题，首先对此一研究轨迹稍作回顾后，以提出笔者的问题意识。

1971年中华人民共和国在联合国恢复代表权，台湾地区的国民党当局在国际关系中失去代表中国的法理性，在岛内引发了关于文化主体性的思考。民间社会开始展开关于日本殖民统治时期台湾史的挖掘，同时开启了台湾文学的研究风气。相应于出版业着手日本殖民统治时代台湾文学的出版，学院里台湾文学的研究也蔚为风潮。1987年2月，叶石涛出版了《台湾文学史纲》，如今回顾，可说是台湾文学转向“本土化”的分水岭，大有为台湾文学定调之势。日后的研究者大抵以《台湾文学史纲》按图索骥进行更深入的研究，基本上不脱叶石涛的台湾文学史观。

叶石涛关于台湾文学“本土化”的论述，始于乡土文学论战拉开序幕不久，1977年5月他在《台湾乡土文学史导论》一文中以“台湾意识”定义台湾乡土文学的内容与性质。隔月，陈映真随即以《“乡土文学”的盲点》一文针对叶石涛的乡土文学史观具有“分离主义”的倾向提出异议。对陈映真的观点虽然有《夏潮》杂志系统的人士，在20世纪80年代初“中国结”与“台湾结”的论争中继续阐发，[1]不但有留日学者戴国煇声援，日后在学院里也有王晓波、吕正惠等人呼应持续批判“本土化”的“台独”论述，但仍旧不敌“本土化”的浪潮。

20世纪90年代以后，在现有的台湾文学研究基础上，重新编写一部更细致更深入的文学史的呼声日益高涨，1999年陈芳明的《台湾新文学史》开始在《联

---

[1]　有关此一论争可参考［陈芳明（施敏辉）编：《台湾意识论战选集》，台北：前卫出版社1995］。

合文学》连载，接续叶石涛“本土化”的台湾文学史观，并且呼应2000年后执政的民进党当局采取“去中国化”的政策，将战后国民党政权的接收与统治定义为“外来政权”的“再殖民时期”。陈芳明撰写的《台湾新文学史》在《联合文学》连载一年后，2000年的夏天，陈映真与陈芳明为了台湾社会性质与文学史观的问题，尤其针对陈芳明定义台湾文学史的分期：从“1945年国民政府的接收台湾，到1987年戒严体制的终结”为“再殖民时期”[1]，展开了持续一年多的长期笔战。引人注目的是两人面对光复初期同样的文学史料，却有南辕北辙的历史解释。这场文学史观的笔战，其实是20世纪80年代“中国结”与“台湾结”论争的延续，牵涉的是台湾社会甚嚣尘上的身份认同的论争。这场文学史观的笔战，说明了台湾文学的研究，各方的注意力已从日本殖民统治时期的文学寻根逐渐扩大到其他时期的研究，尤其是对于光复初期的文化研究，继20世纪90年代的热潮，俨然有持续加温之势。2000年民进党执政后，各大学高校也纷纷开设台湾文学相关的课程，台湾研究系、所林立，台湾文学也迈入学科化进而体制化的阶段。

笔者在阅读前人的研究文献时，发现大多数的研究往往局限于孤立台湾情势，而忽略了战后台湾复归中国，在国共内战的局势下，台湾受制于内战情势的影响，同时也受制于世界性冷战结构形成期间国际情势的影响。因此研究此一时期的台湾文学，除了研究国民党政权的接收，还不能避谈当时左翼思潮的影响。叶石涛在20世纪90年代初还曾说过“光复初期的知识分子最大的心理症结，并非现实的统独之事，而是马克思主义的蔓延”，“绝没有分离主义的倾向，倒有左倾思想却是事实”（叶石涛，1991）[20]。叶石涛这段亲身经历的历史证言，却常常被其后继者刻意忽略，改从统、“独”的角度去诠释光复初期的文学思想。因此我们有

[1] 陈芳明在《台湾新文学史的建构与分期》一文中认为台湾新文学运动历经三个阶段的发展：“第一个殖民时期”（1895—1945）、“再殖民时期”（1945—1987）以及“后殖民时期”（1987—）。文中指出：“来台接收的台湾行政长官公署，无论在权力结构或组织规格上，都是日本台湾总督府的翻版。”政治的特殊化加上经济统治政策，形成“高度的权力支配的形式，迫使台湾社会沦为再殖民的时期。也正是透过政治与经济的双重钳制，战后初期的文化霸权论述终于能够次第建构起来”。又说：“从殖民者与被殖民者的架构来看，战后初期台湾社会的文化支配就已形成，一方面是中原·中心文化，另一方面是边疆·边缘文化；一方面是中国化的优势，另方面是被奴化的劣势。陈仪政府利用国家权力与文化权力的重叠关系，对台湾社会进行帝国主义式的控制。日本殖民体制诚然已经消失，但是帝国文化与卫星文化的关系并没有因国民政府的接收而产生变化；相反的，这种宰制的结构更加强化而巩固。”因此他提出：“必须从再殖民时期的观点来看战后初期的台湾文学，才能够理解当时台湾作家的心里深层结构。”见陈芳明，1999：164。

必要回到当日的文化情境，探索文化人左倾的历史、社会与心理等等因素。

首先令笔者疑惑的是从日本殖民统治时期的社会、文化研究中，几乎都不避谈社会主义的思潮与艺术表现，但到光复初期这部分却突然被“噤声”一般，或仅剩一连串的“牺牲就义”事迹，对于行动者的动机，必须联系到整体社会文化思想的讨论，截至目前，缺乏全面的考察。甚至许多研究焦点因围绕“二·二八事件”，往往从“身份认同”的问题意识出发，掩盖了“二·二八事件”中“社会改革”的要求。包括笔者一开始接触这个时期的文献史料时，也是希望能厘清当时台湾人的身份认同在“政权转换”之际发生了什么样的转折。但当笔者深入史料之后，随即发现这个问题虽然困扰着当时的文化人，但更多的时候，“台湾的出路”问题是与“社会改革”、“民主体制”建立、“反内战”与“和平建国”等问题相联系的，这使笔者不得不重新调整自己的问题意识。

有关光复初期的文化研究，因牵涉到战后台湾“认同政治”的议题，往往成为历史解释权的争夺战。但若是诉诸自身先验的身份认同的诠释，一味带着当下身份认同的意识，去追问对光复初期文化人而言还不构成现实的问题，如此面对历史的态度不免粗疏。因此，唯有放下眼前关于台湾人的“身份认同”的争议，深入分析光复初期社会文化思想的脉络，才能对当时文化人的处境与抉择有深刻的理解，也才能得到以史为鉴的契机，否则我们恐怕还是会与这段与我们当今的处境息息相关的历史错身而过。经过一段时间的搜罗，笔者发现光复初期许多文化史料确实有待梳理，才能掌握知识分子如何因应政局的演变，将“台湾的出路”的问题投射到“重建台湾文化”的思维。

本书的动机即在厘清光复初期政治、经济、社会、文化等等权力场域对文学生产的影响，分析光复初期报刊所形构的文化场域，以及作用于此一文化场域的国民党派系政治与知识分子、人民团体之间各方势力的角力；借此探究文化人在文化场域的介入与实践，以及他们和官方文化宣传的意识形态或重合或对抗的内容。在此基础上，再进一步探讨与文化人的社会、文化实践相应的文学思潮，以及两岸文化人如何重估、继承日本殖民统治时期与五四新文化运动以来的文化资产，如何与战后的现实处境对话，他们对台湾文学的性质与方向的讨论呈现出怎样的历史意义？

对这些问题的厘清，首先将有助于理解光复初期的文化人，在尚未经过后来国民党官方意识形态压制时，他们如何对日本殖民地时代的文化遗产进行评价，如何思索台湾文化的“主体性”与现代性的问题；其次将有助于对战后台湾文学发展的结构性社会因素有更清楚的认知。笔者希望这对台湾文学的定位，或影响文学史分期的社会性质问题，能发挥一些澄清纷争、分歧的可能性。

第二节　文献回顾与研究方法

首先回顾目前涉及台湾光复初期文学研究与文化研究的成果，再提出笔者的方法论。

针对光复初期台湾文学内在发展的研究，始于 1984 年的《文学界》杂志刊登一系列光复初期的作品以及伴随刊出的评论文章，包括：叶石涛的《流泪撒种的，必欢呼收割——光复初期的日语文学》，林梵（林瑞明）的《让他们出土》与彭瑞金的《记一九四八年前后的一场台湾文学论战》等三篇论著。叶石涛在评论《中华日报》龙瑛宗主编日文栏《文艺》副刊的日文作品时，已初步提出他对“光复初期”的文学评价：“（台湾作家）从战争的重压下复苏，极欲继续完成他们未完的事业——建立富于本土色彩的文学跻身世界文学之林。”（1984）[3] 林瑞明对《台湾新生报·桥》副刊上的省籍作家的小说选刊作了导论，肯定主编歌雷“识见深远，鼓励台湾作家创作，对当时的文学运动，有不可抹灭的贡献”（1984）[215]，并花了相当的篇幅分析叶石涛以“二·二八事件”为背景的小说《三月的妈祖》。彭瑞金综论了《台湾新生报·桥》副刊论争的来龙去脉，并综括这段论争，“省内外作家一致服膺‘新现实主义’，主张‘人民的’文学，也一致肯定台湾文学具有特殊性，具备共同的意识形态，也同时具有推动台湾文艺工作的炽热情怀，然而却始终无力跨越之间的‘澎湖沟’”，省内外作家无一不抱着淑世的热情，“所有的歧见只是方法与步骤的不同……譬如对‘方言’问题的看法，省内作家的看法与做法比省外作家更保守更谨慎”，又举麦芳娴、林曙光对陈大禹实验的闽南语写的剧本《台北酒家》的讨伐为例，指出：“那个时代的省内外作家虽有某些无法克服的意识分歧，但却不是预存的对立意识或地域区分，只是对台湾文学的认识和建设的步调不同而已”（1984）[12-13]。彭瑞金的《记一九四八年前后的一场台湾文学论战》一文扩充后改题为《战后初期的重建运动（1945—1949）》，收录于《台湾新文学运动四十年》一书（1991）[33-64]，但上述所引的三段话在 1991 年的《台湾新文学运动四十年》中都已删除，显然对“战后初期”台湾文学背后隐含的“身份认同”的论断，因“解严”后言论自由的开放，使彭瑞金强化了省籍分野，因而指出：“关于台湾文学建设理论的争论……差不多就在省内、省外意识分野上决定了他们的立场”。（1991）[57] 但是上述被“删除”的论点，至少在笔者看来，却是比较能客观、持平地贴近当时文学论争的分析。

日后叶石涛《台湾文学史纲》第三章《四〇年代的台湾文学》（1987）除了综合以上三文的论点，又对当时比较重要的文学杂志与报纸副刊予以介绍。其中，叶石涛延续彭瑞金的看法，对光复初期省内外作家在《台湾文化》、《台湾新生报·桥》副刊的合作、交流都持肯定的态度。然而，彭瑞金也指出了《台湾新生报·桥》副刊论争中省内、外作家立场的不同：“省内作家倾向于综合台湾历史与地理环境特质来发展台湾文学的特性，省外作家多半怀着‘特殊’宽容的心情和眼色，以抚平历史伤痕、推动地域上的边疆文学祖国化为鹄的，的确存在着不易媾和的歧异。”（1984）[12] 日后，叶石涛的《台湾文学史纲》在彭瑞金的立论基础上，出现下文这段话：

> 省外作家与省籍作家的歧见并没有经过这一次论争而获得厘清，而这种见解的对立犹如甩不掉的包袱，在台湾文学发展的历史性的每一个阶段犹如不死鸟（phonenix）再次出现，争论不休。在 1970 年代的乡土文学论争里，历史又重演，到了 1980 年代更有深度的激化。（1987）[77]

叶石涛此一论断显然否定了彭瑞金在《文学界》根据当时出土的作品所分析的：省内外作家“不是预存的对立意识或地域区分，只是对台湾文学的认识和建设的步调不同而已”（1984）[12-13]。叶石涛此一以“省籍意识”区分文学立场对立的论点，后来彭瑞金在《台湾新文学运动四十年》中的一章《战后初期的重建运动（1945—1949）》也继续阐发，指出《台湾新生报·桥》副刊上的外省作家据以指导台湾文学的发展，是“用写实或新写实主义包装的代表左翼文人、具有浓厚普罗意识的文学主张，成为自说自话，未能得到台湾作家的热烈共鸣……因为台湾作家另有所思”（1991）[50]。至此则推翻了他在 1984 年的论点：“省内外作家一致服膺‘新现实主义’，主张‘人民的’文学，也一致肯定台湾文学具有特殊性，具备共同的意识形态，也同时具有推动台湾文艺工作的炽热情怀……所有的歧见只是方法与步骤的不同”（1984）[12-13]。虽然后来彭瑞金在《〈桥〉副刊始末》一文还是肯定了《台湾新生报·桥》副刊对台湾文学的善意：

> 二·二八事件并没有造成文学的本省、外省壁垒分明，《桥》所致力的沟通工作，经由辩论，虽未必达成一致的结论，却有明显的互相了解，如果不是此一具有善意、良性的沟通管道后来被横刀截断，《桥》的确已经引渡、潜化了台湾文学与中国文学交流所衍生的问题，也可能使战后的台湾新文学的建设走上比较平顺的道路。（1997）[38]

但彭瑞金更强调：

> 台湾文学是中国文学的一支流，并朝向中国文学的目标发展是“未经辩论便被默认”，立下“依政治权力接掌文学”的“恶例”，外表看来“本土与外省作家呈现分庭抗礼的对等局面，实质上夹杂在‘中国文学之一环’、‘边疆文学’及‘地域性’等论述之间的台湾文学，已经从台湾文学的活动场域里，退居客位。”（1997）[47]

到了游胜冠的《台湾文学本土论的兴起与发展》即延续叶石涛、彭瑞金以“省籍意识”区分文学立场的诠释，进一步说明战后四年“中国正统”意识对“台湾”特性与自主性的扼杀（1996）[143-145]。之后，陈建忠出版《被诅咒的文学：战后初期（1945—1949）台湾文学论集》（2007），其中《战后初期台湾现实主义思潮与台湾文学场域的再建构——文学史的一个侧面》一文，区分大陆、台湾“现实主义”传统的继承，指出：

> 战后初期新现实主义论争，是大陆普罗文艺路线之争的隔海延续；台湾带有左翼精神的现实主义文论与创作，则是本土文艺论争发扬与实践，前者被视为“一般化”的价值，具有与其他“中国化”话语一般的发言权，后者仅具有“特殊化”的价值，必须向“一般化”即“中国化”转化，这种文化场域中权力关系的不均等，并非因为他们都是反独裁、反国府的现实主义思潮就能够泯除差异。(2007) [208]

陈建忠此文运用了“文化场域”的概念，更加确立了彭瑞金的论点：“‘二·二八事件’后，台湾新文学运动最重大的变化就是台湾文学的主导权落入成为统治者认同的外省人手里”(1991) [45]，“外省作家反客为主，台湾作家只能作些被动的辩驳和澄清”(1991) [51]。

本书同样以“文化场域”作为考察文化活动的视角与方法，但与陈建忠有不同的观察，因为在对抗官方抹杀台湾的“特殊性”时，省外作家一样与本省作家同声谴责，“二·二八事件”后的文化场域的复杂性，除了“中国化”的文艺政策、省籍因素（外省作家占据副刊主编的文化领导权），还有如何因应国共内战、美苏冷战日益急迫的现实产生的意识形态上或文化选择的差异，而后者才是两岸文化人感到组织文艺阵线的迫切性的根源。“二·二八事件”加深了此一现实的迫切感，两岸文化人重新面对台湾文学的“特殊性”与“一般性”时，才有如何继承日本殖民统治时期的台湾新文学与五四新文化传统的文化资本、审美形式的讨论，在此历史脉络下谈论文化生产与社会关系的互相连带性，才更能贴近当时文化人论争的问题意识。

陈芳明在《联合文学》连载的《台湾新文学史：第九章　战后初期文学的重建与顿挫》、《第十章　“二·二八事件”后的文学认同与论战》(2001a、2001b)，将国民政府的接收视为外来政权，指出“战后初期”是国民政府的“再殖民时期”，并明显区分外省、本省作家文学立场的不同。例如他指出“台湾作家与中国作家能够互相结盟，就在鲁迅的介绍工作上找到了共同的基础”，但他断定台湾作家黄得时、杨云萍、龙瑛宗尊敬鲁迅是“视他为世界性文豪”，而杨逵与蓝明谷则“视他为弱势者的代言人，具有反迫害、反阶级的意识”；而“来台大陆左翼作家则凸显鲁迅的社会主义思想，视他为反封建、反独裁的象征”，这两股“抗日精神”与“五四精神”文学传统的结盟，因为陈仪政府极力予以阻挠并镇压，“二·二八事件”的发生，使双方结盟宣告中断（2001a）[161]。然而，根据笔者考察，不独是杨逵、蓝明谷，就是杨云萍、龙瑛宗，自然以中国出现一个“世界性的文豪”为荣，但他们也极为关注中国从“文学革命”到“革命文学”的发展。台湾文化人从20世纪二三十年代以来即分别透过中国大陆、日本对鲁迅左倾有清楚的认知，除了肯定鲁迅的现实主义的战斗精神是中国新文学的主流，也认为这是建设新中国与新台湾的希望之所在。

陈芳明还指出极力宣传鲁迅思想的许寿裳在1948年2月在家中遭到杀害，“现在已是公认陈仪政府所下的毒手”。事实上陈仪为许寿裳、鲁迅好友已广为人知，他力邀许寿裳赴台主持编译馆，“二·二八事件”以前的“鲁迅热”，根本就是陈仪任内所默许的；而许寿裳被杀，当政者已是魏道明省主席。在目前光复初期的研究中把一切罪责归诸陈仪政府，陈芳明并非特例，把国民政府视同铁板一块的论述恐怕无法厘清“二·二八事件”发生前、后的政治力源，更遑论深入探讨与权力场域一样交错多股势力的文化场域的复杂性。

1987年国民党当局解除戒严令后，从叶石涛、彭瑞金以来，上述研究者对台湾作家坚持台湾文学的“特殊性”已累积了相当多的研究论述。然而，对于光复初期的本省文化人援引“五四精神”“鲁迅战斗精神”作为“文化抗争”的方法；以及对于《台湾新生报·桥》副刊论争中省籍作家杨逵、赖明弘呼吁结成“文艺阵线”的用心；还有对于叶石涛当时发表在《台湾新生报·桥》副刊上的《一九四一年以后台湾文学》（1948.04.16）一文中，反省战争期“在日本帝国主义的弹压下，台湾文学走了畸形的，不成熟的一条路，我们必须打开窗口自祖国导入进步的、人民的文学，使中国最弱的一环能够充实起来”的论点，都略而不提。种种本省文化人致力于与“祖国文化”接轨的努力，实为整个文化界共同的时代氛围，都未被列入讨论。对于本省作家之所以强调台湾文学的发展方向与中国文学的“一般性”，不是缺乏相对的讨论，就是以“中国化”的“文化霸权”、外省人占据文化主导权的位置予以诠释。对外省作家同样力主台湾文学的“特殊性”，而与台湾作家并肩反对国民党官方抹杀台湾的“特殊性”，视而不见。笔者则认为坚持表现与力陈台湾文学的“抗议”传统的省籍作家，在“二·二八事件”以后还能打破“缄默”，愿意与外省作家携手合作，勇于陈述建设“台湾文化”的主见，那么论断他们在国民党当局的霸权底下，在外省作家面前“矮人一截”，未免太低估省籍作家的抗争性与战斗力。同时，无论省内、省外作家，不同的“行动者”本身，实由各自不同的“习性”与“美学品味”支撑他们的行动理念，需要更细致地与社会历史、个人身世经验联系讨论。

相关领域的学位论文，有许诗萱的硕士论文《战后初期（1945.08—1949.12）台湾文学的重建——以〈台湾新生报·桥〉副刊为主要探讨对象》（1999），花了相当的功夫整理《台湾新生报》的《文艺》副刊与《桥》副刊的论争与作品，以及龙瑛宗主编的《中华日报》日文栏的创作。许诗萱将《台湾新生报·桥》副刊上省内外作家的身份尽可能地考察出来，分析省内外作家作品的主题内容，并把本省作家在《台湾新生报·桥》上的诗作一一收录，有助于吾人掌握光复初期文学创作的特色。然而，许诗萱对《台湾新生报·桥》副刊的文学论争的讨论，还是在彭瑞金的论述基础上，代表着新生代的评论家也延续了叶石涛“扎根于台湾的特殊性，建立自主性的文学”的论点，进行叠砖砌墙的史料重建与研究分析的工作。另有蔡淑满的硕士论文《战后初期台北的文学活动研究》（2002），尝试以地区性的研究分析光复初期的台北文坛，在重建台北文化生态方面，除了报刊的发行，还述及文化沙龙、中山堂等地目标重要性，对掌握当时的文化氛围颇有贡献；但也因缺乏整体的关照，并不能凸显作为光复初期时空一部分的台北文坛有何特色。其中，对作家作品的归纳分析并未超出许诗萱的分析。

除了上述不超出叶石涛的文学史观之下的研究之外，叶芸芸《试论战后初期的台湾智识分子及其文学活动》（1989）是最早鸟瞰光复初期的报刊与文学活动的论文，在后继者何义麟（1996、1997a、1997b）和庄惠惇（1998）的持续考察下，“二·二八事件”以前报刊的发行已有较完整的研究与考察。相对来说，“二·二八事件”以后仅止于何义麟的表列，有待加强考察。陈昭瑛《光复初期“台湾文化”的概念》尝试以“民间汉文化”以及“新中国新世界的台湾新文化”两个面向分析，说明光复初期“台湾文化”的内容，是日本殖民统治时代被压抑的“传统文化”与“世界新思潮”的继承，至于这两种文化意识之间因对“汉文化传统中较腐败封建的部分”根本认知态度的不同，是否如陈昭瑛所言“光复之初，也不再看到精英阶层以歧视的眼光看待这些民间文化”（1998）[217-265]，笔者认为是有待商榷的。

1999 年，陈映真的人间出版社发行的“思想创作丛刊”《1947—1949 台湾文学论议集》比 1984 年的《文学界》更完整地刊出了《台湾新生报·桥》副刊的论争史料。石家驹（陈映真）以《一场被遮断的文学论争》一文对《台湾新生报·桥》副刊论争的议题作了导论，不以“省籍”为准则归纳这些议论的异同，历史地看待这些议论发生的社会根源（陈映真，1999a）[9-27]。陈映真又以许南村的笔名发表了《“台湾文学”是增进两岸民族团结的渠道——读杨逵〈台湾文学问答〉》，对杨逵在《台湾新生报·桥》副刊论争中辩证地总结台湾文学的“特殊性”与“一般性”的问题，放在马克思主义文艺理论在台湾的发展史中给予高度的评价（1999b）[32-44]。另外，曾健民的《建设人民的现实主义的台湾新文学》一文中，以“二·二八事件”为界，结合光复初期的重要时局转折，纲要性地总结、归纳此一时期文学思想的特质（2002）[155-202]。两位前辈关于历史的考证与理论方法的运用，让笔者深受启发。

日本民间学者横地刚的《南天之虹——把“二·二八事件”刻在版画上的人》（2002），虽是木刻画家黄荣灿的思想评传，但对整体光复初期台湾文化对“祖国”文化的“回归”与“交流”有相当精辟的考察与分析。横地刚不把台湾孤立起来，以实证的做法，收集、整理两岸大量的报刊史料，考察“二·二八事件”前、后台湾与上海之间的文化交流。他又陆续发表了《“民主刊物”と台湾の文学状况》（2003a）、《范泉的台湾认识——四十年代后期台湾的文学状况》（2003b）、

《由〈改造〉连载〈中国杰作小说〉所见日中知识分子之姿态——从鲁迅佚文/萧军〈羊〉所附〈作者小传〉说起》(2005a)、《一九四七年的"五四"文艺节——"缄默"如何被打破》(2005b)、《读〈第三代〉及其他——杨逵一九三七年的再次访日》(2007)共计五篇文章，论证了20世纪40年代后半期，台湾与大陆面对着相同历史困境，在政治、经济上逐渐一体化。在国民党当局退台前，台湾的文化界也与大陆上要求"民主化"的发展同步化。[1] 横地刚认为："台湾的近现代史并不是单纯的台湾的历史。它包含了中国近现代史以及中日关系史中最尖锐的矛盾(2002)[403]。"他借由研究20世纪40年代后半期台湾复归中国的困境，提出他对日本近现代化过程中文化、思想的反省。笔者深受横地刚先生研究的启发，从中获益良多。

另外，上述这些针对文学内在发展的研究，虽偶亦涉及当时的历史背景，但限于篇幅而缺乏与当时文学场域、权力场域联系起来观察，常止于在作家活动、单篇文章的"点状"讨论，或文化思潮的"线状"描述；对于文学生产与社会关系的横向面的联系研究则需再加强。而且对于文化思潮的分析，大都集中于由《台湾新生报·桥》副刊论战延伸出来的"台湾文化重建""新现实主义"的论争，这部分可说是目前较完整地被讨论的。除此之外，还有许多文化现象，或是文化人搏斗、抗争的历程都被忽略了。尤其是关于官方文化势力、政策与意识形态的讨论，几乎都被当作铁板一块地论述。事实上，官方文化势力与意识形态在"二·二八事件"前后的差异，对文化场域与文学生产的影响，是考察此一时期文化思潮的演绎不可忽略的力源。惟有厘清文化场域中复杂的权力角力，我们才能清楚认知文化界要"抗争"的"对立面"是什么，这是笔者的研究取径着力最多的部分。

其次，回顾有关光复初期文学发展的外在因素的研究文献，即文化研究的成果，包括：杨聪荣(1992)、蔡其昌(1994)、曾士荣(1994)、庄惠惇(1998)、黄英哲(1999)、陈翠莲(2002)等人的研究，大抵偏重在官方由上而下进行的文化重编的分析，与上述针对文学内在发展的研究缺乏联系，兹说明其论点与研

---

[1] 横地刚："四十年代后期，包括台湾在内的中国皆同处于摸索'抗战建国'到'和平建国'道路的历史潮流中，民众积极投身于政治协商会议所通过的《和平建国纲领》的实施，以及反对内战的民主运动。人们回顾历史，交流了不同的历史经验，在此基础上，向建设'民国'迈进。"见横地刚，2003b：82。

究成果如下：

杨聪荣在《文化建构与国民认同：战后台湾的中国化》中，探讨战后台湾“中国化”的文化建构，始于行政长官公署推行的“中国化”（去日本化）的“文化（心理）建设”政策（1992）。杨聪荣认为这种为了扭转殖民差异所实行的社会工程，漠视由殖民主义所造成的差异，想在最短时间抹除差异，对于清楚可以认知这个差异的后殖民之民，无疑是再殖民主义的同化主义（1992）[88]。杨聪荣认为虽然在光复初期文化上的分离主义运动仍未发展，具有社会基础的分离主义的出现，是国民党当局退台后，在建立“正统中国化”的同时而产生的对本地文化的贬抑，但是“国家暴力”的“中国化”的文化建构，是台湾社会出现“国民认同”莫衷一是之困境的根源。杨聪荣据此指出“中国化”的文化建构，伴随着“民族国家”的模式对“国民一致化”的要求，形成“民族国家”的暴力（1992）[115]。并期许台湾在寻求统一的“国民认同”的过程中，应减低官方主导文化发展方向的暴力性格，不再以民族文化的本质主义思维“同质化”不同族群、群体的文化差异。

蔡其昌在《战后（1945—1959）台湾文学与国家角色》（1994）的第二章中，运用路易·阿杜塞（Louis Althusser）的“国家机器”与葛兰西的“文化霸权”的理论视角，将文学生产放进整体“国家”运作机制及社会关系中进行结构性的外部考察。蔡其昌由此分析了战后初期的文学杂志与集团，探讨语言政策和“二·二八事件”对文学发展的影响，作为探讨20世纪50年代“反共文学”的“国策文学”形成主流时，台籍作家或消失在文坛、或沦落至边缘位置的社会、历史结构性因素的一部分。

曾士荣的《战后台湾文化之重编与族群关系》，除了探讨“国家机器”的作用，另外加入了族群（省籍）关系的视野，分析战后台湾文化的重编，因此有部分涉及台湾知识分子的回应，例如：台湾人的日本殖民统治经验对赴台大陆人的观感，还有台湾知识分子对“奴化”（日本化）论述的反驳。曾士荣的结论指出：经过“朝鲜台湾人产业处理办法”风波、“全省性汉奸检举运动”、到“范寿康失言”引爆的“奴化论争”，省籍对立不断升高，直到“二·二八事件”的爆发，基本上是一个省籍族群之间的冲突。"二·二八事件"以后的"三月镇压"，导致日渐淡薄的国家认同与民族认同（汉族中国人）被舍弃；而带有"国族性"（nationality）意涵的"本省人族群认同"终于形成（1994）169。

庄惠惇的《文化霸权、抗争论述——战后初期台湾的杂志分析》，则从知识、权力的角度，分析此一时期的杂志文化生产，她依据刊物发行者的背景，以外省/本省、官方/亲官方/民间创办为两大分类标准，进而分析杂志文化所呈现的"国族论述"文化霸权，及与其对抗的民间文化的"抗争论述"。庄惠惇认为国民政府挟接收前日本殖民政府的文化生产资源之势力，以"国家机器"建构一套"中国化"的"国族论述霸权"，民间的抗争论述仅能在此"国族共同体"的笼罩下，针对"台湾人受日本奴化"的指控提出反驳，并没有提出颠覆统治者的国族论述。庄惠惇的结论指出："民间的抗争论述都是在统治者'国族论述'所能够接受的尺度下，所进行的策略性建言，也就是说战后初期台湾民间反抗统治政权而产生的抗争论述，只是强调策略的运用而不是采取全面的反攻。因此可以说统治者的'国族论述'达到某种程度的成功，民间毫无察觉已被统治者收编于'国族共同体'之内（1998）203。"庄惠惇由此总结台湾的"主体意识"是建立在"台湾/人民/被统治者"的立场。

以上四位研究者，皆运用了路易·阿杜塞（Louis Althusser）的"国家机器"理论，考察国民党当局"压迫性国家机器"与"意识形态国家机器"如何对战后台湾进行"中国化"政策的文化的重编。

黄英哲的《台湾文化再構築 1945—1947 の光と影——鲁迅思想受容の行方》（1999）[1]，主要探讨长官公署的文化政策与文化机构，兼论台湾知识分子对

[1] 黄英哲的相关中文论著篇章有：《许寿裳与台湾（1946—1948）——兼论二·二八前夕长官公署时代的文化政策》，收入《二·二八学术研讨会论文集（1991）》，台美文化基金会发行，1992.03 二刷。《试论战后台湾文学研究的成立与现阶段台湾文学研究的问题点》，收入《台湾文学发展现象》，"行政院文化建设委员会"，1996.06。《战后初期台湾的文化重编（1945—1947）——台湾人"奴化"了吗？》，收入《何谓台湾？近代台湾美术与文化认同论文集》，"行政院文建会"策划，"台湾美术研讨会"出版，雄师美术月刊社，1997.02.28。《台湾省编译馆研究（1946.8—1947.5）》，见张炎宪、陈美容、杨雅惠编《二·二八事件研究论文集》，吴三连台湾史料基金会出版，一版二刷，1998。《战后鲁迅思想在台湾的传播（1945—1949）》，见中岛利郎主编《台湾新文学与鲁迅》，前卫出版社，2000。《黄荣灿与战后台湾的鲁迅传播》，《台湾文学学报》第二期，政治大学中文系出版，2001.02.28。《"台湾文化协进会"研究：论战后台湾之"文化体制"的建立》，《叶石涛及其同时代作家文学国际学术研讨会论文集》，春晖出版社，2002.2。

鲁迅思想的接受。黄英哲考察在国民党以“国民化”与“中国化”的文化政策下，台湾知识分子借着书写纪念鲁迅的文章，表达对现实的不满。其中，有许寿裳主持“编译馆”、宣传鲁迅思想，以及长官公署外围团体“台湾文化协进会”的存在；另外，台湾省党部却高举三民主义旗帜、高唱台湾文化改造论。黄英哲据此指出：国民党内部有着进步 / 保守、民主 / 独裁之对立、矛盾的存在（1999）[165]。在进一步分析台湾知识分子对“中国化”政策的回应后，黄英哲认为经过了“奴化”问题的争议，知识分子感到台湾社会与大陆社会之间的鸿沟，主张“日本化”的另一面其实也包含“近代化”与“世界化”，由此肯定台湾社会的优越性，并开始摸索台湾文化的出路。他说：“台湾知识分子们对台湾文化出路观点的共通处，他们一致认为未来台湾文化的面貌，应该是在由外而内、由上而下蜂拥而来的‘中国化’与前代继承而来的‘世界化’之间，寻求其均衡点（1997[340]、1999[186]）。”黄英哲因此归结说：“一年多文化重编政策执行的结果，台湾本地知识分子对‘中国化’相当有意见，而且台湾与中国之间不但没有缩短距离，反而是越走越远。”因此发生了“台湾人和中国人对立的‘二·二八事件’”（1997[339]、1999[189]）。

陈翠莲《去殖民与再殖民的对抗——以一九四六年“台人奴化”论战为焦点》一文，针对一九四六年“奴化论战”的研究指出：对台湾人而言，“祖国”的“光复”只不过是同族的“再殖民”，台湾人为了自我防卫，提出“日本统治近代化论”作为官方“台人奴化论”的反论，“从台湾被殖民经验中寻求差异，重新界定自我”，由此归结知识分子台湾文化主体性的主张，说明“二·二八事件”以前台湾人的“祖国”认同已逐渐消退（2002）[145]。

上述的研究者或考察官方的文教政策、新闻言论管制、“台人奴化论述”，或举陈报刊的言论和作品作为文化重编的分析对象，其中或多或少涉及文化场域的权力机制。这些研究者共同指陈“中国化·去日本化”的文教政策为此一时期的霸权论述与主流意识形态。前面四位研究者杨聪荣、蔡其昌、曾士荣、庄惠惇着眼于分析国民党当局为了在台湾建立“国家机器”[1]的合法秩序与正当性，并以葛兰西“文化霸权”的理论，分析国民党当局推行的“中国化”的文化霸权，如何获取“意识形态国家机器”在道德知识的领导权；后面四位学者曾士荣、庄惠惇、黄英哲、陈翠莲的研究（其中两位曾士荣、庄惠惇重叠），其研究动机在于探讨光复初期台湾人的“国族认同”的问题，也尽可能地举证当时知识分子的“主张”为根据，说明这些“主张”是为了要对抗官方的“中国化”论述。尤其是到了陈翠莲的研究更明确地指出：台湾人以日本殖民时期的“现代化”社会基础对抗“中国化”与“台人奴化论”，“从台湾被殖民经验中寻求差异，重新界定自我”。陈翠莲并且认为：相较于台湾光复时热烈期待祖国的接收，“二·二八事件”的爆发象征着台湾人的“身份认同”的转变，对祖国的认同已日渐淡薄（2002）。

笔者考察当时报刊的言论与上述研究者有不一样的发现。光复初始，对日胜利的时代气氛与民族情感复发的情绪中，省籍知识分子对“中国化·去日本化”，诚如庄惠惇指出的：在进程的缓急与官方有所差异（庄惠惇，1998[203-205]）。对于日本的殖民统治引进的“现代化”[2]，官方与民间一致认为，除却其殖民统治的剥削目的之外，对其“方法”有必要予以保存作为“建设三民主义的模范省”的基础；但显然对“现代化”的“方法”，陈仪政府与台湾知识分子的认知有很大的差异。台湾社会“现代化”的生产、法治基础，的确是当时舆论界称许的台湾的优势。不只是本省人，包括官方与外省人也同样称赞，才有所谓“建设台湾为三民主义模范省”的口号。上述的研究者共同忽略了当时对政府的最强力的批判，来自战后迅速在台湾复苏的思想主潮：社会主义的批判。这几年有关“二·二八事件”的研究文献已经厘清了在“二·二八事件”中，“‘二·二八事件’处理委员会”提出的三十二条政治改革的要求，以及部分社会运动分子的“武装革命”，这两条路线，并非中共党员有“组织”的行动，但很多行动却是以台湾日本殖

[1] 阿杜塞（Louis Althusser），他将“国家机器”分为“压迫性国家机器”与“意识形态国家机器”，前者包括国家元首、政府、行政机关、军队、警察、法庭、监狱等属于“公共领域”的机构，“以暴力方式产生作用”（至少最后是如此）：后者包括宗教的、教育的、法律的、政治的、工会的、大众传播的……种种独立的专门机构，“以意识形态的方式产生作用”，两者相辅相成以维护统治阶级的利益，意识形态中的暴力是隐而不彰的，如教育中的惩戒制度和文化中的书报检查制度等见阿杜塞，1990：164—167。

[2] 实质上是殖民政治、经济底下“跛脚的现代化”。见刘进庆，2003：10。

民统治时代以来原有的“台共”分子或抗日社会运动分子为主导力量的。换言之，文化人并不是没有对“国民政府”提出颠覆“政权”的论述，左翼文化人早在1946年就提出了阶级革命的论述。[1] 他们一面提出体制外改革的颠覆论述，一面在体制内与传统士绅倡议“地方自治”，共同呼应大陆民主党派要求政治民主化的运动。他们认为此一“中国化”的方案才是台湾必须与之相联系的，以避免台湾变成国民党当局专政的“孤岛”。换言之，在以复归中国为前提，但面临着国共内战在政、经层面上威胁台湾的民生现实的情势下，台湾人关心的恐怕不是“民族认同”的问题，而是如何和平建国的问题，也就是“新中国”的“民主体制”如何走上坦途、建立完备的问题。

接收政府与台湾社会之间的对立，除了省籍、族群的矛盾外，正如“二·二八事件”的爆发，更根本的对立，是社会体制“民主”与否的问题，是“政治改革”的官民对立。笔者以为仅从“民族认同”论述的研究视角，探索当时知识分子的政治抗争，很容易抹杀他们政治抗争的现实意义，导出知识分子言论笼罩在“中国化”的话语底下的结论，反而突显不出他们要求改变政经权力结构的社会改革的呼吁。

关于光复初期“民族认同”的问题，上述研究者中，杨聪荣认为战后初期时文化上的分离主义运动因没有社会基础，仍未发展。蔡其昌只论及省籍作家在语言转换与“二·二八事件”以后的白色恐怖中，迅速没落，并没有涉及“民族认同的问题”。而全面考察杂志言论的庄惠惇的研究，则指出民间的“抗争论述”笼罩在“中国化”的“国族论述”之下，没有颠覆当权者的主流论述，说明此一时期“台湾主体意识”是形构在“台湾 / 人民 / 被统治者”的立场。另三位研究者曾士荣、黄英哲与陈翠莲，都倾向指出台湾人对抗“中国化”的政策，“二·二八事件”的爆发以及随之而来的镇压，不但象征台湾人对祖国的认同已日渐淡薄，也导致了带有“国族性”（nationality）意涵的“本省人族群认同”或台湾文化主体性终于形成。笔者提出质疑的是，他们的研究范围仅止于“二·二八事件”之前的文献，就能论证“二·二八事件”以后台湾人的“民族认同”已经

[1] 例如：蒋时钦：《宪政运动与地方自治》，《政经报》1946,2（5）：6。

产生这么大的转向吗？

笔者继续考察“二·二八事件”以后的言论，却与这三位研究者的结论有些差异。在“民族认同”的层次上，无论是“二·二八事件”前、后，无法预知两岸将因国共内战与美苏冷战结构而走向对立的知识分子，对“中国化”的方向都没有异议。1947年至1949年，发生在《台湾新生报·桥》副刊上，关于台湾文学的定位与重建的方向的议论，就是一个很好的例证。同时，笔者要具体论证的是，台籍文化人以及赴台的“进步”[1]文化人，对“中国化”的内容，从光复一开始就与国民政府并非完全同调。两岸文化人很清楚地认识到并不因为承认“中国化”的必要，就意味着放弃了台湾的“文化主体性”。他们是以文化、政治的普遍性（一般性）来看待“中国化”，并主张“中国化”的内容也必须是在“民主化”的前提下，其中尤以国民党封建官僚的专制化倾向被文化人抨击最力。至于台湾的“特殊性”，除了台湾“工业化”产业的基础，小学教育的普及、法治观念与“地方自治”的发展的经验与优点，可以作为“模范”，需要被尊重；但也有其“殖民性”需要清理，例如：“夺还我们的语言”（杨云萍语，《夺还我们的语言》，《民报》1945.10.22）、“殖民地的文学不是文学”（龙瑛宗语，《建设——文学》，《新新》，1945.11.20）等等。这些对重建台湾文化的主张，必须联系到当时的社会存在处境，才能彰显它们的时代意义。

战后，“台湾主体性”的建立过程，在“族群政治”与“民族政治”的光谱之间游移，当然有可能从“族群政治”走到“民族政治”的层次。然而，将台湾的政治主体采“民族政治”分离主义的“意识”，基本上要到两岸对峙以后才提供了现实的条件（杨聪荣，1992）115，甚至要到20世纪80年代以后才在台湾内部出现了倾向“台湾民族主义”的声音与主张（萧阿勤，1999、2000）。但截至目前为止，台湾内部对于“独立”与否并没有达成共识。因此，我必须就上述研究者的问题意识层次，就方法论提出异议，并由此指向另一个问题意识的研究

---

[1] “进步”一词为当时媒体言论上普遍使用的词语，基本上意指在思想、言论、行动上具有对抗官方独裁、保守的特质者，有时特指具有阶级反抗色彩的左派文化人，但显然未经严格的定义，虽然此一语词明显带有价值判断，但笔者为了行文方便，也为了贴近当时的社会语境，还是沿用此一语词，行文中不再以引号（“”）标注。但特此声明在使用此一语词时不限定指称“左派文化人”，以此和严格定义的“左派”做出区隔。

路径。

首先检讨上述前面四位研究者所提出的阿杜塞（Louis Althusser）的“国家机器”的分析路径。必须厘清的是，阿杜塞明白地阐释马克思主义国家理论的要点：“国家”（政权）和“国家机器”是必须区分的。他说：“正如十九世纪法国的资产阶级‘革命’（1830年，1840年）、政变（12月2日，1958年5月）、国家的崩溃（1970年帝国覆亡，1940年第三共和国的覆亡）或小资资产在政治上的兴起（1890—1895年在法国）等所证明的，尽管发生了导致国家权力易手的政治事件，国家机器却可以不受影响或不加改变地存在下去（1990）[162]。”换言之，阶级斗争的目标在于争夺国家权力（政权），并借以取得国家机器的使用权。阿杜塞接着指出，无产阶级革命在取得国家机器的使用权后，为了摧毁现存的资产阶级国家机器，第一阶段要以完全不同的无产阶级的国家机器取代它，随后的阶段则开始一个彻底的过程，即消灭国家的过程，包括国家权力和一切国家机器的消灭。阿杜塞在阐发马克思主义的国家理论时，并没有涉及民族运动对抗“异族”的统治，那是属于“民族主义”运动的理论范畴。

而后面三位研究者的论述动机，明显是以“二·二八事件”的发生谈论台湾人对“中国化”政策的对抗。但是“二·二八事件”的“主因”并非省籍冲突，而是官民冲突，省籍冲突是情绪外化的表现，更根源的是社会体制的问题。同时这些研究者又无法确切地提出台湾人将“中国人”视为“异族”的论据。因此，我认为这正是从“族群认同”的问题意识出发，探讨民间的抗争论述，而掉入“族群认同”的泥淖中，无法厘清当时政治思想的问题层次。诚如全面地考察杂志言论的庄惠惇所指出的，当时知识分子是在“国族共同体”的架构下，承认台湾文化有“中国化”的必要，只是对进程缓急和内容与官方有不同的意见（庄惠惇，1998）[203-205]。

让我们再回到阿杜塞“国家机器”的理论层次。如前文所述，当时文化人并非没有对“国家权力”（政权）提出颠覆性的论述，尤其是左翼文化人要求“政治民主化”的社会革命论述就是最好的例证。省籍知识分子对文化场域中官方“民族论述”的发展方向，的确没有异议；但在“民族认同”范畴之外，因应社会现实革新政治的要求，“民主论述”是当时的文化人自发形成的论述，却经常为论者所忽略。其实践的社会行动力，分别展现在政治场域的参与，以及在文化场域的“民主政治”论述，又可简单的分为传统士绅资产阶级与左翼分子分别寻求体制内和体制外的抗争路线。这是占据两种不同“位置”的文化人抗争策略的不同，他们之间有合作的空间，亦有思想、路线与意识形态的差异。因此本书第二、三章即在探索政治、权力场域与文化场域复杂的势力角力，说明民间自主性文化场域生成的现实条件。

关于研究者运用葛兰西的“文化霸权”的方法论。葛兰西将“国家”理解为政治社会和市民社会。前者是指国家权力与法律上政府直接能支配的范围；后者则是一堆私人组织的总和，国家无法直接主导，必须要靠“文化霸权”的运作，也就是“知识与道德的领导权”。[1] 换言之，国家在权力运作过程中除“强迫”外，还有“同意”的部分。葛兰西认为一个社会集团在取得国家政权之前，势必已取得知识与道德的文化领导权，之后国家也必须继续领导，才能确保政权的稳固（葛兰西，1979）57、141、262，笔者认为如最早的两位研究者杨聪荣、蔡其昌把“中国化”的“文化霸权”，当作探讨国民党当局在战后长期强化民族认同与主导文学发展的根源因素，的确是事实；但继起的研究若范围只限于战后到“二·二八事件”期间，笔者质疑国民党当局是否已经建立了取得“知识与道德的领导权”的“文化霸权”？“二·二八事件”的发生，也说明了国民党的“文化霸权”（文化领导权）并不稳固，所以才要靠“国家机器”的暴力行使。上述的研究者如果仅以“国家机器”“文化霸权”的研究路径，只看到官方“中国化”政策的文化重编的一个面向，容易忽略了“行动者”（agent）的能动性。[2] 笔者有意从知识分子的政治、文化抗争，重新审视光复初期文化场域中民间抗争论述的意义。

本书意在厘清光复初期台湾回归中国后所遭遇的政治经济层面的难题后，进一步追究本省、外省的知识分子（文化场域中的“行动者”）相应于这些时代课

[1] 台湾学界习惯将葛兰西的“文化领导权”翻译为“文化霸权”，其实不太精准，也容易引起误读。

[2] agent（行动者）一词，乃从 agency（能动作用）变化而来，其所强调的是行为者（actors）独立作业，不受社会结构（social structure）的决定性约束的力量，用来表达人类活动的自发性和有目的性。见戴维·贾里，1998：14。

题，如何运用日本殖民统治时代以来与五四以来的“文化资本”，并据以在台湾文化场域中“再生产”？两岸文化人各自在其所占据的“位置”，在报刊上与官方争取文化生产的支配权，并与官方的文化宣传进行意识形态与文学内部美学的斗争。由于赴台的国民党派系政治的纠葛，以及台湾原有的左、右翼思想与政治路线的差异性，造成国民党官方与民间知识分子各方势力在文化场域的角力更趋复杂。因此探究知识分子的文化抗争时，有必要了解他们在文化场域的“位置”与介入现实的关系。

法国学者布尔迪厄（Pierre Bourdieu）关于“文化场域”（cultural field）的观念及方法论的提出，始于他分析法国大革命前后，处于资本主义上升期，从宫廷艺术解放出来的文艺生产的社会关系，旨在析论“文化场域”与“政治场域”“经济场域”的关系及其斗争。由此说明“自主性”文化场域的生成与结构，以及作家的文学创作在此过程中如何继承“文化资本”，进行文学内部美学的斗争。布尔迪厄所谓“自主性”的文艺，指的是作家“为艺术而艺术”的高度自主性的实践。但这种“为艺术而艺术”的文艺主体性的追求，并非意谓没有社会实践在其中。而是其最终极的追求在摆脱市场机制、贵族沙龙与国家资助的制约，而完成作家高度自主的文艺实践，当然包括作家的社会关怀在其中。换言之，作家的社会实践是包含在艺术实践之中。布尔迪厄分析文化人通过与资产阶级、统治阶级的决裂，而确立了艺术自主的原则（2001）[76]，但此种决裂有时受到政治场域与经济场域的作用而显出暧昧、摇摆的态度。布尔迪厄指出：

> 作家、艺术家与市场建立了联系，市场的无名制约可以在它们之间创造出前所未有的差别，这些关系无形中有助于左右他们对“大众的双重表现”。他们认为大众既是迷人的，又是可鄙的，将大众中忙于日常钻营的“资产阶级”和从事愚钝的生产活动的“老百姓”混淆起来。这种双重的矛盾情绪对自身在社会空间中的位置和社会功能形成一种模棱两可的观念：这说明了为何他们在政治上摇摆不定。而且1830—1880年间发生频繁政体变化也说明了这一点，他们就像铁屑

一样，趋向暂时强化的场（域）的极点。因此，七月王朝的最后几年，当场（域）的重心转向左翼时，人们就会看到向“社会艺术”和社会主义观念的普遍偏移（波德莱尔本人也谈到了“为艺术而艺术的幼稚乌托邦”），激烈地反对纯艺术。相反，在第二帝国时代，许多纯艺术的捍卫者虽然不公开表示归顺，有时甚至会像福楼拜一样对“巴丹盖”（一个水泥匠，路易－拿破仑·波拿巴借其衣服逃出被关押的要塞——译者注）表示极大的轻蔑，但他们仍经常出入宫廷要人举办的这样那样的沙龙。（2001）[72]

回顾台湾文学史的发展，我们可以发现台湾文化人在社会空间中的位置和功能的确出现布尔迪厄所言，随着文学生产“场域”的趋向而变异的现象。举例来说，1920 年代新、旧文学论争拉开新文学的序幕，尽管“汉诗”在日本统治者的默许下被鼓舞。但一次大战后，台湾文化人受到世界性民主思潮、社会主义思潮与五四新文化运动的影响，从“启蒙”的观点鼓吹“白话文”文学、民主、科学与妇女解放等思潮（陈少廷，1972）[18-25]。台湾文学生产“场域”的重心逐渐向左翼“社会主义”的极点偏移，一直到 20 世纪 30 年代初期达到最高峰，却因受到政治的阻力而开始弱化。与此同时逐渐浮现的，是随着日语作家数量的成长，现代派文艺思潮透过日本从欧洲译介进来，台湾也出现超现实主义诗风、颓废派等，宣称“为艺术而艺术”的作家与作品，如水荫萍、翁闹等。1937 年进入战时体制，日本御用作家西川满等人的鼓吹“唯美主义”以及“文学奉公”，政治场域强化“皇民”文学意识形态的要求，台湾作家亦难逃“被支配者”的命运，或出席“大东亚文学会议”、或被动员去写“决战小说”；直到战争结束前，“公开”表现普罗文艺理念已不可能。顶多只能在小说中寄寓言外之意，如杨逵的《鹅妈妈出嫁》；或采取不合作主义，如吕赫若从具有阶级批判的小说转而改写批判封建家族的小说，还称得上是台湾作家抵抗政治力的自主表现。战后，台湾因政权转换的权力重组，文化场域也出现与权力场域同构的纷杂面貌。显然以官方 / 民间、外省 / 本省、大陆 / 台湾等等，简化而主观的二元对立的概念，无法厘清文化生产势力消长的关系。

因此现阶段对台湾光复初期的研究，布尔迪厄所指引的“文化场域”理论的分析架构，可突破传统文学研究限于“内在发展因素”所缺乏的文化社会经济层面的考察，以及文化研究局限于“外在因素”而忽略“行动者”（agent）的能动性。布尔迪厄强调文学生产存在于一个庞大而复杂的社会互动关系网络中，借由“场域”（field）与“行动者”，“位置”（position）与“习性”（habitus）等等观念，描述主客之间彼此渗透的途径和必然性（张诵圣，2001）[115]。布尔迪厄此一理论方法的视野，有关“场域”与“行动者”，“位置”与“习性”等等概念的运用，最终要分析的是“行动者”如何运用“文化资本”的再生产与转化，形成自主性的文化场域。

上述几个关键词中，涉及布尔迪厄“文化场域”的核心观念，又较不易被理解（或较容易被曲解）的是关于“文化资本”与“行动者”和“习性”的概念，这些观念彼此环环相扣，构成“文化场域”的理论架构。布尔迪厄之所以提出“行动者”的概念，在于：

> 我想把列维—斯特劳斯和其他结构主义者诸如阿尔都赛（Louis Althusser 本书译为阿杜塞），倾向于废除“行动者”概念重新引进来，使之成为结构的简单的副现象（epiphnoma）。我指的是行动者，而不是主体，行动不是仅仅执行一条规则或服从一条规则。社会的行动者无论是古代社会还是在我们现在社会，都不是像钟表那样依照它们不理解的法律而被自动化控制着。（中略）行动者采用了生成习性的具体化原则。这个性情系统是……通过经验获得的性情。（1997）[10]

布尔迪厄“行动者”的概念，说明了“行动者”在“场域”中，既受制于“场域”各种条件的牵制，但“行动者”又依据一连串后天的经验法则做出行动的“抉择”。他又说：

> 行动者通常并不是随意地行动，而的确是做了“唯一要做的事”。这是因为行动追随“实践的逻辑”的直觉，实践的逻辑是持续接触某些条件后的产物，而这些条件与行动者置身于其间的条件非常相似，因而行动者能够以某种方式预料到世界的内在固有的必然性。（1997）12-13

本书行文中以“文化人”代替“行动者”的一词，以符合中文阅读的习惯，并区别于“作家”一词，以强调其“实践逻辑”。即笔者用“文化人”一词来强调其介入现实的方式，是经过他的后天“习性”（通过经验获得的性情）有意识的选择的结果。至于本书使用“作家”时，则不具有“行动者”的概念，纯粹只是说明其从事文学书写的身份。

另外，布尔迪厄解释运用“习性”[1] 观念的目的在于：

> 把被唯物主义传统明显地在反映论里抛弃的、有关实践的知识的“积极方面”，从唯心主义那里找回来是十分必要的。把习性的概念构筑成在实践层面上起作用的后天获得的性情系统，并把它作为感情认识和评论活动的范畴，或作为分类的原则和行为的组织原则，这意味把社会性的行动者的真正角色，指派为建构客体的实践性的操作者。（1997）12-13

布尔迪厄企图运用“习性”概念，既描绘了“行动者”自主的能动性，又强调此一能动性仍是在后天经验与现实环境制约，做出判断，选择“唯一要作的事”。

至于“文化资本”有两层含意，除了文化人在文化场域中的“位置”所占据

[1] 译者包亚明译注“习性”：“习性就是由一整套性情构成的，性情通过社会环境，注人到了个人对他们在人际关系中要求什么和能够得到什么的预见之中，例如，一个典型的中产阶级人是会比无产者更容易与律师、教授等权威人士相处，因为他们共享了某些价值观念、生活体验和教育背景”。而张诵圣定义“habitus”为“习性、气质、身态、心态、受形塑并具有形塑潜能的秉性和行为模式。”见张诵圣，2001：115。

的文化资源，例如官方政策执行者、报刊主编与出版商所拥有的文化生产的主导权；还包括文化人各自因“习性”与“美学品味”的不同，选择性地继承不同的“文学遗产”在文化场域里“再现”或“转换”，并得到读者的支持与公认的地位。笔者认为布尔迪厄“文化场域”的方法论，是厘清光复初期虽然短暂却复杂的“历史过渡期”的文学生产，适切的研究路径。因为光复初期“台湾文学的重建”，牵涉的正是文化人如何“选择”日本殖民统治时代或五四以来的“新文学”遗产进行“再生产”，并以之介入现实的问题。

笔者援引布尔迪厄“文化场域”的理论视野，分析光复初期报刊及其人脉集团，了解此一文化场域中有哪些势力介入其中，作家如何占据有形的报刊的位置，以及无形的“文化资本”的继承性的“位置”，取得文化生产的支配权，实践文学的外部生产与内部美学的斗争。笔者的目的即在于透过这些考察，探索光复初期文化人在复杂的权力场域中，如何形成“自主性的文化场域”？此一自主性文化场域在“二·二八事件”前、后历经怎样的生态挤压、演绎与重组，文化人的聚合、论辩又形成哪些具有自主性、批判性文学的理念，足以和官方的文化宣传相抗衡。而这些文化理念，对今日仍处于“认同”困扰、并与大陆有着不同的“政治路线”主张的台湾文化场域，同样是一种“文化资本”，值得我们正视它的局限，以及对我们的启发。

必须特别说明的是，由于历史社会的差异，光复初期的文化生产环境，并不完全相应于布尔迪厄的理论，譬如文学市场尚未形成消费机制，又例如光复初期短暂的四年，文艺实践尚未成气候即遭遇“国家机器”暴力的介入而顿挫，文艺创作的美学形式还有待确立与实践；然而占据不同文化位置的文化人对文艺理念、文艺发展方向的论辩或主张，却已足以显现他们的美学观念，得据以考察文化资本的争夺或继承，评估文化场域意识形态斗争的历程。因此，笔者认为布尔迪厄的“文化场域”的方法论，还是提供了一个很有启发性的思维模式，使我们可以透视脱殖民统治而回归中国的台湾，文化场域中各方势力的角逐与内部美学的斗争内容。

本书的章节架构：除引言，结语以外，第一章以“光复前史”到美军协防的

“光复变奏曲”，探讨光复初期四年台湾社会危机的政经问题根源。第二、三章分析文化场域中官方的文化重编与文化人之间多重势力的角力关系，民间自主性文化场域的形成，并探究民主思潮与“二·二八事件”的关系。第四、五章集中探讨“二·二八事件”前后台湾文化的重建，社会主义文艺思潮的复苏与中挫，并分析日本殖民统治时代、五四以来的文化资本的继承与美学形式的选择与现实处境的关系。

第一章
回归中国与台湾政经社会的危机

1945 年 8 月 15 日，日本天皇裕仁透过广播宣布无条件投降，接受同盟国 1945 年 7 月 26 日发表的《波茨坦公告》：“《开罗宣言》之条件必将实施。”根据 1943 年 12 月 1 日中、美、英三国发表的《开罗宣言》：“三国之宗旨，在剥夺日本从 1914 年第一次世界大战开始以后，在太平洋上所夺得或占领之一切岛屿，在使日本所窃取于中国之领土，例如满州、台湾、澎湖群岛，归还中华民国。（台湾省文献会主编，1952）7-8”据此国际公法，自 1895 年清政府签署马关条约割让台湾给日本五十年后，重回中国的政治版图。

依据中华民国政府国防最高委员会 1944 年 7 月 31 日通过的“复员计划纲要”，抗日胜利后台湾和东北被划为光复区（东北于一九三一年由日本扶持傀儡政权成立了伪满洲国），其他地区为收复区（战时日本占领区）和后方区（战时国民党统治区）。[1] 光复区与收复区接收方式不同，收复区采党、政、军、财政金融、交通通信、经济工矿等分头并进的接收方式，光复区则设立特别行政区，采取单独派遣大员全权综合接收的方式（郑梓，1994）72。因此国民政府在台湾设立台湾省行政长官公署（下文简称长官公署），派陈仪主政；在东北的长春，设立军事委员会东北行辕指挥一切。[2] 由于苏联的“援助接收”，东北很快就变成国共内战的首要战场，此乃国民政府由胜转败的因素之一。1949 年睽离中国五十年的台湾竟成为国民党的“反共”堡垒，恐怕不是台湾人，也不是国民党当局在收复台湾之前，所能料想的。

关于台湾光复初期的研究，大多围绕着“二·二八事件”发生前的政经社会文化背景，也就是陈仪主政期间的研究文献相当多。然而，要深入了解影响光复初期社会发展的各项因果关系，仅仅探讨陈仪的施政是不够的。就纵向而言，须向上追溯台湾的“光复前史”，复台政策的制订是赴大陆抗日的台湾人士与国民政

[1]　这些是国民党管辖的区域，除此之外还有国民党政令无法下达的共产党的根据地。从抗战时期国共合作期间，共产党一直有自己的根据地，并实施与国民党不同的管理方式。共产党当时称自己的管辖区为“解放区”，称国民党管辖的区域为“蒋管区”，1949 年中华人民共和国成立则改称为“国统区”。《复员计划纲要》见秦孝仪主编，1981：352。

[2]　许介鳞：“1945 年 8 月 30 日国民政府颁布收复东北各省处理办法，在长春设立军事委员会东北行辕指挥一切，行辕设政治委员会与经济委员会：划东北为……九省；在长春设外交部东北特派员公署。9 月 4 日，蒋介石任命中央设计局秘书长熊式辉兼任东北行辕主任暨政治委员会主委，张嘉璈为经济委员会主任委员兼中国长春铁路理事长，蒋经国为外交部特派员。张嘉璈迟至任命前三天才知道将被派往东北，根本不可能充分筹划方略，种下东北失败的原因。”见许介鳞，1998：24。

府既“合作”又“抗争”的结果。其次，更须往下考察陈仪被撤职后台湾政经社会的“变化”，而不能仅止于“二·二八事件”。以上第二个面向，促使笔者思索横向影响的问题，也就是说被纳入中国的政经社会圈之后，台湾的问题已经不可能独立于中国之外而得到解决，当时的台湾问题反映的是中国问题的一个切面。

基于上述纵向与横向的考察思维，本章分为四节，第一节探讨台湾省行政长官公署的设置与台湾人的“光复运动”，期能了解国民政府“收复台湾”政策的决策过程与各方势力的运作，这些势力在光复初期的台湾社会也继续发酵。第二、三、四节探讨国民政府的接收对台湾政、经、社会的影响，台人对“光复”充满期待到失望的心理转折，以及“二·二八事件”发生的整体社会危机。

第一节　光复前史：光复运动与行政长官公署的设立

日本战败后，台湾回归中国的政治版图，这是中国向美国积极争取参加开罗会议所协议的。[1] 另一方面，经常被史学家所忽略的是："收复台湾"也是在大陆的台湾抗日团体不断地向国民政府呼吁台湾地位的重要性的结果。早在国民政府将"收复台湾"作为既定政策之前，台湾抗日团体就不断地吁请国民政府及早展开收复台湾的工作，而这些光复前在大陆上从事光复运动的台湾抗日分子，光复后在台湾的社会、文化界亦有其不可小觑的影响力。在进入光复初期台湾的政经社会问题的讨论之前，有必要先了解此一"光复前史"。

1915 年西来庵事件遭受日本殖民当局镇压后，象征着台人武装抗日的结束。台湾人对政治主体的追求，改以社会、文化运动的形式呈现。此乃受到第一次世界大战后全世界民族自决与苏联社会主义思潮的影响，以及 1919 年朝鲜"三一"独立运动与中国大陆"五四"民主运动的鼓舞；从 20 世纪 20 年代开始，由东京留学生返回台湾，透过集会演讲、创办刊物、组织团体等方式，而与西方的左翼社会主义、右翼自由主义的现代政治思潮碰触。1927 年台湾文化协会的左、右分裂，说明了台湾社会民主运动阵营的分道扬镳。尽管台湾的社会民主运动屡受日本殖民当局的镇压，尤其是 1929 年日本以"治安维持法"进行全岛性的镇压，于 2 月 12 日搜捕各地新文协、农组、工会、民众党的干部成员，是为著名

[1] 战后台湾回归中国的处置牵涉国际间认定的台湾法定地位，其关键是"开罗会议"所决定的，此中纠葛着同盟国之间的利益折冲。许介鳞指出在 1940 年 9 月德军攻入波兰后，蒋介石的重庆政权即积极与日军接触，并且借此要求美国支持。另一方面以宋子文、胡适、蒋宋美龄等人组成"中国游说团"，向罗斯福争取亚洲战线、中国战区的美援。罗斯福担心蒋介石屈服于日本的"诱和"，希望以中国战区牵制日本大军，减少美国在太平洋战争中的伤亡与损失，蒋介石乃得以盟军中国战区最高统帅的地位出席开罗会议，向同盟国争取战后台湾归还中国的处置。见许介鳞，1998：29—33。

的“212 事件”，镇压行动持续到 1931 年。

台湾的反殖社会运动并没有因日本殖民当局的镇压完全沉寂，而是转移阵地西渡祖国大陆。事实上，早在 20 世纪 20 年代中期就陆续有台湾学生青年在大陆各地组织抗日团体。[1]1937 年日本发动侵华战争后，反封建、反帝的抗日运动在台湾丧失生存的条件，岛内除了一些零星学生的抗争事件，赴大陆的抗日青年愈来愈多，纷纷寻求各式管道西渡。[2] 在大陆的台湾抗日团体则在原有的基础上结集，联合阵线，积极展开“保卫祖国，收复台湾”的宣传与行动，向官方喊话，要求各项建省、建军的政治制度，最后归结为实施“省宪”与“地方自治”的民主要求。台湾光复后，“长官公署”赴台接收，民间的媒体言论上也持续着此一民主要求的基调。

底下分别讨论国民政府收复台湾的政策走向，以及在大陆的台湾抗日分子的建言与他们的忧心。在此过程中除了反映了台湾人对政治主体的追求，其中关于“复台”“建台”等事宜所做的努力与发言，代表了光复前台湾抗日团体与国民政府之间，展开了既是抗日合作又是治权抗争的关系。虽然有为数不少的台湾人试图参与大陆抗日战争的行列，但诚如戴国煇所指出：“台湾的‘解放’并不是台湾人自己与日帝对抗从日帝手中争取过来的，而是因日帝战败、第二次世界大战结束而捡来的（戴国煇、叶芸芸，1992）21-22”。正因为“解放台湾”的革命主动权不是出于台湾自发的力量，战后政治体制的选择与制订，自然还有很长的抗争之路。

一、国民政府收复台湾的政策走向

1937 年卢沟桥事变爆发，日本全面展开侵华战争，蒋介石于 1938 年 4 月 1

[1] 有关台湾社会运动与中国革命的关系，可参考若林正丈《台湾抗日运动中的“中国坐标”与“台湾坐标”》（1987）、《寻找遥远的连带——中国国民革命与台湾青年（上）、（下）》（2003）。

[2] 蓝博洲针对相关的个案研究发表《寻找祖国三千里——日据末期台湾青年学生的抗日之路》（2015），蓝文有助于吾人了解日本发动侵华战争后，台湾学生青年一个又一个的个案，奔赴祖国寻找抗日团体的艰辛与曲折。有些个案就是后来众所知晓的一些在“二·二八事件”中或在 20 世纪 50 年代白色恐怖中罹难、逃亡、受难的左翼分子，例如“寻找重庆”的有张深切、钟浩东（和鸣）与蒋碧玉夫妇、萧道应与黄素贞夫妇、李南锋、吴思汉、吴克泰、蓝明谷与蔡川燕兄弟，以及“寻找延安”的有吕芳魁、李中志、林如堉、林思平、刘燕瑟、杨美华等，还有如郭琇琮、陈炳基、谢娥、蔡忠恕、雷灿南等一些计划前往大陆而未能成功的个案，这些青年因在岛内密谋从事抗日行动而被逮捕的也不在少数。据估计 1937 年抗日战争爆发后，为实现台湾光复，先后归返大陆，参加祖国抗日行列的台湾志士，高达五万多人。

日的国民党全国代表大会中，曾公开表明总理（孙中山）生前指示该党的革命对策就是“恢复高（丽）台（湾），巩固中华”，“因为高丽原来是我们的属国，台湾是我们中国的领土……为要达成国民革命的使命……以解放高丽台湾人民为我们的职志”（张瑞成编，1990b）[2]。蒋介石虽然表示要“解放台湾”，但对于收复台湾失土并无明确的宣示与政策（曾健民，2010）[25]。直到1941年12月8日，日本发动太平洋战争，美国卷入远东的战场，中国经历四年不宣而战的艰苦抗战后，马上于隔天发表对日宣战文，明文表示“兹特正式对日宣战，昭告中外，所有一切条约协议合同，有涉及中日间之关系者一律废止”（张瑞成编，1990b）[3]，自然也包括废止了清政府于“马关条约”中将台湾地区割让日本的协议（吕芳上，1973）[262]。1942年11月3日外交部长宋子文在重庆国际宣传处记者招待会中公开声明：战后“中国应收回东北四省、台湾及琉球，朝鲜必须独立”（张瑞成编，1990b）[3]，阐明我国恢复领土以甲午战争前状态为目标。至此国民政府当局对于台湾问题，才由声援台湾同胞的民族独立与解放运动，进而发展为“收复失土”的既定政策（郑梓，1994）[5]。经过了一年多以后，1943年11月在开罗会议上获得国际公认后，国民政府才正式展开“收复台湾”的筹备工作。在此前后，“收复台湾”的舆论从酝酿、鼓吹、到达高潮，主要是以留居大陆的台籍人士及其抗日团体为发动的主力（郑梓，1994）[30]。

1944年3月15日，时任行政院秘书长的张厉生，曾呈文蒋介石建议在行政院成立“台湾设省筹备委员会”，以为统筹台湾建省的机关，主张“台湾收复后，我国自应于该地恢复以前行省组织”（张瑞成编，1990c）[41]。蒋介石否决了这项提议，于1944年4月17日在统合党、政、军的“国防委员会”辖下的中央设计局[1]内设立了“台湾调查委员会”（以下简称“台调会”），负责调查台湾的实际状况，及展开收复台湾的各项准备工作。“台调会”成立后，蒋介石即任命陈仪主

[1] 中央设计局隶属于国防最高委员会，而国防最高委员会是战时之政治、经济设计暨审议的最高机构，蒋介石为委员长。中央设计局的主管长官称为“总裁”，也是由蒋介石委员长担任。见郑梓，1994：48。

持一切复台工作。[1] 早在“台调会”成立之前，在大陆的台湾革命联合阵线组织“台湾革命同盟会”就不断吁请国民政府早日实施台湾建省、建军、组训干部等“复台建台”的工作，蒋介石不顾台湾革命团体的呼吁，否决行政院的建议，而嘱意以“国防最高委员会”主导台湾的接收工作，实已埋下台湾省制特殊化的开端。可见蒋介石是从军政的角度筹划收复台湾之各项人事、组织，与台湾革命团体出于台湾的实情、愿望的“复省运动”，有很大的落差（曾健民，2010）46。

“台调会”采委员合议制，陈仪为主任委员，成立之初指派的委员，几乎都是他当福建省主席任内的班底，如：沈仲九、夏涛声、钱宗起、周一鹗等人，日后也成为陈仪接收台湾的班底，另一位是日本政情专家，国际问题研究所所长王芃生，六位委员中并无任何台籍人士。该会运作五个月后，1944 年 9 月 25 日始加派五名居留大陆的台湾人，包括丘念台、谢南光（春木）、黄朝琴、游弥坚、李友邦 [2]（戴国煇、叶芸芸，1992⁸⁷、郑梓，1994¹³⁶），最后又因派系之争，应“CC 派”首领陈果夫之要求，加派台湾省党部主委旅菲华侨王泉笙。抗战时期上述台籍委员大都因供职于党政军特、外交、财经各部门，[3] 应聘为委员，多属是荣誉职，困于本职本务，难以参与筹备会议，后来加入的王泉笙也只出席第一次党政军联席会议。[4] 委员会的实权主要在醉心于社会主义的统制经济的陈仪和他的政治班底手中。此一经济理念在台调会通过的“台湾接管计划纲要”和“台湾省行政长官组织大纲”中，都可以窥见（许介鳞，1998）61-62。尽管如此，台籍委员

---

[1] 许介鳞：“陈仪在国府中是有名的‘知日派’，与日本军政界关系密切，蒋介石遇到对日重大事件时，常密电征询其意见，一九三O年代，日本积极侵略中国，陈仪被任命为福建省主席（1943—1941），奉蒋介石密谕‘对日应采缓冲态度’，充当战争期间中日两国的‘窗口’，与海峡对岸的台湾总督府往来甚为密切，因此对台湾事务颇为熟悉。”见许介鳞，1998：60。另参见钱履周《陈仪主闽事略》（李敖编著，1989c：53—56），以及胡允恭《地下十五年与陈仪》，1992：60 。

[2] 这批台湾人大部分在光复后返台活跃于党政经文化界，日后协助台湾省行政长官公署赴台接收时被称为“半山”。关于抗战期间台湾人在大陆的活动情形，可参考 J.B.Jacabs 撰《台湾人与中国国民党（1937—1945）——台湾人“半山人”的起源》见陈俐甫、夏荣和、林伟盛编译，1992：3—52。

[3] 五位加派的台籍委员，都另有要职，例如黄朝琴任职外交部，经过一番周折，退还初聘的专任专员，才争取到委员的荣衔；李友邦在浙江金华山区组训“台湾义勇队”，岂有余暇参与“台调会”会议及工作，或如丘念台远处广东前线沦陷区从事敌后工作，事后始得知获聘为委员，根本未能赴任。表面上台籍人士占委员会的一半，亦不过形同虚设。见郑梓，1994：136。

[4] 台籍人士参加会议出席率最高的是军事委员会国际问题研究所的谢南光，共有四次记录，分别是 1944 年 7 月 21 日以台胞为主的座谈会，1945 年 8 月 15 日最后一次座谈会，以及 1945 年 6 月 27 日的第一次党政军联席会议，还有一次 1945 年 3 月 15 日关于行政区域研究会；至于其他台籍委员黄朝琴只出席那次以台胞为主的座谈会，而李友邦、丘念台则全程不克参与会议。见郑梓，1994：136。

并不放弃发挥各种舆论视听影响力，或发表公开文章，或于任职机关、或以组织团体的名义呈文，企图影响各项复台方案。

台调会主任委员陈仪，曾任福建省省主席近八年（1934—1941），[1] 曾于任内的1935年渡海赴台，参观日帝为了夸耀殖民统治成果的“始政四十周年纪念博览会”，陈仪有感于日本治台经济建设的现代化，乃于翌年派遣十一人之“台湾考察团”，由厦门市长李时霖领队，而后于1937年6月出版《台湾考察报告》一书，陈仪在序中表示希望以台湾作为闽省经济建设的借镜，[2] 提出“福建经济学台湾”的口号（许介鳞，1998）60。日后陈仪之所以建议蒋介石设立台湾省行政长官公署，采取统一接收台湾的特殊省制，[3] 除了他对孙中山民生主义、社会主义与苏联计划经济等思潮的信仰，和他的赴台经验应该也不无关系。尽管陈仪治闽的功过不一，在治闽期间曾引起极大的争议，并且与国民党内各政治势力时有摩擦，蒋介石仍旧委任陈仪主持收复领土台湾的设计规划工作，显然已为日后收复台湾的人事布局做了预备的安排。除了陈仪在党政要员当中是知名的知日派，对台湾有切身经验等客观条件，蒋介石主观的信任，以及为抚平其他派系的不满，将陈仪派往偏远的海角，也可能是重要的因素。[4]

“台调会”主要从事三项的工作：一是拟定“台湾接管计划纲要”，经过中央设计局、国防最高委员会审核，于1945年3月23日奉蒋委员长修正颁布。“台调会”的第二项工作是培训日后接管台湾的干部，计培训了行政干部、警察干员及银行金融专员共一千多名干部，比起全国其他各区筹划接收与复员的人力动员方案，台湾算是起步较早，且各项人才配置亦较周全。“台调会”的最后一项工作是编辑台湾之概况、选译法令、研究专题等，至1945年7月，一

[1] 陈仪治闽的功过评价不一，目前有赖泽涵、戴国煇专文评述，治闽期间，陈仪培养了一批幕僚，成为后来治台的班底。赖泽涵《陈仪在闽、台的施政措施》，1991a：27—32。戴国煇《陈仪的为人、为政与政治班底》见戴国煇、叶芸芸，1992：61—104。

[2] 陈仪《台湾考察报告·序》，参见张良泽主编：《台湾文化》专刊，1984.05.02，5。

[3] 陈仪曾在《台湾省参议会成立大会开幕典礼演讲词》中透露：“本人主持台湾调查委员会，那时曾把台湾的各种比较重要的问题，预先研究，并拟定一接管计划纲要，经委员长核准，关于政权的行使，主张统一。”由此可见，“台湾省行政长官公署组织条例”的定案，陈仪有意对台湾统一接收获得蒋介石充分的信任和授权。

[4] 关于蒋介石派陈仪主政台湾的原因，丁果、戴国煇已有详论。丁果：《台湾“二·二八事件之一考察”——以陈仪与台湾省行政长官公署为中心》见陈俐甫、夏荣和、林伟盛编译，1992：93—95；戴国煇、叶芸芸，1992：130。

年多的时间，出版了数十种，两三百万字与台湾有关的资料书刊。从“台调会”的功能及成果看来，可了解重庆方面对收复台湾的准备工作之一斑（郑梓，1994）[46-57]。

二、台湾抗日联合阵线团体争取“复省建省”

1921年到1937年为止，台湾人士共计在大陆境内设立四十余处抗日团体，先以上海、厦门活动中心，随抗战转移至华南和重庆（吕芳上，1973）[262]。1937年日本发动侵华战争，受到国、共第二次合作“抗日民族联合战线”告成的客观情势催化下。在大陆境内的台湾抗日团体，体认到此时唯有加入祖国的抗日联合战线，才有机会争取台湾的解放。

20世纪20年代先后在祖国成立的抗日团体有：1922年留学北平的郑明禄、蔡惠如组成“北平台湾青年会”，1923年蔡惠如、许乃昌、彭英华召集上海学生组成“上海青年会”，北平、上海两个青年会共同声援“台湾议会设置运动”，另外又组织了“台湾自治协会”，主张民族自决的自治运动。1924年“上海青年会”与“台湾自治协会”结合上海的朝鲜革命志士组成秘密社团“台韩同志会”，规约第一条为：“本会以完成台韩独立，建设自由联邦，为唯一目的”首次提出“台韩独立”共组联邦的主张。同年社会主义者彭华英结合中国大陆、朝鲜、台湾的左翼分子组成“平社”，出版《平平》旬刊运回台湾散发，该社反对台湾议会设置运动，主张联合东亚弱小民族共同反对日本帝国主义，1925年有“上海台湾学生联合会”成立，1927年谢雪红、林木顺、翁泽生等左翼分子在上海发起“上海台湾读书会”，1928年，在共产党协助下，创立“日本共产党台湾民族支部”，提出“反帝反封建”的政治纲领。1923年厦门大学李思祯组成“台湾尚志社”，1924年进一步与翁泽生、洪朝宗组织了“闽南台湾学生联合会”，出版刊物《共鸣》，声援台湾议会设置运动。1925年与中国学生共组“厦门中国台湾同志会”揭露日本当局“限制台人回祖国，妨害同胞间相爱互助”，呼吁废除与日的一切不平等条约，负起援助台湾的义务。而在南京有罗东青年吴丽水、李振芳1926年与中国爱国志士共组“中台同志会”、广东学生1926年在中山大学校长戴季陶的暗中支持下，成立“广东台湾青年革命团”，发行《台湾先锋》杂志，后来领导台湾义勇队抗日的李友邦就是创会成员之一。1931年日本发动九一八事变，刘邦汉在广东成立之“台湾民主党”。“中台同志会”“广东台湾青年革命团”与“台湾民主党”因先后受到日本殖民当局密侦检举，大举搜捕判刑，震惊社会。[1]

台人努力向国民党中央反映“建制、建省、建军”的要求，希望确立台湾的法定地位，以自己的武装力量加入抗日的行列。国民政府亦体认到吸收台湾优异分子的重要，以备必要时在岛内展开里应外合的抗日工作。在国民政府的协助下陆续成立了李友邦[2]领导的“军事委员会直属台湾义勇队”[3]、“台湾革命同盟会”以及“中国国民党直属台湾党部”。下文一一陈述其筹组过程。

1938年11月李友邦受闽省主席陈仪的赞助（吕芳上，1973）263，并在昔日狱中共产党友人骆耕漠的协助下，组建一支台湾人的武装抗日队伍“台湾义勇队”，1942年正式在浙江金华成立，直属于军事委员会政治部（曾健民，2010）24-27。1943年3月三民主义青年团在义勇队设直属分团，直接接受中央团部的指导（吕芳上，1985）18。

1940年李友邦在台湾义勇队的机关刊物《台湾先锋》月刊创刊号上发表《台湾要独立也要归返祖国》，重申：“台湾革命的两面性，一方面要求独立，另一方面要求返归祖国。”因为“台湾独立，是在国家关系上，脱离外族（日本）的统治”，是对现在的统治者斗争，争取能够自己决定自己的前途的权利；但另一方面“台湾曾是中国的一省”，清政府因“马关条约”将台湾地区割让给日本，

[1]　关于抗战时期台湾的光复运动，曾健民曾详述从20世纪20年代开始在大陆的台湾抗日团体，于1937年抗战后如何结集形成统一抗日阵线的过程，考察在国民政府协助下的四个主要的革命团体：台湾义勇队、台湾革命同盟会、台湾党部与台湾调查委员会，在台湾光复运动过程中所扮演的角色与建言。见曾健民，2010：9—64。

[2]　李友邦1924年因参加台北师范学潮、袭击日警，为躲避日警追捕逃到上海。在孙中山“联俄容共”的政策下开启国共第一次合作时，李友邦南下广州进入黄埔军校第二期。同年受孙中山思想与廖仲恺的影响下奠定台湾革命的思想。廖氏乃曾向孙中山游说延请俄籍鲍罗廷出任国民党高级顾问者。见丘念台，2002：113—115。1927年李友邦与张深切、张月澄（张秀哲）等台湾学生共同组成“广东台湾青年革命团”，主张以革命手段推翻日本的殖民统治，并积极援助中国大陆的革命，以求台湾的解放。旋因国民党清党，离开广州，1929年在杭州投入地下革命运动，1932年为革命特务侦获，逮捕入杭州陆军监狱。见曾健民，2010：23。

[3]　1937年卢沟桥事件日本发动侵华战争，经过“西安事变”与全国舆论的压力，国民党停止剿共，开启国共第二次合作，联合抗日。此时，1932年因从事地下工作被国民党逮捕的李友邦得以出狱。1938年9月李友邦随即恢复昔日在广东成立的“台湾独立革命党”的公开活动。为适应抗战形势，李友邦将党章做了适度修正。见曾健民，2003：10。总纲规定：“本党宗旨为团结台湾民族，驱除日本帝国主义在台湾一切势力；在国家关系上，脱离其统治，而返归祖国，以共同建立三民主义新国家。”行动纲领则提出：拒缴赋税、反对抽征壮丁来华作战、破坏台湾生产、组织日韩台反法西斯大同盟、统一台湾革命组织……等十项纲领。见《台湾先锋》创刊号，1940：88—93。

除非祖国政府公开提出“收复台湾”的政策，否则无法公开支持台湾的光复运动。李友邦据此现实条件，分析台湾的革命的复杂性在于：“第一，必须以台湾作为日本帝国主义者的殖民地向他争取独立，第二，他又须以台湾作为中国之一部分，而且适应全民的要求要归返祖国（1940）7-8。”与此同时，1938 年 9 月 18 日谢南光联合在华南的“台湾民众再建委员会”“台湾反战同盟”“台湾光复团”及“台湾众友会”等五团体成立“台湾民族革命总联盟”。它的共同纲领针对统一战线特别指出：“一、本同盟的共同目的，在推翻日本帝国主义的统治，建立各民族平等的民主革命政权。二、本同盟认为台湾革命乃中国革命的一环，中国抗战成功之日，即台湾各民族争得自由解放之时，故必须发动台湾各民族参加中国抗战。”[1] 基于台湾抗日团体对台湾革命为中国革命之一环已形成共识，1940 年 3 月 29 日在任职于重庆军委会政治部的刘启光（原名侯朝宗，原台湾农民组合干部）的推动下，李友邦领导的“台湾独立革命党”“台湾义勇队”与谢南光所领导“台湾民族革命总联盟”在重庆共组“台湾革命团体联合会”[2]（以下简称“革联”）。台湾抗日团体自发性地联合阵线，已使“革联”成为阵容最庞大、最具号召力的复台宣传组织。1940 年开始，国民党中央积极策动“敌后方革命运动”,[3] 包括赞助策动日韩台革命运动、推动中央直属台湾党部等工作，显示了国民党抗日作战“攻略”的变化。在国民党积极协助台湾革命工作的新“攻略”鼓舞下，台湾抗日统一阵线“革联”进一步于 1941 年 2 月 10 日于重庆成立“台湾革命同盟会”，使数十年来分散在祖国各地的台湾革命团体向更紧密的统一组织发展，团结在“保卫祖国、收复台湾”的共同目标下，其宗旨明白表示接受国民党

[1] 谢南光《中国抗战与台湾革命》，《中国青年》1939.10.20，1：4，转引自张瑞成编，1990b：14。

[2] 1940 年，7 月陈友钦、林士贤领导的“台湾青年革命党”和宋斐如、柯台山领导的“台湾国民革命党”也加入组织，11 月张邦杰领导的“台湾革命党”又加入。

[3] 1940 年汪精卫在日帝的操控下，在南京成立“中华民国国民政府”的傀儡政权，并改编一部分国民党的投敌部队名为“和平建国军”。为抵制日帝的此一战略，蒋介石 4 月决定“赞助日本台湾朝鲜的各项革命运动”，推展“敌后方革命运动”。

中央的领导,并首次提出了“建设三民主义新中国”的目标[1]。随着战争的形势变化，“收复台湾”目标日渐接近，“革盟”屡屡向中央提出对于台湾“建省”“建军”“建政”等建言，希望早日确立台湾的地位（曾健民，2010）29-42。

1940年4月，蒋介石命党中央组织部长朱家骅与任职军事委员会政治部的刘启光、宣传部的林忠、谢东闵商量，商请在香港行医的翁俊明担任台湾党部筹备处主任,1941年“中央直属台湾党部筹备处”在香港秘密成立,[2]刘启光任秘书，台湾岛内北部由周天望、南部由庄孟侯负责。1943年开罗会议前夕11月18日翁俊明遭人食物下毒毙命，林忠暂代主委，至1944年改派旅菲华侨王泉笙继任主委，并将党部迁往福建永安，但主委一直未到职，被丘念台在《台湾党务改进管见》中批评为“太远隔工作”（张瑞成编，1990a）384-385、“无群众少党员、任职者多不知台、台岛人才不参加”（曾健民，2010）45。显现了台湾党部内部有人事矛盾，而国民党中央亦表现出对台人的不信任。

1941年12月8日日本偷袭珍珠港，同时攻击美国殖民地菲律宾等地，发动太平洋战争。英、美立即对日宣战，卷入远东的战场。中国于翌日马上发表正式对日宣战，此举等于宣告废止中日两国间所有不平等条约，对台人最大的鼓舞莫过于马关条约的废止可期。于是，“革盟”不再顾忌为难中国对台政策，复台宣传正式搬上台面，积极展开各项公开的活动。每逢“四一七”马关条约割台签字日，以及“六一七”日总督领台始政日，皆订为岛耻纪念日，并趁此机会举行纪念大会以鼓动风潮、扩张声势（吕芳上，1973）275、（林忠，1985）21-25。台

[1] 尽管此时国民政府尚未对外公开宣示“收复台湾”的政策，但“革盟”的成立，是在国民政府中央的允诺下：确保其“复归祖国”、“依照地方自治原则组织地方政府”、组织名称“可暂称为台湾国民党”、统层关系上“可暂保独立性”、协助建立武装、及不经法律程序取得公民权等保证中。参见《康泽致朱家骅转达台湾革命团体联合会对台湾革命问题之请示与拟答之意见函》1940.06.04，见张瑞成编，1990a：307—308，增强了台湾革命者的向心力，拉近与国民政府的关系，无怪乎李友邦视1940年为“复省运动”的开始（1943.01.15，李友邦《三年来之台湾复省运动》，1943.07.30中国国民党直属台湾党部编印《台湾问题参考资料》第二辑，油印件，1943：10—18），参见张瑞成编，1990b：64。

[2] 后因香港被日军占领，撤往内陆经广东曲江、江西泰和，期间曾开设“台湾党务工作人员训练班”，由宋斐如任教育长，广招台、闽、浙及学员六十人。最后于1943年3月15日在福建漳州正式成立“中央直属台湾党部”，翁俊明仍任主委，改林忠任执委兼书记长，设组训、宣传、总务三科以“中正医院”为掩护展开工作。除派大批工作人员潜赴大陆各沦陷区做宣传策反工作，并联络岛内同志窃取情报，鼓励台胞在敌方军政机关“乘机反正”。据1944年《台湾党务意见书》共征得党员414人“分布岛内各地参加组织”，在岛内曾以“思宗会”名义进行组训，且运用“北京语研究会”名义，建立了25个据点小组。见张瑞成编，1990a：302—308、327。

湾抗日分子主要透过两种管道密集鼓吹"收复台湾"的各项事宜，一是透过集会方式发表公开宣言，二是经由组织或任职机构向党政中央呈文与提案[1]（郑梓，1994）[27]。

1943 年开罗会议之后，受到国民政府向国际社会表明收复台湾为既定政策的鼓舞，在国民政府成立"台调会"制定台湾复员计划的期间，"革盟"的干部更加积极提出复台、建制等建言，并集中言论到机关刊物《台湾民声报》[2]。另外，"台湾接管计划纲要"中的部分条款和《台湾民声报》上的言论在"立意精神"还有不少契合之处，例如在"通则"的第二条"接管之后之政治设施：预备实施宪政，建立民权基础"，第五条"民国一切法令均适应于台湾"，第八条"地方政制：以台湾为省，接管后正式成立省政府"，第十条"各机关旧有人员除敌国人民及有违法行为者外，暂予留用"（张瑞成编，1990c）[109-120]，以及"内政"部门第四条"接管后应积极推行地方自治"（郑梓，1994）[123-124] 等，比后来仓促定案的"台湾省行政长官公署组织条例"更符合台湾人士的期望。

《台湾民声报》上的言论向国民政府要求正视台湾的特性与台人的心理，期望从台胞数十年反抗日本殖民统治，在已奠定的民权觉醒、自治训练趋于成熟的基础上重建政制[3]（郑梓，1994）[30]。郑梓归结他们的主张，第一项是力争台湾主权归属以及法定地位，[4] 使台人与所有大陆人同享国家主权的同等保障与待遇，而

---

[1] 关于在大陆的台湾人透过组织、集会或任职机构向国民政府表达台湾问题的重要性、提出的建言，包括抗日团体的宣言、直属军事委员会的台湾义勇队、台湾革命同盟会、直属于中国国民党的台湾党部的文件档案，参见《台湾志士在祖国的复台努力》，收录于张瑞成编，1990a。

[2]《台湾民声报》1945 年 4 月 16 日创刊，发行的期间跨越抗日胜利前后的 1945 年 4 月至 10 月之间，关于每一期的篇目与著者身份之分析，见郑梓，1994：94—104。《台湾民声报》上，对复台计划中各项应兴应革的具体方案，多所建言。例如谢南光、黄朝琴、李友邦被"台调会"聘为委员，李万居、连震东任职于国际问题研究所，李纯青为大公报记者，林忠任职于国民党直属台湾党部，这些"革盟"的台籍干部对复台事宜都发表了为数不少的建言有部分文章收录于《抗战时期收复台湾之重要言论》（中国现代史史料丛编 第三集），国民党党史会，见张瑞成编，1990b：229—324。参见《台湾志士在祖国的复台努力》，张瑞成编，1990a、《抗战时期收复台湾之重要言论》，张瑞成编，1990b，以及郑梓关于《台湾民声报》上著者发表篇数之统计。见郑梓，1994：103—104。

[3] 关于光复前后台湾革命同盟会与《台湾民声报》的复台宣传与规划方案的言论，详见郑梓：《第三章 复台前夕祖国派台籍人士的最后言论与主张》，1994：89—131。

[4] 例如谢南光在《对第四届参政会的期望》中说："我们切望参政会能促进中央提早宣布台湾在中华民国宪法上的定位，给台湾同胞以政治上各种机会，坚定他们对祖国的忠诚，大量争取他们来参加复台工作。"《台湾民声报》第 6 期，张瑞成编，1990b：274—277。

不至于战后被同盟国当战犯处置。[1] 第二项是要求政治地位的平等，关于战后台湾的政治变革，必须设立“台湾省政府”，以抵制“国际托管台湾”的观点。如针对 1942 年 8 月美国《幸福》《时代》《生活》三大杂志所倡议的“战后台湾由国际托管”的论调，《台湾革命同盟会第二届宣言》首先发表严正声明抗议，并正式备文《台湾革命同盟会请设台湾省府》，呈请中央准予设立与全国一体的台湾省政府。[2] 政治地位平等的要求，同时也对所谓台民被日寇奴化说予以驳斥，要求实施宪政，尊重有自治经验的台民，实行地方自治。谢南光在《制定台湾省宪》一文中说“一旦我克复全岛的时候，我们随时可以成立参议会，制定省宪法”，又说：“要取得人民的合作就要实施宪政，实行地方自治，尤其是民主主义运动有了五十年的历史的台湾，地方自治有二十五年立的台湾，不尊重人民的自治，政治就不容易上轨道 [《台湾民声报》(1)：2—3，见（张瑞成编，1990b）229-231]。”谢挣强的《宪政实施与台湾》批驳反对复台实施宪政的人士说道：“竟有人昧于台湾情势，而主张台湾收复后应经过几年的军政和几年的训政，然后才开始实施宪政，这无疑是一种开倒车，把台湾拉退二十年的做法。这些人所持的理论是台湾经过日寇统治奴化五十年，一切条件都不适合地方自治和实施宪政的要求，但这些人都是对台湾情形不了解的。”谢挣强强调台民百分九十五受过教育，二十五年的地方自治经验，不管是否完全根据民意，抑或是掺杂半“御用式”，总之受过相当的训练，殆无疑义 [《台湾民声报》(1)：2—3，见（张瑞成编，1990b）231-233]。第三项是复台必须以台湾为本位，政府应以“服务与被服务”代替以往日本与台湾之间“统治与被统治”的关系，语言文字宜采缓进暂替政策，一方面普及普通话，一方面承认闽南语为暂时的公用语，[3] 并应多用台人、以台人为主体（郑梓，1994）104-107。

台湾抗日分子一再提醒祖国切勿以歧视台人的心态，勿以统治殖民地的方式

[1] 李万居《确立台湾的法律地位》，《台湾民声报》(4)：1。李万居：《台湾沦陷五十周年纪念感言》，《台湾民声报》(5)：3。见张瑞成编，1990b：253—256、258—261。

[2] 两文原收入《台湾问题言论集》1943 年，见张瑞成编 1990a：124—126、126—127。谢东闵又发表《国际托治制与台湾》一文，再度对此问题吁请中央筹备设立台湾省政府，《台湾民声报》(3)：2，见张瑞成编 1990b：247—248。

[3] 皋绍《台湾人民之中心信仰与观念》，《台湾民声报》(8)：3，见张瑞成编，1990b：304—309。

收复台湾，孟萱在《争取台湾解放是时候了》中指出：

> 台胞的归宗与台湾的解放必须是人民的、民主的、和革命的战斗。……否则，只着眼于收复后的接管，那只能是消极的，甚至是有害的。……对战后，尤其战争结束后的初期，很容易使解放后的台胞误认为不是自己的政权，而是大批来自祖国的行政官吏。加以收复官员未尽谙语言、习俗及已被日寇近代工业化了的台湾行政与社会，难免不因技术上的措施失当，而招致政治上的不满。[《台湾民声报》（8）：2，见（张瑞成编，1990b）285-287]

虽非台籍但长期旅居台湾的孝绍（郑梓，1994）102，发表《假如我是台湾人试提以下三项管见》，则提出台湾人具有民族意识与革命精神反驳台人被日本奴化说，并且主张：应善用台人从日本所习得的科学技术建设台湾，并“要祖国上下以留东五十的老学生看待台湾人”，需切实施行地方自治，作为三民主义的基础，推行“做”的三民主义，慎防实行“讲的”的三民主义，而行取利之实的弊害［《台湾民声报》（5）：4，见（张瑞成编，1990b）264-268］。这些“革盟”的成员由于深知国民政府成立以来空谈“三民主义”与空喊“施行宪政”的作风，更忧心祖国歧视台湾，以殖民地的统治重临台湾。[1]

“革盟”成员这番忧心并非杯弓蛇影，国民党中央执行委员会秘书处的汪公纪视“台人治台”为谬见，认为：“台人恒自视为异族，自划范围以与中国之其他部分有别，察其目的不外在撷取政治地位，以满其大欲。”并批评台人之间党同伐异，意见不能一致，举明清两朝回避制度的法典为例，说“本省人不得任本省地方官吏”经过历代施行，必有其优点，台人治台无异将重责大任付以无党务

[1] 这些建言散见下列文章：林啸鲲《如何领导台湾革命工作》原收入《台湾问题言论集》，1943：66—67，现收入张瑞成编，1990b：81—85。连震东《五十年来之台湾》《西京日报》1943.12.30—31；丘念台《丘念台呈中央执行委员会秘书处陈述治台意见电——民国45年8月30日》；谢东闵《台湾收复后的问题》原收入（《台湾问题参考资料》2重庆：1943.07.30），见张瑞成编，1990b：103—107。另详参郑梓，1994：62—63、103—113。

与行政经验的浪人，台人必失望而恐“今日讴歌祖国者将讴歌日本矣”[1]。汪公纪的言论将国民政府官僚停留在封建时代的统治心态表露无遗。[2]

但汪公纪也代表祖国人士排拒台人的典型心理，此中关于“台湾浪人”的刻板印象，则肇因于日本据台期间，执行“对岸政策”，驱使海峡对岸厦门、福建等地的“台湾籍民”，借领事裁判权之庇护，横行乡曲，以贩卖鸦片、走私维生。[3] 从20世纪10年代至40年代，由数百名激增到数万人[4]（梁华璜，1984）39-56。郑梓指出陈仪集团政治班底在制定收复台湾的人力动员计划时，跳不开历史创伤的迷思与心结，“则已为战后激荡不已的台湾政局埋下‘省籍歧视’的伏因”（1994）64。从后来长官公署赴台接收时的行政官员编制来看，陈仪的确有防范台人治台的心态，重要处会与各县市长，除了网罗少数从重庆返台的台籍人士，几

[1]　汪公纪《处理东方各小民族之原则》（民国三十三年汪公纪上吴（铁城）秘书长签呈，毛笔原件），转引自郑梓，1994：63—64。

[2]　从后来陈仪的治台政策看来，汪公纪慎防台人治台的论调竟被相信，而无视于台湾抗日分子曾举出台湾各项可资动员人才的数目，例如谢南光《光明普下的台湾》就曾提出：“倭寇一旦退出台湾，三万九千余人的行政人员，四分之三将随军撤退，台湾人受过倭各大学专门学校教育的至少五万人，随时可以取而代之。”《台湾民声报》（9、10）合刊，重庆：1945.10.25，见张瑞成编，1990b：320。黄朝琴《台湾收回后的设计》中亦有同样的言论，见郑梓，1994：63—64。

[3]　台湾籍民当中有些是厦门、福州当地的移民以不正当的方式取得台籍的“假冒籍民”，这些大多是当地的资本家，受到“台湾总督府的引诱，另一方面也是因为取得日籍（台籍）的托庇下，可免向中国官厅纳税，又可免受中国官僚、政客以及伪军、伪警的敲诈”。以地域不同各称为“厦门籍民”“福州籍民”。据1935年厦门公安局之全厦户口调查及保甲编组（每十户为一甲，每十甲为一保）的结果，发现全数154保的保长中“台湾人竟占其三，加入日本国籍的汉奸（即假冒台籍民）则占其十八”，“假冒籍民”依附日本官方势力尤甚于台人。台湾籍民到闽粤者，有一部分是凭正当职业去发展者，有一部分则是不务正业的流氓，或因犯案被官方押解到闽粤，在领事馆的庇护从事走私贩毒的非法勾当，使台人在大陆背负“台湾呆狗”“台湾浪人”的罪名，离间台人与祖国同胞之间的民族情感。其中厦门由“御用绅商”组成的“台湾公会”与其出资设立的“旭瀛书院”，可说是与贩毒有关暴力集团的大本营，将闽台人本出同源之血肉关系变成雠敌关系。在七七事变发生前一年，成为祖国军民反日示威的重要目标。可见日本刻意以“赴华旅卷制度”的“一面束缚良民的渡航，一面却纵使无赖汉到中国胡作非为”。台籍抗日志士屡屡努力扭转此一形象，例如“广东台湾青年团”（1927年成立）的张深切出面轰击“台湾歹狗”劝他们弃邪归正，差点丧命。“台湾义勇队”（1939年成立）的李友邦与在其创办的《台湾先锋》上为消弭祖国同胞对台湾籍民的恶劣印象的文章，屡见不鲜。但国民政府却仍无积极招抚台湾籍民的措施。此一民族隔阂嫌隙的阴影一直影响到战后台湾的“二·二八事件”，党政军特官员与官方的调查报告屡屡指出事件中的暴徒，尤其以“那些海南岛回去的兵，从福建回去的浪人，行动最为凶暴”，几乎认定台湾浪人是元凶，可见国民政府歧视台湾籍民的观念根深柢固，也埋下1949年迁台后对台人的歧视、打压与差别待遇，造成省籍情结。以上论点分，见梁华璜：《日据时代台民赴华之旅券制度》《日据时代台湾籍民在闽省的活动及处境》《台总督府与厦门旭瀛书院》见梁华璜，2001：101—130、131—182、183—214。

[4]　在厦门的台湾籍民数量，截至1926年6月底，向日本在厦门领事馆登记及未登记（包括护照交予基隆警察署，转送厦门领事馆，也就是抵厦门为向领事馆登记领回护照者）的总共有6832人，除此之外，还有（1）偷渡者（2）出生尚未申报者（3）无护照者，估计约在8000—10000人左右。见井上庚二郎（驻厦门日本帝国领事）:《厦门ニ於ケリル台湾籍民問題》，见戴国煇《日本の殖民地支配と台湾籍民》附资料介绍，日本《台湾近现代史研究》1980,3,资料介紹。中译文《厦门的台湾籍民问题》收入梁华璜《台湾总督府的“对岸”政策研究——日据时代台闽关系史》一书附录，2001：215—240。

乎没有在地的台人担任官方要职。赴台接收的官僚体系延续了国民政府封建体质与派系斗争的恶风。在国民党官僚派系斗争的生态下，陈仪自己的接收权力被架空，[1] 在自己的权力范围内也严防台籍人士再瓜分仅有的政治势力。这样的心态反被其他派系所利用，与陈仪“政学系”对峙的“军统”和“CC 派”趁势拉拢台籍士绅、精英，在“二·二八事件”中上演了派系恶斗的戏码。[2]

另外，在接管计划定案的过程中，较具争议性的是省制问题。兹根据郑梓的研究简要说明如下。[3] 主张省政特殊化者主要是具有“中土本位”心态的政府官员，如 1938 年 2 月才奉令从台北撤馆归国的驻台总领事郭彝民就认为：“台湾行政最高机构应斟酌现状，暂行特别组织，以便指挥。”郭彝民同时提出具体做法：“收复之后，须一面实行三民主义，一面加以宣抚，以敦其内向之心，第一任台湾主政之人，须派大员充督使总理政务，以示中央郑重爱护之意，及一切收复就绪，行政各臻治理之时，再行撤回督使，令与内地各省政府组织相同。”[4] 另一极端的看法是台籍人士谢南光、谢挣强等人提出：一收复台湾，立即制定“台湾省宪”，实行地方自治，加深对祖国的信心。他们呼吁：“为要保持台湾原有的繁荣与进步，为要争取台湾人心的内向，我主张要将台湾提早实施宪政，以作为全国实施宪政的示范。”[5] 两极之间持折中看法的是另一台籍人士黄朝琴，他因提出《台湾收回后的设计》而备受“国府”重视。他主张：“设置台湾实验省，委任省参议会立法之权。”黄氏认为台湾原为我国行省之一，收复后本应当回复行省制，但由于日本五十年的殖民统治，与国内各省情形有别，故“不应遽以尚在讨论未经实验之新省制，施行于台湾”，而建议以六年为过渡时期，“施以实验省

[1] 许介鳞、陈翠莲力举陈仪被架空的事实，来说明战后初期政局的复杂。经济接收上“作为省最高行政长官的陈仪，在具实力的企业接收上，几乎完全失去主导权”。陈翠莲，1995：82。许介鳞认为陈仪的权力被架空，“政学系”的陈仪和“CC 派”的陈果夫和陈立夫早有芥蒂，因此二陈建议蒋介石同意二陈心腹李翼中担任台湾省党部主委，以便监视。经济上的接收，最赚钱的单位都被中央政府的行政院资源委员会所囊括，行政长官公署所接收的单位是资源委员会拣剩的，在种种的牵制与监视下，陈仪还想实行社会主义式的经济计划，开创国府和中共之外的第三条路。许介鳞显然认为陈仪以一个省级省长的身份，难以跟中央抗拮。《陈仪是土皇帝吗？》，1998：75—80。

[2] 关于赴台的国民党派系斗争与台湾人政治团体之间，错综复杂的政治权利角力，请参看陈翠莲《第四章 派系斗争与二·二八事件》有详细的考察，1995：211—317。

[3] 郑梓《第二章 国民政府对于“收复台湾”的设计》，1994：47—65。

[4] 郭彝民《收复台湾意见书》，油印原件，台湾图书馆藏。转引自郑梓，1994：60。

[5] 谢南光《制定台湾省宪》、谢挣强《宪政实施与台湾》，《台湾民声报》创刊号，重庆，1945.04.16:2—3，见张瑞成编，1990b：231—233。

制，将总督改为省长，仍采用幕僚长制以总务长官辅助省长综理全岛政务。不但执行中央法令，监督地方自治，且赋予委任立法权，划定某种事项为台湾省参议会立法的范围，藉以维持台湾之现状，一俟国内宪法公布，自治完成后，徐图改革采用新省制，未为晚也”［《台湾收回后的设计》，重庆 1944.06，见（张瑞成编，1990a）[240-241]］。

牵涉此争议的问题是，当时大陆各省所实施的是属于何种省制？依据法制层面，国民政府广州时期 1925 年 7 月 1 日颁布的“省政府组织法”，采省府委员合议制，但国民政府成立以来因应剿共抗日，规范省制的法令屡经修改、组织形态历次演变，以致各省区对其地位、权责，以及与中央之关系亦日趋混乱不清（郑梓，1994）[58-61]。由此可见，各方人士皆体认台湾情形特殊，曾经驻台的总领事郭彝民着眼于宣抚台人、敦民心之内向，仍不脱统治者高高在上的优越感。时任外交官的黄朝琴对于大陆尚未建立完善制度的省政府组织形态心存疑虑，但仍旧倾向幕僚长制的特殊“实验省制”，似乎有曲从上意之嫌，其后返台协助接收的行径也被徐琼二公开点名批判。而以谢南光、谢挣强提出的制定台湾省宪、实行地方自治最符合民主精神，乃真正基于台湾的自主性立场提出建言。

从上述的台人向国民政府争取台湾的法定地位与省宪民主制度的过程看来，台湾战后长期的“省籍情结”，实根源于赴大陆的台籍人士不分良莠地被国民党权力核心疑为间谍，背负“台湾呆狗”“台籍浪人”的负面形象，然而切不可或忘罪责乃根植于日帝的殖民统治政策，刻意离间台湾与祖国之关系。

三、特殊省制的定案与台籍人士的建言与忧心

本节探讨“台湾省行政长官公署制组织条例”定案的过程，以及台籍抗日人士闻讯后的忧心与建言。

1945 年 6 月“台调会”经蒋介石委员长之核准组成党政军联席会议，对收复台湾的各项规划与设计工作进入最后的审议阶段。陈仪在 6 月 27 日第一次党政军联席会议以及台干班的演讲中，说明将要定案的台湾接管计划与方案，陈

仪的谈话倾向于特殊化的行政组织形态，显然关系着台湾行政体系的定案方向。[1]一个多月后，当美国在8月6日与8日接连在日本广岛、长崎投下两颗原子弹，迫使日方于10日透过瑞士政府转达中、美、英、苏表示愿意接受波茨坦宣言，请求投降，亚洲战场掩兵息鼓，二次大战迅速终结，显然超乎同盟国、国民政府的意料之外。[2]随着情势急转直下，导致国民政府的复台政策仓促定案，8月29日国民政府令"特任陈仪为台湾省行政长官"，随后于31日未经立法程序公布的"台湾省行政长官公署组织大纲"，以"国民政府训令"名义颁布，果然采取了有别收复区的特别行政组织。9月20日，国民政府才经立法程序正式公布"台湾省行政长官公署组织大纲"，以取代8月31日所颁发临时性的"台湾省行政长官公署组织大纲"，作为赴台建制的法令依据（郑梓，1994）64。

当此之际，虽然国民政府接收台湾前夕颁布的各项复员法令、接管方案及人员派遣，都已经定案，台籍抗日分子却仍锲而不舍地提出最后的诤言直谏，发表在最后一期的《台湾民声报》上。皋绍的《公理声中提论台湾人民合理要求》、谢南光的《光明普照下的台湾》与连震东的《台湾人的政治理想和对做官的观念》，不约而同地一致在文章开头回顾台湾人民致力于社会文化运动、反抗日本奴化政策的历史，接着提出自由平等的民主政治的要求。皋绍综论以往及当前台湾人对生活环境的合理要求，一一提举，如：类似关于总督府权力的退出台湾、地方自治制度的改善和延续、派遣高度教育水平足以示范的公仆赴台服务、确立以当前台湾物价为标准的新币制、语言文字的渐替政策（法定闽

---

[1] 郑梓将陈仪的主张归纳为三项：一、主张采取党政军统一接收方式，实行三民主义。二、主张实验民生主义国有公营政策。陈仪主张一切产业必须国有或公营，如银行需国有，土地实行耕者有其田，市地收为国有，交通事业公营。台湾全岛实现全部总理遗教，如有好成绩可以影响国内。三、主张杜绝大陆恶习、续走现代化之路。陈仪认为论动机、论目的，日本统治台湾是压迫台人，只谋统治者的利益；论事业不能不说有进步，论方法却是比较现代化，如果把那些比较现代化的方法、进步的事业，用以施行三民主义，用以为台湾人谋福利，那就好了。见郑梓，1994：187陈仪的演讲见《台湾调查委员会党政军联席会第一次会议记录》见张瑞成编，1990c：139—143。

[2] 美国为了减少在太平洋战争中的负荷、美军的死伤，一直积极于邀请苏联参加对日宣战的行列，1943年11月28日至12月1日美、英、苏召开德黑兰会议，斯大林明确表示愿意参加对日战争，使得中国牵制日军的地位骤然失去绝对的重要性。苏联同时提出对日参战的三条件，后于1945年2月4日至11日签订了"苏联参加日本作战协议书"，此即所谓的"雅尔塔密约"，苏联于1945年8月8日对日宣战，此密约关系到中国的很多利益，包括承认外蒙独立，以及苏联在东北的利益，必须中国同意。蒋介石竟于1945年8月14日提出：苏联不帮助中共、苏联帮助国府平定新疆，以及将援助全部给代表中华民国中央政府的国民政府等等让步的条件，承认了出卖外蒙的雅尔塔密约。见许介鳞，1998：35—39。

南语为暂时五年或八年的公用语，并规定日文通用期间）、防止政局变换的失业、防止流动及固定资本的急遽变动、给予言论思想及结社的自由、制止纷乱及不正当的事物搬进台湾等等。针对各项台湾光复后复员工作可能引起的问题都一一提出建言。连震东特别针对行政长官公署的行政专制与委任立法，比拟为日本殖民统治“六三法”下的台湾总督府，委婉地告诫：这样将使台湾人民产生“总督制复活”的错觉，以为行政长官又是以“统治殖民地”的姿态出现。

另外，李纯青的《送陈仪将军》，则特别针对“登用人才”的问题，提出：“难道台湾一省，完全没有政治人才吗？即使如此，人必不怪台湾人，而怪陈长官乃以统治殖民地的姿态出现。”[1] 事后看来，台湾革命同盟会成员发表在《台湾民声报》上的忧心之见，却一一应验，这并非他们具备未卜先知的能力，而是这批战时赴大陆被称“祖国派”或“光复派”的台籍抗日分子，[2] 是当时最熟悉两岸社会现实的人士，自然最能预见即将脱离日本殖民统治回归祖国的台湾，在祖国政治未上轨道之际，可能发生的情状。

这些台籍抗日分子诚如澳洲学者家博（J.B. Jacobs）的考察、亲访当年的台籍人士后所指出的：

> 战后台湾继起的事件，揭示“半山人”恐惧之中深邃的预言本质。“半山人”教育中国国民党领导人的尝试何以会失败？吕芳上认为发行《台湾民声报》的台湾革命同盟会，它的弱点是源自于虽经行政上一再改组，却始终存在的派系斗争（吕芳上，1973）273、领导乏人、经费困难和联络不易（吕芳上，1973）288。……笔者无宁相信，在较大的战争之中，台湾事务的相形见轻、台籍领导人的少不更事和缺乏资历，以及是中国政治圈内的少数，都使他们力有未逮。（陈俐甫、夏荣和、林伟盛编译，1992）29

---

[1]　皋绍、谢南光、李纯青、连震东的文章，原刊载《台湾民声报》（9、10）合刊，重庆，1945.10.25：5—6，见张瑞成编，1990b：315—328。

[2]　所谓“祖国派”又称“光复派”，参见杨肇嘉《杨肇嘉回忆录（一）》，1980：189—190。

另外，这些台湾抗日分子日后也有不少人参与接收台湾的各项工作，比诸“本土精英”势力受到国民政府的信任而占尽优势，被视为“半山”[1]系统。在台湾战后的派系政治生态中，自成一股势力，与地方领袖势力，形成相互对峙的系统（李筱峰，1986）[274]。此一问题留待后文再续论“半山”团体的倾向性与光复初期文化发展的关系。

对日胜利后，颁布的“台湾省行政长官公署组织大纲”实行“特殊省制”，中央政府任命的行政长官一手掌握行政、立法、司法三权，条例第一条规定“置行政长官一人，依据法令综理台湾全省政务”，而非一般省长制之下的省政府委员合议制；第二条规定“行政长官公署，于职权范围内，得发布署令”；第三条规定“行政长官对于台湾省之中央各机关有指挥监督之权”，透过长官公署法治委员会接收原台湾总督府各级法院，对省内司法权之行使拥有统制力。（郑梓，1994）[235-241]另外，陈仪身为警备总司令还掌握了军事权，其权限相较于日本的台湾总督毫无逊色（若林正丈，2000）[60]。省公署的行政体系普遍被认为是“新总督府”，[2]在长官公署赴台接收后一直到“二·二八事件”爆发以前，“特殊省制”一直为关心时局的台湾人所批评，“地方自治”的民主要求呼声不断。

郑梓比较“台调会”1944年3月23日拟定的《台湾接管计划纲要》与收复台湾后重建政制之法律依据《台湾省行政长官公署组织条例》，认为《台湾省行政长官公署组织条例》仓促定案，比诸《台湾接管计划纲要》，不进反退，两者之间的治台方略：“南辕北辙、大相径庭”，批评《台湾省行政长官公署组织条例》与台籍人士发挥过影响力制定的《台湾接管计划纲要》背道而驰（1994）[124]。长官公署的行政组织形态，完全延续日本台湾总督府的旧制，而弃“台湾调查委员会”费时费力多方折冲而成的各项方案不顾，对在大陆的台籍人士之接收台湾

[1] “半山”此一俗称，语带贬意，意指半个“阿山”，孙万国指出有关文献指涉半山者，其界说不下数十种：“半山既继‘阿山’而起，词义间已蕴内外之别及‘非我族类，其心必异’的价值默认。而论者每以半山比‘台奸’、‘政府走狗’、‘阿山之爪牙帮凶’、‘出卖台湾之败类’，乃至‘政治蟑螂’云云，无怪乎游弥坚曾于1950年1月26日主张禁用‘半山’一词。”见孙万国，1998：259。本书使用此一语词时，意指战前台湾人赴大陆从事“光复运动”，后随国民政府赴台接收的公职人员，并特别用引号标注，以示无贬抑之意。并借用陈翠莲“当权半山”一词的用法（2002），形容亲国民党权贵而得势的“半山”，以为甄别。

[2] 郑一禾《台湾的秘密》，《新闻天地》1946.11.30，（18）：3。转引自许介鳞：《陈仪是土皇帝吗？》，1998：75。

的建言与忠告置若罔闻。[1]

台湾回归祖国后，光复初期四年，在政治、经济、文化与社会上种种的隔阂与冲突，事实上延续了战争期间台籍抗日分子与国民政府之间的政治角力。台湾人不愿意作为被日本殖民统治的臣民，也极力拒斥反驳美国军方运作频频的“国际托管”论，要求国民政府维护台湾的法定地位，也向国民政府要求政治地位的平等，表达以台湾为主体之“复省建省”的治台要求，无奈国民政府抱持以巩固统治权位为优先考虑的心态对待怀抱孺慕之情回归祖国的台湾人民。

光复初期四年，台湾的高压统治随着国共内战、美苏冷战阵营对立而日益紧缩，“白色恐怖”的清乡肃杀日趋高升，尤其是1949年5月国民党当局溃退台湾前，就已经在“四六事件”中借机展开“白色恐怖”，肃清异议分子，牵连无数的错冤假案，将在大陆四年“山河变色”“惊弓之鸟”的“恐共”心态嫁祸到台湾人身上。杨逵在1949年1月21日起草刊登在上海《大公报》的“和平宣言”，防止内战波及台湾的忧心，不幸应验。国民党一连串戒严统治的手段，埋下了台湾社会长期的省籍对立情结，在高压统治下一时噤默、失语的台湾人并未因此失忆，其潜伏的不满、反对情绪随着经济、社会力的提升，终于在20世纪80年代，因应世界性冷战对立结构的瓦解而冲破政治力的禁锢，爆发“台湾人出头天”的政治口号，平反“二·二八事件”被移用为政权转换的要求。在盘根错节的历史情境中积累的“省籍情结”，[2] 实肇因于日本殖民统治五十年后回归祖国的最初四年中，在风云诡谲的局势变幻下遗留下来的历史伤痕。但历史研究若仅仅诉诸省籍对立并无法看清光复初期台湾回归祖国后发生“二·二八事件”种种矛盾问题的根源，也无助于我们从历史中获得借镜、反省的契机。

---

[1] 郑梓指出：“先就战后台湾行政长官公署的权力运作方式若与战前日据的武官总督相较，实有许多隔代相似之处，诸如二者同操军政二柄、同领军政与民政二部，同样享有委任立法之权、同样实施行政专制，再就行政长官长官公署各级行政组织形态大体又皆承袭自日据总督府之行政规划，因此不论从权力运作或组织形态等方面分析，已可探知战后台湾行政体系与大陆各地的省制迥异，且弃‘台调会’费时费力多方面折冲而成各项方案于不顾，却直接承继了日据五十年的殖民统治遗规，行政长官公署也无异就是总督府的翻版。”见郑梓，1994：207。

[2] 关于“二·二八事件”与台湾战后社会省籍矛盾的形成，若林正丈认为：“二·二八事件”是民众的“官逼民反”诱发了知识分子尚未准备好的民主化与要求自治运动（“台湾七日民主”），但国民党政权却以报复性的虐杀作为响应。由于“二·二八事件”的省籍矛盾，在1949年国家分裂后，自大陆失去地盘的蒋介石的疑似“党国体制”的国民政府，再生产并再强化此一“省籍”分化的结构，包括在军、公、教等社会阶层、教育的语言政策、族群的分居以及选举的操作等等。见若林正丈，1994：75—80。

第二节 国民政府的接收与官僚体制的确立

国民党高层公开收复台湾的政策后，成立“台湾调查委员会”展开各项复台工作，点缀其中几位台湾代表人士，虽然也曾发挥过影响力，但在日本投降的最后关键时刻，罔顾了台湾抗日阵线多年来的奔走与忠告。陈仪及其政治班底赴台接收后，极力一展他们在福建主政时未能伸展的宏图，无奈台湾与其他收复区一样成为各方势力角逐的场域。而一心一意希望回归祖国就是重见天日、重获自由民主的台湾人，在台湾回归中国、纳入中国的政治、经济、文化圈后，才发现不过是换了“主人”，并未得到政治上的自治与解放。如蒋时钦就指出：“自治是台湾民主运动目标，光复与真正的解放是两回事，我们须与全国民主战线相应”[《宪政运动与地方自治》(《政经报》1946.7.25，2：5：6)]。

台湾省行政长官陈仪身兼警备总司令，手操军、政二柄，制度面又集行政、立法、司法三权于一身，因此被批评为为“土皇帝”[1]（许介鳞，1998）75-80，禁止法币在台流通的台币政策，也被议论为搞特殊化、搞独立王国。[2] 陈仪在“二·二八事件”后，撤离台湾前夕，在最后一次主持总理纪念周的会议上公开坦承：“自己的历史正是一部失败史。”[3] 陈仪治台的功过，至今也毁多于誉。

长官公署辖内，于1947年爆发了“二·二八事件”，国民政府遂于4月24日下令撤销行政长官公署制，5月15日台湾正式设省，行政长官陈仪被调回大陆，改派出身于外交界的文官魏道明为台湾省政府委员兼主席。[4] 台湾省行政长官公署从1945年10月25日赴台接收，到1947年5月15日，历经一年半左右的时间。

---

[1] “土皇帝”一词语出自黄昭堂《第五章　台湾总督府的权力》,《台湾总督府》,“土”乃地方之意，台湾人称日本总督为“土皇帝”。见黄昭堂，2002：228。

[2] 章英《台湾鳞爪》,《观察》1（9），1946.10.26。全文见戴国煇、叶芸芸，1992：138—142。

[3] 周一鹗《陈仪在台湾》，见《陈仪生平及被害内幕》，全国政协等编，1987：111。

[4] 《台湾省政府公报》，1947.05.06，（夏字号）:1—2。

在陈仪主政的期间，是台湾被清政府割让予日本经过五十年的分离，重回中国政治版图，两岸各层面正式展开交流，更精确的说法是台湾从此卷入中国处于国共政治斗争不稳的政经社会局势中。光复初期四年回归祖国所产生的社会矛盾，无论是政治、经济，以及社会文化所面临的问题，基本上在陈仪主政的期间已逐渐浮现，例如：通货膨胀的经济问题，产业复员缓慢引起的失业问题，统制经济、公营事业形成与民争利的现象，支持内战导致的粮食不足、粮价暴涨问题，以及因制度性失衡加上"贪赃枉法"的人治而变本加厉的省籍矛盾、语言隔阂、心理失调等等问题都一一浮现。

"二·二八事件"后，台湾省行政长官公署改制为台湾省政府，但许多问题并无法得到根本的解决，只是靠着"二·二八事件"清乡开始的"白色恐怖"镇压台湾人对国民政府的反抗声浪。由此可见，问题的根源并不完全在于省制的特殊性。台湾的政治、经济、社会问题最主要是受制于战后中国整体社会结构性因素的影响。本节探讨行政长官公署的施政，以及光复初期四年受制于战后中国整体结构性因素之影响，导致台湾政经社会各层面的问题，反映了台湾人对时局从"期待"到"失望"的历程。光复初期短短的四年，却在政、经、文化、社会、心理层面留下了种种影响日后认同政治变迁的"历史情结"。此一"历史情结"，至今也仍在发酵，"历史"并没有成为"过去"。

一、台湾人的"光复"期待与战后国民党官僚体制的确立

对国民政府而言，相较于东北接收的不顺利；台湾的接收则进行得相当顺利[1]。（许介鳞，1998）[46] 毕竟接收台湾地区比接收"伪满州国"，在腹地上、行政体系上、外交因素上都单纯得多。这一方面首先得益于在台日本军、政界的配合，可说是蒋介石对战败国日本"以德报怨"的外交政策的"成果"之一。关于日本军、政界配合国民政府接收事宜，许介鳞指出："1945 年 8 月 15 日，台湾总督府安藤利吉发表日皇'终战之诏'，这宣示日本终结战争而不明示战败。当天，国民政府主席蒋介石电日军在华最高指挥官冈村宁次，指示六项

[1]　针对光复区的接收，郑梓认为台湾在接收未及一年四个月却爆发了"二·二八"的社会大变乱，表面上台湾和东北两个光复区，战后复员计划似乎皆告失败。见郑梓，1994：72。

投降原则，同时向全国军民广播‘以德报怨’，不要对日本军民施行报复（许介鳞，1998）[53]。”蒋介石的对日政策，是刻意对日本释放善意，期望日本军、政在国民政府进驻前维持日本占领区的地方秩序，以防止中共抢先接收。台湾的接收也在日本军、政界对国民政府接收工作的配合下顺利完成，许介鳞指出：

> （日本军、政界）在国府进驻前，作成确实详密之全目录。日方相当合作，负责接收的各单位只要按图索骥即可，因此颇为迅速。
>
> 台湾省行政长官公署于11月1日起开始各项行政接收，十二月底除军事之外，各单位悉数接收完毕。1946年1月31日，军事接收完毕。前后仅三个月时间即告完竣，在国府各接收地区，台湾显得最有效率。（1998）[46]

对国民政府而言，台湾的重要性，与共产党势力“威胁”下的华北和东北相较起来，显然须投注更多在后者。许介鳞说明台湾与东北一如其他沦陷区，都爆发了各股势力的接收争夺，相较之下，国民政府高层对小小的台湾显然较为忽略，他举负责接收的人员为例，负责东北接收的是熊式辉、张嘉璈、杜聿明、蒋经国等重量级人物分掌政、经、军各部门，但各方接收势力，乱成一气。“然而台湾则由陈仪统一接收，除经济部资源委员会将最赚钱的企业夺走以外，其他派系并无可观之分沾，导致日后各派系联合起来斗垮陈仪，并在“二·二八事件”中煽风点火”。并且“熊式辉等人对东北的了解与掌握，远不如陈仪之于台湾。加上苏联（在东北，笔者案）与美国（在台湾，笔者案）所采取的策略不同，以及战后中国共产党的主力往北方发展，致使国民政府在东北灰头土脸，相较之下，在台湾的接收工作堪称成功”。为国民党当局日后在台湾的执政奠下基础，而不至于全军覆没（许介鳞，1998）[44-49]。

另一方面，台湾接收的“成功”，还有赖于台湾人——除了少数士绅受日人的鼓惑，感到些许不安，曾密谋“台湾独立”之外[1]——大部分都以热情迎接胜利国军与国民政府官员的来台接收。日本宣布无条件投降后，台湾人日夜盼望国民政府赴台展开接收工作，各地欢庆台湾光复、自动自发地挂起国旗庆祝在台湾的第一次双十国庆，国语讲习会林立，同时刮起三民主义学习风潮。但直到10月25日陈仪才代表“国府”，从台湾总督安藤利吉手中接收台湾的统治权，台湾脱离日本殖民地的处境，重新纳入中国的政治版图。在等待国府赴台接收的70天期间，台湾各地由地方士绅出面，积极热烈地组织“欢迎国民政府筹备会”，以表达回归祖国的热切之情。

从8月15日日本投降到10月5日台湾前进指挥所成立，首批中国政府与军队登陆接收，期间历经50天的“历史的真空时期”。不久，各地殴打日人，尤其是日本警察，或是殴打曾担任警察的台湾人，种种暴力事件频传。吴新荣对民众的暴动诠释为：“这样的民族感情渐渐昂扬起来，由潜在性的变为表面性的（吴新荣，1997）156。”叶荣钟在《台湾省光复前后的回忆》中指出这时各地的“欢迎国民政府筹备会”适时发生一点政治的作用，因为“它是过去民族解放运动的领导人物的集团，他们过去的活动，犹鲜明地印在民众的心目中”，由他们主持劝诫疏导、维持秩序的工作，无人敢予异议（2000）441。可见台湾的士绅、社会运动分子长期建立了地方性的威望，其地方性的领导力量不可忽视。由于台湾人回归祖国的热忱、自动配合，或者应该说对祖国国情的隔阂，“祖国只是观念的产物而没有经验的实感”，凭着一股“民族精神”的向心力，使台人“自动地拥护政府保全公物”，以爱国热忱等待官员接收（叶荣钟，2000）441、445。

台人不知道他们拥护的国民政府在政治、经济上的腐败无能，这隔阂不但导

[1] “台湾独立事件”经过见许介鳞《战后“台独”的始作俑者》，指出“台独”的发端，乃受“外人”的阴谋鼓动。日本战败发表“终战之昭”的第二天，8月16日，在台日军参谋中宫悟郎、牧泽义夫在草山集会，密谋策划“台湾独立”，拟定“台湾自治草案”，由中宫密会辜振甫提示“台湾自治草案”，并商议“台湾自治协会”名单。8月22日台绅辜振甫、许丙、林熊祥与杜聪明、林呈禄、简朗山两批人马先后拜会安藤总督，安藤随即发表谈话，告诫岛民不得轻举妄动，并明示绝对禁止台湾“独立”或“自治”，24日安藤的谈话发表于报端。1946年1月15日，长官公署公布台湾汉奸总检举规程，辜振甫、林熊祥、许丙、简朗山等遭人指控参与“台湾独立运动”，三月被逮捕，经过一年多后，1947年7月29日，台湾战犯军事法庭判决，辜振甫被处有期徒刑二年二个月，许丙、林熊祥处一年四个月，简朗山、徐坤泉获判无罪。见许介鳞，1998：53—55。关于“独立事件”经过可参考《台湾新生报》1947.07.30刊载29日警备司令部战犯军事法庭针对“台湾八一五独立（自治）事件”所做的判决书，可知原委。见陈幼鲑，1999：5。

致重建台湾民主自由的理想幻灭，最后终于爆发了"官逼民反"的"二·二八事件"。日后陈仪政府赴台后，对这些地方势力不但不愿借重，反而多所猜忌，也种下了政局不稳的潜因，导致"二·二八事件"发生时各地士绅、文化人或多或少投入领导政治改革的运动中。在国民党展开清乡镇压时，有些牺牲性命，如王添灯、陈炘、林茂生，有些则迅速离开台湾，暂避风头，被捕者入狱者更不在少数。也有文化人因此而认清国民党的封建专制性质而投身中共台湾省工作委员会的地下党工作。

战后台湾，原来的日本殖民社会体制迅速瓦解，社会开始失序，战时饥荒持续恶化。同时负起维系社会秩序的还有"军统"人员张士德筹组的"三民主义青年团中央直属台湾区团"，张士德出身于日本殖民统治时期农民组合，透过台北知名执业律师陈逸松联络地方有志青年筹组"三民主义青年团"，[1] 由于张士德对台人宣称国民党的一贯作风是"党外无党、团外无团"，所以存在的团体或拟将组织的团体，一切都要解散或纳入"三民主义青年团"（吴新荣，1997）[156]。因此曾经吸引不少进步分子和热血青年加入，例如：吕赫若、吴新荣、苏新、杨逵、简吉等等（陈翠莲，1995）[243-244]。吴浊流称许："三民主义青年团，自动担当各地的治安工作。这种处在真空状态而能够完成民心一致地完成自治工作的，恐怕在世界政治史上是罕见的吧（1990）[70]。"

与此同时，国民政府抵台的时间，却一再延后，而各地民众翘首欲争睹官员国军抵台的热情却未减，民众望眼欲穿，甚至有人露宿基隆码头以待（叶荣钟，2000）[442]。接收、复员速度的缓慢，并非台湾独有的现象。对国民政府来说，胜利来得太突然，"连迎接胜利的准备时间都没有"（邵毓麟，1967）[75]。抗日胜利半年后，1946 年 5 月 1 日才由重庆还都南京，而国民政府派系倾轧，接收的不当与复员的失策，在全国各地引起的反弹情绪，也随着台湾省行政长官公署的接收蔓延至台。

台湾的接收虽然在全国算是迅速的，但对台人来说已是望穿秋水，1945

---

[1] 关于"三青团"的筹组，文化人的派系色彩与思想倾向，在战后初期文化界发挥的功能与作用，相当复杂。详见本书第三章第一节。

年 10 月 5 日长官公署秘书长葛敬恩率领“台湾省前进指挥所”，包括台湾省警备总司令部副参谋长范颂尧等四十七名人员，及宪兵一排，一行人共七十一人搭五架美军运输机抵台北，第一批接收人员才到达台湾（台湾省文献会主编，1952）[31]。与葛敬恩同行的中央社特派员叶明勋曾回忆说：“当五架专机降落松山机场时，总督府谏山参谋长等高级官员与台湾士绅，还有挺着军刀的日本兵，都在那里列队相迎，葛主任竟躲在飞机上，推着王民宁先生出来露面，这是什么汉官威仪？（1988）[47]” 连接收官员都全无战胜国的威仪，更何况是接收国军的老弱残兵像，与在台湾养精蓄锐、军纪森严、兵力无损的十六万日本军队相较之下 [1]，似乎国军才是败战国的军队。吴浊流描写迎接祖国部队来台时的心情：

> “哦！来了来了！祖国的部队来了……”
>
> 我尽量站高身子去看，但那些军人都背着雨伞，使我产生奇异的感觉。其中也有挑着锅子、食器以及被褥的。感到非常奇怪，这就是陈军长所属的第七十军吗？我压抑着自己强烈的感情，自我解释说，就是外表不好看，但八年间勇敢地和日军作战的就是这些人哩。实在太勇敢了！当我想到这点以安慰自己的时候，有一种满足感涌了上来。（1990）[70]

叶荣钟也描述过形同难民的国军，对兴奋迎接胜利国军的台人，造成不小的冲击：

> 日本军人装备精良，行动活泼，雄纠纠，恶狠狠，令人望而生畏。

[1]　叶荣钟：“因盟军采取跳板战略，由菲岛一跃上陆冲绳。缘此日本军在台湾的武力丝毫未受到损失，这些失去统制又心理失常的武力，会发生如何的作用，实在是一项令人担心的问题。”2000：436。吴浊流则指出战后日本在台的兵力：“国军只有先来三千，日本的正规军有十八万三千，加上在乡军人合起来三十五万”《第十章　欢呼“光复的阴影”》，吴浊流，1990：171。许介鳞：“如果……美军与十六万精锐日军相互厮杀的结果，就算不及登陆琉球时所造成的‘玉碎’，对台湾人的生活也必然造成极大的伤害。更重要的是，一旦台湾被美军占领，美国基于自身利益的考虑，在战后未必会依开罗宣言将台湾归还中国。”见许介鳞《第三章　美国也有台湾占领计划》，1998：25。

省民看惯了日本军人的威风，见到我们自己的士兵装备简陋，风采不扬，甚至肩挑铺盖锅钵，形同难民，心中未免失望，只是口头不忍说出来。但是少年人心直嘴快，背地里就不客气的批评，笔者的岳伯住在台北，他老人家当时已望七，当国军开到台北的消息传到他耳朵时，他一日数次去火车站恭候，十七日那天他自然也是夹道欢呼的民众之一。他的外孙们交口奚落国军，不意被他听到，于是大发雷霆。把那些大孩子骂得狗血淋头……这样的事例到处都有，大概年青人看不惯，老年人却极力袒护，……这也可以了解他们五十年在异族欺凌压迫下，盼望王师的心情是如何热切的，于是拜谢天地，祭告祖先，也就成为他们兴致勃勃的行事了。（2000）[443]

具有祖国经验的吴浊流以国军勇敢抗日来自我安慰，而叶荣钟则描述有祖国情怀的老一辈人“从好处着眼，用善意解释”，“奇想天外”地解释说：国军绑腿下部分隆起（与日军束腿不同），一定是包着铅板练功，一旦卸下即可健步如飞，来为国军遮瑕。（2000）[443]但心口直快在“皇民”精神教育下成长的青年，就不太能接受这种毫无威严的军容，彭明敏形容国军抵台登陆的情景时是这样的形容的：

军舰开入船坞，放下旋梯，胜利的中国军队，走下船来，第一个出现的，是个邋遢的家伙，像貌举止不像军人，较像苦力，一根扁担跨着肩头，两头吊着的是雨伞、棉被、锅子和鞋子，有的没有的。大都连枪都没有。他们似乎一点都不想维持秩序，推挤着下船，终于能踏上稳固的地面，很感欣慰似的，但却迟疑不敢面对排列在两旁、帅气地向他们敬礼的日本军队。（1988）[64-65]

对国军的形容犹如“苦力”，其实更像是神色仓皇的“难民”，对日军的描写是整齐、帅气，字里行间透露出对双方人马的价值判断。彭明敏的父亲彭清靠，[1] 由于“家庭与美国教会、日本人之间建立了相当关系的”，（陈翠莲，1995）66 面对军纪散漫的国军时，出现这样的评语：“他觉得一生中还没有像这样羞愧过。他用日语形容说：‘如果旁边有个地穴，我早已钻入了（彭明敏，1988）64-65。’”这种心情不只是失望而已，而是强烈的羞愧感。由此也可见经过日本帝国殖民经营、初具现代化社会条件的台湾，遭遇长期外患连连、军阀内战不断的中国接收，第一次接触时心理上的冲击力有多大。

但与祖国睽违五十年的台湾人，大部分还是强忍着心中的疑惑，以“盼望王师”的心情，扶老携幼热情迎接国民政府的接收，如同迎神般流水席招待国军官员，出现“到处感人的镜头”（叶荣钟，2000）441。台民怎样也想不到日后会以“狗去猪来”形容这批他们盛情款待的接收人员。这“第一印象”的失落，说明的是经过日本帝国主义以资本殖民体制进行初步“现代化”的台湾社会，遭遇了国民政府“半殖民半封建”社会体制的接收，台湾民众以“对日胜利”的预期心理下，将接收的祖国政权视为荣登“世界四大强国”来欢迎，所造成的期望与现实的落差。而这样的落差，恐怕在接下来的“接收政策”与“劫收现实”之间将形成更大的裂缝，回归祖国之日即是解放台湾之日的期待因此落空。

国民政府接收台湾，关于政治权力的接收与重建，若林正丈指出：

> 接收台湾的所有手续，是由大陆派来的国民党势力独占，国民党政权在台湾迅速而且没有受到阻挠地接收台湾总督府的统制机构，同时将日本留下的庞大资产变成自己控制下的国家资本加以重组。从历史的后见之明来说，国民党政权因此取得了控制台湾社会的政治、经济资源。（2000）58

光复初期，掌握国民党党务的“CC 派”（陈果夫、陈立夫兄弟所领导的党

[1] 彭清靠光复后当选高雄市参议会议长，“二·二八事件”中，曾出面与高雄要塞司令彭孟缉交涉，险遭不测。见张炎宪、李筱峰编，1993：87。

内势力）势力较弱，陈仪所属的“政学系”（起源于民国初年的政治团体“政学会”）和“军统系”（以特务机关军事统计局为大本营）之力量较强。党的关系组织“三民主义青年团”则广及全岛，但因为这个组织成员在“二·二八事件”中多被杀或逮捕，1947 年 6 月又因国民党内部断然进行“党团合并”而崩溃。所以，此一时期国民党政权在台湾的权力掌握，并不是经由党组织的渗透，而是由行政长官的专制权力继承殖民地的行政机构来进行的（若林正丈，2000）[62]。

至于经济上的接收与重建，刘进庆指出国民党接收台湾后：

> 战前的日本独占资本现在以国家资本的形态而更形集中，这种国家资本，统辖着台湾的产业、金融和贸易等“制高点”。[1] 个中意义在理解战后台湾经济体制性格上有决定性的重要性，换言之，战后台湾经济，基本上由国家资本所支配。而且国家资本支配的经济体制之形成，是由殖民地遗制及国民党政权的阶级性这二种历史社会条件的制约所造成的，这种国民党国家资本支配的体制构成了战后台湾经济的起点。（1995）[28]

刘进庆形容此一国民政府官僚经济体制生成史是“台湾殖民地遗制与中国国民党官僚资本的私生子”（1995）[9]。

光复初始，台湾人热烈欢迎国民政府军、政接收人员，学习国语、三民主义的热潮持续了一段时间，高度参与民意代表的选举，媒体言论也表现出对时政的高度关怀，这些社会现象都显现了台湾人脱殖民地化的高昂意愿。赴台接收的国民政府官僚却只看到台民“回归热”，而没有意识支撑此一“回归热”背后是“脱殖民地化”的需求，甚至在政、经各层面都流露出防范台人、歧视台人的

[1] 这种公营部门占据“制高点”，民间部门从属于公营部门，同时由国民党政权的官僚控制经济营运的状况，“并不是暂时的或过渡的，而是被正当化为符合国民党政策之国家理念，亦即民生主义的实现，在其后也一贯地被坚持”。随着出口导向的民间资本急速成长，创造了台湾“经济奇迹”，使公营部门产业的比率逐渐降低，才使“产业部门的国家资本主义体制开始崩溃”，却形成台湾特有的“公营以国内为中心，民间企业以出口为导向”的产业结构。劉進慶《ニクス的発展と新たな経済——民主化政治経済的底流》，若林正丈编《台湾転換期の政治と経済》1987，田畑书局。转引自若林正丈，2000：65。

心态与施政。唯一能稍微平抚台人差别待遇所造成的“不平衡”心态的，就属民意机关的设立与一连串民意代表的选举，尽管这些民意机关的权限，都只能算是“半自治”的程度，也因此追求“地方自治”的完全实现一直是光复后台人政治改革的目标。底下是从政治上的差别待遇以及地方自治的施行两个角度探讨“政权转换”时期的政治转型。

二、政治上的差别待遇

如前一节所述，“台湾省行政长官公署”特殊省制，甫经颁订公布，即被在大陆的台籍人士比为“总督府制的复活”，台人要求废除特殊省制的请愿、要求不断，依序为：1946 年 1 月 10 日政治协商会议前向国民政府行政院提出九项请愿事项，其中第二项提请“中央依各省例设立台湾省政府，以求政制统一，实行军政分治，切实使台湾中央化，而避免有重新殖民政策之非议。”。1946 年 2 月 10 日“民众协会”（后改为台湾政治建设协会）向杨监察使及李宣慰提出的 21 项建议，要求兴革台湾政治措施，也提到“关于本省最高行政组织应予改正”。台湾人民向二中全会请愿的 12 项事项中，也提出两点：“统一政制实行军政分治改组各级政府”“指定台湾为实验省，省市县乡镇长官试行民选”［1946 年闽台通讯社《台湾政治现况报告书》（王晓波编，2002）[25-30]］。

1946 年 7 月 18 日，旅居上海的台湾人六团体（包括闽台建设协进会上海分会、台湾重建协会上海分会、福建旅沪同乡会、上海兴安会馆、上海三山会馆、台湾省政治建设协会上海分会）到南京，向国民政府行政院、立法院、国防最高委员会、国民参政会及国民党中央党部等机关请愿，提出撤废《台湾省行政长官公署组织条例》，改设与各省相同的省政府于台湾，因“该条例实施以来，弊害丛生，人民受专制独裁统治之压榨，生机几断、呼吁无门、怨声载道、危机四伏”，而且此条例授权行政长官在台统揽军权与政权，不独行政、立法两权握于一人之手，且可以侵犯中央权限及司法权。（杨肇嘉，1980 卷二）[354] 不只台湾人反对此一特殊省制，当时上海的民主刊物《观察》周刊就曾指出：此制“给台胞以不愉快之感的，便是中枢对台湾并不是用同等的眼光来衡量，一如对其他省份。最直觉的看法：这与日本在台湾采用总督府制有什么区别？这问题心理的因素比政治的因素大。”[1]“二·二八事件”前后在台湾进行采访的中国新闻社记者唐贤龙于1947年在南京出版了《台湾事变的主因》[2]中，也提到“长官公署”的特殊制度实是造成事变的主因之一（陈芳明编，1991）23。

日本殖民统治时代台湾人被歧视为“次等国民”，无论在行政上专业上及技术上均难获公平地位。台湾光复，不少台人以为“脱殖民地化”后，从此应可由台湾人自治，甚至盛传谢春木（南光）将出任省主席，其余有声望的台人如宋斐如、游弥坚、连震东等人均可领导台湾。[3]事与愿违，“长官公署”在行政官员的编制呈现出陈仪政治集团歧视台人的统治心态。

> 一九四六年初行政长官公署一级单位正副首长十八人之中，仅有教育处副处长宋斐如一人是台籍，而长官公署直属各机关十六位主管中，只有省立台北保健馆主任王耀东、天然瓦斯研究所所长陈尚文两位是台籍。另外十七个县市首长中，只有台北市长黄朝琴、新竹县长刘启光、高雄县长谢东闵三人是台籍。而且上述六位台籍人士中，除了王耀东之外，其余五人都是自重庆返台的所谓“半山”人士。（陈翠莲，1995）75-76

此一不信任台人的人才编制政策，形成外省人独占上层政治的现象。

陈仪对台人的不信任，显然与他主政福建省主席期间对“台湾籍民”的偏见有关。在日本领事馆及台湾总督府包庇下的“台湾呆狗”“台籍浪人”，享受领事裁判权和免税权等特权，而从事贩毒、开烟馆、开赌场、走私军火等不法勾当，

---

[1] 参见《随时可以发生事变的台湾局面》上海，《观察》周刊二卷二期，1947.03.08。收录于陈芳明编，1991：15—21。日本的总督府制，1896年4月1日到1921年12月31日期间，为“六三法”（又称为殖民地法）施行的时期，确立委任立法制度。黄静嘉：“由于总督府既为行政长官，复兼领司法及享有立法权之结果，总督遂及立法、司法、行政三权于一身，以施行其对殖民地之专制政治。”此后则以“三一法”代替之，然其内容仍为“六三法”之延长，只是为了配合政治宣传的“内地”延长主义，进入敕令立法为原则，“以敕令实行其本土法律（全部或一部）”，仍然有“但书”，即“以台湾特殊情形有涉特例必要者，得以台湾总督之命令规定之”，所以尽管宣布施行“地方自治”，但有关殖民地人民权益之重要事项，仍多由律令加以规范，故言其内容仍为“六三法”的延长。见黄静嘉《第七章　由律令立法到敕令立法时期》，2002：92—110。

[2] 唐贤龙《台湾事变的主因》南京：中国新闻社出版，1947。见陈芳明编，1991：22—88。

[3] 《吴新荣日记（战后）》，《吴新荣全集》卷七，见吴新荣，1981（卷七）：21—22。

在大陆可谓声名狼藉（梁华璜，2001）[129]。陈仪从筹备接收台湾之始，始终对台湾受日人的奴化教育、奴化思想耿耿于怀，认为接收后首要加强的心理重建的文化、教育工作。[1]

陈仪赴台后，对台湾的地主士绅多所防范。1946 年 1 月 15 日，长官公署公布台湾汉奸总检举规程，辜振甫、林熊祥、许丙、简朗山等遭人指控参与“台湾独立运动”，三月被逮捕，经过一年多后，1947 年 7 月 29 日，台湾战犯军事法庭判决，辜振甫被处有期徒刑二年二个月，许丙、林熊祥处一年四个月，简朗山、徐坤泉获判无罪（许介鳞，1998）[53-55]。此外，据闻还有一百数十位台人被列入预定拘捕的名单中，包括林献堂在内。后在丘念台向陈仪疏通，说明林献堂是日本殖民统治下倡导反日的领导人，在日本军政的压力下有不得不与日人虚与周旋之苦，又奔走南京向中央说明后，“汉奸逮捕事件”始告落幕。中央延至 1946 年 11 月，才正式通令各省对前被日人征用的台胞不能以汉奸治罪（丘念台，2002）[243]。

但台人士绅对陈仪的“下马威”，深表不以为然。有人传言陈炘受“台独”事件牵连被“拘捕”，是因为他到南京参加 1945 年 9 月 9 日的受降典礼返台后，在一次聚餐席上，无意中曾讲述江浙财阀的横暴和种种可怕的作风，因此光复后创设大公企业公司，撄了陈仪的逆鳞（叶荣钟，2000）[449]。苏新的《政经日记》也提道：“巷间说，此公司是利用民众资本来对抗浙江财阀进出台湾的。[《政经报》1945.11.25，1（3）：23]”陈仪抵台不久，即下令冻结日银券和千圆券，“政治经济研究会”举办“金融问题对策”座谈会时，有人说陈仪此一举措目的在“先下手冻结台湾土著资产阶级的资金，使其不能活动，而期间某某财阀可悠悠地准备他的独占计划”，引起台湾土著资产阶级的反感。[2]［《政经报》，1（3）］大公企业公司成立不到两月，陈炘以“汉奸”罪名遭到陈仪的逮捕，大公企业还被陈仪诬指违背三民主义。闽台通讯社编的《台湾政治现况报告书》批评陈仪“摧残民族资本”，指出：“如陈炘可用汉奸名义逮捕，陈仪用一大批御用绅士当区长

[1]　1944 年 5 月 10《陈仪致陈立夫关于台湾收复后教育准备工作之意见函》见张瑞成，1990c：53—54。1945 年 3 月颁布的“台湾接管计划纲要”“通则”第四条也载明：“接管后之文化设施：应增强民族意识、毒化思想，普及教育机会，提高文化水平”。见张瑞成，1990c：109。

[2]　座谈会上对陈仪此一举措有正反面的评价，有认为是对的，因为“千圆券的流通是前政府的阴谋”，也有认为对实业家影响比较大。

等职，这又作何解释？（王晓波编，2002）[25]"陈炘后虽获不起诉处分，但当局对大公企业仍百般钳制，"申购的物资，经常不予批准，或拖延时日"（李筱峰，1996）[177]。

丘念台有鉴于"最初接管期间，各种措施未尽适当，以致造成上下隔膜，甚至引起台民的蔑视抱怨"，有意疏解台湾上层士绅与国民党领导层间的隔膜（戴国煇、叶芸芸，1992）[170]，乃推动筹组"台湾光复致敬团"[1]（丘念台，2002）[249]。长官公署对欲前往南京的"光复致敬团"，"表面上虽不加阻止，但内心是不甚赞成的"，还提出五项奇怪的条件："一、不许做过日本贵族院议员的林献堂出任团长，二、不许曾受公署拘留过的台绅陈炘做团员，三、必须自台北直赴南京，不必在上海停留及先接受台湾人团体的招待，四、不可上庐山晋见蒋主席，五、不必前往西安祭黄陵"（叶荣钟，2000）[456]。行前陈仪又诸多"叮咛"，如：应该用中国人眼光，远大地用望远镜观摩整体的优点，不宜像日本人用显微镜窥局部的劣点云云。从丘念台与叶荣钟留下来的回忆录与日记看来，"光复致敬团"一行从 1946 年 8 月 29 出发到 10 月 5 日返台，也使得这些台籍地方士绅从中了解国内"国共"对立的情势。陈仪与地主士绅的嫌隙，还有一件是林献堂与黄朝琴竞选省参议会议长时，陈仪阻挠林献堂，而厚植重庆归台的"权贵半山"黄朝琴。[2]这些过节都使得台人士绅阶层的不满与日俱增，也因此产生未被重视的失落感（叶明勋，1988）[45]。

台人感受政治上差别待遇不仅在"上层阶级"，就是民间也普遍感受此差别待遇。重要职位几乎由外省人独占，台人不仅当不上政府、公司及工厂的高级主管，连最小的主管也沾不上边，各机关的"秘书、科长、股长、总务、财务、甚至会计出纳主任"都没有机会担任，使台人深感与日本殖民统治时期无多大差

[1] 丘念台的回忆录提到其动机在"邀集各界知名人士到国内去访问，让他们了解中央和国内同胞对台湾实有深厚的民族爱，在这个大范围下，原谅部分接收人员的过失；同时也让中央了解台民的热心爱国，以及台民对政府的拥护和敬意：用以加强上下的联系，进而疏通日据时代所遗下的长期隔膜"。见丘念台，2002：249。

[2] 对于林献堂有意竞选省参议会议长一事，由于丘念台深怕林献堂不谙大陆政情及中国传统政治文化的"恶劣、复杂与玄虚"，恐林献堂本身受害，善意劝退，戴国煇有详论及评价，文中提到据闻林献堂一直把台湾与大陆的未来关系设想，推类为爱尔兰与英国的关系，但陈仪赴台后，此一想象逐一破灭。见戴国煇、叶芸芸，1992：168—169。

别（赖泽涵总主笔，2000）[19]。1946年10月台湾公职人员中，简任的有385人，台人仅27人，占7.01%，荐任有2990人，台人为817人，占27.32%，委任有20,341人，台人有14,133人，占69.48%。（见附录表7–1）台人以担任低层者多。[1]

1946年3月第一波日侨遣返之后，公教机关中空出职位由台籍和外省籍人士递补，但从1946年3月到10月，台籍公教人员所占比例，不增反减，外省籍的比例却节节上升（见附录表7–2）。其中还蕴含用人浮滥的恶习，"往往设立一机构，不是因事，而是因人，为了应付介绍人的面子，以致冗员充斥"[《台湾政治现况报告书》（王晓波编，2002）[25]]。

外省人"垄断权位"不说，偏偏又"外行领导内行"[2]，更令台人不服的是和日本殖民统治时代一样仍旧有着"同工不同酬"的待遇（吴浊流，1990）[176-177]，例如"邮电局国内同胞在本薪外有六千元台币的津贴，台湾同胞则一文津贴也没有。一面花天酒地，一面衣食不济，因而台湾同胞极仇视这些国内同胞"。[3] 对于无法登用台人，政府的说辞是因为台人不懂国语，不会撰写公文。台人虽已有地方自治的经验，陈仪仍坚持需经过二、三年的训练，于1946年11月21日（1946年10月25日禁止报纸日文栏后）在台北宾馆招待记者会时发言：

> 台湾虽然归还我国，但是还有许多台胞不懂得国语与国文，这是中国的耻辱，所以要普遍的训练台胞懂得国语与国文，我准备将全省三万多的台籍公务员，积极严格训练，希望在明年有二万多的台籍公务员能通晓国文国语，并提高他们的工作，好让他们在不久的将来能进步到有主管的能力，升做科长或秘书等工作。[《和平日报》1946.11.23（3）]

---

[1]　台湾省行政长官公署人事室编《台湾一年来之人事行政》附表一。转引自陈翠莲，1995：77。

[2]　《民报》社论多次反映此一问题在公营事业、交通事业、糖业与警察界采用没有经验不熟本省实情的外省人，造成脱轨、反开倒车的情形。1946.10.29《经济再建的快捷方式》、1946.11.06《要急整备交通机关》、1946.09.28《复兴糖业也要人民协助》、1946.10.16《治安问题严重极了》。详参李筱峰《从〈民报〉看战后初期的政经社会》，1996：197—198。

[3]　胡允恭《台湾真相》，原刊上海《文萃》丛刊1947.04.05，2。转引自戴国煇、叶芸芸，1992：116。

在陈仪带有歧视台人心态的政策下，部分舞弊营私的大陆赴台官员竟启用“自己人”，主管任意撤换人员，省参议员林日高就曾指出两例：“台北县县长上任时带了两百多人，因为要安插这批人，就不管旧有人员究竟有没有能力，随便把许多人免职了。”“农林处检验局将任职三十年的技术人员范锦堂免职，而任用局长姨太太谢吟秋”[1]。1946 年 1 月 30 日《民报》亦揭发“高雄工业专修学校，牙医刘某任校长，擅收束修称聘教员，竟以亲族充数，目不识丁的校长岳父任教员，四百学生开会反对，向市府请愿”。诸如此类报道牵亲引戚的官场文化、“家族式政治”的案例不胜枚举，[2] 被批评为“封建性包办政治”，令台胞生厌（《民报》社论《严办贪官与实施自治》1946.09.16）。

尤有甚者，长官公署行政机关、公营企业一方面认为台人受日本统治的“奴化”，心存偏见不予录用，另一方面却又大量留用“日籍人员”。例如 1946 年初省政机关接收留用人员，日人有 170 人，台人仅 68 人；地方机关共有 13069 人留用，台人为 7517 人，日人有 5552 人。[3] 其中所持的理由是，实行蒋介石指示之接收时保持“行政不中断”之原则，但大陆赴台接收人员人数不足，又以台人中的知识分子受日人歧视，多未曾参与中上级以上的行政工作为由不便任用，形成留用日籍人员反较台籍为多的现象［黄玉斋主编《台湾年鉴》2001（2）：453］。

日本战败后从日本返回台湾负责日侨遣返的塩见俊二在 1946 年 4 月 4 日的日记中写道：“由于中国政府‘以德报怨’政策之故，陈仪长官到台后，中国官员及军人对日本人的态度意外地友善（2001）74。”截至 1945 年 11 月以前，在台日本人希望回国者为数甚少，希望留台人数推算超出二十万人。后因台湾物价高涨、治安恶化与反日情绪高涨，日侨归国意愿才激增。因陈仪在主、客观因素上倚赖日本技术人员维持各项产业，1946 年 3 月前后还曾向中央提出“承认

[1] 台湾省参议会秘书处《台湾省参议会第一届第一次大会特辑》1946：48、65，转引自陈翠莲 1995：80。

[2] 1946 年 7 月 6 日《民报》也报道：“台南法院之妻，现为台南法院检查处书记官长、该检查处主席检察官之妻，则任该法院书记官、台中法院之大部分职员为该院长之亲戚而‘清一色’、即院长妻舅之子三人、妻舅之女婿一人、在其弟一人、妻舅之外孙一人及其远亲近戚等二十余人，在该法院任职，占全法院职员约五十人之过半数，又花莲港法院院长之妻、现任该院之录事，花莲港监狱长之岳父，任该监狱之教诲师、其妻舅亦任职狱内，现各界人士皆指斥讥笑云。”

[3] 台湾省行政长官公署民政处编《台湾民政》第一辑，1946.05：70—71，转引自赖泽涵总主笔，2000：35。

日侨的居留和归化”。[1] 至三月正式遣返工作展开，经陈仪向中央、美国方面商议，决定留用的日本人共五千人，连眷属总计两万八千人，[2] 除此之外大约有五千名的潜藏日侨，包括受刑人、生病者与在日本无依靠者不愿意回日本（塩见俊二，2001）67、93。

引起台人不满的征用日人政策，正是塩见俊二如下证词所指出的“留用日侨之大部分都是官员”，“留用人员大多数官员薪给自四月份（案：1946 年）起大幅提高，我也月领五千八百元，所以吃饭是没问题的。现在日本，连吃饭都成问题，因此对这一点应该表示感谢之意才对……日侨学校也成立，治安亦逐渐安定，大家所担心的粮食危机因大多数台湾人节约食米而勉强度过难关”（2001）93、104。在接收过程中，并未任用台人以接替日人，对被日人欺压多年的台人而言，中国打败日本，竟继续留用日人，此一矛盾的策略，使台人大失所望（赖泽涵总主笔，2000）35。这种歧视台人的用人政策，被批评是“监理政治”：各行政机关换用中国人任主管，其余完全留用日官日警，各事业机关派驻主管监理之外，各公司、工厂、铁路、电信和邮政，完全交由日本人代替我们统治，替我们经营 [《台湾政治现况报告书》，（王晓波编，2002）4]。

日本殖民统治时代，在高压统治下，养成奉公守法习惯的台湾人，“不懂‘因等奉此’的体面国语，工作能力不受重视，职位低落，领受差别待遇，一如日本殖民统治时代。目睹位居上方的外省同事，能力低劣却一副胜利者的傲慢，舞弊营私目无法纪，台湾人心有不平，完全不足为奇。”（戴国煇、叶芸芸，

---

[1]　闽台通讯社《台湾政治现状报告书》1946.03 出版，见王晓波编，2002：21。另外，陈仪力争留用日侨人数除了主观上较相信日本的技术人员外，客观现实上各产业有留用日籍技术人员的需求反映，如 1946 年 3 月 16 日台湾电力公司电告资源调查委员会，说明留用日籍技术人员不足维持，3 月 27 日台湾区特派员包可永分呈经济部和资调会电文，说明留用日籍人士至少需要 5000 人方可维持，在五个月后始能陆续减少。台籍技术人员以教育素质关系，识见不足，不能填补日人缺额，若遵来电办理，势必影响生产，例如糖业仅可办两厂，其余个业大部分势必停顿，设备将多被盗窃及损蚀、失业骤降，交通阻滞、治安解体云云。见薛月顺编，（上）1993：1、2。从前述《民报》上台人反映“人才登用”的问题来看，也有可能外省接收人员存私心，欲借拖延留用日籍人员的时间从而取得技术，刻意不让台籍技术人员递补日籍技术人员遣返后的缺额。

[2]　陈幼鲑：“征用日侨人数，中国政府必须与美国在日本的盟军总部取得协调。一开始美国建议台湾以 1000 人为原则，连其家属只可共 5000 人。此事经陈仪在重庆与中央、美方数度洽商结果，最后决定征用日侨 5600 人，连同家属以不超过 28000 人为限。”见陈幼鲑，2000：67。据日俘管理处处长周梦麟指出：陈仪的工作能力、作风有“驾轻就熟”的优点，曾秘密留下约万人以上的日人冒充台籍，安置在警务、工矿企业和地方行政等工作岗位。何汉文《台湾二·二八起义见闻纪略》，见《二·二八研究》，李敖编著，1989a：110。

1992）[222] 长官公署的接收政策，没有充分关怀台湾人，在政治权利中给予相应的地位，在制度面上，已使台湾人在心理上有被歧视之感，再加上“人治”带来的牵亲引戚、贪赃舞弊、蛮横恶霸，以及经济失调所引起的通货膨胀、粮食问题与失业问题，使光复后的社会失序雪上加霜，危机日甚一日，民间口耳相传以“狗去猪来”形容国民政府取代日本的殖民统治。在 1946 年初“五天五地”的流行语，道尽了台民五个月来的心情转折：“盟军轰炸惊天动地，台湾光复欢天喜地、接收人员花天酒地、政治混乱黑天暗地、物价飞涨呼天唤地［《台湾政治现况报告书》,（王晓波编，2002）[2]］。”

这些政治上的差别待遇引起台籍人士心理上的不平衡，在民间创办的《民报》《政经报》《人民导报》上屡屡反映“人才录用”问题而发出不平之鸣。其中左翼文化人所着眼的不限于省籍问题，主要是从“去殖民地化”的角度反省“御用士绅”重新登场与留用日人的问题，对人事任用有比较理性客观的看法。苏新在《政经报》的社论《论人事问题》［1945.11.25，1（2）］出于言论人应负起“下情上达”的舆论责任，从日本殖民统治时期的历史角度，罗列了民众不喜欢当局任用御用绅士、奸党与日籍官吏的理由。并进一步建议登用人才的办法，举出中等学校以上毕业的本省人人才济济，希望当局能根据“五权宪法”的考试制度举用有正义感和服务热忱者，杜绝私人不正当的推介，或是从派遣赴台的军兵士中选拔适当的警察和教员。苏新并且建议设一个“人士考查局”，把过去的土豪劣绅予以罢免。王溪森《起用人才应有的认识》［《政经报》1946.1.10，2（1）］和苏新一样认为台湾人才济济，不仅够用于新台湾的建设，还可输出一部分到大陆去帮忙，但是要避免举用在日本帝国主义下“适者生存”而被“皇民化”的“御用绅士”，强调要到中流以下、保留民族精神的群众中开发优秀人才。

徐琼二以新闻记者的敏锐度，在报章杂志上发表了 16 篇文章，分析光复后一年之间的台湾社会发展动向，于 1946 年 10 月结集成《台湾の現實を語る》一书出版。徐琼二对光复后的人才录用问题曾经讽刺地说：“日本人撤退后，日本人曾占据的位子按常理该由本省人取代。而事实上，和日本人统治时代一样，台湾被殖民地化，本省人还要对这一点点的恩惠感恩戴德。”[1]但徐琼二提出“台湾被殖民地化”的说法是着眼于民主政治、地方自治的观点，而非基于“排他”（排斥外省人）的观点。他在《排他观念的谬误和确立自治精神》与《本、外省感情隔阂》两篇文章中的论点，有助于吾人厘清关于台湾“被殖民地化”的问题层次。他说道：

> 无论是怎样的民主国家，都不存在与中央脱离的自治体。所谓以省为单位，指的是在中央底下的省。因此不论本省人还是外省人，如果认为要完全自治就是要排挤外省人，那就是一大错误。而且为了排挤外省人而进行自治运动，可谓动机不纯。……为排挤外省人而提倡地方自治的动机和民主精神理念相去甚远。我们追求的不是以“排外”为目的的地方自治，而是立足于民主精神的地方自治，是采纳反映多数人意志的政治，是由民众决定的自治。（萧友山，徐琼二著 陈景平译，2002）[58-59]

光复一年后本省、外省的感情隔阂的确愈来愈严重，但徐琼二以为根本的解决之道，在于实行“地方自治”，而不在于一味地“排外”。从其思想脉络来看，徐琼二并非基于“族群政治”的观点来看台湾被“殖民地化”的问题，而是从“民主政治”的观点批判国民政府沿袭日本的殖民统治。出于对地方自治的政治民主化要求，徐琼二一方面反省本省人“排外”观念的谬误，一方面批判中央以此为借口拖延完全自治的施行；呼吁当局“在人民生活、文化程度较高的台湾即刻实施完全自治。”同时提出作为中国一部分的台湾“不可避免地受国内形势的影响，这一历史事实同时会反映在政治和经济部份”，唯有消除省内外隔阂，全国步调一致地建设民主新国家才能度过此历史的过渡期（萧友山，徐琼二著，陈景平译，2002）[59]。

---

[1]　徐琼二《失业问题——建议自主的工业台湾的紧急任务》，原收 1946.10 大成企业局出版部出版《台湾の現實を語る》，见萧友山，徐琼二著 陈景平译，2002：17。

三、地方自治的实施与权限

国民党的接收与重建过程中，唯一符合台湾人意愿的，当属基层到省参议会民意机关的设立。1945 年 12 月 26 日长官公署发表新行政区划分后，接着公布“台湾省各级民意机关成立方案”，规定 1946 年 2 月底前举行最基层的“民意代表”选举（在县选举乡民或镇民代表，在各市则选举区代表）；3 月 15 日之前，以这些代表为选举人，选举县参议员和市参议员，在 4 月 15 日以前以这些县市参议员为选举人，选举台湾省参议员，5 月 1 日召开台湾省参议会第一次会议，这一年的 8 月 16 日和 10 月 31 日，为了参与全国的宪政机构，又分别举行了由省参议员选举的中央级的民意代表“国民参政员”与“制宪国民大会”的选举。1947 年 11 月 21—23 日直接由全民普选出第一期国民大会代表 27 名，1948 年 1 月 21—23 日又由全民普选出 8 名立法委员［（李筱峰，1986）16-38、（若林正丈，2000）70］。

民意代表的选举反映台湾人的政治自主性和参与的高度热情。[1] 一连串的民意代表选举，把台湾的各种社会精英正式编组成地方政治精英。若林正丈指出：光复初期忙于内战的国民党在台湾的党部组织尚未充分展开，党与行政体系——不像 20 世纪 50 年代以后国民党在台湾的疑似“党国体制”的形构——几乎没有介入选举，所以台湾各社会势力的分布，在毫无国民党的操纵下，反映到选举结果上（2000）70-71。

根据李筱峰分析战后初期民意代表的组成，其中政治角色的组成分为三类：一为日本殖民体制下的顺应者，二是文化社会政治运动分子，三是“半山”分子。其中日本殖民统治时期文化社会运动分子在三级民意代表所占的比例，分别占县市参议员 743 名中的 32 名（4.32%），占省参议员 47 名中的 16 名（34.04%），在中央民意代表 56 名中占 12 名（21.43%），李筱峰说明：“日据时代的社会政治运动是全岛性的运动，这些运动的要角已建立他们全岛性的声望。因此，他们在战后，依然能受到肯定而在省级民意代表上占有相当的比例（李筱峰，1986）137-147。”其中中央级的民意代表的比例虽不算低，但还是不如“半山”，反映了大陆

[1] 从 1946 年 1 月 25 日到 2 月 15 日短短的时间内，全岛二十岁以上男女有选民资格者，高达 90.8% 的做了登记；被选人资格审查合格者，高达三万六千九百六十八人；最后阶段三十个名额的省参议员选举（由县市参议员投票），竟有一千一百八十人登记候选。见李筱峰，1986：16—38。

归来的半山分子在中央级民代的政治实力超越日本殖民统治时期的社会运动分子，此乃由于“半山”集团努力在长官公署权力与台湾社会诸集团之间扩大势力，并拉拢包括旧日本协力者在内的各地地方势力。[1]

光复初期民意机关迅速成立，并举办各项公职人员的选举，若将此纳入对当时政局的考察，包括地方省县市参议员以及中央民意代表如国民参政员、制宪国民大会以及立法委员的选举等等，由于是在国民政府“训政”时期的架构下，大多是间接选举产生的“代议制”民意代表，而且省参议员只有咨询权没有议决权。李筱峰在《台湾战后初期的民意代表》一书中，考察台人高度参与公职人员与民意代表的选举的过程与政局变化的关系，他指出：虽然“战后台湾各级民意代表的产生除第一届国民代表、立法委员，以及最低层的乡镇代表系由直接选举产生外，余皆系间接（甚至间接再间接）选举产生。”但他对民意代表的民意基础也作了某种程度的肯定：战后约半年内，“台湾省各县市参议会及省参议会便相继成立完竣。台湾史上首次产生大批全面民选的地方民意代表。虽然这些地方级民意代表皆系间接选举产生，但总也经过相当程度的民主程序，具有相当程度的民意基础”（李筱峰，1986）15、271。这些政治事务都不是日本殖民统治时期殖民地台湾的人民所能参与的。若林正丈就指出：

> 日本殖民地主义接受清朝以来的“士绅”层之社会权威，并为了顺利进行统治，而在地方行政层级加以利用，但截至统治终止以前，却未实施赋予他们政治权威的制度。在这个意义上来说，五O年代的地方公职选举，虽说是“半自由”，但“光复”后所导入的民意代表选

[1]　陈明通的研究指出，经过一连串民意代表的选举，代表台湾社会的政治势力可分成“半山集团”、旧抗日分子集团以及“三民主义青年团”。其中“三青团”乃透过部分“半山”分子如李友邦、张士德吸收、结合了旧抗日分子，如：王添灯、林日高（以上两人为省参议员）、连温卿、潘钦信、陈逸松、王万得、吴新荣等负责各地分团的筹组工作，而在“半山集团”中自成一系统。见陈明通，1990：476、2001：70。但“二·二八事件”后，旧抗日运动人士与“三青团”各地领导人，这些可构成全岛性声望和全岛联系资源的一批人，遭受极大的打击，“半山”集团补此空隙急速扩大影响力。半山分子获得“二·二八事件”空出来的所有省参议会议席，在1951年实施临时省议会选举中，在55议席中占了50席之多。见若林正丈，2000：127。

举，仍不失为脱殖民地化的实行。[1]（2000）[127]

再进一步考察民意代表所发挥的政治功能，从郑梓的研究专著《本土精英与议会政治》中可以管窥此一时期省参议会的设置及其所发挥的功能。尽管省参议会的职权仅为一咨询机构而不具有议决权，但郑梓认为在岛内外政局激荡的时代，“本土精英”在此一过渡型代议机构中终究维系议政于不坠，从初期不避不讳地触及省政各敏感与尖锐课题，转向后期（“二·二八事件”以后）退居“力争地方自治”一隅（郑梓，1985）[3]，始终不懈地向中央争权，曾使得法定职权范围两度扩张，[2] 从咨询的机构逐渐扩张成具有部分议决权。例如：1949 年后，因应陆续赴台的公营事业等单位和省内的产业民生发生犬牙交错的关系，台省议员常针对涉及省内的中央事务表示意见，实质上已把关系省政的中央事务纳入其议决权行使的范围内（1985）[92-93]。郑梓针对参议会“决议案”的质量两方面加以分析，并选择当时最重大的“土地改革政策”进行个案研究，评估省参议会参与决策的实际效力。台省参议会虽然受限于训政的格局，无立法权，亦无行政监督权，有其难以跨越的局限性，[3] 但在省参议会从 1946 年 5 月 1 日设立（离宪法公布施行尚有一年七个月），至 1951 年 12 月改制为临时省议会，维持了五年七个月的过渡型代议机构，“为往后三十年的台湾议会政治留下些许‘维系议政、善尽言责’的风范，同时也形成多项遗规，如质询、听证、省政考察以及公营事业监督等制度，

[1] 若林正丈分析国民政府迁台以后政治精英的二重结构与党国体制确立的关系时指出：“国府进行的党‘改造’后，对重组的政治精英（党国精英）而言，新地方政治精英的登场，带来了政治经济的二重结构，前者几乎都是大陆人，后者几乎是台湾人，所以是族群的二重结构。从台湾人对党国体制压抑的愤恨看来，这还是另一个疑似殖民地的构造。美国的支持提供了国民党政权外部的正统性，在此条件下，A. 新地方政治精英的权威是有界限的，是党国体制精英所设计的；B. 执党国体制牛耳的统治精英维持高度的闭锁性，封住地方政治精英上升为统制精英的可能性。”见若林正丈，2000：127。将国民党当局 20 世纪 50 年代确立政治体制后的政治精英结构与战后初期民意代表（可视为地方政治精英）的省籍比例比较一下，就可知道战后初期的省籍精英的政治活动空间大得多。

[2] 于 1947 年 6 月 23 日中央令修正“省参议会组织条例”第三条，将省参议会七项职权中的第三项扩充为“省总预算之初步审议及省决算之初步审核事项”，使原本只能审查省预算的岁出分配部分，变成可就岁出岁入进行整体审查议决，且对审计单位提出的省决算报告也有审查核对是否恰当之权。中央因 1948 年大陆局面渐呈逆转，为了凝聚民心，又于 1949 年 1 月 20 日增加对省内中央机构的询问权与建议权。

[3] 郑梓指出省参政会的过渡性，包括法规限制责由台湾省参议员大部分皆由各县市参议会间接选举产生，少部分则由遴派而来。先天上缺乏普遍而直接的代表性。组成分子大多数来自地主及士绅阶层，当面临与其阶层利益攸关的重大决策，亦难免为其阶层意识所牵绊。后天上，由于任期一延再延，组织结构屡经重整，到了末期台省行政区域又全面重划，不论就法定和实质的代表性皆更趋低落，议事功能亦欲振乏力。详参《本土菁英与议会政治——台湾省参议会史研究（1946—1951）》，郑梓，1985：190。

皆为后世议会（临时省议会、台湾省议会）所继承”（1985）[190]。

继“二·二八事件”后的省政改革，1949年，国民党当局以强权手腕在台湾开办土地改革，这是有鉴于共产党在大陆的“土地改革”普获人心，而且在台湾实施土地改革又有压制地主势力的政治实惠。残酷地说，这两项省制、土地改革，是以“二·二八事件”与白色恐怖中数万名受难者的生命为代价的；光复初期的议会政治，各个派系整合出来的民意代表的介入与参与，尽管大多是为了争取自己所属的阶层利益，但也还能在法定民主程序的基础上，逐步发挥些许民意的功能，透过议会政治争取政治改革的幅度，恐怕不是日本殖民统治末期（1935年后），虚饰的地方自治的台籍民意代表所能参与完成的。[1]

何况光复初期台湾民意代表的层级高达第一届国大代表、立法委员的选举，并且是透过直接全民普选，[2] 与日本殖民统治时代地方自治的层级不可同日而语；做为中国的一省，台湾尽管在省制上属于特别行政区，但在参与全国公共行政事务上仍具有国民代表、制宪代表与立法委员等民意代表的法定名额。比较1935年后日本殖民统治时期的选举权，当时则限制选举权与被选举权的资格，须年满廿五岁、男性，以及缴纳市街庄税五圆以上者（李筱峰，1986）[11]，导致人口比率与选举权者不能相称，如台中市人口，台人与日人比率为五比一，而有权者日人竟多于台人，日人为二千余人，而台人只有一千八百余人，殖民地统治者倡言推行“地方自治”，亦不过藉此为幌子收揽、敷衍“台湾地方自治联盟”的知识精英，迫使其解散组织。而此时日本军部势力抬头，连台湾总督府都不放在眼里，并于1936年制造“祖国事件”，唆使日本流氓围殴林献堂，致使一般知识分子惶惶不可终日，林献堂、杨肇嘉先后避难东京（叶荣钟等著，1987）[490-491]。

光复初期台湾人的政治参与空间，往前与日本殖民统治时期、往后与国民党

---

[1] 日本殖民政府1935年11月12日在台湾举行第一次民选议员选举，迫于“台湾地方自治联盟”民选议员的要求声浪下，赋予台湾人一半的自治权，选举半数的台湾的州、市会员、街庄协议会员。但根据黄静嘉的研究，指出：“本阶段地方制度的‘改革’，殖民地统治者倡言系直接以推行‘地方自治’为内容，然仅限于形式上增加若干妆点，但在实质上则地方自治之权能极为微弱，官治之性格并未改变。新制虽以州、市、街庄为具有法人人格之公共团体，然不仅其执行即理事机关未经公选，即以议决机关而论，最基层之街庄协议会仍为名实一致之咨询机关。”见黄静嘉，2002：249—253。

[2] 1947年11月21—23选出第一届区域国大代表17名、妇女保障名额2名。1948年1月21—23日选出8名（其中包括妇女一名）台省立委。见李筱峰，1986：38—41。

当局退台后相比，从地方士绅与社会运动分子在政界掌握咨询权、在文化界发挥言论批判力（详后文）都可以一窥其社会力。“二·二八事件”爆发之际，这些昔日的社会运动者在各县市发挥了组织民众的影响力，积极者扮演社会改革推动者的角色，消极者亦力图稳定时局，当然亦不乏趁乱借机坐大政治权力者。经过了日本高压殖民统治五十年，回归中国一年内同样感到政治地位被压抑的台湾人，因为亟思当家作主的心理驱使，上演了一场“政治狂想曲”。大陆派遣的援军抵达镇压之后，在警备总司令部参谋柯远芬“宁可错杀九十九个，也不放过一个”的处理原则下持续了九个月的“清乡”，“可明显看出抹杀台湾人知识分子和社会精英的模式”[1]。若林正丈认为台湾社会经历此次镇压而失去自日本殖民统治时代在对抗殖民地差别待遇中培养出来的最优秀的人才（2000）75。更精确的说法应该是：“二·二八事件”后，因“内战加冷战”的结构制约，白色恐怖肃杀统治手段与戒严体制的实行，成为国民党当局禁锢台湾社会力的源头并因此确立其在台湾长达38年的官僚专制统治。

前述地主士绅林献堂，光复后当选台中县参议员、国民参政员，尽管被陈仪猜忌，依旧在一定的群众基础上参与政治事务，比诸日本殖民统治殖民统治者在战时体制“皇民化”运动时期怀柔拉拢为“皇民奉公会委员”（1941）、“贵族院敕选议员”，自是意气风发多了，其间的境遇差别不言可喻。“二·二八事件”后被任命为省府委员此一无实权的闲差位置，显然为安抚台民的象征性之举，1949年1月陈诚任省主席跨海赴台替蒋介石“布阵”，10月林献堂称病避居日本，12月15日阎锡山内阁自重庆退往台湾，吴国桢继陈诚上任为省主席，同一天林献堂辞去省府委员与通志馆馆长获准，从此未再返台，林献堂此举与日本殖民统治时期因“祖国事件”避居日本有异曲同工之妙。随着林献堂淡出台湾政界，也象征着台湾日本殖民统治时代的社会运动分子的失势；“二·二八事件”后坐大的“半山”势力，党国精英对其“挟势夺权，离间台湾同胞，挑战政府”也抱持强烈的警戒，从1950年2月台北市市长游弥坚被罢免开始，到1956年为止刘启光、林

[1] Gold, Thomas B. *State and Society in the Taiwan Miracle,* M.E. Sharpe, Armonk, New York（1986：51）转引自若林正丈，2000：75。

顶立等“半山”有力者陆续被“左”迁而没落。“二·二八事件”时担任《台湾新生报》社长的青年党人李万居，1951年临时参议会议长选举失败，后涉入“自由中国”事件，继续留在政界只剩下和党国精英有良好关系的黄朝琴、连震东和谢东闵等人（若林正丈，2000）[128]。光复初期，怀抱孙中山政治理想的公署长官陈仪与自由主义文人的省主席魏道明，两人主政期间都还借着拉拢“半山”势力，作为举用台人的象征，20世纪50年代以后国民党当局在台巩固根基之际，却连这种妆点性策略都不用了。从日本殖民统治时代到国民党当局1987年“解严”以前，台湾人享有的政治、舆论空间，恐怕还是要属光复初期最宽阔吧。难怪光复初期的研究先驱叶芸芸说：“知识分子的昂扬自信与文化界的生气勃勃，是光复初期台湾予人深刻印象的景观，也是台湾历史上，文化界难得一现的黄金时代（1989）[63]。”

第三节　中央、长官公署双重经济接收

清末台湾的社会经济是以输出导向的商品作物（砂糖、樟脑、茶）为支柱，贸易事业呈现空前的发达。甲午战争后，落入日本帝国主义的支配下，台湾的产业配合日本资本主义的需求，被重组成糖业与米作特殊的单一农作物——种植经济。直到20世纪30年代经济大恐慌，在日本资本主义转化为国家独占资本主义的过程中，为推进其对外扩张之一环的“南进”政策，必须以台湾为南进基地，才开始进行台湾的工业化（刘进庆，1995）[13-14]。1937年中日战争爆发，台湾的军事地位急速上升，转以军需工业为重点，实行战时统制，使得台湾的殖民地畸形发展更加严重（涂照彦，1999）[143-148]。而日本在台湾所引进的“工业化”，是日本资本主义向战时经济转换的一个环节而已，统制措施与日本国内相配合，并不是台湾殖民地经济发展过程中独自完成的（翁嘉禧，1998）[52]。虽然在台湾近（现）代化的过程中此一经济工业化奠下了一些基础，但把日本的殖民近代化与清末刘铭传的抚台新政的近代化两者互相评比，经济学家刘进庆认为刘铭传在清赋、建设铁道和振兴新产业三方面留下台湾近代化的光辉史迹，是由外而内的自主近代化，农工全面的产业化，经济整体的近代化，是台湾近代化的原点与典范。日本对台湾的殖民近代化，虽然踏袭刘铭传近代化的基础，但是初期产业非工唯农，以差别政策压制本地糖商，护航日资独占糖业市场；中期开发稻作，特化糖、米两项农业；末期因应日本军国主义需要，引进财阀投资军需工业，而置台籍资本于圈外。[1]所以是外在的、从属的近代化，非工唯农的产业化，是差别、跛行的近代化（刘进庆，2003）[1]。

[1]　日据末期台湾的现代化产业几乎由日本资本掌握，资本额500万以上的公司，日籍占97%，台湾公司只占2.8%，显示日本垄断资本的支配关系。见刘进庆、涂照彦、隅谷喜三男，1993：25。

战前台湾的日本独占资本在战后全部原封不动地被编入国家资本当中。而早在战争期间国民政府的经济政策已经可以看到这种国家资本支配体制的端绪了。对日胜利后，国民党官僚资本主义体制处于确立过程，全国的经济机构，正往国民政府的中央统合与一元化迈进。具体的事例就是设置、强化各种机构，如工业部门的资源委员会、贸易部门的中央信托局，金融部门的四家银行（指中央、中国、交通、农民四银行）联合办事总处等机构的设置（刘进庆，1995）[28]。

然而内战的军费支出扩大，据美国特使马歇尔指出军费消耗占国民政府总预算百分之七十（陈翠莲，1995）[41]。台湾的经济在光复后纳入国民政府的国家资本体制之中。此一阶段，打赢内战成为最高目标，军事资金的调度成为最重要的任务，刘进庆的研究指出：

> 结果是台湾庞大的国家资本，与“民生经济”所声称的“社会建设之物质手段”的方针背道而驰，……在国营与国省合营中所累积的社会经济剩余，大部分被国民政府中央所吸纳而在内战中化为乌有。（1995）[29]

掠取台湾经济剩余而注入中国大陆内战的庞大经济装置，主要是透过公营企业本身扮演了刺激物价膨胀的主角，来达成此一阶段国家资本的任务。将生产、流通、金融等所有基干部门予以国有化是此一时期台湾经济的特质，一言以蔽之就是公营经济。复兴公营经济的重建，当然唯有靠公营银行——台湾银行的融资，以增印货币发行为杠杆而放款以支持公营企业的重建资金及军政资金。尽管陈仪政府有意围堵法币的通货膨胀，避免波及带动台湾的通货膨胀，其出发点为构筑一道“金融防波堤”，立意甚佳。但是台币的发行准备制度与法币的联结（例如以移出大陆市场的砂糖贩卖而得的法币存入中央银行，作为增加台币发行的准备），变成台币全面承受法币膨胀影响的一种机制，可以说是以台币的信用来支持法币的一种机制。台银不健全的发行准备制度——大量发行公债和乱印货币以支持军费的调度和公营企业重建的基金，于是成了通货膨胀的元凶。公营企业的产品价格不断涨价以追求利润，又成为带动此一阶段物价暴涨的主要领导者，不仅不具有抑制通货膨胀的作用，为了筹措财政资金，高利润的追求变成主要的运作逻辑（刘进庆，1995）30-39。

在这种情形下陈仪还想要实践孙中山“民生主义”的公营企业、统制经济，以“用之于民”，把台湾作为他们心目中的“三民主义实验区”来施展其政治抱负，开创在国府中央与中共之外的第三条路线，无疑是缘木求鱼。难怪史学家戴国煇以“唐吉诃德”来形容陈仪和沈仲九[1]的组合，沈仲九一直是从陈仪主闽、治台到最后出任浙江省主席时力主实行社会主义式计划经济的重要智囊（戴国煇、叶芸芸，1992）182。许介鳞也以“陈仪称霸台湾，不知天外有天，宁不失算！”评论陈仪的“理想”仅是“南柯一梦”，而徒然背上种种恶名（1998）64。

关于光复初期的经济转型与政策，除了前引刘进庆关于台湾战后经济的研究外，已有翁嘉禧针对陈仪主政台湾时期、与刘士永针对光复初期（1945—1952）经济政策的分析研究，可供吾人参考。此经济领域亦非笔者所长，在此仅提举政权过渡期两大经济特色，同时也是两项关键的政策面分析：一、统制经济与公营企业，二、台币政策与通货膨胀，来理解台湾纳入祖国经济圈后，导致财政、金融情势恶化与民生困顿的背景。

一、统制经济与公营企业

陈仪统制经济的理念一方面源自他对孙中山三民主义之民生经济的认知与诠释，一方面因他个人对社会主义的憧憬。从他长期任地方官网罗不少幕僚是国家社会主义者、无政府主义者及共产党员来看，1949年陈仪劝说汤恩伯投诚可说是其来有自。[2]然而，统制经济并非陈仪个人的专利，国民政府于北伐成功，开

---

[1] 沈仲九字铭训，与陈仪有亲戚关系（沈为陈第一任中国籍夫人的堂弟）。沈于日本留学时期，是许寿裳主编的革命先锋杂志《浙江潮》的同仁，后再到德国留学，据说是上海马克思主义研究会居于领导地位的会员。以智囊的地位参与陈仪的福建施政，在同一时期主持行政干部训练班。立志追求与国民党、共产党不同的“第三路线”，把台湾看成理想的实验场，早在重庆策定三项“基本施政方针”：一、树立适合台湾实情的行政制度，及承袭日本总督府体制形式的长官公署体制，谋求如同日本总督府一样，掌握行政与军政的一元性权力。二、实施统一接收，要完全掌握“日产”，预先阻止大陆各势力介入接收权益，以确保至台财政基础。三隔绝大陆通货膨胀的狂潮，意图禁止大陆的浙江财阀系银行和“CC派”掌握的农民银行等向台湾发展。这些都被台籍的意见领袖们所不满，视为侮蔑、剥削台湾本省人，于是透过大众传媒展开批判。

[2] 关于陈仪政治幕僚的人脉分析可参考《陈仪为人、为政及治台班底》戴国煇、叶芸芸，1992：61—104。而关于他劝说汤恩伯的经过，可参考胡允恭，1992：59—66。

始推动所谓的“政治革新”与“经济发展计划”时，就已经在走党国资本主义的路线。1931 年国防经济建设委员会成立，其目的即在重整经济，在当时内忧外患的情境下，统制经济必为当局所乐用，只是政府介入程度深浅有别而已。事实上，不独中国实行统制经济，20 世纪 30 年代世界经济大恐慌以来，计划经济思潮席卷各国[1]，英国实行社会主义浓厚的经济改革，罗斯福的新政亦强调政府介入经济，德国与日本于第一次大战后笼罩在国家主义与军国主义盛行的气氛中，在经济方面，对内强调管制经济，对外主张扩张主义，开明专制政府成为时代潮流（翁嘉禧，1998）25-30。

曾经赴台参观日本始政四十年博览会的陈仪，完全不以在福建招致民怨的统制经济为戒，[2] 仍抱着为实验“民生主义”的高度兴致欲在台湾实行统制经济与计划经济。在事关决定台湾光复后体制、政策走向的“台湾调查委员会党政军联席会第一次会议”上，陈仪发表演说提到，“台湾既是新辟的园地，希望施政方针能朝向党、政、军一致实验三民主义的理想，实现民生主义之公营化、国有化理想。为了杜绝大陆政治恶习，应在日本殖民统治五十年的统治基础上，续走现代化之路，以谋台湾人民福祉”。[3]

光复后，台湾省长官行政公署与行政院资源委员会赴台接收日产，公营事业的庞大，可谓当时经济的特征。接收日产事业划归国营者计有 18 项单位，国省合营（国六省四）计 42 项单位，而省营事业更高达 323 项单位，若再加上拨交各县市与党部合营者，共计 494 项单位。这些公营事业的产值占同期工业总生产的 80% 以上，另外一万多家民营企业的产值仅占约 20% [（刘士永，1996）120、

[1] 根据翁嘉禧的研究指出：统制经济理念的兴起始于 20 世纪 30 年代，凯恩斯的经济革命风潮兴起，古典经济学界的理论受到严厉批判，资本主义的政府角色亦重新被检讨，英国采取社会主义色彩浓厚的经济改革，美国罗斯福总统的新政，亦强调政府积极介入经济，以补市场和价格机能的不足。社会主义风起云涌，德国历史学派主张国家主义，重视政府的角色，积极倡导社会改革。东方的日本亦笼罩在国家主义与军阀主义盛行的气氛中，主张开明专制政府是合乎时代潮流，对内强调管制经济，对外主张扩张主义。苏联式的社会主义，为了对抗西方的资本主义，更积极推动中央集权式经济计划。中国当然亦受此风潮影响，蒋介石在 1943 年发表的“中国经济学说”，即阐述国家的功能，政府干预经济角色及统治措施的合理性。见翁嘉禧，1998：27—30、202—203。

[2] 陈仪从治闽省政时期就执意实行统制经济，设贸易公司和专卖制度（甚至进行粮食专卖，称为“公沽局”），但由于人谋不臧、与民争利，弄得民不聊生。钱履周曾为陈仪治闽时期以及第二次就任浙江省主席时的重要幕僚，他就以“民穷、财尽、兵弱、官贪”八个字来形容陈仪主持省政下的福建钱履周《陈仪主闽事略》见李敖编著，1989c：53—56。

[3] 《台湾调查委员会党政军联席会第一次会议记录》，见张瑞成，1990c：139—143。

（翁嘉禧，1998）[58-59]]。这些庞大的公营事业组织中，国营的部分由行政院资源委员会统筹，省营的部分则由长官公署工矿处经营管理，该处处长由资源委员会工业处处长包可永兼任，看起来两者是共生的结合关系。事实上中央的资源委员会夺走了十项最重要的工业主控权，包括石油、金铜、铝业三项由资委会独办，糖业、纸业、肥料、水泥、机械、制碱等七项以"国六省四"的控股比率合营，董事长、总经理等重要职位由资委会派员担任，资委会掌握了实际的经营管理权（翁嘉禧，1998）[58]。省营的单位都是资委会拣剩的，比起资委会所接收的企业是"小巫见大巫"。长官公署不仅丧失主导权，还要负担企业经营的财政资金，资委会在台的企业，完全依赖台湾银行供给资金，1946年资委会向台湾银行的借款占该行借款总额30%，1947年占20%。又例如蒋介石命资委会将大量的糖免费运送大陆，致使台糖无经费可用时，台银只得采取加印钞票的方式借款给台糖对应（潘志奇，1980）[72]。这些措施都促使台湾通货膨胀极度恶化，后果则要行政长官公署承担（许介鳞，1998）[69-78]。

公营事业的庞大，形成与民争利的官僚资本，陈仪统制经济的政策还被人诟病的是"贸易局"与"专卖局"的设立。"贸易局"统筹进出口贸易，其初衷在于将本省剩余出口物资，用于交换台湾急需之物资，1945年11月20日长官公署将日本殖民统治末期控制物资的"台湾战时物资团"改组为台湾贸易公司，1946年2月再改为台湾省贸易局。包括米、盐、煤油、渔产等商品的制造商，都必须把商品按规定的价格卖给贸易局，由贸易局统筹运销至大陆及本岛各市场，但成效不彰，招来与民争利的批评。另外，陈仪鉴于日本殖民统治时期专卖的规模相当可观，为了确保庞大的重建经费财源，沿袭了日本殖民统治时代的专卖制度，虽然减少了专卖物品的种类，仅剩烟、酒、樟脑、火柴、度量衡五项物品专卖（翁嘉禧，1998）[137]，但事实上除了鸦片有违国家的禁毒政策明令禁止外，其他排除专卖的食盐、汽油都另外成立了公营企业接管经营，控制程度有增无减。在日本殖民统治时期尚有十家私人公司领有执照可以代销专卖局的产品，殖民当局只负责制造和加工；而在陈仪主政下的专卖制度，连专卖品的分配和销售都由长官公署控制（柯乔志 George kerr,1991）[144]。加上专卖局与贸易局双双成为官员贪污舞弊的渊薮，专卖局长任维钧、贸易局长于百溪营私舞弊的情形耸人听闻，让台湾民众大开眼界，是当时数一数二的大贪污案。[1]

陈仪曾于 1945 年 12 月 20 日在“总理纪念周”上，为化解民间对专卖与公营事业的疑虑时说道：

> 或以政府办理经济事业为与民争利，此系专制时代对皇帝而言。今日政府办理经济事业一方面为防止私人资本之集中与操纵垄断，造成社会之种种罪恶；一方面乃欲为人民多赚钱，必能多用于民，多为人民谋福利。[台湾省文献委员会编，1970（卷首下）] 159

陈仪标榜要实行“三民主义”，1946 年 9 月长官公署公布“五年经济建设计划要点”，明示推行“民生主义”，并强调计划经济、国有公营以达“节制私人资本，发达国家资本”之目的。[2] 当时的知识分子出于对孙中山三民主义思想的认同，对于为实行“民生主义”而办理公营事业大抵可以同意，但是对营运的方式是否能“取之于民，用之于民”达到“民生主义”的效用，则表示质疑，纷纷呼吁“公营事业要民主化”“专卖事业要合理化”，以防止公营事业成为“官僚资本”的温床。统制经济与公营事业在实行一段时间后，在台人眼里看来，不过是“官僚资本化”的代名词罢了。[3]

关于统制经济营运的方式如何达到“民生主义”的理想，在《民报》担任记者、有社会主义倾向的徐琼二阐述得最清楚。他虽然也赞成陈仪强化国家资本和国营企业以实行民生主义的理念，但对当时公营企业的运作经营则多所质疑。他对“贸易局”和“专卖局”一味追求高利润，扮演哄抬物价的推手提出批判，并

[1] 张琴（胡允恭）《台湾（二·二八事件）真相》，见戴国煇、叶芸芸，1992：114—127；李敖编著《二·二八事件研究续集》，1989b：31—33。

[2] 《陈长官通知辑要》第一集，行政长官公署，1946：19—23，转引自刘士永，1996：120。

[3] 《民报》与《人民导报》亦频频反映此一问题，对于公营化的原则，连右翼士绅创办的《民报》亦不反对，这是因为报社有多位具有社会主义经济思想的知识分子任职的缘故，如许乃昌、徐琼二、蒋时钦，所以基本上《民报》的经济主张应该是中间偏“左”，只是对于公营企业的作法则质疑其不能平抑物价，反而造成“官僚主义”、贪污腐化、矫角杀牛的弊病，要求公营事业必须民主化。关于言论与集团的倾向笔者将在第二章再详述。

对其经营利润收支明细不透明化，利润所得本该回馈省民，结果是花生、肥料比市价还高，又例如面粉以一百袋为最低单位的买卖方式而独厚于“御用”的大盘商人，迫使市民必须从二手商人手中高价购得，再加上徇私舞弊和贪污严重，被人民质疑为“剥削殖民地”而高唱公营企业废除论。但徐琼二认为国营企业本质在于实现民生主义，如果“因为经营技术的拙劣和内部的腐败就叫嚣废除论是极大的错误”，则“废除论很有可能成为那些没能和官僚勾结上的奸商，或指望在自由贸易下发上一笔横财的商业资本家的爪牙”[《贸易局的存废问题》，见（萧友山，徐琼二著 陈景平译，2002）[39]]，此中清楚显露他反资本主义、自由经济市场的立场。因此他对运作经营主张“企业公有，民主营运”[《再论失业问题——并论日本的殖民政策》，（2002）[27]]。所谓“民主营运”乃指员工互相选举选出工厂代表和主管，“由这些人决定从生产计划到人员配置的所有事物，把支付完足够保障生活的薪水后剩余的工厂资金用于企业的其他面，产品尽可能减少利润地供给于市场。这样的工厂不是个人营利的工厂，所以从厂长到每一个员工都会兢兢业业为工厂效力”。徐琼二认为像这样的机构是不能指望将追求利益作为唯一目的的民营企业去实现的，所以“希望政府和民间的各专家和与此有关的工厂代表组成生产委员会，积极投入生产”[《经济民主化问题》，（2002）[52]]。

徐琼二强调以民生主义为主旨的公营企业，必须是：强化国家资本，果断放弃日本帝国主义的劳动力剥削，同时恢复原料生产和加工工业等各种工业，尽可能以低廉的价格供应产品。另外他还主张向耕种者开放国有土地，或开办集体农场，使从南洋、日本各地回台的日军征用的人员经营，以改善失业问题[《再论失业问题——并论日本的殖民政策》，（2002）[24]]。徐琼二社会主义式的公营企业的理念，姑且不论其民主营运的方式是否可行，但他的理念和陈仪最大的差别，即在于他主张“由下而上”的民主，与陈仪“由上而下”地推行“民主”是大异其趣的。另外，徐琼二对于公营企业未达到平抑物价的批判也是一针见血的，直指其违反“民生主义”用之于民的精神。徐琼二不客气地批评道：现在虽标榜实行孙总理的“三民主义”，但是“和过去日本在台湾时的殖民地手法相比，没有一丝一毫的进步”[《经济民主化问题》，（2002）[52]]。

在经济利益冲突下，反对陈仪的公营企业的，自然还是台湾少数的资产阶级，尤其是关于日产的接收几乎都转化成公营企业，引起本省工商业界的高度反感。1946 年月台湾旅沪六团体向中央请愿时，亦要求废除贸易局与专卖局（杨肇嘉，1980）。公营事业嗣后亦被认为“二·二八事件”的导火线之一。[1] 上一节举陈炘筹组大公企业公司欲抵抗江浙财阀的例子，可以说是一个典型的例子。“二·二八事件”时，陈炘遭人挟怨报复，判断与大公企业事件应脱离不了干系。事实上陈炘想要对抗的江浙财阀，以孔祥熙、宋子文为首，与陈仪之间的关系，不仅牵涉派系集团的利益冲突，无论在做法和理念上都是水油不相融，互采敌视态度。除了前述行政院资委会接收了大部分赚钱的日产事业；长官公署这方负责省营事业的工矿处处长包可永也是从资委会借调来的，本职是资委会的工业处处长，此一人事布局更显现了资委会完全掌控了国营事业的主导权。还有一个明显的例子，陈仪最初本打算任用张延哲为财政处长，却在行政院宋子文的压力下，不得不改以宋子文属意的严家淦出任[2]。严家淦以财政处长又兼任台湾银行的董事长，则台湾与大陆的金融一脉相通，陈仪独立发行台币的隔离政策也就形同虚设（许介鳞，1998）76-77。

戴国煇一路考察陈仪的为人、为政及其治台班底，以及台湾光复后赴台接收的官场百态、派系之斗，从而评论显然陈仪及其治台班底有意在台施展“鸿图”，想把在福建以及大陆上所不能实现的理想实现于台湾，但竟连一个处长都保不住，更遑论其他“鸿图”，也是心有余而力不足的。“饶有兴味的是陈仪治台失败反沪，再度主浙时仍然坚持‘用人不疑，疑人不用’的原则。沈仲九依旧仿效苏联几个五年计划拟定了‘浙江十年建设计划’欲求再展鸿图。陈（仪）沈（仲久）唐吉诃德的面目仍旧栩栩生动”（戴国煇、叶芸芸，1992）134-182。

二、通货膨胀与台币政策

陈仪鉴于大陆上通货膨胀严重，赴台前特向蒋介石要求，为体恤台胞，稳

---

[1] 白崇禧《国防部宣字第一号布告——1947.03.17》，见李敖编著，1989a：247。

[2] 为了此事，陈仪深夜十二时许还电召民政处处长周一鹗至私邸，深有感慨地说：“台湾原有的生产事业，多未恢复，社会财富又长期遭日本掠夺，已属外强中干，虚有其表。但当局（指中央）”惟眼前利益是图，只想杀鸡取蛋，用各种名义和方式，从中搜到一些东西。……不过想做一番事业，一定要度量大，要经受得住委屈，要吃得下冤枉。”周一鹗《陈仪在台湾》见李敖编著，1989c：159—160。

定经济，防止大陆通货膨胀波及台湾，暂缓中央、中国、交通、农民等四大银行赴台设立分行，禁止法币在台流通，准许日本殖民统治时代的台湾银行照旧营业。然而，此一立意甚佳的“台币政策”金融防波堤的效果却相当有限。盖因通货膨胀几乎是战后世界各国共同的现象。又因战争末期台湾成为盟军轰炸的目标，导致战后生产破坏而引发供给不足，自然在战后复员时面临通货膨胀的压力。综观台湾光复初期四年间通货膨胀的关键因素有三：（一）光复初始，台币的通货膨胀，先是日本有意扰乱台湾的金融秩序，在战争结束前、后滥发通货，据闻日人所掌握的台币数量占总发行额的八成，特殊化的“台币政策”反利于日人操纵台湾金融界［《台湾现状报告书》（王晓波编，2002）[17]］；（二）台币与法币自始至终不合理的汇兑，致使独立发行的“台币政策”形同虚设；（三）加上长官公署、省政府为支付大笔的公营企业的资金及军政资金，以恢复生产，只能靠增印台币应付，通货膨胀无疑雪上加霜。“二·二八事件”后，尤其是1948年大陆推行金圆券改革，不但无益于台湾，反使卷入大陆通货膨胀恶性循环的台湾经济急剧地恶化。台湾货币金融即便在1949年6月15日实施新台币改革，但如果没有1951年的美援支撑，可能终将崩溃。下文概述这些导致台湾经济贫困化的结构性因素。

日本侵华战争爆发前的1937年7月，台湾银行券发行额不过七千五百万元左右，1945年投降前夕，发行额已达十四亿元，膨胀了十八倍之多（陈翠莲，1995）[88]。依据前台湾总督府主计课长塩见俊二的回忆录《秘录·终战前后的台湾》指出，他于1945年9月从日本重返台湾处理战后事宜，因台湾通货膨胀严重，“于是为了解决台湾银行发行的纸币之不足而由大藏省决定以飞机满载日本银行发行的巨额台银纸币运往台湾，因此我透过终战联络事务所申请，经占领军（案：麦克阿瑟司令部）核准后于9月5日飞往台湾。”由于飞机上载满纸钞“在这一段飞行时间中，一直爬在那一堆台银卷上”（塩见俊二，2001）[20、25]，这批仅由台银于背后盖印的千元大钞，发行目的竟是为了发给在台日本公教人员到翌年三月份的薪资及退休金，以利在台日人的复员；尽管日后陈仪赴台冻结了千圆券的流通，但这批台银券加剧了战后初始台湾的通货膨胀，是殆无疑义的。

根据美国对华政策白皮书指出：对日战争结束时，中国所持的外汇数量为有史以来最巨者。加以胜利后收复东北与台湾，前者具有中国本土四倍的工业、三倍的发电电力与四倍的铁路密度，后者有大量的农产品剩余可供输出，东北与台湾二区亦可成为税收丰厚的财政新资源，一般而言，日本投降时中国的财政情形还颇为良好[1]（陈翠莲，1995）40。但很快地由于通货膨胀、战后工厂生产停顿、内战爆发，加速了经济的恶化。使得社会不安，学潮、罢工四处蔓延峰起又使经济更加恶化。

战后初始，通货膨胀的主因来自战前日本政府发行通用的“伪币”与“法币”（即国币）的汇兑不公问题。战后全国通货金融的处理迟迟未定案，1945 年 9 月 21 日各银行一律尊令使用法币，但法币与“联储券”和“中储券”（都是日伪政府发行的，前者在华北通行，后者在华中华南通行，两者均与日圆相通，以金融攻势破坏法币）兑换比率直到 11 月 21 日才公布，造成金融黑市兑换的混乱，引起收复区民众怨声载道。但一经公布没多久恶性通货膨胀很快席卷全国，主要原因乃在于收复区的伪币币值遭到不合理的压制，法币币值刻意地被抬高，例如伪币与法币的兑换，上海中储券与法币依照上海和后方抗战区批发物价总额比较，其兑换比例应是三十五元中储卷兑换一元法币，但被规定为二百元上海中储券对一元法币；华北储联券与法币依照华北与抗战区批发物价总额比较，兑换比例应该是一元伪币兑换二元法币，但被定为五元联储券兑一元法币。[2] 光是凭汇兑，国民政府与接收官员就赚进五倍之多的利润，如此一来，造成收复区接收人员一跃为暴富，大发国难财。人民顿成赤贫，为尽快脱手手中伪币换取物资，使得物价飞快上涨。法币供不应求，不断加印，流通额逐渐增加，物价上涨更快。

光复后台湾独立发行台币，本来是为了避免大陆的通货膨胀波及台湾。但若要杜绝大陆经济给台湾带来混乱，就要通过购买力评价机能的外汇机构——即外汇市场的操作，来保持台湾与大陆两地的物价体系与金融关系的距离。然而，实际上外汇机构公定的台币汇率一直远低于实质购买力，台币购买力大概低于实质购买力约 30%—50% 之间。从 1945 年 10 月到 1946 年期间，台湾、大陆两地的

[1] 美国国务院编《美国与中国之关系》中译本（即“美国对华政策白皮书”）近代中国史丛刊第 87 辑，台北文海出版社，出版年代不详，81—82 页。转引自陈翠莲，1995：40。

[2] 陈孝威《为什么失去大陆》（下）跃升文化，1988.07：334—335，转引自陈翠莲，1995：40。

公定汇率行情被固定维持在台币1元兑换30—35元法币，台币的购买力与法币相比，大约被低估了二分之一。到1947年底固定调整汇率几乎每个月都要向上调整，但仍无法应付实际的激烈物价变动。1948年1月开始机动调整汇率，甫开放时是92元台币兑换一元法币，至1948年8月19日金圆券改革之前是1元台币兑换1635元法币，法币贬值的速度和幅度已经相当惊人。但是调整的幅度还是赶不上法币的贬值程度，实际上可以看到台币不断被低估，通货膨胀不断持续。而1948年八·一九金圆券改革时，当局不顾一切强行固定汇率，以1835元台币兑换1元金圆券，意图利用台币的信用去支持金圆券的威信。结果，9月通货膨胀的趋势表面上似乎被压抑下来了，但大量资金趁着汇率固定化，逃过管制，从上海流到台湾。进入10月后，这些流入的资金大量囤积货物，导致台湾的物价比上个月陡增22.02%。金圆券的改革打从一开始就充满了虚构，尽管有严格的经济管制，但根本上无法消除内战的前途和政情的不安，以及经济混乱的疑惑。10月全国各地掀起囤积风潮，即使动用国家强权进行取缔，商人仍以罢市来抵抗。于是黑市横行，最后陷入麻痹状态，只好解除管制，被压抑的通货膨胀一举表面化，金圆券改革就这样脆弱地夭折崩溃。法币一泻千里，11月底剩下222元台币兑换1元金圆券，透过（附录表7–3、附录表7–4）可以清楚看出台币币值长期被低估，等于变相搜刮民脂民膏（刘进庆，1995）[43-50]。

到了1949年，随着国民党在内战中失势，台币更是走上恶性通货膨胀之途，半年内物价暴涨10倍。上海的通货膨胀更糟，物价好比天文数字，货币机能几近崩溃。5月国民党当局退台，台湾物价比上个月暴涨122.2%，为台湾史上最大涨幅，如果持续恶化，可预见台币的崩溃，为克服此一通货危机，6月15日终于实施了新台币改革，同时与金圆券的汇兑关系也打上休止符。新台币的改革等于是金圆券崩溃的宣言，更重要的，这也是台湾经济再度脱离中国本土经济圈的指标。但新台币通货膨胀依旧严重，不得不等到1951年美援的展开才得以遏止，此一过渡期间物价还是上升416.6%。从1946到1951年，台湾的通货发行量竟增加了4047倍。若依物价的项目别来看，最高的上涨21400倍，最低的也上涨了4000倍，平均的纪录是上涨9600倍（刘进庆，1995）[50-51]。

从大陆的通货膨胀透过外汇通货膨胀的形式波及台湾的情形，我们大概可以管窥台湾卷入中国经济金融圈带来的经济混乱之一斑。同时因为外汇通货膨胀的相关效应，促使台湾人民（尤其是零细农民与工资劳动者）穷困化，还有包括扭曲的汇率，影响台湾的物价腾贵，物价构造节节上升，金、银抢购恐慌。在此情况下，国民政府罔顾人民生计，为填补内战日益扩增的军事耗损，又大举进行粮食和金银外币的强权征收，将负担直接转嫁到台湾农民、地主、资产阶级的身上。包括 1946 年第二期稻作开始实行“田赋征实”，“二·二八事件”后实施的“肥料换谷”，以及专为对付地主阶层的“大户余粮收购”政策等等。

1948 年“八·一九改革”，为防止经济崩溃所发布的“财政经济紧急处分”同样也适用于台湾，采取了四项紧急措置：（一）金圆券的发行（二）金银外币的征收（三）国民在外资产登记（四）经济管制的强化。其中台湾所征收的金银外币数量之大，仅次于上海，彻底造成台湾民众的穷困化。国民政府并趁金圆券改革为契机，将巨额的大陆资金（主要为上海地区）流入台湾，包括投机炒作的外汇，和政府“疏散应变”的军政资金，是大陆资本移入在台湾巩固地位的开端。刘进庆分析说道：

> 固定的汇率是这些资金流入的一个原因。以往维持台币制度是作为台湾经济的“防波堤”的。而台币与大陆币之间采取机动汇率调整，大致也勉强维持了此“防波堤”的机能。但是以金圆券改革的契机而再度回到固定汇率制下，这个“防波堤”功能就停止了。（1995）[65]

如此看来，则无论是当时大陆或台湾的媒体，光从“台币特殊化”政策这点批判陈仪搞“台湾特殊化”“独立王国”“排外政策”，恐怕仅是表象式的批评。从统计资料看来，陈仪主政期间，台币购买力尽管被低估，但还是发挥了一点防波堤的功能。

在当时中国恶性循环的经济结构下，台湾的经济本来内部就要面对战争带来的破坏，以及脱离从属于日本本国的产业生产加工体系，独立重建生产的困难。

而仅有的经济剩余又完全被国家资本体制吸纳注入内战中化为乌有。其中，光是台币与法币（大陆货币）是否开放通汇就教主政者左右为难。陈仪主张台币独立发行，以防止法币滥发造成的通货膨胀波及台湾的立意，因为中央（而非长官公署）掌握台银的主控权，将台银发行的准备制度与法币联结，使"台币"独立发行以发挥"防波堤"的功能大打折扣。最严重的经济危机是在1947年年初，受大陆黄金风潮的波及，物价暴升，抢米骚动在民间盛传，经济、社会矛盾积累已深，终因一件小小缉私案引爆全台骚动的"二·二八事件"。就是后来魏道明任省主席时期于1948年8月开放台币与法币的通汇之后，依旧解决不了台湾因大陆金融、财政、产业恶性循环结构的影响，导致台币通货膨胀一发不可收拾。粮食价格飞涨，又因失业问题严重，使民生更形凋敝，只是因为"二·二八事件"后的清乡压制了民怨罢了。

光复初期的经济接收和政治接收一样，奠定了国民党专制统治在台湾的经济基础，即便"二·二八事件"善后为安抚台民做了一些经济政策的调整，但在内战愈演愈烈的情势下，中央汲取台湾经济剩余注入军政资金的现实结构未改变的情况下，其调整幅度相当有限。例如陈仪下台后，为安抚工商界不满，尽管实施了公营事业民营化，[1] 但调整的幅度并不大，民营工业产值比例从1947年的18.59%，到了1948年上升到27.32%（见附录表7–5）。省主席魏道明在面对必须靠省营事业来维持本地经济的自主性，然而中央汲取台湾经济剩余依旧的情况下，随即通告："前公署之单行法规、省令一律继续有效。"在1947年年底以前，只有火柴公司、台湾工矿公司、印刷纸业及化学制品公司，极少数县市营企业转移民营外，公营事业体制大体并未有多大的变动（翁嘉禧，1998）[182]。直到1949年国民党当局退台，包括负责"生产管理委员会"的尹仲容、经济部次长何廉以及方显庭、陶希圣等"技术官僚"公开提倡自由经济思想，才使公民营的工业产值比例有较平衡的发展，但直到1952年公营事业的工产值比例仍高达57.6%。

另外，"二·二八事件"后，裁撤贸易局改为"物资调节委员会"，主旨重在物资供需之调剂，而不在财政之收益，但它与其他政府单位或公营事业仍然各自

[1] 《台湾省各县市公营企业 民营处理实施办法》,《台湾新生报》1947.07.23。

独占各类物资的对外贸易[1]。又所谓改组专卖局为“烟酒公卖局”，只有将专卖项目之火柴公司开放民营，樟脑公司改归为建设厅。改制后的“烟酒公卖局”，经营形态并无多大变化，仍旧是政府财政的重要来源。例如 1947 年 1 月到 5 月专卖局结束，共缴库 3 亿 4000 万，改组后的“烟酒公卖局”1 到 12 月共缴库 6 亿 6000 万元，已占当年省库收入 25%，年底又追加了 1 亿 5000 万元，可见其在省府财政上的重要性（翁嘉禧，1998）[184]。至于，其他与台币通货膨胀效应相关的台币通汇政策调整、粮食收购政策等问题，尽管有调整方案，不但无助改善经济恶化的趋势，更加深中央对台湾经济剩余的汲取，导致台湾社会各阶层的贫困化。

[1] 举例来说，就是“物资调节委员会”独占樟脑、菠萝的输出，砂糖、酒精由台糖公司独占，其他如煤、木材、水泥、重油、化肥等都有公营事业单位独占贸易经营。

第四节 “光复变奏曲”：从“二·二八事件”到“美军协防”

长官公署接收台湾在政治、经济、社会层面上的乱象，比诸日本殖民统治战争期有过之而无不及，使大多数的台湾人历经失望、愤怒甚至对国民政府绝望的境地。这其中牵涉的还不只是岛内的政经文化矛盾，还包括光复初期的国际情势、国共内战的结构，以及国民政府政权性质与派系斗争的官僚体制等种种复杂因素，影响了台湾政局与文化社会在短短四年多之间历经了风云诡谲的变化。

一、岛内整体社会危机与“二·二八事件”的爆发

当时负责接收的国民党官员邵毓麟后来的回忆指出：“国府”的接收在大陆上被形容“劫收”，党、政、军对于接收工作未能协调，常导致权责不清，除了军事接收获得日军的协助比较顺利外，在行政的接收和经济的接收，都出现接收机关多如牛毛，竟贴封条，而重建工作又找不到人负责的乱象。“上海人把那些从重庆坐飞机的来人，称之为‘重庆人’或‘飞将军’，形容他们是‘五子登科’（即金子、车子、房子、票子和女子）和‘有条（金条）有理，无法无天’”（邵毓麟，1967）[74-83]。可见国民政府的接收工作，在大陆上已是尽失民心。

国民政府接收台湾与接收全国各地一样，落得“劫收”的恶名。1946 年 3 月闽台通讯社出版的《台湾现状报告书》已指出台湾人对祖国的国军与接收官员历经“感激和欢迎”“怀疑和失望”到“冷淡和反抗”三个阶段（王晓波编，2002）[5]。除了前面阐述政、经结构性问题，在台人眼里看来，国民政府带来的“劫收”的态势，表现在政治层面就是牵亲引戚与贪污歪风的盛行，军、政接收

人员目无法纪，各接收单位任意竞贴封条，往往发生武力冲突，军警人员也常持枪威胁百姓。

报纸频频登载公务人员涉足酒家、不守纪律及贪污事件，件件令台人瞠目结舌，民心日渐背离。光是《民报》在1946年2月上旬短短的半个月间，就揭露了十几件军、官纪律腐败的事迹。[1]贪污案件的层级竟高达高等法院首席检察官、法院院长，知法犯法，更显露国民党统治集团没有现代法治的观念，趁机大发“国难财”。连最清流的教育界也黑幕重重，向学生变相收取学费、庆祝儿童节费用，教员利用公款经商，使学校变商场等等［《台湾现状报告书》（王晓波编，2002）9-10］。部分赴台接收的军官人员怀抱优越感，公务员和士兵不守法纪，在日本殖民统治下的台湾人民虽然饱受官吏作威作福的欺压，却未曾经历这种上下官兵目无法纪的现象，导致人心浮动，社会失序。“二·二八事件”前后在台湾采访的中国新闻社者记唐贤龙都不禁慨叹[2]：

> 自从国内的很多人员接管以后，便抢的抢、偷的偷、卖的卖、转移的转移、走私的走私，把在国内“劫收”时的那一套毛病，通通搬到了台湾，使台湾人看不起，以致很多贵重的东西，大都散佚。台湾同胞目睹此种情景，于失望悲愤之余，均不免眼红耳热，有的东施效颦，亦相率乘机偷窃，故物资损失极大。……台湾在日本统治时代，本来确已进入“路不拾遗，夜不闭户”的法治境界，但自“劫收”光顾台湾以后，台湾便仿佛一池澄清的池水忽然让无数个巨大的石子，

[1] 标题如下：左营海军人员枪杀当地民众，一事未平，又以手枪威胁郭区长。（二月二日）“我是接收委员，凭什么买车票？”竟以手枪威胁验票员。（二月九日）高雄市碑子头市场国军白昼抢鱼商卓乞食现款六百元。（二月十日）高雄国军一群聚赌于仓库，因被陈夫人劝止，竟殴打苓雅寮区长陈夫人。（二月十日）台湾嘉义化学工厂白糖二百万斤与薯干数百万斤，由接收委员勾结医师盗卖数百万元。（二月十日）为争鹿港机场接收物品存单，彭上尉大闹彰化市。（二月十一日）世间万事钱第一，省垣教育界黑幕重重，先生做生意，学校变商场，并揭发非法募款事实。（一月卅一日）高学工业专科学校，牙医刘某任校长，擅收束修称聘教员，竟以亲族充数，目不识丁的校长岳父任教员，四百学生开会反对，向市长请愿。（一月卅日）台南接收委员贪官污吏梁克强案开第三次审判，连累者越审越多。（二月七日）高等法院首席检察官因贪污案被捕，院长亦因贪污案被弹劾。（二月七日）巡警持手枪威胁商人。（二月十二日）公务员坐车不买票，都是外省人带进来的恶习惯。（二月十二日）福州出身警官特务长，穿制服堂堂打劫人，日人家宅遭其害，手枪威胁是惯技。（二月十六日），《台湾现状报告书》，王晓波编，2002：6—7。

[2] 唐贤龙《台湾事件的主因》，《台湾事变内幕记》，南京：中国新闻社出版部，1947。见陈芳明编，1991：22—88。

给扰乱得混沌不堪。（陈芳明编，1991）50

根据胡允恭[1]的见证，几件耸人听闻大贪污案，都发生在公营事业单位，统制经济变成“官僚经济”，成为贪污舞弊的大渊薮。胡允恭于“二·二八事件”后化名为张琴，于1947年4月5日在上海中共地下党的刊物《文萃》发表《台湾真相》，揭露几件耸人听闻的大贪污案件。例如专卖局长任维均贪污五百万元台币案，因被《民报》注销，闹得满城风雨。[2]葛敬恩的女婿李卓芝，任台湾省纸业印刷公司总经理时，把价值千万元台币的几部大机器廉价标卖，自己暗中以四十万元台币买下来。迄改任台北市专卖分局长时，被继任总经理查出，不得已行贿台币五万元。继任者将五万元贿款连同报告书送长官公署，被秘书长葛敬恩把五万元贿款批令缴交省金库，报告按下不办。后陈仪知悉，仅把李卓芝骂一顿，仍准他做分局长，等他荷包刮满后才离开台湾。《民报》1946年8月举出贸易局、专卖局甚多贪污舞弊案，中央清查团刘文岛赴台清查，查出贸易局于百溪、专卖局任维均贪污罪证确凿，9月召开记者会，要求陈长官立即予以撤职，移送法院审理。刘文岛走后于、任迟迟不撤，依旧花天酒地。直到刘文岛在上海发表谈话，希望陈仪速将两局长撤职，陈仪才只好遵办，但却又以移交未办为由不准法院即予拘捕，使于、任有机会将清账动手脚［转引自（戴国煇、叶芸芸，1992）118-121］。就是这样败坏的政治风气，报章媒体纷纷披露举发，大肆批判。“朱门酒肉臭，野有冻死尸”的主题不断被当时的戏剧、文学、美术等作品捕捉。受到最热烈反响的就是圣峰演剧团1946年6月9至13日在中山堂演出的“壁”，于今看

---

[1] 胡允恭文章转引自戴国煇、叶芸芸，1992：114—127。戴国煇指出：胡允恭“早在陈仪治闽时，由他在上海大学念书时的教师沈仲九引荐，受陈仪任用为县长等职，是老牌的秘密共产党员”。1946年4月赴台，被陈仪委任为“长官公署宣传委员会委员”。戴国煇分析他来台湾的任务应该是“放长线在陈仪身边卧底”，而非从事群众运动或组织工作。尽管身为地下党员另有所图，但因胡允恭与陈仪的治台没有利害关系，他对台湾当年的描写应该是客观。见戴国煇、叶芸芸，1992：114。从胡允恭后来的回忆《地下十五年与陈仪》，胡允恭，1992：59—66，描述“策反”陈仪的经过，戴国煇的判断应属准确的。例如胡允恭举例的任维均贪污案，任的靠山是胡允恭恩师沈仲九太太的私人秘书，胡允恭照举不误。胡允恭的《台湾事件真相》与唐贤龙《台湾事件的主因》报导的贪污事件，内容、语气大同小异，可参看。

[2]《民报》报导任维均的贪污案后，任大怒，在各大报大登启事，限《民报》三日内举出证据，否则依法诉究。《民报》第二日在报上公开举出有证据的贪污约有五百万台币之多，坚决要求任维均打官司。陈长官见报大发脾气，把任维均叫去，要他打官司，任不敢，陈看出他心虚，大声斥他说：“既不能打官司，便不应该登启事，迫人家捡出证据，丢自己的脸呀！糊涂！你回去自杀吧！”任维均请假两个星期回来，此事不了了之。

来以一墙之隔对比贫富差距的脚本，其实是出质朴白描、主旨显露的话剧，却因为演出太成功，而于7月2日再演时，仅演出一天被以“脚本未受检阅，以及剧的内容未必符合社会需要”为由禁演（蓝博洲，2001c）[51-56]，可见其切中当局的要害。王白渊的剧评指出其成功之处正在于“内容带着大众性和讽刺性”（《“壁”与“罗汉赴会”》，《台湾新生报》1946.6.10-12），最重要的应该是“壁”道尽了当时大众的心声。

胡允恭又指出：陈仪整天被台人所谓的“四凶”（长官公署秘书长葛敬恩、工矿处长包可永、财政处长严家淦以及民政处长周一鹗）包围，歌功颂德，“老人家还真有点飘飘然”［转引自（戴国煇、叶芸芸，1992）[117]］。台湾士绅看到政治太腐败，贪污横行，不得不向陈仪略提了一下，马上被陈仪语气挺硬地要求提出证据。陈仪对属下的贪污并非完全不知情，在弊案被揭露后，却仍有纵容包庇之嫌。对于在政、经政策底下饱受压抑、盘削的台民而言，不起诉严办贪官污吏，不但有失政府的公信力，最重要的是对积压难消的民怨，无异火上加油。研究台湾的派系政治与政治变迁的陈明通指出：

> 根据各种资料显示，无论是陈仪的僚友、部属、甚至是政敌都认为陈仪生活俭朴，为官不贪污。但是陈仪个人的廉洁事小，陈仪一手造就的庞大的贪污结构却事大。因为陈仪个人虽不贪污，但是他为实现台湾战后的复兴工作，所构筑出来的统制经济体制，在整个国民党的派系生态环境下，却为各派系提供一个很好的汲取公部门资源，培养私人派系力量的机制。（2001）[72]

而最严重的社会问题莫过于战争造成各业生产设施的破坏，战后物资材料匮乏，导致经济产业复工、重建缓慢。以1937年日本发动侵华战争为基准年，至1944年，除了水产业生产指数低落至21.96，其他农、工、矿业都维持在80%以上，畜牧业也还有一半的生产力。但至1945年，除了林业之外，农工生产空前低落，总产值不及日本殖民统治时代最高产量的二分之一。接收后重建工作开始的1946年，各类产业中，除了农业和水产业能自行缓慢恢复约一半的生产力，其他公营企业主导的工、矿业生产均呈现复工缓慢的情况，尤其以工业生产最为缓慢，直到国民党退踞台湾的1949年才恢复到75%（见附录表7–6）。其主要原因一方面在于日本对台湾工矿业的政策在使其不能脱离日本而独立，因此台湾只生产次要机件，主要成品仍须回到日本制造，此一依赖性导致台湾的工业难以独立重建。另一方面乃在于“国府”的“中土本位”心态，为避免台湾自给自足割据一方，采取“规模宏大、基础稳固及需要殷切、破坏不大之工矿为限”作为选择复工的对象，设定“糖业及电业”为建设核心并以此延伸之相关事业为复健重点，不必对台湾做巨额的投资与开发[1]。甚至有些事业因“基础不佳、无发展前途”而被挑肥拣瘦地标卖给民间，乏人问津的则任其荒废。而部分不法接收人员也因此任意变卖厂房机器，中饱私囊。无怪乎大陆记者梁辛仁说：“有良心的当局曾慨叹：‘中国实在不配做台湾的祖国。机器坏了，我们不能修，缺了不能补。要什么没有什么。我们只是伸手台湾尽取东西。’”[2]

产业复苏缓慢，直接影响的就是复工不佳形成的失业问题。当大批自战场及南洋复员的青年回流时，失业人口骤增，导致社会治安败坏。根据徐琼二的保守估计，1946年10月前失业人口高达25万人，其中还不包括因中小工厂倒闭而失业的人数，以及人数不清的知识分子失业人口（萧友三、徐琼二，2002）[14]。“二·二八事件”前，“联合国善后救济总属的专家估计失业人口至少有三十万人”，尚未包括失去正当生活凭借而回农村者。（柯乔志 George Kerr ,1991）[237] 长官公署接收之初就裁减了近四万名的公务员。另外日军征用的军人与军属约有二十万人，以及战前旅居日本、南洋、大陆各地的台胞约有十万人，这些人士至1946年5月从海外陆续回台，谋职不易。如果以1946年5月1日民政处周一鹗所宣布的，以办理公民宣示登记总数约239万人，则三十万的失业人口，已近总数的八分之一，光是台北一地就有流氓一万余人，这样一大群为数惊人的无业游

---

[1] 陈翠莲《“大中国”与“小台湾”的经济矛盾——以资源委员会与台湾省行政长官公署的资源争夺为例》，见张炎宪、陈美容、杨雅惠编，1998：60。

[2] 梁辛仁《我们对不起台湾》《新闻天地》22期，1947.04.01。全文转载于梅村仁（戴国煇）《二·二八史料举隅》，原刊于叶芸芸主编、发行《台湾与世界》1983.08（3）。戴国煇一文见王晓波编，2000：41。

民，又遭遇空前的生活困顿，无疑为当日社会所潜藏威力强大的不定时炸弹（陈翠莲，1995）[98]。“二·二八事件”中虽然有学生参加武装行动，但以原日本军台籍兵员占大多数（戴国煇、叶芸芸，1992）[260]，他们之所以响应武装行动是为了维护基本的生存权，“二·二八事件”在短短两天之内迅速蔓延全岛，实际上农民、工人及一般民众之介入并不深（翁嘉禧，1998）[181]，大都是各地生活无以为继的失业人口自发起来响应，也因此大多是乌合之众，难以确立组织与纪律（戴国煇、叶芸芸，1992）[260]。

产业复苏缓慢、生产低落也导致物资供不应求、物价腾贵。台湾的物价奔腾肇因于台币与法币汇兑不公、大量发行台币已使通货膨胀难以遏止，前文已述及。另外，在贸易局的掌控下，台湾的米、糖、盐、煤等物资，廉价大量输往大陆，或是不法官员趁机转卖到大陆营利，不公平的交易，使台湾本地缺货，价格高涨（翁嘉禧，1998）[171-172]。长官公署不反省政策错误，竟刻意抬高本地的产品价格，希望减少市面的消费量。结果造成1946年9月米一担在上海卖两千元台币，在台湾却卖四千元，素有“米仓”的台湾，米价跃居全国第一，盐一斤在上海卖六元台币，在台湾却要卖十五元台币。[1]上述种种政策加速了台湾的物价上升，反而造成黑市交易盛行。再加技术面上产业复建缓慢的困难，极易造成预期囤积、抢购的恐慌心理。其中又以米价问题最为严重，因为米价的上涨会带动工资、其他物价的波动，米荒所引起的骚动，尤其影响人心浮动。

台湾的粮食危机，并非来自生产不足，粮食大量被输出到大陆支持内战，导致以“米仓”竟然发生米荒，或许才是主因。日本殖民统治末期台湾粮食生产由最高的140万吨降至1944年的107万吨，在1945年时更是严重歉收，产量只有63万9000余吨。当时全台消费量约需88万6千吨，尚不足24万7千吨，长官公署于10月31日公布“管理粮食临时办法”，实行日本殖民统治末期的征购配给制度，但执行效果不佳，于1946年1月废止征购配给制。1946年稻米生产达89万4千吨，1947年增加到99万9千吨，同时期的替代食粮干薯产量亦有增加，按理粮荒应不致恶化（翁嘉禧，1998）[170-171]，但米价却节节高升。杨风在1947年

[1] 许登源《二·二八前夕的台湾经济》，见《证言二·二八》，叶芸芸编，1993：214。

3月4日上海的《文汇报》上发表的《台湾归来》，指出：

> 据粮食局的统计，三十五年度（1946年）台湾两季收成，共有六百四十万日石的米，台湾本省，所需食米总共仅五百万日石左右，剩余的百余万日石的米足可以应付任何意外或灾害。而且三十五年度台湾全省田赋征实的成绩在百分之九十以上，粮食局说征实的本意，是政府能控制食粮，稳定米价，这些征实的米又哪里去了？行总运去的肥料共是二十万吨，这些肥料都是向农民掉（案：调）的米，另再加上省公署公有土地的租谷，是足可以抑平任何囤积操纵的情形的。据可靠的消息：台省征实的米和肥料换的米，全部都运往苏北和华北充军粮了。米仓空了，自然会闹饥饿米荒，这饥饿是整个国家的经济浪潮带给台湾的，也是内战带给台湾的。

由于供应内战军粮，导致米粮不足，米价节节高升，在1946年底大抵还维持缓升的趋势。但1947年初受到上海爆发的“黄金风潮”的影响，法币大跌，台湾亦受此风潮波及，尽管长官公署2月13日通令全省禁止黄金买卖，但物价随之波动，久受抑制的米价，如脱缰之野马，取黄金而代之，成为经济风暴的中心，米价由每斤10余元，直升到40多元，爆发了粮食危机（翁嘉禧，1998）[171]。据当时旅沪福建台湾各团体致各报社的文章中提道：素有米仓之称的台湾，米价跃居全国第一。较之接收当时，暴涨六十倍以上，就是京沪粤一带向来缺粮之地，亦不致有此离奇现象（陈唐兴，1992）[63]。

1947年2月下旬台北市内发生抢粮的骚动，元宵节当天出现署名“台湾民众反对抬高米价行动团”的传单，到处散发，其内容为：

> 本省为产米的巨区，全省所产米量，不仅供全台消费有余，且可输出外地，绝非粮荒之地，纯乃各地奸商巨贾地主囤户操纵之故。……团为生活之驱使，为全台民众之生命斗争，…决定三日后，

> 率领民众实行抢米运动，并制裁囤积魁首，以申正义。特先警告三点：一、自即日起，限囤户以囤粮出售；二、米价最高不得超过二十元；三、奸商应以孳财捐献，救济饿死者之遗孤及失业民众。（邓孔昭，1991）[12]

抢粮的骚动似乎预告着台湾的社会失序，已经到了随时可以发生变乱暴动的局面。

另外因为人口大量移动，导致日本殖民统治时代已获得控制的霍乱、天花，甚至是鼠疫等传染病，1946—47 年从大陆移入，重新流行。1946 年有 3809 人感染霍乱，2210 人死亡，死亡率高达 58%。1946 年有 1561 人罹患天花，315 人死亡，20.2% 的死亡率，1947 年有 5193 人感染天花，1725 人死亡，死亡率高达 33.2%。形成极大的恐慌（陈淑芬，2000）[37-54]。

上述这些社会问题已足以使台湾人对“光复”日渐产生反感，整体社会危机一触即发，使台湾人对“光复”的期待，历经失望、冷淡、甚至到了愤恨不平的地步。但陈仪即便在“二·二八事件”刚爆发之际，都还察觉不到人民积怨已深，并未意识到问题的严重性，还想透过“二·二八处理委员会”作为与民间沟通的桥梁，化解骚动的情势。可见行政长官与台湾民众隔阂之深。

二、冷战与内战双战结构体制的确立与“美军协防”

光复初期的台湾，一方面是回归到一个“内战中的中国”，一方面又处于世界性冷战结构的“形成期”。抗战胜利的中国，并不意味着战争的结束。因此光复初期的台湾回归中国，并不是回归到一个统一的民族国家，而是回归到国共内战的中国。因此它牵涉的不仅是台湾回归中国的问题，还涉及国共双方如何利用美、苏、日势力在中国的利益冲突，形成对自己有利的情势。从 1945 年 10 月 10 日，在美国赫尔利大使的调停下，蒋介石、毛泽东在重庆签署“双十协议”的同意停战后，周恩来一直是中共的谈判代表，直到 1946 年 11 月 9 日，周恩来返回延安，表明了和谈破局。1947 年 1 月 8 日马歇尔宣布调停失败返美，司徒雷登接下了这个费力不讨好的工作，在这期间国共双方基本上都是边谈边打。又因为战后中国与美国、苏联、日本错综复杂的国际关系，使国共内战的情势愈演愈烈。

首先看美国的对华政策，美国虽然力主一个统一的中国，对亚洲和平的重要性；但由于内部意见分裂成两派，美国的对华政策显然充满了矛盾，美国一边调停，一边在经济、军事上继续援助国民党。不但使调停大使的立场站不住脚，也使中国知识界日渐对美国丧失信心，甚至对美国的介入产生怀疑，从而爆发了与反内战结合在一起的反美学潮。

苏联的卷入使中国各种利益之间的冲突更加复杂。1945 年 8 月 14 日本投降前夕，苏联在美国的力邀下，终于出兵东北对日宣战。国民政府在美国的促使下，[1] 与苏联签订了《中苏友好同盟条约》，导致苏联在日本宣布投降后，在日本扶持的傀儡政权伪满州国接受日本投降，并同意日本战败后三个月撤出东北。但后来因为国民党接收速度落后，战后中共势力迅速在东北扎根。国民党为了牵制中共接收东北，竟两次要求苏联延迟撤退，希望苏联同意政府军队按商定路线开进东北。直到战后半年，1946 年 3 月苏军才全部撤退。苏联由此获得的利益远胜于日俄战争前，苏联军队得以迅速进入东北和朝鲜。[2] 为日后亚洲的"冷战"结构预先布局，也为国共内战加温。虽然没有证据说明苏联在军事上直接援助中共，但美国估计从东北 70 万投降日军那里缴械的大量武器装备，直接或间接落到中共手中，而在美国的协助下，120 万日军在中国其他沦陷区投降缴械的武器装备大部分交给了国民党的军队（费正清主编，1992）791。

蒋介石为了牵制中共，对苏联采取妥协的态度，相同的情况也发生在对日政策上。抗战胜利之初，国民政府为牵制中共坐大势力，抢先接收长江以北的日占区（包括华北和东北），希望日军在收复区牵制中共的势力。国民政府为了抢先受降，抢攻日占区，苏珊娜·佩珀指出：

---

[1] 中、苏之间所以会签订《中苏友好同盟条约》的背景是出于美国为了尽快结束亚洲的战局，希望苏联尽快对日宣战，罗斯福总统与苏联在一九四五年二月十一日秘密签订《雅尔塔协议》。而蒋介石一直希望美国能在"中苏之间发挥'一个仲裁者或中间人'的作用"，以阻止苏联对中共的承认和支持。《中苏友好同盟条约》中，"蒋（介石）获得他梦寐以求的东西，苏联保证承认并不干涉他的政府，并允诺只向这个'作为中国中央政府的的国民政府'提供道义支持和军事援助"。但 1945 年 8 月 19 日，"俄国军队和中共军队在历史上第一次走到一起"。见费正清主编，章建刚等译《剑桥中华民国史》第二部，第十二章《中日战争时期的中国共产主义运动（1937—1945）》，上海：上海人民出版社，1992：782—783。

[2] 费正清主编，章建刚等译《剑桥中华民国史》第二部，第十三章《国共冲突（1945—1949）》，1992：787—800。

> 抗战胜利之初，政府出于自身需要，对日伪军采取了妥协态度，依靠他们维持“治安”，或者换句话说，政府不得不借助降敌的武装力量，来阻止共产党接管华北的城镇。在某个时期，日伪人员获准充当中国政府的政治代理人。（转引自费正清主编，1992）[803]

> 中国政府军总司令何应钦将军，于8月23日命令日军支那派遣军总司令冈村宁次，在政府军到达之前对共产党军队的进攻进行必要的抵抗，保卫日军据点。……从8月底到9月末，据称在共产党军队和日伪军之间，发生了100多次冲突，而日伪军是代表国民党政府在作战。（转引自费正清主编，1992）[790]

对日胜利后，国、共两军的冲突不断，内战情势白热化。“1945年间，中共实际占领区包括东北一半土地，及西北、华北各省的部分，如陕西、山西、河北、河南及山东的一部分”（秦孝仪主编，1983）[75]。国民党靠着精锐的装备与比例悬殊的军队，曾于1947年3月19日一度攻克共产党根据地延安，以为可以瓦解中共之中枢神经，不料象征意义大于实质意义。其实共产党军队采取的是保存实力的战略撤退原则。国民党军队却自以为处于胜利的最高潮，欲乘胜追击，乃派精锐部队及主力收复东北，却因此过度延长战线，造成补给困难，加上面对中共防不胜防的游击战略，后继无力。从1947年的夏天逐渐失去优势，开始转攻为守，从此一路溃退，于1949年12月退台。所以，整体看来，光复初期的台湾是回归到一个“内战中的中国”。国共内战影响台湾军队的调动，例如赴台不久的第62军与70军之调离台湾，导致“二·二八事件”发生时，连长官公署都没有兵力足以自我防护。

另一方面战后的国际形势，中国大陆与日、美、苏的关系也影响着中国台湾地区的政局。其中又以战后美、苏两大强权的对峙，以及日本军政在台湾的配合接收影响最深远。20世纪40年代的后半期，可以说是世界性冷战结构的形成期，台湾在二次大战期间的位置，证明了它在东亚战略地位的重要性，从而成为美国是否要继续支持内战中失利的国民政府的决策关键。

目前针对光复初期社会文化的研究，尤其围绕在“二·二八事件”发生的社会背景的研究，大部分都着眼于陈仪主政时期的政策与施政，鲜少能顾及两岸在同一政权下整体政治、经济等社会结构性因素的影响。举先驱研究者郑梓的评论为例，他认为行政长官公署治台的两大策略是特殊化的行政体系加上全面性的经济统治，执行双重的隔离政策，一方面固然是杜绝国民党政治恶习入侵、防止对岸通货膨胀等经济风暴的袭击，一方面对于“本土的精英”及工商业亦采取语文、政治、经济上歧视、压抑、甚至迫害等决绝的手段，但亦不过是国民党旧官僚、旧政客跨海掠地以巩固派系地盘，并严防其他各路势力的入侵及强夺，另一方面便利迎合国民党当局的强征调取以投入内战。对内招致民怨沸腾，对外更抵挡不住国民党当局各派系跨海而来的觊觎和争食（郑梓，1994）[223-224]。郑梓的评论，在目前同一时期的研究中算是典型、颇具代表性的看法，他的指陈都是事实，但是问题的症结点恐怕不在陈仪的双重隔离政策导致治台失败，而在台湾纳入内战中的中国政治经济圈，国民政府大失民心的接收乱象等整体社会结构性的问题。“二·二八事件”后，台湾省行政长官公署制改为台湾省政府，撤换行政长官陈仪改任魏道明任省主席，台湾的言论管制更加紧缩，经济情势更加恶化，可见换任何人当台湾首长都无力回天。“二·二八事件”后，陈仪被撤职，台湾作家杨云萍曾公开评论陈仪治台“失败”是殆无疑义的，但他认为：“因他（陈仪）的‘失败’，而怀疑他的主观‘意欲’或人格的某种非难，我是不敢遽尔苟从的……有一个‘理想’，有一个‘抱负’的政治家，而在主观上要努力使理想实现，这是事实。不消说，一个人的主观的意欲，有时是要有错误的，有时反是要阻碍客观的进步，但是在此没有‘理想’，不想努力的所谓‘政治家’这么多的一群里面，有些‘理想’的，想要努力的不是已经值得我们原谅吗？［《近事杂记（十一）》《台湾文化》1948.1.1：3:1:18］”看来陈仪“唐吉诃德”式的“理想”，尽管失败，但相对后来的“政治家”来说，还是得到当时一些台籍知识分子的谅解的。

问题的症结在于台湾的光复是纳入政局不稳定、内战中的中国，在国家体制结构都处于不稳定的情势下，国民党政权的政治、经济又存在许多集权专制、封建官僚的弊病，接收造成各地民心尽失，民主运动如火如荼地展开。无怪乎当时左翼文化人很快地在1946年初认清此一情势后，发出“海水不由你一部分特别高”（王白渊《在台湾历史的相克》,《政经报》1946.2.10：2：3：7）的慨叹，呼吁这是全国性的问题，要把眼光放大，投入大陆的民主运动中，共同建设民主新中国。[1]

就政治层面而言，显然仅从省制特殊性的单一面向，就论断长官公署是“承袭殖民遗规、翻版总督府旧制”，而忽略地方自治的施行（虽然不尽如人意）、民意代表的选举，此一“光复派”的台湾抗日分子在战前念兹在兹的建言，及至光复后，事实上民意代表也部分地、逐步地扩张权能。另外，就陈仪政府遭人非议的经济政策来看，当时的左倾文化人对台币政策与统制经济的目的抱持肯定的看法，反而是“人治”造成的牵亲引故、贪官污吏、派系斗争危害甚大。笔者试着举陈战后影响台湾政局的结构性因素，希望提供比较多面向的思考，能使吾人对此一多变、悲剧频生的历史阶段多一点反思的空间，这或许才是面对过去的历史的态度，并非为某历史人物、政权卸责、除罪，更不是满足于将悲剧诿过于历史人物、历史事件，流于形式的平反。

史学家戴国煇认为以陈仪区区一个省级首长，在国民党官僚化、派系恶斗的政治结构中，是否能将“二·二八事件”全都诿过于陈仪，因而满足于找到一个罪恶的箭靶［《台湾史探微》（1999）155］。从20世纪80年代党外运动到民进党执政，反国民党的本地势力努力为“二·二八事件”平反，戴国煇的论调，强调平反之余，对于“二·二八”我们应该有台湾人自省反思的空间，多维度、多面向地反省历史悲剧，所以我们发现在所有“二·二八”的研究中，戴国煇对“台湾人”的评价也最严厉。戴国煇省思陈仪是否应该为镇压“二·二八事件”负全责的声音与研究，也反思过于简化的因果解释，并且认为“二·二八事件”的附和者以及民众本身也应该从历史中自我批判，借此自我提升，才有更宽广的视野，去面对历史与未来。戴国煇认为光复初，台湾民众从满怀热情迎接接收官员，以为日本人离去，

[1] 另外，蒋时钦、苏新、杨逵与大陆赴台的王思翔都曾发表相同的论调，参见第三章第二节的讨论。

台湾回归祖国则立即可进入乌托邦之中。但对当时国际关系认知不足、大陆政局的变幻莫测毫无所悉，自身社会经济条件基础与主政者的行政长官公署状况不能掌握，遂使过渡的乌托邦幻想刹那间破灭。破灭的乌托邦又立即转向反面，成为“二·二八事件”中一些未充分考虑的举动，提出许多主政者难以接受的条件。戴国煇认为反思历史，要能从历史中获得教训，就要能克服这种建构在乌托邦上的认知不足，它可视为一种“innocence”，固然天真、善良，充满可爱热情，但另一方面却是无知、缺乏常识甚至有些愚昧。我们在反省“二·二八”时，所应克服的即是这种“innocence”所带来的素朴性认知（1999）171。

陈明通指出陈仪的一些治台政策立意甚佳，他举货币政策为例：

> 以旧台币一元兑换总督府台湾银行券，这种完全承认前朝政府对人民的负债，实是世上少见，特别是台湾银行券在日据末期许多物资实施配给制度下已无法完全反映它的购买力，陈仪却一手承担下来，相对于后来的政府以四万元换一元的政策，真不可同日而语。但是陈仪苦心维护的旧台币，在孔宋集团所操弄的法币与台币兑换率下，却很快瓦解了。（2001）82

光是从陈仪的“台币政策”无力抗衡国民政府“中土本位”的心态与汲取，亦可见陈仪治台的失败，并非单纯是陈仪治台班底的单纯问题，而是整个国民党统治体质的问题（陈明通，2001）82。另外，陈翠莲针对国民党封建官僚与派系主义的权力倾轧，指出：“国民政府—长官公署—台湾民众之间，可说是种不等边的三角关系。”[1] 行政长官陈仪居中抗衡中央对台湾的汲取，但对台湾的本地资产阶级也心存拒斥。即便是不等边三角形一方的台湾社会团体也存在着日本殖民统治时代以来的社会革命路线分化与派系利益之争，这些矛盾冲突在“二·二八事件”中被激化而突显出来。

---

[1] 陈翠莲《“大中国”与“小台湾”的经济矛盾——以资源委员会与台湾省行政长官公署的资源争夺为例》，见张炎宪、陈美容、杨雅惠编，1998：69。

中国对日抗战骤然胜利，诚如邵毓麟所言："对日胜利，随着原子弹的闪光，如疾电般袭击我们，连迎接胜利的准备时间都没有，因此对收复地区的接收工作和政务工作，政府在事前并没有建立制度（1984）75。"由于国民政府必须从重庆赶往各地抢先在共产党之前接收，尽管美国也大力投入战时的人力物力协助接收，[1]然而战后一切事物百废待举，日占区的工厂，技术人员多为日籍专业人士，初级农业加工品无法送至日本再加工，工商业一时之间停摆，不难理解接收的困难与复原速度依旧缓慢的原因。仅从接收台湾（与东北）的情况来看，只能说是中华民国一夕之间从节节败退的大战危机中，跃升为战胜国，又被美、英、苏同盟国认可为唯一合法的接收政权，部分接收人员被日占区的战果给冲昏头，演变成各机关争夺"劫收"战果的事件频演。而国民政府高层却为了如何杜绝中共捷足先登而费神，已无暇顾及、担负接收区人民对复员的期望与义务（费正清主编，1992）802-803。1947 年发生在台湾官逼民反的"二·二八事件"，在对日胜利后四年内也在大陆各地轮番上演。

1949 年国民党当局因内战失败而退台，在台湾却因世界性冷战结构的国际局势，1950 年朝鲜战争爆发，美军第七舰队驻防台湾，导致国民党当局的官僚体制获得重整的机会，在台湾实行了长达 38 年的"戒严"直到 1987 年才"解严"，埋下了台湾人民长期对国民党当局的不满。中共因为抗美援朝战争的胜利，成功遏阻了美国帝国主义想要取代战前日本在中国东北势力的野心，维护了东北的领土，却因而错失了"解放台湾"的时机。冷战与内战形成的两岸"分断"也使得台湾回归中国的问题一直悬而未决，成为今日东亚区域和平发展的关键性因素。

---

[1]　从日本投降到 1946 年 10 月 31 日这一年内，美国提供给国民政府以包括军事用品在内的租借物资，达七亿八千多万美元，超过整个抗日战争时期的总数。1946 年 8 月 21 日又签订《中美剩余战时财产协议》，将在中国、印度、太平洋岛屿上的价值九亿美元的战时物资，以一亿七千五百美元的低价售给国民政府。

第二章

权力场域的结构与自主性文化场域的生成

本章分析光复后到“二·二八”期间，国民党官方与民间知识分子各方势力在文化场域的角力，探究知识分子在文化场域的位置与介入，以进一步了解他们与官方文化宣传的意识形态，或重合或抗争的内容。首先从官方文化重编与文化人的民主抗争两重视角，分别展开论述，探究知识分子如何介入“文化重编”的工作，运用官方派系政治的矛盾，借由官方的文化资源，宣传政治民主化的文化理念。其次，从知识分子的政治结社，以及民间报刊的人脉、倾向，探讨权力场域与自主性文化场域生成的关系，其中某些政治团体与官方派系政治的暧昧关系，也说明了战后之初权力场域的复杂性。

第一节从文化重编的角度，探讨长官公署行政系统的文化政策的内容与性质。由于陈仪本人对社会主义的信仰，对文化建设的重视，邀请鲁迅的好友许寿裳赴台，主持编译馆，使得行政系统推行的“中国化”文化政策，陆续增加了“世界化”与“台湾化”的视野，突显了长官公署内部文化政策“民主·保守”的缝隙，让两岸文化人得以透过“文化协进会”的机关刊物《台湾文化》集结，表达“政治民主化”的要求。第二节探讨党、政、军派系利用报刊欲扩大各自的势力，由于党、政、军系统派系政治的矛盾，或拉拢或借重民间文化人的过程中，此一派系对立，促使民间文化人得以运用官办报刊的文化资源，具体批判官僚、独裁的作风与现象，并在其中宣传民主政治的文化理念，达到文化抗争的目的。第三节分析民间报刊所形构的文化场域，从《民报》与《人民导报》两大报的成员组成与报刊倾向，以及左翼文化人主导报刊，分析重点将侧重在刊物集团的人脉关系，同时考察自大陆返台的台籍人士与外省赴台的左翼文化人，在此过程中又扮演了怎样的角色？由于政经社会面临巨大的波动，促使他们创办杂志时，总是选择政论杂志为民喉舌，在当局控制出版言论的情况下，才退而求其次，选择综合文化杂志，显现文化人社会关怀的视野与向度。

台湾刚光复之际，报刊一度百花齐放，此乃由于中华民国的统治尚未巩固，官方与民间的各方势力都极力抢攻文化阵地，形成媒体言论空前绝后地展现社会批判性的特殊历史阶段，唯有厘清这些问题，才能贴近当时文化场域、认同政治的复杂性，也才能清楚认知知识分子政治抗争的历史脉络，以及文化抗争在其中所发挥的作用。前行的研究者用“中国化”的“文化霸权”概括为此一时期的“主流话语”，恐怕无法道尽与权力场域有着同构的文化场域，复杂的历史面貌。

第一节　长官公署的文化政策：保守与民主的缝隙

上一章我们已讨论了光复初期台湾刚回归中国时，陈仪行政系统受制于国民党的封建官僚统治，在政、经层面的施展空间颇受中央与派系政治的掣肘。同样地，派系政治的势力角逐亦反映在文化层面，甚至连陈仪的文化政策与文教班底内部就存在着“保守·民主”的裂隙。如此一来，不但削弱了官方保守势力的文化宣传，也使省籍文化人得以与大陆赴台的民主文化人合作，运用官方报刊的资源，对抗国民党官僚的意识形态。底下将先分析陈仪“长官公署”推行文化重编时，以“中国化”的文化政策为起点，却因陈仪本人的“开明”倾向，网罗一些进步文化人赴台，而使“中国化”的文教政策又陆续加入“世界性”与“台湾化”的内容。

陈仪负责筹备接收台湾，始于 1944 年 4 月 17 日出任“台湾调查委员会”主委。5 月 10 日，陈仪在致教育部长陈立夫的信函中，即认为有必要针对台湾受日人的“奴化”教育、“奴化”思想予以廓清，在接收后首要加强的心理重建的文化、教育工作。[1]1945 年 3 月颁布的“台湾接管计划纲要”，可视为陈仪的施政蓝图，其中涉及文化重编的部分，包括“通则”第四条明白订定“接管后之文化设施：应增强民族意识，廓清毒化思想，普及教育机会，提高文化水平”；第七条规定语言政策“接管后公文书、教科书及报纸禁用日文”。文教政策实行的方法则于第八项的“教育文化”类明订（第 40 条—51 条），第 44 条订定国语推行的

[1] 《陈仪致陈立夫关于台湾收复后教育准备工作之意见函》1944 年 5 月 10 日，见张瑞成编，1990c：53—54。陈仪有此廓清日本“奴化”教育的想法，推测与他主闽时期日本纵容厦门地区的“台湾浪人”横行乡里不无关系。

计划与方式："接管后应确定国语普及计划，限期逐步实施。中小学以国语为必修科，公教人员应首先遵用国语。各地方原设之日语讲习所应即改为国语讲习所，并先训练国语师资"，第 51 条规划设立编译机关："日本占领时印行之书刊、电影片等，其有诋毁本国、本党或曲解历史者，概予销毁。一面专设编译机关，编辑教科参考及必要书籍图表。"（张瑞成，1990c）109-115 从计划内容可知文教政策实施的范围，并不限于学校教育，还包括社会教育，其目的在加强台湾民众对中国文化认识与学习，以及民族精神和民族主义的认知。长官公署赴台设置后，教育文化政策即以此"纲要"为蓝本，逐一展开推广工作。

行政长官陈仪把文教政策列为建设台湾的三大行政建设之一，是相对于"政治建设"与"经济建设"而规划的。陈仪对此"中国化"的文教政策，有时称为"心理建设"，有时亦称为"文化建设"。关于"心理建设"的内容，陈仪 1945 年的除夕广播中针对"35 年度的工作要领"指出：

> 心理建设在发扬民族精神，而语言、文字与历史是民族精神的要素，台湾既然复归中华民国，台湾同胞必须通中华民国的语言文字，懂中华民国的历史。明年度心理建设工作，我以为要重视文史教育的实行与普及。[1]

陈仪于 1946 年 2 月的一次本省中学校长会议中，对于光复后台湾的教育方针，提出更明确的说明："本省过去的日本教育方针，旨在推行'皇民化'运动，今后我们就要针对而实施'中国化运动'。"[2] 陈仪在此表达了对台湾进行"去日本化"，"中国化"的政策理念。

然而，陈仪行政系统所属的文教班底在推行"中国化"文教政策时，事实

---

[1] 陈仪在 1945 和 1946 年的除夕广播谈话，都是以"心理建设""政治建设""经济建设"三项来说明施政重点。《民国 35 年年度工作要领——34 年除夕广播》《陈长官治台言论集》第 1 辑，台湾省行政长官公署宣传委员会，1946：41—45，另见黄英哲，1998：95—96、陈鸣钟、陈兴唐编，1989：323—327。1946 年 5 月葛敬恩在台湾省参议会的《台湾省施政总报告》也和陈仪一样明白指出："今后建设台湾的方针，我们应该努力的重心是心理建设、政治建设和经济建设。"见陈鸣钟、陈兴唐编，1989：228—230。

[2] 《人民导报》,《本省中学校校长会议开幕，陈长官莅会训示》，1946.2.20。

上存在着并非“中国化”所能概括的内容，是我们在探究陈仪行政系统的文化重编工作时不可忽略的。陈仪一贯所采取“集权”统治手法，向来引人争议，然而他在政治思想上信仰孙中山的三民主义[1]，也彻底实施孙中山辞世前的联俄容共政策，不同于国民党保守派的反共立场。陈仪主政福建省（1934—1941.9）期间，延揽与掩护不为国民政府所容的“异议分子”的做法，相较于国民党中央，在思想、言论自由上采取较为“开明”的态度，使文化人得以进行一定程度的进步文化活动。[2]陈仪赴台后也相当重视文化建设，对思想言论界也不改其“开明”政策，吸引了不少进步文化人赴台，有助于促成光复之初台湾的进步文化活动。[3]

陈仪延揽赴台的文教班底包括几位“国家主义派”组成的“青年党”[4]人：宣传会主委夏涛声、主任秘书沈云龙、《台湾新生报》社长李万居、副社长黎烈文。教育处长任命的是台籍左倾知识分子宋斐如。另外，最引人注目的是陈仪

---

[1] 陈仪为了实现国家社会主义的政经理念，从治闽时期到赴台主政，甚至“二·二八事件”下台返沪，1948年6月30日再度到杭州出任浙江省政府主席时，与他的重要智囊沈仲九仍旧不减实行国家社会主义计划经济的热忱。见戴国煇、叶芸芸，1992：182。戴国煇考察陈仪的政治思想与治闽业绩，认为陈仪本人标榜、信仰的政治思想是孙中山主张的“三民主义”，尤其力行推动民生主义的经济政策。他的周围包含了几种不同的人，有国家（社会）主义者的青年党人如张果为、夏涛声、无政府主义者沈仲九、共产党的同路人程龄星。戴国煇指出“陈仪本身似乎不太了解国家社会主义与马列主义及无政府主义的差别”，只要带有不贪污、不封建的社会主义色彩的人才他都敢用，由此建立了统计制度、统治经济、土地政策和人事制度（一个县长只能带一名文书上任，余由县政人员训练班的人员充任）。他有意建设一套现代化的行政工作、对民生主义的推行、注重人才的培养，“台调会”期间就相当注重行政人员的培训，赴台后亦设立了台湾省训练团培养行政人才。见戴国煇、叶芸芸，1992：91。

[2] 抗战开始以后，基于国、共联合抗日的形势，当时的福建省主席陈仪，即接受了大批进步的文化人士来闽。其中较著名的例子，即曾主编上海的《申报》副刊“自由谈”的黎烈文，因刊登不少鲁迅的杂文，一直被国民党视为左派。1938年上海沦陷后，黎烈文受邀来到福建临时省会永安，编辑《改进》杂志，1939.4—1946.6，后由沈炼之主编。台湾光复后，黎烈文又随陈仪赴台，出任《台湾新生报》的副社长，后转任台湾省训团高级班国文讲师，“二·二八事件”以后再转入台大外文系，1972年在台北逝世。见戴国煇、叶芸芸，1992：100。除了黎烈文的例子，1940年国民党掀起了第一次的反共高潮后，陈仪仍然以不出永安、不搞政治的两个条件，收容了担任共产党文化领导工作的邵荃麟及其夫人葛琴半年，保安处长黄珍吾为此向陈仪施压多次未果。中共永安党史办，《抗战时期福建省会永安的进步文化活动》、林洪通、杜元会，《邵荃麟与永安进步文化活动》，中共福建省委党史，1985：108—135、113、149。

[3] 如黎烈文与王思翔、楼宪、周梦江都是抗战时在东南地区活跃的文化人，赴台后分别参与《台湾新生报》与《和平日报》。事实上，抗战时参与“东南文艺运动”的文化人，在台湾光复后纷纷赴台，下文再述。

[4] 戴国煇：青年党“1923年12月2日，由曾琦、李璜等留欧的中国知识分子在巴黎创立，其创党精神效法‘少年意大利党’、‘青年土耳其（党）’、‘朝鲜青年党’处颇多。当时，党是秘密的，表面上以‘国家主义青年团’的名义活动，标榜国家主义，民主政治，社会福利，内除国贼、外抗强权，反对一党专政，追求国家独立等政治口号，吸引了一群没有投入共产党阵营而又对国民党政权抱有一定程度怀疑的爱国知识青年，并且结合一些政治活动不很表面化的、‘左’倾色彩较淡，或者曾被逮捕入狱的左派分子，形成中国政治的所谓第三势力。”见戴国煇、叶芸芸，1992：96—97。

邀请许寿裳[1]（1883—1948）赴台主持编译馆。而透过许寿裳的邀聘，曾是鲁迅领导的“未名社”（1925年9月成立）成员之一，并以翻译俄国文学驰名的李霁野（1904—1997）也到编译馆任职。李霁野又引介同是“未名社”成员的安徽第三师范同学李何林（1904—1988），担任编译馆“世界名著组”的编审。李何林当时以撰述五四以来的新文学运动闻名[2]，1946年7月李公朴与闻一多在昆明被暗杀后，也被列入云南省的黑名单［（戴国煇、叶芸芸，1992）91-101、（黄英哲，1992）122］。

许寿裳是陈仪、鲁迅当年留学日本时的绍兴同乡，三人从此定下深交。“二·二八事件”陈仪下台后，编译馆遭魏道明省政府裁撤[3]，留下许多未竟的文化事业。许寿裳失去陈仪的庇护后，于“二·二八事件”届满一年前夕的1948年2月18日，据称死于小偷高万俥的斧头之下。4月，由许寿裳邀请赴台参与文化编译事业的李何林，因暴露“民盟”在台负责人的身份，又警觉到许寿裳的死乃“CC派”的“政治性暗杀”，迅速离开台湾［（戴国煇、叶芸芸，1992）101、横地刚，2002）263］。

陈仪来台后，延续主闽时期对国语教育和出版事业的重视[4]，于长官公署底

[1] 许寿裳，字季茀，浙江绍兴人。日本留学时代（1902—1908）与鲁迅、陈仪定了深交。1903年主编浙江同乡会志《浙江潮》，鼓吹推翻清廷的革命运动，1905年中国革命同盟会于日本成立，身为光复会会员的许寿裳亦加入，1908年与鲁迅等人跟从时滞日的章太炎学《说文解字》。东京高等师范学校毕业回国后，应蔡元培的邀请，和鲁迅同就教育部职，并兼任北京大学的教授。见黄英哲，1992：116、戴国煇，1992：103。据大陆学者汪晖告诉笔者，鲁迅创作《孤独者》时（1925.10.17作）对时局相当灰心，小说主人公魏连殳的形象是鲁迅投射了想投笔从戎的心境，当时鲁迅欲投靠的对象正是陈仪。

[2] 1946年赴台时，李何林已出版的著作有《中国文艺论战》（1929）、《鲁迅论》（1930）、《近二十年中国文艺思潮论1917—1937》（1931初版，1939、1945、1946、1949皆有再版）。1948年编有《五四运动》一书，收入上海大成出版公司出版的钱歌川主编的“中华民国历史小丛书”中，并在中华书店台湾分局寄售。见《台湾文化》1948.01.01。

[3] “二·二八事件”后，4月22日国府行政院会议通过撤废长官公署，改组为省政府时，24日许寿裳即向陈仪提出辞呈，陈仪不受。5月15日魏道明抵台，16日召开省务会议通过议决裁撤编译馆。裁撤原因据李何林指称是魏道明从南京带来“CC派”的命令，因为许寿裳经常批评“CC派”主导的法西斯教育政策。见黄英哲，1992：124。

[4] 戴国煇指出陈仪主闽时期：“非常重视文化与教育工作，不但积极推行国语运动，而且也重视出版事业。斯时，教育厅长通常是由CC派人士担任，但陈仪打破了惯例。另外他还找来了众人认为是左派文人、与鲁迅有交谊的黎烈文主持‘改进出版社’，出版《改进》和《现代文艺》两杂志，同时公开销售郭大力、王亚南译的《资本论》与艾思奇的《大众哲学》等进步书籍。”见戴国煇、叶芸芸，1992：92。在黎烈文之前则邀请了郁达夫，先后委以“省政府参议”“公报室主任”（郁在此期间，访日归闽途中，曾访台与台籍文人士绅有过相聚）之重任。后来，郁达夫去新加坡任《星洲日报》编辑，第二次大战后不久，遭到日本宪兵的暗杀。陈仪于是与义女文瑛共同教养了郁达夫托付的孤儿——郁飞，直到大学毕业。见戴国煇、叶芸芸，1992：73—74。

下设置教育处、编译馆、博物馆与省图书馆等文化机构。“教育处”作为主管教育事业的机关，接收日本殖民统治时期的文教机构加以整编改制，掌管全省教育行政及学术文化事宜。又于教育处下设立“台湾省国语推行委员会”，主要工作在调查研究国语及台湾方言，编审国语教材，训练国语师资及推行人员，辅导国语教学等[1]（何容、齐铁根，1948）[11-12]。其中，陈仪利用“立法权”，制订了“台湾省编译馆组织章程”的单行法规，从中或许可一窥陈仪的文教班底在台湾推动“中国化”的文教政策时，以发扬“民族文化”为出发点，但其内容不仅强调“中国化”，也强调“现代化”的文化建设。

陈仪在邀请许寿裳担任编译馆馆长的信中，表述他的文化建设宏图，计划把毁于空袭、规模宏大的“台湾总督府”，“为留纪念计，拟以三年功夫，把它修复起来，作为台湾省文化馆，其中包含图书馆、博物馆、艺术馆、体育馆，而编译馆亦在其内，合为五馆。（黄英哲，1998）[109]”可见陈仪从德、智、体、群、美五育兼备的构想，欲将“总督府”此一日本殖民权威的地标，改造为一个全台的“文化中心”。他在致函邀请许寿裳主持编译馆时，除了强调治台工作首要加强“心理改造”与语言文字的改造，提出以“中国化”为当前之急务的构想。[2]另外，还颇具“世界性”视野地提出翻译西洋新知的重要：“此外弟（案：陈仪）常常感觉到中国现在好书太少了，一个大学生或者中学教师要勤求知识，非读外国书不可，不但费钱而且不便，我常有‘译名著五百部’的志愿”。并希望许寿裳花五年的时间来完成这项计划，立意甚佳。陈仪信中提道：“台湾经过日本五十一年统治，文化情况与各省两样。多数人民说的是日本话，看的是日本文，国语固然不懂，国文一样不通，对于世界与中国的情形也多茫然。[（黄英哲，1998）[95-96]、（北冈正子等编，1993）[9]]”一方面展现了他对日本殖民统治下台湾文化资产——

[1]　计划于各县市教育行政机关设置分会、工作站、国语推行所、讲习所。因人力不足，至1946年止只成立9所。见夏金英，1995：58。

[2]　陈仪在致许寿裳的电报（1946年5月1日）和信函（1946年5月13日）中，提及关于编译馆的工作性质与内容。其中涉及“中国化”的文教内容的，即为了“促进台胞的心理建设”，需先从改造台胞的语言文字工具开始，“就台湾的应急工作而言”，必须针对台胞的国语程度，编印中小学的文史教本、教师手册，为宣达三民主义与政令而编适用于公务员和民众阅读小册，以及辞典一类的参考书籍等，详见黄英哲，1998：95—96。陈仪1946年5月13日致许寿裳的信函的重要内容，见《许寿裳日记》，北冈正子、黄英哲，《解说》，电报内容见许寿裳1946年5月3日日记。见北冈正子等编，1993：9、217。

包括受中国与日本双向影响下的新文学运动与世界性文化思潮——的无知与偏见，这一点也是某些怀抱优越感的赴台官员的共同盲点，在当时即被台湾文化人强烈批判。许寿裳赴台后随即修正了这种带着歧视意味的文化改造论。但另一方面，陈仪对文化建设的重视，与他要在政、经建设上继承日本“现代化”的成果，以建设台湾为三民主义的模范省，有其一致性，其目的在推动“五四”以来的“现代化”的国民精神教育。

陈仪邀请向来不为“CC 派”所容的许寿裳赴台，默许许寿裳传播鲁迅思想，的确促成了两岸文化的交流。“鲁迅思想”可说是光复初期两岸文化人共同推许并继承发扬的文化资本。“二·二八事件”后，许寿裳、杨逵、蓝明谷与王禹农等人，都有意透过宣传鲁迅思想来对抗当局对文化界的整肃。由于许寿裳主动邀请台湾作家杨云萍担任编译馆“台湾研究组”的组长，省内外文化人集结在长官公署外围团体的“台湾文化协进会”[1]（下文简称“文化协进会”），在其机关杂志《台湾文化》上发表文章。“二·二八事件”以后，台湾文化人一度以“缄默”回应武力清乡，《台湾文化》也因失去苏新、王白渊、吕赫若等左翼文化人的参与，从原先批判性的文化杂志逐渐变成一个学术杂志。1948 年，许寿裳被暗杀后二个月，两岸文化人再度在《台湾新生报·桥》副刊上开辟阵地进行交流，继承了《台湾文化》，促进两岸文化交流的用意。

许寿裳身为陈仪文教班底的主事者之一，不但秉持陈仪“中国化”的民族意识和“现代化”的意识，还加入了“台湾化”的内容。编译馆成立的第三天 1946 年 8 月 10 日，许寿裳在记者会上说明编译馆成立的要旨时，特别说道：“过去本省在日本统治下的军阀侵略主义，当然应该根绝，可是纯粹学术的研究，却也不能抹煞其价值，我们应该接收下来，加以发扬光大。如果把过去数十年间日本专门从事台湾研究的成果，加以翻译和整理，编成一套台湾研究丛书，我相信至少

[1] 曾健民：“‘台湾文化协进会’成立于 1946 年 6 月 16 日，乃由官方与民间代表性人士组成，省籍的进步左翼，如许乃昌、王白渊与苏新等也加入了行列，并实际推动会务。该会于 9 月 15 日出版了《台湾文化》月刊，早期阶段，该刊实际上由台湾的进步文化人苏新等所主持，网罗了编译馆、台大、师院（师大前身）、文化界有进步色彩的省内外知识分子参与写作，并积极与以上海为中心的大陆进步文化界交流，可说是‘二·二八事件’发生之前台湾进步文化重镇。”曾健民，2002：161。有关“文化协进会”的活动，已有黄英哲的专论，见黄英哲，2002：155—188，兹不赘述。

有一百大本。”9月5日的演讲，又重申：“台湾文化有两种特点”，是各省所没有且可为各省模范的，就是国民教育普及，“有真正实行三民主义的基础”；以及日本人留下“丰富的（台湾）学术研究”,可“把它发扬光大,作为我们建国之用”。[1]因此，在省编译馆的编制中，除了有“学校教材组”“社会读物组”“名著编译组”，还加入了“台湾研究组”[2]，许寿裳主动网罗了熟稔台湾文献研究的杨云萍担任组长。杨云萍昔日《民俗台湾》的日籍同仁，如浅井惠伦、国分直一、池田敏雄、立石铁臣等则担任编译的工作。“台湾研究组”设立的目的在整理、编译、出版日本人的台湾研究文献，作为台湾学术研究的起点，黄英哲认为许寿裳有意“继承日本人的学术遗产”，“当作世界文化的一环”（1998）155-188 然而，笔者以为许寿裳对台湾学术研究的重视，与其说是继承日本人的学术遗产，不如说其出发点秉持的是五四新文化运动以来的“民主”与“科学”的精神。许寿裳赴台后，积极宣传鲁迅思想，宣扬“五四”精神，纠正了赴台官员把“台人奴化”挂在口上的优越意识。[3]“二·二八事件”后，编译馆被裁撤，许寿裳发表了《台湾需要一个新的五四运动》（1947年5月4日《台湾新生报》）一文，种种作为，皆可证明他持续以五四新文化运动“民主”“科学”的理念来推动台湾的文化重建。[4]

整体看来，从1946年8月到1947年5月，台湾省编译馆设立期间（因魏

---

[1] 1946年8月10日在记者会上说明编译馆成立的要旨有二：第一“促进台胞心理建设”、第二“对全国有协进文化、示范研究的责任”。1946年9月5日，许寿裳以《台湾文化的过去与未来展望》为题，对台湾省地方行政干部训练团的讲话。转引自黄英哲，1998：100—101。

[2] 黄英哲的研究中详列了省立编译馆之学校教材组、社会读物组、（中外）名著编译组与台湾研究组已完成和未完成的编译书目。“社会读物组”以“光复文库”之名，出版丛书，兼顾了大陆与台湾史地类的书籍。“名著编译组”拟编译的书目有波斯莪默、旧俄亚克夫沙拜夫、英国哈德生、吉辛等作家的诗歌、小说、散文、哲学性著作，同时还有一本《论语今译》，其中以英国文学占大多数。译者包括李霁野、李何林、刘文贞、刘世模、金琼英、缪天华等。“台湾研究组”则包括一些琉球亡国实录、台湾昆虫志、高山族语言、台湾民俗研究等。见黄英哲，1998：102—107。

[3] 陈仪邀请许寿裳来的目的，原本是为改造台湾的语言和文化，但许寿裳赴台后显然对重建台湾文化有他自己的理念、希望。根据横地刚的研究，许寿裳于1947年2月一篇题为《教授国文应注意的几件事》的演讲草稿（收藏于北京鲁迅博物馆）中，将台湾人受日本的“奴化教育”字眼，特别用“毛笔”修改为“殖民地教育”，演讲后又加以整理发表在《中等教育研究》1947年4月创刊号，许寿裳此一修稿的动作，是有意识地“修正”了赴台官员的“台人奴化”论述。见横地刚，2002：242。许寿裳1946年6月25日抵台，从5月初以来因“范寿康发言事件”引发台湾人反感的“台人奴化”论争还余波荡漾。许寿裳反思了赴台的反动官僚势力对台湾人的“歧视”,在他的公开发言中,从未使用过“奴化教育”的字眼,而是以“日本本位”“殖民地教育”称之，并且主张发扬日人的学术研究精神。在《许寿裳日记》中记载了2月中旬的学校教材组务会议上“宣布三大要点”,“(一）进化（二）互助精神（三）为大众”。透过出席会议的李何林和贺霖的证词，横地刚指出许寿裳根据的是五四新文化运动以来的“民主”与“科学”的精神。

[4] 横地刚的《一九四七年的“五四”文艺节——“缄默”如何被打破》一文对此有详尽的考察，见横地刚，2005b。

道明上任而遭撤废)，短短十个月，一方面进行中国文化的移植工作，译介世界名著，另一方面馆长许寿裳显然认为对台湾进行“去殖民地化”(去日本化)的文化重编，不必要全盘否定日人累积的、有助于促进学术现代化的“台湾研究”。在许寿裳的主持下，编译馆所进行的文化重编工作实际上兼顾了台湾化、中国化与现代化的三重格局。

与许寿裳一样，把“台湾本位”与“中国本位”视为同样重要的是宣传委员会主委夏涛声，他说：

> 现在我们从事新台湾的建设，当然不是要完全推翻日本过去在台湾的建设基础，但必须根据中国人的立场……采取新的方针，以民生主义来代替过去日本的剥削主义，以中国本位或台湾本位的政策，代替过去的日本依存主义或日本本位政策，以改善人民生活，增进地方繁荣，与适应国家的需要。(《新台湾与新中国》《现代周刊》1946.01.01，1(4)：2-3。底线为笔者所加)

夏涛声体认到日本的建设是剥削主义，必须针对此一殖民政策，以“中国本位”或“台湾本位”持续“现代化”重建新台湾的工作。1946年4月1日，行政长官公署成立“台湾省国语普及运动及推行委员会”，陈仪邀请赴台主持“国语推行委员会”的主委魏建功和副主委何容，同样也相当重视“台湾本位”的语言重建工作，一再呼吁“恢复台湾话应有的方言地位”，把“闽南话”和“客家话”当成是推动“国语”的媒介，切不可用学习外国语的方式去学国语，要用方言的思路写文章，以此学习国语水到渠成、事半功倍。何容甚至主张赴台的外省人应学习“台湾话”，因为“台湾话同大陆各地的方言一样，有被学习的资格”。[1]从这些政策思维，都可以看出陈仪政府推行的“中国化”运动中，“台湾化”是与之并行不悖的，需要清理的是日本“殖民政策”的“日本本位主义”。在陈仪政府的文教幕僚中，不可否认是有一些深具文化素质的文教人才，比“二·二八事件”后掌控文教界的“CC派”[2]、以及20世纪50年代以后的“反共派”都识见深远。

“国语推行委员会”副主委何容就曾反驳台湾是“日语环境说”，对台湾人说日语还会被纠正，就像胜利后去北平和北平人说日语一样，“可见台湾人与北平人一样不承认自己是日本人”（何容，《辟〈台湾为日语环境说〉》，《新生报》，1947.06.06）。曾经旅居北平的台湾作家钟理和也有同样的论点，他在光复后以“江流”笔名发表的《在全民教育声中的新台湾教育问题》（《新台湾》4，1946.05.01，北平：台湾省旅平同乡会）中，说道：“有许多人关心台湾语言教育问题的人士，莫不以提心吊胆，深以台胞受异族奴化之程度为忧。”并举张四光在《华北新报》发表的《新台湾的教育问题》为例，对当时舆论界关于台湾“奴化教育”的普遍疑虑和“国语运动”推行的艰难，提出有力的反驳。钟理和指出：“久离台湾的张先生，不知道‘不大会说台湾话’的一部份人，也正如‘懂得汉文’的人一样，是少数的特殊的存在，并非普遍现象。”尽管张四光根据1942年日本殖民当局调查指出：“懂得日语的台湾人已经有百分之五十八，三年后的今日，数目当然更多。”钟理和却认为：“纵令三年后的今日，懂得日语的人有百分之百，但‘懂得’只是‘懂得’而已。‘懂得’并非证明他们忘掉自己的语言，而变成了日本人。”钟理和认同普及国语的迫切性，“却不能把它看成如

---

[1] 魏建功与和何容的相关论述，包括魏建功，《国语的文化凝结性》《新生报》1946.03.16；何容，《恢复台湾话应有的方言地位》《新生报》“星期专论”1946.04.07；魏建功，《何以要提倡从台湾话学习国语》《新生报》1946.05.28；何容，《方言为国语之本》《新生报》“星期专论”1947.06.01；何容，《辟〈台湾为日语环境说〉》《新生报》1947.06.06；另有本省籍语言专家陈文彬以《国语与台语》一文相呼应（《人民导报》1946.04.21）。陈文彬，高雄燕巢人，因反抗日本殖民统治，赴上海、日本求学，毕业于日本法政大学，是著名的语言学家以及进步思想家，光复后，曾任台大、师院教授、建国中学校长、《人民导报》主笔，1949年5月因躲避国民党军警追捕而逃往大陆。请参考曾健民，《打破刻板印象，重回台湾语言问题的原点》，及其出版的相关文献：“国语政策和闽南方言”，见《因为是祖国的缘故》，曾健民等编，2001：187—212。

[2] “二·二八事件”后，教育处在各县市的“国语推行所”奉令撤销，使得四十多位国语推行员一度居无定所，见何容，《加紧推行语文教育》，《台湾新生报》，1947.4.21。

何严重的问题”，因为台湾话“原有的语言组织”，说“吃饭”既不是日语的“饭吃”，也不是“饭啊吃”，使台胞能“丝毫不觉费力的去亲近国语与国文”，“免却日人硬把言语组织迥异的日文日语强迫他们学习的那种困难和窘境”，日语推行是“逆乎自然”，推行国语却“顺乎本性”，加以台湾教育的普及，可“藉其言语组织的一致性，与日文的间接帮助”，学习国语。钟理和并举自身未曾受过祖国的教育，端赖这两点粗晓国语国文，由此证成：“新台湾的教育与其说是特异的，无宁说是一般性的。也是高呼且泛滥于全国上下的全民教育的全国性的问题，而非地方性问题，虽然吾人不能否认它目下所呈现的特殊性格。”

1946 年 2 月 12 日，长官公署公布“日文图书杂志取缔规则”。[1]（张炎宪、陈美容、杨雅惠编，1998）18 在此之前《民报》的“社论”早已自动提倡“不讲日语运动”(《需推行废除日文运动》，1946.01.22)，后又支持当局对定期刊物的日文废止政策：“若干方面所议论的是废止的时间问题。即以为：废止的时期过早，希望当局再展延相当的时期，一年或两年。……值得我们同情的。然而对于这个问题，我们是支持当局的措置，希望其坚决地断行既定的方针，再没有展延的必要。(《关于禁止日文版》，1946.08.27)”

台湾人对国语运动的反弹不在废除日语，推行国语，他们反对的是具有优越意识的达官，以会讲会写“国语”来评断台湾人的“民族意识”以及“地方自治”的能力。例如《民报》“社论”反驳以民政处长周一鹗为代表的所谓不能讲国语、不能写国文即缺乏或是没有国民精神、国家观念的“高见”，“他们以为我国的语言，只有所谓‘国语’而已，而且忘却我国各地方使用方言的现实；而且更忘却本省除了日语的流行以外，百分之九十的民众，是还使用着我国的闽南地方的语言现实”(《“国语国文”与国家观念》，1946.08.27)。《民报》也对陈仪长官“以语言文字为自治的条件”提出反驳、批判，指出自治最根源的在于热意与能力，有没有为国家为民族着想的热情，台湾人自负不逊于任何省份。“譬如中国化的问题，陈长官所说的是正当而且有进步性的，但却有一部份的人们，拿这个来做辩护自己恶劣行为的护符”(《国语国文和自治能力》，1946.11.28)。

[1] 薛化元，《战后十年台湾的政治初探》见张炎宪、陈美容、杨雅惠编，1998：18。

光复以后，部分长官公署的文教幕僚为配合陈仪“心理建设”的施政理念，往往指陈日本的教育为“奴化教育”，为去除“日本化”的教育与文化，必须代之以“中国化”的教育、文化。宣传委员会主任秘书沈云龙指出：

> 单就日本人过去五十年所施于台胞的教育政策这一点而言，应毫不客气来一个“反其道而行之”，换言之，即是日本人所散播的文化思想上的毒素，应该马上予以彻底大清扫。[1]

教育部长范寿康也指出：

> 皇民化的教育是不择手段、费尽心力，想把住在台湾的中国同胞，都教化成日本人……变成为供日本人驱使的奴隶……甚至禁止他们阅读现代中国的书籍……过去所受的不平等、不合理的皇民化教育，我们自然应该从速彻底加以推翻，用最经济最科学的手段使台湾教育完全中国化。[2]

官方这种日本“奴化教育”的论调，或形诸文字对台人宣传“民族教育”，使台湾文化人对于官员时常将台湾人受日本人的“奴化教育”挂在嘴边感到相当刺耳，而予以反驳。于是“奴化”说的争议，在报刊媒体上争议不休。文化隔阂、省籍歧视最后引发“奴化论争”，在“范寿康失言”事件中达到高峰，甚至引来省议员于议会期间质询，要范寿康到场说明。[3]

随着省籍矛盾的加深、两岸文化隔阂的问题逐渐浮现，持续多时的“台人奴化”论争，可说是此一社会、文化矛盾的表征。直到“二·二八事件”时，可说是省籍冲突的最高点。为了弥合两岸的隔阂，省内、外文化人始终极力促成文

[1] 沈云龙，《台湾青年的再教育问题》，《现代周刊》创刊号，1945.12.10：3。

[2] 范寿康，《今后台湾的教育方向》，《现代周刊》，1946.03.31，1（12）：4。

[3] 《本省人完全奴化了．“哲学”处长如是“认识”．团员愤慨决议严重抗议》，《民报》，1946.05.01、《矫正错误的认识·对范教育处长暴言·团员召开纠正大会》，《民报》，1946.05.02。

化交流的工作。“二·二八事件”后，此一历史、文化问题在《台湾新生报·桥》副刊演绎成“特殊性”与“一般性”的论辩，就是文化人有意解决此一社会矛盾，论争使外省人深刻地认知到承认台湾历史、文化“特殊性”的重要。事实上，早在“二·二八事件”之前，就不断有舆论针对“中国化”问题提出讨论。其中，又以《民报》上的社论反应最热烈，以台湾保有“中国魂”、民族意识为傲［《认（识）中国魂》，1946.06.19］，对接收官僚贪污腐败的“恶性中国化”，予以讥刺，“幸勿以中国化，驱我台胞与腐化分子同流合污，中国甚幸！台湾甚幸！（《如何中国化》，1946.06.12）”[1]

外省文化人王思翔在《论中国化》一文中，对此一问题指出：“随着胜利而来，一种恶性的中国化正抓住整个台湾……现阶段台湾的恶性状态，与全国旧思想是一脉相承的。”王思翔批判“到过中国或能说国语，便一律身价百倍”的现象，以及“一切自命为‘中国化’者的文化骗子和文化投机者实在不少”，“以无视一切的盲目政策来加速中国化，事实上已使残破的台湾遭受再度的破坏”。[2] 王思翔指出：“中国化”不是“孤立、复古与自大”，而是“新世界的一分子”，传统的继承需经过批判与扬弃的过程，要克服“奴隶性和领袖狂，而且肃清法西斯帝在民族理论中的一切毒素”。王思翔并以《关于“汉学”及其他》（《和平日报·新世纪》，1946.06.01）指出：日据时代保存“民族精神”的“国粹”“汉学”与“诗社”固然功不可没，光复以来迅速复苏，但这种形成于封建时代的旧文化，如今“古今势异，封建制度已经消灭，配合新时代所需要，必须有一种新文化，这就是‘五四’以来的新文化”。这些论点除了针对省党部系统的“正气学社”结交台湾传统士绅、鼓吹恢复“汉诗”传统，最主要的还是要批判国民党“封建官僚”的本质。因而指出：“台湾的中国化，只有在可能助长台湾同胞的生活上才有价值。假如台湾有着某些方面的进步，我们就不必拉平它和现在的中国一样，而且还得继续使他进步，在完成中国化的过程中，甚至有承认‘台湾化’

[1] 关于《民报》上对“中国化”的舆论，参见本书第三章第三节的讨论。

[2] 王思翔在《论中国化》刊于《和平日报·新世纪》第 8 期、《和平日报·新青年》第 3 期，1946.05.20、1946.05.22）。曾健民指出王思翔此文：“深刻地指出来台的封建官僚与台湾本地的封建旧殖民势力结合，渗透到政治、经济、文化各领域，并遏止祖国的进步思想进入台湾，并压抑台湾本地优秀、进步的文化。”见曾健民，2002：160。颇能概括王思翔的主旨。

（暂时的）的必须；只有在远大的计划中，引导他走向中国化。”关键在于“中国化”的内容必须是能促进“建设新中国与新台湾”，而其中“科学”与“民主”、打破“封建势力与法西斯主义”，正是“省编译馆”与“文化协进会”“国语推行委员会”等文教推动者与两岸进步文化人合作的共同契机。王思翔对“中国化”的看法，与《民报》社论的观点并无二致。

长期从事战后初期台湾文化重编研究的黄英哲，在多篇论著中指出陈仪政府推行由上而下的“国民建设”，将重新纳入“中华民国”的非“国民”——日本化的台湾人——“国民化”，以取代日本文化在台湾的影响力。黄英哲考察省编译馆作为文化重编的机构之一，指出：“这不只是陈仪政府时期，即使是1949年国民党当局‘转进’台湾以后，仍是延续此一文化重编政策（1998）110-111。”然而，笔者想特别指出的是，陈仪主持时期的文化重编，与国民党当局“转进”以后着重“反共复国”的文化重编，当不可同日而语，就是紧接着上台的魏道明省长与陈仪时期，亦稍有差异。魏道明上任撤废省编译馆后，省编译馆的学校教材组、社会读物组、名著编译组的工作由教育厅编审委员会接管，原先许寿裳主持时的“世界性”视野已不复见，完全成为学校教育的一环。台湾研究组的工作，先由1948年6月成立的台湾省通志馆接管，1949年6月，改为台湾省文献委员会，成为专门的文献保存机构，已失去发扬台湾学术研究的功能。魏道明并将原本隶属于“长官公署”的省立图书馆和博物馆也缩小规模，改隶于教育厅；他对文化事业的重视显然不比陈仪。为此，杨云萍发表过讽喻性的言论。[1] 更遑论1949年“戒严”体制颁布后，实施“反共复国”的文教体制后，有关一切“赤色”思想都在严禁之列。《台湾新生报·桥》副刊在“四六”事件之后，旋告停刊，以讨论透过台湾文化重建、议论“国事”的管道，也不复存在。因此，尽管同样在“中国化”文教政策的大前提下，这三个时期因为政治局势的变迁，其“中国化”的内容是日渐“窄化”，必须有所

[1]　杨云萍在《近事杂记（七）》提道：“省当局将省立编译管撤销之后，又要将省立图书馆和博物馆缩小，改隶教育厅。听说魏道明先生以下的省政府当道诸公，多是‘学者’，是以‘学者从政’的。可是，这些‘学者’的对于学术机关的见解，却是如此。这有使我们知道世上的‘见解’也者果有种种。”见《台湾文化》1947.09，2：6：10。

分殊。

长官公署“中国化”文教政策的“内容”，虽然是为了加强“国民”意识，但并非如国民政府“转进”后执行全然排除“异己”（无论“日本化”“台湾化”“赤色化”，还有“黑色”“黄色”等，一概列入“文化清洁运动”扫除的对象）的文化政策。尤其是陈仪的文教幕僚，一面推行“中国化”的政策，一面也着重“台湾化”与“现代化”的必要性。其道理乃在于这些文教政策的执行者，皆认为建设“新中国”与“新台湾”，具有“现代化”意义的世界文化资产的持续输入是必要的，同时强调台湾本位精神的“台湾化”，也并不与“中国化”的民族精神相冲突，都是“去日本化”“去殖民地化”的文化重编的一环。

第二节　官方报刊的势力角逐与民主文化人的介入

光复初期，国民政府刚跨海赴台布阵，国家机器的协调因派系政治的斗争，还有待整合，也因此削弱了官方文化宣传的效能。省党部所属的“CC派”（又称为“中统”系）、警备总部与军方所属的“军统”与陈仪所属的“政学系”，不但在政、经场域中派系之间互相攻掠地盘，借机拉拢台湾人、扩大各自的势力。[1]在文化场域，亦同样出现国民党派系政治的权力倾轧，例如在教育界的人事任命，陈仪本有意邀请好友许寿裳担任台湾大学校长，被教育部长陈立夫所拒，陈仪只好请许寿裳担任“台湾省立编译馆”馆长。许寿裳因曾批评“CC派”主导的法西斯教育，又长期宣扬鲁迅思想。抗战期间陈立夫为首的“CC派”就掌控了教育界，自然不容非该系人马、思想又不合的许寿裳插足台湾的最高学府。据研究指出，派往台湾省党部担任主委的李翼中，就曾担任教育部长陈立夫的主任秘书，可见国民党党部中央对于台湾党务的重视（陈翠莲，1995）225、227。“二·二八事件”后，行政系统的权力核心从陈仪长官公署转移到魏道明省政府，此一人事任命的派系矛盾持续发生效应，省编译馆很快被撤废。1947年夏天，许寿裳应台湾大学校长陆志鸿之聘任中文系主任，不但重演了抗战时期被“CC派”陈立夫排

[1]　关于长官公署赴台接收后至“二·二八事件”爆发期间，国民党官僚体系与台湾本地势力之间的派系斗争，可参考陈明通、陈翠莲的研究（陈明通，2001：35—82、陈翠莲，1995：211—245、陈翠莲，2001：289—327）。

挤的命运，[1] 终不被当局所容，命丧黄泉。

官方派系在文化场域的势力角逐，最明显的莫过于各派系力图借发行报刊来扩张力量，而使文化宣传呈现多头马车的情形。陈仪掌控的宣传委员会接收日人唯一留下的报纸《台湾新报》，改为《台湾新生报》，引发国民党中央宣传部的不满。以台湾需要办党报为由，要求分出《台湾新报》一半的印刷机器与设备，并命卢冠群为特派员赴台筹办《中华日报》；陈仪以该报必须设于台南为条件，避免在台北与《台湾新生报》发行冲突，双方勉强达成协议（沈云龙，1989）[58]。而隶属于国防部、宣传部在台中发行的《和平日报》，也热衷于批评陈仪的施政，成为勇于披露官吏腐败的媒体之一。[2]1946 年 5 月《和平日报》发行后，政、军、党系统分据北、中、南三区发行官报，形成与其他民营报社竞逐的局面（何义麟，1996）[90]。

赴台的党、政、军系统深谙报纸负有意识形态宣传的要务，极力抢占日本殖民统治时期的报社资源，借以扩大派系的宣传势力。然而，派系斗争与官僚体制腐败的政治体质，导致战后原本在战争末期已相当困顿的民间社会更加贫弱化，一般民营报纸对此无不采取"为民喉舌"的经营方式。因此，过于僵化、教条的官办报纸在光复之初"百家争鸣"的报业市场中，很难获得读者的共鸣，在经营上备感威胁。规模最大的《台湾新生报》在 1945 年 10 月刚创刊时，发行量高达 17 万 5000 份，至 1947 年 1 月只剩 7 万 3000 份，甚或三分之一而已［（柯乔志 George kerr,1991）[215]、（吴纯嘉，1999）[54]］。在长官公署行政系统之外的党、军系统，为打击陈仪所属的"政学系"的势力，也无不趁机攻讦陈仪行政系统的施政，以此拉拢民心，扩大报纸的销路。

底下分别以代表政、党、军系统，发行量较大的《台湾新生报》《中华日报》

[1] 许寿裳不被"CC 派"首脑教育部长陈立夫所容，可溯及 1938 年兼任长法商学院院长一事。许寿裳 1941 年 3 月谢绝第 31 集团军总司令汤恩伯力邀担任中正学院的院长，他坚辞不就的理由，据许寿裳 1941 年 3 月 21 日日记，抄录了他回复友人谢似颜、朱少卿的信函内容，其中提到与陈立夫的龃龉："弟本参同盟会，且加入国民党，特以三十余年来，一心教育，对于党务未尝致力，且不满于党内有党，此为二兄所知，似颜兄共事多年，知之尤稔。自民二七秋，弟兼长法商学院时，教育部长（案：陈立夫）别有用意，密电常委，谓院长宜择超然者，弟闻之，愤而辞职，从此不欲与陈见面。"

[2] 另外，台湾省党部宣传处也发行了《国是日报》与《台湾通讯》，甚至驻台七十军都也有自己所属的《自强日报》（社长魏贤坤，1946.08.06 创刊），其目的在宣传党务、政务与军情，关于社会、文艺思潮的讨论不多，影响力较小，兹不细论。

《和平日报》三份报刊为例，分析其人脉组成与报纸副刊的倾向，说明党、政、军系统为掌管言论公器扩张势力，在报纸传媒上各自为政的情形，以及文化人如何运用官方的文化宣传阵地，展开民主思潮的传布，以了解文化场域中政治、文化宣传的角力。

隶属于台湾省行政长官公署宣传委员会的《台湾新生报》，由返台"半山"李万居担任第一任社长。在长官公署尚未渡台办公之前，即于1945年10月10日接收《台湾新报》恢复中文栏，日文版则由省籍人士接编。[1]1945年10月25日盟军举行受降仪式当天，《台湾新报》在台北正式改名为《台湾新生报》发行，是光复初期台湾报业中资源最充沛的，组织规模十分庞大，员工近千人，发行量为同时期报纸的第一位。社长李万居是青年党人[2]，据沈云龙和蔡宪崇的回忆文章指出：当时李万居因志趣的关系，舍金融银行的接收"肥缺"，而选择新闻事业。"二·二八事件"以后，1947年9月《台湾新生报》被迫改组，改以"公司组织"形式经营，李万居被调职改任董事长，总经理由魏道明亲信常之南担任。李万居有名无实，权力已被架空[3]，遂辞职，于10月25日另行创办《公论报》，是"二·二八事件"以后最重要的民间报纸（杨锦麟，1993）[139、197]。

《台湾新生报》副社长黎烈文，是李万居昔日留法的同学，曾主编上海《申报》副刊《自由谈》，与鲁迅有密切的往来，抗战时期，被陈仪网罗在福建省政府从事文化事业。黎烈文后因与宣传委员会主委夏涛声及新生报经理部关系不甚融洽，辞去报职转入台湾大学任教（杨锦麟，1993）[130]。草创之初，李万居曾邀

---

[1]　笔者实际翻阅《台湾新报》，发现9月即开始对台民倡导国民政府接收的消息，如陈仪长官谈实行"三民主义"（9.19），最早报道的台湾人动态则是"三民主义青年团"的组织方针（9.25）、林献堂赴京参加受降典礼后返台的演讲（9.27）等。10月2日头版，以中文刊出福建省政府顾问黄澄渊在台湾的广播词内容，并以日文整版报道"三民主义青年团"是全岛进步的组织，说明"团的历史任务""党与团的关系"。显见张士德于8月31随美军登陆舰返台后，即开始积极于"三青团"的组织与宣传。10月13日到24日，共刊行过"艺文"副刊六期，写稿者为黄得时、林金茎和黄琼华，内容以响应"光复"、围绕着"民族意识"做文章。黄得时的《唐景崧与牡丹诗社》（10.20—21），当是光复后最早论及"台湾民主国"的文章。

[2]　杨锦麟指出李万居的思想构成中，占有一定比重的，是曾使他醉心的安那其主义和青年党鼓吹的国家主义理念，与沈仲九、陈仪希图能以国、共之外的"第三条道路"重建台湾的理念相契合，因而被委以主持《台湾新生报》的重任。见杨锦麟，1993：143。

[3]　李万居20世纪50年代参与雷震"中国民主筹组事件"，为当局所忌，《公论报》饱受政治压迫，先是被迫改组，李万居在《台湾新生报》权力被架空戏码再度重演。1960年11月又经法院判决《公论报》的诉讼，逼迫李万居让出经营权。见杨锦麟，1993：356—357。

同班机赴台采访的报人担任报社主笔，包括李纯青[1]（重庆大公报）、叶明勋（中央通讯社）、费彝民（上海大公报）、谢爽秋（为军统《扫荡报》，也是《人民导报》的创办人之一），另一位主笔沈云龙乃宣传委员会主任秘书，与李万居同为青年党人。《台湾新生报》的台籍人士则有总经理阮朝日、日文版总编辑吴金炼、编译主任王白渊，记者吴浊流、徐琼二等，其中阮朝日、吴金炼、吴浊流曾经担任光复前的《台湾新民报》《兴南新闻》《台湾新报》的重要干部（吴纯嘉，1999）54。这些干部可谓当时两岸报人的一时之选。李万居的好友黎烈文、李纯青（杨锦麟，1993）143，前者是著名的左派文人，后者发表的言论更是具鲜明的左翼色彩，在当时台湾文化界相当活跃。省籍人士王白渊、徐琼二也是在当时深具活动力与批判性的两位左倾文化人。《台湾新生报》这份发行宗旨以“中国本位”、传达政府法令、大篇幅刊载祖国文化与消息的官报，[2]其文化宣传策略乃针对台湾“殖民地历史”宣扬民族意识，以贯彻“中国化”的文化宣传。这对王白渊、李纯青、徐琼二几位站在人民立场的左派青年来说，还是颇受局限，纷纷另行创办左派刊物，关于他们如何思考“中国化”的问题以及台湾的政治出路，将在第三章处理左翼的民主思潮时详论。不过他们在该报的议论，例如前述王白渊驳斥台人奴化的文章，还是显现了他们站在人民立场，善用舆论针砭时政的效用。

《台湾新生报》的《新地》副刊（1946.5.20—1947.07.31 共 105 期），创刊号编者《谈〈新地〉》一文将《新地》定位为“综合性的副刊”，内容没有范围，无所不谈，认为副刊文字应是“软性文字”，能让读者读来轻松愉快；仅提出“不欢迎任何八股：从胜利八股、复员八股……以至建设八股、民主八股，均在摒弃之列”的限制。但到了第 10 期编者的一篇《再谈〈新地〉》（1946）透露出《新

[1] 李纯青（1908—1990），出生于福建省安溪县，祖父、叔父和父亲都是台湾籍，在台湾度过童年，以后来回于海峡两岸。见李纯青 1993：3—4。郑梓从《大公报史》，江苏古籍出版社，1993：269-272。考察出：“李纯青就读于祖籍地龙涓崇文学校、1924 年考入集美师范、1933 年毕业于南京中央政治学校、1934 年在厦门加入中国共产党、任民族武装自卫会闽南分会组织部长、同年经台湾赴日、进东京大学社会系、翌年 9 月回中国参加抗战，先后在上海、重庆、香港任《大公报》主笔、负责撰写社评及专栏文章。”见郑梓，1998：133。

[2] 《台湾新生报》头版创刊词载明：“言论纪事立场，完全是一个中国本位的报纸。”并揭橥：一、介绍丰富的中国文化，标准的国语写文章、最大篇幅刊载祖国消息，终极目标在驱逐日本的“皇民化”，因恐阅读困难而附日文版，使重要言论纪事可以对照。二、在传达及说明政府法令。三、在作台湾人民喉舌。（1945.10.25）

地》被批评为“意识模糊”，于是“自我检讨”10期的内容：“……惭愧得很！世界太大姑且不说，国家事又太难，不知从何谈起。我们原打定主意专以台湾为对象，可是——台湾有什么可谈的呢？谈糖吧，糖是统制了；谈樟脑，谈烟酒吧，樟脑、烟酒是专卖品，都没有我们谈的份儿。我们不得已只好谈猫、谈狗……”但又“不想挂起‘民主堂’的招牌，把民主当膏药卖，而且现在有‘民主店’的招牌了，不便再抢人家的生意。”坦承“软性文字”的初衷违背现实生活。最后并语带讽刺地说：“无所不谈做不到，轻松愉快又有如此困难，我们除了承认牛皮吹破还有可说？”文中所讽刺的对象是《人民导报》的《民主店》这一批评时政的专栏。由于时间点刚好是《人民导报》被迫改组，社长宋斐如改由王添灯担任，6月9日《人民导报》报道高雄警察与地主勾结，引发“王添灯笔祸事件”（详后文）。高雄警察局长童葆昭控告王添灯毁谤及煽动他人犯罪的启事，就是登在《台湾新生报》的6月11日。《新地》编者对《人民导报·民主店》的讽刺，某种程度也代表着长官公署宣传委员会对《人民导报》的施压。

《新地》刊登的大都是外省作家的抒怀之作，有怀念大陆故土之作，亦有对初来乍到的台湾风土的描写；台湾作家的作品仅惊鸿一瞥。整体而言，闲谈之作的确是《新地》的特色，但因政、经黑暗，外省作家时而流露“民不聊生”的感叹。“二·二八事件”以后，《台湾新生报》改由何欣主编的《文艺》副刊（1947.5.4—1947.7.30），8月《台湾新生报》改组后由歌雷主编的《台湾新生报·桥》副刊（1947.8.1—1949.4.11），两份文艺副刊先后带动了“重建台湾文学”的议题，并鼓励台籍作家发表作品，是“二·二八事件”以后重要的文学园地，尤其是《台湾新生报·桥》副刊外省进步文化人，将大陆抗战时期发展的“新现实主义”文艺理念介绍到台湾文坛，不无对政治现实批判的用意，将于第五章再详论。

1946年2月20日在台南创刊的《中华日报》，隶属于中国国民党中央宣传部。接收了《台湾新报》台南、台中支社，以及《大阪朝日新闻》《读卖新闻》与《东京新闻》等驻台湾分社的设备为基础。卢冠群、李冠礼分任正、副社长，主笔有丁文朴、林世璋等人（吴纯嘉，1999）[57]。《中华日报》由于是省党部的报纸，与《台湾新生报》比较起来，《台湾新生报》因为有省籍中间偏左与左派人士的参与，除了宣传政令，反映了陈仪行政系统重视文化建设、国语运动，与省籍融合的问题；虽然同样站在官方的立场，但《中华日报》的意识形态比起《台湾新生报》更以“党国”“反共”为马首是瞻。“二·二八事件”以前为了攻击陈仪的施政，《中华日报》还会出现反官僚、重用台湾人才、反驳“台胞奴化”等，刻意拉拢台湾人的言论。[1] 但是“二·二八事件”后，《中华日报》的“党性”更是鲜明，针对肃清日本文化遗毒，强化教育和宣传，要台人配合“绥靖”“清乡”工作等等[2]，针对国共内战更是充斥着反共宣传。[3] 而前此站在台人立场批判台湾当局的言论，由于陈仪下台后省党部全盘接管了教育、文化以及新闻事业的大权，少了陈仪政学系的头号政敌，自然没有批判台湾当局的需要，改而加强拥护中央政令的宣传。

《中华日报·海风》副刊与《台湾新生报·新地》副刊一样，是综合副刊而非文艺副刊，刊登大都是外省作家的抒怀、杂感之作，偶有一两篇作品反映当时的文学议题。反倒是主编苏任予强力征求的漫画稿，并刊登大陆赴台作家的木刻画，以讽刺的形象艺术贴近光复后的社会现实，对还处于语言、文字障碍的台湾民众

---

[1] 例如：《中华日报》“社论”《拘捕与惩治汉奸》（1946.03.04）提到不能以国内的汉奸标准，看待沦为日本臣民的台胞，除非有狐假虎威的具体行为者。《对登用人才的建议》（1946.03.15）呼吁重用那些潜伏于中下层社会的台湾人才，慎防革了面未曾洗心的假绅士。《心理的差异》（1946.4.04.30）说明台湾人重法治的观念造成与国内同胞隔阂的心理差异。《几句要说的话》（1946.05.22）反对台胞奴化说，五十年日本殖民的痛苦，更造就台胞高度的爱国心，正确的平等观念和现代文化的深刻领会。《为归台同胞呼吁》（1946.05.20）呼吁台民要督促政府发动归台同胞的救济工作。《论官僚主义》（1946.08.13）批判官僚资本垄断财政、经济，只管营利不以生产为目的，侵蚀国家财政，变公为私等等手段。

[2] 如《加强教育和宣传工作》（1947.03.24）要强化国语运动与清除日本五十年在精神上的毒化。《军事绥靖和政治善后》（1947.03.30）宣传军事绥靖上的戒严自然免不了，更重要的是政治工作的善后，加强推行教育以树立正确的心理认识。《尽速完成绥靖工作》（1947.04.17）要求人人自动竭力协助政府，自动地缴出散失的军火武器，检举奸宄，做家长的父兄，劝导误入歧途的子弟即日自首自新。《痛定思痛时的感想》（1947.04.19）指出“二·二八事件的真相，现在已完全公开大白，绝不是所谓‘革命性’的民变……只是都市的职业流氓想趁一次小的不幸事件，来‘趁机打劫’……教育文化工作的不够，没有能清除日本教育的遗毒，这是基本的远因，都已一致认识”。而将近因，归于战后世界性的生活困苦，“本省同胞不能明白这个事理，梦怀往日，而把怨恨记在政府的身上”。

[3] 如《人民无叛国的自由》（1947.4.16）引述美国总统下令肃清行政机关的不忠实分子，指责“共产党有它的怪诞的哲学，明明自己最不民主，却反诬他人为不民主；明明自己是红色法西斯，却反指他人为法西斯……由于美国的采取紧急措施以禁制共产党的叛国活动，更可证明：就在最民主自由的国家里面，人民也没有叛国的自由”。《不留破坏民主的祸根》（1947.4.28）指出“法西斯的日、德、意，是已让民主正义的力量打倒了，但有国际性的共产党却正拾法西斯党的唾余，在若干国家里面发挥其暴力恐怖主义”。说明过去一年政府忍让共产党，颁布四次停战令的后果，则变为共产党发动全面的“叛乱”。

而言，当能引起较大的共鸣。[1] 当时外省文化人主编的文艺性副刊和文化性杂志，大多采取木刻版画、漫画来增添画面的活泼性，讽刺的表现形式的确能缩短与读者的距离。

《中华日报》比较值得注意的是，龙瑛宗主编的另一个日文副刊《文艺》（1946.03.15—1946.07.18）、《文化》栏（1946.07.25—1946.10.24），发行至1946年10月24日，官方明令废除报纸日文栏为止，堪称“二·二八事件”前台籍作家最重要的文艺园地。由于《中华日报》的发行网仅限于云林到屏东，因此写稿者大多是南部作家，包括吴浊流、叶石涛、王碧蕉、吴瀛涛、詹冰、施金池、赖传鉴、庄世和、黄昆彬、邱妈寅和王莫愁（王育德）等年轻一代的作家为主。四十期的日文栏副刊中，以龙瑛宗的作品占大宗，他一边观察战后影响台湾动向的国内外局势，一边思索台湾文化重建的问题，先后以《名作巡礼》和《知性的窗》两个专栏，为催生“民主主义”的新时代，而提出“打倒封建文化”的“近代意识的觉醒”。他一再为文指出贯串“民主主义”的文化理念，就是以“科学的世界观”“知性启蒙”唤醒停留在东洋封建时代民众，达到“近代底个性的确立与觉醒”《文化を擁護せよ——台灣文化協進會成立を祝す》（拥护文化——祝台湾文化协进会成立，1946.06.22）。龙瑛宗除了积极为读者介绍中国近代以来、现实主义的文艺与启蒙思潮，努力使台湾与祖国文化接轨，在《中國文學の動向》（《中国文学的动向》，1946.08.16）一文更显现他对普罗文学、延安文艺发展的关注。随着国共内战的开打，《中國認識の方法》（《认识中国的方法》，1946.08.08）一文更呼吁台民台湾作为中国的一部分，有认识中国社会、文化性质的迫切性，要排除主观、“正确”认识中国的现实。甚至在废除日文栏前夕，以《内戰を止める》（停止内战，1946.10.23）一诗为民请命！

考察龙瑛宗的编辑策略与作品，其社会主义立场之坚定，批判意识之浓烈，丝毫无逊于当时的左翼作家。在废刊前的1946年10月3、4日《中华日报》龙

[1] 陈昭瑛曾考察光复之初，语言的变换的确对台湾文学的发展造成重大影响。“文学的失色，使不依赖文字的戏剧、民谣、木刻版画、漫画等表现形式异军突起，其中戏剧、民谣以闽南语演出，固可以深入民间，却不若木刻版画、漫画形式以造型表现，能够为本省人、外省人，甚至文盲、半文盲所欣赏。”见陈昭瑛，1998：237。

瑛宗主编的《文化》栏上，刊登了翻译成日文的（叶）以群[1]的《新民主运动与文艺》，这是“二·二八”以前的报刊上，除了王思翔在《新知识》创刊号发表的《现阶段台湾文化的检讨》（1946.08.15）以外，另一篇赫然出现毛泽东的“新民主主义”的文章。以龙瑛宗行事之谨慎，《中华日报》又是隶属于台湾省党部的报纸，1946年10月时省党部对新闻言论的整肃已经持续了好几个月了，大陆的国共内战已经正式开打，龙瑛宗选译刊载这篇文章，不可忽略光复以后他好几次公开发表社会主义的文艺理念，考察他发表的一系列作品中，这其实是有迹可寻的。如果不是“二·二八事件”以后风声鹤唳的白色恐怖，相信他在这一方面的发展不可小觑。事实上，龙瑛宗在此前后发表的文章，除了显现他对战后国际情势与大陆上展开的民主运动动向相当注意[2]，他的思想发展几乎与当时的左翼文化人亦步亦趋。这实有赖于龙瑛宗在日本殖民统治时代透过日本《改造》《文学评论》等杂志，奠定了社会主义文艺思潮的美学素养，这部分将留待第四章进一步申论。或许龙瑛宗仗恃着编撰日文栏，不易被来台外省官员察觉，在言论尺度把关最严厉、最反共的省党部所办的报纸上，开了一扇以“新现实主义”文艺理论对抗腐败的官僚政治的窗子，是“二·二八事件”以前利用官方文化阵地，鼓吹新现实主义思潮、“文艺大众化”最典型的例子。

《中华日报》日文栏副刊停刊后，紧接着创办的《新文艺》副刊是由江默流主编。《新文艺》一开始即引介、连载林焕平新着《文艺欣赏论》的理论文章，鼓吹20世纪30年代以来的新现实主义美学。“二·二八事件”后，五月份

---

[1] 叶以群（1911—1966）原名叶元灿、叶志泰，安徽歙县人。1929秋年赴东京，考进法政大学经济系。参加“日本无产阶级科学研究会”与日本无产作家同盟取得联系。1930年夏回上海度假，透过尹庚（楼宪）找到于3月成立的“左联”组织关系，尹庚透过沈从文找到丁玲，又透过丁玲找到冯雪峰，商定建立“左联东京支部”的计划。回到日本后，以群领导了“左联东京支部”的活动，支部成员有胡风、森堡（任均）等，并与森堡投稿在《文艺新闻》介绍日本进步作家的斗争情形。1931年回到上海担任“左联”秘书处干事，参与机关刊物《十字街头》的出版，翻译苏联、日本的文艺理论。1932年与丁玲加入共产党，“文艺大众化”第二次论争高潮时，提出许多重要见解，奠下日后成为中共重要的文艺理论家的基础，1933年曾根据日本川口浩的《新兴文学概论》编著完成《文艺创作概论》，见上海社会科学院文学研究所编，1998：105-117。战后初期以群与茅盾在上海主编《文联》，为“中外文艺联络社”机关刊物，1946.1.05—6.10共发行7期，见陈耀东等主编，1998：422。但文联社的活动并没有停止，1947年5月28日在香港该社与中国全国木刻版画协会、人间画会共同主办了“第一届全国木刻展”见横地刚，2002：222。另外以群有多篇文章鼓吹“文艺大众化”的文章转载于《和平日报·新世纪》副刊。

[2] 例如中华日报上的《中国认识の方法》（认识中国的方法）（1946.08.08）、《理论现实——よく现实を观察せよ》（理论与现实——好好观察现实）（1946.08.22）、《战争か和平か》（战争乎？和平乎？）（1946.10.03）、《内战を止める》（停止内战）（1946.10.23）。

江默流主编的《新文艺》副刊与《台湾新生报》何欣主编的《文艺》副刊互相唱和，欲带动“展开台湾新文艺运动”的风气。连带地使《中华日报》综合副刊《海风》刊登的文章，也开始反映台湾的现实问题。论争先是延续到《台湾文化》，在“文艺大众化”逐渐炽热的呼声中，《台湾新生报·桥》副刊开始出现扬风与稚真的“纯文艺论争”，显见亲国民党的“御用”文人似乎有意阻挠“新现实主义”的文艺思潮发展；另一个论争是在外省人高喊台湾是“文化的沙漠地”的压力下，台湾文化人毓文（廖汉臣）、王锦江（王诗琅）、欧阳明（巴特）终于打破缄默。至此，关于“重建台湾新文学”的论争已不可遏止。此时，陈仪下台后，“CC 派”省党部开始积极地引导“台湾新文化运动”的活动与议论；积极介入而且主导半山团体“宪政协进会”推行的“新文化运动委员会”，希望台湾文化人打破“二·二八事件”清乡造成的“缄默”，以显示魏道明省政府的“自由”作风。

但耐人寻味的是，无论是《台湾新生报·文艺》《中华日报·新文艺》由外省作家自主发起的“台湾新文艺运动”，或是党部官方介入主导的“新文化运动”，都提出“现实主义”与“人民文学”的呼吁，显见大部分的外省作家延续了抗战时期，因经济贫困的现实困境逐渐发展出来的“现实主义”的文艺美学。由此看来，笔者认为官方党、政、军系统的文化宣传，虽然也曾企图以“软性文字”来主导台湾的文艺发展，例如《新生报·新地》副刊就曾有过此一尝试，后因内战影响台湾经济恶化，投稿的作品根本无从“软性”，而坦承无法带给读者“轻松”的阅读娱乐。换言之，在国共内战期间，人民现实生活持续恶化之际，国民党根本提不出一套独有、足以和共产党对立的文化宣传。从 1931 年九·一八事变中国步入“战争期”以后，文化人或深入“解放区”，或随着国民政府撤退后方，不但触及了农村的困境，其自身的生存问题也遭受着威胁，现实主义的文艺美学与意识形态也普遍深植。胜利后继之而来的内战，经济问题更加恶化，更有助于中共诉诸阶级平等与人民民主的文化宣传。

更显著的例子表现军方在台创办的《和平日报》，1946 年 5 月 4 日于台中创刊，原是台中驻军第七十师的《扫荡报》，抗战胜利后《扫荡报》改称《和平日报》，总社设于南京。台湾的《和平日报》系统上不受总社指挥，直接隶属于国防部宣传处。社长李上根，筹划扩充为日报，聘任大陆赴台的楼宪为经理、王思翔为主笔、周梦江为编辑主任[1]，此三人抗战时期曾活跃于浙江、福建等陈仪主政的东南地区。1944年5月19日，尹庚（楼宪）在张禹（王思翔）主编的《浙江日报》副刊“江风”上，发表《建立东南文艺战斗堡垒》[2]，得到《前线日报》副刊《文艺评介》主编许杰的呼应，鉴于日本进犯湘、桂后，东南地区与文化中心的大西南交通中断，文化相对萧条许多，连续发表了一系列关于展开东南文艺运动的文章，得到闽、浙、赣、皖等东南各地文艺工作者的支持与回响。当日在东南地区活跃的文艺工作者，战后赴台的除了楼、王、周他们三人之外，还有黎烈文、扬风、欧坦生、雷石榆、王梦鸥、覃子豪、姚一苇、罗沈（陈琳）、朱鸣冈、吴忠翰、吴乃光（林基）、黄永玉、姚隼（姚勇来）和沈嫄璋等。[3]他们分别在台湾的艺术文化界发展，留下许多不可抹灭的足迹，其中姚勇来、沈嫄璋夫妇赴台后进入《和平日报》工作，20世纪50年代白色恐怖时代，姚勇来被捕入狱，沈嫄璋被枪杀。黎烈文、欧坦生（丁树南）、姚一苇、覃子豪、王梦鸥继续在台湾；六七十年代的文艺界发展，其中黎烈文、姚一苇、王梦鸥等人因不愿意担任国民党“反共文艺”的旗手，以翻译西洋文学、思潮，鼓吹现代主义的美学形式，对鼓动战后台湾现代派的文学发展具有一定的贡献。[4]

《和平日报》发行量约一万二千份，由于广告量不多，南京总社也并未在经费上给予支持，为实行“以报养报”的策略，王思翔指出：“和许多半官方地方报纸并无本质上的差别。最重要是必须争取社会读者的同情和支持（王思翔，《台湾一年》，（叶芸芸编，1995）21］。”于是积极争取台中当地文化人与有力人士

[1] 据周梦江的回忆：“当时我们名义上虽为国民党员，但楼宪早年参加‘左联’，追随过鲁迅先生。王思翔和我则是在家乡受到国民党的迫害而逃到台湾来的。因此我们对国民党的腐败深为厌恶，对共产党较有好感。”见周梦江、王思翔著，叶芸芸编，1995：119。

[2] 周梦江，《战时东南文艺——一篇流水账》，《和平日报·新世纪》1946.05.20：8。

[3] 据横地刚先生整理的未刊稿《东南文艺运动资料》，谨此向横地先生慷慨允借笔者资料并同意引用，表示谢意。

[4] 关于“现代派”此一文艺美学观与战后文化场域的研究，张诵圣讨论了“五四”以后的“抒情美学”与“女性书写”战后在台湾文化场域的再现，见张诵圣，《台湾女作家与当代主导文化》《当台湾文学与文化场域的变迁》，2001：113—135、196—203。此外，似乎还有一条倾向于五四“写实传统”——但非国民党宣传的“反共文艺”——的新文艺美学的继承发展没有被讨论，而其传播往往是透过“禁书”（例如陈映真阅读20世纪30年代作品）和“亲炙”大陆赴台作家（例如姚一苇20世纪60年代对《文学季刊》的指导、何欣对乡土作家的鼓励）加以传播生根的。关于20世纪30年代文艺在战后台湾的传播可参考（张俐璇，2018）。

的支持，先后拜访过一些名流，包括“已息影家园的老一代社会运动家林献堂，市参议会会长黄朝清（笔者案：黄朝琴），市图书馆馆长庄垂胜和研究员叶荣钟，三民主义青年团中负责人张信义，作家杨逵和张文环，实业家张焕珪”等等（周梦江、王思翔著，叶芸芸编，1995）16。比较特别的是，《和平日报》虽然为国民党军方的机关报，却跟曾具有台共身份的谢雪红合作，让她介入《和平日报》，并将她的大批人脉安排进驻报社[1]，而日本殖民统治时代的知名作家杨逵也是他们接触并进而邀请参与编辑的。王思翔他们三人编辑《和平日报》的策略，就是在社论和国内新闻处理上，尽量配合军方的反共立场，但省内的社会新闻则以揭露陈仪政府的专断腐败为能事，这自然是配合军统打击陈仪政府的立场。王思翔等人的真正动机，则是借此鼓吹“民主思潮”，他们在副刊《新青年》《新妇女》《新世纪》与《新文学》从事这样的文化工作，并刊登大陆文艺作品，将20世纪30年代以及抗战时期得到充分发展的“现实主义”文艺美学带进台湾，作为对台湾现实批判的利器。显然杨逵颇能认同王思翔等人的编辑理念。[2] 值得一提的是，杨逵和王思翔等人的默契，可能建立在曾经参加“左联”的楼宪，带了胡风翻译的杨逵作品《送报夫》送给杨逵。杨逵非常高兴自己日本殖民统治下无法在台湾刊行的作品，竟能在大陆流传，随后即出版了“中日对照本”（东华书局，1947.10，封面绘图黄荣灿），并亲自在序文中说明：1936年胡风的译文刊登在上海的《世界知识》、随后收入《弱小民族小说选》、《朝鲜台湾短篇集》，重刊本除了补上原稿被日警删除的部分，其他中译的译文则不予改动［王思翔，《杨逵·送报夫·胡风》，（周梦江、王思翔著，叶芸芸编，1995）83-95、《杨逵全集14》（彭小研主编，2001）309］。可见杨逵很满意胡风的翻译。光复初期杨逵在外省作家之间颇具名气，显然也是因为《送报夫》中译本的缘故。这个文学因缘促成了两岸进步作家心照不宣的合作关系。

---

[1] 据周梦江所言：“我们欢迎谢雪红的支持，报社绝大多数人员都是谢氏介绍来的。如谢氏的助手以后出任台盟秘书的杨克煌，到报社任日文编译科长；一位曾在农民协会工作的林西陆出任副总经理。此外编辑、记者以至一般职工几乎全是谢氏介绍的。报社还聘请她为顾问。”见周梦江，《缅怀谢雪红》，叶芸芸编，1995：119。

[2] 杨逵在1982年接受访问时，提及《和平日报》说：“是国民党办的，不过编辑比较进步。我在该报主编副刊‘新文学’。”见周梦江、王思翔著，叶芸芸编，1993：14。

前文曾论及隶属军统的《和平日报》报社负责人李上根，有意利用赴台进步青年，一方面拉拢在地的文化人扩大势力，一方面抨击陈仪的施政。王思翔的回忆中，就透露了其中隐含国民党派系斗争内讧的内情：

> 李上根以及后来来到台湾参与领导《和平日报》的陈正坤（改名陈洗）、张煦本等人之所以大胆而且热衷于揭露抨击台湾当局，除了哗众取宠以扩大报社的动机之外，更隐藏了军方及国民党'黄埔系'同陈仪所凭倚的'政学系'之间的派系倾轧——企图利用民众对陈不满以制造舆论，取而代之。[王思翔，《台湾一年》，（周梦江、王思翔著，叶芸芸编，1995）[22]]

报社副社长张煦本也曾提道："民国三十五年十一月，台湾和平日报因被当时的台湾行政长官公署认为不能作充份的配合，颇有难以为继之势，我受台湾社长的邀请，受聘为和平日报副社长兼总编辑……（中略）我到了台湾以后曾在编辑方针上做过相当的修正，以消解行政长官公署方面的误会。（张煦本，1978）[30]"王思翔、周梦江回忆文章中也指出《和平日报》被迫改组后，楼宪、周梦江双双离开报社，另谋发展，仅剩王思翔苦撑到"二·二八事件"以后的三月中。"二·二八事件"爆发后，3月1日、2日《和平日报》正常出刊，2日还可看到王思翔主编的"《和平日报·新世纪》"副刊最后一期（123期）。[1]后停刊数日，3月8日、9日又开始出刊，期间王思翔一直被谢雪红派人保护。对照《和平日报》与王思翔回忆文章《台湾一年》，可知复刊时杨逵参与了意见，例如3月8日刊出"省处理会告全国台胞书"全文，并以醒目的标题："这次事件动机单纯·完全出诸爱国热情·要求肃清贪官污吏刷新本省政治·不仅不排外并且欢迎外省同胞合作"，说明"二·二八事件"动机在"政治改革"，不在"排外"。9日，谢雪

[1] 于此顺带指出一个现象。"新世纪"最后一期令人注目的是，登载了三篇纪弦的新诗《虚无主义》《故乡》与《窒息》，大陆进步青年楼宪、王思翔、周梦江因"二·二八事件"返回大陆，而台湾20世纪五六十年代现代诗的作者却于此关键时刻在台湾的副刊露脸，于今观之，饶富意味。纪弦、覃子豪、姚一苇都是抗战时在东南活动的文艺青年。

红的“二七部队”撤退到埔里，杨逵与庄垂胜避往乡间。避居台北的报社社长李上根与经理韦佩弦回到台中重新接掌报社，12 日于台北分社正式发行“台北临时版”，王思翔趁机告假还乡。[1]“台北临时版”没有发行多久即停刊，直到 1947 年 8 月才迁移台北重新复刊，但少了这些进步青年的《和平日报》，已乏善可陈。倒是台中的报社、资料都还在，因缘凑巧由“二·二八事件”以后赴台的张友绳顶让下来，与原《和平日报》的班底人员合作，于 1947 年 11 月 12 日又创办了《台湾力行报》。1948 年 8 月邀请因倡议《台湾新生报·桥》副刊上的“重建台湾新文学”议论而享有盛名的杨逵，在原有的《力行》副刊之外，另创《新文艺》副刊，由杨逵主编。[2]

“二·二八事件”前，党、政、军系统不仅在政治、文化宣传上互相攻讦欲扩大自己的势力，对于新闻言论的管束也出现步调、松紧不一的现象。陈仪主政期间，原本抱持对各方言论兼容并蓄的态度，但省党部主委李翼中认为是纵容异党言论而感到不满，曾当面指责陈仪放纵新闻言论自由，要求采取强硬的整肃态度，并指名要陈仪撤换《台湾新生报》社长李万居与长官公署宣传委员会主委夏涛声两位青年党人，但被陈仪婉拒。[3] 另外，长官公署宣传委员会应该是主管新

[1] 据张禹（王思翔）2004.02.04 在“中国作家协会台港澳暨海外华文文学联络委员会”于广西南宁主办“杨逵作品研讨会”的研讨会后，私下告诉吕正惠，当年他在“二·二八事件”后，所以离开台湾是因为曾托友人秘密传信给谢雪红，说明自己曾随空军搭乘直升机观察过台湾的地形，认为台湾腹地太小，不利于游击战，要她早做其他打算。但信交出去后，担心信件落入国民党手中而逃亡。后与谢雪红在上海相会时，谢雪红告诉他曾收到他的信件。日后谢雪红成立“台湾民主同盟”时，即邀请王思翔加入，笔者判断这应该是王思翔所以在 1955 年于上海新知识出版社出版《我们的台湾》的原由，此书因王思翔牵连“胡风事件”随即被查禁。

[2] 2003 年 6 月 18 日笔者与曾健民往访张友绳先生，张先生口述。张友绳，浙江省浦江人，抗战时念金华中学，后流亡到贵州大学念历史，然后到重庆参加青年军。胜利后张先生响应国民政府的号召，一群知识青年共 640 人到新疆搞文化建设，他同时还是《扫荡报》和《大公报》派驻新疆的通讯记者，一行人到新疆后，还没展开工作就被军阀盛世才关起来。又正逢新疆发生“伊犁事变”，后辗转向国民政府发电报求救，回到南京。然后返回浦江老家，三天后，马上与朋友启程来到台湾，因为耳闻台湾也发生“二·二八事件”，想来台湾看看。来到台中后，听到被解散的《和平日报》，档案资料和人员都还在，听从朋友建议可以办一个地方报，人员和资料都是现成的。后来看到《台湾新生报·桥》副刊上的论争，特地另辟“新文艺”副刊，延揽台湾作家杨逵担任主编，以培养台湾的青年作家。“四六事件”杨逵被抓一个月后，他也被请去警总侦讯。两年后出狱，报社早已不存。杨逵起草“和平宣言”，他们也知道一二。牵涉较深的是钟平山，判刑十年。还打听到另外一位“力行副刊”主编金华智。

[3] 李翼中，《帽簷述事——台事亲历记》，见《二·二八事件资料选辑》，“中研院”近史所编，1992：404—406。

闻文化事业出版的机关，受制于李翼中领导台湾省党部（“CC 派”）[1]，与柯远芬领导的警备总部（军统）的压力，又鉴于民营的报刊大肆批评政府，从 1946 年下半年开始整饬新闻言论，紧缩言论自由的幅度。

官方的政治、文化宣传，因为派系斗争的缘故，出现多头马车、自我分化的现象。党、政、军系统自身又缺乏文化人才，往往必须借重其他民主党派的人才，或是拉拢在地的文化人，其报刊资源反被民主文化人士加以运用，宣扬战后“民主思潮”与文艺大众化的理念。王思翔主编《和平日报·新世纪》与龙瑛宗主编《中华日报·文艺》副刊，就是最好的例子。另外，导致国民党丧失文化宣传的主导权，最根本的因素是国民政府本身没有一套足以服人的政治、文化宣传理念，亲官方的文人面对现实的苦难，也写不出“建设性”的文学作品。

国民党官方报刊所反映的文化意识形态，基本上是抗日战争时期的延续，其文化宣传打的是“三民主义的文化建设论”，针对台湾的殖民历史，宣扬“民族主义”，延续抗战时期提倡“民族主义文艺”的文化政策。例如“CC 派”的“省党部”，除在台设立“文化运动委员会”，以隶属于“国民党中央宣传部文化运动委员会”；1946 年 5 月 4 日又成立“台湾文艺社”，社长是省党部宣传处处长林紫贵，曾经担任 1941 年 2 月党中央宣传部文化运动委员会成立时的秘书长，可见党中央对台湾省党部文化宣传的重视。“台湾文艺社”的宗旨，标榜“民族文艺运动”与“三民主义文化建设”，在成立大会提出：（1）促进各地文化人士来台（2）设置文化界招待所（3）搜集台湾文献（4）出版台湾文艺月刊等宗旨［《台湾文艺社昨开成立大会》，《新生报》，1946.05.05）］。“台湾文艺社”理事、监事的人脉组成包括：林紫贵、林忠、丘念台、林茂生、曾今可、白克、黎烈文、李

---

[1] 据吴纯嘉的研究指：长官公署宣传委员会主管台湾出版事业，其法源依据则是以国民政府 1937 年 7 月 8 日修正公布的《出版法》共 7 章 54 条为施行的法则，与台湾总督府所制订的“台湾新闻令”相比较，登记程序的繁复不相上下；虽不必缴纳保证金，但对发行与编辑人的限制更严格，并且限制不得诋毁中国国民党与三民主义之言论，若有违反规定者，依情节轻重，处以警告、罚款、当期停止发行、扣押当期报纸与印刷底板、定期停止发行或永久停止发行等等行政处分。发行人、编辑人或印刷人还要惩处 1000 元以下罚金、拘役 1 年以下徒刑之不等处分，可见言论管制之严苛。根据吴纯嘉考察《台湾省行政长官公署公报》中宣传委员会的公告，发现公告中“大部分的措施皆由台湾省党部执行委员会构想，然后去电中央宣传部要求作法令解释，再由中央宣传部转电宣传委员会查照”，可见省党部对宣传委员会施压，要求管制台湾的新闻、出版事业。见吴纯嘉，1999：63—65。

万居、姜琦与蓝荫鼎等十五名理事，何容、魏建功等五名候补理事，监事谢娥、蔡继琨等七名（横地刚，2003a）4。林紫贵、林忠、丘念台隶属于省党部，曾今可是军统系，林茂生则参与曾今可的“正气学社”，黎烈文为左派文人，李万居是青年党人，姜琦是台北市教育局长，何容、魏建功属国语推行委员会。“台湾文艺社”有意拉拢各派人马，造成声势浩大的印象。但直到1946年12月16日仅以“台湾文艺”副刊分别登载于《和平日报》与《国是日报》(1947年1月9日又出现第2期，即未再见)，前者是军方在台的报纸，后者是省党部宣传处自行发行的报纸，除此之外乏人响应。杨逵以“包而不办”，一针见血地指出其“非民主化”的组织与作为。[1]这与官方在政治上宣称实行“三民主义”，却不见孙中山社会改革理念的实践，被人民唾弃是一样的道理。在台湾人民看来，都是“说一套，做一套”，无怪乎被视为打高空，无法收拢民心。

陈仪政府时期的党政军系统的文化宣传因派系政治的关系，经常出现步调不一、互相分化势力的现象。赴台接收的“行政长官”陈仪虽集行政、立法、司法三权于一身，又兼警备总司令掌握了军事权，经济制度也承袭日本的统制经济与公营企业专卖制度。然而，从上述政治派系文化斗争的角度来看，陈仪政府的实际权力远远不及“日本总督府”。赴台接收的党、政、军系统各自为政，分别向在大陆党、政、军系统的对口单位负责。党、军系统不但不服膺“长官公署”的行政要求，甚至透过大陆的党、军系统对行政系统的“长官公署”施压。党、政、军系统为了巩固在台湾的势力，常常刻意放任知识分子的言论以攻讦其他派系。另外各派系本身缺乏文化人才，急需借重省内外知识分子办报刊，同时为了拢络

[1] 杨逵：“最近台湾文艺社在报上浩浩荡荡地发表它庞大的阵容，像这种包办式浮华不实的团体，我认为难以寄以厚望。我期待自主性的文学团体的诞生，亦即不接受包办的文学工作和文艺爱好者所组织的文学团体。”见杨逵：《文學再建の前提》(文学再建的前提)，《和平日报》“新文学”1946.05.17、《杨逵全集10》，彭小妍主编，2001：215。杨逵一个星期后又发表文章指出：“听说内地已有文联组织，因此透过文联，全国的文艺工作者团结工作，这是我们的好榜样。在台湾，也要加强本身的大团结，同时和全国性的组织‘文联’汇合。”见杨逵：《台湾新文学停滞の检讨》(台湾新文学滞留的检讨)，《和平日报》“新文学”，1946.05.24。其中所谓“全国性的组织‘文联’”，即杨逵同时在这两期“新文艺”刊出的《中华全国文艺上海分会设立宣言》以及《中华全国文艺界抗敌委员会总会〈慰问上海文艺界书〉及〈覆书〉》。对于杨逵的主张，横地刚评论说：“杨逵从正面批判了特别在文艺节设立的台湾文艺社，其‘包而不办’的欺瞒性，并向艺文人士要求要以‘自主性之大同团结’为基础，以确立‘自主性、民主性’之团体与彼等展开对峙。而对于或许即将不久之将来组成的彼等之团体，则热烈希望能与‘全国性组织’的中华全国文艺协会结合。杨逵不涉足‘民族文艺运动’和‘三民主义文化’(的理念批判)；而是从组织的民主性等问题切入。”见横地刚著，金培懿译，2003b：5。

民心，时常标举“世界化”与“民主化”的文化宣传，甚至为了拉拢台湾人，也出现标举“台湾化”的文化宣传。党政军派系政治造成的分化作用，不但动摇了官方文化宣传的机制，也使带有进步倾向的省内外知识分子借机在官方的报刊，运用官方的文化资源，对时局提出建言与批判。从文化场域的结构性视角来看，布尔迪厄指出：

> 文化生产场的自主性，及决定场的内部斗争形式的结构性因素，在同一个社会内的不同发展阶段会有很大的变化，而在不同的社会中同样也会有很大的变化。因此与场的内部的两极相关力量，以及艺术家或知识分子的角色相关的重要性也是会变化的。一方面，在一个极端，存在着专家或技术人员的作用，他们为统治者提供象征性服务（文化生产也有它的技术人员，如同资产阶级剧院有它的流水线的制作者；或者流行文学有它的雇用的制作者一样）；另一方面，在另一极端，则存在着自由的、具有批判意识的思想家，他们赢得反对统治者的角色，他们是一些运用自己独特资本的知识分子，这些资本是他们依据自主性的力量赢得的，并得到文化生产场的自主性的庇护。他们的确对政治场做出了干预。[《文化资本与社会炼金术》（包亚明译，1997）[86]]

党政军系统的报刊上的文化工作者，虽然扮演着“专家”或“技术人员”的角色，但这些文化工作者显然与在大陆上国民党的“御用文人”有些许的不同。赴台的党政军系统的文化宣传机制受制于台湾社会现有的人脉、集团关系，这些文化工作者能提供的“象征性”服务，也必须配合台湾特殊的历史性，不能像他们在大陆时有自己的人脉资源可资运用，对文化资本的应用也必须从台湾的历史中撷取，他们很清楚一味地强调“中国化”，并不能收拢民心、拉拢文人，所以党、军系统都不断着眼于“台湾化”的文化宣传策略，显然“台湾化”与否不能作为“抗争”的标准。

我们也可以看到进步文化人许寿裳很快就找了熟悉台湾历史、文献的杨云萍，进入“台湾编译馆”。随后许寿裳带来的大陆文化人，与杨云萍介绍的包括日本人、台湾人在内的文化圈，很快就随着互动、自发性地形成交游网络。他们虽在“文化协进会”或“台湾编译馆”所谓“中国化”的政策架构下，从事文化工作，但从《台湾文化》第二期发行了“鲁迅逝世十周年专辑”，两岸的文化人在这本“半官半民”的杂志，运用的“鲁迅战斗精神”此一独特的文化资本，批判时政，自然又吸引了一批有志一同的文化人麇集。虽然台湾文化人与外省文化人对“鲁迅精神”的理解，可能因彼此的经验与接收传媒而有不同的“习性”，或对“美学形式”认知有所异同。然而，“二·二八事件”以前两岸文化人的确在陈仪行政系统的默许下，透过彼此对“鲁迅精神”的理解，而互相辨明彼此的意向或意识形态，形成自主性的文化生产场域，用以对抗国民党内极右派的文化势力。另外，龙瑛宗、杨逵分别在《中华日报》《和平日报》主编副刊，他们也是运用官方提供的园地，一方面呼应所谓“中国化”的政策，一方面又在其中寄予他们的抗争意识。

从国民党当局政治、文化宣传的意识形态来看，官方或是亲官民办的报刊，致力于鼓吹、实践“中国化”的文教政策。报刊、杂志上充斥着“建设三民主义新台湾”的官样文章，或是针对台湾殖民地的历史背景宣扬“民族主义”的文章。民间在对日胜利、脱殖民的时代气氛中，对此“中国化”的文教政策并没有太大的异议，有的只是对于做法和进程缓急的建议，但面对未来，他们更关心的是“中国化”的内容是什么？

“近代中国”，从“清”传统封建王朝走向现代“民族国家”的建立，乃受西方帝国挟武力与经济之胁迫，和近代各个民族解放运动与反殖运动一样，要争取政治与经济的独立自主，必须以民族主义作为动员的号召。民族主义理论权威史密斯（Anthony Smith），他将“民族主义”定义为一种意识形态的运动，把“民族主义”当作核心理论，但他认为仅有核心理论是不够的，不足以作为行动纲领，还必须要有“额外的理论”。[1] 中国对日抗战胜利，对外完成了现代“民族国家”争取独立自主的大业，国民政府也取得国际间的公认，视其为“中国”政权的代表。就在这个时候，因无力招架帝国主义入侵而被清王朝割让出去的台湾，回归到中国的政治版图。对台湾人而言，台湾是因为清政府腐败而被断尾求生的牺牲品，“台湾光复”，台湾人竭诚欢迎国民政府，也自发地纪念民族英雄“郑成功”与抗日民族烈士，标举台湾的“民族精神”。[2] 然而，“二·二八事件”前党、政系统的报刊传媒以纪念“台湾民主国”作为正视或收编台湾人的民族意识的举措，到了“二·二八事件”后，省党部系统的《建国月刊》与《中华日报》开始纪念“吴凤”[3]，显然具有将台湾模拟为“蕃地”的意味在其中，完全无视于台湾人的言论中，废除“特殊化”的“行政体制”，是被放在要求“政治民主化”的叙事脉络底下被论述的。

台湾文化人面对台湾光复，中国已初步完成现代“民族国家”的统一，尽管过去殖民地时期被扭曲的“民族意识”的清理，也很重要，但他们更关心的是接下来的民主政治的建制。台湾文化人从过去与日本殖民统治抵抗的经验中，厚实了对现代社会改革以及民主法治国家的理论与实践，使他们认识到更重要的是如何建立现代“民族”国家与“民主”国家的政治、经济体制。然而，官方的统治机构重临这块被日本殖民统治了五十年的疆域，虽祭出孙中山“三民主义”的政治理念，但面对两岸社会、心理的隔阂，更多的时候诉诸的却是“民族主义”的

[1] 安东尼·史密斯（Anthony D.Smith）：“我们可将民族主义定义为一种意识形态的运动，目的是为一个群体取得维持自主和独立，而在此一群体中，有些成员相信此种自治和独立的实体为一个实际存在的‘国家’——像其他‘国家’那样，或者相信它可能转变为‘国家’。”（Smith, Anthony, *Theories of Nationalism* ,2nd Edition. New York, Holmes & Meier Publishers 1983,p.171、p.15）转引自水秉合，1987：15。

[2] 民间纪念郑成功与抗日英雄的文章列举篇目如下：姚伯麟，《民族英雄郑成功（旧诗）八首》，《民报》“学林”，1945.12.28；杨云萍，《关于郑成功》，《民报》“星期专论”，1946.03.17；王昶雄，《剛健正大の精神——革命先烈雷燦南先生追悼會を控えて》《刚健正大的精神——革命先烈雷灿南先生追悼会即将来临》（一）（二），《人民导报》，1946.03.23-24；杨远辉，《台湾革命先烈を吊う》（为台湾革命先烈吊唁），《和平日报·新世纪》，1946.06.17；赖明弘，《‘六一七’有感》，《和平日报·新世纪》，1946.06.17；楼宪，《台湾历史的光荣——我忆台湾义勇总队》，《和平日报·新世纪》，1946.08.15；张深切：《在广东发动的台湾革命运动时》（附狱中记），台中：“中央书局”，1947.12；杨云萍，《郑成功之没》，《台湾文化》1949.07.01，5（1）。

[3] 官方纪念“台湾民主国”与吴凤的文章列举篇目如下：《省党部扩大举行台湾民主国纪念》，《中华日报》，1946.05.24；贝纹，《第一面的革命旗帜》（笔者注：纪念台湾民主国的黄虎旗），《中华日报·海风》40期，1946.05.24；锋武，《成仁取义的吴凤》，《建国月刊》“吴凤纪念专辑”，1947.11.01；记诸，《吴凤永生在人间（报告）》，《建国月刊》“吴凤纪念专辑”，1947.11.01；居仁，《吴凤（历史剧）》，《建国月刊》“吴凤纪念专辑”，1947.11.01；本报记者符寒竹，《重话义人吴凤公》，《中华日报》，1948.01.29。

检验。台湾文化人本于对孙中山革命和三民主义社会改革理念的认知，检视国民政府“三民主义”的政治宣传，口惠而不实，反过来以“三民主义”批判政府的施政。其中，经常被提举的就是“民权主义”、主权在民的政治理念。官、民之间对“中国化”内容的失焦，一方比较关注的是民族意识的向心力，一方比较关注的民主政治的体制路线。归根结底的现实因素，是此一时期“两个中国”政治路线的斗争，已经日渐迫使台湾文化人不得不认清此一政治现实，并由此思索台湾政治的出路与“台湾文化”重建的方向与内容。

第三节　民间报刊的人脉与政治倾向

光复之初，官方党、政、军系统经营的报刊，经常被批判国民党保守势力的民间文化人所主导。官方保守势力也逐渐意识到此问题的严重性，开始整肃报刊的人脉、言论，逼使报社重新改组，或查禁民间杂志的出版，于是“民主·保守”的角力在文化场域形成拉锯战。

依据行政法规，主管台湾地区报业的机关是长官公署宣传委员会，宣传委员会于 1945 年 11 月 23 日公告，要求已经发行的报纸二十日内办理登记，否则将处以罚款、禁止发行；尽管如此，仍无法平息光复初期的办报热潮。“到 1946 年 1 月底为止，光台北市一地的报纸加上杂志的申请登记者，就有 39 家；到 5 月底为止，登记的报纸与通讯社，共计 21 家”（吴纯嘉，1999）[55]。其中，官方发行的报刊挟接收日人庞大的文化设备资产，彼此互相抢占资源以角逐文化阵地的现象，比民间报纸的竞争更形激烈。[1] 然而，此一时期的报刊虽然因党、政、军接收日人的统治资源，在数量、规模上较占优势，但若要论言论思想上之深刻，所刊载的文艺、学术作品之成熟，还是以民间或进步文化人主导的刊物略胜一筹。

光复之初，台湾各地民间刊物如雨后春笋般地诞生，官方经营的机关刊物也从接收后的 11 月开始陆续创刊。根据省公署宣传委员会登记的资料，日本战败至“二·二八事件”期间，台湾杂志的发行情况，大约有四五十种杂志相继发

---

[1] “二·二八”前重要的报纸，官方发行的有：《中央通讯社》（社长叶明勋，1946.02.15 创刊）、《台湾通讯社》（省党部宣传处机关报，社长林紫贵，1946.03 创刊）、《国是日报》（晚报，省党部宣传处机关报，社长林紫贵，1946.05.01 创刊）。民间创办的有：《民报》与《人民导报》将于下节专论。其他有《大明报》（晚报，艾璐生，1946.05.05 创刊）、《国声报》（高雄，汤秉衡、吴天赏先后任社长，1946.06.01 创刊）、《自由日报》（台中，社长黄悟尘，1946.12.01 创刊）、《中外日报》（社长郑文蔚，1947.02.01 创刊），这些民间报纸除了《国声报》继续发行外，其余在“二·二八”后皆遭查封。关于战后初期的报纸发行，“二·二八”以前可参看吴纯嘉硕士论文的第一章《日治时期到战后初期（1945—1947）台湾报业的情形》，有详细的整理，见吴纯嘉，1999：52—73。另外何义麟：《战后初期台湾报纸之保存现况与史料价值》亦鸟瞰了 1945 到 1950 年的报纸出版，见何义麟，1996：89—97，两文参照，足以使吾人掌握战后初期报业的发行，兹不再赘论。

行[1]，真可谓百花齐放。何义麟指出："民间与政府各机关单位竞相出版刊物的情况，持续到1946年上半年，也是杂志发行最为蓬勃之时期（何义麟，1997a）5。"叶芸芸描述这些杂志的发行情况指出："其中有正在出刊的，少数出刊后又停刊的，也有办妥登记尚未出刊的，更有出刊而未得合法登记的。（叶芸芸，1989）63" 这是因为从1946年下半年起，受制于物价上涨、纸张腾贵，言论出版自由的限制，以及语言转换困境等等因素（何义麟，1997a）6，民间杂志纷纷无疾而终，有些杂志甚至昙花一现仅出刊一两期。其中影响最大的自然是新闻言论的管制。尽管有这些困难的因素，但文化人对文化出版事业的热忱依旧不减，屡屡有民间刊物创刊，这部分已有叶芸芸（1989）、何义麟（1996、1997a、1997b）与庄惠惇（1998）等先进的研究[2]，笔者希望在此基础上，更进一步追问民间刊物的人脉组成与思想倾向性的关系。第一小节探讨民间两大报《民报》与《人民导报》发行、人脉与倾向。第二小节分析左翼文化人主导的刊物。

一、《民报》与《人民导报》的成员与理念

《民报》与《人民导报》是光复后民间创办的两大报纸，两报的言论、编辑走向有些许的差异。同样都是走社会批判的言论路线，整体而言，《民报》代表的是本地资产阶级自日本殖民统治时代以来的民族主义与自由主义的路线，《人民导报》倾向社会主义的路线，常出现"阶级性"的批判言论，并热烈报道大陆/国、共协商的动态与内战局势的演变。

《民报》的创刊是一群过去参与《兴南新闻》的人员共同促成的，在国民

[1] 1946.12台湾省行政长官公署宣传委员会《台湾一年以来之宣传》26—33页。另外1946年8月12日《新新》杂志第六期卷头语中，引了一段省公署宣传委员会夏涛声对新闻界的报告："……目前全台湾已向公署登记经核准的新闻杂志共有七十余种，但其中尚未出版的有二十余家，已出版因无法支持而停刊者十余家。"以及1946年8月24日《人民导报》的报道："报纸杂志十二种，因未经依法申请，经宣委会下令停刊。"由此可见报刊杂志发行之情形。

[2] 有关战后初期杂志的发行情况，可以参看何义麟：《战后初期台湾出版事业发展之传承与移植（1945—1950）》《台湾史料研究》1997.12，10：3—24。另外对战后初期到"二·二八事件"以前的杂志作为权力分析的则有庄惠惇：《第二章　台湾杂志文化发展概况》，《文化霸权、抗争论述——战后初期台湾的杂志分析》，中央大学历史研究所硕士论文，1998.06。后以《战后初期台湾的杂志文化（1945.8.15—1947.2.28）》为题，发表于《台湾风物》1999.03.31，49（1）。两篇论文皆有战后初期的杂志目录的编纂，何义麟针对杂志发行的条件与现象做考察，庄惠惇则将杂志的内容依性质分类（文艺学术性、倡导性、时事政论性与其他）的比例做整体的分析，以及针对发行者分成两大类别：1.官办、民营、亲官民办（统治集团的成员以个人身份创办）；2.本地文化人、大陆赴台文化人等分类依据作为文化权力斗争场域的分析，两文对战后初期杂志的整体研究贡献良多。何义麟与庄惠惇两人对战后初期杂志的研究，提供了清晰的轮廓，使笔者受益良多，兹不再赘述各种杂志创办的概况。

政府尚未赴台之前，即于1945年10月10日在台北创刊。林茂生被推举担任社长，发行人登记吴春霖，实际由总主笔陈（黄）旺成主持，总编辑为许乃昌。许乃昌是20世纪20年代的左翼青年；陈旺成是日本殖民统治下台湾文化协会的会员、台湾民众党的中常委，曾因抗日活动遭日警拘禁二百余日，两位都是日本殖民统治下台湾民族运动、社会运动的活跃分子（李筱峰，1996）[162]。文化人杨云萍、黄得时也是《民报》的主笔。吴浊流在报社担任编辑，左翼分子徐琼二从《民报》创刊起便一直在报社担任记者，地下党青年蒋时钦从1946年3月从大陆返台后，也在此担任记者。《民报》从1945年12月1日至31日，每天都有"学林"副刊的版面，由杨云萍担任主编。[1]

《民报》从1945年10月10日创刊以后，几乎每隔一段时间就发表有关经济政策的社论，对于公营事业的质疑，尤居各报之冠。但其中反映的经济理念，对出于实行三民主义的公营事业都表示赞成，唯独对于公营事业不能平抑物价，反而造成"官僚主义"、贪污腐化、矫角杀牛的弊病不满，要求公营事业必须民主化，建议在设立监理公营事业的单位"公营事业委员会"时，必须任用半数以上的民间公正人士。[2] 虽然是资产阶级创办的报纸，但经济理念，倾向于中间偏"左"，判断与主笔陈旺成、许乃昌，记者徐琼二等人20世纪30年代受社会主义思潮洗礼有关。从《民报》的例子，也可以印证了左、右翼人士在"二·二八事件"以前的合作关系；《民报》在经济思想上，出现中间偏"左"的论调，并不令人意外。一方面反映了台湾资产阶级与公营经济、官僚资本的经济利益冲突，但一方面也反映了台湾资产阶级借重社会运动分子办报。

整体而言，《民报》代表的是本地资产阶级自日本殖民统治时代以来的民族主义的路线，并以台胞所具备的自由观念与法治精神为傲，批评接收政府的封建

[1] 1945年12月2日"欢迎惠稿"的启示中提到"本刊内容为学术、文艺□□□、创作、文艺、介绍、欢迎惠稿。文体虽以白话为主，但亦酌用文言"。刊载的作品内容，并不完全是文艺作品，间或杂有政论时评。如秋鸿的《谈自由》、石朝桂的《教育与政治》等。另有杨云萍的几篇评论和吴瀛涛的诗、周传枝的小说创作，吴漫沙的小说"天明"在此连载了44期。（□□□为不可考）

[2] 《民报》上关于赞成计划性经济、国营事业，但须杜绝官营事业变成"官僚主义"的社论不胜枚举，其中以《公营事业民主化》（1947.01.23）一文，举出最具体的建议方案。其他与此理念相关的社论，包括：《本省的经济政策》（1945.12.24）、《国营事业的办法》（1946.01.20）、《检讨省营事业》（1946.02.01）、《国家资本与官僚资本》（1946.03.21）等等。

官僚主义，台湾本位的色彩随着贪污舞弊的恶化而增强，但始终强调民族精神、与中国文化融合的必要，并诉诸“革命精神”为“中国精神”，要求中国的革新运动（徐盈，《中国需要新革命运动》，1946.9.12—13）。例如《民报》社论《民报精神》（1947.01.10），首先回顾《民报》从前身《台湾青年》《台湾民报》《台湾新民报》到《兴南新闻》，展现不绝如缕的“革命精神”，直到战争末期被日人强迫合并为全岛唯一的《台湾新报》为止，此一“革命精神”就是中山先生秉持的革命的“中国精神”。《民报》一些关于“中国化”、省内外感情隔膜的社论，尤为引人注目，其论点不外乎厘清省内外隔阂起因于政、经的恶化，强调泯除情感隔阂，应从澄清吏治做起，而不是对民怨予以压迫，呼吁台湾争取民主必须与国内澎湃的民主运动相呼应。《民报》社论这些论点基本上与《人民导报》并无二致。[1]

至于“台湾本位”色彩，立足于台湾本位、关心全中国的政治动向，但并不以此与“中国化”有冲突，尤其力主国语运动的推行。例如在反驳台湾奴化论上，强调日人的压迫只是使台湾的民族精神更趋强化（《台湾未尝奴化》，《民报》，1946.04.07、菊仙，《奴化教育与民族意识》，《民报》，1946.05.26）。要求各居要职的外省官员检讨贪污、舞弊使台民失望之责（《怎样会感情隔阂？》，《民报》，1946.08.03），赴台官员应学习闽南话和广东话来与台胞促进融合（《中国文化普及的办法》，《民报》晨刊，1946.09.11），针对那些没有法治观念的外省人士应该来个“台湾化”（《中国化的真精神》，《民报》晨刊，1946.09.11）。因为“台胞之民智较高、法治观念较深，选举的经验也多，所谓建设模范省的基础堪云具备”，以台湾的现代化法治观念为傲（《怎样来消除隔膜？》，1946.05.29）。同时，也驳

---

[1] 《民报》上相关的社论，包括：《国家观念高于一切》（1946.4.5）认为狭义的国家主义思想应该排除，希望国父世界大同的理想能够实现，但批判贪官污吏“将个人利益置于国家利益之上”、《怎样来消除隔膜？》（1946.05.29）认为有省籍的隔阂分为情感和理性的隔阂，第一种起因于外省人无谓的优越感，和本省人的反感，容易消除；第二种隔阂是对“官僚独裁、贪污成风、接收紊乱以及官商勾结其他种种不良风气、台胞怨恶如仇、以致反感”在国内也有同样的不满，澎湃全国的民主运动，正是针对官僚独裁而起。但也不因为国内情形比台湾坏就应该忍受，重点在于澄清吏治，是全国一致的要求。《认（识）中国魂》（1946.6.19）指出：“我们敢大胆的说：今日的中国魂，是保存在无钱、无权、无势的老百姓里头”，不可因眼前的贪官污吏而感到消沉，务需“加倍勇气发挥勇气，打倒一切恶作风，以发扬伟大的中国魂”。《如何中国化》（1946.6.12）则从日本“皇民化”运动说明日本同化台湾人的计划失败，表示台湾人除不会讲中国话外“论民族精神、台湾人本是和全国人一样，但自明末清初以来，得民族英雄郑成功的熏陶，不屈服异族的意识，比任何省份的人更激烈”，“幸勿以中国化为词，驱我台胞与腐化分子同流合污，台湾幸甚！中国幸甚！”

斥本省人有“地方畛域之见”“误认一切可以自由”、似有欲“自立于国家之外”的嫌疑（《辟谣辟谤》,《民报》, 1946.01.17）。尤其《民报》社论呼应当局对“中国文化普及”的必要性，国语运动的迫切性的政策处处可见，[1] 呼吁“台湾同胞需要团结，对政治、经济、生产、教育，均发挥全力来改革封建的恶作风”（《台湾的出路》,《民报》, 1946.08.19）。

另外，《民报》肯定长官公署对言论自由的保障，但却强力批判某机关（案：隐指省党部）对新闻言论、大陆书刊的整肃（《本省言论有无自由》,《民报》“社论”, 1946.09.14），基本上走的是以民族主义、反封建、重自由、尊法治的批判路线。《民报》不仅批判赴台外省官员，对台湾省参议员的腐败同样予以针砭，指出民众对省参议会“豹变”感到失望，要一部分参议员担任某某银行的董事长、机关的要职（意指黄朝琴议长出任华南银行董事长之职），应避免瓜田李下之嫌，勿使监视或协力行政当局的“民意机关”变成“官意机关”（《民意机关的“怀柔”》,《民报》“社论”, 1946.11.02）。这些议论时政的言论基本与《人民导报》的立场，并无二致，所不同的是《人民导报》更具“阶级性”的批判言论，并热烈报道大陆国、共协商的动态与内战局势的演变。

《人民导报》是由宋斐如、白克、马锐筹、夏邦俊、谢爽秋、苏新、郑明禄等人筹备创办的，于 1946 年 1 月 1 日在台北创刊，宋斐如当社长，白克当总编辑，建国中国校长陈文彬担任总主笔，副刊《南虹》先由木马主编，不久左翼木刻画家黄荣灿接编。[2] 苏新于同年 3 月接替白克出任总编辑，几位台湾左翼青年如：吕赫若、吴克泰、周传枝、赖明弘，都曾先后在此担任记者，王白渊也有几篇重要的文章刊登在《人民导报》。创办人当中，郑明禄与苏新一样，为日本殖民统治时期政治、社会运动的活跃分子。马锐筹、夏邦俊与谢爽秋都是大陆报业人士，赴台参加日军投降仪式，采访台湾回归祖国的消息（吴纯嘉，1999）73，马锐筹后来担任晚报《大明报》（1946.5.5 创刊）的总编辑，并曾投资黄荣灿

[1] “提倡不讲日语的运动”（《需推行废除日文运动》,《民报》, 1946.01.22），促进我国大陆文化的尽量流入、鼓励台湾文化的研究、解决纸价、印刷费高涨的问题（《促进文化的方策》,《民报》, 1946.02.03）、《中国文化普及的办法》（《民报》晨刊, 1946.09.12）。赞成废止定期刊物的日文《关于禁止日文版》,《民报》“社论”, 1946.08.27。

[2] 前面 10 期由木马（林金波）和黄荣灿主编，13—37 期版面注明黄荣灿主编。

的“新创造”出版社，“二·二八事件”后、于3月11日被捕，1952年死于白色恐怖（横地刚，2002）[189]。谢爽秋是军统《扫荡报》派赴台湾记者（吴纯嘉，1999）[73]，也是上海《新闻报》派台记者，同时又是地下党员，与李纯青负有相同的使命，赴台调查进步势力，并向老台共与进步人士宣传中共的主张（吴克泰，2002）[164]，“二·二八事件”后被捕，上海《新闻报》促陈仪放人，后释回上海（吴克泰，2002）[174]，曾替《人民导报》《和平日报》写不了少赴台见闻记。宋斐如是大陆返台人士，光复前在重庆参加“台湾革命同盟会”，也是“台湾调查委员会”的成员，光复被陈仪聘任为教育处副处长。白克是宣传委员会的专员，为电影方面的专才，负责接收日资电影事业。从这份名单可以看出《人民导报》的进步倾向，并且借重了大陆办报的经验（吴纯嘉，1999）[73]。

《人民导报》的社论不像《民报》那么密集，《民报》几乎天天都有社论。《人民导报》则有时开放读者投书代替社论，设有“民主店”议论时事，以及“人民园地”让读者投书，就其代表当时左翼立场的报纸而言，形式、内容上比较注重倾听大众的声音。另外《人民导报》比较关注民主政治体制的问题，讨论经济问题的社论篇章与《民报》相较而言，出现的比例小很多，就算是讨论经济问题，大多是与民生经济相关的议题。例如整体经济环境的恶化、台币的汇率、通货膨胀、反官僚政治与资本与失业问题，不像《民报》社论那么专注公营、民营的问题。吴纯嘉统计《人民导报》的“社论”议题分类指出：

台湾类（含政治、经济、社会与文化）的论述占68%左右，大陆与国外消息的论述则占32%，显示《人民导报》除了关切台湾岛内所发生的各种问题之外，对于大陆与国外情势也十分注意，并且随着局势的演变，论述的比重也就相对提高。如1946年1月中旬以后，《人民导报》受到大陆上各党派政治协商会议进行的影响，谈论此一会议的社论增加；1946年4月份开始，因国民党与共产党和谈破裂，国共双方军队在东北、华北开始发生武装冲突，《人民导报》对于内战的发生，感到忧心；1946年8月份，除了仍有数篇论大陆经济情势的文章

外，因应中国大陆物价高涨，《人民导报》有多篇探讨经济危机的文章。（1999）[113]

由此可见《人民导报》在省内外左翼文化人的合作中，一贯秉持了左翼文化人兼顾在地性、全国性与国际性的视野。1946年1月“政协会议”期间，该报就不忌讳地全文刊登中共党代表周恩来等人的谈话，不仅是《人民导报》，翻阅其他左翼文化人主导的刊物，也可以说这是共同的特色，显现他们的视野格局，并不限于台湾岛内的问题，而是随着战后中国与世界——尤其是美、苏对华政策——的局势变动，思索台湾战后的问题与未来。

翻阅《人民导报》的社会版，很明显从5月起，除了密集报道台湾省参议会期间的省议员的咨询内容，另一项持续关注的焦点就是大陆国共内战的情势，贯串两者的理念就是批判国民党封建官僚的专制统治。另外也是从5月份开始，讨论大陆政、经问题，尤其是国共内战的报道明显增加。6月7日国共双方宣布停战15日以便和谈，上海民主刊物《周报》41期（1946）刊出周建人、郭沫若、茅盾、景宋（许广平）、陶行知等民主人士发表的停战感想，主编苏新以“十五天后能和平吗？”为标题，从6月23日到27日在《人民导报》予以转载。

《人民导报》左倾的言论内容引来官方的持续施压，5月8日头版刊出“宋斐如启事”，表明报社“为民喉舌，基础渐趋稳固，发展可期，本人创办初旨经已完成，特辞社长之职，以专力从事别部门之创社”。据闻肇因于当局省党部李翼中与林紫贵，曾以教育处长的职务威胁社长宋斐如，要求改组《人民导报》。[1]于是改由王添灯接掌社长，希望保住总编辑苏新［（苏新，1993b）[114]、（吴纯嘉，1999）[83-86]］，但苏新也无法久留，9月27日去职转而担任《台湾文化》主编。被省党部怀疑为共产党的苏新，能继续到由陈仪行政系统支持的《台湾文化》担任

[1] 苏新的《王添灯事略》记载，丘念台安排秘书林宪到《人民导报》向苏新通风报信，省党部开会决定要向南京控告《人民导报》社长宋斐如、总编辑苏新，根据创刊以来的言论，尤其是“东北问题”的报道立场，肯定《人民导报》有共产党员，但因丘念台反对而未决议。宋斐如得知后告诉苏新：“以后用稿慎重一些，特别是少转载上海民主报刊的文章。他们认为我们定跟共产党站在同一个立场。”隔日宋斐如花去半个月薪水，主动请李翼中和林紫贵到草山吃午餐，“表面客客气气，背后却杀气腾腾”，要宋斐如在教育处副处长与报社社长之间择一，并撤换总编辑由党部派人接任，宋斐如答应辞去社长，但希望暂缓撤换总编辑。回来后找白克、苏新开会决定敦请王添灯担任社长。见叶芸芸编，1993：47—49、苏新，1993b：107—127。

主编，说明了行政系统对言论自由的宽松态度，再度说明陈仪对共党分子的保护政策。而陈仪本人日后做出向共产党投诚的决定，显然有迹可循。

从版面来看，《民报》相当平稳工整，大都以中文直排，显然较具办报经验。《人民导报》版面花俏驳杂，既有日文，中文标题横排、直排不拘。新闻报道方面，《民报》受限于篇幅，多报道国际、国家及社会大事，以社论反映社会问题、批评时政，可说是《民报》的特色。《人民导报》除了兼具在地性、全国性与国际性的视野，另顾及本省社会新闻，著名的“王添灯笔祸事件”就是因为1946年6月9日报道高雄地主勾结劣绅警察，遭到高雄市警局童葆昭的控告，5月初才接任社长的王添灯，9月19又因诉讼缠身而辞退社长职务。

宋斐如不顾当局警告，再度接任社长（《人民导报》，1946.09.19），1947年2月19日终被免去教育处副处长一职，“二·二八事件”后，虽没有列名通缉名单上，却被逮捕而失踪，经夫人区严华四处打听，方知宪兵团将宋斐如塞入装了石灰的麻袋，运到基隆港，系石头投入大海［（蓝博洲，1991）[274]、（吴纯嘉，1999）[93]］。王添灯是3月8日在家中遭到张慕陶担任团长的第四宪兵团的逮捕，两三天后即传出他被杀的消息。一位厦门青年告诉苏新，亲眼见王添灯活活被张慕陶下令烧死（苏新，1993b）[124-126]。若果真是宪兵团下的毒手，那么宋斐如、王添灯就是死在“军统”手中，虽然此一肃杀有可能是挟怨报复，但更有可能是《人民导报》呼应大陆民主党派（包括共产党）的“民主运动”的报道倾向，而引来的杀机。《人民导报》屡屡遭到官方整肃、重组的施压，显系来自坚守反共立场的“CC派”省党部与军统的警总与宪兵团所为，这两个党、军系统正是战后赴台，连手力图斗垮行政长官陈仪的官方组织。

从《民报》《人民导报》的成员组成与言论内容，两份报纸分别代表本地资产阶级与左翼知识分子的立场。从经济问题的讨论，又最能显现两大民间报纸在阶级立场上的差异性。以两报的社论来看，显然代表台湾本地资产阶级的《民报》比较关注本省的经济发展问题，而代表左翼倾向的《人民导报》视野相对来说比较宽广，关注的问题倾向全国整体民主政治发展与体制的问题，即便反映经济问题的社论，也是倾向反映民生经济问题，没有《民报》那么专注公营事业的问题。《人民导报》对大陆政治、经济的动向的关注，与其他的左翼刊物有志一同。以下先介绍左翼文化人主导的杂志，下一章将专章探讨左翼言论与大陆民主运动、思潮的关系。

二、左翼文化人主导的杂志

本书关于左、右翼的定义，左翼指的是日本殖民统治时期以来，实际投入社会改革运动或具有社会主义思想的文化人，右翼指的是怀抱自由主义思想的文化人，尤其是日本殖民统治末期参与“台湾地方自治联盟会”的台湾本地资产阶级、地主士绅等。光复初期，台湾复归中国政治版图时，左、右翼势力仍旧建立在日本殖民统治时期已然成形的基础上继续发展。换句话说，左、右翼在思想与路线运动的差异性已经有了历史的基础。但台湾文化人的政治倾向性要到“二·二八事件”前后，国、共内战全面对立之后，才形成不得不面对的思想、路线上再度分化的现实。[1]

本节主要以左翼文化人主导的杂志为分析的对象，重点侧重在左翼刊物集团的人脉关系，同时考察自大陆返台的台籍人士与外省赴台的左翼文化人，在此过程中又扮演了怎样的角色？由于政经社会面临巨大的波动，促使他们创办杂志时，总是选择政论杂志为民喉舌，但在当局控制出版言论的情况下才退而求其次，选择综合文化杂志，显现左翼文化人社会关怀的视野与向度。有关“二·二八”以前左翼文化人主导的杂志，因其人脉与《人民导报》《和平日报》关系匪浅，依时间先后，发行情况与相关人员整理为表格，请参见（附录表 7–7）。

1.《一阳周报》1945.09—1945.11.17

人称“一匹狼”的左翼文化人杨逵，可说是战后四年，贯串“二·二八事件”前后，省籍作家中最活跃的一员。同时他也最早意识到台湾回归祖国后与中国政治接轨的问题。在日本战败投降大约一个月左右、国民政府尚未赴台接收的九月间，杨逵立即创办了《一阳周报》。《一阳周报》从 1945 年 9 月间创刊至 11 月 17 日，共发行了九号后停刊，每周六出刊。钟天启曾说明《一阳周报》的内

[1] 台湾社会思想左、右翼的路线分立，历经日据时代台湾文化协会的左、右分化，退出文协的蒋渭水等人又另立民众党，又因蒋渭水领导的民众党逐渐左倾，林献堂、蔡培火、蔡式谷、陈逢源等另立“台湾地方自治联盟”，参考叶荣钟，1987。

容与稿源：

> 以宣扬三民主义为主，三民主义，在当时是很吸引人的东西。除三民主义以外，贵兄也发表些作品。因每周出刊，渐渐面临缺稿问题。凑巧的是，那时在台北帝国大学（现台湾大学）任教的法律哲学教授中井亨、金关丈夫二位教授，因为要离台，无法把他们所有书籍携回，这些书是从中国华南携回来的，其中不乏宝贵的珍本。他们二人表示愿意送给杨贵兄，……这些书的内容有些载入《一阳周报》。（1989）[307]

另外根据池田敏雄的《败战日记Ⅰ》，1945 年 10 月 10 日台湾第一次庆祝国庆节那天，他携带了一些三民主义的相关书籍，到杨逵家拜访；隔日两人又就三民主义相关书籍与小说集的出版事项，进行讨论。（池田敏雄，1982）[75-76] 可见杨逵从在台日人那边得到一些三民主义及大陆小说的相关书籍，进行《一阳周报》的编纂工作。

由于《一阳周报》大多已散佚，从现存的《一阳周报》第九号“纪念 孙总理诞辰特辑”的目录，[1] 可略知刊物的内容、走向。《一阳周报》全刊共 24 页，中、日文合刊，从目录上的篇名看来，刊物内容分成两部分：第一部分是配合专刊的部分，分别由杨逵、萧佛成、邓泽如、邓幼刚与胡汉民等人所写的纪念 先总理的杂文，还有一篇《孙中山先生略传（下）》，除此之外还刊载孙中山的作品《中国工人解放途径（二）》《农民大联合（二）》，以上篇章为中文，另外以日文刊登的有一篇孙中山的《中国革命史纲要（三）》，以及达夫写的《三民主义大要（三）》。另一部分刊登的是小说创作，有杨逵的《犬猿邻组（下）》（日文）以及茅盾的《创造（二）》（中文）。[2]

虽然仅有一期，但从以上这些目录篇名，可知有些是连载了两期、三期的文

[1] 由于笔者无法实际考察《一阳周报》第九期的内容，仅能从目录上推测其编辑倾向。

[2] 《一阳周报》第 9 期目录，见黄惠祯，《第一章第三节台湾光复后的杨逵》《杨逵及其作品研究》，注释 68，（黄惠祯 1994：33）。黄惠祯将目次页数表列，并说明页九有广告，为贩书内容：《三民主义解说》、孙中山先生著：《民权初步、附五权宪法地方自治实行法》、《第一次、第二次合刊，中国国民党全国代表大会宣言》、孙中山先生著：《伦敦蒙难记》、保尔林百克著：《孙中山传》、蒋介石著：《新生活运动纲要》。

章，约略可了解杨逵的编辑方针与内容。在时效上非常迅速地介绍三民主义，译介孙中山思想，孙中山的《中国工人解放途径》《农民大联合》都是具有阶级革命思想的文章，转载胡汉民、萧佛成、邓泽如、邓幼刚等国内民主人士的文章。另外除了刊登杨逵自己日本殖民统治时期的小说，还刊登祖国左翼作家茅盾的作品；对睽违祖国文化五十年的台湾思想界，积极地推展与祖国的文化交流。

2.《政经报》（1945.10.25—1946.07.25）

1945年10月25日长官公署赴台展开接收工作，赶在“台湾光复”这一天创刊的杂志《政经报》，是由陈逸松出资，邀请苏新[1]主编。陈逸松日本殖民统治时代留学东京，返台后成为开业律师，1939年曾当选台北市议会议员，他对文化出版事业显然颇为热心赞助，1942年也曾资助作家张文环创办《台湾文学》（叶芸芸主编，1993）110。光复后，陈逸松在政界活跃，1946年8月16日当选上由省参议员投票选出的八名国民参政员中的一名。[2]由于陈逸松和苏新两人曾于留学东京时，参加台湾留学生团体组成的“台湾青年会”，于1927年又加入会内的左翼学生共组的“台湾社会科学研究会”，10月干部改组时成功夺取了青年会的指导路线，该研究会对外联系了中国人、朝鲜人团体，欲以马克思主义的思想，

[1] 苏新（1907—1981）台南县佳里人，1923年于台南师范学校，因反抗日籍教师歧视台籍学生发动罢课，而遭开除，故赴日留学。1927年加入“文化协会”，主编机关报《大众时报》，在林木顺指导下，组织“马克思主义小组”，筹备“台湾共产党”建党工作。1928年成为台湾共产党员，1934年入狱，直到1943年出狱。1947年“二·二八事件”后迁往大陆。见苏庆黎、苏宏，《苏新年表》，苏新，1993b：367—373。

[2] 台湾本地士绅中，陈逸松派系身份颇为特殊和复杂。陈逸松留学日本期间同时是东京帝大左翼团体“新人会”的成员之一，也是台人左翼团体“台湾社会科学研究会”的委员之一，并因此与台共成员苏新交好，战后发起“台湾政治经济研究会”，发行《政经报》，但他同时与台人地主士绅阶级及“半山集团”都保持良好关系，是台人地主士绅阶级所组的团体“台湾政治研究会”的一员，又被调查局内部的资料归为“半山派”的成员之一；并且受命于“军统”的陈达元、积极协助张士德发展“三民主义青年团”，又参与了半官半民的“台湾文化协进会”，也因为宽广的人脉使他当上国民参政员。陈翠莲认为：“由于日据时期台湾社会运动已历经种种论辩，左右翼明显分歧，并存在矛盾与不和；战后初期台湾的政治生态更形复杂，像陈逸松这样能同时活跃于左右翼人士间，并同时能被台人士绅阶级与‘半山集团’所接受者，实为少数。”见陈翠莲，1995：244。陈翠莲并且查证陈逸松与警备总部的关系密切，说明他何以在“二·二八事件”中涉入处理委员会颇深，清乡期间却得以逃过一劫。见陈翠莲，1995：278。“二·二八”以后，陈逸松在1948年至1953年期间担任第一届考试委员，但1971年因美国花旗银行爆炸案被调查，于是在1973年进入大陆，成为中共人大常委。见陈逸松口述，《私房政治》，新新闻，陈柔缙，1993：114—122，转引自陈翠莲，1995：279。

共产主义的实践运动，企图扩大研究会的组织力量。[1] 可以说东京青年会的改组，与岛内1927年1月台湾文化协会的改组如出一辙，指导方针在同一年先后由向来是民族主义的启蒙文化团体形态，转变为无产阶级启蒙文化团体的形态。苏新与陈逸松当时都担任“台湾社会科学研究会”的委员，由此可见两人当时的思想倾向。由于在20世纪30年代日本大肆逮捕左翼分子的白色恐怖时期，陈逸松与苏新有过患难之交，苏新在日本殖民统治时期经历十二年的牢狱之灾后，1943年出狱后也曾拜访过陈逸松，重新恢复了联络。苏新的自传这样回忆：

> 一九四五年九月初，陈逸松来信，叫我有空到台北去看看。(陈在东京的时候是我比较亲密的朋友之一，而且他参加过的社会科学研究会，也是委员之一。我离开日本以后，发生了所谓四一六事件。日本警察在东京要逮捕我的时候，我已经离开日本回台湾。敌人知道陈与我有往来，把他抓去。陈也知道我已经在台湾罗东工作，但始终没有出卖我。因此，他也被关了几个月）由于这个缘故，我出狱后也曾经访问过他。这次他写信来，可能有些事情可做。我于九月七、八日到台北，住在陈家里。他给我介绍几个朋友（颜永贤、王白渊、胡锦荣、陈炘、陈逢源、王井泉等等），都是新闻记者、编辑、工厂的经理、银行的职员等上层知识分子。后来大家决定组织一个“台湾经济研究会”，发行杂志《政经报》，并推我为该会的常务委员及《政经报》主

[1]　青年会是1920年成立的“新民会”底下的组织，受到一次大战后民族自决的思想鼓动，民族意识的觉醒促成留学生们支持台湾士绅寻求殖民地的政治改革运动，主要的活动乃在支持“六三法”的撤废运动及台湾议会设置的请愿运动，与台湾岛内的文化协会共同举办文化讲演，煽动民族意识，发行机关报《台湾青年》，宣扬文化启蒙的理念，1923年更扩大业务于岛内发行《台湾民报》，发展为台湾社会运动全面性的指导机关。但东京青年会的学生逐渐接触到的日本大正民主时代纷呈的世界思潮，已不限民族自决、自由主义，还包括社会主义的各种思潮，如：无政府主义、马克思主义、甚至是共产主义等等，青年会内部也逐渐发生了思想对立的情形，例如1925年以台北师范学生成员为主组织的文运革新会就不满合法主义者的台湾议会设置请愿运动，宣称拒绝盖章联署，拒绝参加请愿代表来东京的欢迎会。而“台湾社会科学研究会”则于秘密集会中明白宣称要根据共产主义的文献研究作为思想、运动的武器，吸引了青年会的成员于1927年的10月30日，表决通过以青年会合法掩护非法的方式支持“台湾社会科学研究会”的活动，隔天的干部选举中，左倾的新干部当选六名，压倒了青年会旧干部，旧干部以辞职抗议，因此“台湾社会科学研究会”夺取了“台湾青年会”的领导权，见王诗琅译注，1995：74、338。其思想路线斗争的情势俨然再度上演岛内1927年年初台湾文化协会的左右分裂。当年参加东京青年会“社会科学研究会”同志，战后初期在台北活动的还有许乃昌、陈逸松、杨云萍、吴新荣等。

编。（苏新，1993b）61

苏新因为日本殖民统治时期主编过《台湾大众时报》，被推为《政经报》的主编。至于“台湾政治经济研究会”举办过三次座谈会，讨论光复后的粮食问题与金融问题的对策，刊登在《政经报》，除此之外，没有发现其他具体的活动。《政经报》于是成为单纯的杂志事业（苏新，1993b）61。

《政经报》目前发现并已复刻的卷数共有十一期，发行期间从1945年10月25日（1卷1号）到1946年7月25日（2卷6号），从第1卷第1号到第2卷第4号，都在版权页注明发行人陈逸松、主编苏新，编辑委员除了他们两位之外，还列名了王白渊、颜永贤与胡锦荣，第4号加入林金茎。[1]苏新主编期间，除了编务，还要大量撰稿并担任翻译，尤其每一号占据不小篇幅的《政经日志》，编写颇费功夫。

苏新在《政经报》主编至2卷2号[2]，1946年元月他转到《人民导报》工作[3]，

---

[1] 除了苏新，其他编辑都各有专职，如王白渊是《台湾新生报》的资料室主任兼评论委员，加以其他编辑有语言障碍，不能写中文，如：胡锦荣以前是《台湾新报》（新生报的前身）的记者，改为《新生报》以后，因不会中文，到南部另找工作，留日的颜永贤也还不会中文，只有第4号由苏新引介的林金茎因有汉学基础，1卷2号还用文言写作，但很快就用白话文写了3篇文章。

[2] 苏新的回忆录《苏新自传》中提到他在《政经报》只工作两个多月（10月下旬到12月下旬）就退出了（1993b：63），但是关于各期的主编，仔细翻查各期的编辑后记，苏新往往以“新”署名，在1卷2号（1945.11.10）、1卷3号（1945.11.25）、1卷5号（1945.12.25）和2卷2号（1946.01.25）的编辑后记中都有“新”的署名，1卷3号陈逸松也写了几条编辑后记。1卷1号并没有编辑后记，苏新的回忆录中说是王白渊代他编的。陈逸松接受叶芸芸访问时说前2号是他和颜永贤编的，详情不知，但1卷2号的苏新写“编辑后记”，针对刊物内容作了评论介绍。而1卷4号（1945.12.25）和2卷4号（1946.03.25）的编辑后记则署名陈逸松，而2卷1号的编辑后记没有署名，2卷3号（1946.02.10）则没有编辑后记。奇怪的是2卷2号已经是1946年的1月25日了，还出现苏新的编辑后记，比对其他期的编辑后记，不像是他人代笔，因为署名陈逸松的编辑后记往往写得较简略，而苏新的编辑后记则仔细介绍本期的文章与时事的关系，并对刊载文章加以评论。何义麟的研究指出：苏新因自1946年元旦，出任《人民导报》总编辑，认为他已离开《政经报》，所以判断2卷1号到2卷4号主编应该是陈逸松（何义麟，1997b：8）。事实上苏新是3月才担任《人民导报》的总编辑，而且笔者发现1卷4号的编辑后记就已经署名陈逸松，2卷2号的编辑后记还有苏新署名的“新”。从《政经报》2卷2号署名“新”的编辑后记，以及2卷1号和2卷3号都还有苏新的文章发表看来，估计苏新从1946年元旦虽转到《人民导报》工作，应该还是支持了《政经报》的出刊。最明显的证据是2卷2号登了一篇杨毅写的《论目前中国政治颓风》，从文后注明“元旦写于人民导报社”，对照苏新的编辑后记：“杨毅先生现任台南县秘书长兼教育科长，先生赴任前数天，在台北与我谈论台湾现在的政治问题，因为我有点愤慨口气，先生就安慰我说：‘这个现象，不是台湾独有，是整个中国普遍的政治颓风’。于是先生就马上写一篇‘论目前中国政治颓风’给我。”另外推测2卷3号、4号出现的吕赫若的小说《故乡的战事》（一）、（二），亦有可能是苏新向同为《人民导报》的同仁吕赫若邀稿的。

[3] 根据1946年5月12日《人民导报》头版刊登的“白克启事”：“本报创刊时本人谬任总编辑一职，为是才疏学浅，图术虚名，毫无建树，业余三月间辞去该职，唯恐外界不明，有所误会，特此声明”，由此可知苏新应该是3月才接任白克的总编辑职务。

对《政经报》来说是一大打击。第2卷第5、6号（1946.05.10、1946.07.25），陈逸松则找来了蒋时钦帮忙（吴克泰，2002）[155]。这两期虽然版权页注明发行人兼主编为陈逸松（1946.05.10、1946.07.05），但从这两号的编辑后记、注明“仁”，应该是在这两期发表《向自治之路》与《宪政运动与地方自治》文章的蒋瑞仁之署名。蒋瑞仁就是蒋渭水的次子蒋时钦的笔名（何义麟，1997b）[9]。

《政经报》创刊词载明是“关于政治经济全般问题的报纸”，翻阅《政经报》登载的文章，关怀的焦点为台湾政治经济问题，但视野相当辽阔，举凡战后的国际问题，包括美国的东亚政策，东南亚殖民地的独立运动，日本的动向，朝鲜的革命运动与独立问题，苏联的计划经济与战后经济，大多是由编辑部搜集组稿、转载的。从这些国际问题主题看来，除了关心战后中、美、苏、日的关系之外，最大的特色就是对亚洲弱小民族独立运动的声援，尤其是朝鲜和越南的独立问题，触及了美、苏日渐对立的冷战情势，可见编辑者对国际情势的敏感度。

关于台湾的政、经问题，从苏新主编的第二期开始，对国民政府无条件的拥护，就转变为对政策的批评与建言。举凡粮食、金融、物价、土地、用人、治安、失业、妇运、政治等等问题，囊括了光复后种种社会问题的面向，撰文者亦都能一一举出实例、资料，提出改善之道，皆为具有相当专业水平的政论时评。贯串这些文章的主题思想，不外乎就是民生经济的改善与民主政治的实现。每一期的《政经日志》还详列了国内外要闻，其中特别关注国内政治协商会议，国民政府接收的动向，和国、共冲突的迹象，以及各国共产党的消息，尤其是日共的动态特别详细。

《政经报》除了政论时评之外，亦登载了一些文艺作品。有些是日本殖民统治下的作品，如王溪森《狱中别同志》、吴鹏博《出狱有感》以及由林茂生做跋之欧清石的《狱中吟》等汉诗，蒋渭水的文言文《送王君入监狱序》。赖和的散文《狱中日记》应该是首次面世，连载了四期。这些都是抗日知识分子出入日本监狱留下的铁证，编者似乎有宣扬台人不挠的抗日民族精神的意味。另外还有王白渊的《我的回忆录》和江流（钟理和）的小说《逝》。而最令人注目的，要属吕赫若战后创作的中文小说《故乡的战事》两则，以日本小学生口中的“改姓名”等于虚假的意思，揭穿日人“皇民化”一视同仁的虚伪性；以及借由村民拾获一颗未爆弹，缴纳“一个奖品”的过程，戳破日本警察宣称不怕死的神话，仍属于宣扬台人民族意识的范畴。

《政经报》从2卷4期开始严重拖期，从原本半月刊，变为一个半月，最后一期还拖了两个半月才出一期。除了折损苏新此一包揽各项编务的大将之外，另外一个重要的因素，应该是物价翻腾，纸价暴涨。[1]

3.《台湾评论》（1946.07.01—10.01）与《自由报》周刊（1946.10.15—1947.02.28）

《政经报》在7月停刊，当时苏新和王白渊两人，尽管一个在《人民导报》，一个在《台湾新生报》，各有专职，但却从这个月开始又参与了另一份由“半山”的左翼人士创办的刊物《台湾评论》，两人担任执行编辑和翻译日文的工作（苏新，1993b）64-65。这是一份中日文合刊的综合月刊，稿源主要是主编李纯青从上海采集的，类似“文摘”性质。由于李纯青在创刊号上的《中国政治与台湾》一文，公开赞扬共产党的新四军，遭到台湾省党部禁售处分，反而造成轰动，形成奇货可居的现象，定价十五元的杂志，市价涨到四十元（《人民导报》，1946.08.05）。但《台湾评论》却还继续苦撑到四期，终被国民党中央宣传部勒令停刊（何义麟，1997b）10-11。

从人脉背景看来，《台湾评论》与《政经报》一样，都是日本殖民统治时代的台湾左翼分子重新集结势力创办的刊物，两份刊物也都深具左翼的批判精神。在《台湾评论》上，这应该还是要归诸主编李纯青所主导的言论左倾的结果。《台湾评论》乃由刘启光集资（李纯青，1993）5，由刘启光、林忠、丘念台、李纯青和周天启等人共同创办的。这些创办人都是大陆返台人士，其中刘启光、林忠和丘念台同属于1940年9月设立的“中央直属台湾党部”，刘启光和林忠两人还曾共同参与1941年国府军事委员会设立的“台湾工作团”（林忠，1985）26、

[1] 从2卷4期陈逸松的编辑后记，公开道歉拖了2期，并说明因“经济才量小，又杂志回收金之回收很缓慢所致”。2卷5期除了署名“仁”的编辑后记，陈逸松也以“逸”署名，再度呼吁杂志代金的回收，以免杂志夭折，并说明因物价连天暴涨，不得已必须将创刊以来维持低价每期2元，调整为每期5元，但杂志还是夭折了。

32。刘启光为日本殖民统治时代农民组合的干部，在大陆时又与军统势力过从甚密。业务主任周天启“是1920年代活跃的左翼分子，曾担任左倾后台湾文化协会干部，1930年代曾于上海经商，后任福建泉州培原中学教员，并参加台湾革命同盟会。（何义麟，1997b）12” 主编李纯青，光复后以《大公报》的记者名义返台，实际从事调查进步力量情形。此时，李纯青在上海负责收集大陆民主刊物的文章，进行组稿的工作，在台湾的编务实际上是由苏新、王白渊负责，据闻杨逵也是编辑之一。[1] 其他创办人的言论倾向，基本上也反映了普遍的民主要求，例如：刘启光、丘念台和林忠发表的文章[2]，他们的要求，主要还是基于三民主义实行地方自治，民生主义经济下允许的产业自治，同时不忘呼吁弭平省内外的隔阂，而这些主张其实是延续了他们在重庆“台湾革命同盟会”时期的建言。

值得玩味的，是《台湾评论》的人脉关系比《政经报》错综复杂多了。“CC派”省党部主委的李翼中曾批评《台湾评论》：“创刊号出，异党作品，赫然刺目，反动言论连篇累牍，余不胜骇然。”要求林忠回收停止销售。林忠、丘念台答应下期改进，不愿回收杂志，不妥的内容仅以涂黑方式处理（何义麟，1997b）11。令人费解的是，丘念台、林忠皆隶属于“CC派”的省党部，刘启光则既属于省党部，又与军统过从甚密，他们又为何愿意替这份杂志背书？笔者以为这些从大陆返台、熟知国民政府专制体制的人士（即所谓的“半山”），一方面欲督促国民党改革，一方面自然也想借由传媒来争取民意。这也说明了光复后，战后的民主浪潮逐渐席卷台湾，国民党欲维持一党专政与官僚资本的统治形态，逐渐为台民所认识后，稍有政治意识的人都知道民心向背的重要，何况内战虽已于1946年7月开打，但国、共双方都不愿意公开承认谈判破裂，也就可以理解返台的公职人员为何支持这份左翼的刊物。

李纯青曾托人质问陈仪关于《台湾评论》被查封的事，陈仪回答说：“你的文章说新四军都是好人，问题就出在那个‘都’字。如果你说新四军也有好人，就可以无事。（李纯青，1993）5” 从省党部李翼中和陈仪对言论自由的态度，就

[1]　河原功、黄惠祯编，《杨逵年表》，见《杨逵全集14》，彭小研主编，2001：381。

[2]　他们发表的文章分别是：丘念台，《对台湾省政治的期望》；林忠，《台湾政治怎样才能明朗化》；刘启光，《反省、觉悟》（以上刊登在创刊号，1943.07.01）以及林忠，《我们需要的地方自治》，1946.10.01，1（4）。

可以看出台湾在“二·二八事件”爆发以前，尽管被查封的报刊也不少，但陈仪对言论的管制，与“二·二八事件”以后的言论控制比较起来，还是有相当弹性。当然不允许绝对的倾共，毕竟陈仪集团还是国民党封建官僚体制的一部分，但他至少容许某种程度报道国内在野党派的主张，这在“二·二八事件”以后是完全不可能的。仔细比较“二·二八事件”前后报刊的言论，也可以发现“二·二八事件”以前批评时局与施政的言论，触目皆是。但是“二·二八事件”发生时，大陆的国共关系也在1947年2月以后全面对立，因应内战全面开打的情势，任何左倾的言论在台湾已没有存在的条件，公职人员与左翼分子划清界限不说，甚至趋向于保守势力的也大有人在。陈逸松、刘启光在“二·二八事件”以前分别为《政经报》《台湾评论》这两份左倾刊物的出资人，“二·二八事件”国民党清乡之际，他们扮演的角色颇受争议，说明了在权力诱惑与生存威胁的利诱胁迫下，坚持革命、批判之不易。“二·二八事件”以后，本省知识分子的政论时评明显地减少，在有口不能言的情势下，有些左翼分子则索性加入地下党的组织工作，能够发言的阵地只能退踞文艺界，尤其1948年在《台湾新生报·桥》副刊的带动下，文坛一度复苏，热闹非常。

1946年10月《台湾评论》出版最后一期，《自由报》在同月的15日紧接着创刊，但改以时效性较强的周刊发行，“每期只有十六开四页，但因内容清新很受到读者特别是青年学生的欢迎。各地的分销处也很快建立起来”，并曾更名为《青年自由报》《台北自由报》以躲避新闻检查（吴克泰，2002）172，直到“二·二八事件”而停刊，共刊行15期（何义麟，1997b）15。《自由报》目前尚未出土，但从它的人脉及相关人物的证言，可知它的编辑理念和《台湾评论》一样，围绕着政协会议的内容展开。《自由报》筹备工作在5月份就已经开始，轮流在苏新、王白渊家里开会，吴克泰回忆录提到蒋时钦找他去参加筹备工作。蒋时钦大约是1946年3月下旬返台，返台后在《民报》担任记者，俩人光复后即在上海加入共产党。[1] 蒋时钦是透过颜永贤（是嫁给辜家颜碧霞的弟弟，又是蒋碧玉的

[1] 吴克泰是透过震旦大学同学李承达的介绍，认识中共上海地下党的学委会委员钱李仁，并连同蒋时钦和另一位台湾同乡周文，一起向钱李仁办理入党的手续。见吴克泰，2002：148—150。

姊夫的弟弟)，先认识陈逸松（吴克泰，2002）[155]，在《政经报》和苏新、王白渊搭上线以后，1946年5月开始筹划《自由报》周刊的发行，（吴克泰，2002）[171]于10月15日终于出刊，是一份完全以左翼立场创办的杂志。吴克泰指出：

> 参加这一工作的有萧来福（案：萧友三）、《新生报》日文版的王白渊、孙万枝副总编、记者周庆安、《人民导报》的总编苏新、《民报》的记者徐渊琛和蒋时钦，都是台北新闻界左翼的菁英……（中略）开始讨论不久，蔡庆荣（案：蔡子民）和陈进兴从日本回来，也参加了筹备工作。他们两位刚从东京回来，没有什么政治色彩，就决定由蔡担任总编，陈担任发行人，萧来福名义上是经理，实际上是王添灯指定的总负责人，所有稿件包括蔡庆荣（当时还不大会写中文）写的稿件都要经过他审阅。经费由王添灯负责筹措，秋后从高雄回来的《民报》记者周传枝（现名周青）也成了同仁。（2002）[171]

苏新的自传也指出有了《人民导报》被整肃的经验，《自由报》他不出面，其他人也只在背面写稿（苏新，1993b）[66]。蔡子民提到《自由报》创办动机为“作为批评时政论坛，以容纳当时几份报纸所不方便刊登的言论”，关于内容和主题“一方面做为人民的喉舌，反映人民的痛苦与要求，另一方面报导大陆政局发展，并提出高度自治的政治主张”，由蒋时钦负责撰写关于自治问题的文章（叶芸芸编，1993）[98]。吴克泰也指出：

> 蒋时钦感到《民报》的办报方针有问题，主持人的思想比较旧，他在该报不能发挥，便辞职不干，在家专门为《自由报》撰稿。他系统地整理了这一年一月份在重庆召开的国共两党和其他党派、无党无派人士参加的政治协商会议通过的五项决议。……蒋时钦把这些协议的详细内容分期刊登在《自由报》上。他还撰写了一篇评论：“要改变政治的腐败，非有不流血的革命不可”（大意），至今记忆犹新。

（2002）[172]

由此可见《自由报》的同仁有志一同，认知到台湾“高度自治”的民主抗争必须联系大陆的政局发展，因此继《政经报》与《台湾评论》之后，第三度更有系统地刊载“政治协商会议”的议决与相关报道。这些左翼青年在“二·二八事件”前夕，观察“政协会议”和国共内战，已经认清国民政府党国官僚体制的弊病，并确立了抗争的目标与方向，即台湾政经改革的出路在于与大陆的民主运动互相联系呼应，以对抗国民政府的专制体制。

“二·二八事件”后，《自由报》同仁，王添灯被杀，苏新、周青、萧友三、蔡子民被迫逃往大陆（叶芸芸编，1993）[41-61、94-118]，吴克泰则到上海避难后，又曾回台短暂从事地下党的活动（吴克泰，2002）[243-285]，吕赫若则加入共产党，死于“鹿窟武装基地”（蓝博洲，2001c）[115-153]，王白渊“二·二八事件”后被牵连入狱，出狱后长期备受特务跟监之苦。

4.《新知识》（1946.08.15）与《文化交流》（1947.01.15）

1946年8月15日在中部创刊的《新知识》月刊，和1947年1月15日创刊的《文化交流》，两个刊物与上一章所述的《和平日报》渊源颇深。《新知识》是由《和平日报》原班人马王思翔、周梦江与楼宪三人合编的。其动机乃鉴于：

> 台湾当局除了比较认真地从事推行中文和国语外，却竭力限制大陆和台湾的正常往来，尤其是严格限制大陆书报的进入，既遏止了光复和台湾文化复苏、发展的生机，更不利于台湾人民和全国各族人民的团结、进步。当时大陆省市出版的报纸能在台湾公开发行的只有《大公报》等少数几种，还不免常被检察官所扣押。可见台湾当局对思想、言论的箝制，达到何等严厉的程度。在台湾人看来，这就无异于日本殖民者的封锁和歧视，令人难以容忍。[王思翔，《台湾一年》，（周梦江、王思翔著，叶芸芸编，1995）[28]]

王思翔这一段证言，也解释了《台湾评论》《新知识》为何纷纷采取大量转载国内文章的编辑策略。由于王思翔、周梦江两人在《和平日报》的关系，“经常可以看到一些来自大陆的报刊，其中不少与官方持不同的观点，但很有价值的文章和资料，是一般台湾人无法看到的。”因此，“萌发了办一份刊物的念头，想把这种一般人不易看到的文章和资料选载或摘录成辑，公开发行”，不仅得到谢雪红、杨克煌的支持，“排印期间，图书馆馆长（案：庄垂胜）在印刷厂看到部分印件，甚表赞赏，遂提笔挥毫题写刊名”，不料杂志才印好，还未发行，就被台中市政府在印刷厂查封没收，“幸得印刷厂员工的掩护，留下部分杂志”（王思翔，《台湾一年》，（周梦江、王思翔著，叶芸芸编，1995）[29-30]），被查封了三百本，剩下两百本得以流通，其中一百五十本交由出资的谢雪红秘密分发，五十份由周梦江托朋友在台北书店销售［王思翔，《缅怀谢雪红》，（周梦江、王思翔著，叶芸芸编，1995）[124]］。

《新知识》大量的篇幅转载上海《文汇报》《大公报》、南京《大刚报》、广州《人民报》与重庆《时事新报》等诸篇社论，都是国内反对内战、要求和平、争民主的言论，揭露美国对华政策的矛盾性。正如秦贤次在导言中所言：

> 摘录转载的文章约占三分之二的比例，主要系转载自全国各地的报刊杂志，内容则以政治、经济、时评为主，著名的作者如施复亮、许涤新（刊物上漏排成许新）、邓初民、陶行知、费孝通、何香凝等，均为当时重量级的左派学者或民主人士。（1997a）[4]

这份刊物创刊于台湾当局加紧言论控制之时，刊载对台湾现实、对国共内战批评的文章，尖锐性不下于《台湾评论》，一诞生就面临被查封的命运是可想而知的。

《新知识》的被查封，没有打断这群文化人欲加强两岸“文化交流”的意向。中央书局董事长张焕珪和经理张星健主动找王思翔合作再办刊物，可见台中的文化士绅，也很能认同王思翔编辑《新知识》的理念。这一次为求谨慎，出版纯文化杂志，尽量避谈政治，并找了不具政治色彩，曾经担任《兴南新闻》的文教记者蓝更与挂名主办人，登记“文化交流社”，以出版不定期刊物，这就是《文化交流》的由来。

《文化交流》于 1946 年年底筹划，次年 1947 年 1 月 15 日创刊，王思翔负责组稿有关中国文化的部分，还邀请了杨逵负责组稿有关台湾文化的部分，沟通两岸文化交流的深意相当明显。只可惜第二期因“二·二八事件”再度停刊，王思翔表示“为编好这个小刊物，我还向上海的文化名人胡风、叶以群、许杰、赵景深诸位写信约稿”，都是响叮当的左派人物。另外胎死腹中的出版计划，还包括“木刻家黄荣灿编写的一套儿童阅读的新型画册和《和平日报》编辑李长和（林义）的《中国近代史》通俗读本，都在编写过程中即将脱稿”［王思翔，《台湾一年》，（叶芸芸编，1995）[29-30]］。

自从 1946 年 5 月，随着国共内战局势紧张，台湾省党部开始向长官公署宣传委会施压管制媒体言论。台湾省党部主任委员李翼中曾提到：“人民导报与台湾评论均为同志所创办而反为异党操纵，迭与严切改正，终不能改……（李翼中，1992）[404]”《人民导报》首当其冲，被迫改组，其他左倾言论的刊物如《台湾评论》《自由报》《新知识》，也一直是当局整肃查禁的对象。1946 年 7 月《台湾评论》创刊后，亦被省党部要求收回，勉强出了四期，10 月终于被勒令停刊。由王添灯出资的《自由报》紧接着在这个月的 15 日创刊，并以时效性较强周刊的形式维持了十五期，直到“二·二八事件”爆发才停刊。与此同时，8 月 15 日《新知识》创刊，才刚印好就在印刷厂被查扣，同一批人马锲而不舍于 1947 年 1 月 15 日携手合作创办《文化交流》，除了介绍台湾的抗日文化运动，又以转载大陆民主人士的文章的方式，“尽量不谈政治，只是介绍中国与台湾的文化，以尽交流作用”，希望能延长刊物的寿命，无奈“二·二八事件”爆发，“一切皆成泡影”。（秦贤次，1997b）[5] 在此情势下，台湾进步文化人在物价攀升的经济压力下，仍不断扩大集团的力量出版刊物。其目的不外乎促进省内的政治改革，并时时注意大陆国共内战的动向，以呼应大陆的民主运动。

就现实的情势来说，1946 年年底至 1947 年年初内战“公开”爆发之前，和平谈判、组织联合政府也是全民的希望，国、共和谈完全破裂也是1946年11月以后的事。[1]蒋介石1946年3月开始，以“接收主权”为名，增兵东北，抢占战略要地，国共双方即在东北激战。7月，国民政府以五十万大军对苏皖占领区展开攻击，毛泽东以“保卫战”为名阻止，内战爆发（薛化元主编，1996）18。但双方更积极动员的开战则始于1947年的1月到2月之间，此乃由于1月8日美国特使马歇尔宣布调处工作失败，离华返美；1月29日美国国务院声明美国退出军事三人小组，暂停对国共内战的调停工作。1月30日，国民政府宣布解散军事三人小组、北平军事调处执行处（薛化元主编，1996）26，连谈判桌上表面的和平假象都维持不下去。1947年1月31日，华北战事扩大，此时国民党的战力正达最高峰，3月19日甚至攻克中央根据地延安，极欲乘胜追击。因此，不能以后来国、共完全对立的情形来了解1947年以前的人脉派系关系，因为胜利后到1947年2月以前的国共关系，基本上还处在暧昧不明的情况下，抗战时国共第二次合作联合抗日，国民党党员当中有许多左翼或是民主进步人士。另外，战争末期国共冲突日甚，以1941年1月初的新四军事件（又称皖南事变）为表征，抗战胜利后，对立逐渐表面化，两边阵营互相卧底的人事是永远不可能公开的“黑盒子”，使得考察光复初期的历史往往出现一些复杂难解的现象，因此比对史料文献与事件因果的功夫也就倍显重要，不能以后来的情势妄加臆想。

上述左倾刊物从光复后在北部透过《政经报》、三青团开始集结，发展出以《人民导报》此一报社为中心，逐渐扩大人脉势力。与此同时在台中，随着《和平日报》1946年5月4日的创刊，透过大陆赴台进步文化人王思翔等人的串联，也逐渐将日本殖民统治时代以林献堂为首的民族主义者（所谓的地方士绅中的“台中派”）、台共谢雪红的人马，以及人称“一匹狼”的左翼作家杨逵集结起来，几乎网罗了中部地区重要的社会运动者。光复后这些逐渐活络起来的文化势

[1]　中国国民党于1946.11.15—12.25违背政治协商会议决议而召开“制宪国民大会”。1946年1月底政治协商会议中共与民盟主张全面改选国大被拒，后决议规定国民大会须于停止内战、改组政府、结束训政及修正宪草后始得召开。国民政府先于7月3日由国防最高委员会擅自决定11月12日召开国大，后延期3天，声称为等候中共交出参加国大的代表名单，中共与民盟拒绝参加。按政协决议，国大代表应为2050人，实际出席只有1381名，且大多是1936年选出的国大。11月19日中共驻南京代表团周恩来等人返回延安，象征国共和谈破裂。

力，共同集结在这些要求自由、民主言论并透露出左倾的刊物上，代表着久被压抑的社会力，透过民间的民主力量，利用各种可能的管道，甚至利用军方报纸《和平日报》的版面，自发性地串联起来，共同呼吁促进台湾政治、经济的民主，强化两岸文化的交流，呼应大陆的民主运动，以避免台湾走向"特殊化"与"孤立化"。可以看到这些民主势力，包括了回台的"半山"、大陆赴台的进步文化人，以及本地不分左、右翼的知识分子与地方士绅。

"二·二八事件"以前，日本殖民统治时期以来台湾的左、右翼尽管存在着思想上和路线上分化之历史矛盾，但是两者的关系在光复之初，并非完全延续旧有的细故嫌隙，这是因为作为与国民党的法西斯官僚体制共同对抗的民间势力而言，左、右翼之间有携手合作的必要性。针对光复以后在政、经、社会出现的乱象，他们的政治要求与社会实践集中于"民主化"与"地方自治"等实际问题的讨论。因此可以看到左、右翼文化人在一些刊物集团、文化活动、组织团体上携手合作。例如："三民主义青年团"、半官半民的"文化协进会"主办之文化活动与其机关杂志《台湾文化》，都网罗了不分左、右，不分省内、省外的知识分子。而《台湾评论》中的"半山"人士除了具有左翼分子的背景，又具有国民党的党、政人员的身份。尤其是台中的一报两刊《和平日报》与《新知识》《文化交流》，甚至结合了赴台的王思翔、楼宪、周梦江等进步文化人、旧台共谢雪红的人马、左翼文化人杨逵，以及台中中央书局董事张焕珪、图书馆馆长庄遂性等资产阶级的民族主义人士。叶芸芸也曾指出：

> 中部地区的文化仙，庄遂性、陈虚谷、叶荣钟等，在林献堂等地主的支助下，筹办"中报"，似乎有意延续《台湾民报》，在舆论与文化上创一番事业，又在他们任职的台中市图书馆定期举办中国历史文化以及近代民主政治、经济讲座，还有各种文化活动——马思聪演奏会、杨逵《送报夫》出版，曹禺话剧《雷雨》演出等。很可能文化上的"回归"与"交流"正是他们自我期许的担当。杨逵与蓝更与（蓝运登）与王思翔筹办《文化交流》，或也是同样的用心。（叶芸芸编，

1993）296

这些事例说明了"二·二八事件"以前，诚如林书扬指出的：国、共合作的架构还在（1992）85。在期望国共和谈、和平、民主的气氛下，省籍的左、右翼势力尽管有人脉集团在思想、路线上的差异可供吾人判别，但彼此合作的空间亦颇大，绝非井水不犯河水的对立关系。唯一看得出来的龃龉，是左翼文化人呼吁反对录用"皇民化"御用士绅。[1] 关于社会力的实践，省籍左、右翼人士比较明显的差异，是地主士绅、实业资本家等右翼民主主义人士比较集中往政界发展[2]，"有板有眼地，要执行他们在日本殖民统治时代所争取不到的质询权"（叶芸芸编，1993）296，而左翼文化人则集中在媒体言论界，积极结合右翼士绅的民主派、国民党内进步人士，尤其是陈仪的文教幕僚的人力与资源，以表达政治民主化的要求。左、右翼思想倾向的差异性，分别表现在两份发行量最大的民间报纸上：《民报》与《人民导报》。两报的社长林茂生、宋斐如与王添灯都在"二·二八事件"后遭到莫名的逮捕而牺牲。

"二·二八事件"以前文化人在政治团体、文化界合作的机会和空间，已受到国民党镇压的情势而逐渐缩减。"二·二八事件"遭受军队镇压，实施清乡以后，此一"左"、右路线的分化，泾渭分明地呈现两极化的发展。而且，受到国共内战的影响，在台湾不只是左翼的运动被全面禁绝，到了1949年5月国民党当局退台以后，就算是大陆赴台人士与本地势力结合的右翼自由、民主运动，也因为20世纪50年代雷震案与筹组反对党"中国民主党"的失败，胎死腹中[3]，形成国民党一党专政的法西斯政权。

---

[1] 例如苏新：《人事问题》，呼吁政府不可举用日本帝国主义统治时期的日籍官吏、御用绅士，致使民众失望（《政经报》1945.11.25，1：3：5）。徐琼二：《停止公职问题》中，不仅针对长官公署1946年9月12日公告的曾担任"皇民奉公会"那些对象，并提出"曾任职国内伪政府组织，从事利敌行为，对祖国和人民不利的汉奸就在本省的政府机关内。"原文收《台湾の现实を语》（台湾的现实）1946.10大成企业局出版部出版，现收入萧友山，徐琼二著，陈景平译，2002：33。

[2] 关于战后初期省籍人士参与民意代表的选举，已有李筱峰的研究（李筱峰，1986），于此不赘，并请参考本书第一章。

[3] 有关"自由中国"雷震案与"中国民主党"筹组过程，可参考谢汉儒著作《早期台湾民主运动与雷震纪事》，2002：2。谢汉儒1946年在台创办民营的民权通讯社，3月1日发行《民权通讯社甲种稿》，又创刊了《经济日报》。"二·二八事件"后，《经济日报》被警备总司令部命令停刊，谢汉儒于上海参加中国民主社会党，并被委托为台湾党务辅导员，可视为赴台外省人中的右翼自由主义者。

战后短短的一年半的时间，台湾的文化场域已逐渐形成一股自主性的力量，足以和官方势力抗衡。这一股民主势力，是台湾文化场域在二次大战结束后，受到世界性民主思潮的席卷，以及大陆民主运动的鼓舞，文化人出于对和平建设新中国的期许，积极于掌握文化场域的舆论主导权。然而这样的民主思潮仅维持一年多的荣景，在"二·二八事件"后受到军事力量的镇压而中挫。"二·二八事件"后，这股民主思潮只能转化为文学思潮的讨论，"四六事件"后则连文学思潮的讨论也遭到压制。国民党当局对台湾言论自由的控制随着它在内战中的失利而逐渐紧缩，相对地，民间自主性文化场域的空间自然也愈缩愈小。

战后台湾自主性文化场域的形成，是经过20世纪二三十年代以来社会主义思潮洗礼的台湾文化人，与大陆经过抗日战争"文章下乡""文艺大众化"经验的进步文化人，共同合作的结果。虽然双方之间对台湾社会、文化与文学的评价不尽相同，彼此的"习性"、在权力场域中的"位置"也各不相同。但面对国、共内战与台湾民生经济贫困化的时代处境，却有一致的行动抉择，共同结盟对抗国民党官方的文化势力，这部分留待第五章进行更细致的分析与梳理。

第三章

左翼言论、民主思潮与“二·二八事件”的革命困境

日本殖民统治时期，台湾文化人历经“皇民化”运动的思想禁锢与言论压制，光复后，先是对新时代充满了期待，尔后逐渐对国民政府的接收感到不满，于是更积极于媒体言论上提出他们的建言与批评。其中，尤其以左翼文化人最积极投入杂志文化事业，在光复之初，他们的言论也是最能展开多面向思考，掌握世界局势与国内政局对台湾社会的影响，从而呼应了大陆如火如荼进行的民主思潮与社会运动。本章主要以左翼文化人主导的杂志为分析的对象。政治的民主化与正义性可说是他们关怀的焦点，透过他们言论焦点的转移，以厘清左翼的文化人关怀的视野，呈现怎样变化与演绎，借此呈现他们如何面对脱离日本殖民与回归祖国所衍生的各种问题。

左翼文化人主导的杂志，有一个很明显的现象，就是在1946年的上半年以前，他们频频对台湾社会的政、经现实问题，提出建言与批判。但是从1946年下半年起，在台湾省党部加强言论控制的同时，基于现实的需要，他们开始改变策略，改以转载大陆进步刊物上民主人士的文章，报道大陆政治协商会议、国共内战的动向，促使台胞认清中国的政治现实与台湾政局的关系。在此过程中，“三民主义”中民权主义、民生主义的理念，都一再作为他们思考民主政治的起点，唯有先了解“三民主义”在此过程转折中发挥了怎样的政治认知作用，才能了解他们思考的转折。因此，本章第一节探讨台湾文化人对“三民主义”认知与社会改革意识的关系。第二节以左翼文化人主导的刊物为考察对象，分析他们的言论转折与民主思潮的内容，归纳其论点可分为批判岛内政经现实、呼应大陆的民主运动，以及围绕“政治协商会议”展开的民主思潮，显然把台湾的政治出路与国内的政治动向联系在一起思考。第三节从《新知识》王思翔的《现阶段台湾文化的特质》一篇，探讨台湾社会、文化性质的文章为出发点，思索近代台湾“殖民地化”的历史伤痕在复归中国后所造成的文化困境与“二·二八事件”的关系。

第一节 “三民主义热”与社会改革意识

刚脱离殖民地统治的台湾知识分子对国内政局情势隔阂，对国民政府的接收充满期待，除了学习国语热潮，就是亟欲了解、阐述孙中山的“三民主义”政治理念。叶芸芸曾指出：“当时的智（知）识分子几乎人手一册‘三民主义’，满怀抱负与热情，努力要建设‘三民主义的新台湾’，比之日本殖民统治时期，智识分子更形活跃（叶芸芸 1989：63）。”“三民主义”热潮从日本战败后在台湾风行，随手翻阅当时的报纸，“建设三民主义的模范省”几乎是每篇政论文章必呼的口号，但细读其内容，无论是官方或是一般的言论，大都是泛泛之论，并无特别的深意，唯独左翼刊物上的“三民主义”论述，别有一番深意。

光复之初，大部分的知识分子对国、共分合的历史与政局情势相当隔阂。由于战前日本殖民当局刻意实行隔离政策，未经申请允许是无法进出大陆的。即便是亲赴大陆日本占领区工作的台湾人，也并不十分了解大陆上国、共离合的政局演变，吴浊流的《亚细亚的孤儿》中主人公胡太明曲折的抗日道路，可说是最好的言诠。胡太明到南京一年便曾偶遇当年在公学校教书的同事曾君，曾君因抗议日本校长歧视台籍教师，毅然辞职，奔赴祖国，后来在南京与“联合阵线”搭上线，又赴“西北”[1]，参加红军抗日去了。但相对于曾君毅然投入革命，胡太明追根究底是个民族主义者，而非向往阶级革命者，所以即便他觉醒后投入抗日的行列，也是奔向昆明，而非“西北”。小说中的胡太明对“曾君”的描述，说他沉

---

[1] 刘孝春《试论〈亚细亚的孤儿〉》中比对中译本与日文版，日文版有“曾”君决定奔赴“西北”而向胡太明辞行，刘孝春指出：“西北”暗示的即中共的抗日根据地“解放区”，中文版删除。见刘孝春，2003：7-8。临行前曾君对胡太明说：“空虚的理论现在绝对行不通了……只有实际的行动才能救中国。希望你赶快从幻想的象牙塔中走出来，选择一条自己应走的路，这不是别人的事，而是你自己命运有关系的问题。”见吴浊流，1977：168。这番话对日后胡太明的“觉醒抗日”，深具启发，但吴浊流显然刻意对比曾君和胡太明两种赴祖国抗日的类型。

迷于打牌，而不顾小孩的生病哭闹，似乎暗示“曾君”的家庭观念薄弱。而胡太明对于妻子淑春从一个沉迷于打牌、跳舞，摇身一变成为街头运动者，也认为这种鼓吹抗日而不评估两国军力的做法，是不负责任的群众煽动者，因而感到不以为然。从这两点可知胡太明对于社会运动、与激进的抗日爱国运动，起初是抱着敬谢不敏的态度，似乎也无意探究国、共合作抗战的意义。直到回到台湾，经历家破人亡之后，才终于觉醒，但觉醒的是“汉魂”，无关阶级革命。吴浊流在塑造胡太明这位小地主阶级意识的保守性格来说，应该是相当典型的人物。

20世纪30年代以后，由于日本殖民当局的隔离政策，年轻一辈对中国的了解不如30年代以前的知识分子。[1] 吴克泰的回忆录中也指出战争期台湾的知识分子，非有特殊的经历，如少数直接参加中国国民革命运动者，很难了解国民党之外共产党的主张，或接触共产党的组织。[2] 甚至是到后方参加国民党抗日组织的志士，也未必深刻了解国共政治路线斗争的性质。大概只有少数寻求地下党组织的特异分子，能够很快地了解胜利后内战的危机。

台湾人不了解大陆的政局，但孙中山思想的传布却是日本殖民当局严禁不了的，正如吴新荣回忆录所呈现的，战争末期，日本败象逐渐显露之际，台湾知识分子早已偷偷地阅读孙中山的三民主义（吴新荣，1997）154、152。事实上，从20世纪20年代开始，翁俊明、赖和、蒋渭水等总督府台北医学校及其他国语学校学生，已对孙中山革命投以相当的关注（林瑞明，1993）8-21。1924年11月，孙中山北上共谋国是时取道日本，欲联络日本朝野之士支持中国革命，在日本的台

---

[1] 20世纪20年代以前中国大陆的书籍、期刊，台湾都可以直接购读，日本殖民当局也尚未实行“隔离政策”。根据若林正丈的研究：1927年文协分裂前，从1926年8月到1927年2月，沫云（上大派的许乃昌）和保守派的文协理事陈逢源，在《台湾民报》展开一场关于中国社会性质（中国有无资本主义发展的可能性），以及关于往后的台湾抗日运动的大论战。论争中许乃昌主张：中国社会可能不经过资本主义而跳跃。中国的国民革命如果由资产阶级领导，终归不彻底。如由无产阶级指导的话，能够争取人民利益，与帝国主义国家人民的革命相结合，推进社会主义。见若林正丈，2003：142。透过这场论战，30年代的台湾知识分子应该比进入战争期的年轻一辈更了解国、共政治路线的差异。而当时累积的社会运动与社会主义思潮的“文化资本”，即在光复后逐渐复苏。但这个“复苏”显然是从“红色的三民主义”开始的。

[2] 吴克泰指出日据下：“在台湾很闭塞，只知道祖国有个国民党，在大陆后方流浪了一段时候，一心一意要找到蒋介石的国民党，却没有找到。后来到了上海，不久日本投降了，自己盼望的国民党来了，却没有想到国民党那么糟糕，那时候真是苦闷。后来，我参加一个日本人办的‘改造日报’，看到一些进步的书籍、报刊电讯。慢慢地理解中国除了国民党外，还有一股强大的民主势力，从斯诺（案：Edgar Snow，美国记者）的书，才知道共产党、新四军、八路军的历史。”叶芸芸，《三个新闻工作者的回忆——访吴克泰、蔡子民、周青》，叶芸芸编，1993：95。

湾留学生不可能不注意到。这一年正是杨逵自台南州立二中辍学赴日的第一年；曾对孙中山在日发表“大亚洲主义”演说表示敬仰的王白渊，以及1929年赴中国大陆参加抗日的谢春木，当时亦在日本求学（柳书琴，2001）47-49。1925年孙中山与世长辞，台湾知识分子悲恸哀悼，在《台湾民报》上发表一连串的凭吊文章。1926年军阀割据、中国尚未统一之际，《台湾民报》即尊孙中山为“国民之父、弱小民族向导者”（黄煌雄，1999）206-220，可见孙中山思想在台湾传布情形之一斑。1930年谢春木在台出版的《台湾人如是观》[1]中，已流露出倾向孙中山晚年的阶级革命路线，比起启发他接触孙中山思想的蒋渭水所推崇的民族革命路线更为激进，谢春木在文中，比较列宁主义与孙中山主义，介绍孙中山、越飞的共同宣言，推崇孙中山联俄容共、扶助农工的政策，反之，则对国民党的“清共”及“右转”颇有微词（柳书琴，2001）47-49。由此可见，光复之初，知识分子“人手一册三民主义”，其来有自。

目前所知，光复后最早积极宣扬三民主义、孙中山思想的，是左翼文化人杨逵率先发起的，他于1945年9月22日创办《一阳周报》。[2]在1945年10月25日“台湾光复日”这一天创办的《政经报》，有关三民主义思想与台湾政局的关系之文章也一再出现，可以看到甫回归“祖国”之际，与一般知识分子一样，左翼文化人在国民政府尚未展开接收工作时，也急欲透过三民主义的学习、传布，努力使台湾与祖国的政治、文化接轨，其中启蒙民众的政治意识、宣扬民权意识的目的，是不言而喻的。

杨逵在《一阳周报》第9期《纪念 孙总理诞辰》首先提到光复后建设新台湾必须继承孙总理的革命事业。文中提到必须“清明认识先生的思想、斗志及为人来规正我们的思想、斗志及为人、以继承先生伟大事业”，杨逵以孙总理的革命精神砥砺台湾光复后的新建设，尤其是即将面临的民权、民生问题：

> 未战而得胜的台湾光复、虽是可庆可祝、总是因此若抱着中国

[1] 见谢南光著，郭平坦校订《谢南光著作选》，台北，海峡学术出版社，1999。

[2] 许分口述证言：“《一阳周报》主要出资者是林幼春之子林培英与李崇理之子李君晰，其他便是小额捐款。在有钱出钱，有力出力下，以刻钢板、油印的方式，于9月22日出刊。”参见蓝博洲，2005：317。

> 革命为如桌顶拿柑之安易感，那就惨了。光复了后的新建设目前多难、民权民生的彻底解决尚有多端、孙中山先生思想与主义的完善发展全挂在我们肩上……
>
> 千万不可抱着安易感、学日本绅士改装换面就傲然成了新绅士这样惨呵。此类是总理始终痛恨唾弃的劣绅。[1]（1945.11.17）

光复之初，全台都热烈地沉浸在“光复”“胜利”的气氛中，很少能意识到中国的“惨胜”，及其即将带来复员与重建困难重重的情势。从各地热烈投入“欢迎国民政府筹备会”，可见一斑，杨逵也是其中的一分子。但从上面这段引文内容来看，却不得不佩服杨逵的见识，甫光复一个月，杨逵并没有只沉浸在“未战而得胜”的、空虚的胜利感，也不是盲目地拥抱“三民主义”，而是“孙中山先生的思想与主义的完善发展”，有待我们彻底解决民权、民生问题，努力新建设，“才得达到美满的社会”。从社会实践印证理论，一直是信仰社会主义的杨逵所身体力行的，他清楚地意识到民主的成果是不可能不经过社会斗争而轻取的。从接收后的台湾社会弊病丛生，可以证实杨逵的确有先见之明。

杨逵创办《一阳周报》所欲宣扬的三民主义思想，与国民政府赴台后以“三民主义”为号召，欲收揽人心，事实上是两回事，杨逵是自动自发地宣扬三民主义的。杨逵想以三民主义提高一般大众的政治意识，期望在对日胜利民族问题解决之际，民权、民生的建设能透过民众的政治启蒙，迅速步上轨道。这可以说是1930年代以后、被日本当局压抑下去的社会主义思想的重新复苏的例证之一。

底下举《政经报》《台湾评论》上具体例子来说明，将会更清楚此一思潮的形塑过程。

《政经报》1卷1号，刊载了甘乃光的《三民主义序》、三民主义的提要，并节录蒋介石《中国之命运》中不平等条约的影响。苏新回忆时提到，因为《政经报》的同仁起初对国民党怀有相当大的幻想，所以“政治倾向表现无条件地拥护

[1] 杨逵著 彭小妍主编，《纪念　孙总理诞辰》《杨逵全集》第10卷诗文集（下），台湾文化资产保存中心筹备处，2001：211—212。

国民党、国民政府和陈仪”（苏新，1993b）[62]。从创刊号的内容看来，的确如此。但是值得注意的是，甘乃光写于国民党“清党”（1927.04.12）前的民国十五年的《三民主义序》，应该是孙中山联俄容共、形成第一次国共合作情势下的产物。甘乃光解释孙中山主义是从国民的民族革命到社会革命进而到政治革命，是一种社会主义的社会革命运动。文中指出：

> 中山先生讲“民生主义就是社会主义。又名共产主义即是大同主义”。其意就是孙中山主义的终极目的是社会革命。是推翻资本制度的民生主义。是拥护最大多数民众利益的民权主义。是将来消灭各阶级的民族主义。所以孙中山主义是以国民革命为过渡。社会革命为目的主义。（笔者案：原文标点如此）

《政经报》刊登甘乃光这篇序文，说明“三民主义”社会革命的理念，可以在此看到“三民主义”吸引台湾左翼文化人的原因。前述杨逵的文章也是基于改革社会的理念，抱持孙中山的革命精神，欲解决光复后的民权、民生问题。而当怀抱社会改革理念的左翼文化人认识到国民党资产阶级的官僚政治性质之后，他们甚至还以三民主义为准则，从而检验政府的施政，例如苏新在2卷3号的《政经报》就发表了一篇《主义、机构、人物》，呼吁台胞不可因为实行主义和操纵机构的人物腐败，就谩骂“三民主义”。他首先指陈光复后民心转变的过程：

> 自台湾光复至陈长官莅台，这期间中，台湾民众何等称赞“三民主义”！何等仰慕“国民政府”！何等尊敬外省人！
>
> 但是现在呢，只因多数可敬的外省人中间混杂着不良分子，到处招摇撞骗，欺压良民；有些官僚主义者，到处拉拢人事，非亲不用；有些半官半商之辈，到处图谋事业，夺取民营等等，致使一般省民嘲笑说：“赶出一只狗，牵入一只猪”宛然把外省人当作“猪”款待；讽

刺“三民主义”为“惨民主义”或“三面取利”；把各地行政机关当作“商行”——这是何等侮辱我们的政府，何等冒渎我们的国父。(《政经报》1946.02.10，2：3)

苏新理性客观地反省省民的情绪化的态度，他说：“老实说，骂‘三民主义’的人，大都不曾读过‘三民主义’；骂官员的人，大都不曾见过‘官中的好官’；骂政府的人，亦大都不知道现在我们的政府是什么组织。”因而奉劝台胞：

我们须彻底的研究“三民主义”到底是什么“主义”；纟豪（案：丝毫）不解三民主义或一知半解，就批评三民主义，或骂三民主义，这是不对的，尤其是看着“所谓三民主义者”（注意，不是真的三民主义者，是所谓三民主义者）的贪污行为，就诋诽乱骂三民主义是什么“惨民主义”啦，什么“三面取利”啦——这种骂法，未免太过于感情。(《政经报》1946.02.10，2：3)

苏新并且呼吁无论省内省外的为官者，不可违背三民主义，抨击那班“揩油主义者”和假官为商之辈，勿口说一套三民主义，手做违反三民主义之事，使人民诋毁三民主义。可见苏新在与“祖国”政治接触短短的三个月期间，已经跳脱省籍冲突、矛盾的情结，并以三民主义为准则，批评官员、政府机构违反三民主义的作为。

另外王溪森的《起用台湾人才应有的认识》一文中，也提道：

我们相信三民主义是革命的主义，在三民主义领导下的国民政府也是革命的政府，这种主义和政府与日本帝国主义政府的指导精神是根本不兼容的；因此对于台湾的政务机关的接收就不是由帝国主义的政府移交给另一个帝国主义政府的接收，而应当是由帝国主义政府移交革命政府的接收。……我相信六百万的台胞……每个人毫无疑义都是中华民国的大国民，每个人都有参加建设新中国新台湾的义务与权利；……每个人都应该重新受过一番伟大的国父的革命精神的洗礼，在这洗礼当中来充分地忏悔我们的过去，洗净过去半世纪所染受的帝国主义给与我们一切精神上和物质上的毒素，而虚心坦白地，诚恳地来接收伟大的国父的革命精神和革命思想。(《政经报》1946.01.10，2：1)

从这段文字也可以看出左翼文化人，将三民主义当作是改革社会的利器，他们对三民主义的热衷并不等于绝对拥护国民政府，他们视三民主义为革命的主义，可作为建设新台湾的蓝图，所以尽管“建设台湾成为三民主义的模范省”是官方与民间文化人的共识，但是左翼文化人显然认为国民政府不是革命的政府，而是近似于帝国主义的政府。

但是，批判国民政府犹如帝国主义政府，并不是不认同“中华民国”，诚如王溪森所要求的：台胞应与中华民国的国民被一视同仁的任用，分担建设新中国与新台湾的权利与义务。并呼吁政府不应该像日本殖民当局政府以“皇民化”的条件，任用“经他的特务机关的调查合格了的所谓人格者——御用绅士”，那不过是“恶劣的卑鄙的奴隶根性”。而这样的奴隶根性，也是作为中华民国国民应该要彻底忏悔革新的。王溪森批判国民政府为近似帝国主义的政府，是因为台胞没有被当作“国民”的一员，一视同仁地对待，于此显然不是“民族国家”的认同出了问题，而是对执政的政府不是“革命的”“正义的”政府，对其行径不表认同。王溪森并呼吁执政者起用人才，必须要“抱着全副的革命热诚到群众里去刻苦工作”，“在群众中发现被帝国主义埋没了的大批真正最优秀的人才”。所以他对国民政府有批判，对于台胞有自省，而其中三民主义的思想扮演了改革社会的基准，用以针砭时政，也用以勉励台人。

此时已加入共产党的蒋时钦，返台后看到台胞从“光复当初，如何感激，如何期待祖国官吏和同胞，如何为协力政府，党团尽力奔走”，如今却“变做那么失望，怀疑，自弃”，因而提出“向光明的路只有一条，——向真正的民主的路，我们自己抱定主意，不管别人腐败堕落，一直向民主自治迈进罢”[《政经报》1946.05.10，2（5）：编后记]，并发表了社论《向自治之路》，同样是基于实践三民主义的民主理念，提出台湾争取地方自治的实行，作为追求光明的出路。文中一一举孙中山“民权主义”“国民党政纲”与“建国大纲”中，关于地方自治的实行理念与实行细则，并认为台湾当时的行政长官制度，“使长官掌握行政、立法、司法与军事四权。这制度在法律学上叫做‘外地法’是植（案：殖）民地制度的典型。台湾过去著名的“六三法运动”就是反对这样的总督专制。已经光复了的今天，还要再来一次“六三法运动”么？”呼吁行政长官制度应迅速撤废，坚决反对殖民化的集权专制制度。并批判赴台官吏带来了大陆官场的不良风气，“甚么揩油，甚么马虎，这样的作风是台胞所看不惯的”，认为“台胞的知识水平较高，民主的经验丰富，法治观念也高”，对将台湾建设为三民主义的模范省，深具信心。要解决光复后的民生、经济的困难，唯有实行地方自治方能解决，才能对“建国大业”有贡献。

蒋时钦这篇文章开头，首先提出身为中国人而拥有孙中山遗教的三民主义而感到幸福，并言明愿意为三民主义的实现奉献生命，“但是，种种经验教给我们，它颇有陷于空空洞洞的口号的危险”。这时已加入共产党的蒋时钦的意向，已呼之欲出，也是有过大陆经验的左翼文化人洞悉国民党官僚腐败的历史、所发出的肺腑之言。1946年10月，他与台湾左翼文化人创办《自由报》周刊，透过他和同仁吴克泰（也是返台之前在上海加入共产党）的经验与宣传，台湾左翼文化人要掌握大陆国共逐渐形成对立的情势与民主运动的动向，应该不是难事。[1]最困难的是，要如何在言论限制的情势下，宣扬他们的政治理念，《自由报》周刊应该就是企图掌握言论影响力的产物。

当然，也可以想见光复之初有一部分人士是为了公务人员的考试而学习三民主义，《政经报》上的广告，出售该社发行的孙总理的《三民主义》、台北大学萧其来编著的《中国公文用语辞典》以及金曾澄编述的《增订三民主义问答》，可

[1]　依林书扬的回忆：“有关国共两党在大陆的长期纷争，以及为了抵抗日本而实现的‘国共合作’，则由所谓的‘半山’——也就是日据时代便已到过大陆，在那里住过一段时日，最后才回台的人士——嘴里传出了一些。”林书扬《消失在历史迷雾中的身影》见叶芸芸编，1993：266。

以说是为了因应大众的这种需求。但值得注意的，是在2卷3期登载一则“关于本社版增订‘三民主义问答’启事”，启事上说：

> 民国三十五年二月二日《民报》有登“警察局搜查诽谤祖国书籍”一记事，称：“……至近某书馆刊行之‘三民主义问答’亦被当局押收，查此书为曲解三民主义，违反国是云云”但这不是指本社刊行之“金曾澄编述增订三民主义问答”。本社刊行之“增订三民主义问答”乃系国内最著名，最有权威的三民主义研究书，又是各种考试的最好参考用书，请读者可以放心。只购买时须要注意“政经报社版”。

这则启事说明了关于三民主义的解释，也必须在当局思想、言论检查的尺度内，显然有不被当局认可的“三民主义”在坊间流传。

从上文看来，左翼文化人正是凭借孙中山逝世前联俄容共的“民生主义”理念，提出对时局的批判。国共经过第二次合作联合抗日胜利后，对立又逐渐严重之际，前文甘乃光说民生主义目的在推翻资本制度，以社会主义来诠释民生主义，显然并不符合此时国民党官僚资本的党国利益。苏新、王溪森、蒋时钦的文章，正是他们逐渐认识国民政府封建官僚的本质后，在甘乃光以社会革命诠释三民主义的脉络下，批判国民党的官僚主义与官商勾结。《政经报》1945.12.10，1（4），编辑部登了一篇方块文章题为《官僚主义的形态》，说明乃摘要自胡汉民先生之三民主义之认识，编辑部显然意有所指地批判陈仪集团的施政。文中提道：

> 所谓官僚主义，论其只讲究政权的因袭而且只求维持其特殊势力于不替的特点，它是一种传统的职业；论其本身不事直接的生产，唯谋操纵政柄而为各种特殊利益的工具，它是奇（畸）生的势力；论其裹挟立法司法行政各种事权，占取一国吏治上下交通的系统，而一切滥权罔法徇私舞弊的勾当皆所优为，它是一种掠夺的制度。（略）他们自己没有经国治世的主张或理论，（略）剽窃民心所归的现成主张，便

是他们主张；他们争选举政权时也有政纲政策，但是口里所讲的和手里所做的是不一样，而心里所想的和口里所讲的更不一样；他们所着重的只有战略……他们的战略专以持个人权位的升降作出发点。（略）他们是和军国主义资本主义连成一起而成为世界上反革命的势力。

如果不是有现实的针对性，编辑部大概也不会从清党前胡汉民之三民主义之认识摘要这样一篇批判“官僚主义”的文章，《政经报》的同仁显然意识到内战又重蹈了第一次国共合作“国民革命”的失败，因此一再引用清党前诠释三民主义的文章。同时，蒋时钦也以孙中山地方自治的民主理念，批判“长官公署”沿袭总督府的“殖民制度”。同样一本“三民主义”，显然国民党光凭口说的“蓝色”的三民主义已不能服人，民间左翼认同的是孙中山“联俄容共”时期[1]“红色”的三民主义，并已悄然在台湾重新集结民主运动与社会革命的力量。

在左翼文化人主导的刊物发行过程中，可以发现日本殖民统治时代左翼的传统适时发挥了认知作用，在经过一段时间接触祖国的政治情势之后，原有的世界观使他们得以很快掌握国共对立的问题根源，从而判断国民党所标榜的“三民主义”与孙中山思想的差异性。并且随着关心国共和谈、政治协商会议的政局演化过程，掌握了台湾的定位，将政治追求的目标设定在“地方自治”的要求。这与台湾省参政会的要求是一样的，日后也成为“二·二八事件”处理委员会政治改革的最主要的要求。

从杨逵、苏新、王溪森到蒋时钦的文章脉络，可知台籍左翼文化人对三民主义的信仰，是基于社会革命的认知，他们以此为基准批判接收台湾的国民政府的“非民主化”，是阶级平等出了问题，而不是如同日本殖民统治时期以民族平等蕴含了阶级平等的问题来批判日本帝国的统治。因此，是“民主政治”出了问题，而不是“民族的认同政治”出了问题。另外，从上文的考察看来，光复之初，人手一册三民主义的台籍知识分子中，左翼的知识分子是出于社会的民主革命意识

[1]　孙中山尝试与共产党合作始于 1921 年 12 月与荷籍共产国际代表马林（G. Maring）在桂林会晤。1923 年 1 月，越飞（Adolf A. Joffe）与孙中山在上会面后发表的“孙中山越飞宣言”，确立了孙中山“联俄容共”的政策。《从容共到清党》（上），李云汉，1966：145。

来认知三民主义，并非仅仅是出于“祖国意识”盲目拥抱国民政府标榜的“三民主义”，这是“二·二八事件”后，中共地下党吸引台湾青年加入，组织迅速扩充的原因。

国民政府赴台接收之前，各地知识分子即热烈响应参与“三民主义青年团”，也足以证明孙中山的三民主义对台湾知识分子颇具有号召力。陈仪政府赴台后，左翼文化人开始举国民党标榜“三民主义”的政治理念来要求政治的清明，并与往政界发展的右翼士绅、知识分子共同凝聚出“地方自治”的要求，以期实现当局所谓“将台湾建设为三民主义模范省”，这可以说是以子之矛攻子之盾。因此，究其思想归趋，光复之初，“三民主义”的政治理念的确凝聚了文化人对“祖国”的向心力，加强了认同的皈依感。随着国民党统治下整体社会政治结构性的黑暗、腐败逐渐显露，三民主义中社会改革的理念又使左翼文化人据此追求“民主政治”的实现。尤其，在左翼人士主导的报刊上，这是非常鲜明地蔚为当时主流的民主思潮。关于光复初期“三民主义热”的民主思潮，先探讨到此，下一节讨论左翼文化人如何从战后国际、国内的政治情势的演变，看待政治协商会议与国、共对立，并以高度“地方自治”的民主要求，呼应大陆的民主运动，作为寻求台湾真正解放的政治出路。

第二节　国内政治动向与台湾政治出路

这一节主要以光复后左翼文化人主导的刊物为考察对象，分析他们的言论转折与民主思潮的内容。考察的脉络如下：《政经报》是台籍左翼文化人集结创办的第一份杂志，它从“台湾光复日”1945年10月25日创刊，延续到1946年7月。主编苏新的编辑理念刚开始以批评台湾政经现实问题为主，不过从1947年2月以后，《政经报》开始出现将台湾的政治现实与大陆的政局演变联系起来的言论。蒋时钦主编的最后两期（何义麟，1997b）9，编辑理念更鲜明地将台湾的政治出路置于中国政治民主化的历程。1946年7月《政经报》停刊后，蒋时钦的编辑理念，紧接着在同月由李纯青主编的《台湾评论》延续下去。《台湾评论》核心人士都是归台的“半山”，其中有不少是日本殖民统治时代的社会运动者。1946年10月，《台湾评论》被勒令停刊，左翼文化人于同月又创刊《自由报》[1]周刊以延续同样的编辑理念[2]（何义麟，1997b）15。无独有偶的是，此一编辑理念也表现在台中文化

---

[1]《自由报》目前尚未得见，无法切实考察其言论内容，仅能以当事人的口述历史、回忆文章了解编辑理念。

[2] 本书有关左翼杂志的言论转折的考察，乃得自何义麟的研究启发，何义麟曾指出：“依照当事人的叙述，《自由报》自治言论确实明显受中共影响，但这是结果。要了解这种结果的产生，必须探讨其言论转化的过程。台湾左翼人士由批判国府统治，进而呼应中共政治主张是有迹可寻，其演进过程就反映在这三种刊物上。例如，有关国共政治协商会议之报道，分别出现在五月份的《政经报》，七月份的《台湾评论》，以及十月份以后发行的《自由报》。虽然三种刊物都出现相同议题，但其论述焦点，要到《自由报》才全面附和中共联合政府论与高度自治论。本土左翼人士经过战后近一年的言论活动，最后高度自治论逐渐成为其政治论述之基调。”见何义麟，1997b：15。笔者对何义麟的评断有些微不同的意见，首先是左翼文化人“高度自治”的观念在《政经报》发行的末期就已经提出了。而对于“联合政府”的政治主张，从1946年5月份《政经报》编纂“政治协商会议专辑”开始，在苏新、王白渊、蒋时钦、李纯青等人的串联下，这三份刊物的主要成员，对国共内战根源于政治路线的斗争已有清楚的认知，笔者认为这是促使他们一再连结势力创办刊物的原因。至于此一言论转化的过程是否受中共影响？笔者从他们言论转化的过程，评估内缘因素是日据时代抗日运动的历史基础与社会主义思潮的复苏所发挥的效应，这部分笔者赞同何义麟在同一篇文章的说法；但认为外缘因素的触发也很重要，那就是大陆民主运动、民主思潮的传布。笔者认为左翼文化人呼应的是大陆各地的“民主运动”与民主思潮，不认为是“全面附和中共”的政治主张，因为“联合政府”在1947年1月内战全面开打之前，并非中共独有的主张。而是当时各民主党派与各地的民主运动，将“反内战、要和平”的希望寄托在国共和谈、组织容纳各党的“联合政府”。即便是当时替中共宣传最出力的、还没有恢复共产党籍的李纯青也认为：台湾人不要卷入国、共的政治斗争。见《中国政治与台湾》,《台湾评论》创刊号，1946.07.01：4。

人1946年8月创办的《新知识》、与1947年1月创办的《文化交流》上。这些要求政治民主化、夹杂左倾言论的刊物，呈现了光复后社会主义思潮在台湾复苏的过程。同时，这几份刊物的人脉包括了省籍知识分子、“半山”人士与外省赴台人士，他们的交往与言论表现了左翼文化人的汇流。这些刊物的人脉，与《人民导报》《和平日报》关系匪浅，发刊情形与相关人物请参考（附录表7–7）。

一、批判岛内的政经现实

光复后第一份左翼文化人主导的刊物《政经报》，刚开始关注的是长官公署接收后岛内的政治现实，对陈仪的施政提出建言，诚如苏新所指出的：“当时主要是批评陈仪留用日人官吏和起用汉奸（当时我们骂他们是奸党），以及批评物价政策和金融政策，反对江浙财阀的进出台湾等等（1993b）[62]。”他们关心的焦点包括粮食危机、人才录用、省籍矛盾、产业振兴、社会治安等等问题，最后总结为“地方自治”的要求。

苏新的《论人事问题》除了呼吁政府不可举用日本帝国主义统治时期的日籍官吏、御用绅士，致使民众失望，并提出登用人才的具体办法建议政府，最后则向民众呼告组织群众的重要性：

> 第一，为何民众的敌人，今日尚能够登场起来？是不是因为我们无力？老实说，我们到底缺少了大众的组织力，缺少了训练，缺少了自己的充实。
>
> 第二，今后若欲清算从来的恶势力，欲使台湾的政治好，无论如何，我们需要组织大众，训练大众，提高大众的政治的意识……那末，我们就有驱逐反动势力的一日。
>
> 总而言之，人事问题，不是单以空论和批判就能解决的，而且也不是单对政府要求，政府就马上能应付我们。最要紧的，还是我们个个完成自己，加强我们的阵营。（《政经报》1945.11.25，1：3：5）

日本殖民统治时期台湾共产党成立时，曾经到林场、矿区协助组织群众的苏新，虽然此时尚未重新恢复党籍，但思维方式还是以阶级的立场出发，呼吁唯有组织群众力量才可以驱逐反动势力，达到政治革新的目的。《再论“粮食问题”》中，苏新则针对1945年10月31日公布的“管理粮食临时办法”实施配给制度，建议恢复米的自由买卖，以平抑米价；[1]否则，就应该以高于黑市的价格，收购全省一切米粮，或计划输入外米和代替食粮，解决粮食危机。苏新并批判当局不可沿用日本的统治手段：

> 笔者欲对当局诸公建言一句，就是要采用日官吏的意见的时候，须要十分警戒……他们的所谓“行政技术”不过是一种“邪术”，是帝国主义压迫民众的“技能”，决不适用于我们民主主义国家的政治。……所以留用日籍官吏的时候还要十分选择。(《政经报》1946.01.10，2：1：2）

这自然是针对陈仪政府昧于日本建设台湾的繁荣表象，一味迷信于日本的“技术官僚”，留任日籍官吏、技术人员，未曾考虑日本殖民统治时期繁荣表象的背后是剥削台民所造就的。

王白渊的社论《告外省人诸公》，文中批判少数对台胞怀抱一种优越感的外省人，把台省看作殖民地，劝告这些不肖的外省人：

> 现象与本质，应该要认清楚，不可以为一时的现象，例如台胞惯用日文日语，或是带一点日人脾气，或是不能说漂亮的国语，写流利的国文，就说台胞奴化变质或是没有用。(中略）台胞虽是在日人高压之下，但竟受过高度资本主义的洗礼，很少有封建的遗毒，在这一点我们以为台胞可以自慰。(《政经报》1946.01.25，2：2：2）

[1] 回复米粮的自由交易是当时报纸上民意调查的意见。1946年2月10日陈仪顺应民意，公告省内食米恢复自由流通，严禁囤积，但无法遏止米价的飙涨。

王白渊说台胞的民族意识从郑成功反清以来，又在日本殖民统治下继续抵抗了三十年，与在重庆抗日的“祖国”同胞并无天渊之别，以此反驳“台胞奴化说”。最后，提出“台人治台”的地方自治，乃建设新台湾的政治目标：

> 川人治川，粤人治粤之主张，当前有带着封建思想的遗毒，但是亦表现着川人粤人的坚强与爱乡心之强盛。台湾自有台湾之苦衷，顶爱台湾者亦是台湾人。我们以为台胞应该负起历史的使命，不可将自己的命运送给外省人。在以台治台的原则上，共同奋斗才有一天可以像人。不法日人，当然要铲除，腐败台胞，应该要打倒，而不肖外省人，更须要赶他回去。(《政经报》1946.01.25，2：2：2)

王白渊于此提出“台人治台”的民主要求，重申了胜利前、后在重庆“台湾革命同盟会”的政治主张。此一政治思想的承续，乃因《政经报》除了同仁编写的文章之外，另有几篇文章正是转载自重庆“台湾革命同盟会”的机关刊物《台湾民声报》最后一期（1945.10.25）的文章[1]（何义麟，1997b）9。《政经报》的同

[1] 《政经报》转载《台湾民声报》的文章如下，谢南光：《光明普照下的台湾》见《政经报》1945.11.25，1：3：6—7、张瑞成编，1990b：320。此文一一举证说明台湾实施三民主义的条件比国内任何一省更充分，到台湾后要立即成立民意机关、开放言论出版集会结社的自由，实现台湾人51年来的民主要求，就是政治上的自由和平等。连震东：《台湾人的政治理想和对做官的观念》，见《政经报》1946.01.25，2：2：4—5、张瑞成编，1990b：320。叙述台人祖先开辟台湾、抵抗异族统治的历史，反对台人受日本奴化之说。他并申明台湾“光复”，台湾人的目的已达到一半，若马上实施民主的政治，则台湾人的目的就全部达到了，并婉转告诫长官公署制中的立法权将使人产生总督府六三法复活的错觉，希望当局不是出于与日本同样的立法精神；最后并举陈仪的文章《日本统治台湾》中批评日本统治台湾的缺点为例，希望陈仪实现他的民主政治的理想。李万居的《台湾民众并没有日本化》，见《政经报》1946.02.10，2：3：4—5、张瑞成编，1990b：287—288，原是1945年7月31日，李万居光复前夕代表“台湾革命同盟会”向第四届的国民参政会宣扬台人的民族意识，说明台人在日本殖民统治下被压迫的痛苦。五十一年来所追求的理想，就是在中华民族的民主政治下过着自由平等的生活，并希望中央对接收台湾的机关有整体的计划。另外，宋斐如：《民族主义在台湾》，见《政经报》1945.12.10，1：4：3—4，是摘录自原题《如何收复台湾——血浓于水台湾必须收复》一文，见何义麟，1997b：9，乃原登载于1943年7月中国国民党台湾省党部编《台湾问题参考资料集》第二辑，张瑞成编，1990b：87—92。这些归台“半山”，为从事台湾的“光复运动”而赴大陆参加抗日工作，为争取台湾的地方自治，积极向国民政府官员提出建言，希望“三民主义”在台湾实行，切实推行“地方自治”。他们呼吁国民政府切勿歧视台民、漠视台民对于民主政治的认识与追求，他们的忧心重刊在《政经报》，又成了台人“光复”后的心声。由此可见这些大陆返台人士的大陆经验，对国民党治下的政治现实早有认知，认为政府一意孤行之特殊省制的接收将失去民心，却不幸言中。也因此他们对台湾局势发展比本地士绅、知识分子早有心理准备。尽管如此，在“二·二八”的肃杀中，宋斐如仍旧因为发行《人民导报》之故难逃死劫。

仁若不是已经看过此一刊物，显然就是已经和在大陆从事“光复运动”[1]的归台“半山”人士取得了联系。[2]同样的，缺乏大陆经验的文化人苏新，与外省人士中的进步民主文化人的交流，也加速了他对大陆局势的认知。[3]1946年初，苏新转赴《人民导报》工作，他在回忆录中自述：

> 到了《人民导报》以后，我的思想就开始转变，其主要原因，第一，参加《人民导报》的这些人，大多比较进步，由他们那里听了不少关于大陆上的情形，特别是“国共合作”的性质和内容。同时国民党的真面目已逐渐暴露，增加对国民党的认识。第二，看到一些进步报刊，如《民主》、《周报》、《文萃》、《新华日报》等，从这些报刊得到不少新知识。（1993b）63

---

[1] 关于这些当时被称为“祖国派”或“光复派”在大陆从事的“光复运动”及其言论，可参见郑梓，1994、曾健民，2010、蓝博洲，2015等人的研究。光复前这些参与抗日革命团体的台湾人与国民党政府既合作又抗争，一方面频频催促收复台湾的建军、建省、建制政策早日定案，另一方面亦积极争取“台人治台”“地方自治”，推动民主政治在台湾的实行。

[2] 最直接的例子就是苏新在《人民导报》与社长宋斐如有了同事的机会，此一联系使没有祖国经验的左翼文化人增加了对祖国政治现实的认识。王白渊也曾有过祖国经验，他受到谢南光的鼓舞曾于1933年到1937年间居留上海，任职于谢南光创立的“华联通讯社”，翻译日本广播电台的消息给中国有关机关，1937年被日本殖民当局逮捕押台入狱。战前的中国经验，也是促使他很快能掌握中国政治局势的助因。参考《王白渊生平、著作简表》见陈才昆，1995（下）:418—436。另外，王白渊与谢南光的交情甚笃已经是文坛的佳话。见柳书琴，2001：100—18。谢南光为日据下台湾民众党的干部之一，1931年12月赴上海，1932年创设“华联通讯社”，1937年813事变后转赴重庆，任职于国际问题研究所（实为国民党的情报机关），战后任职“日本管理委员会”专门委员。1946年4月担任中国驻日代表团第二组“政治经济”副组长赴日。9月曾回台省亲，短暂停留（1946.9.7—14）后返沪再赴东京，11日“文化协进会”在中山堂为他举办欢迎茶会，并安排谢氏演说，各界人士三百余人到场，博得台民的热烈欢迎，演讲中强调台湾政治现状离台湾人的理想太远，但这是全国性的问题，台湾政治前途在于争取省长、县市长、乡镇长民选的民主自治，见《民报》《人民导报》1946.09.12，并于9月11日夜对全台广播，12日《民报》刊登广播大意，题为《为民主政治而奋斗》。13日《人民导报》报道谢氏演讲主题“争取地方自治，是我们目前的政治工作”。《吴克泰回忆录》说谢南光曾与新闻界的朋友聚餐，当天到场的有“台北市长游弥坚、新生报日文版副总编王白渊、人民导报总编辑老台共的苏新、民报蒋时钦、我敬陪末座。”见吴克泰，2002：169。谢南光对台政治理念可说与当时的左翼文化人有志一同地提倡“高度自治论”。中华人民共和国成立后，1950年谢南光先向国民党辞去“中华民国驻日代表团专门委员”一职，后获选中华人民共和国“日中友好协会理事”，1952年在日本银座对日本财政界发表演说。有机会回台，却选择从香港前往大陆定居，1959年3月获选为第二期中共人民代表大会华侨代表。参考罗秀芝，1999：196。

[3] 以苏新为例，《政经报》2卷2期登了唯一一篇外省人的文章：杨毅的《论目前中国政治颓风》，杨毅在文中批评中国目前政治的本质还是封建社会的“官僚主义”，苏新在这一期的编辑后记说：“杨毅先生现任台南县秘书长兼教育科长，先生赴任前数天，在台北与我谈论台湾现在的政治问题，因为我有点愤慨口气，先生就安慰我说：‘这个现象，不是台湾独有，是整个中国普遍的政治颓风’。于是先生就马上写一篇‘论目前中国政治颓风’给我。”见《政经报》1946.01.25，2：2。苏新下一期的文章，随即呼吁台民不可对“三民主义”失望。

由苏新、王白渊的例子，可知本省文化人透过与外省人和“半山”中民主人士的接触[1]，以及阅读大陆一些反国民党的进步刊物，很快地就掌握了国内的政局变化。反映在他们的言论上，就是从眼前黑暗的现实困境中抬起头来，开始关心中国政治与台湾的关系。

二、响应大陆的政治民主化要求

1946年1月，在众所瞩目的“政治协商会议”召开之后，关心政局演变的左翼文化人显然受到相当程度的启发。《政经报》从2卷3号（1946.02.10）开始，左翼文化人言论视野也明显地扩大，不再从“孤岛”的角度批判台湾的政经问题，一再指出要将台湾的政治现实与大陆政局演变联系起来观察。

王白渊发表在同一期的《在台湾历史的相克》，以社会主义的观点，阐明光复后台湾的社会发展所遭遇的历史矛盾。他指出接收四个月来台省的乱象，“其根本原因可归于从前的中国和台湾的社会范畴之不同”。王白渊说：

> 台湾虽在日本帝国主义高压之下，过着半世纪之久之生活。因此其意识形态，社会组织，政治理念，均属于工业社会之范畴。当然台胞本身不能说是工业民族，但是亦不能说是农业社会的住民，竟受过近代高度资本主义深刻之洗礼。（中略）中国在八年抗战中，当然许多地方，有相当地（案：遗漏掉“进”字）步，但还脱不离次殖民地之性格，带着许多农业社会的毛病，……接收台湾，就是接收日本，从低级的社会组织，来接收高度的社会组织，当然是不容易的。米国管理日本之顺利，不是麦元帅一个人之能干所致，是高度的工业社会，来管理其次的工业社会所致。（原文标点如此，《政经报》1946.02.10，2：3：7）

阐明了接收的乱象，根源于台湾与“祖国”的社会性质的“历史相克”之

[1] 王白渊的例子，是他在《台湾新生报》（1945.12.25创刊）担任资料室主任兼评论委员，社长是返台的“半山”李万居、副社长是被国民党视为左派的文人黎烈文，李纯青居台期间也在《台湾新生报》担任主笔。

后；王白渊进一步呼吁台湾人把眼光放大，将台湾问题置于整个中国历史的发展阶段，他说：

> 台省现在所表现的种种政治姿态，无不出于这个根本的相克，但是这个问题系全国性的问题，不能只在台湾解决，和整个中国历史发展阶段有关。因此我们须要把眼光放大，看看全中国历史之进军，而凝视全世界历史之演变，然后才对台湾的现实，一步一步加以改革。陈长官的主观无论什么样高明，但是台湾的政治，不是由一个人可以弄好的。台湾在许多地方，或者会退步，因为海水不由你一部份特别高。(《政经报》1946.02.10，2：3：7，底线为笔者所加)

王白渊一针见血地指出回归“祖国”后、台湾社会问题的根源，乃在于原本在日本殖民统治下经过殖民地资本主义洗礼的台湾社会，遭遇到“祖国”次殖民地社会的历史矛盾。但又很清楚地指出台胞“不能说是工业民族，但是亦不能说是农业社会的住民”，只不过受了日本帝国主义的“近代高度资本主义深刻的洗礼”，清楚地认知到台湾并不是由于自发的社会发展进入了“资本主义”现代化、工业化社会的阶段[1]，也就是战后经济学家刘进庆所说“跛脚的现代化”（2003）[10]。王白渊从分析社会性质的角度，看待台湾的回归，此中并非以台湾受日本的工业化洗礼而“夜郎自大”（例如一些耳熟能详的论述，说光复后台人因为对“祖国”失望，从而回过头怀念日本殖民统治，或是高度颂赞日本的法治和现代化）。王白渊反而要台胞冷静，只因台湾和“祖国”已经是命运共同体，“海水不由你一部份特别高”。他忧心忡忡地指出社会乱象不解决，则“亦有由社会问题，进入政治问题发生之可能”，但绝不是因此将台湾政局全寄望在陈仪一人身上，因为台湾问题“不是由一个人可以弄好的”，它是“全国性的问题，不能只在台湾解决”，要台胞将眼光迈向全中国、全世界的历史演变。

---

[1]　有关2000年7月—2001年12月于《联合文学》上陈映真与陈芳明的论争，关于台湾文学史分期从而牵涉到台湾社会性质的笔战。陈映真的认知和王白渊这一篇文章的认知是一样的。

王白渊这时候已经不再着眼于前述“台湾革命同盟会”时期、台人曾发出“台湾省行政长官公署”是“总督府”再现的质疑，不再针对台湾是否被国民政府当作“殖民地”对待，而是从整个中国的社会结构发展，看待台湾政治的未来走向，唯有整个中国趋向于“工业化”（现代化）社会发展，台湾的社会才能与中国一起提升、进步。王白渊在这篇文章仅指出“工业社会”与“农业社会”的优劣，并没有明确地指出全中国、全世界的历史动向会趋向怎样的发展。我们若是仅根据此文，很容易以为王白渊抱持进化论的要求，欲追求“现代化”“工业化”的社会发展。

就在这篇文章发表后不久，王白渊于《新新》发表的《民主大路》，更明白表现他的思想归趋。王白渊在《民主大路》一文提到日本的败北，乃由于违反“民主主义”的历史动向。[1] 他认为台湾从殖民地的桎梏回到“祖国”的怀抱，踏入民主主义的国家之门，但是“台湾是一个民主主义的处女地、容易受骗，所以台胞在这光复之秋、宪政实施之前夜、应该研究谁是民众之友、以期民主政治的完全实现”，此乃由于：

> 宪政的施行、无论任何人都不能再阻止、但是民主主义亦有种种、亦有骗人的民主主义、例如资本主义社会的民主主义、虽然标榜民主、其实竟限于资本家间的自由平等、普通一般民众还置在其外。亦有挂羊头卖狗肉的民主主义、中国的军阀和官僚的民主主义、均在此类。中国的军阀亦唱民主、官僚亦一样大吹民主、但是民国革命以来三十多年“民主”两字不是空谈。就是奴化的工具而已。然而经过这次八年之抗战。中国民众亦醒过来了。军阀业已完全肃清、而官僚亦无从前的权势、所以不能完全指鹿为马。（《新新》1946.03.20，3：10，原文标点如此）

[1] 王白渊：“日本这次的彻底败北、中国能够胜利、在历史过程看来、不能说是中国人打胜过日本人、亦不是联合军使日本无条件投降、就是历史的动向、使日本的军阀葬身于太平洋的沧浪之间。因为历史一向向民主主义的路前进、然而日本的军阀竟向历史开倒车、抱着封建反民主的残梦、因此竟被历史所见弃、在宽广的世界上、演出无立国的余地。”（《新新》1946.03.20，3：10，原文标点如此）

王白渊的思想归趋，上述两篇文章合起来观看就很清楚。他认定全世界、全中国的历史动向，是要走向“民主主义”。笔者认为王白渊一再强调的“世界性”，其实带有国际主义的暗示。他强调推动历史前进的动力，就是社会主义的民主革命，因而提出要打破资本家、官僚、军阀挂羊头卖狗肉所标榜、垄断的“民主”，尽管没有用“社会主义”的字眼，但其意思已经昭然若揭；尤其是尖锐地批判“民国革命以来三十多年‘民主’两字不是空谈。就是奴化的工具而已。”在国共和谈僵持不下、政治协商会议“议而未决”、内战已在华北、东北悄悄开打之际，他提出要台胞认清“谁是民众之友、以期民主政治的完全实现”，王白渊有没有“倾共”的暗示很难说。无论如何，他已经认识到大陆的民主运动浪潮，认定的历史的动向就是走向以民为主的“民主大路”。[1]

《政经报》的发行人陈逸松，是在《政经报》发表社论文章最多的一个，他也很快地就抓住光复后台湾社会问题的根源，对长官公署的政策、实行皆能举出具体的批评，切中时弊。包括《目前紧急的政治诸问题》《国营乎民营乎》、《保持治安必须振兴产业》《统论今日各般的问题》《现下台湾政治的出路》，皆是以社论刊登在卷头，可以看出资产阶级出身的陈逸松，跟苏新、王白渊关注民生经济、民主政治问题比起来，他还特别关心经济政策中是否允许部分民营与产业自治的问题。但是，值得我们特别注目的是，陈逸松在《政经报》最后一期（1946.7.25）发表的《现下台湾政治的出路》，明白指出脱殖民的台湾再度遭遇民生困顿、省籍歧视的处境，是“民主”问题，不是“民族”问题：

现在我们台湾省敢（岂）不是刚从日本帝国主义的压制解放出来

[1]　半年多以后，王白渊在《新新》第7号（1946.10.17）发表的《青年诸君に与ふ》（给青年诸君）见陈才崑译，1995（下）：280—281，又再次总结了他《在台湾历史的相克》与《民主大路》两文的论点，并且指出从接收后台湾的政局乱象，可以看出台湾就是中国的缩影，从而一窥中国次殖民地社会形态之全豹，作为历史先驱者的青年，应该掌握“民主主义”的历史动向，朝此目标前进以建设民主主义的新中国。另外曾健民亦摘要翻译了《青年诸君に与ふ》（给青年诸君）的主要论点“中国好不容易才刚从长期的半殖民地形态解放出来，台湾也刚刚从典型的现代殖民地解放出来，从历史来看，两者都只不过才刚踏入现代国家的大门口；虽然为政者和人民一开口都‘民主’、‘民主’，但是，不管从现实的哪一方面看，都看不到具有现实民主政治的社会条件。对我们来说，民主政治仍然属于理想的境界，现实上，半殖民地的或是殖民地的残渣仍然深深地缠绕着我们，形成令人窒息的空气，这是历史课予我们的现实。（中略）现在我们处于中国的一隅，台湾的现实正是全中国的缩影、它的一断面，（中略）希望好好看清历史的方向，朝向建设民主主义中国迈进”。见曾健民，2003：56。

的吗，那个压制若是身有体验的人，是绝不愿再想日人来统治我们的。我们是靠民族主义才有重见天日的今天，才能够做虽"实不符名"的世界四强之一的不折不扣的中华民国国民。省内外竟然因语言疏隔等因素产生对立，但这个对立不比日人对我们殖民地台湾人的对立，这是一个国家内的可以迅速修整的对立，况且这种对立在广东广西福建等语言少差的地方都有呢。那末（么）我们今日所烦闷的问题不是一个省份内的问题，是整个中华民国近代化的问题；贪污不是民族问题，是个国内政治的正义化的问题而已。(《政经报》1946.07.25，2：6：4，底线为笔者所加）

陈逸松从脱日本殖民实现了民族主义，说明台湾"光复"的意义，指出"光复"后、省籍的对立不能与日本殖民统治时期的民族对立同日而语，已经认清当时台湾的政治遭遇的是"族群政治"的冲突矛盾。陈逸松在此提出与王白渊一样的论点，把民主主义作为历史的进程，将台湾的政治问题置于中国政治的近代化与正义化的问题上，摆脱从"孤岛"看待台湾复归中国后所滋生的乱象，也摆脱为了反抗特殊省制、"奴化说"、省籍差别待遇所衍生的"被歧视"感，那种殖民地式的悲情意识。文末，陈逸松还直呼"今日需要坚守民国三十数年来的革命传统，广遍地唤起民众组织化，以革新眼前的现实生活的诸问题"。陈逸松于此又呼应了苏新的主张，呼吁民众组织化以集结革新现实的力量，才是"现下台湾政治的出路"。[1] 这些左翼青年所提出的"政治正义化问题"，与组织群众坚守革命传统的论调，乃立基于左翼要求彻底改变政治经济结构的社会革命理念。

蒋瑞仁（蒋时钦）在《政经报》最后一期的"编辑后记"[2]，流露出他对台湾社会的隐忧："大家却抱着满肚的不满，在痛骂，在冷笑或诅咒着，眼前社会的腐败丑态现象。我很怕若是这样弄下去，台胞不是患了精神衰弱，则会有爆炸的

[1] 陈逸松此文登在《政经报》上最后一期，也是他最激进的一篇政论文章，说明了《政经报》发行半年多，这群左翼文化人中，连阶级革命思想没那么强的陈逸松，都呼应同一期蒋时钦"再革命"的论调，则笔者推测主编蒋时钦的影响力不容小觑。

[2] 蒋时钦在《政经报》上的笔名是蒋瑞仁，编辑后记仅署名"仁"，见何义麟，1997b：9。

一天（《政经报》1946.07.25，2：6：24）。”距离“二·二八事件”的爆发还有七个月，台湾社会的骚动不安，已严重到有识之士都有所警觉。事实上，王白渊早在1946年2月就曾经对此发出“亦有由社会问题，进入政治问题发生之可能”的忧虑。显然，日本殖民统治时期台湾左翼批判性的思潮已然复苏了，这次是国民政府官僚政治的腐败现实，提供了社会主义思想的温床。

蒋时钦主编的最后两期，分别为“政治协商会议特辑”和“美国宪政研究特辑”，其中1946年5月25日发刊的“政治协商会议特辑”，介绍了政治协商会议的办法、蒋主席的四项承诺、中国各政党概要、各党对协商会议的主张，以及各党代表的略历。“政治协商会议特辑”，属于介绍性质的客观报道，编者的立场不偏不倚，有助于台人了解大陆各政党组织的情形，以及各党的政治主张。最后一期7月25日发刊的“美国宪政研究特辑”，则详加介绍了美国宪政、政党民主政治运作的程序。从这两期蒋时钦将政治协商会议与美国宪政并置刊登的情形，我们可能会误以为蒋时钦思想性质是倾向美国自由主义式的会议民主制。但是从他本人发表的文章来看，其实不然。蒋时钦汇编、介绍美国自由主义政党政治的会议民主制度，其动机应是着眼于当时中国政治协商会议的情势，以较务实的做法加强民众的民主政治意识，先推翻国民党一党专政的极权统治，以促成联合政府的组成。事实上，当时中共的军力与国民党对比悬殊，自估不足以战胜国民党，联合其他民主党派与国民党共同组织联合政府，不但是中共当时的政治目的，也是全国的民意所在。蒋时钦的文章所表现的思想，则很明显是倾向于阶级革命的立场。

下文试从蒋时钦的文章来分析他的思想倾向。《向自治之路》与《宪政运动及地方自治》两文，都相当尖锐地批判国民党的施政有违孙中山的遗教和国民党的党义；《宪政运动及地方自治》一文可以更清楚看出他的思想归趋。基本上，蒋时钦和王白渊一样，是要追求真正以民为主的“民主政治”，而不致使“政治被官僚或资产阶级操纵独占”。他首先提出“宪法不是万应膏”，要台胞从（国民党的）历史中借取教训，这和前文王白渊的呼吁是一样的，只是蒋时钦讲得更清楚。他认为本省比一般省份法治观念较高，对于宪法的期待特别大，他说：

一部份台胞有一种危险的乐观，那就是他们以为一俟宪法实施，眼前所有腐败及困难就马上可以解消，封建官僚被扫除一光，真正的民主政治立刻上轨道。可是历史及经验的教训不许我们抱此种乐观。

宪政即民主政治，决不是从天上掉下来的不劳而获的果实。……被打倒或被迫让步的，独裁的封建统治者，决不甘心放弃或限制他自己的权力。……宪法是拿立法的手段，来巩固革命的成果，而其本身则又须革命的力量来巩固。(《政经报》1946.07.25，2：5：5)

接着，蒋时钦举了孙中山讨伐袁世凯称帝为例，说明当“护法运动”已不足以保障宪政时，孙中山唯有再度举起革命的旗帜。[1] 呼吁民主政治的宪政，必须靠革命的力量迫使独裁的封建统治者交出权力。于是他揭示了国内的民主运动的目的：

眼前国内之民主运动就是……不使宪法变为“资产阶级所专用，适成为压迫平民之工具”，而实现“为一般平民所共有，非少数者所得而私”的民主政治。……

国内民主势力为要争取良好的宪法及真正的民主政治，所以要求国民大会代表民选，及联合政府的成立。他们反对国民党包办的国民大会及宪法。因为今日官僚及反动派在演着独裁的封建性专制统治者的角色，时时刻刻有推翻或背叛 中山先生所指示的民主路线的危险。(《政经报》1946.07.25，2：5：6，底线为笔者所加)

蒋时钦鉴于台胞对国内政局的隔阂，1946 年 7 月 3 日国民党违反政协会议的决议，“片面”宣布将于 11 月 12 日召开国民大会制订宪法，蒋时钦马上写就

[1] 蒋时钦还举了日本的宪政为例，说明日本从“大正末期至昭和初年叫做‘政党政治’时期，其实内容不过是‘为资产阶级所专有，适成为压迫平民之工具’”。一直到战败投降，“(日本)虽然有了宪法，但其政治完全背叛人民的意志及幸福”。

这篇政论，针对现实批判的意味相当强烈。

行文中蒋时钦明白反对国民政府“以党治国”的独裁制度，使“民国变做军国，法治变做人治，再变为枪治”。蒋时钦并举台湾现状说明：“半年来摆在台胞眼前的种种事项，不是雄辩地说明，我国官僚的封建性格及反动派的反民主性？这就未免有悖中山先生的遗教及国民党的党义了。(《政经报》1946.07.25，2：5：6)”他将国民党当局类比于袁世凯，要台湾人效法孙中山再度揭举革命（史称“二次革命”）的旗帜讨伐之。蒋时钦最后指出台湾的民主运动的目标就是“地方自治”，点出了本篇文章的主旨：

> 自治是台湾民主运动目标，光复与真正的解放是二件事，我们须与全国民主战线相应，结集民众的伟大力量来争取地方自治。(《政经报》1946.07.25，2：5：6)

蒋时钦于此明白指出“光复”不是真正的解放，唯有与全国的民主战线相联系，争取“地方自治”，才是实现孙中山先生所谓“自治就是宪政的开始”的“全民政治”，“这样才能不致使政治被官僚及资产阶级所操纵”。

综上所述，苏新、王白渊、陈逸松、蒋时钦等人对时局的认识，使我们了解光复之初、政权转换时期，省籍左翼文化人政治意识的变化。一开始他们是关心台湾政、经乱象，站在维护台湾人的主体尊严、政治上的权利与义务，要求废除长官公署制此一带有殖民地性质的特殊省制，从“人才录用”问题，抗议本省人外省人的社会地位的不平等，驳斥“台湾人奴化说”。当他们逐渐认清国民党当局的封建性格与官僚资本的本质，完全背叛了孙中山“三民主义”的民主路线，因而指出台湾的政、经危机是全国性政治“民主化”的问题，并非仅仅是台湾长官公署制的特殊性问题。在光复后、持续加温的省籍对立的情绪中，这无疑是思想、视野上的一大转折。这些左翼文化人都是怀抱社会主义的理想青年，除了蒋时钦比较了解中共以外，其他人对于二次大战后苏联和中共的动向都还在观察中。然而，眼前国民党的封建官僚体制违反人民民主，也是有目共睹的，是“全民政治”首要推翻的“公敌”，而共产党在政治协商会议的政治主张，又是民主党派，包括民主同盟、青年党、无党无派等中间派势力的共同主张，所以他们把这些力量，统称国内的民主运动。他们已充分认知到国内反内战、争和平的民主运动潮流，表现在“政治协商会议”上就是政治路线的斗争。

可以这么说，到了1946年的6、7月，《政经报》发行的最后阶段，这些左翼文化人已经很清楚台湾的政治现实与“祖国”的政治是命运与共，唯有与国内的民主运动战线联系起来，追求中国民主政治的实现，才是台湾真正解放之日。它的方式与目标，就是集中台湾的民主力量争取“地方自治”。这些理念一再展现在当时的《人民导报》[1]上，以及接连创办的《台湾评论》《新知识》《自由报》周刊上，可见左翼文化人已凝聚出共识。或者应该说，中国大陆如火如荼进行的民主运动浪潮，让他们对国民党执政失望之余，重新发现了新的曙光，唯有如此，才能解释左翼文化人在省党部大力整顿言论的同时，还愈挫愈勇地继续创办刊物。

三、围绕“政治协商会议”展开的民主要求

1946年1月10日至31日，政协会议召开期间，分为建国纲领、政府组织、军事、国民大会与宪法草案等各分组讨论，最后并通过了上述五项议决案。不但牵制了国民党一党专政的独裁制度和内战政策，军队“国家化”的议决也牵制了共产党。但和平的希望没有维持太久，2月10日在重庆发生国民党特务殴伤李公朴、郭沫若、施复亮等民主人士的“较场口事件”，3月1日至17日，重庆召开的国民党第六届二中全会，推翻政协会议的国会制、内阁制、省自治制等议决案，国民党又退回政协会议前所坚持“五五宪草”的内容（金冲及2002：第一章、费正清主编，1992[795]）。“五五宪草”乃《中华民国宪法草案》，1936年5月2日由国民政府立法院通过，同年5月5日由国民政府宣布。《台湾评论》最后一期曾全文刊出《中华民国宪法草案——所谓五五宪草》（1946.10.01），依“五五

[1] 吴纯嘉统计《人民导报》的“社论”议题分类，指出：“台湾类含政治、经济、社会与文化的论述占68%左右，大陆与国外消息的论述则占32%，显示《人民导报》除了关切台湾岛内所发生的各种问题之外，对于大陆与国外情势也十分注意，并且随着局势的演变，论述的比重也就相对提高。如1946年1月中旬以后，《人民导报》受到大陆上各党派政治协商会议进行的影响，谈论此一会议的社论增加；1946年4月份开始，因国民党与共产党和谈破裂，国共双方军队在东北、华北开始发生武装冲突，《人民导报》对于内战的发生，感到忧心。”见吴纯嘉，1999：113。

宪草”，总统握有大权，包括：“宣布戒严解严”，“任免文武官员”，“发布紧急命令权，发布命令三个月内，提交立法院追认”，“召集五院院长，会商关于二院以上事项，及总统咨询事项”。关于“地方制度”，“省设省政府，执行中央法令及监督权”，“省长由中央政府任免之”。《台湾评论》第一期已刊出了政治协商会议决议通过的《宪草审议结果》（1946.07.25），副标题为“加重立法监察两院职权，约等（于）民主国（家）上下两院制度”，内容说明“政治协商会议”议决案，缩小了总统的权限，规定：“立法院为国家最高立法机关，由选民直接选举之”，“行政院对立法院负责”，“总统经行政院决议，得依法颁布紧急命令，但须于一个月以内报告立法院”。并决定“第一次国民大会之召开由政治协商会议协议之”。有关“地方制度”，则“确立省为地方自治最高单位，省与中央依照均权主义规定，省长民选”，“省得制订省宪，但不得与国宪抵触”。

左翼文化人体认国民党的反动性，积极传布“政治协商会议”议决案，欲借此提高台湾人对民主政治的认识。《台湾评论》创刊号的“政治协商会议特辑”，比起5月的《政经报》上简介会议主题与各党派代表，更进一步报道协商的渊源与过程，最重要的是将各分组讨论的过程与五项决议内容一一报道刊登。各党派代表一一发言表达政党主张，读者可从中了解各党派的立场与协商的结果。不知是有意还是无心，创刊号同时刊出会议决议的《和平建国纲领》与中共的《和平建国纲领草案》全文，却错把中共的“草案”标上“决议”两字，刊登在前，也因此触怒了台湾省党部（何义麟，1997b）[11]。尽管在第二期的“编后记”公开更正，却使《台湾评论》一直备受勒令停刊的威胁，苦撑到第四期终于停刊。

综观《台湾评论》的编辑倾向，其主题都围绕着以“政治协商会议”为核心发展出来的议题。《台湾评论》主编李纯青在1946年7月1日第一期的编后记表明，政治协商会议“为中国史的转折点。即由战转和平，由一党训政转到多党的民主。协商解决了中国数十年来不断纠纷的问题……台胞了解中国政治，应从此始。”显然认定这是和平建设民主中国唯一可能的道路。

主编李纯青每期一篇的时评，刻意突显国民党在台湾“避而不谈”的国、共冲突的白热化，直接触及美、苏对立与国共内战之关系的敏感现实，并特别以中日对照刊登，其诉求对象显然是对中文阅读还有障碍的台湾人。[1] 其中，第三期的《给台湾参政员》（1946.09.01）称赞台湾"国民参政员"的选举比国内任何省份都要自由、干净，"给谈训政及再教育台湾的人一个有力的讽刺"，说明成立于民国二十七年的国民参政会，将终结历史任务于11月12日国民大会召开之时，尽管只有咨询权而无议决权，仍期许台湾参政员不要受人勾结、利用，汇集省民的意见代表台湾出席参政会。李纯青并没有要台湾人站在中共的立场，拒绝出席国民政府"包办"的民意机构，而是建议"台湾党派的力量尚弱，没有认识清楚以前，最好不要卷入党争漩涡。目前台湾创造一个台湾党，也许还要理想些"，他呼吁台湾人自己应该团结、政治家应有全国的眼光。尽管李纯青身负替共产党赴台调查进步势力的任务[2]，时有倾共的言论出现，然而对于台湾问题，仍力主台湾的"自主性"，认为台湾面对国、共的政治路线斗争，应保持中立的立场，对于体制内的改革机会还是要据理力争。

李纯青在《台湾评论》最重要的一篇文章，是最后一期的《客观的事实》（1946.10.01），针对7月国共内战爆发后的时局变化多所说明。第一，"美国投下的波澜"，报道美国舆论界与上海舆论界反对美军驻华，反对麦克阿瑟扶植日本反动势力的情形。另外，苏联向联合国理事会提出美军撤出中国被驳回后，"观察家认为是苏联过问中国事件的征兆，中国或将变成西班牙，给两大集团试验新兵器"。第二，"内战形势"。说明7月15日战争一开始，战事就扩大了，除了详述双方在华北、东北的战绩与伤亡，又说"因为双方战略不同，国军要的是城市，中共打的是'有生力量'——人，直到现在，没有一役决战，如不谈判停战，这个战争是不容易打得完的"。李纯青对内战的分析，相当精准，对不易掌握内战情势的台人而言，是非常重要的信息。第三，"国民大会问题"，阐述中共拒不出席国民大会的关键，在于对《五五宪草》、国大代表的名额与国民大会召集方法

[1] 创刊号的《中国政治与台湾》（1946.07.01）提到东北内战，评论指出：虽然共产党部队急流勇退，但中央军补给困难，内战延长，对国民党不一定有利。赞扬延安及其他"解放区"无贪官污吏，努力生产、人人劳动，军纪严肃。但共产党的力量不足以覆盖全中国，国共唯有谈判和平才能建设新中国，否则仍旧要沦为半殖民地。第2期《烤死人的夏天》（1946.08.01）评论美苏是否开战与中国内战的关系，指出美苏冲突不能避免，影响国共和平谈判的艰难。

[2] 根据吴克泰的说法，台湾光复之初，周恩来透过许涤新请《大公报》的李纯青（当时尚未恢复共产党党籍）回台调查台湾进步力量的情形。见吴克泰，2002：164。

有争议，拒绝参加国民党一党导演的国民大会。[1]并指出：“说穿了，国民党是希望通过国民大会，继续维持政权，而中共亦希望通过国民大会获得政权。”政治协商因此破裂。由此点出国共内战除了根源于政治路线的思想斗争，还在于政权之争。第四，“经济问题”，说明上海的通货膨胀危机，外汇调整已无益于中国工业。又因美国把太平洋剩余物资卖给中国，把中国当作独占的市场，中国只要有买办便够了。因而批判道：不仅是官僚资本，而且是权贵资本，导致工业停顿，物价飞扬，饥民遍野。李纯青不到五千字的时评，涵盖国、共政治路线斗争最根源的矛盾问题。

在李纯青的主导下，《台湾评论》深具左翼批判精神，其编辑理念和其文章一样，围绕着政治协商会议的根源与后续发展。[2]例如：汪叔隶的《国民大会与宪法问题》，详尽说明“政协会议”中决议国民大会的“制宪”原则，以及对“五五宪草”所做的重要修改。署名香汀的《论地方自治》，同样在阐述政协决议案中关于地方高度自治的理念，修正了“五五宪草”中实际上剥夺地方自治权的部分。国际问题研究所的王芸生[3]的《中国时局前途的三个去向》，分析时局的三种可能去向：“南北朝”是中共希望达到的；仿效苏联十月革命，则中共主观力量不足；唯第三条路政协协议之路，以过渡性的联合政府筹开国大，制订宪法，然后过渡到实施宪政，举行民主大选，走向民主宪政的大路，才是和平统一民主进步之路。著名的左翼文人郭沫若的《反内乱》，代表国内要求和平的舆论。另外，关于经济、产业问题，有转载自《周报》上张一凡的《经济上扫荡官僚资本》、《大公报》社论《评调整汇率案》，以及孙晓村、陈舜年《茶叶的危机及其

[1] 李纯青指出：“7月3日国防最高委员会决定11月12日召集国大，不是‘政治协商会议协商’的，所以中共说是‘片面决定’”，据“政治协商会议”决议宪法修正原则第一条附注云：“第一次国民大会之召集方法，由政治协商会议协商之”。接着详加说明中共对“国大代表”与“宪草”两大争议的立场。国民大会代表总额为一千二百名，已于十年前选出百分之九十以上，“‘旧代表’几乎全是国民党员，至少也与国民党有密切关系。政治协商决议增加党派及社会贤达七百名，台湾东北等新增各该区域及其职业代表七百名（笔者案：手民之误，应该是一百五十名）。中共及非国民党的人，只希望握有否决“五五宪草”的名额。但后来政府承认立法委员、监察委员为当然代表，这个比例又变了。”共产党因此拒绝参加。至于“宪草”问题，李纯青解释：依“五五宪草”，总统握有大权，为缩小总统的权限，政协决议把立法、监察两院变成民主国家的上下院，要行政院对民选的立法院负责。

[2] 例如编辑部组稿的文章，创刊号的“政治协商会议特辑”，第2期介绍中国重要政党的历史。第3期刊登了《修正国民参政会组织条例》与历届会议时间地点名单、《我国第一期经济建设的原则》（1944年12月29日国防最高委员148次会议通过）。第4期刊登了“五五宪草”全文。

[3] 曾经担任筹备收复台湾的“台湾调查会委员会”的委员之一。

前途》、山禾《风雨飘摇中的上海工业》、周宗伊《论今后我国财政的改革与建设》、吴大琨《如何修正五五宪草国民经济章》、马寅初《农业工业与国防工业之连锁》等等，对于国民党统治下的经济政策弊端与产业危机多所抨击；解树民的《从土地问题说到土地政策》，说明平均地权的理念及具体施行的方法。由这些文章主题看来，《台湾评论》除了注重政治民主化的改革之外，亦相当注重与民生相关的产业、农业、土地以及民族工业资本等经济问题，也就是关于物质经济基础的改革理念，处处挑战着国民党的官方意识形态。

另外，《台湾评论》特别关注战后美、苏集团对立的动向。第 3 期有哈文生的《美国的世界基地网》，说明美国战后积极发展强权政策，建设世界基地网，共和党的孤立派分子正"进化"为积极的帝国主义，并与民主党的某些领袖在外交政策上日益接近，虽然有许多进步人士所代表的反对派，他们反对强权政策，坚持大国须保持合作，仍无力与强权主义者相抗衡。第 4 期有编辑部撰写的《苏联寻求南方出海门户关》，说明欧洲和会上苏联与英美对立的尖锐化，"从东地中海到波斯湾头，展列着一连串尖锐斗争的问题，土耳其的达达尼尔海峡与伊朗问题的石油开采权，是两个最重要的问题"，并找了人画了插图，以示二战后苏联国际地位增强，不愿再被封锁于资本主义国家包围的孤立圈子之内。这些编辑策略，与《台湾评论》提到美苏对立对中国政局的影响的文章，互相呼应，一再显示不可轻忽"国际性"社会主义阵营的动向，显示了中国的内战正是此一国际性政治斗争的一环。

台湾当局，以警备总部、省党部为核心，从 1946 年 5 月开始紧缩新闻的言论自由，并极力封锁国内消息。《人民导报》首当其冲，社长宋斐如被迫下台改由王添灯担任，9 月苏新被迫离职前往《台湾文化》，年底《和平日报》亦被迫改组。左翼文化人努力于媒体言论突破官方封锁线，试图让台湾的通讯消息尽量与国内同步，尤其是国内社会民主运动的动态，从 1946 年下半年开始，就一直是左翼刊物报道的重点[1]，一直持续到“二·二八事件”爆发。

就在台北的左翼文化人积极掌握媒体言论的同时，《和平日报》在外省进步青年王思翔、楼宪、周梦江等人的串联下，结合了左翼作家杨逵，老台共谢雪红的人马如杨克煌、林西陆等。除此之外，他们还得到与林献堂往来密切的庄垂胜、张星建、叶荣钟与张焕珪、蓝更与等中部地区老文化人的支持，发行了《新知识》与《文化交流》。

《新知识》宗旨在促进与“祖国”的文化交流，宣传国内的民主思潮。“创刊词”言明刊物无党无派、没有立场，一定要说立场的话，就是老百姓的立场，此一刊物宗旨与《台湾评论》的创刊词如出一辙。与《新知识》创刊词同一个版面，刊载了两位主编的短评，王思翔的《光复纪念》与周梦江的《反对内战》，表明了刊物的中心思想，为了追求台湾真正的“光复”——新生的开始，就是要以我们的行动来响应国内的“不要内战，要和平”的政治民主化运动，呼吁台人投入“在上海，杭州，昆明等地方”千万人的和平运动。

《新知识》与《台湾评论》一样，采取大量转载国内各派民主人士文章的策略[2]，为方便台胞阅读，某些文章还附了日文翻译的摘要。施复亮的《何谓中间派》[3]，宣扬自由主义的精神，表明中间派路线在实现英美式的民主政治，发展资本主义，但绝不容许官僚买办资本的横行和发展，唯有形成强大的中间派，国共问题才能合理解决。赫生的《马歇尔在华的工作》，则分析国民党利用美国

---

[1] 1946年5月《政经报》2卷5期蒋时钦就曾登了一篇署名危舟的《广港文化在民主浪潮中》，介绍了爱好民主自由的人民作家、民主同盟同仁主持的一些报刊，包括：广州出版的报刊《民主生活》《民主星期刊》，杂志有《文艺生活》《文艺新闻》《新世纪》和《国民月刊》，以及香港出版的《华商报》《正报》《自由世界》等民主刊物。文中报道三月初茅盾来到广州如何鼓舞了广州文化界，使民主战线得到生力军。另外一篇“上海通信”署名“思乡病者”的《一个大学生的手记》，文中报导了昆明1945年年底到1946年3月从昆明西南联大蔓延到上海的学生反内战运动。同样也是不断地透露国内的政治动向给伝达台湾读者。这应该就是《吴克泰回忆录》中提到蒋时钦向他约的“一篇介绍大陆学生运动的文章”。吴克泰说：“我根据在《上海改造日报》时看到的新华社通讯稿，从‘五四’运动到北京学生要求抗战的‘一·二九’运动，一直写到一九四六年年底的昆明学生反对内战的运动。”见吴克泰，2002：155。吴克泰印象有误，这篇文章主要报道昆明与上海的反内战运动。

[2] 有关战后初期台湾杂志转载大陆的民主刊物的文章与“民主”思潮传布的关系，请参看横地刚，《“民主刊物”と台湾の文学状況》。此文乃横地先生根据2003年6月14日台湾第五回日本台湾学会第四分科会“1940年代后期台湾文学研究の资料と视觉”会议宣读报告改写，感谢横地先生提供笔者文章。

[3] 施复亮，“民主建国会”成员，《何谓中间派》原载于1946年7月14日上海《文汇报》，见金冲及，2002：43。

对华政策的两面性、壮大对中共的“围剿”，“保障马歇尔成功的，是人民的力量，我们将继续发挥这种力量，来缔造中国的民主和平，只有这样我们才可以使美国的干涉适应我们的利益”（页21）。费孝通的《人民、政党、民主》，阐述美国政党政治的民主精神。邓初民的《一切为了人民》，提到一个为人民服务的国家、政府和党，应该要有为“最广大人民的最大利益”服务的理念。关于经济问题，许涤新《论当前的中国经济危机》，说明中国当前的工业、农业与财政三种危机交织在一起，到了总破产的局面，这一切都起因于内战危机，发展下去就是中国殖民地化的道路，但是“在××区，农村正在进行初步的土地改革；城市正在振兴工商业；生产正在飞跃的发展，人民生活正在进行改善。这一条道路是与大后方、收复区的趋势背道而驰的”（页15）。尚之远的《国共合作的经济基础》，说明国共的内战将在经济上形成城乡分裂，彼此的力量都要受到削弱，国共合作基础在于社会的经济革命，化手工业为机器工业，化半封建社会为现代化社会，首先要停战，“国民党以政府领导者和第一大党的资格，必须予共党以生存的保障，与建国中参加一份的机会”（页19）。《新知识》这些转载文章纷呈着左、中、右派对时局的论点，唯一的共通点就是“反内战”“要民主”，与《台湾评论》一样从各个层面反映国共内战的问题根源。

对于台湾的政经问题，杨逵的《为此一年哭》，表达对光复以来民不聊生的不满与批判，并砥砺大家拭干眼泪“争取民主”。赖明弘的《光复杂感》，与王白渊有相同的见解，光复一年：“台湾正由高度发展的资本主义殖民地之政治形态，一变而为半封建、而带有官僚主义性格的政治形态。”又说“台湾问题应该放在中国问题去评论它”（页11），接着驳斥台民不大了解三民主义是不够“资格”的新民之说法，而指出重要的是政治家在政治上究竟实行三民主义到何程度；最后并结语：“光复”在台省人心中，并不只希望版图的并归中国，“应该有着更深的政治意义，就是政治的解放，只要中国政治是开明，是真正的民主，才有光复可言”（页11）。杨清华（杨克煌）的《台湾经济的现在及过去》（日文），分析日本殖民地经济形态，尤其在战争期遭遇的破坏与畸形发展，说明接收后的台湾经济复员的困难，滥用职权导致官僚资本的形成，以及受到中国经济危机的影响，有赖中国全面的和平、统一与民主才能解决。这几位具有社会主义素养的知识分子的论点，将台湾的政、经危机系于中国政治的民主化，也呼应了《政经报》《台湾评论》上的民主思潮，证明了“二·二八事件”以前，省籍左翼文化人已清楚地认知大陆各地“反内战、要和平”的民主运动思潮。

《新知识》被查禁，《文化交流》再接再厉地创办，不一样的是，因为忌谈政治现实，《文化交流》变成纯文化杂志，不再出现国、共政治路线斗争的相关言论，也不见老台共谢雪红的人脉参与其中。可见进入 1947 年，台湾的媒体文化人已深谙国、共势不两立的情势，为求刊物的生存，不得不遵守“楚河汉界”。这份创刊于 1947 年 1 月份的刊物，已经预示着风声鹤唳的政治恐怖气息。

《文化交流》“卷头语”提道：不想标榜什么旗帜，只是提供一个文化交流的园地。冷汉的《吵闹要不得——祝文化交流创刊》，谈到两岸的文化隔阂逐渐构成省籍歧视，为避免省籍偏见，“文化交流服务社”的负责人希望从文化人之间的交流合作开始。福建赴台的美术家耳氏（陈庭诗）绘的漫画封面《奶！奶》，以一个孩子（指台湾）投入母亲（指“祖国”）怀抱，意味着“文化交流”的目的，在促进两岸社会、文化的水乳交融，卷首有编辑部的诗《一滴雨点，泛滥的河》，配上耳氏的一幅漫画《珍惜我们的成果》，以两支毛笔汇集的文化成果，期许两岸文化交流能汇流成河。

杨逵自己写了篇《阿 Q 画圆圈》，讽刺光复后的台湾，“几个礼义廉耻欠信之士得在此大动乱下在发其大财”，使得人民“欠少做人的条件”。另外，则制作了“纪念台湾新文学二开拓者——林幼春、赖和”专辑，除了刊登林幼春、赖和的遗作，杨逵自己写了《幼春不死！赖和犹在》的纪念文，介绍两位先辈的事迹，又汇编了叶荣钟、陈逢源及陈虚谷、杨守愚等 8 位诗人，追悼赖和、林幼春的旧诗十多首。而王思翔向许寿裳邀稿，许文《国父孙中山先生和章太炎先生》，旨在阐明两位革命先辈的革命理念和革命事业，尤其是其师章太炎对孙中山革命事业的协助。两位主编共同策划两岸抗日、革命事业的人物传记与史迹，说明在对抗异族的统治、侵略上，两岸的革命先烈有着命运与共的抗争历史。[1]

《文化交流》其他比较重要的文章，一篇是王思翔的《释文化》，提出“不是为文化而文化，而是为助长人类生活而文化”，才能使文化达到“真、善、美”，要文化工作者放弃“劳心者治人”的落伍观念，将文化还给广大人类。而周梦江（署名凤炎）的《台湾史话》，从当时出土的人类学考古研究中，佐证台湾不论少数民族或汉人其在种族血源与文化交流上，都与大陆的汉人有密切的历史渊源。王思翔与周梦江两人基于台湾现实的需求，一个呼吁“文化大众化”，一个呼吁“族群（省籍）融合”，可谓用心急切。光复初期台中文化人的汇集，他们功不可没，他们掌握了《和平日报》副刊版面的媒体资源，延续了在抗战时期推动“东南文艺运动”[2]的热情与信念，继续在台湾发挥了文化的宣传力。像王思翔、楼宪、周梦江这样的赴台进步文化人，并非偶例，其他如许寿裳、雷石榆、黄荣灿、何欣、歌雷，都吸引着台湾文化人纷纷与他们携手合作，为重建台湾文化而努力。这些合作关系为“二·二八事件”以后，《台湾新生报·桥》副刊“重建台湾新文学”的讨论奠下了基础，尤其是“二·二八事件”周年前夕、“许寿裳”事件，强化了文化人携手合作，促进两岸“文化交流”的决心，以突破国民党“孤立化”台湾的封锁，积极将抗日战争以来的文化统一阵线延伸到台湾，用以推翻国民党的党国法西斯体制。

从上述左翼文化人的言论转折看来，“二·二八事件”以前、他们秉持“高度地方自治”的理念，关心全中国政治的民主化，在政治上力主1946年1月“政治协商会议”中决议的“地方自治”体制的实行，反对内战，呼吁组成“联合政府”。但是受到“二·二八事件”的激发，部分左翼文化人倾全力支持共产党。“二·二八事件”以后《台湾新生报·桥》副刊的论争，显现台湾文化场域受到国

[1] 另外，曾经加入左联的楼宪，也是《新知识》的主编之一，在《台湾历史的光荣》中介绍台湾革命党李友邦的台湾义勇队、台湾少年团与台湾医院抗日的光荣历史，为台湾人在抗日战争中的贡献留下历史见证。1946年5月初，教育处长范寿康失言引发台湾人是否“奴化”的论战后，这一篇指出台湾人英勇抗日事迹的文章，饶富深意。虽然文中亦指出少数“台湾浪人”被日帝利用从事不法行为，给予祖国人民留下很坏的印象。楼宪想指出的是少数被日帝利用的“奴化”分子是有的，但亦有为数不少勇于投入抗战工作的台湾人，受到祖国人民的崇敬。

[2] 关于“东南文艺运动”，即当日在东南地区活跃的文艺工作者，战后赴台的除了楼、王、周他们三人之外，还有扬风、欧坦生、雷石榆、王梦鸥、覃子豪、罗沈（陈琳）、朱鸣冈、吴忠翰、吴乃光（林基）、黄永玉、姚隼（姚勇来）和沈嫄璋等。他们分别在台湾的艺术文化界发展，留下许多不可抹灭的影响力。

共内战意识形态对垒的影响，在“重建台湾新文学”的讨论中，整个场域也倾向“新现实主义”的“文艺美学”的论述。

第三节　殖民地的伤痕："二·二八事件"与台湾文化的局限性

这一节欲从《新知识》上王思翔的《现阶段台湾文化的特质》为出发点，思索近代台湾"殖民地化"的历史伤痕，在复归中国后所造成的文化困境与"二·二八事件"的关系。王思翔的《现阶段台湾文化的特质》，是一篇探讨台湾社会、文化性质的文章，基本上依循了毛泽东《新民主主义论》[1]的史观，分析近代中国社会、文化革命的历程，并将台湾的社会发展纳入此一过程中予以分析。台湾，原本就是清政府无力招架帝国资本主义的入侵过程中、被迫割让出去的领土，王思翔从这样的史观出发，对中国与台湾分离五十年各自经历的社会革命发展分而论之，再回到复归中国后的台湾社会，分析"光复"的文化意义，及台湾社会的困境与努力的方向。毛泽东的"新民主主义"文化革命的思想对冷战以后长期缺乏左翼批判思维的台湾而言，王思翔分析台湾文化发展的历史局限，具有一些启发性，值得吾人深思。

《现阶段台湾文化的特质》开宗明义以马克思主义的论点——文化是"一定的社会的政治经济的反映"、以及"不是社会意识决定社会存在，而是社会存在决定社会意识"——展开中国文化发展的分析。第一，将中国自鸦片战争到对日抗战胜利的文化发展，分为三个阶段。（1）从洋务运动一直到辛亥革命，虽助长了推翻封建政权的认识，但辛亥革命"自身并没有一个作为思想准备的'文化运动'，这个阶段达成推翻封建势力的革命任务，是"属于世界资本主义文化革命的一部分"。（2）五四运动是"中国历史上第一次的自发群众革命运动"，拉

[1] 《新民主主义论》（1940年1月9日在陕甘宁边区文化协会第一次文化代表大会上毛泽东的演讲，第一次发表于1940.2.15日延安出版的《中国文化》创刊号），见毛泽东，1991：662—706。

开了新民主主义文化运动的序幕，但“由于它是半殖民地启蒙运动，民族资本基本上对国际帝国主义的附庸性和买办性，它首先反映对‘西洋’资本主义文化的盲目信仰；另一方面，则由于小资产阶级功利和冲动的特性，反映出盲目反古的倾向”。所幸，部分前进的分子“开始接触到较资本主义更高一层的思想，展开新的思想斗争，宣布了资本主义文化的没落性”，革命力量在鲁迅诸人的领导下“经过自五卅到北伐的统一发展，经过 1927 年到 1936 年的资产阶级结合帝国主义、封建主义的围剿，终于扩大而巩固了革命的基础”，完成了对日抗战的思想准备。（3）“在民族抗日战争中，中国革命的曲线运动，又来了一次统一，而且更广大的统一了，上层包括了一切统治者，中层包括了一切小有产者，下层包括了一切人民”。但武汉失陷后，抗战的阵容也渐行分裂，“抗战的性质一变而走入辛亥革命末期的老路——军事投机。……胜利就是在这种情形下取得的‘惨胜’”。军事投机的胜利助长了封建势力、官僚主义的“反民主”势力，又“由于经济与政治的相关性，夹杂在美式配备、美国商品中，国际资本主义文化也大量以非正常的方法输入了”。因此，“国家，挣脱了帝国主义的桎梏，重复投入了半殖民地的深渊，政治、经济仍然在半殖民半封建的危机中”。但革命的文化经过一次一次克服双重的压迫达到空前的高度和深度，“在新民主主义社会运动中起了领导的地位，而且在现实社会上占有了绝对的优势”。

第二，分析台湾“光复”的意义，从社会革命发展的历程，指出其困境及目前的任务。王思翔认为：“台湾的‘光复’，在社会意义上只不过是军事投机的‘战利品’而已，……这个‘战利品’是日本帝国主义所造成的最理想的‘文化真空地带’，而完整地交予中国没落的投机家的。很快的，中国的封建势力马上填满日本帝国主义所让出来的空隙。‘接收’的工作是非常彻底的，在封建中国的意义上，无论是政治、经济、文化，可说是无孔不入，特别是文化，建筑在政治、经济的独占性上；由纸的‘配给’以至印刷的托辣（拉）斯组织，从根本上已经造成文化的专制与独占。”因此“光复”后的台湾文化，由于进步势力幼小，台湾的文化，只有“庙堂文化”和其外围。

造成台湾进步文化势力贫弱的历史原因，王思翔举出四点：（1）因割台的关系，台湾与大陆的文化关系，便滞留在“洋务运动”与“戊戌运动”（虽已割台，但为日帝所首肯）的时代。表现在文化上，就是在今日还可以看到迷信中国“精神文化”的人到处都是，“这种封建残留，在过去曾依附于‘故国’的意义上，因带有消极抵抗日本文化的侵略而被拥护”。王思翔认为对于以“遗民”姿态活下来的台人，应予以同情和钦佩，但由于客观环境的跃进，更要促其前进，以免削弱新文化运动的力量。（2）日本的侵略虽激起数十年的反抗怒涛，“但当时的台湾缺乏着革命的基础——雄厚的民族资本，缺乏着革命的中坚——庞大的觉醒的工业劳动者，……因此抗日运动既没有现实的基础复没有思想的准备，其本身便不能脱离农民暴动的范畴，不能展开伟大的民族革命，便逐个被迅速消灭。……而在这以后，无论是政治、经济，台湾是被变做典型的殖民地了，因而在文化上，我们不能否认至少在大体上是殖民地化的（这是就社会范围，不是就个人范围说的）”。对于“光复”，在思想的准备上也非常不够。这种可怕的历史过程，造成现阶段台湾文化的贫乏。（3）台湾的社会、文化运动，至少有十年的时间被压迫无法抬头。这十年的“空隙”，“由于日帝有意的分隔和现实的限制，至少在一九二七年大革命以后中国文化运动渐次不能传达于台湾，尤其在抗战后，是完全隔绝了。[1]……在中国的文化革命运动上，这十几年中却走了遥远的路，在实践中得到了现实的合理的方法，并且就凭着这而获得生存与发展的”。今日，台湾正由“日本化”而转变为“中国化”的激变过程。“文化革命的敌人却是完整而巩固的封建势力，伪装着‘革命’、‘民主’，一般的文化工作者并不能‘知己知彼’，因而在战略上犯了错误，招来意外的打击，弄得动弹不得。再加上文字的阻碍，形成现阶段文化的苦闷”。富有力量的组织尚未产生，遑论统一的战略。（4）“光复”后，“抗日”此一过去台湾文化运动的重心已不复存在，而新的重心又未能树立，明显的分化开始削弱了文化革命的队伍。

[1] 王思翔认为：“在这个时期内台湾的地下运动一方面沿用了旧的方法，一方面联合了日本势力，自然在实践上有着若干进步的可能，可是一方面是本身承受的压力过重，一方面是日本民主势力亦受到压迫而走了弯曲的路，进步是有限的。”（《新知识》：7）此一判断，来自他与台湾文化人接触的经验，他曾回忆道：“我所接触的一些文化界朋友，都知道五四时代的陈独秀、周氏兄弟和胡适，却只有个别的人曾在日本闻知1930年代左翼文化的零星消息，更不用说，伟大抗日战争期间中国文化界发生的巨大和深入的新变化、新动向，远在台湾人的视野之外。但这不是台湾人的过错，而是日本帝国主义侵略者宰割留下的创伤”。参见王思翔，《台湾一年》，叶芸芸编，1995：28。

针对“光复”后的文化困境，王思翔提出三项任务：(1)“反封建，反对政治、经济的尤其是文化的封建性”，在新民主主义的文化革命还没有被大众所认识，文化运动者要参加全国性的反封建运动，即要求政治民主、经济民主。(2)台湾文化界先团结起来，以新民主主义的中和性争取文化界以外、各阶层的团结。我们该反分化、反国际主义、反宗派，争取封建阵营（广义的，包括其外围）的进步分子，如进步官僚、开明的大中地主等都有其进步（或改良）的要求，可争取合作。(3)“要打破本省的孤立状态和主观上的自封观念，与世界尤其是国内进步文化运动取得密切的联系”，台湾虽不必自己摸索百年间中国文化运动所走的黑暗而迂回的老路，但中国文化革命仅只有几十年的时间，留下了较多的缺陷，不像欧洲文化革命，有数百年的历史，“以此例彼，可以断言若干时期内，台湾文化定然难以可观”。如果不能一面前进一面肃清落伍以至反动的思想，也还有很大的隐忧。这是今后必须努力克服的。

对照毛泽东的《新民主主义论》，王思翔此文，对于文化思想所赖以生成的社会条件，却有着更精要而辩证的历史分析。王思翔出身“黄埔”军校，抗战时期在国统区主编过《浙江日报》，累积了相当多年社论、杂文与报告文学的经验，也是“东南文艺运动”的推手之一。诚如他夫子自道是“马克思主义的同路人”“国民党的左派”[1]，因逃避国民党地方官吏的追捕赴台，却在国、共最后的内战中选择认同共产党。从他的身上可以看到身处国共分分合合的历史中的那一代青年的某种典型，说明了毛泽东“新民主主义论”对当时进步青年的号召力。特别是毛泽东关于社会革命的“两阶段论”，以及容纳各个阶层的论述，吸引着倾向希望“联合政府”得以组织成功的各民主阵营，期望能制衡在惨胜的“接

[1]　前者见王思翔，《台湾一年》，周梦江、王思翔著，叶芸芸编，1995：27，后者据曾健民先生转述笔者，曾健民与叶芸芸于2000年至安徽拜访王思翔时，王思翔回答曾健民关于他的身世的第一句话“我是国民党的左派”。谢雪红1957年1月3日给周梦江的信中，提到“王思翔因受胡风思想影响”云云，周梦江，《缅怀谢雪红》，周梦江、王思翔著，叶芸芸编1995：132。可见王思翔在“反右运动”中因“胡风案”受到波及。从王思翔晚年的回忆得知他是1950年与楼宪在上海筹组“泥土社”出版社，因楼宪的介绍向胡风邀书稿，才第一次见到胡风。见张禹（王思翔），《我与胡风》、《忆泥土社》，2003：69—71、102—109。

收”中一跃为腐败官僚体制的国民政府。[1]类似的例子，就是“中国民主同盟”，本是奔走于国、共之间促进和谈的中间派，却在国民政府一面分化、一面迫害领导人，双重夹杀之下，于1947年10月27日被内政部公告为非法团体而被迫解散，迫使一部分民盟人士到香港重新集结[2]，公开声明与中共通力合作。

王思翔是当日外省文化人中，少数对台湾历史有较深刻认识，又能站在人民立场的作家之一。[3]王思翔返回大陆后，念念不忘台湾人民对国民党极权统治的抗争，写下“二·二八事件”的“台变目击记”，曾交给耿庸、胡风设法在香港出版未成；几经波折，1950年2月列入楼宪主编的“光与热丛书”，更名为《台湾二月革命记》。[4]1950年春，受楼宪之托，担任泥土社出版总筹之一。两岸文化人追求新中国建立的愿望，在1949年后，因为冷战局势而更难如愿，对理想主义者而言，历史的吊诡莫过于当年的“民主”追求，多年后竟演变成“民族”问题。

从《现阶段台湾文化的特质》一文中，王思翔对台湾文化历程的分析，得知他熟知台湾从武装抗日到各式社会、文化运动展开的历史。王思翔“一语中的”指出台湾革命力量经过十几年（1931年以后）的“空白”，缺乏组织与实践方法，

---

[1] 毛泽东在《新民主主义论》中，说明1924年孙中山联俄、容共、扶助农工的三大政策，是国、共合作的基础；由此解释“新三民主义”（1924年以前是“旧三民主义”）与“新民主主义”两者“社会革命”的内容与性质的一致性，在此基础上“承认共产党的最低纲领和三民主义的政治原则基本相同”，见毛泽东，1991：689，“是国共两党和各个革命阶级的统一战线的政治基础”，“以阶级论，就是无产阶级、农民阶级、城市小资产阶级、资产阶级的统一战线”，见毛泽东，1991：701。毛泽东还特别对“新民主运动”的文化性质做一番解释，“新民主主义”虽然是无产阶级所领导，其中社会主义起着领导的决定性的作用，但是当前的行动纲领的基本任务是要反对外国帝国主义和本国的封建主义，是资产阶级民主主义的革命，还不是以推翻资产阶级为主的社会主义的革命。只是目前应该要扩大宣传共产主义的思想体系和社会制度，加强马克思列宁主义的学习，才能指导现实的新民主革命达到胜利。但不能把现阶段的行动纲领和思想的宣传混为一谈，见毛泽东，1991：704—708。

[2] 1948年1月5日民盟在香港召开一届三中全会，否认总部的解散，并声称以前承认国民党政府的合法领导地位，与它进行合法的斗争，现在公开提出推翻它，改对它进行非法斗争。见金冲及，2002：430

[3] 王思翔在《和平日报》发表的另一篇政论：《论中国化》（1946.05.20、05.22），也展现过同样理论兼顾实证的论述水平，同时又能站在（台湾）人民的立场发出对“中国化”的针砭。王思翔，《论中国化》：“随着胜利到来，一种恶性的中国化正抓住整个台湾……台湾的中国化，只有在可能助长台湾同胞的生活上才有价值。假如台湾有着某些方面的进步，我们就不必拉平他和现在的中国一样，而且还得继续使他进步，在完成中国化的过程中，甚至有承认‘台湾化’（暂时的）的必须；只有在远大的计划中，引导他走向中国化”《和平日报》（1946.05.20、05.22）“新世纪”第8期、“新青年”第3期。但其中的核心观念到了这篇《现阶段台湾文化的特质》中阐述得更清楚。周梦江、王思翔著，

[4] 1950年上海动力社初版，年底泥土社再版，见张禹，2003：118。台湾版收入《台湾旧事》，叶芸芸编，1995：170—230。又1955年2月张禹（王思翔）在上海新知识出版社编著《我们的台湾》一书，撰述台湾自古代到光复四年的历史、地形、气候、物产与经济，专章叙述台湾抗日到“二·二八事件”、四六事件的革命史，提及1947年11月“台湾民主自治同盟”在香港的成立始末，呼吁“反美蒋”与“解放台湾”的迫切性，承蒙戴国煇夫人林彩美女士借阅笔者参考本书，于此致谢。

正是后来“二·二八事件”迅速被镇压的原因。尽管我认为他低估了台湾文化革命力量的集结。以历史的后见之明，从光复后到“二·二八事件”期间，进步文化人连结各阶层的民主势力，在国民党党、政、军的文化宣传机构“包办”（杨逵之语）文化事业的情势下，短短一年的时间，民主思潮就攻占了大半的文化场域，这不能不归诸日本殖民统治时代社会主义思想在战后迅速复苏，以及两岸文化人的交流，积极于传布民主运动与思潮。笔者以为“二·二八事件”得以迅速蔓延全台，正是“社会主义民主思潮”席卷台湾文化场域所发挥的效应。

透过吴克泰的回忆录，我们得知在1946年的10月，地下党成立台湾省工作委员会直属的新闻记者小组，徐渊琛担任小组长，孙万枝、吴克泰为组员。而这三人都是《自由报》的同仁，也显见地下党“省工委”有意在台湾展开文化宣传工作，开辟文化战线。

然而，“二·二八事件”事发突然，左翼文化人以个人实际的行动投入这场事变，或是以事件调解者在“处理委员会”幕前幕后，将事变处理的要求提高到地方自治的政治改革层次，[1] 或是参与各地武装斗争的准备行动。在中共地下党组织尚未充分建立起来之前，左翼文化人在“二·二八事件”中，就地尽个人之能事抗争。在《政经报》时期，就已经发出呼吁民众“团结组织”、坚持继续革命的左翼文化人，当然不可能从这场事变中怯场、退席。

当然，“地方自治”的要求，并非左翼运动者独有的政治主张；从国民政府筹备收复台湾期间，到“二·二八事件”爆发前后，台湾人一方面为了驳斥美国自战前就不断运作频频的“国际托管论”，一方面批判国民政府以“殖民统治者”心态接收台湾，不断出现与“地方自治”相关的政治要求。对文化人而言，在“二·二八事件”这场群众烽起、需要有人出面领导的社会运动中，更是把握由下而上、表达政治民主化要求的最佳时机。促使他们行动的理念，正是从《政经报》末期、《人民导报》、《台湾评论》、《新知识》到《自由报》发刊的过程中，掌握大

[1] 蔡子民、苏新曾指出《自由报》的同仁，各自和地下党都有联系，除了徐、孙、吴有组织关系，其他人也都有工作关系。见叶芸芸编，1993：42、98。在“二·二八事件”期间，这群人围绕在“处理委员会”宣传组长王添灯的周围，作为他的“参谋”，支持他在“处委会”中争取谈判的筹码。3月7日王添灯所提的著名的“卅二条处理条款”就是这群参谋帮忙拟定的。

半文化场域的主导权，累积了半年多的时间，对国共政治斗争、国内民主运动浪潮有相当程度的了解，因而积极地参与了这场席卷全台的政治改革运动。

但话说回来，“二·二八事件”，一场偶发的缉私案件引爆民怨，“民众的‘官逼民反’诱发了知识分子尚未准备好的民主化与要求自治运动（台湾七日民主），但国民党政权却以报复性的虐杀作为响应”（若林正丈，2000）[74]。从事件涉入者大多是学生、社会运动者、地方士绅、知识分子与原日本军台籍兵回台的失业“流氓”，而“农民、工人及一般民众之介入并不深”（翁嘉禧，1998）[181]来看，的确是一场缺乏广泛群众支持，在群众之间缺乏思想准备的“事变”。而一般参与其中的民众（如失业“流氓”），则实在是出于“活不下去”的现实处境，呼应这场“官逼民反”的事变。台湾社会经过日本军国主义压制后，才短短的一年半，在一般仅受过日本“国民教育”程度的大众之间，能凝聚多深的“民主”思想准备？或是有多少“政治认同”或“身份认同”的共识？事实证明是“农民、工人及一般民众之介入并不深”。同时，“二·二八事件”中，民间的派系、团体在北、中、南的“处理委员会”、武装行动中互斗，被官方的政治派系所拉拢、分化，分散革命力量［（戴国煇、叶芸芸，1992）[第八章]、（陈翠莲，1995）[第四章]］，又正是王思翔一语道尽的：革命力量缺乏组织与实践方法，宗派主义削弱了革命力量。于今读王思翔此文，令人不禁联想起事件中平白于民众挟怨报复与军队镇压中牺牲的亡魂。

《现阶段台湾文化的特质》，是一年多以后《台湾新生报·桥》副刊上，关于台湾文化的“特殊性”与“一般性”论争议题的先声，那场论争除了讨论台湾文化的议题之外，也重演许多大陆已经论辩过的议题，其中部分论题论辩的核心，事实上是从“新民主主义论”中衍生出来的。只是因为《新知识》被查禁，仅有漏网的两百份在外流传，其影响力是有限的。但推测台中的文化人应该不难读到的，而被邀稿的杨逵从这一年的5月开始主编《和平日报》“新文学”栏，想必也读过。[1]“二·二八事件”后，五个月的牢狱之灾，并没有改变杨逵促成两岸的文化交流的决心，与歌雷合作，发起《台湾新生报·桥》副刊上重建台湾文化的议论。

从《吴克泰回忆录》得知，1946年夏天共产党已将《新民主主义论》作为在台思想宣传的重点。[2]可以推测当时毛泽东的“新民主主义论”，已悄悄在台湾私下流传，对象是那些地下党有意吸收的思想左倾人士。毛泽东的“新民主主义论”在“二·二八事件”以前，并没有广泛地被台湾人所知悉或认同，它只是在地下党或其外围人士之间秘密流传。“二·二八事件”时中共地下党的组织，“并没有多少党员，也谈不上什么社会基础。事实上，只有少数几位老台共，有草根性的社会基础，能够就地积极地参加，但是他们大半都没有组织关系，不具中共党员身份”（戴国煇、叶芸芸，1992）261。“二·二八事件”时中共地下党员，较可靠的数字是七十几名（李敖，1991）18，显然不足以应变、鼓动全岛性的抗争运动。然而，透过上述左倾刊物上的言论，可以显见随着国共内战的开打，各地的“反内战、反饥饿、反美援、要和平”的民主运动，已逐渐被大多数的台湾文化人所认同，而急于将此民主思潮传布给台湾人民。这是台湾20世纪二三十年代之交、社会主义传统复苏所发挥的认知作用；同时，也是两岸命运与共的文化人共同努力的成果。

1946年下半年，随着国、共冲突的白热化，新闻言论管制的紧缩，左翼文化人不但开始注意国内的政治动向、关心政治协商会议的内容与后续发展；同时，开始改变策略，大量转载大陆民主刊物的文章。国民党当局“接收”带来的政、经腐败，并没有让这些左翼文化人就此对“祖国”感到失望，因为他们看到建设新中国的希望在大陆如火如荼展开的“民主运动”，唯有与大陆的民主运动的革命力量汇流，台湾才有真正的“解放”可言。

---

[1]　笔者也从而推测二·二八事件时杨逵对武装革命与创办刊物，相较于地下党领导人蔡前，持较为保留的看法，与王思翔的交流不无关系。因为从王思翔的文章中，不难理解台湾进步的力量要迎头赶上大陆上经过20世纪三四十年代思想论辩与实际革命的认识水平，恐怕需要一段时间的发展融合。同时亦提到台湾革命力量要孤军作战是困难的。王思翔的分析对杨逵应该有相当程度的说服力。

[2]　《吴克泰回忆录》提到，1946年7月，他在《人民导报》当记者时，中共地下党省工委的代表张志忠负责和他单线联系，一次张志忠来找，他正在油印《新民主主义论》，印好的就交给张志忠拿走。见吴克泰，2002：166。

从左翼文化人针对时局所发的言论转折，可知1946年初到“二·二八事件”爆发之间，随着政经局势、国共内战形势的恶化，活跃于媒体的省籍文化人，积极与归台“半山”、赴台进步文化人携手合作，占据大半文化场域的舆论主导权，逐渐形成与官方对立的政治、文化抗争意识。此一始于批判岛内政经恶化的社会现实，转而要求国、共合作组织“联合政府”，实践“政治协商会议”中的“和平建国纲领”，呼应大陆民主运动的浪潮，是从北部地区的左翼文化人开始集结的。这些日本殖民统治时代以来受过社会主义洗礼的文化人，包括：苏新[1]、陈逸松、王白渊、蒋时钦、吕赫若、赖明弘、吴克泰、周青、蔡子民、孙万枝、徐琼二、萧来福、王添灯，活跃于战后的台湾文化场域，将20世纪30年代社会主义有关政治、经济批判“再生产”，把矛头从日本帝国指向国民党当局，由于洞悉美国在内战中支持国民党的政策，他们对国民党当局的批判，兼具了反封建与反殖民的社会革命意义。这些进步的台籍文化人，又结合了返台“半山”中较为开明的宋斐如、丘念台，以及以黄荣灿、许寿裳为中心的外省人士延伸出去的人脉，包括黎烈文、李何林、李霁野、雷石榆、朱鸣刚、陈烟桥等，共同集结为促进民主而努力。而中部地区，在大陆赴台的王思翔、楼宪、周梦江等人的串联下，也结合了杨逵、谢雪红、杨克煌、林西陆等左翼势力。最值得注意的，是以林献堂为首的许多老文化人如叶荣钟、庄垂胜、张焕珪、杨守愚等，亦参与《新知识》与《文化交流》的出资或写稿。“二·二八事件”中，他们虽然不赞成谢雪红的武装路线，成立“台中地区时局处理委员会”，力图稳定秩序，后来军队镇压扫荡时，也发挥了使台中地区伤亡最小的功效（戴国煇、叶芸芸，1992）270-274。然而，从他们愿意连续支持《新知识》这份由外省赴台进步文化人与左翼作家杨逵、台共谢雪红涉入其中的刊物，可以想见这些台中地区的传统士绅，与左翼知识分子一样，致力于联合台湾反抗力量，共同对抗国民党封建官僚的体制，积极促进两岸的文化交流。谁也没有想到两年后国民党会败退赴台，台湾将再度与祖国隔岸“对峙”，甚至成为完全不同政治路线下，两岸“对治”的局面。

---

[1] 苏新还主编过当时发行量最大的杂志《台湾文化》，可以想见他不放过任何可以扩大文化宣传的机会。

“二·二八事件”后，美国情治单位的再度鼓动“台湾国际托管论”，仅有一、两位零星的人士如廖文毅、黄纪南在香港响应，被杨逵批判为“奴隶”（杨逵，《“台湾文学”问答》，《台湾新生报·桥》，1948.06.25）。20世纪50年代后，新中国成立，廖文毅才在海外发展出台湾“独立”的政治主张。即使是廖文毅发行的《前锋》杂志，在“二·二八事件”后发行的第十七期（1947），以抗议“二·二八事件”官方的暴行为主旨，廖文毅的《中国之危机》与王丽明的《求救与自救》两篇文章的思维，都还是以中国为出发点观看台湾问题，前者认为中国目前的危机在经济，而经济的危机在内战，呼吁必须在短期内谋求全面的和平统一；后者甚至批评国民党陆续向美国借贷十五亿美元，若能用之于建设“新中国”，亦不必一直向美国求救。显然在廖文毅当时的文章脉络中，“二·二八事件”还不是“台湾独立”，或他在1956年的《台湾民本主义》书中所言“台湾是台湾人的台湾”意识的根源。[1] 当然，台湾人要求“地方自治”“台人治台”的台湾主体意识是有的，这是打从战争末期在“祖国”的“光复运动”到光复初期，就一直是以复归中国为前提所追求的民主自治的政治目标。

台湾文化人历经“二·二八事件”，国民党当局不但在台湾暴露了镇压民主要求的极权统治本质，也等于逼迫熟知国、共政治路线斗争的台湾民主斗士必须做出抉择，这正是“二·二八事件”以后，大批台籍左翼青年转入地下党的根源。

---

[1]　据张炎宪的研究，1947年“二·二八事件”后的夏天，廖文毅被国民党通缉，自上海逃抵香港，9月，筹组“台湾再解联盟”。1948年4月，廖文毅等人发行《台湾的出路》，基本纲领第一条指出：“推翻蒋政权在台湾的反动统治，建立代表台湾各阶层人民利益的民主独立政府，待整个中国政治确已走上轨道时，依人民投票，以联邦之一单位加入中国主联邦。”还没有排除“与中国合组联邦”的可能。张炎宪据钟谦德的回忆录指出：1948年9月1日，“台湾再解放联盟”向联合国提出托管的呼吁：“1. 台湾应如韩国受同等待遇，台湾应予美援达成独立。2. 联合国应调查1945年后，国民党在台湾的暴政及凌虐台湾人的真相。3. 台湾人乃一混合民族，与附近国家无政治关系。4. 经日据时代五十年后，台湾应在和平会谈上有代表权，台湾不应该被当作一块不动产来处理，而毫无顾到台湾人的主张。”首次出现台湾“独立”的主张。但对于台湾的“主体”，仅提出混合民族之说，还未具备完整的理论与架构。见张炎宪，1992：296—301。但根据George Kerr的书中，与上述同样一字不漏的主张，是1948年8月，廖氏兄弟派一群年轻人到日本集会，准备向外国政府及联合国上诉，但下狱经验使廖文奎博士（1948年“二·二八事件”一周年前夕廖文奎在上海被捕，经上海市长吴国桢交涉，入狱百日遭释放）体会到对蒋介石上诉是无益的。在日本的一群，经人指引，利用发行传单、日报，以引起大众的了解，影响舆论，并公布该游行以推进上述四点主张。见柯乔志George kerr,1991：433。所以这四点主张到底有没有上诉联合国，不得而知。张炎宪上文又指出：“廖文毅在《台湾民本主义》（台湾民报社，1956）书中提到：‘1947年228革命之后，台湾人联邦自治的幻想逐渐消失，台湾是台湾人的台湾的构想急速成长，形成台湾独立的主张。台湾菁英亡命香港之后，最初分成独立派和托管派的意见。经过数日间的论争，做出以联合信托管理为手段，独立为最后目标的结论。’”见张炎宪，1992：298从廖文毅的书中亦可见，当时只能以诉诸国际力量的“国际托管”为主要策略。

知名的文化人包括吕赫若、简国贤、朱点人、蓝明谷、郭琇琮、陈文彬、苏新、蒋时钦、萧来福等一长串名单；[1] 他们日后不是牺牲在国民党的枪杆下，就是被迫从此流亡异乡。敢于公开活动的文化人只剩下杨逵、杨云萍，积极与大陆赴台文化人加强合作，共同促进两岸文化交流，借由文学的讨论，反映他们对时局的批判与关怀。

[1] 根据《安全局机密文件——历年办理“匪案”汇编》统计，“二·二八事件”后，“共产党”的台湾省工委组织发展迅速，至1948年“香港会议”时，党员已从事件当时的七十余名，发展为约四百名。自“香港会议”至1949年8月，党员又增加到九百人。见李敖编著，1991：18。

第四章
台湾文化的重建与左翼文学思潮的复苏

台湾光复后，文化人自发地对“日本殖民地”时期文化遗产提出反思，文化人在清理过去文化的“殖民地性”的同时，很快即发现了接收的国民党当局的“封建官僚”本质，在同意台湾文化必须与中国文化接轨的前提下，又要慎防“复古”“复旧”以“中国化”的面貌复辟。本章将进一步分析“二·二八事件”前文化抗争意识在文艺思潮上的表现，探讨自主性文化场域与官方文化势力的角力。第一节探讨光复后唯一的日文栏主编龙瑛宗、对“台湾文学”的反思与展望，他如何面对身份认同与台湾文化主体性的问题？如何继承与发扬日本殖民统治时代“反殖民”“反专制”的文化资本，以应对光复后台湾社会遭遇的困境？第二节讨论两岸文化人如何标举鲁迅战斗的现实主义精神，一方面作为沟通的精神遗产，一方面作为与现实搏斗的基础，将“鲁迅战斗精神”此一文化资本进行“再生产”，与官方权力场域进行意识形态的角力。

第一节　龙瑛宗之“科学的世界观”与台湾文化重建

从光复初期龙瑛宗密集发表的评论文章看来，他对台湾文化主体与历史、社会的思索，与当时的左翼作家对台湾政治出路的主张互相呼应。日本殖民统治时代的龙瑛宗向来不是一个行动派的作家，却在“二·二八事件”前夕一再展现他社会主义的文艺思想，由此可见在内战加冷战逐渐生成的光复初期，现实主义的文学思潮是台湾文化场域中的主潮。

光复后，最早针对日本殖民地时期文学遗产提出反思的，是龙瑛宗在1945年12月《新新》创刊号发表的《文学》一文。我们先看看龙瑛宗此一思维在创作上的表现，再回头看他对殖民地文学的反思。同一期的《新新》上，龙瑛宗发表一篇短篇小说《从汕头来的男子》，而战后龙瑛宗的第一篇小说创作《青天白日旗》，则发表在11月的《新风》上。《青天白日旗》以阿炳父子从乡下到市镇卖龙眼，看到“向来没有精神的街头巷尾，眨眼间朝气勃勃”，才知道“台湾光复”了。阿炳又担心“台湾究竟会变怎么样呢？高鼻子碧眼的美国兵会来这里吗”？卖完龙眼，在儿子木顺仔的央求下买了新国旗“青天白日旗”，迎面却来了个日本警察。原本担心拿着“青天白日旗”而遭平日的土霸王毒打的阿炳，转念间一想，“现在，是不是堂堂正正的中国人民么？害怕什么呢”？于是牵着木顺仔和旗子，挺胸昂首地走过去。随后阿炳勉励儿子从今以后不再是被轻蔑的“支那人”，而是“中国人”了，“木顺仔，你要记住做日本人的时候，假如有什么杰出的才华，还是得不到一官半职。现在时势变迁了，端看你的用功如何，便可以做官了，你要专心念书才对”，小说在木顺仔高叫“万岁！万岁！”声中画下句点。

《青天白日旗》笼罩在对未来的不确定感与对日胜利的兴奋中，描绘了“台湾光复”带给人民关于“国家认同”的心理转折，以期待为国家社会所用的心情迎接未来，捕捉了台湾人对“光复”最直观的期待。

1945 年 12 月龙瑛宗与《文学》一同发表的小说《从汕头来的男子》，表现了与吴浊流光复初期出版的《胡太明》（后改名为《亚细亚的孤儿》）一样的主题——殖民地下的台湾人国家认同的焦虑与困境，龙瑛宗借由《从汕头来的男子》反思战争期日本殖民政策下两种类型的台湾人。小说中“我”悼念着在战争期中死于疟疾而来不及看到“光复”的青年周福山。周福山愤慨日本殖民统治下日本和台湾的差别待遇，因向往自由，渡海到汕头，依靠大陆经商的叔父，却眼见“汕头城里的台湾商人，仍是戴着日本帝国主义的大帽子，压迫祖国的商人”。不愿狐假虎威的周福山，为此曾有参加武装抗日之志，却因语言不通、战争爆发而返回台湾。“我”则勉励周福山：

> 我们生于不幸的星辰之下者，而且背着帮凶的任务而已。可是，我们冀望祖国胜利，所以，仅为消极抵抗以外，别无他途，但是，以备光荣的日子来临，年轻人应该专心用功才对。

周福山听从“我”的鼓励，闭门读书，对未来怀抱着一线光芒，无奈死于恶疟。龙瑛宗透过周福山的祖国经验，一面反省“日本帝国主义者派遣少数，宁称汉奸的台湾人，横羁于对岸。经营鸦片馆子、妓院、赌场等使中国人卖儿、卖淫，竟予陷入沦亡之窘境；又利用台湾人作间谍的爪牙”，但一面却也借由周福山的形象，说明更多“仅为消极抵抗以外，别无他途”的台湾人，“做人家的奴隶”的无告的心情。《青天白日旗》和《从汕头来的男子》这两篇小说表现了龙瑛宗在台湾光复回归中国之际，对民族、国家认同的思索。最重要的是，龙瑛宗开始思索“文化主体性”的问题。在《文学》一文中，他指出：

> 回顾一下台湾吧。台湾无疑地曾是殖民地。在世界史上殖民地，

文学能够繁荣的，一次也没有，殖民地与文学的因缘是很远的。

尽管如此，台湾不是有过文学吗？是的，有过像文学的文学。然而，那不是文学。明白了吗？（原文为日文。《新新》1945.12，创刊号：11）

这显然是龙瑛宗针对日本殖民统治手段的“同化政策”与“皇民化运动”时期，文学不但不得自由发展，甚至可能走上扭曲自我的歧路所提出的反思。[1] 对台湾文学进行“殖民性”的清理，是龙瑛宗在光复初期关注的理念之一。“二·二八事件”前，龙瑛宗在杂志上以中文发表的最后一篇随笔《台北的表情》，首先感慨台北渐渐失掉日本的表情，换上“上海的”“福州的”“祖国的”新表情。并指出：“日本的表情是还没有完全失掉，日本的表情还留下在有着帘的光景，日本格样的房子，这都是暂时不能从台北被撤销的，但现在……台北有两种相反的表情，要是忧郁是地狱；欢呼是天国那么，台北一定是以一部份的人看来是地狱，另从一部份人看来倒是天国。”反映了“接收大员”造成社会贫、富的差距。《台北的表情》与《文学》一样刊登在《新新》上，前后相隔一年的期间，两文一前一后互相呼应，显现了光复后龙瑛宗始终关注的是殖民地文化缺乏主体性的问题。他沉重地道出：

总而言之，台北的表情在变着，但是不管台北的表情是明或是暗的，台北的表情，似乎没有固有的，这就是可以说是因为台北没有巩固的历史和文化的关系吧。（《新新》1947.01.05:14）

从《文学》到《台北的表情》，这一整年的时间，主要是龙瑛宗迫于生计，到

[1] 龙瑛宗曾回忆说，《青天白日旗》“是描写着乡下的孩子，看见我国的国旗漂亮，央求父亲买给他。惟日本警察还未返回，父亲觉得害怕殴打的故事；而表现殖民地的悲哀和本省农民的爱国心”。《从汕头来的男子》“描写在大陆上，日本帝国偏袒台湾人，藉资分化大陆同胞和台湾同胞的毒计”。两篇小说都是他苦学中文后，自己翻译成中文，分别发表在《路工》杂志的1983年的5、6月。文中并表示1944年写成的《年轻的海》（若い海），是“无奈写成的”，“我的小说结尾，本省人为天皇捐躯是说梦话”。见《崎岖的文学路——抗战文坛的回顾》（《文讯》7、8，1987.07.01）。《年轻的海》发表于《旬刊台新》1：3（1944.08.01）后被收入《决战台湾小说集——干之卷》，总督府情报课出版，1944.12.30。

台南《中华日报》主编日文栏的时期。龙瑛宗试图为清理台湾文化的“殖民地性”而努力，一面以中国民族主义的思维反思殖民地的文化遗产[1]，一面思索着“台湾文化主体性”的问题。《文学》是与其他人的文章一同发表在《新新》题为“建设”专题中的一篇，龙瑛宗开头即表示文学是“社会安定、黄金时代的产物”；在中国要进入“建设”时代，文学的意义就在于“参与新中国的心理建设”（《新新》1947.01.05：14）。3个月后，龙瑛宗主编《中华日报》日文版《文艺》与《文化》副刊（1946.03.15—10.25），即在实践新时代的文化建设工作。

从龙瑛宗《中华日报》日文栏副刊的编辑策略，与他自己的作品内容来看，龙瑛宗一边观察战后影响台湾动向的内外局势，一边思索台湾文化主体的问题。当其他作家于政权转换、时局未定之际，纷纷将注意力放在政、经社会发展，向当局提出“民主主义”的要求，龙瑛宗是这期间始终坚守以文化本位确立“民主主义”的作家。他不遗余力地介绍中、外文艺作品与思潮，共计发表小说、新诗、随笔与评论等77篇文章（见附录表7–8龙瑛宗光复初期作品目录）。尤其是主编《中华日报》日文版副刊时，平均四、五天就有一篇作品产生，还将一篇大陆作家章陆的长篇小说《锦绣河山》翻译成日文连载，可以说是龙瑛宗一生中最富朝气的一年。他一改日本殖民统治时代的“内省”风格[2]，非常重视文学与时代、社会的关系。带有社会主义理想、却崛起于日本军国主义时期的龙瑛宗，在战争期只能内敛地以“杜南远”系列之作来“追寻自我”（徐秀慧，1997）[296-307]。在“台湾光复”后，民族复兴的契机，促使龙瑛宗兴起一展文化建设的抱负。

光复之初的龙瑛宗，与其他台湾文化人一样，以“民族主义”的复兴，迎接新时代的来临。“回归”热潮过后，由于体认到“光复”并非真正的“解放”，文

---

[1] 除了上文所述的《青天白日旗》与《从汕头来的男子》两篇思索民族认同的小说外，台湾刚光复之际，龙瑛宗发表的“民族意识”浓厚的文章有《民族主义の烽火》《新青年》1945.11，1：3，以及龙瑛宗主编的《中华》杂志（仅发行两期1946.01、04）上发表的《民族革命：太平天国（一）、（二）》（中日文对照），认为1850年开始长达十五年，由客家籍的洪秀全领导的太平天国运动，是“建设中华民国的最初的烽火”，“是最有意义、最有组织的、最大规模的救亡运动”，此一民族精神由孙中山的革命运动所继承，再传至蒋介石，才终于完成我们的民族革命。从小自父老口中听闻客家民族英雄洪秀全与孙中山的事迹，龙瑛宗于此有意将“台湾光复”的意义，纳入反清复兴、抵抗帝国侵略的中国近现代史，详参许维育，1998：27、柳书琴，2002：4。另本书有关龙瑛宗作品的中译，部分参考许维育、柳书琴两文，有部分是笔者自译，并请留日博士中山医学大学应用语文系教授萧燕婉协助校译，于此一并致谢，不一一注明。

[2] 有关龙瑛宗作品“内省”风格的分析，见朱家慧，2000：275。

化人紧接着思索政、经、社会改革，追求“民主主义”理想社会的实现，而龙瑛宗更专注于思索近代文化启蒙问题，认为文学隶属于文化的范畴之中，是社会进化的基础之一。他批判世俗的功利主义者的文学非实用论，认为只求温饱不需要文学的社会，是原始状态的社会，“没有高度的文化性，就无法打开今日社会的不安状态”[《文學は必要か——時代と文化の問題》[1]（《文学是必要的吗？——时代与文化的问题》），1946.05.14]。他在祝贺当时规模最大的文化联谊组织“文化协进会”成立时，表示：首先希望在良法的制度下，使文化人获得最低限度的安定生活，继之期许三餐不继的文化人，克服悲哀与绝望，推进像西欧文艺复兴一样的过程，以“科学的世界观”“知性启蒙”唤醒停留在封建时代的四亿同胞、六百万本省同胞，达到“近代底个性的确立与觉醒”[《文化を擁護せよ——台灣文化協進會成立を祝す》（《拥护文化——祝台湾文化协进会成立》），1946.06.22]。龙瑛宗认为要催生“民主主义”的新时代，就必须“打倒封建文化”，提倡“近代意识的觉醒”。许维育指出此一近代国民文化启蒙意识与民主社会发展的理念，贯串了龙瑛宗战后到“二·二八事件”之间的作品，包括在“家庭”版，密集发表的女性解放的相关言论，也是为了确立“近代底个性的确立与觉醒”（许维育，1998）[53]。而“近代底个性的确立与觉醒”并不是要走向西方个人主义的道路，而是要走向终结个人主义，将自我意识提升到社会意识。

龙瑛宗在《文艺》第一期发表的第一篇评论《个人主义的终结——老舍的骆驼祥子》（1946.03.15），就指出老舍的《骆驼祥子》是：“近代科学洗礼的写实主义作品”，“老舍把骆驼祥子悲剧的原因归咎于个人主义和利己主义”，中国的不幸孕育在这里。他进一步阐述“唯有自我意识提升到社会意识时，才有近代意识的确立”，“假若意欲超越个人主义，必须摧毁封建社会。我以为中国个人主义的结束，带有历史的必然性，慢慢地会获得其实现。在这意义下，‘骆驼祥子’这部作品是触及到中国现实的很写实的作品，寓有深刻的暗示性”。

龙瑛宗在“名作巡礼”一栏中，介绍《阿Q正传》（1946.05.20）时，也重

[1] 以下龙瑛宗文章皆引自《中华日报》日文副刊《文艺》《文化》，仅标示中文题目与日期，并参见附录表7–8龙瑛宗光复初期作品目录。

申：经过三百年清廷的统治、帝国主义列强对中国的诈取和军阀的存在，造成中国人性格的扭曲，充满拜金主义与极端利己主义，阿Q作为中国人的“国民性”至今还未被消灭，鲁迅出于爱中国而憎恨此一封建性格，其坚持到最后的现实主义精神，是现在中国新文学的主流，也是未来中国文学的种子。综观光复初期龙瑛宗发表的文章，他的文化建设观架构在中华民族主义与台湾文化主体性的双重思维之下，体认到台湾既已回归为中国的一部分，台民有认识中国社会现实、文化性质的迫切性，积极为读者引介中国近代以来现实主义的文艺与启蒙思潮；而台湾的文化主体性与政治民主化，要靠人民秉持“打倒封建文化”的战斗意志去争取。

许维育在她的硕士论文中，将龙瑛宗的日文栏从《文艺》栏（03.15—7.18）改题为《文化》栏（07.25—10.23）做了很详细的整理与比较。1946年7月25日，《文化》栏刊出第一天的《编辑室より》，说明“扩大了范围”，“现在不限文艺，政治、经济、教育等等相关的作品，都恳请赐稿，再者，作为编辑，期望投稿作品有艰深的学术论文，或是对大多数人教养有启蒙的东西”。许维育认为前此《文艺》栏并不乏较大范围的文化相关作品，因此编辑走向“并没有因为改版而有大幅的改变”（1998）[40-44]。但许维育又提问一个很值得我们思索的问题：“6月22日《拥护文化》之后，6月25日“名作巡礼”刊出《浊江比高》（樋口一叶），然后一直到7月25日文化版‘知性的窗’刊出《饥馑与商人——悲惨的故事》，中间整整一个月龙瑛宗没有任何作品发表。……他再开始便以《文化》栏与‘知性的窗’示人，很难说这一个月的空白与之后的改版无关（许维育，1998）[51]。”的确，龙瑛宗于改版后，在“名作巡礼”之外，增加了“知性之窗”的专栏，在上面共发表七篇政论时评，涉及奸商批判、人才录用、台人奴化论、现实与理论、战争与和平等现实问题。又由于濒临日文栏废除的政策，他在《知性の為に一お別れの言葉》（《为了知性——临别的话》，1946.10.17）中，再度重申“封建社会是不容许知性觉醒的。因此民众至今仍旧被监禁在无知当中”，“知性是科学的世界观，以及包含了良心与正义的东西。没有知性的行动是盲目的，无法建构历史……本省青年必须学习科学的世界观”。联系到时局，龙瑛宗停笔的一个月正是国共和谈破裂、内战开打之际，龙瑛宗于1946年7月25日将日文栏改名为“文化”副刊，除了以“知性之窗”抨击时政，他的文章与编辑倾向都透露了他对中国与台湾现实发展的关注，并积极引介现实主义的文艺理念。因此，改版为“文化”栏，是龙瑛宗更强烈的社会实践力的展现。

“现实主义”的精神，是龙瑛宗体察中国社会、文化的性质时强调的理念；与他鼓吹“民主”“科学”的近代意识是并行不悖的理念，也可说是他力主的“科学的世界观”“知性启蒙中最核心的观念，并贯串他这个时期的文艺理念。[1]他在《中國認識の方法》[《认识中国的方法》(1946.08.08)]与《理论与现实——好好观察现实》(1946.08.22)中，强调要以“正确的方法”观察中国与台湾的现实，指陈正确认识中国的必要性，“因为我们毫无疑问的是中国人，中国的命运就是我们的命运”(《中國認識の方法》)。他同时认为要认识中国，则须摒除先入为主的观念，秉持“科学的世界观”，他说：

> 试图以科学的、合理的角度研究中国的有胡适、陈独秀等，其通过五四文学革命进行了启蒙运动。还有郭沫若、吕振羽等的中国研究以及对历史作了科学的考证的顾颉刚。在日本方面，发挥了侵略中国的参谋本部角色之满铁调查部，也有一中国研究的庞大组织。可是满铁调查部受日本政治的制约，无法朝科学的发展，故没有真正对日本做出贡献。然即便如此，尾崎秀实（原台北一中出身）的中国研究却是相当正确的。(《中國認識の方法》，1948.08.08)

龙瑛宗引进五四文学革命以来启蒙运动的成果，说明“科学的世界观”即从黑格尔辩证法发展而来的近代经济政治哲学对中国研究。他批判“满铁调查部”作为侵略中国之参谋的功能、却特别肯定日籍社会运动家尾崎秀实的中国研究。

[1] 龙瑛宗主编日文栏一开始即规划“文艺栏”，即以“名作巡礼”，介绍近代文学名著，在23本名著中，法国和俄国的作品就各占了8篇和7篇，中国有3篇，日本、西班牙、英国、挪威、德国各一篇。见许维育，1998：28。其中又以现实主义的作品居大宗，包括巴尔扎克、莫泊桑、左拉、果戈理、托尔斯泰、阿尔绥巴夫、杜斯妥也夫斯基、屠格涅夫、高尔基、鲁迅等（见附录表7–8）。其次才是浪漫主义的作品，如赛万提斯、歌德、美里美等。

尾崎秀实一生为阶级革命运动与中日两国的友好关系而奔走[1]，1929年至1932年居留上海虹口期间，透过贩卖日本进步书刊的内山书店，为中、日两国的左翼文化运动搭起了桥梁。当时尾崎秀实和山上正义、鹿地亘以及书店老板内山完造等日本左翼作家，与鲁迅、夏衍结下深交，协助他们开展“左联”的工作。二次大战争期间，尾崎秀实借由担任日本首相近卫文麿的顾问之便，提供日本的军事情报给苏联在日本的间谍佐尔格，以及加入中国共产党的日本人中西功，分别将情报传达斯大林与毛泽东方面，不幸于1944年与佐尔格一同被日本军部处以绞刑[2]，轰动一时。

龙瑛宗于此特别推崇将一生贡献于国际无产阶级革命的尾崎秀实的中国研究，则其所谓的“科学的世界观”就是文中指出的“要探索拯救中国、复兴中国的道路，首先就要正确地观察中国的现实，非把中国要走的必然的历史之路搞明确不可”。龙瑛宗不便明指的其实就是从黑格尔的辩证法哲学发展出来再加上“科学的历史观”，也就是马克思主义的历史唯物辩证法所指向朝向社会主义发展的历史道路。

---

[1]　尾崎秀实（1901—1944），根据高秋福指出：“尾崎秀实是尾崎秀树的同父异母兄长。他曾长期随父亲居住在台湾，从小就对中国问题感兴趣。1922年，他进入东京帝国大学法学部政治学科，开始学习和研究马克思主义，并成为一名真诚的共产主义者。1926年，他离开校园到朝日新闻社工作。从1928年11月到1932年2月，他任《朝日新闻》常驻上海的特派员。在上海3年多的时间里，除新闻报道之外，他撰写有《暴风雨中的中国人》《现代中国论》等政论性著作。他结识许多中国左翼文化人士。他同鲁迅有个人交往，这在鲁迅1931年至1934年的日记中均有记录。据日本友人增田涉回忆，鲁迅对尾崎印象甚佳，说他‘不但知识面广，而且为人诚实可靠’。尾崎还与夏衍、冯乃超、王学文、郑伯奇、田汉、成仿吾等有密切来往，参加他们组织的进步文化活动，帮助他们开展‘左联’的工作。夏衍在《懒寻旧梦录》中回忆‘左联’时，把他同当时也在上海的另一位日本进步记者山上正义和美国进步记者史沫特莱并提，说他们是‘帮助“左联”进行了许多工作的三位外国同志’。夏衍还说，尾崎秀实‘表面上看来是绅士式的记者’，实际上却是‘上海的日本共产党和日本进步人士的核心人物’。他同受共产国际派遣来上海从事情报工作的苏联共产党党员、德国人理查德·佐尔格合作，经常把日本在华的重要情报转报莫斯科，经常‘把一些国际上的革命动态’转告中国同志”。1941年10月中旬，苏联在日间谍佐尔格的真实身份败露，长期提供军情给佐尔格的尾崎秀实，与其他涉案的30多人先后被日本军部逮捕。1944年11月7日，日本军国主义分子特意选择十月革命27周年纪念日这一天，将尾崎和佐尔格两人秘密绞死。高秋福：《尾崎兄弟与中国》，见《亚洲情脉漫追叙》，北京：新华出版社，2012：250—254。尾崎秀树（1928—1999）为日本著名文艺评论家，1928年生于台北，他的父亲是《台湾日日新报》的编辑干部尾崎秀太郎，尾崎秀树以《旧殖民地文学研究》在台湾文学评论界享有盛名。

[2]　高秋福：“1937年6月，尾崎秀实成为近卫文麿首相的‘嘱托’（顾问）兼私人秘书，可以自由出入首相官邸，参加首相的智囊团会议。他的主要任务是提供有关中国的情况，提出对中国事务的处理意见。这使他不但对日本政府的决策非常熟悉，而且能施加一定的影响。在此期间，他把自己掌握的许多有关日本对华战争的情报，通过在上海已加入中国共产党的日本人士中西功发往延安，受到毛泽东等中共领导人的高度重视。他向佐尔格提供的关于日本在华将陷入泥潭的情况，据说对斯大林作出援华抗日的决定产生一定影响。”见高秋福，2012：250—254。

龙瑛宗在此篇文章继续借鉴西方马克思主义与苏联的中国经济研究，指出：外国方面如德国的法兰克福《世界经济年报》对处于世界经济贫弱一环的中国经济的详细分析，和托洛斯基、斯大林、布哈林对中国问题的报告等等，都可作为认识中国的入门书。但这些书没有触及目前中国的问题，因此“现实是认识中国的最好教科书”，“台湾无疑是中国现实的一部份，只是保有尚未被共产党和民主同盟的势力渗透的特殊性”，并特别指出：“要正确的认识中国，若不检讨中国独特的封建性、官僚主义，及观察国际情势（特别是美国和苏联）的话，则其所持的对中国的理解恐怕也认识得不够。”

龙瑛宗于此特别强调台湾“保有尚未被共产党和民主同盟的势力渗透的特殊性”，但又说要认识“中国独特的封建性、官僚主义”，并要台湾人“观察国际情势（特别是美国和苏联）”对中国局势的影响，“正确”地从“现实”来认识中国。显然，在美国支持的国民党与苏联支持的共产党之间，龙瑛宗由国民党在台湾统治的“现实”，认清了中国的封建性与官僚主义。龙瑛宗光复初期的文章中再三强调的“正确的方法”与“科学的世界观”，所谓的“正确”与“科学”都带有龙瑛宗处女作《植有木瓜树的小镇》中“林杏男的长子”所怀抱的“社会主义”的世界观。[1] 从日本殖民统治时代以来，就以社会主义理想作为其思想潜流的龙瑛宗，文中列举西方马克思主义、苏联革命家到尾崎秀实的中国研究，尽管有路线之别，却都是社会主义阵营的经典思想，由此看来龙瑛宗会对苏联支持的共产党怀抱希望，是不足为奇的。如此我们才可以真正理解龙瑛宗的长子刘文甫先生所言，20 世纪 50 年代时龙瑛宗对大陆极为向往，经常偷偷收听大陆方面的播音

---

[1] 龙瑛宗：《植有木瓜树小镇》中林杏南长子是个马克思主义的信徒，却不幸早夭。可以说是小说中唯一一个正面而积极的人物，已经透露了龙瑛宗对社会主义的向往之情。关于龙瑛宗社会主义思想与文学创作的关系见施淑，2001：263—274。王惠珍考察龙瑛宗到日本去领取《植有木瓜树的小镇》获《改造》杂志第九届悬赏小说佳作奖时，受奖之旅中所接触的日本作家中，印象最深刻的就是日本左翼文艺评论家青野季吉。王惠珍并考察龙瑛宗小说《歌》中的白滨的形象来源就是青野季吉（龙瑛宗，《我的足迹》，《开南校友通讯》，1984.07.01。见王惠珍，2002：105、115）。

节目，直到“文化大革命”才破灭，但仍不减对“文化中国”的深厚感情。[1]

1946年7月国、共冲突表面化后，大陆上民主党派“反内战、要和平”的运动也鼓舞了龙瑛宗，呼吁以战斗去争取“民主主义的知性”：

> 现在的中国是落伍的文化。所以台湾的文化也就不得不被落伍的文化所制约。然而，中国落伍文化的锁必须由中国人来切断，台湾落伍文化必须由台湾人来切断。坐着等待是无法拥有这一切成果的，这是需要战斗才能得到的东西。(《臺南から臺北へ》，1946.09.19）[2]

战后初期，龙瑛宗从“科学的世界观”出发，进而呼吁以“民主的战斗”创造自己的历史。当日文栏废除而刊载《再见日文版——同仁临别的花束》特刊，其他同仁关心着语言转换的问题时，龙瑛宗却以《台灣はどうなるか》(台湾会变怎样？ 1946.10.24）再度重申台湾命运决定于美、苏对中国局势影响的外部要素，以及创造自己历史的意志与力量的内部因素：

> 台湾命运受中国全体政治所制约，而中国的命运受美国和苏联所制约，所以台湾问题的解决必受世界政治所影响……
>
> 内部要素是什么呢？就是本省人创造自己历史的意志和力

[1] 龙瑛宗在1987年开放大陆探亲后，从1988年到1991年以80岁左右的高龄抱病旅游大陆三次。见许维育，1998：66、118。许维育的硕论《战后龙瑛宗及其文学研究》，又指出：根据刘文甫先生的回忆，龙瑛宗在20世纪50年代经常偷听对岸的广播节目，对于对岸的社会主义中国多有向往，一直到“文化大革命”时，才对社会主义的幻想破灭。尽管中国的诸政权都没有使龙瑛宗满意且支持的，但他依旧称中国为祖国，在他20世纪70年代复出之际所写的随笔文章中，他对中国的形象依旧充满向往，他没有因为现实中中国的令人失望而与中国撇清，或是不再谈及中国。见许维育，1998：149。

[2] 本文署名李志阳，经笔者查证1946.09.19日的《台南から台北へ》(台南到台北)，后来改题为《台北と台南について》收入龙瑛宗随笔集《女性を描写く》一书中的《ある女人への书翰》的第二信，大同书局出版，1947：42-44)，所以可以确定李志阳为龙瑛宗另一个笔名。龙瑛宗以“现在的中国是落伍的文化”，表达他“反封建”的批判，然而并未因此稍改对日本“反殖民”的立场，他很清楚日本的“殖民统治”带来的只是“跛脚的近代化”。语出刘进庆，2003：10。在1980年的一场座谈会上，龙瑛宗仍明确表明：“日本的经济侵略，其实在占领台湾之初就开始了。……并规定‘清国奴’(或称‘清侨’)不能组织公司。……日本更刻意地不培养台湾的知识分子和工业能力，只把台湾当作劳力和原料的供应地。当时台湾什么东西都从日本来，本身做一支牙膏的能力都没有。”见痖弦主编，《永不熄灭的爝火——“光复”前台湾文学中的民族意识与抗日精神》、《联合报》“联副”，1980.07.07、08。笔者认为龙瑛宗此一时期强调的“近代的启蒙意识”和“科学的世界观”作为“反封建”“反殖民”的方法，是介于“进化论”和“唯物辩证论”之间的历史观。

量，……现在台湾可能发展的路线，有以下三种：

一、特殊状态的路线

二、与国内各省同等政治状态的路线

三、爱尔兰式的独立路线

第一种状态是现在台湾的状态，第三种状态，现在台湾的历史条件与环境尚未成熟。因此，对全中国以及台湾都好的路线是第二种路线，这第二种路线达成的可能性以国共的和平商谈为重大关键，若和平谈判破裂、内战长期化，则台湾的同胞、当然还有全国同胞，必须觉悟到将有更悲惨黑暗的日子，中国将面临有史以来最大的危机。

我们要想起最伟大的国父孙中山先生的话："和平、奋斗、救中国""革命尚未成功、同志仍须努力"。

龙瑛宗如此关注国共内战与美、苏对立对台湾与全国人民造成的危机，若说他将台湾的未来"独立"于中国的命运之外，是很难以想象的。龙瑛宗要强调的是台湾的命运必须靠台湾人的民主战斗意志去争取，而不是在台湾"坐着等待"国内民主运动的完成，这不就是当时左翼文化人所标举阶级革命的意义吗？随着国共内战的胶着化，龙瑛宗从强调以文艺唤醒民众——"近代底个性的确立与觉醒"，"民主主义的知性"——的启蒙意识，更进一步主张革命的战斗意志。龙瑛宗并以《内戰を止める》(《停止内战》，1946.10.23）一诗为老百姓请命：

停止内战吧
内战起来老百姓将越来越痛苦
会瘦、瘦、瘦死哟
没有老百姓成什么国家
停止内战吧
可怜的百姓
含着眼泪含着眼泪

渴望安居乐业
停止内战吧
内战起来将使百姓
从黑暗中出生而依旧黑暗
不得不赶赴坟场
停止内战吧
和平、奋斗、救中国
在自由和繁荣之上
建设我们的美丽新中国

诗中的民主战斗意志与龙瑛宗的社会主义文艺理念相连贯。龙瑛宗在《中國文學の動向》[1]（《中国文学的动向》,1946.08.16）中曾特别标举鲁迅与高尔基现实主义的文学，就是战斗精神的文学典范。龙瑛宗于此表现了他对于中国现实主义文学思潮的认识，同时显现他对中国“左翼作家”的关注。他首先感慨抗战期间，中国失去三十几名少壮有为的艺术家，并举出一些闻名的例子，如郁达夫死在日军手里，瞿秋白在福建被杀，在昆明以诗经研究闻名的学者、诗人闻一多战后又被暗杀。因而感慨“像中国的文学如此和政治与紧密结合的国家恐怕少之又少”，最典型的代表就是鲁迅。又说“中国文学的近代出发是五四运动文学革命以后。毕竟属于西欧意义上的科学的现实主义的产生，是鲁迅以后的事”。

《中國文學の動向》通篇主旨即围绕着现实主义阐述中国近代文学的发展，龙瑛宗指出：最明显打着现实主义旗帜的作家是茅盾，现今正翻译苏联的作品并努力创作，我们对他的期待很大。以浪漫主义出发的郭沫若，还投身于政治运动，也扮演了相当重要的角色。同属于现实主义作家的老舍，著有知名的《骆驼祥子》《四世同堂》。老舍和剧作家曹禺去美访问，据报道得知，在纽约的东亚协会赛珍珠女史的主持下，为他们举办了欢迎会。田汉和许广平也相当活

[1] 《中國文學の動向》署名李志阳，可能因署名之故，被忽略这是龙瑛宗的文章，目前未见相关讨论。许维育硕论：《战后龙瑛宗及其文学研究》（附录一 战后龙瑛宗生平写作年表）见许维育，1998：171-178，亦未列入。

跃。湖南的浪漫主义作家沈从文，最近来上海为湖南的饥荒救济奔走，批评界最值得注目的是胡风，以及《母亲》作者的丁玲，《第三代》的作者萧军，两位都去了延安等等。翻译方面，新近刊行了一套莎士比亚全集。此外，若从大家对巴尔扎克、福楼拜的关心来看，可见中国依然是倾向现实主义的。

从这篇文章中可以看出龙瑛宗清楚掌握五四以来新文学的发展[1]，包括从“文学革命”到“革命文学”的发展，清楚了解每个作家的创作派别与倾向，显然不是光复后兵荒马乱的一年内所累积的认识。那么龙瑛宗是如何熟知五四新文化运动以后的文学发展的呢？包括龙瑛宗对鲁迅的认识、《中國認識の方法》中提到的尾崎秀实，都是透过日本的《改造》《文艺》《文艺首都》等杂志，而与大陆的现实主义文学互通声息。龙瑛宗的处女作《植有木瓜树的小镇》得到《改造》文学奖，而登上日本文坛后，就常投稿这些杂志，前两个杂志正是山上正义与尾崎秀实支持中国左翼运动的文艺阵地。而早在龙瑛宗之前，即已登上日本文坛的杨逵，早已在此文艺阵地展开文学活动。

20世纪30年代，台湾文学界透过日本普罗文化运动的“窗口”，而知悉中国普罗文化的动向，这正是光复后台湾文化场域倾向社会主义的思想基础，也是目前台湾文学研究亟待突破的“视界”，后文讨论鲁迅精神的继承时将再详论。[2]龙瑛宗虽然极力抨击国民党接收政权的“封建性”，但他肯定中国从“文学革命”到“革命文学”，从启蒙进化主义到现实主义所奋斗过来的道路，他认为复归中国的台湾，其命运要靠自己去战斗，台湾的文化要靠自己去创造，同样必须走上这条中国文化奋斗过来的道路，唯有秉持民主战斗意志，才有台湾的文化主体性可言，也才能“和平、奋斗、救中国”。

龙瑛宗一方面针对日本殖民统治时期的文学遗产提出“去殖民地化”的反思，一方面针对“当下”国民政府提出“清理封建性”文化的省思。这是因为接收台湾的陈仪政府，虽然标榜要实行“社会主义”的民生主义经济，但实际上继

---

[1] 龙瑛宗对上述中国作家的掌握，经笔者比对，当时最密切报道大陆文化动态的是《人民导报》的“南虹”副刊与《台湾文化》，但《台湾文化》9月15创刊晚于这篇文章，“南虹”上的“文化消息”主要以上海文坛作家近况为主，未曾提及丁玲、萧军。

[2] 关于台湾作家登上日本文坛的讨论，将于下一节予以申论。感谢横地刚先生提供笔者鲁迅在日本的传播，与台湾作家在日本杂志发表作品等相关目录与资料。

承了日本殖民政策的“国家机器”的法西斯专制本质，在政治上又是国民党封建官僚的一部分。龙瑛宗以“台湾作为中国的一部份”、身为“中国人”，而提出清理“殖民性”与“封建性”的呼吁，并以“科学的世界观”要台湾人“正确地”认识影响中国，同时也就是影响台湾的现实。如此具备阶级性与主体性之文化批判视野的龙瑛宗，进而直接写诗为老百姓请命，除了公开呼吁“反内战”，诚如吕正惠指出的：龙瑛宗始终是个坚定的中国民族主义者（2014）[82-91]。更值得吾人注目的是，新诗《心情告白》（1946.10.17）这首诗清楚地表白龙瑛宗从社会主义的视角，关怀着“老百姓”的生活：

我
用异国的曲调
唱着歌
我是真正的中国人
真正的中国人
我在心中哭泣
为了老百姓
为了老百姓

龙瑛宗体现了日本殖民统治时代受过社会主义洗礼的文化人，于战后对“殖民地自我”的清理，同时站在人民的立场，对国民党当局封建官僚的体制发出悲愤之鸣，是光复初期台湾左翼文艺思想迅速复苏的代表作家之一。

龙瑛宗的左翼文艺思想，被淹没在语言隔阂，以及我们对光复初期历史的疏离之中，这与论者所谓龙瑛宗对国民政府“交心表态”“背负着原罪意识的阴影来创作”“否定日本文化，以示台湾人的忠诚”，有多么大的差距啊。[1] 龙瑛宗在日本殖民统治时代的文学界向来与其他作家疏离、默默耕耘，战后机缘巧合在“半山”谢东闵的推介下，主持日文栏副刊，虽透过异国的语言孤军奋战。但随着台湾政、经的恶化与内战的僵局，龙瑛宗的“行动力”有增强的趋势。许维育以“战斗到声嘶力竭”（1998）26，相当传神地形容了龙瑛宗此一时期文化抗争的“行动者”的形象。

1946 年 10 月，《中华日报》日文栏副刊被废除，继之发生“二·二八事件”，在白色恐怖阴影的笼罩下，龙瑛宗于《龙安文艺》创刊号用中文发表了《左拉的实验小说论》，批判左拉“自然主义”文艺理念“静态”的世界观：“他的世界观带有把自然社会和人间社会混在一起的倾向，因此不能在于本质的深度把握住历史的潮流。左拉因此竟开错了药方。”龙瑛宗首先赞扬左拉的《酒窟》与《娜娜》

---

[1] 关于战后初期龙瑛宗的评论，林瑞明以“交心表态”质疑《青天白日旗》的动机，并认为《文学》乃出于“惊弓之鸟的哀鸣”。见林瑞明，1996：288。陈建忠认为龙瑛宗描绘“台湾人置身祖国和日本两个敌对国家夹缝中的卑微心态”，是战后初年显著地“背负着原罪意识的阴影来创作的小说者”。陈建忠，2007：19—20。但笔者以为如果龙瑛宗真的想向祖国政府“交心表态”，则 1946 年年初开始，他就不会开始批判接收的台湾政、经乱象所导致的民不聊生，如在《两人乘坐的自行车上》所看到的失业游民，在《海涅阿》（1946.06.01）的新诗中说自己是“喝着稀饭的”，在“光复的阴影下哭泣的无歌的诗人”，在《蔷薇战争——台胞被奴化了吗？》（1946.09.19）中对“台湾人奴化论”提出反驳。甚至在“日文栏”结束之前，以《内戰を止める》（停止内战 1946.10.23）一诗为老百姓呼告反内战！又龙瑛宗若真怀有“原罪意识”，也不会在废除日文栏之际发表《日本文化に就て——これからの心構へ》（关于日本文化——今后的心理准备，1946.10.23）说“对日本文化抱持关心，并非醉心日本文化、赞美日本文化”，而是为了“中国文化的向上与进步要摄取日本文化，另一个就是日本发展动向直接影响中国的命运”。另外，朱家慧评论龙瑛宗和吕赫若此一时期的小说乃“在中国民族主义的一元思考下，试图重组台湾的历史经验，完全否定日本文化，以示台湾人的忠诚”，仍延续林瑞明、陈建忠的看法。只是朱家慧认为龙瑛宗在接触祖国的官僚政治后，扮演了近代文化启蒙者的角色，“期许台湾知识分子以近代化素养，打破中国封建势力，再造一次台湾主导的中国文艺复兴”。见朱家慧，2000：230、239。只看到龙瑛宗“欧化”的一面。许维育的硕士论文认为：“光复初期”的龙瑛宗表现了希望“日本化”转向“中国化”的价值观之际，台湾人不要被当作“汉奸”，而与祖国发生芥蒂与误会，笔者认为《从汕头来的男子》的确有这样的用心。许维育并形容龙瑛宗“战斗到声嘶力竭”，满腔热血关心百姓与局势，流露对扭转时代的无奈。见许维育，1998：26。但许维育没有提出龙瑛宗面对新时代的积极面，直到柳书琴：《跨时代跨语作家的战后初体验——龙瑛宗的现代性焦虑（1945—1947）》一文，始触及龙瑛宗“光复初期”关心“文化主体性”的面向，柳书琴认为龙瑛宗几经辩证地观察新时代、新政权，从而对台湾及中国的社会文化有所反思，表达他的社会关怀、文艺理念与文化改造理想。柳书琴归纳为龙瑛宗“现代性的追求”，以几近焦虑的程度反映于文艺活动中。柳书琴认为：“战后龙瑛宗由乐观的民族主义者变成忧心忡忡的现代主义者，其批判焦点从‘清理殖民性’到‘清理封建性’。”见柳书琴，2002：18。笔者受柳书琴一文的启发甚大，但笔者以为“清理殖民性”与“清理封建性”，两者不是转化而是并行不悖，始终贯串在龙瑛宗此一时期的文章里。因此我认为“现代性的追求”与其说是龙瑛宗的“根本关怀”，不如说那是他对中国与台湾社会提出“文化建设”的“途径”，而其“根本关怀”乃透过“文化启蒙”达成反殖民、反封建之“民主”与“科学”的近代化社会的实现，始终未曾稍改其民族主义者的立场。龙瑛宗虽然不是个“行动主义”者，在日本殖民与战后国民党强权的压制下也一向谨言慎行，但在光复后，《中华日报》日文栏一年半的言论空间却让他发表了激越的言论，可以说光复初期的文化场域促使他有机会展现他社会主义文艺思想的抱负与理想。

“卓越浮雕了 1880 年代法国社会的一个断面”（《龙安文艺》，1949.05.02：10—11）。接着，龙瑛宗以卢卡奇的现实主义美学观与世界观，认为“正如左拉自己所说，他描写了‘社会底历史’，但他终于不致描写‘历史底社会’”。龙瑛宗以此批评左拉的“实验小说论”与创作，没有掌握历史前进的动力，似乎也是出于对他自己日本殖民统治时期小说创作的一种自我指涉与反省。龙瑛宗于此体现的俨然是卢卡奇的现实主义的世界观，经过抗日战争与国共内战洗礼的龙瑛宗，在光复初期已经摆脱了战争期“杜南远”系列之作颓废虚无的一面，吾人实应好好重新认识龙瑛宗社会主义文艺思想的一面。

第二节 “鲁迅热”与左翼文学思潮的复苏

“鲁迅思想”，是光复初期两岸文化人共同推许并发扬的文化资本。鲁迅的好友许寿裳，赴台后一再标举“鲁迅的战斗精神”，他说：“抗战到底是鲁迅毕生的精神”，“鲁迅作品的精神，一句话说，便是战斗精神”（《鲁迅的精神》，《台湾文化》，1946.11.01）。胡风也指出鲁迅：“表现出来的是旧势力望风崩溃的他底战斗方法和绝对不被旧势力软化的他底战斗精神”，“五四运动以来，只有鲁迅一个摇动了数千年的黑暗传统，这原因就在于他底从对于旧社会的深刻认识而来的现实主义的战斗精神里面”（《关于鲁迅精神的二、三基点》，《和平日报》，1946.10.19）。“鲁迅的战斗精神”此一文化资产，对台湾文化人而言，一点也不陌生。日本殖民统治时代台湾作家透过中、日传媒的译介，早已熟知鲁迅反法西斯、反封建的战斗精神。台湾进步文化人以日本殖民统治时代以来对鲁迅晚年思想左倾的认识，与外省赴台作家结盟，共同标举“鲁迅的战斗精神”，在光复一年后的台湾文化场域掀起“鲁迅热”（请参见附录表 7–9 光复初期“鲁迅精神”作品目录）。并以此对国民党当局依附在美国的军事与经济的援助下，发动内战，践踏民意所属的“政治协商会议”议决出的“和平建国纲领”，表现了抗争到底的决心。

对日胜利后，国民党忙于“接收”，并发动内战，消灭共产党的势力，期望在完成“攘外”之后，能继续抗战前剿匪的“安内”大业。然而，抗日战争的经验，使进步文化人或深入解放区，或随着国民党当局长途跋涉“流亡”至重庆。这些下乡经验无疑深化了他们对中国“封建”社会的认识，使他们意识到现实主义美学要求“文艺大众化”的迫切性。进步文化人此一“习性”的养成，战后又因国民政府在“接收”过程中的腐败乱象频生，国民政府因此被他们视为封建、专制、官僚的政权，不但是旧社会封建势力的化身，也是追求现代化独立自主的“民族国家”，或建立民主、法治国家所要打倒的对象。这是国共内战期间中国知识、文化界的民主势力（除了反共的自由主义者之外），在国共之间，最后以选择认同共产党作为他们的实践逻辑的原因。尤其是战后国民党一连串对“异议分子”的迫害，强化了进步文化人把建立“新中国”的希望寄托在共产党。在全面内战的情势下，“鲁迅的战斗精神”发挥了召唤文化人，结成统一文化阵线的作用。本节首先回溯日本殖民统治时代台湾的鲁迅接受史，进而探讨光复初期“鲁迅热”现象蕴含的政治抗争的意义，乃在于两岸（台湾、上海）文化界借由纪念鲁迅而结盟，共同表达他们对国共内战再起的抗议，催生“和平建国纲领”的落实。[1]

光复一年后，台湾产生“鲁迅热”的文化现象，这部分已有前行的研究者专论过，例如：下村作次郎在《战后初期的台湾文坛与鲁迅》中，介绍鲁迅作品在战后初期被译介而广泛流传（下村作次郎，1998）。黄英哲也探讨过许寿裳与战后初期鲁迅文学传播的关系，指出台湾知识分子借着书写纪念鲁迅的文章，表达对现实的不满［（黄英哲，1991）75-78、（1999）165］。因此关于鲁迅作品的译介，此处不再赘述，并请参看（附录表 7–9）“鲁迅精神”作品目录。

下村作次郎在《战后初期的台湾文坛与鲁迅》的结语中提道：“鲁迅作品之所以在战后立即被台湾文坛所接受，是源于日本殖民统治时期台湾作家本身便喜欢鲁迅的作品，而孕育了接纳鲁迅文学的土壤。（下村作次郎，1998）196”下村从文学品味、解释台湾作家对鲁迅文学的接纳，恐怕忽略了“鲁迅思想”才是台湾文化人援引作为介入现实的利器。中岛利郎的《日治时期的台湾新文学与鲁迅——其接受的概观》，对日本殖民统治时期的“鲁迅接受史”做了考察，他将日本殖民统治时代台湾对鲁迅的接受史分为三期：1923 年至 1931 年转载鲁迅作品为第一期，“由到大陆的张我军将作

[1]　黄英哲认为台湾文化人借由纪念鲁迅来表达对接收国民党当局政经腐化的不满，见黄英哲，1999：165，陈芳明也认为：“日据时代台湾作家之所以积极接受鲁迅文学，就在于利用这位伟大作家的批判精神来抵抗陈仪政府的贪污腐化与文化歧视”。见陈芳明，2001a：160。笔者以为台湾作家“纪念鲁迅”的视界并不仅仅针对台湾政治现实，也不是针对陈仪政府，更何况诚如第二章的分析，鲁迅思想的传播也是陈仪所默许的。

品转载于《台湾民报》的形式进行的，还有，也有相当正确地掌握而加以评论的像蔡孝乾这样的人。他们都认为台湾文学是中国文学的一个支流”。蔡孝乾在《中国新文学概观》[《台湾民报》1925.04.21—06.11，3（12—17）]评论鲁迅的《呐喊》，是台湾第一次出现关于鲁迅的评论。1923年到1936年为第二期，这个阶段是台湾作家登上日本杂志的阶段[1]，台湾作家或是购读鲁迅的中文作品，或是阅读日文译本以及日文杂志上的鲁迅介绍，以理解鲁迅。这两个阶段的鲁迅接受史，从1925年1月1日开始在《台湾民报》转载鲁迅的作品，作为台湾新文学学习的“典范”，一直到1932年的《南音》、1933年的《福尔摩沙》都还出现。[2] 而关于鲁迅的消息与思想评论，也不时出现在《南音》、《台湾文艺》与《台湾新文学》、《台湾日日新报》上。其中，《鲁迅传》的作者增田涉述及罗曼·罗兰称赞《阿Q正传》的信可能遗失在创造社，为此公案，郭沫若和增田涉还在《台湾文艺》上一来一往地交锋过。第三期1937年至1945年，由于出版物禁用中文，鲁迅作品的转载已不可能了，连“直接写其介绍和动向的文章也都看不到了”，中岛认为是“鲁迅文学的内在期”。这个阶段只有龙瑛宗在《植有木瓜树的小镇》(《改造》1937.04）中描写林杏南的长子，述及“佐藤春夫译的鲁迅的《故乡》给我深刻的感动。……我想看看《阿Q正传》”，却没有钱买云云。另外龙瑛宗在《文艺首都》(8卷10号，1940.12）发表《两篇狂人日记》，比较了果戈理和鲁迅的《狂人日记》(中岛利郎编，2000）41-77。中岛利郎针对台湾刊物上转载、介绍鲁迅做了考察，虽详尽考察了日本殖民统治时代台湾的鲁迅接受史，却未进一步分析台湾作家对鲁迅思想与政治意识形态的认知。

鲁迅反法西斯的战斗精神，是在“光复周年”的“纪念鲁迅逝世十周年”的时候，才在台湾新文学史上构成“文化资本”的意义。这不只是一次“文学行动”，更是一次“政治行动”。而此“文化资本”的构成，首先当然是建筑在长期

---

[1] 首开其端的是杨逵的《送报夫》刊载《文学评论》(1934.10)，杨逵并经常在《文学评论》《新潮》《文学案内》发表随笔和评论。接着吕赫若：《牛车》登载在《文学评论》(1935.10)、赖和：《丰作》由杨逵日译刊于《文学案内》(1935.10)，龙瑛宗：《植有木瓜树的小镇》当选《改造》悬赏创作（1937.04)，张文环：《父亲的脸》入选《中央公论》悬赏小说佳作（1935.01)，翁闹：《憨爷》入选改造社的《文艺》选外佳作。

[2] 日据时期台湾鲁迅作品转载，见中岛利郎《日治时期的台湾新文学与鲁迅——其接受的概观》，中岛利郎编，2000：41—77与林瑞明《赖和与鲁迅》，2000：81—94。

的“鲁迅接受史”。但除此之外，“鲁迅战斗精神”被文化人从历史遗产中挑选出来，与官方政治势力进行现实的搏斗，它自然必须具有相当政治意涵的战斗性内容，才足以作为一次“文学与政治”结合的“行动”利器。

首先追溯台湾作家的“鲁迅土壤”，其中也包括了台湾作家对中国新文学发展的认知。[1] 就当时两岸“新文学”运动发展的历程来看，对台湾作家而言，鲁迅一直有着“同时代性”（contemporary）。他们共同面对着中国近代以来反殖民、反封建的时代课题。

日本殖民统治时代台湾作家购读中国新文学的作品，中岛举钟理和为例。钟理和在 1957 年 10 月 30 日给廖清秀的书简中说：“后来更由高雄嘉义等地购买新体小说，当时，隔岸的大陆正是五四之后，新文学风起云涌，像鲁迅、巴金、老舍、茅盾、郁达夫等人的选集，在台湾也可以买到。这些作品几乎令我废寝忘食……”这大约是钟理和十六岁，1930 年左右的事（中岛利郎编，2000）64。另外，我们还可以从目前赖和与叶荣钟公开的藏书目录中进一步考察，他们收藏大陆出版的杂志、书籍，一直持续到 1937 年中日战争爆发前，这些收藏几乎囊括了鲁迅所有的作品。其他作家的作品，包括郁达夫、郭沫若、茅盾、瞿秋白等人的作品与理论。[2] 赖和收藏了许多以鲁迅为首的，“文学研究会”一脉的《小说月报》《京报副刊》《语丝》《莽原》《奔流》等杂志，以及 1932 年丁玲主编的左联刊物《北斗》，其中也有自由主义派的《现代评论》等等。赖和还收藏了一系列鲁迅翻译的俄国、日本的作品与理论，包括鲁迅与冯雪峰翻译的卢那察尔斯基的文学理论。[3] 如此看来，从新文学 1917 年的“文学革命”到 1927 年的“革命文学”时期的文学刊物、作品、理论，台湾都可以直接购读。

---

[1] 林瑞明指出：“1920 年代台湾展开新文学运动时，除了提出各种文学主张和介绍文学理论之外，《台湾民报》亦刊载了胡适、鲁迅、郭沫若、周作人、梁宗岱、冰心等中国新文学家的作品。”见林瑞明，2000：84。

[2] 赖和藏书目录见《赖和全集 3》，林瑞明主编，2000：275—327。叶荣钟藏书已全数捐给台湾清大图书馆，“叶荣钟藏书目录”由叶芸芸女士提供，谨此致谢。

[3] 包括水沫书店出版的卢那察尔斯著、鲁迅译的《文艺与批评》（1929），卢那察尔斯著、雪峰译的《艺术之社会基础》（1929），波格丹诺夫著、苏汶译的《新艺术论》（1929），藏原、外村辑、鲁迅译的《文艺政策》（1930）以及弗理契著、刘呐鸥译的《艺术社会学》。水沫书店是台湾作家刘呐鸥在上海主持的出版社。有关赖和的鲁迅“接受史”及鲁迅对赖和的影响，见林瑞明：《赖和与鲁迅》，2000：81—94。林瑞明并指出：“赖和在日据时代就赢得‘台湾的鲁迅’之称号，说明台湾人对赖和、鲁迅都是有所了解的，台湾的左翼文学也确是当时文学的主流。”见林瑞明，2000：91。

1930年6月，叶荣钟在东京新民会发行的《中国新文学概观》一书中，除了介绍“文学革命的推进”“新文学的作品”，值得注意的是他提到了：有人宣言“阿Q的时代是死去了的”，“但《阿Q正传》不应因此而失掉他的光辉和价值”。在“文坛的派别”中，叶荣钟第一个介绍“创造社派”，“是奉马克思主义的所谓无产阶级派……他们和中国共产党似乎有些瓜葛，当国民党和共产党火拼的时候，受着很凶暴的压迫，《创造月刊》被禁，创造社也被封锁，领袖人物如郭沫若、成仿吾、冯乃超等均亡命日本”（叶荣钟，2002）[252]。这些都是发生在1927年“四一二政变”，因应国民党“清党”之举，而兴起的“革命文学论”以后的事。转向无产阶级运动的后期创造社与太阳社，由于受到苏联和日本等国无产阶级运动左倾机械论的影响，向五四时期的代表作家鲁迅、茅盾等人开刀（钱理群等，2001）[193-195]，钱杏邨因此写下《死去了的阿Q时代》（《太阳》月刊，1928.03）。从叶荣钟1930年的《中国新文学概观》的内容，说明日本殖民统治时代的台湾作家已掌握了中国新文学历经“文学革命”到“革命文学”的进程。

1931年，日本发动“满洲事变”，在台湾岛内实施对社会运动的镇压，此后大陆书籍取得逐渐不易，台湾作家改采透过日本杂志知悉大陆普罗运动的发展。20世纪30年代以后，台湾对鲁迅思想与左翼文艺理论的吸收，主要是透过日本综合杂志与左翼文化阵线翻译、评论、出版等“传播鲁迅”的管道。[1]虽然普罗文学最早源自苏联，但中国“普罗文学”的火种另外还借助日本传递进来。因此就像中国的左翼作家联盟透过日本东京支盟，打开一条逃避国民党肃清的通道，台湾一样是透过日本的左翼文化阵线，吸取普罗文学的养分，并且与中国大陆的左翼文化界互通声息。[2]龙瑛宗晚年曾回忆道：“我于昭和初期，阅读过

[1] 本书讨论关于从日据时代到战后初期，台湾岛内，及透过日本左翼文化阵线对鲁迅思想、中国左翼文化发展的接收，悉数仰赖横地刚先生提供的资料，谨此致谢。请参看横地刚，《由〈改造〉连载〈中国杰作小说〉所见日中知识分子之姿态——从鲁迅佚文．萧军〈羊〉所附〈作者小传〉说起》《读〈第三代〉及其他》——杨逵一九三七年的再次访日》两文，2005a：198—248、2007：50—86。

[2] 柳书琴的博士论文《荆棘的道路：旅日青年的文学活动与文化抗争——以〈福尔摩沙〉系统作家为中心》曾讨论了吴坤煌与东京左联的刊物《诗歌》，以及和日本左翼诗刊《诗精神》《诗人》的同仁有交往，并考察了吴坤煌、张文环与中国旅日青年的戏剧交流。见柳书琴，2001：224—248。另外，横地刚考察了日本普罗文学杂志《星座》，新发现两篇杨逵的文章，题目为《对新日本主义的一些质问》和《期待于综合杂志的地方》，登载于《星座》1937年9月，皆未编入彭小妍主编之《杨逵全集》。横地刚此文借由探讨杨逵与大陆作家鲁迅、胡风的思想，批判了日本的军国主义。相关文献请参考陈映真总编辑《学习杨逵精神》“人间思想与创作丛刊”，人间出版社，2007.06。

以日文叙述瞿秋白的著作，现在乃（仍）想读他和闻一多，陈独秀，郭沫若的诸作品哩！……昭和初期作家郭沫若以日文在《改造》上发表了一篇精彩的《蒋介石论》。"[1] 郭沫若的《蒋介石を訪う》是发表在《改造》1937 年 12 月的"南方支那号"，在此之前的《改造》杂志因为中国大陆发生"西安事变"，就极注意国共合作的动向。6 月份，曾刊出西方记者スノー（Edgar Snow，斯诺）会见毛泽东，访问共产党的对日政策，以及スメドレー（Agnes Smedley，史沫特莱）评论西安事变与国共合作文章。此后一直到 1941 年"珍珠港事变"之前，《改造》就不断出现有关延安方面的报道。除了 Snow、Smedley，还有日本进步文化人山上正义、增田涉与尾崎秀实等人，或担任翻译的工作，或是直接声援中国反法西斯的运动，是《改造》上经常出现的名字。[2] 这些作家中，尾崎秀实替中国反侵略战争作情报工作，Snow 则长期为延安根据地做宣传，其他几位都是围绕在鲁迅身旁的友人，他们与鲁迅逝世前最亲密往来的胡风、鹿地亘、"内山书店"老板内山完造等人，在鲁迅逝世时，于 1936 年 12 月在《改造》上发起了"鲁迅追悼号"。[3] 而日本自 1935 年由佐藤春夫、增田涉翻译，曾经在岩波书店出版《鲁迅选集》。不久，改造社又出版了《大鲁迅全集》（1936.04—1937.03）。这套全集的编辑顾问是茅盾、许广平、胡风、内山完造与佐藤春夫，译者是增田涉、山上正义、鹿地

[1] 龙瑛宗，《杨逵与〈台湾新文学〉——一个老作家的回忆》，1991：23。

[2] 关于这些文章数量庞大，兹举一些为例：エドガー・スノー：《中国共产党の领袖毛泽东会见记—中国共产党の对日政策》；アグネス・スメドレー：《西安事变と国共合作》，《改造》，1937.06；エドガー・スノー手記，《毛泽东自叙伝》，《改造》1937.11；郭沫若著、山上正义译，《蒋介石を访う》《爆击下を行く》の一部；李初梨：《延安の印象》，《改造》，1937.12"南方支那号"；アグネス・スメドレー：《共产军从军记》，《改造》1938.04；尾崎秀实：《长期抗战の行方》，《改造》，1938.05；毛泽东著、增田涉译：《持久战を论ずる》，《改造》1938.10；毛泽东著、增田涉译：《抗日游击战论》，《改造》1938.11；エドガー・スノー，《蒋介石》，《改造》1941.03。

龙瑛宗自从《植有木瓜树的小镇》于 1937 年 4 月获《改造》杂志的悬赏奖之后，即经常有文章在上面发表。赖和的藏书中也有《改造》杂志。"二・二八事件"时，《中外日报》记者周青曾经参与桃园林秋兴领导的武装部队，在国军登陆镇压时退往大溪奋战。周青 1970 年以此经历创作小说《烽火钟声》，小说中提到日据时代有青年从"日本杂志上记载的《论持久战》中，看到祖国未来光明的前途，断定台湾必定光复"。见曾健民、横地刚、蓝博洲合编，2004：418。周青小说中的这个情节也是根据事实改编的，《论持久战》就是刊登在《改造》1938 年 10 月，由增田涉所翻译的毛泽东文章。

[3] 《改造》1936 年 12 月推出"鲁迅追悼号"，刊出的文章有：鲁迅：《深夜に志す》（写于深夜里）、内山完造：《追忆鲁迅先生》、胡风：《悲痛なる告别》、中西均一：《鲁迅先生语录》、山上正义：《鲁迅の死と广东の想出》、增田涉：《鲁迅书简集》。除了中西均一外，都是参与《大鲁迅全集》编辑工作者。其中，鲁迅的《写于深夜里》原为抗议左联五烈士被杀事件，透过史沫特莱向国外媒体披露国民党暴行的文章，其经过详见《斯茉特莱记鲁迅》高歌译（《台湾文化》，1946.11.01）转载自《文萃》1945.12.11，4，译者：万歌。胜利后大陆的左倾刊物《文萃》登载史沫特莱这篇文章，抗议国民党的意味相当浓厚，《台湾文化》又转载史沫特莱此一文章，有意向台湾人披露国民党对进步作家镇压的历史。

亘与日高清磨瑳等人。上述鲁迅战斗精神的传布，说明了20世纪二三十年代以来，中、日、台反法西斯的“地下火”[1]是连成一脉的。而这些都构成阅读《改造》的台湾作家认知“鲁迅战斗精神”的土壤。

龙瑛宗晚年的回忆文章曾论及：“那个时候（案：1937年），杨逵兄也去东京，找寻宫本百合子，盼望他为《台湾新文学》，伸出义捐之手，而他为了台湾文学大拼老命。（龙瑛宗，1991）[23]”龙瑛宗这篇名为《杨逵与《台湾新文学》——一个老作家的回忆》的文章中，只有最后这段话才出现杨逵的志业，当时杨逵已过世六年，龙瑛宗流露了失去这位文学同志的寂寞。这个寂寞感从何而来呢？文章始于龙瑛宗从书房里翻出一些书和纪念册，使他的“文学记忆一一复活”。施淑指出：

> 首先来到他（案：龙瑛宗）眼前的是日本普罗文艺理论大师藏原惟人，日共书记长和作家宫本显治、宫本百合子夫妇，接下来有白桦派的志贺直哉，私小说巨匠岛崎藤村，无产阶级文艺运动主要成员中野重治，主持《人民文库》的写实主义作家武田麟太郎，新感觉派的横光利一，艺术派的深田九弥。还有，让龙瑛宗学到唯物辩证法的东京帝大教授大森义太郎，教给他文学常识的台北帝大教授工藤好美，以及另一个普罗文艺理论大师青野季吉。回忆这些人物和他们作品的同时，龙瑛宗提到为台湾文学大拼老命的杨逵曾到东京找宫本百合子，他自己曾造访北海道的网走，那是宫本显治及左翼文化人被囚之地，一个在日本行政区中没有“番地”（门牌号）的所在。文章末了，老作家以眷念的笔调写下他的感激和未了心愿：“像大森先生的前辈，也像青野季吉的前辈极乏其人，所以怀念先人之情也越来越浓了。我于昭和初期，阅读过以日文叙述瞿秋白的著作，现在乃［仍］想读他和闻一多，陈独秀，郭沫若的

[1] 鹿地亘：《鲁迅和我》中谈及他于1936年2月6日逃离日本，在上海第一次会见鲁迅时，鲁迅的风貌留给他印象：“我谈了日本和日本的文学家的情形。就是自那时候，鲁迅底幽静的眼底里也有使对方肃然正襟的诚实，就如同在地底不会消灭的火一般的情爱燃烧着。”原载1936.10.21《作家》，见刘献彪、林治广编《鲁迅与中日文化交流》，1981：448。鹿地亘的文章道尽了鲁迅对日本“转向作家”的关怀与情意。

诸作品哩！”正如这篇随笔的两个小标题——《于网走刑场》、《盼读瞿秋白》，半个世纪后在他的书斋里重临记忆现场及中、日两国白色恐怖历史的龙瑛宗，透过他的藏书，为我们绘出他的艺术生命和文学精神的系谱，在这系谱中，最醒目的仍是社会主义和人道主义。(2001)[267-268]

施淑分析龙瑛宗的“文学记忆”，描绘龙瑛宗的艺术生命和文学精神的系谱，说道：“在这系谱中，最醒目的仍是社会主义和人道主义。”而这社会主义和人道主义的养料正是来自日本普罗文艺运动思潮，而“鲁迅”的“位置”在其中占据着核心的地位。

杨逵是在1937年6月第二度前往日本，“得到《日本学艺新闻》、《星座》、《文艺首都》等杂志的支持，把《台湾新文学》寄生于他人的杂志内”，9月返台。不料“十月二十日，报载日本开明分子被捕了百余人”，“到东京谈妥的计划已经完全落空”，交给改造社预定在《文艺》月刊刊登的《模范村》，也因此被退回台湾[《杨逵全集14》，(彭小妍主编，2001)[8、182、256]]。杨逵当时在日本购读了萧军的作品《第三代》，“在卢沟桥事变后1937年7月31日夜，正是北京、天津失守的翌日”(横地刚，2003b)[93]，写下《〈第三代〉及其他》，发表在《文艺首都》[1937.09,5(9)]，呼吁中日文化交流，并引了胡风发表在《星座》上的文章，批判日本作家“安于过小康的绅士生活”：

我们知道，日本文坛到现在为止还不肯承认中国现代文学。但是，我们绝对没有意思要用泥脚踏进绅士的客厅。换句话说，我们并不只是要作日本文坛的对手，还希望透过青涩的文学告诉日本读者，特别是先进的读者，让他们知道中国文学如何受到欺压，如何努力站起来，如何在失败和牺牲中改造自己。

对于日本文坛对中国现代文学的冷漠，杨逵表明“我们殖民地的人们多半有相同的感慨”。对于《第三代》描写被凌虐的人接二连三沦为马贼的经过，杨逵说“我们天天被人家教我们称为土匪、共匪、什么匪、什么贼”的，“其所谓马贼，其实并不是我们常听说的那种可怕的强盗，而是逐渐成长为一股和欺凌者敌对的势力”[《杨逵全集 9》(彭小妍主编，2001)[556]]。在“满州事变”到“卢沟桥事变”民族存亡的危机感中，鲁迅与胡风多年来致力于让“满州”、朝鲜、台湾等，同被日帝侵略的“弱小民族文学”登上中、日文坛。杨逵在日本购读《第三代》，正是此一成果之一。1934 年 9 月，《世界知识》与《译文》同时创刊，鲁迅与胡风多次刊登东北作家萧军的《八月的乡村》《第三代》《同行者》与萧红的《生死场》。《八月的乡村》与《生死场》收入《奴隶丛书》时，鲁迅分别作了序，说前者“不容于满州国，但我看也不容于中华民国”，说后者“如果还是扰乱了读者的心呢？那么我们就决不是奴才”。胡风作了后记，说“当时国民党欺骗宣传什么实际上不存在的‘抗日义勇军’”，然而“《八月的乡村》里的人物还特地声明他们是‘人民军’”，指出其不容于中华民国的原因(横地刚，2003b)[92]。

胡风当时又从日本《文学评论》上，将杨逵的《送报夫》与吕赫若的《牛车》翻译成中文，分别刊登在 1935 年 5 月的《世界知识》和 8 月的《译文》。1936 年 4 月，加入了张赫宙等朝鲜作家的小说，由巴金创立的文化出版社发行《朝鲜台湾短篇小说集——山灵》。诚如横地刚所指出的：“在上海介绍台湾、‘满州’、朝鲜作品，证明了日本统治的殖民地台湾与上海的文学家是站在同样的土壤上的。战争的扩大违背了侵略者的意图，殖民地下的作家竟通过日语为台湾文学与中国文学的交会开辟了一个空间。(2003b)[91-93]”台湾光复后，杨逵才知道下半部在《台湾新民报》刊登时被禁的《送报夫》，曾翻译成中文在“祖国”流传。虽然未曾与鲁迅、胡风搭上线，但是杨逵读到《第三代》，“觉得有难以言喻的愉快”，马上领悟了此书的意义，呼应了鲁迅与胡风。

鲁迅于 1928 年被介绍到日本，1930 年前后因《阿 Q 正传》流传到日本，而逐渐受到敬重(详后文)。在东亚反法西斯的文化阵线上，鲁迅率先登上日本文坛，打开了“弱小民族”的视野，开辟了“弱小民族”的文化阵地，也让日本普罗文学界开始注意到台湾与朝鲜、“满州”的作家。杨逵(《新闻配达夫》，《文学评论》，1934.10)、吕赫若(《牛车》，《文学评论》，1935.10)、龙瑛宗(《パパイヤのある街》,《改造》, 1937.04）陆续登上日本文坛后，三人即经常在《改造》《文艺》《新潮》《中央公论》等综合杂志，以及《文艺首都》《文学案内》《文学评论》《星座》等左倾杂志上频频发表文章。他们因此透过这些杂志了解中国反法西斯、反帝的无产阶级革命的进程。关于台湾文化人在日本文坛的活动情形，是日后研究的课题，以下仅以“鲁迅”为例，说明中、日、台“地下火”之一脉相连，描述20世纪30年代国际主义的普罗文学运动的文化场域之一隅。

日本殖民统治时代的台湾文化人透过日本进步刊物与反法西斯文化阵线，不但清楚认知“鲁迅左倾”时中国无产阶级革命的背景，也体认了鲁迅反蒋政权的“战斗精神”。《南音》半月刊叶荣钟在一篇署名“擎云”的《文艺时评——关于鲁迅的消息》[1] 中，就表明希望看到鲁迅左倾以后的作品：

> 我很希望在不远的将来能够接到左倾以后的鲁迅的作品，但这或者是很难的事吧。据林守仁氏的报告，现在的鲁迅“是用手写还不及用脚跑的忙”（这是鲁迅对他讲的）哩。他老人家的亡命生活不知到甚么时候才能休止，实在令人记挂也令人可惜，同时也是使我感到压迫言论之可恶，因为言论的压迫不知道推（笔者案：摧）残了多小（笔者案：少）的天才，减杀了几多的好作品呀。[《南音》1932.02.01，1（3），底线为笔者所加]

叶荣钟的文章开头第一段，就用极严厉的话批评蒋介石的政权：

> 自从蒋皇帝登极以来，中国闹了好几次的清共惨案，几多有为的左翼作家，杀头的杀头，投狱的投狱，其余便是逃来逃去在亡命着。我们所敬爱的鲁迅先生也是其中的一个。……我们自从《壁下译丛》——一九二九年出版——以来至今完全不能接到他老人家的作品，所以很感到寂寞。[《南音》1932.02.01，1（3）]

[1] 又收入《叶荣钟早年文集》，叶荣钟，2002：273—275。

在日本殖民统治下、台湾的叶荣钟，不但知道追随孙中山先生革命的蒋介石变成了“蒋皇帝”，还知道他闹了几次的“清共”惨案。叶荣钟文章中的“林守仁”，是日本进步记者山上正义[1]的中文笔名。

山上正义在日本1928年3月《新潮》曾发表过一篇《鲁迅を语る》(《谈鲁迅》)，丸山昇说：“这篇文章是第一次刊登在日本的一般杂志上以鲁迅为主题的文章。”其中有一段，山上正义描述了与时任中山大学教务主任的鲁迅，在广州共同度过国民党“清党”的经验：

> 鲁迅躲藏在一个民房的二楼，我和他相对无语，找不出安慰他的话。正好从这窗口可以看到大街上一队工会纠察队举着工会旗、纠察队旗，吹着喇叭通过。
>
> 在窗子的前边的电线杆上贴着无数清党的标语：“打到武汉政府”、“拥护南京政府”、“国贼中国共产党”……等。在这些标语下边能看到几天前刚贴上，还没有来得及全部撕去的“联俄容共是总理之遗嘱”、“打倒军阀蒋介石”等等完全与此相反的标语。
>
> 鲁迅一直看着工会纠察队走过去，他说“真不知耻，昨天还在高喊共产主义万岁，今天却在到处搜捕共产党系统的人了”。经他这么一说，我才知道这支队伍是右派工会的，他们充当警察局的走狗，正在

---

[1] 根据丸山升《鲁迅与山上正义》一文所载：山上正义1896年（推测）生于鹿儿岛，1938年赴任莫斯科分局长前，死于十二指肠溃疡。山上正义于1926年10月作为新闻联合通讯社的特派员到达广州。1927年4月12日“在上海发生了蒋介石的反共武装政变。担任国民革命军总司令的蒋介石转向反共，开始大量屠杀共产党员及其外围的学生、工人、农民。三天后的4月15日，李济深在广东发动了武装政变。据记载广东因政变而被杀害的共产党和工人达二千一百多人，被解职的铁路工人达二千余人以上。中山大学的学生也有四十多人被捕”。山上正义在《新潮》杂志上分别发表了《南中国的文学家们》(1927.02)、《谈鲁迅》(1928.03)见证当时的社会气氛，丸山升认为：山上正义在广东“会见了来自苏联的国民政府顾问鲍罗廷、会见了宋庆龄、陈友仁，并和郁达夫、成仿吾等创造社的成员交游，还见到了鲁迅。他在这个时期的文章和后来回忆当时情况的文章，在只有少数几个日本人宣传国民革命时期的广东的情况下，实在是一份难得的纪录。今天读起来也还是耐人寻味的。”(原载日本中央公论社出版的杂志《海》，昭和50年(1976)9月号，见刘献彪、林治广编，李凡译，1981：272—284。

干搜捕左派工人的勾当。[1]

丸山升评论山上正义的这段文字："只有对于蒋介石的反共政变而使革命受到挫折，感到悲愤的人，才能写出这样的文章（刘献彪、林治广编，1981）278。"当时对时局观察相当敏锐的鲁迅，在国民党发动"清党"的"四·一二政变"[2]的前两天，曾写下一篇《庆祝沪宁克复的那一边》，从辛亥革命的失败经验，谈到后方普遍陶醉于庆祝革命胜利的气氛，对革命力量的消亡感到忧心，其中提道：

……最后的胜利，不在高兴的人们多少，而在永远进击的人民的多少……

庆祝和革命没有什么相干，至多不过是一种点缀。庆祝，讴歌，陶醉着革命的人们多，好自然是好的，但有时也会使革命精神转成浮滑……

……坚苦的进击者向前进行遗下广大的已经革命的地方，使我们可以放心歌呼，也显出革命者的色彩，其实是和革命毫不相干。这样的人们一多，革命的精神反而会从浮滑、稀薄，以至于消亡，再下去是复旧。[3]

果然，两天后国民党开始"清党"。山上正义描写与鲁迅在广州共度的"清

[1] 同上注，见刘献彪、林治广编，李凡译，1981：278。同书亦收录李芒摘译的山上正义：《谈鲁迅》，经笔者比对1928年3月《新潮》上的原文，同一段引文，在李凡中译的丸山升：《鲁迅与山上正义》中，译文较简洁，决定采用李凡的中译文。

[2] 丸山升所谓"反共政变"也就是史学家所称的"四一二政变"。指的是国共合作北伐的"国民革命"期间，1927年3月共产党领导的上海工人第三次武装起义成功后，国民党率领的北伐军队，进入上海接收革命成功的果实，但却反过来于1927年4月12日发动"清党"，肃清具有共产党"嫌疑"的工人、学生组织，是为国共第一次合作分裂。国共第二次合作则起因于张学良挟持蒋介石的"西安事变"，要求蒋介石改变"攘外必先安内"的剿共政策，形成1937年"抗日统一阵线"的告成。中日战争末期国共冲突日甚，以1941年1月初的新四军事件（又称皖南事变）为表征，抗战胜利后国共内战一触即发。

[3] 发表于1927年5月5日广州《国民新闻》"新出路"副刊，1975年才被《中山大学学报》重载，笔者转引自《文物》总5号，1976.01"革命文物特刊"，横地刚先生提供。"沪宁的克复"指的是1927年3月12日上海工人在中国共产党的领导下，配合北伐进军，举行第三次武装起义成功，占领上海，和3月24日北伐军攻克南京。

党”的经验，不仅捕捉了当时国民政府“反革命”的气氛，也掌握了鲁迅对“革命”竟成“复旧”的激愤之情。在这样的互信基础下，尽管日本已经有了《阿Q正传》的翻译，但是鲁迅并不满意。山上正义受鲁迅委托，展开重新翻译《阿Q正传》的日译工作，但完成时已经是两人1930年前后重新在上海会合的事了。[1]此书1931年10月以《支那小说集——阿Q正传》为名，作为“国际无产阶级文学丛书”的一册，由日本东京四大书院出版。这本《支那小说集——阿Q正传》还应鲁迅的要求，为了纪念同年2月牺牲的“左联五烈士”，在卷首附上李伟森、殷夫、冯铿、宗晖的肖像和悼念他们的献词。在小说《阿Q正传》正文后面，收录了胡也频、柔石、冯铿、戴平万的作品和小传，是“一本具有强烈的政治性的文集”[2]。当时提供日本军情给中国的情报员的尾崎秀实化名为“白川次郎”，也为此书写了序《谈中国左翼战线的现状》，抗议国民党的血腥暴力。[3]“全日本无产者艺术联盟”的机关刊物《ナップ》(《纳普》)也在隔月的杂志上，刊出由尾崎秀实和山上正义翻译“中国左翼作家联盟”的《国民党の作家虐 × に対する中国作家联盟宣言》，以及鲁迅化名为“L·S”的《中国无产阶级 ×× 文学と先驱の血》。

---

[1] 丸山升《鲁迅与山上正义》，提到在山上正义日译《阿Q正传》之前，日译《阿Q正传》最早的是上海的日文报纸《上海日日新闻》转载的井上红梅的译作（未见），井上红梅的译文又刊于1929年11月《怪现象》杂志上，作为《支那革命畸人传》而登载，是日本国内最早的《阿Q正传》译文。1931年5月“满铁”的外围团体“中日文化协会”所办的《满铁》上也连载了长江阳译的《阿Q正传》。到1931年9月白杨社又出版了松浦珪三译的《阿Q正传》单行本，10月山上正义的译文与左联五烈士的作品一起结集出版了《支那小说集——阿Q正传》，同前，刘献彪、林治广编，李凡译，1981：272—284。另外，根据鲁迅1932年11月7日给增田涉的信中，表示“井上红梅翻译拙作，我也感到意外，他和我并不同道。但他要译，我也无可如何”。同年12月8日给增田涉的信中又表示：“井上氏所译的《鲁迅全集》已出版，送到上海来。译者也赠我一册，但略一翻阅，颇惊其误译之多。”鲁迅不满井上的译文，因此托山上正义重译。山上正义在鲁迅过世的纪念文章中提道：“原文有的地方引用古典和不时出现绍兴土语，相当难译，大约用了一个半月的时间始告译成。这之间鲁迅对译文提出意见和讲解语意达五十余次。”见山上正义《鲁迅的死和广东的回忆》，原载《改造》1936年12月“鲁迅追悼号”，转引自刘献彪、林治广编，李芒摘译，1981：444—445。1975年6月22日，丸山升拜访了山上正义的夫人山上俊子，夫人把她收藏了四十四年之久，鲁迅写给山上正义的信和为《阿Q正传》日译本写的八十五条校释的原件拿了出来。据《鲁迅日记》，1931年2月17日“得山上正义信并《阿Q正传》日本文译稿一本”，距离2月7日深夜国民党在上海龙华杀害和活埋柔石等五烈士才刚过10天。鲁迅给山上的信与八十五条校释是在1931年3月3日完成的。戈宝权据此指出：鲁迅“认真校阅译稿，决不只是为了自己的作品能有一个较好的日译本，而且还是为了支持纪念五烈士的文集能在日本早日出版。”戈宝权《谈鲁迅为《阿Q正传》日译本所写的校释的发现》，见刘献彪、林治广编，1981：317—325。

[2] 戈宝权《谈鲁迅为〈阿Q正传〉日译本所写的校释的发现》，见刘献彪、林治广编，1981：320。

[3] 参见柳尚彭《鲁迅和尾崎秀实》，《上海鲁迅研究》1995年7月：186—189。徐静波《尾崎秀实与上海》，《外国问题研究》2012，(2)：60—69。

《支那小说集——阿Q正传》译者林守仁（山上正义）写了一篇介绍文《关于鲁迅及其作品》。叶荣钟文章中“据林守仁氏的报告，现在的鲁迅‘是用手写还不及用脚跑的忙’”就点出这篇介绍文。叶荣钟发出“自从蒋皇帝登极以来，中国闹了好几次的清共惨案”，对蒋介石的政权性质的批判，表现了他于林守仁与鲁迅共度“清党”经验的脉络下，和日本进步文化人站在同一阵线，声援中国左翼战线。山上正义说鲁迅以“用手写还不及用脚跑的忙”描述自己的写作情况。这句象征鲁迅左倾后亡命情状的话语，后被增田涉的《鲁迅传》(《改造》，1932.04）引用而著名。[1] 增田涉著的《鲁迅传》，由顽铁译成中文，连载于1934年12月18日《台湾文艺》2卷1号至1935年4月1日2卷4号。“用手写还不及用脚跑的忙”这形容鲁迅战斗精神的一句话，不仅一再出现在日本作家介绍与悼念鲁迅的文章中，也一再被台湾作家引用。除了上文叶荣钟的《文艺时评——关于鲁迅的消息》，鲁迅逝世时，出现在《台湾新文学》第1卷第9号（1936.11.05）的卷头语《鲁迅を悼む》(《悼鲁迅》)，据说出自王诗琅的手笔。其中，对鲁迅的评价是：

> 他的辉煌功绩用不着在此喋喋不休，正如我们论及苏联文学首推高尔基一样……没有他的贡献，胡适的文学革命主张无异于空泛之论……
>
> 他的作品风格独特，其对现实执拗不懈的炽烈的批判，成就大半的文学价值。……虽然他生活在“逃命的脚比执笔的手还要忙碌”奉为真理的地方，正因为他锲而不舍的态度与努力，才有今天的存在。[邱振瑞译，转引自（中岛利郎编，2000）70]

同一期杂志上，有黄得时写的《大文豪鲁迅逝く》，除了介绍鲁迅的文学生涯，并详论了《狂人日记》《阿Q正传》与《中国小说史略》。文末，黄得时所列的其所知道的鲁迅作品，除了鲁迅翻译的作品外，几乎涵盖了鲁迅所有的作品

[1] 丸山升，《鲁迅与山上正义》，刘献彪、林治广编，1981：281。

集。引人注目的是，最能体现鲁迅战斗精神的杂文集，皆一一罗列，仅有《且介亭杂文集》与《故事新编》未被列入。另外，叶荣钟的藏书中就包括这些杂文集：《华盖集》（1926）、《华盖续集》（1926）、《热风》（1925）、《而已集》（1929）、《三闲集》（1932）与《伪自由书》（1933），前两本也在赖和的藏书中。可见日本殖民统治时代的台湾作家对鲁迅的认识，不仅止于他小说创作的成就，还包括鲁迅与黑暗的现实搏斗的战斗精神。

光复初期国共内战烽火连连的时刻，在国民党治下，鲁迅"用手写还不及用脚跑的忙"的亡命情状，又出现在龙瑛宗和杨逵介绍鲁迅的文章中。龙瑛宗说：鲁迅的文学生涯是"用手写还不及用脚跑得忙"，所以鲁迅的文学中，"具威势且一针见血的杂文比整合性的长篇来得更多"[1]。杨逵也说：

> （鲁迅）结束五十六年的生涯为止。他经常作为受害者与被压迫阶级的朋友，重复血淋淋的战斗生活，固然忙于用手笔耕，有时更忙于用脚逃命。说是逃命，也许会令人觉得卑怯，但是，笔与铁炮战斗，作家与军警战斗，最后，大部分还不得不采取逃命的游击战法。｛《鲁迅先生》，收入杨逵译《阿Q正传》1947.01东华书局，转引自［《杨逵全集3》（彭小研编，1998）31］，底线为笔者所加。｝

战后，杨逵将《阿Q正传》翻译为日文，出版中日对照版，1947年1月由东华书局出版。杨逵在日本殖民统治时代曾经受到日本警官入田春彦的照顾，1938年入田春彦因被强迫遣返日本而自杀，留下一套《大鲁迅全集》给杨逵，这对杨逵日译《阿Q正传》当然有所帮助。[2]《大鲁迅全集》采用的正是山上正义的译文。另外，杨逵为何独在鲁迅作品中挑选《阿Q正传》？山上正义在《支那小说集——阿Q正传》的序文，或许提供了理解杨逵的选择的线索：

[1] 龙瑛宗，《中国文学の动向》，《中华日报》，1946.08.15。

[2] 有关杨逵与入田春彦的交往，见张季琳，《杨逵和入田春彦——台湾作家和总督府日本警察》，张季琳，2003：1—34。

《阿Q正传》写的是什么呢？……它以阿Q这个农民形象为中心，描写中国的农村、农民、传统、土豪和劣绅。特别是着重描写了他们和辛亥革命的关系，一言以蔽之，它深刻地描写了这次革命的实质到底是什么。小说中描写的革命，是距今天二十年前的革命。他说明了这次革命的波浪波及到了浙江省的一个寒村。以及在那里的历程和结果。……它写的是发生在一个寒村的“国民革命”的一次运动，如何被传统的势力所打败，如何的妥协、被欺骗了，最后实质上是没有得到什么变革而告失败，以及这次“革命”的结局得利者是谁，在那次“革命”中，真正受损失的、被剥夺的又是谁。

这篇小说是十年前创作出来的，鲁迅是目睹过距今二十年前的辛亥革命和这次革命的失败而写了这篇作品的吧。然而，这对于了解辛亥革命以来二十年中、以澎湃的浪潮统一中国全国的三民主义革命真实情况的人，读过这篇小说难道不会发现鲁迅早在十年前就察知今天的事，并且预先道破了今天徒有其名的三民主义革命的罪过、失败的真实意义吗？

然而在今天，超越这个三民主义革命的失败和毫无意义，由中国共产党领导的红军、正在江西、湖南、湖北、福建、广东展开革命的新的进军之中。

这个革命，同辛亥革命，同三民主义革命是断不能同日而语的，关于这一方面，我似乎没有发表任何意见的资格。这只有等待鲁迅写作第二部《阿Q正传》了。不用说，第二部《阿Q正传》的作者，也不一定要等待鲁迅吧。不论它由谁来写，这第二部的《阿Q正传》的作品，其正传将不是阿Q的蒙昧史，也不是失败史，而正应该是阿Q的觉醒史，真正的革命成功史、这一点是确信不移的。我想就这样以相信它最后一章不会是“他的结局”，而应该是“新的生活的起点”、

来结束这篇短小的介绍文字吧。[1]（底线为笔者所加）

战后日本评论家刚崎俊夫评论这段话说 :“山上明确地抓住《阿 Q 正传》对于辛亥革命的批评。这种评价是先驱的，因为以后的种种往往都忽视了这一点。”丸山升说这是山上正义与鲁迅共度“清党”的体验，使他能把“四·一二政变”和辛亥革命相结合的理解。[2] 山上正义这段对《阿 Q 正传》的评论，不仅适用于 20 世纪 30 年代“国民革命”中挫的背景，也适用于 20 世纪 40 年代后半期国共内战的背景。正因为《阿 Q 正传》“预先道破今天徒有其名的三民主义革命的罪过了、失败的意义”，杨逵在光复初期选择《阿 Q 正传》在台湾重刊，不也直指了国民党政权标榜“三民主义”的破产?

本书第三章第一节曾说明光复后台湾文化人借由“三民主义”，批判赴台接收的国民党当局，也可以在此得到参照。显然台湾进步文化人对国民党“反革命”的认识，远比我们现在所了解的还深。杨逵在《一阳周报》上发表《纪念孙总理 诞辰》写道 :“为战而得胜的台湾光复、虽是可庆可祝、总是因此若抱着中国革命为如桌顶拿柑之安易感，那就惨了。（1945.11.17）”其所体现的正是鲁迅在《阿 Q 正传》里的对革命走向“反革命”“复旧”的批判。就此意义而言，杨逵参加“三青团”显然是因为国、共合作的架构还在，当内战爆发，他与其他进步文化人即采取了以子之矛攻子之盾地批判国民党的“三民主义”是“指鹿为马”(《阿 Q 画圆圈》,《文化交流》，1947.01.15）。国共内战的爆发，意味着国共第二次合作因抗战胜利而“失败”，孙中山以来以“革命”为号召建设“新中国”的计划又再次受阻，这样的情境不正是阿 Q 所遭遇的“不准革命”的再现吗? 杨逵抓住鲁迅一再批判的“革命”胜利后、竟使“革命消亡”而沦为“复旧”的要义，选择中日对照出版《阿 Q 正传》，绝不只是因为它是鲁迅的成名作。更重要的，是在反帝、反殖的民族革命课题获得初步成功之后，接下来要面对的是建立一个民主独立的“新中国”; 从辛亥革命以来的“反封建”的社会革命，才正要

---

[1] 林守仁作 戈宝权译文，见刘献彪、林治广编，1981 : 339—340。

[2] 刚崎俊夫,《在日本的鲁迅观》转引自丸山升,《鲁迅与山上正义》，刘献彪、林治广编，1981 : 282。

进入最艰难的阶段。

蓝明谷将鲁迅的《故乡》翻译成日文，以中日文对照版由现代文学研究会于1947年8月在台湾重新发行，蓝明谷在前言《鲁迅和其〈故乡〉》中提道：

> 如果把太平天国运动当作中国近代史的起点，那么五四运动就可以说中国近代史上有着重大意义的意识上的觉醒。勿庸置疑，直到今天，中国一直都受制于帝国主义与封建势力双重的桎梏之下。
>
> 如今回顾“五四”以来的历史，即可看到这些领导人中，除有的成为帝国主义的“代言人”，倒在封建军阀凶刀之下外，还有为数不少的自封的所谓的领导者，他们或是中途与敌人妥协，或是意气沮丧地向“安全地带”逃避。
>
> 然而中途不变节，自始至终都投身于反帝、反封建运动中的也并非没有，鲁迅就是其中一个。[转引自（陈漱渝，1998）[52]，王惠敏中译]

蓝明谷同样也精确地掌握了鲁迅“反封建”的“战斗精神”。光复初期的台湾文化场域，之所以在短短的一年之内从“三民主义热”变成“鲁迅热”，就是因为他们能很快地掌握“内战”是第二次国共合作的失败，这意味着全国民意所嘱托的“和平建国纲领”的被撕毁与被践踏。可见光复初期的台湾文化人一致援引鲁迅的“战斗精神”当作反对国民党封建官僚体制的“文化资本”。

台湾作家虽很早就认识鲁迅作品深刻的批判思想，但受制于殖民地的关系，到了1937年以后却不得不透过日本的“窗口”关注鲁迅的动向。日本对鲁迅的注目稍晚于台湾，从1928年3月山上正义在《新潮》杂志上刊登《谈鲁迅》，是鲁迅的名字首次在日本文坛出现，1931年山上正义译的《支那小说选——阿Q正传》对鲁迅以“战斗”的姿态登上日本文坛有深远的影响。1926年7月《改造》杂志推出“现代支那号”后，就开始介绍、刊载鲁迅与中国新文学的作品，从而注意中国的政治动向。台湾作家叶荣钟、杨逵、龙瑛宗、王诗琅、黄得时在日本殖民统治时代，透过日本进步作家山上正义、增田涉、尾崎秀实、鹿地亘、日高清磨瑳、内山完造与佐藤春夫，以及西方记者 Snow 与 Smedley，还有茅盾、胡风、许广平、萧军、萧红等等与鲁迅站在同一阵在线的进步作家，更深刻地体会到鲁迅的“战斗到死”的精神。而让鲁迅战斗到死的，正是从“阿 Q”的时代延续下来的“不准革命”，一次又一次的“复辟”。抗日胜利后，台湾人看着政治协商会议议决的“和平建国纲领”被弃置，内战爆发，终于见识到了“不准革命”。龙瑛宗高喊“和平、奋斗、救中国”(《停止内战》,《中华日报》, 1946.10.23)。杨逵写了《阿 Q 画圆圈》说：

> 我们与阿 Q 一点不同的，就是，他“不多时也就释然了”，而我们都生涯未得到释然这一点、我们未得释然的，却是阿 Q 被枪毙结果了一生，竟然就是“幸福结尾”这一桩事。打倒敌人以后，时间已过了不短的一年余了，我们总愿意结束一番武剧，来编排一出建设的新戏，拖来拖去总难得使这个圆圈画得圆圆的……虽有几个礼义廉耻之士得在此大动乱之下再发其大财，平民凡夫在饥寒交迫下总不会喜欢他们的。(《文化交流》1947.01.15，17)。

果然，接着迎面而来的“二·二八事件”,《阿 Q 正传》的场景从三十几年前的绍兴搬到了台湾，“不准革命”让成千的台湾人尸首异处。阿 Q 还可以画圆圈、游行示众，而“二·二八事件”被秘密处刑的，有些连尸首都找不到。亲眼在台大医院目睹这场事变的钟理和，在 1947 年 2 月 28 日的日记里，记录了大量喊打外省人与激昂情绪的“群众之声”，与陆续被搬进医院的伤者、尸首的画面，形成强烈的对比。钟理和评语道：“提起外省人，台湾人全都一个情绪——恨”。1997 年重新出版的《钟理和全集 5》，补遗了 1976 年远行版主编张良泽因戒严体制而删除部分敏感的部分，其中有一段是这样的：

> 药局年轻福佬人的话“人们说台湾必须经过三个阶段才能得到

和平。即一、欢迎。二、……。（案：字迹模糊）三、革命。”可怜他和一般人一样以为这回的事情即是革命。（《钟理和全集5》（钟铁民编，1997）63，底线为笔者所加）

钟理和显然不认为台湾人打“阿山”的省籍的情绪发泄是所谓的“革命”。3月1日的日记里，记载了两位看护谈到对“负伤者”（从上下文指的是被围殴的外省人）医药费的看法，其中一个说：“政府不拿出来也不要紧。社会是会拿出来的，只要社会还有良心、正义！”使钟理和“意外受了一刺，不自觉地抬起眼睛来瞧那说话者”。在3月2日的日记里，记载了基隆的“蓝先生”[1]来看他，说学校罢课了，“不过这倒好像和这次的事件没有关连，而是响应国内的罢课的”，接着钟理和想起了前一天来探望他的一位名叫“钟枝水”少年的话：“就是没有二二七的事情，过几天也免不了要发生某种事情的。”钟理和称赞他的谈话是有“见识、胆量、精明、真理”的（《钟理和全集5》（钟铁民编，1997）66-67）。两相比较，则钟理和对台湾人把对国民党接收当局的不满转化为“打阿山”的省籍情绪是不以为然的，但对响应国内“抗议美军暴行”——作为“民主运动”之一环的“罢课”，则是予以肯定的。而钟理和早在光复之初的1945年10月28日，在北平所写的日记里，提道：“鲁迅的路子在现在是行不通的。他太激烈、太彻底了。把这法子适用于现在，那是傻子才肯作的。因为这不啻自动的断绝了升官发财的机会。一辈子甘愿作奴才。聪明人是不走这条路子的。”钟理和模拟了鲁迅《野草》中《聪明人、傻子与奴才》一文的讽喻手法，对“劫收”的官员大大地讥刺了一番[《钟理和全集5》（钟铁民编，1997）36]。

战后台湾文化人有意与赴台的进步文化人合作，提举鲁迅的“战斗精神”，表达他们对内战再起的抗议。换言之，政治权力场域表面上宣称“和平建国”、却不顾民生疾苦地争夺政权。于是经过光复一年观察局势演变的台湾文化人，呼应上海扩大纪念鲁迅逝世十周年的号召，共同借由纪念鲁迅来表达他们的民主抗

[1]“蓝先生”就是基隆中学的蓝明谷，1951年死于“白色恐怖”，见蓝博洲，2001c：237—332。

争。上海文化界继1946年10月4日抗议闻一多、李公朴被暗杀举行追悼会后[1]，1946年10月12日“中华全国文艺协会总会”发表《鲁迅先生逝世十周年纪念文告》，文告中提出纪念鲁迅先生要阐明鲁迅的道路、发扬鲁迅的精神，表明此一活动是“当前争取和平、民主、改革、建设的运动里面的重大事件”，“纪念鲁迅先生应该成为新文化、新文艺现有成就的总检阅和总批判”，号召全国一切人民团体、文化文艺团体、教育团体发动这个纪念。[2]1946年10月23日《新华日报》报道19日的纪念活动，文协总会等十二个团体，下午2时在辣斐大戏院举行纪念会，“这是鲁迅先生逝世历年纪念会中最盛大的一次。到邵力子、郭沫若、沈钧儒、叶圣陶、茅盾和周恩来同志以及各方人士2000余人”。郭沫若的演讲强调鲁迅主张的“为人民服务的精神”。茅盾则强调了：“鲁迅的领导，促成了文化界的统一战线”，今天黑暗势力还很强大，我们团结在争民主的大旗帜下，要记取鲁迅说过的在统一战线中互相学习互相批评的指示，人民要翻身，还要进行长期的韧性的斗争（金炳华主编，1999）400-402。

10月19当天在台湾，龙瑛宗主编的《中华日报》“文化”栏与王思翔主编的《和平日报·新世纪》副刊，响应了这个活动。龙瑛宗刊出了自己的一篇《中国近代文学の始祖——鲁迅逝世十周年纪念日に际して》和杨逵的诗作《鲁迅を纪念して》。杨逵的诗作翻译成中文《纪念鲁迅》，同步刊载在《和平日报·新世纪》。这说明了《中华日报》发行区虽限于南部，龙瑛宗人在台南，但并不自外于这次文化抗争的行动，两个副刊互通声息有志一同。龙瑛宗的文章开头即表明：上海文化界盛大举行鲁迅逝世十周年纪念会，因此响应各界新闻刊出鲁迅纪念特刊。显然龙瑛宗刊出鲁迅纪念文章，是以行动支持上海文艺界这次带有政治抗争意识的鲁迅纪念运动。

龙瑛宗在之前的《中国文学の动向》（《中华日报》，1946.08.16）中，就曾推

[1] 1946年7月，李公朴、闻一多在昆明遭国民党特务暗杀后，郭沫若、茅盾、郑振铎、田汉、许广平等即为此致电联合国人权保障委员会，吁请调查这一暴行，并发起《致美国人民书》签名运动，呼吁美国人民起来制止美国政府帮助国民党打内战。“文协”则召开大会，声讨国民党的卑劣行为。上海作家沈钧儒、茅盾、胡风、巴金、柳亚子等39人联合发表宣言，要求国民政府切实保障言论自由。10月4日，上海各界隆重举行李、闻追悼会，千余人出席，由沈钧儒主祭。邓颖超在会上宣读了周恩来的亲笔悼词。见金炳华主编，1999：18。

[2] 原载《新华日报》1946.10.13，转引自金炳华主编，1999：398—400。

举鲁迅的现实主义的文学与精神。龙瑛宗把鲁迅与高尔基相提并论，指出“中国文学中的高尔基也是不可被遗忘的”，他提举5月“全国文协”上海分部盛大举行的“高尔基逝世十周年纪念”演讲会上，郭沫若、茅盾等人重新诠释了高尔基所持的意义。郭沫若诠释高尔基的作品是“为民众的艺术”，而象征着“狂飙运动”的“海燕”，就是高尔基的精神。[1] 龙瑛宗在此文中即表明：像中国的文学般如此与政治紧密结合的恐怕少之又少，鲁迅的现实主义的文学与精神就是最典型的代表。“鲁迅的文学，依然是现在中国文学的主流所一脉相传的……会对尔后的中国文学产生极大的影响”。

龙瑛宗在《中国近代文学の始祖——鲁迅逝世十周年纪念日に际して》一文中，介绍鲁迅是五四文学革命的实践者，与推动木刻运动的先觉者，首次介绍俄国果戈理、高尔基与波兰被压迫的弱小民族文学到中国来，并指出鲁迅的《狂人日记》、比诸果戈理的同名作视野宽广。翻译成多国语言的《阿Q正传》，捕捉了弱者向强者献媚的一面，此一中国人的典型已在中国文学史上留下不朽的一页。龙瑛宗推崇鲁迅的精神是“唤起民族精神觉醒的永恒之声”。早在1940年龙瑛宗发表《两篇狂人日记》(《文艺首都》8卷10号，1940.12）时，“把鲁迅、果戈里、福楼拜对比并讨论，肯定鲁迅的政论性和生硬，‘非但没有销毁身为人类的伟大，反而悲剧性地修饰了他的一生’”（施淑，2001）267，即已高度肯定鲁迅现实主义的战斗性。杨逵的诗作《纪念鲁迅》，中日文稍有不同，但文意同样标举鲁迅革命的战斗精神：

> 呐喊又呐喊，真理的叫唤；
> 针对恶势力，前进的呼声！
> 敢骂又敢打，青年的壮志；
> 一声呐喊，万省响应；
> 如雷又如电，闪闪，烁烁！

---

[1] 龙瑛宗也在日文栏最后一期的“名作巡礼”介绍高尔基的散文诗《海燕》(1946.10.23)，再度推许高尔基这位伟大的民众作家，始终以不屈不挠的精神与恶劣的环境战斗。

鲁迅未死。我还听着他的声音！

鲁迅不死，我永远看到他的至诚与热情！

（为十周年纪念作）(《和平日报·新世纪》，1946.10.19）

《和平日报·新世纪》副刊从10月19日到21日连续三天，刊出纪念鲁迅的文章，其中胡风的《关于鲁迅精神的二三基点》虽然是转载自1937年《民族战争与文艺性格》，但却是与《希望》第2集第4期1946.10.18同时揭载的，另有许寿裳、景宋（许广平）、秋叶、杨曼青、楼宪的纪念文章。

继龙瑛宗之后，接编《中华日报》文艺副刊的江默流，从1946年10月31日"创刊号"起，在每周一期的"新文艺"副刊上，陆续转载林焕平的《文艺欣赏论》。前面两篇《看了阿Q，不知阿Q为人》(1946.10.31)、《阿Q相》(1946.11.07)，从现实主义的文艺美学批评朱光潜的《文艺心理学》，针对朱光潜所谓："在欣赏文艺时，我们暂时忘去自我，跳脱意志的束缚，由意志世界移到意向世界，所以文艺对人生是一种解脱。"批评道：

照这样说来，我们看文艺作品看它什么呢？这样的"美感经验"不是空的吗？这样的"美感经验"不是像作梦一样，醒来了，就什么都没有了吗？不是像手淫一样，过了那一回儿时间，就索然无味了吗？不是像喝醉酒一样，酒醒了，反觉苦累吗？不是看了阿Q，而不知阿Q是怎样一个人是一样的吗？而且照这样说，不是根本就可以取消文艺批评了吗？……把批评和欣赏，把意志和情感对立起来，抹煞批评和意志的存在，极端地强调情感对作品的沉醉，像这样的欣赏，结果是什么都欣赏不到。

林焕平进而指出阿Q的形象构成"典型人物"的社会批判性，由此指向历史发展的社会动力。林焕平凸显鲁迅作品对现实的积极介入性，与台湾作家凸显鲁迅的"战斗精神"，在美学品味上都是基于现实主义文艺美学的理念。

《台湾文化》虽没能及时赶上在10月推出纪念号，但随后11月出刊的《台湾文化》第2期也推出“鲁迅逝世十周年特辑”。这一期《台湾文化》的“文化动态”中有一条即是“十月十九日之鲁迅逝世十周年纪念，沪各艺文团体联合举行纪念会，并在各重要杂志报章出刊纪念特辑”，说明了《台湾文化》的“鲁迅特辑”亦在此一波以纪念鲁迅为名，争取和平、民主、改革、建设的运动行列之中。[1]发表纪念文章的有杨云萍、许寿裳、黄荣灿、谢似颜与雷石榆，并转载了《文艺春秋》上陈烟桥谈鲁迅与中国新木刻的文章，以及《文萃》上高歌译的《史沫特莱记鲁迅》。《史沫特莱记鲁迅》生动地纪实了鲁迅在上海租借区，如何“用手写还不及用脚跑的忙”，也记录了1931年2月21日，二十四个青年艺术家（包括左联五烈士）从监狱拘提后被枪毙、活埋的事件对鲁迅的冲击。鲁迅写下《写于深夜里》，托史沫特莱翻成英文发表在国外杂志，控诉国民党的罪行。史沫特莱写道：

> 在那篇文章（案：《写于深夜里》）的末尾，他附一封可能正是从狱中走漏出来的来信。那信件来自一个十八岁的囚徒。他，连同二个学生，从上海一所大学中被拖出来，说他们是共产主义的信徒，因为他们都属于一个鲁迅所发起的研究木刻的团体。他们犯罪的证据便是被搜得的一帧卢那察尔斯基的木刻像，根据一种荒谬的推理，木刻是被当共产主义的东西的。不敢抓鲁迅，政府便逮捕他的学生。

这样明白的记载国民党迫害“异议份子”，迫害“共产主义者”的文字，在陈仪任内被默许，很难说不会对国民党失望的台湾青年产生影响，二·二八事件以后共产党地下组织在台湾迅速扩编，“鲁迅的战斗精神”应该也发挥过效应吧？

许寿裳的《鲁迅的精神》指出：“抗战到底是鲁迅毕生的精神”、“鲁迅作品的精神，一句话说，便是战斗精神，这是为大众而战，是有计划的韧战，一口咬

[1] 另有一则消息是“重印之鲁迅全集亦已发售，共印一千部，每部售价十二万元，数日中全部售完”，暗示着鲁迅的影响力仍在扩大之中。

住不放的”。诚如陈芳明所指出的：

> 此文惊人之处，就在于开头便引用鲁迅在《无花的蔷薇》一文的话：“血债必须用同物偿还。拖欠的愈久，就要付更大的利息。”这反映了许寿裳身处国共内战期间所怀的心情，同时也是对国民党统治下台湾人民的一个暗示。毫无疑问的，这篇文字所蕴藏的力量是很强烈的，尤其是对于生活顿陷困苦的台湾人民而言，鲁迅的语言是富有暗示性的。[陈芳明《鲁迅在台湾》，(中岛利郎主编，2000) 13]

许寿裳在光复初期台湾文化场域里一再标举“鲁迅战斗精神”的旗帜，对某些高度期望“光复”带来希望的台湾人而言，“鲁迅的语言”的确富有暗示性。但，对那些早已熟知鲁迅在国民党统治下的战斗性的台湾进步文化人而言，则是有意识地与许寿裳这些赴台文化人合作，响应上海“文协”发动的鲁迅逝世十周年纪念。

国民党官方在台湾纪念“光复一周年”时，文化人却响应上海的“鲁迅逝世十周年纪念”；说明两岸文化界借由“鲁迅的战斗精神”此一“文化资本”，已连系成同一民主阵线。这是光复一年后的台湾文化界主动地与大陆赴台作家合作，联合发起的一次文化抗争。省内、外文化人借由这次“政治与文学的行动”共同结盟，尽管在“台湾人奴化”论争中，凸显了光复后台湾社会持续蔓延的“省籍隔阂”，但两岸进步文化人却不在此省籍偏见的局限中；他们努力突破中日战争经验中“国籍”身份不同所造就的彼此“习性”的差异，极力促成两岸文化的交流。由于对鲁迅现实主义美学与实践逻辑的共鸣性，这次行动为“二·二八事件”以后两岸文化人突破文化隔阂奠下了基础。

1947 年“二·二八事件”后，6 月许寿裳的《鲁迅的思想与生活》由“台湾文化协进会”出版，乃杨云萍主动向许寿裳提出而进行编辑的工作。[1]10 月许寿

[1] 许寿裳在《鲁迅的思想与生活》的“自序”中提道：“杨君云萍，搜集我的关于鲁迅的杂文十篇，名曰《鲁迅的思想与生活》，将由台湾文化进协会出版，其热心从事可感。”转引自[《许寿裳文集》(上)，倪莫炎、陈九英编，2003：4。

裳又在上海峨眉出版社出版《亡友鲁迅印象记》。杨逵、蓝明谷与王禹农翻译成日文的鲁迅作品，也陆续以中日文对照的方式出版[1]，表面上是为了要推动“国语运动”，实际上文化人是借由宣传鲁迅思想，来对抗三月以来的清乡镇压。外省进步文化人与台湾文化人一致标举鲁迅的战斗精神，显现两岸文化界站在同一文艺阵线上，对抗国民党专政的决心。纪念鲁迅的活动并未就此落幕，标举鲁迅战斗精神、文艺思想的文章持续在台湾的文化场域发挥效应，直到 1948 年 2 月在台湾宣传鲁迅思想最积极的许寿裳被暗杀后，“鲁迅热”才冷却下来。“鲁迅”逐渐在台湾文化场域被“噤声”。但靠着“地下”二手书店的传播，私密“阅读鲁迅”的经验却不曾止息，就像梁实秋所言：“越看不到越好奇”[2]。1987 年“戒严令”解除后，“阅读鲁迅”的禁令才得以开放。

---

[1] 杨逵译，《鲁迅小说选》，台湾评论社（疑未刊，预告广告，1946.09）。

杨逵译，《阿Q正传》，东华书局，1947.01。王禹农译，《狂人日记》，标准国语通信学会，1947.01.15。

蓝明谷译，《故乡》，现代文学研究会，1947.08。王禹农译，《孔乙己·头发的故事》，东方出版社，1948.01。王禹农译，《药》，东方出版社，1948.01。

[2] 梁实秋，《关于鲁迅》，《文学因缘》台北：文星书店，1964，第 149 页。转引自陈芳明，《鲁迅在台湾》，中岛利郎主编，2000：22。

第五章

去殖民地化与新中国的召唤

"二·二八事件"前、后，不论官方或民间，以及本省、外省的文化人，各自秉持日本殖民统治时代与五四以来的"文化资本"，欲取得报刊上文化生产的支配权。文化人如何于其所据的"位置"，对抗官方的文化势力与意识形态？本省、外省的知识分子如何因应政、经结构造成的族群矛盾与冲突？双方文化人之间是否因战争经验与"二·二八事件"省籍立场的差异，对台湾文学的过去遗产、当下困境、未来走向的看法有所异同？这些因为"位置"与"习性"的差异，是否决定着"美学品味"与"意识形态"的异同？他们如何思索国家、社会的发展与台湾文学的关系？

本章第一节探讨"二·二八事件"前后有关"台湾文学"的性质与方向的议论，分析文化人对殖民地时期文学遗产的重估，如何形成特殊性与一般性的议题？第二节总结光复初期社会主义文艺理念的复苏与中挫，探讨"文学大众化"的倡议，以及《台湾新生报·桥》副刊上关于新现实主义论争。从文学发展史的角度来看，这是台湾继20世纪二三十年代社会主义再出发的又一次高峰。20世纪二三十年代台湾先后透过中国大陆、日本的普罗文化运动而产生的社会主义，被文化人当作对抗国民党专政的"文化资本"，却因内战与冷战双重结构性因素而顿挫。一场社会与文学的革命因两岸对峙胎死腹中。台湾文化人在"白色恐怖"的专制威权之下，思想文化的抗争被迫改以热血之躯、禁锢岁月，堆叠成不绝如缕的抗争，也再度步上崎岖不平而漫漫长夜的"民主追求"的道路。

第一节　台湾文学的“特殊性”与“一般性”

光复初期有关台湾文学的“特殊性”与“一般性”的问题，在1948年3月到1949年4月的《台湾新生报·桥》副刊上得到集中的讨论，这个议题的产生，在现实上是因应脱离日本殖民、复归中国的政治问题而来的。台湾的地理、社会与历史的“特殊性”，在光复后如何与祖国的社会与文化接轨？具体来说就是“如何中国化”的问题。尤其是台湾“殖民地的历史”的“特殊性”，不仅是国民党官方出于“民族精神”“民族意识”予以检验/收编，就是台湾文化人基于重建台湾文化的主体性，也自发地反省/清理台湾文化的“殖民性”。这其中牵涉的是如何定位台湾文学，如何重估殖民地时期的文学遗产，以及确立台湾“文化主体性”的问题。

这些议题在光复后立即被关心台湾文学发展的文化人所关心，但当时还没有形成“特殊性”与“一般性”的问题意识，而是以“台人奴化论”“民族意识”与“语言隔阂”等等社会、文化性质的议题，出现在公共领域的讨论中。“二·二八事件”无疑突显了文化隔阂，加以国共内战愈演愈烈的情势，使文化人更迫切地意识到台湾社会、文化“如何中国化”的问题。因此，除了“特殊性”的问题意识，又加入了“一般性”的问题意识，这也就触及了台湾与中国的社会性质异同的问题、台湾文学与中国文学的关系、如何继承日本殖民统治时期与“五四”以来的文化遗本，以及现阶段台湾文学的创作方法与方向的问题。表面上看起来是“台湾”的社会与文学如何与“中国”的社会与文学融合的问题，背后却有更迫切的现实问题，即国共内战中两条政治路线的斗争问题。回归中国的台湾，在政治、经济、社会与文化层面，已无可避免地卷入这场内战。“二·二八事件”后又因美国继战争末期再度倡议台湾“国际托管论”，使得台湾因殖民地“历史”而造成（相对于祖国）的"特殊性"问题，已不仅仅是"历史"问题，而是直接面对的"现实"问题。

首先探讨"二·二八事件"前有关台湾文学的性质与方向的文论展开过程，其中牵涉台湾文学遗产的历史回顾与评价，以及如何去殖民地化与重建台湾文学的问题。下文讨论的文献，请参看（附录表 7–10）光复初期"台湾新文学运动"的作品目录。

台湾光复后，透过两岸文化人的交流，大陆的报刊也注意着台湾的动向，尤其是与上海文坛也逐渐恢复了交流。战后最早以"参与新中国的心理建设"的观点反省"殖民地时期"文学的，是龙瑛宗的《"建设"——文学》一文；而最早提出台湾文学"已进入建设期"的，却是大陆的文化人范泉。他在 1946 年 1 月 1 日《新文学》的创刊号发表《论台湾文学》[1]，因此而与台湾文坛缔结了不解之缘，是光复初期与"台湾文学论述"发生过密切关系的大陆作家之一。[2] 范泉在《论台湾文学》一文中，对日本殖民统治时期岛田谨二《台湾文学的过去、现在和未来》(《文艺台湾》，1941.05.20）以日本人的文学活动为主、将台湾文学分为三期[3]，表示不满。范泉指出：

> 他（岛田谨二）把日本作家之居住在台湾的，以及用台湾的风土人情作为小说题材的文艺作品，都搜集在他的论述范围以内。反之，他把本岛人的文艺作品置于附录的地位，这是令人不满意的地

[1]　后改题为《台湾文学的回顾》，署名姚群，转载于 1947.01.01《民权通讯社》第 31 号。

[2]　范泉从抗战时期主编《文艺春秋》开始，就相当关切台湾的文艺发展的动向，跟从过台籍学者张仲实学习日文，"收集五十种以上论述台湾以及台湾文艺的日文期刊和书报"《记台湾的愤怒》(文艺出版社，1947.03.06)，见《遥念台湾》范泉，2000：33。战后初期范泉除了以编辑工作积极促进祖国对台湾的了解，为两岸文化交流费尽心思，个人也撰述文章介绍台湾的作家、时事、戏剧、高山族传说，分别投稿于《新文学》《文汇报》《星岛日报》《文艺丛刊》，共计十一篇。台湾作家杨云萍、龙瑛宗的作品也是他亲自翻译转载于《文艺春秋》，又刊载了林曙光的作品，以及大陆赴台作家欧坦生、欧阳予倩描写台湾的作品、文章共达十次十五篇之多，详参横地刚，2002：119—129、2003b：85—87。

[3]　岛田谨二的台湾文学"三期说"是：第一期明治二十八年（1895）到日俄战争的 1905 年，日本国内对台湾非常注意，这时期的文学是本岛人的汉诗文家。第二期是 1905 年到 1930 年，日俄战争的结果，日本确保了"满州"和朝鲜的权利，决定大陆经营的国策，日本国民的目光也集中到北方。本岛由于西洋风的思想而唤起新文学的产生，中国的白话文运动渐渐抬头，也影响到台湾，在昭和初年，出了几种机关杂志，这一派的主张里，也分成"北京语"和"台湾语"写作的两派，他们的作品大抵出于模仿，优秀的作品是很少的。这一时期本岛人对日语文感到学习的兴味。第三期是"九一八事变"(1931 年）以后，日军的南进使台湾成为发展南洋的基地。台湾文化水平渐渐提高，本岛人对于日语的运用也渐渐地增加。

方。……台湾文学的建立，以及台湾文学的有生命的新的创造，却还是有待于台湾本岛作家们的努力。

范泉在批判岛田谨二的观察“不适当”后，肯定亚夫[1]“根据台湾本岛作家的文学活动而划分”的台湾文学四期说，认为亚夫：“列举的材料也很丰富”、“完全侧重在本岛作家的创作，以及这些本岛作家们的活动”。亚夫的台湾文学“四期说”，指出：第一期乃1924年以前的未开拓期，台湾文人都是弄花玩月的君子，作品以诗歌占大部分，“卿卿我我”地吟诵得一片“乌烟瘴气”。第二期是1924年至1933年文学运动的酝酿期，受到大陆的胡适、陈独秀诸人提倡文学革命的刺激，台湾也引起“台湾新文学”的论争。第三期是1933年至1937年的文学运动的“本格化”（成熟）时期，以“台湾文艺协会”和“台湾文艺联盟”的文学活动进入活跃期。第四期是1937年中日事变以来的日台文化统一战线的形成期，汉文栏被迫停刊使白话文作家陷于休息状态，日文创作被竭力提倡。范泉叙述岛田谨二与亚夫对台湾文学的分期差异后，提出他自己的分期，认为战前的台湾文学“始终在它的草创时期”：“半个世纪以来的台湾文学，完全陷于形式的蜕变过程中……这种蜕变是由于政治和社会的变革，所以台湾文学的划分必须同时顾到政治和社会的变革”。范泉对此“草创时期”，又以1937年禁止使用汉文为界，认为1937年以前台湾文学是受了“中国新文学运动的影响”，在“学习并模拟了中国文学的形式和内容”的基础上发展起来的，但是“在政治革命的企图完全绝望以后，以及日本的文化侵略不断在台湾有力的展开以后”，“分出一部分的精力来接收另一种表现形式”。然而1937年“中日事变把台湾文学的发展路线又予以主观地改变”，在“日语的一元化运动下”，“消灭了汉文的创作……这无异消灭了台湾文学力量的一半，削弱了台湾文学一贯的创造力”。台湾文学经过这次重大的挫折，走向被政治因素支配的方向。“虽然表现形式有了变革，但是形式不能决定内容，台湾文学依然深受中国文学的影响”，“台湾作家的作品，凡

[1] 亚夫的原文《漫谈台湾文化》，见上海《申报月刊》（复刊号）1943.1.16，第87—92页。亚夫身分目前不可考。

是描写到台湾农村以及台湾民俗的时候，他们总是透露中国农村和中国民俗的影子”。范泉指出战前的台湾文学，历经了1924年至1937年的“中国文学的共鸣阶段”，以及1937年以后的“表现形式的改造阶段”，光复后的台湾文学已进入“建设期”：

> 重入祖国怀抱的台湾文学，将随时光的教养而把自己融合到母土的文学的灿烂潮流里。台湾文学已堂堂进入灿烂辉煌的建设期。而且我们可以预言，正像中国的新文学一样，建设期的台湾文学会很迅速超越，用急切的步伐走过欧洲文艺思潮所经历的各个阶段，而进入完成的时期，和母土乃至世界文学并列的时期。

虽然范泉认为“台湾文学始终是中国文学的一个支流”，但并不因此抹杀台湾文化的“主体性”，他认为完成期的台湾文学是“纯粹台湾气派的台湾文学，纯粹具有台湾作风和台湾个性的台湾文学的产生，不是过去，也不是现在，而是在不久的将来”，并指出要立刻改变文艺思潮的方向是不可能的，“我们必须等待足以改变方向的客观条件的具备，而且也只能待于它自然的变革，人力的武断式的支配只能改变他一部分的性质”。

范泉的《论台湾文学》透过黄荣灿在台湾传播，得到台湾作家的回响。范泉回忆中指出日后即不断收到台湾作家的来信，其中有杨云萍托人送来诗集《山河》，杨逵也寄了他刚出版的《鹅妈妈要出嫁》，并签了字（横地刚，2002）[120]。这篇《论台湾文学》之所以得到台湾作家的回响，乃在于范泉对台湾日本殖民统治时期文学遗产的论评，能尊重台湾文学的主体性。然而，因范泉对台湾文学的成就评价过低，杨云萍、杨逵把作品赠予范泉，多少也有向国内文化界表达应对台湾殖民地时期的文化遗产予以“肯定”的用意。由于范泉是透过日本殖民统治末期台湾的杂志，根据横地刚的考察：“终归只是日本统治宣传范围内的东西（2003b）[96]。”范泉仅以在上海沦陷区想象台湾的抗日文学，因为战争经验与文化养成的“习性”差异，导致范泉低估台湾文学遗产的成就。但由于范泉始终注意着台湾的变化，“二·二八事件”以后，他借由刊出《杨云萍——记一个台湾作家》，评价杨云萍的诗，诉说了“台湾平民的心声”。[1] 又在《记杨逵——一个台湾作家的失踪》中，指出杨逵“并不曾被任何人御用，也没有为军阀的侵略政策宣传”，“开辟台湾的革命文学的道路”。[2]《台湾新生报·桥》副刊论争期间，范泉又在其主编的《文艺春秋》上刊出林曙光的《台湾的作家们》（1948.10.15），“传达了《新生报·桥》副刊上的论争所获得的成果”（横地刚，2003b）90，有意弥补他在《论台湾文学》中对日本殖民统治时期台湾文学评价过低的论点。

范泉的《论台湾文学》发表后，当时尚在大陆的赖明弘（20 世纪 30 年代台湾话文论战时力主以中国白话文派的一员），随即在《新文学》第 2 期发表了《重见祖国之日——台湾文学今后前进的目标》予以回应。赖明弘赞同亚夫的论证，强调台湾文学起源于中国文学革命的影响、“台湾文学的主流”是“台湾人自己的文学运动”，虽经“日寇严格的截断，但是贯穿文化思想的民族精神之火把，终熊熊地被继承”。赖明弘同时也赞同范泉的“台湾文学是中国文学的一环”的说法；唯独范泉评估日本殖民统治时期的文学始终在“草创的时期”“成就是谈不上的”，对此，赖明弘以肯定亚夫的“四期说”，表示异议。赖明弘标举他自己在 20 世纪 30 年代“台湾乡土文学论争”中，如何力主坚持中国白话文的理由；对于“文学成就”，他列举赖和以来的优秀作家，表明无论中文或日文的表现形式都有佳作。赖明弘也承认台湾文学的“特殊性”：“五十年来的特殊环境，造成很多特殊的状态，因其重重的压迫下，文学自身所展开的步骤不免缓慢，虽有相当可观，但还不能赶上祖国新文学的最高水平，台湾文学的伟大成就，当待于将来。”赖明弘特别声明台湾作家透过日文的翻译或自原文阅读，比较有机会“接触及摄取英、法、苏等国的文学杰作”，对台湾作家摄取世界文化充满自信。赖明弘进一步指出胜利后中国文学与台湾文学的目标是“写实主义的大众文学”，首度在战后标举了现实主义的创作方向与美学形式。赖明弘也指出：为了密切连结“祖国”与台湾文化思想以及两岸作品的交流，应设立“沪台文化联谊

[1] 上海《文汇报》“笔会”副刊，1947.03.07。
[2]《文艺丛刊》第一辑《脚印》，1947.10。

会”。日后在台湾文化场域活动的有识之士，基本上就是以“写实主义的大众文学”的美学理念与“两岸文化交流”的行动准则，作为他们的实践逻辑。

范泉的《论台湾文学》提醒了台湾文化人，让大陆文化人了解台湾文学遗产的必要性。“二·二八事件”前，省籍作家杨逵、杨云萍、巴特（欧阳明）、王白渊，又各自对台湾文学的历史遗产做了补充。

杨逵的《台灣新文學停頓の檢討》(《台湾新文学停顿的检讨》) 发表在他主编的《和平日报·新文学》的第 3 期（1946.05.24），回应了《和平日报·新文学》第 1 期楼宪、张禹（王思翔）的《一个开始·一个结束》（1947.05.10）。楼宪、张禹提出要以“民主主义”，对受日本帝国主义五十年殖民统治的文化遗产进行清理的呼吁，以迎接“人民的世纪”：

> 屹立在这不幸的土地上的作家，和通过日帝主义者的毒手的优秀作品，已经为台湾文学写上一点光荣的传统，但更多的作者和著作，因受过重的压迫，不免有若干歪曲，也是事实，（虽然对于他们是应该寄予同情的），在今天，来一次全面的严格的清算，来一次深刻的反省，是有意义的事……
>
> 因此新的台湾文学，将从这总的清算与自我批判里得到新文学的良好基础……从今以后，文学者必须有一个深切的理解，公然的归依于民主主义，在写作的实践中，必须到人民中去，写出人民的思想，写出人民所能接受的作品。(《和平日报·新文学》，1946.05.10）

文中并提出以“现实主义”作为新文学的武器，呼吁组成“文学工作者的组织，文艺青年的组织与培养”。这样的呼吁立刻得到主编杨逵的响应。

杨逵《台灣新文學停頓の檢討》(《台湾新文学停顿的检讨》) 首先回顾台湾新文学的历史，是在五四新文化运动的洪流下展开的第一波新文学运动。第二波则是 1934 年台湾文艺联盟的组成，团结全岛的文艺工作者，发行机关刊物《台湾文艺》，与同时期杨逵创办的《台湾新文学》，都正视着殖民地台湾的现实，却在七七事变前夕被粉碎，白话文遭到强权压制。于是第三波以日人所期望的日文侵入总督府的杂志《台湾文学》，揭发并讽刺他们所谓“一视同仁”和“东亚共荣”的本质。但光复后，却虚度了漫长的九个月，一切都停顿下来，文学亦然，连该纪念的五四运动也毫无表示。杨逵呼应王思翔等人提出的文艺组织，认为文艺工作者必须自主团结，成立民主团体，应学习中国已有的“文联”组织，全国的文艺工作者团结工作。台湾本身应先团结一致，进而和全国的组织“文联”汇合（《和平日报·新文学》，1946.05.24）。

杨云萍在《台湾文化》的创刊号上，发表《台湾新文学运动的回顾》（1946.09.15），这篇文章是1940年被日本政府禁刊的李献璋所编的《台湾小说选》的序文的一部分。文章开头即说：

> 现在，似是已被忘掉了的。可是台湾也曾经有过一番热烈真挚的新文学运动。……
>
> 把结论先提示吧，台湾的新文学运动，是受了中国新文学的运动与成就所影响，所促进，虽然台湾当时还在日本的统治下。只是当然要保持了多少的台湾的特色。

文中详论了台湾新文学的起源“新旧文学论争”的过程，并简单述及20世纪30年代文学刊物与活动跃进的“深化期”，因1937年6月的废止“汉文栏”而告一个段落。

巴特（欧阳明）[1]的《台湾新文学的建设》（1946.12.01，12.08）发表在《人民导报·艺文》副刊，文章开宗明义提道：

---

[1] 对照巴特，《台湾新文学的建设》（《人民导报》，1946.12.01、12.08）与后来署名欧阳明发表的：《台湾新文学的建设》（《台湾新生报·桥》1947.11.07）以及《论台湾新文学运动》（《南方周报》创刊号，1947.12.21），明显看出后面两篇是巴特一文的扩充。根据横地刚的考察，巴特、欧阳明很可能是赖明弘，一是因为巴特在《人民导报》发表文章时，与赖明弘经吕赫若推荐进报社时间重叠。另外，巴特、欧阳明的文章都大量引用了赖明弘：《重见祖国之日——台湾文学今后前进的目标》一文的内容。因无其他直接证据，仅提供读者参考横地刚，2003b：126。但从上下文脉络，对台湾文学的发展知之甚详，可以确定欧阳明是台湾人。

在今天，来探讨台湾新文学的建设问题，是有着新的历史性与现实性的。这问题，在今后中国新文学运动中也将是一部分的问题。这问题的提出，自然包括了对于过去台湾文学的批评。

欧阳明评价台湾文学的历史，则指出："台湾反日民族解放运动使台湾文学急遽的走上了崭新道路。它的目标是要求'民主'与'科学'。这目标正与中国革命的历史任务不谋而合地取得一致。"台湾新文学"受到祖国新文学运动的影响，因而以新文学革命的姿态去批评扬弃过了时的台湾旧的民族文学，加以新的发展"，是"一个台湾的'五四新文学运动'"。

王白渊发表在《（青年）自由报》上的《一年来文化界的回顾》（1947.01.01），回顾台湾文学的历史，说道："在五四运动以后，台湾就有民族文学的产生，此间已经有不少杰出的作家。民国十五年前后，台湾的文学，由中文而转入日文，更进一步深入大众，从狭小的民族主义演进到带世界性的文学。"期间一直到日本投降前一两年，台湾有过三个文学团体的组织：东京的台湾艺术研究会、台湾文艺协会与台湾文学社，"均带有浓厚的民族主义与革命性，而不断和日本帝国主义，在思想上和文学上斗争过来"。但光复后，相对于美术、音乐与演剧的活络，台湾文学"竟是这样死气沉沉"。

综观上述，从范泉到王白渊对"台湾文学"的历史"定位"的讨论，可以看到其中的共识是：第一，"台湾新文学运动起源受到五四运动的影响"。第二，"台湾文学是中国文学的一环"。第三，"台湾文学是台湾人自己的文学运动"。第四，"台湾文学并没有屈服于日本的统治及'表现形式'的蜕变，始终贯串着民族精神"[1]（横地刚，2003b）[111]。然而，对于过去台湾文学遗产的"成就"，显然两岸文化人因为"位置"与"习性"的差异，双方人士之间彼此对台湾文学的认识与评价是有落差的。"二·二八事件"以前，只有在上海的范泉意识到这个问题，所以此一议题暂时被搁置。

[1]　此一论点参见横地刚，《范泉的台湾认识》（2003b），但笔者探讨的篇章稍有不同。横地刚把"二·二八"以后的篇章纳入一起讨论。笔者则以为"二·二八"以后逐渐形成台湾文学的"特殊性"与"一般性"的问题意识，从而开启《台湾新生报·桥》副刊的论争。

国民政府对“二·二八事件”的处置，一面以军队镇压。省主席魏道明5月上任之后，一面又以“文化怀柔”的方式，企图让文化人“说话”，以显示其自由作风。然而，整个文化场域经过3月的镇压，许多报社、杂志社遭到封闭的整肃，“二·二八事件”以前民间媒体的社会批判性已不复存。“二·二八事件”以后的文艺园地，大多依附在官办报纸，例如：延续“二·二八事件”以前的副刊只有《中华日报》的《海风》与“新文艺”副刊，新创刊的有：《新生报》的《文艺》（1947.05.04—1947.07.30，共13期）与《台湾新生报·桥》（1947.08.01—1949.04.11，共223期）副刊；《国声报》的《南光》副刊（1947.04.01—1948.09.19，共132期[1]），民间自行创办的则是《公论报》的《日月潭》副刊（1947.10.25—1949.12.30，共458期）、《文艺》周刊[2]（1949.09.12—12.26，15期）。另有承继“二·二八事件”以前在台中的《和平日报》，原来厂房设备开办的《台湾力行报》，分别创刊了《力行》与《新文艺》副刊，前者推测由金华智主编[3]，后者则由杨逵继续担纲。《台湾新生报·桥》与《力行报·力行》两个副刊，是“二·二八事件”以后较具社会主义批判性风貌的副刊。

“二·二八事件”后，官民之间夺取文化生产的支配权的斗争愈演愈烈，但因为“绥靖清乡”的缘故，本省知识分子基本上是采取“缄默”的方式，作为一种沉默的抵抗。魏道明省府面对这样的“沉默”，感到了民间社会力采取不合作的“抗议”，一再鼓励民间“说话”。[4]三月镇压后的“五四”文艺节，由外省作家江

[1] 无法确定《国声报》的“南光”是否只有笔者掌握的这132期（曾健民先生提供，谨此致谢）。

[2] 《公论报·文艺》副刊由江森（何欣）主编，何欣之前曾经在《新生报·文艺》副刊鼓吹学习“五四精神”与“台湾新文学运动”，但到了《公论报》仅能倾向介绍文艺理论与世界作家、作品介绍，可视为战后台湾引进西方“现代派”最早的开始。

[3] 请参考本书第二章第二节。

[4] 杨云萍在“二·二八”以后复刊的《台湾文化》《近事杂记（六）》（1947.08.01）中指出：“听说，魏主席在参议会，说他‘不怕人家说话，只怕人家不说话’。这些话是说的不错，不过问题却不是在‘说话’和‘不说话’，而是在‘说什么话’和‘不说什么话’，譬如没有‘建设性’的话，或是阿好贡谀的话，虽是‘话’，却不得不有怕之。现在本省的所谓言论机关的大部分的‘性质’，聪明的魏主席，一定审之详矣。我们似无须什么的必要，只是‘怕人家不说话’的魏主席，或有时要感觉一些寂寞罢。”

默流、何欣、梦周、沈明[1]分别在《中华日报·新文艺》与《台湾新生报·文艺》两个副刊，带动“台湾新文化运动”。针对外省作家江默流与梦周认为台湾是“文艺的处女地”[2]，省籍作家王锦江（王诗琅）、毓文（廖毓文）出面阐述台湾文学的历史，罗列“优秀的作品”予以回应，并详述台湾作家保持“缄默”的理由，呼吁省籍作家“打破缄默”。两岸文化人对“台湾文学”评价的差异，显示双方的隔阂与歧见。三月开始的清乡，导致“二·二八事件”以前一度在台湾文化场域活跃的一些省内、外文化人，枉死的枉死，下狱的下狱，侥幸逃过一劫的则西渡大陆避难。1947 年 5 月 4 日，官民之间争相纪念“五四”，重新打开了文化界“缄默”“沈寂”的僵局（横地刚，2005b），也再度打开两岸的“文化交流”。但活跃在台湾文化场域的省内外人士，已经不是“二·二八事件”前的“同一批人”，尤其是（如本书第三章所探讨的）由左倾文化人主导的民间自主性文化场域全数溃散。从《中华日报·新文艺》、《台湾新生报·文艺》、《台湾新生报·桥》副刊参与“重建台湾新文学”议论的外省文化人，除了雷石榆、梦周、扬风，其余大都是新面孔。此一人脉背景足以让吾人理解：为何外省作家表现出对台湾新文学历史遗产的无知。换言之，光复后到“二·二八事件”期间，两岸文化人之间透过自主性文化场域所从事的一切文化交流的工作，因为“二·二八事件”，几乎前功尽弃。而“二·二八事件”以后有关“台湾新文学”的议论，也就产生了泯除彼此的隔阂与歧见，并进一步形成“文化统一阵线”的“迫切性”。

1947 年年底，欧阳明在《台湾新生报·桥》副刊与《南方周报》的创刊号发

---

[1] 根据朱双一的调查：梦周，即杨梦周，原名杨思铎，又有小名永和，笔名云泥、鹏图、虹光、何人等。1924 年生，福建省晋江县（现晋江市）罗山镇后洋村人。1946 年初受族亲杨镜波邀请赴台。当时梦周和国语推行委员会主任何容的儿子、主编“文艺”副刊的何欣颇有一段交情。据大陆学者朱双一的采访，梦周指出何欣主编的“文艺”另一个重要作者沈明，就是暨南大学毕业生、当时在台北和平中学任教的金尧如。金尧如隶属于闽西南党组织（共产党在福建的三大组织系统之一）的台湾工作委员会（张连为领导人，当时任教于台中中学），当时以“沈明”为笔名在“文艺”副刊上发表了《展开台湾新文艺运动》《我们要这样的新文艺》等文章，或可视之为稍后《台湾新生报·桥》副刊上的那场大论争的前奏。梦周与金尧如曾于 1947 年 9 月南下新营的台糖中学教书。梦周受已升任《中华日报》副总编辑的苏任予的提携，担任该报驻新营的特约记者。1948 年夏天，当局派人到新营中学来抓捕金尧如，尧如在梦周等人的协助下逃脱。学年结束后，离开了新营台糖中学，随即离开台湾到了香港。见朱双一，2004：163—166。

[2] 有关江默流、何欣、梦周、沈明分别在《中华日报》的“新文艺”与《新生报》的“文艺”副刊上带动“台湾新文化运动”的讨论，请参看许诗萱，《战后初期（1945.8-1949.12）台湾文学的重建——以〈台湾新生报·桥〉副刊为主要探讨对象》1999：65—69；横地刚，《范泉的台湾认识：四十年代后期台湾的文学状况》，2003b：114—116。

表的《台湾新文学的建设》（1947.11.07）与《论台湾新文学运动》（1947.12.21），乃前述发表在《人民导报》上《台湾新文学的建设》（1946.12.01、12.08）一文的再扩充，整合了“二·二八事件”以前台湾作家，包括赖明弘、杨云萍、王白渊以及上述“文艺”副刊上王锦江、毓文的论点，“为两岸文学者能在同一个平台活动构筑了基础”（横地刚，2003b）[116]。

1948年2月，许寿裳被杀事件，并未使两岸文化人因此胆怯，反而促使了两岸作家意识到结成“文化统一阵线”的必要性。3月底，缘于杨逵给歌雷写了一封信，使歌雷邀请杨逵出面号召“台湾新文学运动”的座谈会，开启了《台湾新生报·桥》副刊的论争。[1] 形成省内、外作家热烈的“文学运动”。

对于光复后台湾文学停滞的现象，“二·二八事件”以前杨逵曾在前述《台灣新文學停頓の檢討》（《台湾新文学停顿的检讨》）（《和平日报·新文艺》，1946.05.17）中，检讨光复后台湾文学停顿的因素，并提出改善的解决之道。第一，针对光复后林紫贵的台湾文艺社“包办主义”“包而不办”的恶习提出强烈的批评，呼吁台人打破“根其人及其物”的观念，民众由下而上争取保障言论、集会、出版、结社的自由。第二，语言问题，五十年的“日本化”政策，虽无法消灭我们的语言，却遗留下很大的混乱，今后的“人民文学”，务求真正的文、言一致，但文学活动不能停滞，过渡期应成立翻译机构。第三，缺乏发表的园地，要创造以大众的支持为基础、公正不偏的文学园地。第四，缺乏文化交流，日本极力阻碍中国大陆与岛内的文化交流，为弥补这个鸿沟，必须努力于作家、刊物与作品的交流。而这些问题正是构成《台湾新生报·桥》副刊讨论“重建台湾文学”时，必须在“中国文学”之外，另为“台湾文学”的正名，构成台湾文学

[1] 朱实，《展望光复以来的台湾文学》，中说：“到了去年五月（案：应该是三月），本省著名的人民作家杨逵先生给新生报副刊‘桥’的主编歌雷先生的一封信为导火线，终而打破沉寂已久的，台湾文坛的空气，惹起所谓‘台湾新文学运动’，而在‘桥’展开了有一个不算短时间的轰轰烈烈的笔战，给台湾文运不少启示。”（《龙安文艺》丛刊第一辑，1949.05.02）。另外，酪青（叶石涛），《光复以来的台湾文艺界》（《今日台湾》第七辑 1949.09.01）也有相同的表示。根据歌雷在《台湾新生报·桥》1948.03.03《编者作者读者》，刊出孙达人倡议‘茶会’的来信，日后又多次在《编者作者读者》为筹备茶会刊出各方通讯（03.12、03.17、03.22、03.24、03.26）。孙达人即翻译杨逵的《如何重建台湾新文学》（1948.03.29）的外省青年作家，因此笔者判断《如何重建台湾新文学》此文即杨逵给歌雷的信，歌雷建议杨逵再以日文补充［《编者作者读者》（《台湾新生报·桥》1948.03.15）］，由孙达人根据中、日文的论稿译成《如何重建台湾新文学》。见孙达人的“译者后记”（《台湾新生报·桥》1948.03.29）。杨逵，《现实教我们需要一次嚷》（《中华日报·海风》1948.06.27），也提到“这次关于‘如何建设台湾新文学’的讨论是我提起的”。

“特殊性”的理由。杨逵不受三月清乡的影响，仍旧朝此建立“人民文学”、促进两岸文化交流的目标前进。

两岸的“文化交流”，一直是有识之士自发地依靠民间的力量积极推展的工作。光复后，台湾与大陆文化界的联系，“二·二八事件”以前主要是与上海文化界的联系。这里借由横地刚的研究，简单说明“二·二八事件”以前台湾与上海文化界的联系。横地刚在《南天之虹——把二·二八事件刻在版画上的人》一书，曾详细考证了透过陈烟桥与黄荣灿，促成了杨云萍主编的《台湾文化》与上海范泉主编的《文艺春秋》合作，两个刊物有三次同步登载作品文章。[1]《文艺春秋》还刊载台湾作家龙瑛宗、杨云萍、林曙光的作品，以及赴台作家欧坦生、欧阳予倩的作品、文章，共达十次十五篇之多。台湾发生“二·二八事件”时，《文艺春秋》主编范泉也马上在《记台湾的愤怒》(文艺出版社，1947.03.06)写下：“对于这样一块富有历史意义和民族意识的土地，我们应当用怎样的热忱去处理呢？是不是我们要用统治殖民地的手法统治台湾？是不是我们可以不顾台湾同胞的仇视和憎恨，而拱手再把台湾送到第二个异族统治者的手里呢？”表现他与台湾民众站在同一阵线，对当局“用统治殖民地的手法统治台湾”，予以同声谴责的立场。同时，在他编辑的《文汇报》上翻译了杨云萍日本殖民统治下的《山河》诗集中的六首诗，要“对于台湾文学还很生疏的中国读者”，认识杨云萍的诗篇，“这应该是一声台湾平民的抑郁的然而却是愤怒的呐喊，这应该是一种把半个世纪葬送在被侮辱与被伤害里的反抗的呼声”(《杨云萍——记一个台湾作家》(上海《文汇报·笔会》副刊，1947.03.07)。范泉在听说杨逵被捕的消息后，随即写下《记杨逵——一个台湾作家的失踪》(《文艺丛刊》第1辑《脚印》，1947.10)，对一个从未谋面而理念相同的作家安危寄予深深的系念。1947年7月，《文艺春秋》不但在台北中山北路设立总销售店，次年3月出版该杂志的永祥印书馆，又在馆前街设立台湾分馆，积极于两岸文化交流的工作(横地刚，2002)[119-129]。

[1] 陈烟桥，《鲁迅先生与中国新兴木刻艺术》《台湾文化》第1卷第2期1946.11.01，改题为《鲁迅与中国新木刻》以及《鲁迅怎样指导青年木刻家》分别刊载于《文艺春秋》1946.03.15,2(4)、《文艺春秋》1946.10.15，3(4)。李何林，《读〈鲁迅书简〉》《台湾文化》第2卷第2期1947.02.05与《文艺春秋丛刊》第1卷第2期同时发表。黎烈文的《梅里美及其作品》(上)《台湾文化》1947.11.01，2(8)，改题为《梅里美评传》，载于《文艺春秋》第5卷第5期同时发表。见横地刚，2002：127—128。

横地刚又考察了上海代表民主党派的《文汇报》，从 1945 年 8 月 18 日复刊，到 1947 年 5 月 25 日被迫停刊，迁移至香港，发行期间共刊载了六十几篇，有关台湾的政、经、社会与文化的评论与报道，其中可考的撰稿作家，包括赴台文化人，如索非（巴金、柯灵好友）、黄英（凤炎、周梦江）、马瑞筹（《大明报》干部、《人民导报》创始人之一，后出任《文汇报》总编）、扬风[1]。另外，黄荣灿的版画《恐怖的检查——台湾二・二八事件》就是刊载在《文汇报》，大陆作家则有文联社的叶以群[2]，和民主同盟的论客杨奎章。尤其，在"二・二八事件"爆发后，声援台湾民主改革要求的文章就高达三十几篇（横地刚，2002）221、266。

不仅是大陆文化界关心着台湾的动向，台湾文化界也积极报道大陆文坛的动向。杨逵曾于《和平日报・新文学》的第 1 期（1946.05.10），刊登了前一年 12 月在上海成立的《中华全国文艺协会上海分会成立宣言》，宣言表示："愿在这'人民的世纪'里……为中国人民的自由，幸福而奋斗……以至诚督促政府开放言论，出版的自由"；第 2 期又刊登了"全国文协"[3]前身"中华全国文艺界抗敌协会总会"的《慰问上海文艺界书》与上海文艺界的《覆书》。光复后，在台湾揭载"全国文协"动态的，杨逵并非首例，1946 年 1 月 21 日黄荣灿主编的《人民导报・南虹》副刊，就曾刊出《上海文协分会向总会与全国文艺作家致敬》，同时以《简略的介绍"文协"》《上海的"文艺复兴"》，分别介绍"全国文协"抗日统一战线的历史任务，以及"上海文协分会"的成立经过。龙瑛宗也曾两度提到"上海文协"纪念高尔基与鲁迅两位大文豪逝世十周年的活动[4]。《人民导报・南

[1] 扬风，本名杨静明，原籍四川，又有笔名杨风，曾担任宜兰农工学校教员（黄惠祯，2009），《台湾新生报・桥》副刊论争作家之一。

[2] 叶以群，东京左联成员之一，"光复初期"有 3 篇文章在台湾的"副刊"转载，包括：《到民间去》，《和平日报・新世纪》，1946.05.06；《舊傳統の改造，新作風の確立》（《旧传统的改造，新作风的确立》）白英译《台湾新生报・桥》，1946.05.28［转载自《文哨》1945.05.04，1（1）］；《新民主運動と文藝（《新民主运动与文艺》）（上、下），《中华日报・文化》1946.10.03—04［转载自《新民主运动中的文艺工作》，《文联》1946.02.05，1（3）］。

[3] "文协"全名"中华全国文艺协会"，前身是"中华全国文艺界抗敌协会"，为抗战时期团结文艺界抗日力量的全国性组织，1938 年 3 月 27 日成立于汉口，8 月迁往重庆。胜利后，1945 年 10 月改为"中华全国文艺（界）协会"，1946 年由重庆转往上海"复员"。1945 年 12 月成立的"中华全国文艺协会上海分会"于是成为总会。在国、共内战期间以"为人民大众服务，实现和平民主的要求"为基本原则。1949 年 7 月，作为发起团体之一，参与召开中华全国文学艺术工作者大会（第一次文代会），见陈耀东、孙党伯、唐达晖，1998：475。

[4] 见《中国文学的动向》与《中国近代文学の始祖——鲁迅逝世十週年記念日に際して》（《中国近代文学的始祖——鲁迅逝世十周年纪念日》），《中华日报》"文化"副刊，1946.08.16、1946.10.19。

虹》上不时出现的“文化情报”“文艺消息”，与《台湾文化》每一期的“文化动态”，都一再报道大陆文坛的消息。显示两岸文化人泯除文化“隔阂”，积极从事两岸“文化交流”的用心。“二·二八事件”后，歌雷主编《台湾新生报·桥》副刊的用意也在于此。

国民党特务对“异议分子”的压迫，从1946年2月“政协会议”后，发生国民党特务殴打民主人士李公朴、郭沫若的“较场口事件”；6月又发生马叙伦等率领的“反内战要和平”请愿代表团体，在南京被特务围殴的“下关惨案”，惊动全国。7月昆明发生“李（公仆）、闻（一多）惨案”，更引起文艺界的愤慨，在台湾的龙瑛宗也为之慨叹。1947年，因纪念五四而引发全国性的“五二〇”学潮，国民党颁布“维持社会临时法”，予以流血镇压。在一连串国民党对异议分子的整肃事件，“中华全国文艺（界）协会”的行动始终站在当局的对立面争取民主、自由，屡屡让周恩来代表共产党参与他们的各项活动，如1946年10月4日“李闻追悼会”上，邓颖超朗诵了周恩来的亲笔追悼词，10月19日“纪念鲁迅逝世十周年纪念会”，周恩来也全程参与。1947年，因纪念五四而爆发的“五二〇”学潮在全国蔓延之际，毛泽东在1947年5月30日在《新华社》发表《蒋介石已处在全民的包围中》，提出“第二条战线”说，指出：“国统区伟大的正义的学生运动和蒋介石反动政府之间的尖锐斗争，是‘第二条战线’。随即协助因戒严令的颁布而生命遭受威胁的文化人南下香港避难（金炳华，1999）[5-41]”，显现了共产党积极争取与文化界互相支持的文化政策。“全国文协”组织的政治倾向，也如同“民主同盟”等“中间派”一样，在国共内战期间逐渐倾向支持共产党。光复初期黄荣灿、杨逵、龙瑛宗积极报道“全国文协”的活动用意，乃在于希望台湾文化界能效法“全国文协”统一战线的精神，文化人加强合作，并与“全国文协”取得联系，实践和平建国的使命。

《台湾新生报·桥》副刊于1948年3月28日，举行第一次作者茶会，杨逵提出了“作者应到人民中间去观察，本省外省作者应加强联系”，依旧是“二·二八事件”前赖明弘、杨逵、欧阳明所提举的，“现实主义的大众文学”与“两岸文化交流”的两项“行动”原则。杨逵在《台湾新生报·桥》副刊上带动议论的《如何重建台湾新文学》(1948.03.29)，曾引述了范泉《论台湾文学》的观点："现在的台湾文学，则已进入建设期的开端，台湾文学站在中国文学的一个部位，尽了他最大的努力，发挥中国文学的古有传统，从而建立新时代和新社会所需要的，属于中国文学的台湾文学。"杨逵此一引述隐含了泯除两岸作家对台湾文学的歧见的用心。

1948年4月4日，《台湾新生报·桥》第二次举办的座谈会，杨逵率先抛出了台湾文学的"特殊性"与"一般性"的议题。[1] 他在回顾台湾新文学的历史与成就后，指出"特殊性倒是在语言上的问题，在思想上的'反帝反封建与民主科学'这一点，与国内却无二致"；并指出台湾文艺的"消沉之风"，是"政治条件与政治的变动，致使作者感到不安威胁与恐惧。写作空间受到限制"。杨逵关于台湾的"特殊性"触及了日本殖民统治造成的语文隔阂，以及光复后国民党的政治高压造成的心理恐惧，但认为在"反帝反封建与民主科学"的思想斗争历程，台湾与大陆有其"一般性"。

接续杨逵的论点，主编歌雷针对语文的"特殊性"指出：因日本五十一年殖民的统治，使文学语言渗进日本语文，停留在五四时期的白话语文，又夹杂闽南口语，形成词汇混杂的现象；而思想感情上，"带有浓厚的个人的伤感主义与低沉的气氛"，缺少创作的活泼性与丰富性，却因抗日的民族意识"保有民间形式与现实性"。歌雷认为"台湾新文学在今日的现状中所保有的特殊性，在未来新文学发展上要经过'扬弃'的过程，有的要极力追求新的道路与改进，有的则要对于原有的传统与精神应保有与发扬"，他举语文的例子说："今日国内文学上语文的运用与台湾特有的语汇的融合，这种融合过程是本省与外省文艺工作者在文字上的相互学习和创造，而不是单方面的要求普及。"

陈大禹认为台湾文学的"特殊性"，在于"语文传达技术的表现"，以及台湾社会进化过程异于国内形成的"思想内容异同"；不应跨越地无视于这些特殊性

[1] 据歌雷，《编者作者读者》(《台湾新生报·桥》，1948.04.02)指出：第二次作者茶会由"杨逵、孙达人、陈大禹、吴瀛涛负责，经负责人的讨论决定这次论题为'如何建立台湾新文学'，一、过去台湾文学运动的回顾。二、台湾文学有无特殊性？三、今日台湾文学的现状，及其应有的表现方式。四、台湾文学之路。五、台湾文艺工作者合作问题"。

的存在，但要“从特殊性的适应里，创造无特殊性的境地”，使台湾文化与国内文化早日异途同归。

陈大禹所谓台湾与国内社会进化过程的差异，形成的“思想内容的异同”的“特殊性”，指的是“台湾的反侵略斗争，有点矫枉过实的现象，就是保留前清所遗留的法治与生活习惯……同时国内来台人士，也有意无意的鼓励这种倾向……这些封建残遗的思想习惯，无论如何是不适于二十世纪的今天”。此言一出，吴坤煌提出异议：“陈先生所说，的确是当前的现象，可是这不能说是全部，台湾的文化工作者，在思想上，的确做过反封建的斗争，但迫于时势，没有发生效力而已。”

日后，骆驼英针对日本殖民统治时期台湾文学的思想内容总结说：“思想上的反帝因素在文艺中表现较祖国还强。但殖民地的革命斗争在未得到世界特定的革命力量的援助或援助作用，是终归要失败的。因此失败后的台湾同胞就有消沉、失望和悲观的现象……但反映人民的基本要求的反帝反封建的文艺应该算是台湾新文学的主流。(《论“台湾文学”诸论争》,《台湾新生报·桥》1948.07.30—08.22)”骆驼英肯定台湾文学抗争的传统，要克服的只是消沉与悲观的情绪，在“二·二八事件”镇压之后此番话，当不无对台人有着鼓舞的作用。综观《台湾新生报·桥》副刊上的议论，台湾新生代作家如阿瑞、叶石涛囿于对台湾文学史有限的了解，都出现对过去台湾文学评价过低的言论[1]，反而是外省作家孙达人认为“台湾文学的进展较国内有过之无不及”[2]，萧荻反对对台湾文学评价过低，要赴台作家摒弃“优越意识”。[3]

有关台湾文学、社会的“特殊性”问题，省内外文化人因“习性”与“位置”的差异，一开始的确存在“歧见”。争议即在陈大禹提出的：台湾异于国内的社会进化发展过程、形成“思想内容”的异同，而后，在《台湾新生报·桥》副刊也曾针对台湾社会特殊性的议题，展开论辩。彭明敏对雷石榆的《女人》一

[1]　叶石涛，《一九四一年以后的台湾文学》，《台湾新生报·桥》，1948.04.16、阿瑞，《台湾文学需要一个“狂飙运动”》，《台湾新生报·桥》，1948.05.14。

[2]　孙达人发言，《如何建立台湾新文学（第二次作者茶会总报告）续完》，《台湾新生报·桥》，1948.04.09。

[3]　萧荻，《了解·生根·合作——彰化文艺茶会报告之一》，《台湾新生报·桥》，1948.06.02。

文，所流露出对台湾殖民地历史残留的奴化意识的偏见，表示异议，认为把台湾消极的事物一概说成因“日本奴化教育”的影响，这样以偏概全的刻板印象，对科学地认识台湾社会与建设台湾新文学，毫无益处。两人来回两次的笔战，雷石榆的申辩显得“牵强而辛苦”[陈映真（石家驹）,1999a][14]。杨逵针对此一问题，说“奴化教育”是日本帝国主义的国策，“但，奴化了没有，是另一问题”，“部分台湾人是奴化了，他们因为自私自利，愿作奴才来昇（案：升）官发财……托管派、拜美派当然也是这一类人。但大多数的人民，我想未曾奴化”（《台湾文学问答》，1948.06.25）。

针对“重建台湾文学”的议题，钱歌川在回答记者访问时，认为语文统一、思想感情又复相通的国内而谈建立台湾文学，实难树立其分离的目标。陈大禹以日本殖民统治五十年，是台湾相对于国内“最突出的特殊性”，加以现实的需要，肯定“台湾文学”据以存在的必要（《“台湾文学”解题——敬答钱歌川》，1948.06.23）。林曙光除了驳斥钱歌川的“分离说”，又认为陈大禹对台湾文学“特殊性”的解说不够充分，而指出台湾的“地理位置、地形地质、气候产物——就是自然底环境，被西班牙与荷兰人窃据，以及沦陷于日本——的历史过程，并且这些历史过程再和她的自然环境互相影响而造成台湾的特殊”。针对陈大禹以“边疆文学”定义“台湾文学”，林曙光又说：“为了适应台湾的自然或人文底环境，需要推行台湾新文学运动，但是建立台湾文学目标不应该在于边疆文学，我们的目标应该放在中国文学的一个成分，而能够使中国文学更得到富有精彩的内容，并达到世界文学的水平。[1]（濑南人（林曙光）：《评钱歌川、陈大禹对台湾新文学运动意见》，《台湾新生报·桥》，1948.06.23）”

林曙光出于“边疆文学”可能“矮化”台湾文学的疑虑，杨逵却在《“台湾文学”问答》（1948.06.25）中说：“去年十一月号‘文艺春秋’曾有边疆文学特辑，其中一篇以台湾为背景的‘沉醉’是台湾文学的一篇好样本。”《文艺春秋》主编范泉刊出《沉醉》时，指出这篇小说：“揭露了我们某一部分的祖国的同胞

---

[1] 三人的文章见叶石涛，《一九四一年以后的台湾文学》，《台湾新生报·桥》，1948.04.16；濑南人（林曙光），《评钱歌川、陈大禹对台湾新文学运动意见》，《台湾新生报·桥》，1948.06.23；陈百感（邱永汉），《台湾文学吗？容抒我见》，《台湾新生报·桥》"，1948.08.15。

正在如何地把轻挑与污辱抛给这块新生的土地。”杨逵不但认同范泉的编辑理念，对“边疆文学”的称号是否会成为“‘减少价值’的蕃族文学”、矮化台湾文学的价值，并不以为意。杨逵认为只要是“深刻的了解台湾的历史，台湾人的生活、习惯、感情，而与台湾民众站在一起”(《“台湾文学”问答》，1948.06.25)，就是“台湾文学”。

陈大禹回应林曙光对他用“边疆文学”称呼“台湾文学”的质疑，说：“在濑南人先生的意识里，边疆文学好像是在中国正统文学之外，‘减少价值’的蕃族文学。”陈大禹则以“苏联之允许各地有其冠以地域名词的文学（如乌克兰文学等等），仍不失其苏联文学总名词的意思”《濑南人先生的误解》(《台湾新生报·桥》，1948.06.25)。从陈大禹标举苏联文学，后来又响应东南地区与香港的“方言文学运动”创作《台北酒家》，以及前述对台湾封建意识残遗的批评，显见他主要是基于阶级认同，声援台湾文学对抗官方法西斯意识形态的压抑。

杨逵与林曙光、双方的共识，在承认台湾文学为中国文学的一部分，并不意味着放弃台湾文化的“主体性”。但杨逵与林曙光双方对“边疆文学”语词的反应差异，显现杨逵认为更重要的是反映台湾现实、具有被压迫阶级意识的文学内容。林曙光在《台湾文学的过去，现在未来》(1948.04.12)，曾说：“究竟台湾曾经是否有过纯粹的左倾文学，对这一点我还有些疑问。如杨逵先生的作风，常带有普罗文学的色彩，但当时的特权阶级多为日人，因而不过是为了反抗日寇起见，唤起被榨取的仇怨而已，所以当时他的作品是反帝的因素占多。至于吕赫若先生是笔锋冷峻，乡土色彩的浓厚，富有反封建意识。”可见林曙光对于台湾普罗文学传统立足于阶级意识的抗争，缺乏了解，又说：“最好还是打破一切特殊性质做为中国文学的一翼而发展，今日的‘如何建立台湾新文学’需要放在‘如何建立台湾的文学使其成为中国文学’才对。”因此，林曙光反对仅以“日本殖民地的历史”看待台湾文学的“特殊性”，而要求正视台湾的自然环境与人文历史，又反对以“边疆文学”窄化台湾文学，显示出于“中国民族意识”的自尊，希望台湾文学的“特殊性”向“一般性”转化。

然而，光复以来中国的局势变动，使得林曙光所认同的“一般化”已分化成两条政治路线。因此，雷石榆对于台湾文学的“特殊性”向中国文学的一般性“转化”说：

> 台湾本身既具有独自的地方色彩情调和历史形成特异性，提供文学创作上的主题的多样性；同时既为祖国的一环，那就必然受到祖国的政治的、经济的、文化的影响，这有好的一面，也有坏的一面，中国新文学运动就为了发展好的一面消灭坏的一面战斗过来及战斗下去，所以台湾的新文学运动必须观摩这战斗过来的经验，与战斗下去的路线或方向取得一致。也同样，国内的新文学运动是依据中国本身的历史条件，同时摄取先进国及世界进步的文学运动的实践诸经验，乃与时代的主潮的方向一致的。所以中国的新文学又是世界文学运动的一环。（雷石榆，《再论新写实主义》，《台湾新生报·桥》，1948.06.30，底线为笔者所加）

雷石榆所言台湾文学运动要消灭祖国化“坏的一面”，就是“二·二八事件”以前王思翔所批判的“恶性的中国化”（《论中国化》，《和平日报》，1946.05.20）。骆驼英批评国民党全盘接收日本在台湾的殖民统治手法，“但这‘特殊’正表现着半个中国的一般——‘耕者无其田，封建的榨取……等复杂的一般’”。因而指出：“某些旧的特殊的一般化（案：殖民地统治手法）与某些旧的一般的特殊化（案：封建的榨取），其本质都是老百姓被压迫的深化；但消沉、伤感、麻木、‘奴化’……等落后的‘特殊性’，必然而且应该向内地人民的普通觉醒的一般化转化。文艺工作者的主观努力应该就在于促进这个伟大的转变。（《论“台湾文学”诸论争》，1948.07.30—08.22）”

雷石榆、骆驼英共同指出的“战斗下去的路线或方向”，指的是大陆正进行的阶级革命的民主路线与方向。骆驼英的总结得到台湾青年籁亮、周青与朱实的呼应[1]，他们皆能认同骆驼英所言："我们不能以特殊性而抹煞一般性；同时亦不能以一般性而否认特殊性。我们应该肯定特殊与一般是形成矛盾的统一，而且一般是决定因素。(《论"台湾文学"诸论争》，1948.07.30-08.22)"

曾健民分析有关台湾有无特殊性的论辩，指出进步文化人对于"台湾的'特殊性'向中国'一般性'转化"，皆以为："不是机械的、单向的、突然的转化，而是经过改进、保有、发展的'扬弃'过程的辩证转化。"而有关台湾有无特殊性，又依不同的立场存在或隐或显的四条文学路线：

> （一）不承认台湾特殊性只强调中国的一般性，那就是"钱歌川路线"；
>
> （二）把台湾的特殊性无限上纲到与中国文学对立，也就是杨逵所指的"托管派"、"拜美派"的"奴才文学"路线；
>
> （三）把台湾孤立起来只看台湾的特殊性，那就是某种程度代表了当时在台湾的国民党官方文化政策的"被绝对特殊化"的"死的乡土文学"路线；
>
> （四）辩证地看特殊性与一般性问题，并主张台湾的特殊性（不管是新的（案：国民党的孤立政策）或旧的（案：殖民地历史）向大陆进步的（而不是旧的）一般性辩证转化。这就是论争中绝大多数论者所主张的，以新现实主义为创作方法的"人民文学"路线。(2002)[181-183]

有关台湾文学的"特殊性"与"一般性"的论争，在1948年的8月告一段落。杨逵创刊了当时唯一的文学杂志《台湾文学》丛刊，于第1期（1948.08.10）刊行宗旨，指出："最近论争所得到的'认识台湾现实，反映台湾现实，表现人民的生活感情思想动向'这原则，本刊认为是建立台湾文学当前的需要，而且是

---

[1]　籁亮（赖义传），《关于台湾新文学的两个问题》，《台湾新生报·桥》，1949.01.14。赖义传，台湾高雄人，当时就读台湾师范学院，后牺牲于20世纪50年代"白色恐怖"之中。

吴阿文（周青），《略论台湾新文学建设诸问题》，《台湾新生报·桥》，1949.03.07。周青曾担任《人民导报》记者，"四六事件"后返回大陆。朱实，《展望光复以来台湾文运》，《龙安文艺》丛刊第一辑，1949.05.02。

最坚强的基础。”可见杨逵认为《台湾新生报·桥》副刊的关于“重建台湾文学”的讨论，已经达成共识。杨逵陆续出版三册的《台湾文学丛刊》，除了收入欧坦生的《沉醉》外，省外作家的小说篇幅，占了三分之二强的篇幅。杨逵在《推荐》一文中说：“本刊的立场采取无党无派，而同人等最讨厌度量狭小的宗派主义。”光复后杨逵不止一次发言批判“宗派主义”，其目的都在呼吁“文化统一阵线”的结成。朱实也指出：

> 在《台湾新生报·桥》笔战的焦点，“台湾有无特殊性”，已经下了结论。我们不能以特殊性而抹煞一般性。同时亦不能以一般性，而否认特殊性。特殊与一般是形成矛盾的统一，而且一般是决定的因素——骆驼英言。(《展望光复以来台湾文运》,《龙安文艺》,1949.05.02）

当我们疑惑为何参与《台湾新生报·桥》副刊论争的台湾文化人中，除了“行动派”的杨逵是唯一一个老文化人之外，大多是新生代青年。[1] 诚如朱实[2] 在“四六事件”后对老文化人发出的批判：“曾经第一线活跃的本省作家都一向保持沉默。因此许多新人忍不下去，不期而同地发愤，怒喊起来，陆续发表作品，这种现象，多属歌雷先生对于本省作家尤其是新人的切实的关心所致。”朱实认为光复后使人悲叹的是“‘作家’本身的怯懦”。他回顾日帝统治下“信念巩固的作家的作品，始终以‘反帝’为中心思想，‘反封建’为副课题。……偏以‘反封建’为口号，不涉及‘反帝’的作家，早已离反了台湾人民，屈服于日帝淫武之下的”。他认为即使有语言问题的阻隔，富有正义感的作家应尽量克服，“不然的话，他们是只有一个狭义的抗日爱国的观念，而缺乏全心全意为受难的人民服务

[1] 根据许诗萱的考察,《台湾新生报·桥》论争中的本省作者,大部分是当时还在读书的学生,陈显廷、叶瑞榕是台南一中的学生，林曙光、蔡德本、林亨泰、朱实、许育诚、萧金堆等人是台湾师范的学生。邱妈寅、阿瑞是台湾大学的学生。

[2] 蔡德本说：朱实本名朱商彝，是“四六事件”当天要逮捕的六大要犯之一。“四六事件”后，朱实转移大陆，后来成为周恩来的秘书。歌雷、黄昆彬、小兵（毛文昌）等相继被捕。林曙光不得不辍学隐居。龙安文艺和其他学生社团一样，自然消灭 2003：177。

的决心和实践”（《展望光复以来的台湾文运》,《龙安文艺》, 1949.05.02：2—3）。姑且不论朱实对“二·二八事件”以后“忍痛沉默”的台湾老作家，难以跨越语言障碍与政治迫害的心理恐惧，其评价是否“公允”；[1] 因为尽管有“省籍隔阂”与政治高压等现实因素，导致日本殖民统治时期台湾作家“忍痛沉默”。但置身于《台湾新生报·桥》副刊论争之外的台湾作家，显然还因为阶级认同的意识分化，而保持“沉默”。上述朱实的文章彰显了一项事实：台湾人内部显然并不全然“认同”这种倾向。“二·二八事件”以后，勇于跟随杨逵在文化场域发表“重建台湾新文学”的新生代，大多是与朱实一样受到社会主义阶级革命思想鼓舞的青年。这些新生代包括朱实、周青、籁亮（赖义传）、何无感（张光直）、叶石涛、陈百感等，虽然有些人可能是出于血气多于信仰的发言，但总归是受到当时文化场域笼罩在社会主义氛围的影响。他们对构成“台湾新文学”的“特殊性”的内容，并无二致，也同样力主“台湾文学为中国的一部分”。但是真正让新生代“忍不下去，不期而同地发愤，怒喊起来”，则是 1948 年的秋天到 1949 年的 1 月，三大战役使国共内战出现逆转的局势，华北解放，解放军直逼长江。面对着即将完成阶级革命“新中国”的来临，陈百感发出“我们虽然喊着为人民，但事实上，我们的文艺运动却已经给人民的时代抛在后头了”，要求克服“主观的弱点”，“实践与理论并重”，因为在另一个地方的文艺运动，“已经向着‘人民的’这目标大大地跨了一步”，栽出了新的花朵（《答骆驼英先生》,《中华日报》, 1948.09.05）。

从范泉与赖明弘在上海《新文学》上“论台湾文学”开始，乃战后讨论“台湾文学”的性质与方向的先声。两人论点的异同，正是日后《台湾新生报·桥》副刊关于台湾文学的“特殊性”与“一般性”论争展开的基础。他们两个人分别代表大陆与台湾文化人的论点，显现了两岸文化人因为“习性”与“位置”的差异，对日本殖民统治时期台湾文学的评价出现了落差。但面对台湾复归中国的社

[1] 杨逵在这场论争中扮演了“行动者”的角色，因为他的呼吁，使新生代作家积极参与了论战，颇具有打头阵的意味。其他老一辈文化人黄得时、吴坤煌、吴浊流虽分别参加了第一次和第二次茶会分别表示“在不能揭露黑暗的时候，就应当积极的追求光明”（黄得时），“过去台湾新文艺的运动值得研究”（吴浊流），“希望大家打破目前文艺界的沉寂”（吴坤煌），但都未撰文助阵。《台湾新生报·桥》, 1948.04.07。

会生成条件，两人的共识即在于台湾文学已进入“建设期的开端”，“建立起新时代新社会所需要的属于中国新文学的台湾文学”。日后两岸进步文化人面对台湾政、经社会逐渐与大陆“一体化”的事实，尽管中间横隔着“二·二八事件”，一度使彼此身份“位置”的差异性更显突出。但是“反内战”的实践逻辑，让他们的“习性”随着时间与现实条件的生成，逐渐产生共鸣，修正差异，扩大共识。外省文化人从范泉开始，到《台湾新生报·桥》论争中，包括：萧荻、姚筠、雷石榆，都一致主张“台湾新文学”的建设，“还是要由台湾的进步作家去开拓”，以台人为中心建设台湾新文学。雷石榆肯定台湾作家对20世纪世界思潮的理解，“不至于比我们更无知”，并指出“一些外来的肤浅的理论家，毫不惭愧地反复着已是常识的文学理论原则”，必须摒除优越意识。萧荻也有相同的看法，并表示五四以来国内只有一个鲁迅是能跻身世界文坛的伟大作家，其余成就不大，要赴台作家把“能真实反映中国的作品”带到台湾来，促进省内外的交流与合作。[1] 大陆文化人陈大禹、骆驼英在《台湾新生报·桥》副刊有关台湾“特殊性”与“一般性”的论争中，皆声援“正视”台湾文学的“特殊性”，省内外作家在《台湾新生报·桥》上的此一共识，不但冰释前嫌。同时，也显示两岸文化人串联民间自主性的文化力量，结盟为杨逵、扬风、骆驼英呼吁的“文艺统一阵线”，共同对抗官方动辄祭出“台人奴化”“分离主义”之说打压“台湾文学”的成立。对此“文化交流”的共识，杨逵回答“外省人说台湾人民奴化，本省人说台湾文化高”的提问时说道：

> 未必外省人通通这样说，本省人更不是个个都夜郎自大。说台湾人民奴化的与说本省人文化高的人都认识不足。大多数台湾人民没有奴化，已经说过，本省文化更不能说怎样高，这里认识不足是因为澎湖沟隔着，而宪政未得切实保障人民的权利，使台湾人民未能接到国内的很高的文化所致。所以切实的文化交流是今天台湾本省外

[1] 萧荻，《了解·生根·合作——彰化文艺茶会报告之一》，《台湾新生报·桥》，1948.06.02。姚筠，《我的〈新台湾文学运动〉看法》，《台湾新生报·桥》，1948.06.09。
雷石榆，《形式主义的文学观——评扬风的〈五四文艺写作〉》《台湾新生报·桥》，1948.06.14、16。

省文化工作者当前的任务。(《"台湾文学"问答》,《台湾新生报·桥》,1948.06.25,原文如此,底线为笔者所加)

杨逵所谓"因为澎湖沟隔着,而宪政未得切实保障人民的权利,使台湾人民未能接到国内的很高的文化所致",意指国民党封建极权体制对台湾的"孤立""封锁"政策,即骆驼英所谓的"旧的一般的特殊化",导致台湾不能与大陆抗日战争得到发展的"文艺大众化""新现实主义"思潮汇流所致,这部分将在下一节详论。

两岸文化人发起作者茶会与《台湾新生报·桥》论争,其目的即在实践无产阶级革命所需的"文艺大众化",使台湾文学场域恢复20世纪30年代左翼传统,并与大陆上的左翼实践美学与行动主义接轨。这就是王思翔"二·二八事件"以前所言的,现阶段台湾文化的任务,在弥补战争末期"皇民化运动""文学奉公"以来,台湾社会、文化运动十年的"空隙";为此,文化运动者要参加全国性的反封建运动,"反对政治、经济,尤其是文化的封建性",台湾文化界先团结起来,以新民主主义的中和性争取文化界以外、各阶层的团结,以"打破本省孤立状态和主观上的自封观念。"[1]

与此同时,1948年4月,在光复后、几次学运与一些学生社团的基础上,以台大学生为主,结合大陆赴台各省学生与进步文化人组成"麦浪歌咏队"。借由表演歌唱大陆民歌、民谣、扭秧歌的方式,代替"学潮",深入民间,巡回全省演出。从事杨逵所谓的"从人民中间来,到人民中间去"[2]的"文章下乡"的工作。杨逵为这群年轻人在台中图书馆举行欢迎座谈会,送给他们"麦浪、麦浪、麦成浪,救苦、救难、救饥荒"的欢迎词,以示鼓励,也为他们安排部分行程(蓝博洲,2000)[9、29]。由此看来,《台湾新生报·桥》的议论已达成左翼"行动文学"的阶段性使命,在当时也发挥了泯除两岸文化人,因战争经验的习性差异导致"文化隔阂"的社会功能。若非1949年毫无预警的"四六事件",由甫接

[1] 王思翔,《现阶段台湾文化的特质》,《新知识》,1946.08.15。参见本书第三章第三节。
[2] 杨逵,《介绍"麦浪歌咏队"》,《中华日报·海风》397期,1949.02.15。

任不到三个月的省主席陈诚发起“反共白色恐怖肃清”，当时文化场域中蔚为主潮的“新现实主义”的左翼美学，与青年学子借由“麦浪歌咏队”巡回全省演出的“文章下乡”行动，将持续延烧台湾全岛。

陈建忠评论《台湾新生报·桥》副刊的论争，指出外省人占据文艺副刊主编之“文化领导权”的“位置”，取代了龙瑛宗、王白渊等台湾人在“二·二八事件”前的报刊掌门人的地位。陈建忠据以指出关于特殊性与一般性的论争歧见，省外作家，无论是国民党官方右翼的“中国化”霸权论述，或是左翼社会主义者强调“特殊性”，须向“一般性”转化的“正当性”，皆有意（霸权思想）、无意（政治无意识）忽略台湾文学的“主体性”（陈建忠，2007）[139]。但翻阅《台湾新生报·桥》上的论争，省外文化人一致声援台湾文化人，共同对抗国民党内极右翼打压“台湾文学”的法西斯意识形态，力陈“台湾文学”有其历史与现实的“特殊性”，得据以存在。而所谓“特殊性”向“一般性”辩证转化，是《台湾新生报·桥》论争中省内外文化人一致憧憬的“新中国”的远景。省外文化人以抗日战争以来所发展出来的“新现实主义”“人民文学”的左翼美学成规，站在台湾人民的立场对抗国民党的法西斯统治，其中阶级认同正是他们的实践逻辑。杨逵（与在其带领下的新生代文化人）秉持20世纪30年代社会主义文艺理念，与外省文化人结盟。在此意义下，观看《台湾新生报·桥》副刊从台湾（文学与社会）有无特殊性的论辩，发展为“文艺大众化”形式与内容的论辩，包括下一节将再申论的五四新文化精神、新现实主义、方言文学的论辩与实践。这些议题的“发生意义”，展现了两岸进步文化人在国共内战生死交关之际，“倾共”的政治宣示与行动抉择。吾人若以1970至1980年才产生的“台湾民族主义”认同，强加在20世纪40年代后半期的杨逵（以及台湾左翼文化人）身上，不仅忽略当时的社会情势，漠视左翼文化人正积极介入“阶级革命”的社会意义，也忽视了杨逵一再呼吁填补“澎湖沟”、两岸文化交流与文化统一阵线的真义。就是因为他们“倾共”的“政治化”“左翼化”的发言，对国民党的统治造成威胁，以致在“四六事件”中遭到通缉、逮捕与驱逐的“惩治”，包括杨逵、孙达人、张光直、雷石榆，都是在《台湾新生报·桥》论争中明显表现左倾言论的文化人；侥幸免脱的骆驼英、朱实、扬风、周青若非警觉，恐也难逃“惩治”的命运。

《台湾新生报·桥》副刊上有关“台湾新文化的建设”的论争达成的共识是：台湾的“特殊性”要向“一般性”辩证转化，这显现的是《台湾新生报·桥》论争中省内外文化人一致憧憬的“新中国”的远景。然而，在与国民党“御用”文人钱歌川以分离主义打压“台湾文学”的自主性的论争过程中，两岸文化人皆力争在“中国化”（“祖国化”）的同时，要保有台湾文化的“特殊性”，然后逐渐将“特殊性”向“一般性”转化，并且驳斥了日本殖民统治造成台湾的“奴化”意识。外省文化人在声援台湾文化人共同对抗国民党内极右翼以法西斯意识形态打压“台湾文学”的过程中，除了力陈“台湾文学”有其历史与现实的“特殊性”得据以存在，也修正了他们对一度沦为殖民地的台湾存在“奴化”意识的质疑，其中雷石榆可视为最典型的例子。[1] 这种在“中国化”过程中保有台湾“特殊性”的论述，在国民党退台后，一概因其论争中表现出社会主义的倾向而被消音。

[1]　雷石榆一开始因《女人》（《桥》1948.5.3）一文流露出对台湾殖民地残留“奴化”意识的偏见，受到彭明敏的质疑，后在《再论新写实主义》（《桥》1948.6.30）一文中肯定“台湾本身既具有独异的地方色彩情调和历史形成的特异性，提供文学创作上的主题的多样性”。

第二节　社会主义文艺理念的复苏与中挫

光复初期两岸文化人选择“鲁迅战斗精神”，进行“再生产”，作为与政治场域对抗的文化资本，批判国民党的专制体制。当时在台湾盛极一时的社会主义的文艺理念，亦可作如是观。日本殖民统治时代台湾文化场域受到20世纪二三十年代中国大陆与日本反法西斯普罗运动的影响，社会主义思想趋于强化，虽在战争期被压抑而成为潜流，光复后，却随着国民党统治下的政经恶化与国共内战的爆发，社会主义的批判性逐渐复苏，成为文化人对抗国民党统治的实践逻辑。

一、从“五四精神”到“新现实主义”论争的意义

“五四精神”与“鲁迅思想”一样，乃光复初期两岸文化人共同推许并发扬的文化资本。本节探讨光复初期台湾文学场域，之所以引发评价“五四”文化遗产的意义和目的。[1]在“二·二八事件”以后，“五四”新文化运动被重新提举，原本是为了打破文化界的缄默、带动台湾文学运动。在《台湾新生报·桥》副刊论争中，却因为国共内战“正在发生”的现实问题，迫使文化人重新思索台湾新文化运动扬弃或继承“五四”的走向问题。

台湾文化人在《台湾新生报·桥》上发表较多的议题是关于台湾社会与文学的“特殊性”与“一般性”的议题，他们一致赞同杨逵提出的加强省、内外合作填平“澎湖沟”的做法，何无感（张光直）直呼为“文艺统一战线”(《致陈百感先生的一封信》,《台湾新生报·桥》，1948.08.25，本小节引述《台湾新生报·桥》论争文章仅标示日期，并请参看附录表7–10光复初期“台湾新文学运动”作品目录)。对台湾文化人而言，这是最切身的具体问题。至于从探讨“五四”遗产

---

[1] 关于两岸“五四精神”在抗日战争前、后的文化意义，请参看横地刚，《一九四七年的“五四”文艺节——“缄默”如何被打破？》一文的讨论，见横地刚，2005b。

的继承，转而探讨“新现实主义”的形式与内容的论争中，台湾文化人虽然没有直接参加笔战，但他们的相关论述，呈现的都是“正面”肯定继承五四精神与现实主义的立场。

光复后，赖明弘、杨逵、杨云萍、巴特（欧阳明）、王白渊在有关“台湾文学”的历史回顾中，一致提举“台湾新文学运动起源受到五四运动的影响”。欧阳明在引起《台湾新生报·桥》副刊论争回响的《台湾新文学的建设》(《台湾新生报·桥》，1947.11.07）一文中，指出今后作为中国新文学一环的台湾新文学建设的方向，要“继承民族解放革命的传统，完成‘五四’新文学运动未竟的主题：‘民主与科学’”。《台湾新生报·桥》副刊的第二次作者茶会上，杨逵、林曙光也重申“台湾新文学”的发生受到第一次世界大战“民族自决”思潮与“五四”运动的影响。杨逵指出：“在其表现上所追求的是浅白的大众的形式，而在思想上所标榜的即是‘反帝与反封建’、‘民主与科学’(《台湾新生报·桥》，1948.04.07)。”对台湾文化人而言，外省文化人提出学习“五四运动”所谓“民主”“科学”的启蒙观，是台湾本来就已经有的文化遗产，无须特别标举。

外省文化人关于“五四精神”的扬弃或继承的论争，始于胡绍钟《建设台湾新文学之路》(1948.05.24)，指出“要建立自主的社会地方文学”，不必“回复五四时代”，那是“前期的革命”，文学应该“不断向前革命”。孙达人先后发表《论前进与后退》(1948.05.28)、《传统、觉醒、改造——简论台湾新文学的方向》(1948.06.25)，予以反驳。他说：“‘五四运动’绝不单是一个文化上的新启蒙运动，如果单是属于文化上的，那末（么）我们今天的确是有相当辉煌的成果，但‘五四运动’却是一个上上下下要求民族解放的思想斗争的运动，它所要求的是属于全面的政治的、经济的、社会的、普遍的改革。”然而，“直到目前，‘文艺大众化’、‘文章下乡’等等旧口号，也还是被人提出来”，表示“担负着思想斗争的一翼的新文艺，就没有完成反帝反封建的崇高任务”。虽然三十年来“中国人民大众的广泛觉醒”已汇成一股力量，但是“人民大众的广泛觉醒并不就是社会的改革，但它是社会改革的前奏”，所以，“要继承‘五四’的革命精神、学习五四、跨过五四”。这有待从群众中来的知识分子，回到群众中，以“组织和领导去推动它”，“达成经济的、政治的、社会的普遍改革的目的”。孙达人的论点率先带出“中国社会性质”的问题。

扬风发表了《五四·文艺写作——不必向“五四”看齐》(1948.06.07)，加入笔战。扬风认为“五四”后，“中国社会的本质和形式”都已有改变，因此“不必向五四看齐”。雷石榆《形式主义的文学观——评扬风的“五四文艺写作”》(1948.06.14、16)指出：

> 中国的“五四”运动则表现了市民革命的二重性，反封建与反帝，而且对世界资本主义发展到帝国主义的认识，与民族资本家的利益相关连，而提出“民主与科学”的口号。固然到了所谓“中国大革命”失败以后，起了“质”的变化，但仍是走着革命之路的一面，在更具体更积极性的客观条件上，把五四的精神提高而发展，所谓“民族革命战争的大众文学”，其前提也依然是反帝反封建的。只是领导这运动的责任不是容易动摇背叛的市民层的智识阶级所能担当，也不是标榜思想前进而行动不彻底的宗派的作家们所能推动。

中国社会性质的论辩，后由骆驼英《论“台湾文学”诸问题的论争》(1948.07.30、08.02、08.04、08.06)予以总结。骆驼英认为：“三十年来中国的社会虽然还是半封建半殖民地的社会，中国革命的任务还是反帝反封建，但这个社会不但发生了量的变化，同时亦发生了部分的质变了，这个革命已获得若干程度的胜利而且临近决定性的胜利了。”这个“质变”来自：

> 五四时期，能彻底负担反帝反封建的任务的阶级（案：无产阶级），虽已由“自在”的阶级转变为“自为”的阶级，但在革命中，他们还只是居于被领导的地位的参加者，三十年中，他们由被领导的成长为参加指导的，进而为主要领导而且非他们不能领导的；而原来领导着他们反帝反封建的阶级（案：资产阶级），因其本身就具备着革命与

反革命的矛盾性，由革命的领导者变为忽而革命忽而反革命的两栖类，现在则变为背叛革命，跟帝国与封建勾结的作为二者的代表（和封建势力的首脑）的反动者了。（1948.08.02）

上述关于“中国社会性质”与“领导革命的阶级”的论述，乃受到毛泽东的《新民主主义论》中定义“五四”以来文化革命的“四个时期”说的影响。毛泽东肯定了“五四”以后展开的革命，是“新民主主义”的文化革命，以区别“五四”以前资产阶级领导的“旧民主主义”的革命。“五四运动”以后的四个时期：第一个时期是1919年“五四”新文化运动至1921年共党成立前，革命是由共产主义的知识分子、革命的小资产阶级和资产阶级所领导，但没有普及到工农群众中。第二个时期是1921到1926年，以共产党成立到北伐为界，“继续并发展了五四运动时的三个阶级的统一战线，吸引了农民的加入”，并且在政治上形成了各个阶级的统一战线，这就是第一次国共两党的合作。第三个时期是1927年国民革命的挫败（四一二政变）至1937年抗日统一战争形成前，因革命阵营中的大资产阶级转到了帝国主义和封建势力的反革命阵营，剩下了无产阶级、农民阶级和其他小资产阶级（包括革命知识分子）三个阶级。中国革命不得不进入一个新的时期，由共产党单独地领导群众进行革命。反革命的“围剿”分为“军事围剿”和“文化围剿”，前者造成红军北上抗日，后者使鲁迅成为中国文化革命的伟人。第四期是抗日战争时期，又以武汉失陷分为两个阶段，第一个阶段又来了一次更大范围的四个阶级的统一战线，第二阶段大资产阶级的一部分又投降敌人。[1]（毛泽东，1991）669-704

扬风提出的“不必向五四看齐”，乃根据《新民主主义论》中提到“五四”时期的革命、乃是由“小资产阶级”所领导，而反对“回复五四”，显然是犯了雷石榆所批评的“立脚于机械的唯物论，加上宗派主义的成见”的错误（《形式主义的文学观——评扬风的“五四文艺写作”》，1948.06.14、16）。而前引雷石榆

[1] 《新民主主义论》（1940年1月9日在陕甘宁边区文化协会第一次文代表大会上毛泽东的演讲，第一次发表于1940.02.15延安出版的《中国文化》创刊号），见毛泽东，1991：662—706。

与骆驼英两段引文的论述脉络，则与毛泽东如出一辙。骆驼英根据毛泽东的论述，配合1948年共产党在内战中逐渐占上风的情势，指出：五四以来的反帝反封建的革命已“获得若干程度的胜利而且临近决定性的胜利了”，“作为这个斗争的有机构成部份的文艺……不但要继承五四的精神和五四以来一切优良的传统，而且要提高那种精神，发展那种精神，克服三十年来的缺点，配合现实的要求，才能负担起这个使命，才能开拓文艺自身最合理的发展道路”（《论“台湾文学”诸问题的论争》，1948.08.02）。

论争中，外省文化人众口一致肯定五四新文化运动发展为“民族解放运动”的历史意义。他们之所以提出“五四精神”的继承或扬弃的议题，目的是为了解决抗战胜利后，中国社会性质是否已经跨越“五四”时期的“半封建、半殖民地”社会？以便决定当前“政治抗争”的方向，因此是20世纪20年代末中国社会性质问题论战的“再现”。1928年中国社会性质的论战，源自左翼阵营对1927年“四一二政变”（国民党“清党”）国民革命失败的反省。“四一二政变”象征革命阵营的分化，带出了“中国社会究竟是封建社会还是资本主义社会？经过1927年失败以后的中国革命究竟是资产阶级革命，还是无产阶级革命？”的问题意识。[1]诚如何干之在1937年《中国社会性质论战》一书的“序”中，开宗明义指出的：“中国社会性质问题的论战，是在中国民族解放暂时停顿后才出现的。革命的实践，引起革命的论争，论争所得的结果，又纠正民族集团中的偏向，帮助实践的开展。（何干之，1937）[1]”基于台湾与中国革命的“连带”性，为了解决“抗日路线”之争，台湾20世纪20年代末有关“中国社会性质问题”的论争，甚至早于大陆。1927年前后在《台湾民报》（1926.08—1927.02）上，许乃昌主要依据其师瞿秋白在“五卅惨案”情势下的无产阶级革命论，与陈逢源进行了一场

[1] 关于中国社会性质论战的问题意识见王礼锡，《中国社会性质论战序幕》，王礼锡、陶晶清编《中国社会性质论战》第一辑，上海：神州国光社，1932年，转引自旷新年，1998：81—82。陈映真指出了1928年“中国社会性质”论争的背景：这场论争“是基于对1927年北伐革命的挫败的反省，而自重新摸索中国社会性质着手，检讨中国社会形态与中国革命的性质、敌我关系、阶级构造和革命的方针政策。第三国际指导下各国共产党的纲领，都依据马克思主义的社会形态（性质）理论，对自己当面社会进行了分析，并根据这分析来决定革命的性质、目标和方针。”见陈映真，2000a：142。

"中国社会性质"的论辩。[1] 探讨中国社会当时能否不经过"资本主义"而跳跃到"社会主义"阶段？中国从"国民革命"进展到"社会革命"，革命的领导权是否应该由"无产阶级"领导才能克服"资产阶级"领导的妥协性？二次大战后，美、苏两大强国介入国共内战，"中国社会性质"的问题意识再度出现在台湾文化场域，表面上探讨的是"五四精神"的扬弃与继承的问题，然其终极关怀归根结底仍在于"冷战"与"内战"所引发的中国政治路线的思索。

扬风与雷石榆在继承"五四"与否，和涉及"中国社会性质"的议论中，各自坚持己见，笔战从"中国社会性质"议题，又转而探讨"新现实主义"的创作方法与世界观的论题。新现实主义论争，首先由台湾青年作家阿瑞[2] 写了一篇《台湾文学需要一个"狂飙运动"》（1948.05.14），要台湾地区学习德国18世纪浪漫主义的"狂飙运动"，以突破日本殖民统治造成的思想、语言、文化与感情一切历史重压，"发挥个性的创造精神"，并"打破所谓'台湾文学'的狭隘观念"。雷石榆发表《台湾新文学创作方法问题》（1948.05.31），认为阿瑞提倡的"狂飙运动"虽正当却不够具体，而提出"新写实主义"的创作方法与世界观。雷石榆认为浪漫主义的"狂飙运动"，固然可以"开放个性，尊重感情，解说思想，打破狭隘的观念，藉以铲除存在于台湾社会下层的传统的封建意识及残留在市民层的被资本主义的意识形态歪曲了的观念"；但除此之外，还要以"新的写实主义为依据"：

涵养更高的人生观（提高浪漫主义的个人中心到群体中心），宇宙观（提高浪漫主义的精神超越到科学的认识），更深刻地观察现实，分

[1] 根据若林正丈的研究：1927年台湾文化协会分裂前，从1926年8月到1927年2月，沫云（即上海大学派的许乃昌）和保守派的文协理事陈逢源，在《台湾民报》展开一场关于中国社会性质（中国有无资本主义发展的可能性），以及关于往后的台湾抗日运动的大论战（途中只有一次蔡前加入批判陈），"一面紧盯中国国民革命的进展，一面争论中国有无资本主义发展的可能性，在如后的台湾抗日运动的情势中，反映了抗日阵营内浓厚的左、右对立色彩"。论争中许乃昌的许多论述乃大量援用瞿秋白在五卅的情势中所写的《国民革命运动中的阶级分化——国民党右派与国家主义派的分析》，主张：中国社会在资本主义的最后阶段，即帝国主义的时代成为世界资本主义的殖民地，为既非封建社会亦非资本主义社会之中间形态社会，可能不经过资本主义而跳跃。中国的资产阶级对帝国主义的妥协性在五卅事件中清楚可见，国民革命如果由资产阶级领导，终归不彻底。如由无产阶级指导的话，能够争取人民利益，与帝国主义国人民的革命相结合，推进社会主义。见若林正丈，2003：142。

[2] 阿瑞本名刘庆瑞，当时就读于台大，见林曙光，1994：22。

析现实的特异，氛围，动向，没入生活，使用生活的练金术；从民族一定的现实环境，生活状态，把握各阶层的典型性格，不是自然主义的机械刻划，不是浪漫主义的架空的夸张。而是以新的写实主义为依据，强调客观的内在交错性、真实性；强调精神的能动性、自发性、创造性；强调发展的辩证性、必然性。新的写实主义是自然主义的客观认识与浪漫主义的个性、感情的及积极面综合和提高。（底线为笔者所加）

扬风先发表《“文章下乡”——谈展开台湾的新文学运动》（1948.05.24），批判阿瑞提出“开放个性”的“狂飙运动”，认为：“现在整个中国的进步的文艺运动，已不再是迈着老步子要求个性奔放的‘狂飙’时代了，中国的文艺运动，已经迈着它新而健强的步伐——那就是我们叫惯了的现实主义的大众文学。”又说“‘狂飙运动’是开历史的倒车，不能使台湾新文学运动，走上坚实而健强的道路”。雷石榆提出“新写实主义”的创作方法世界观后，扬风在《五四·文艺写作——不必向“五四”看齐》（1948.06.07）中指出：“新现实主义是社会主义的写实主义，是主张阶级文学的（及文学阶级性），根本就拒绝雷先生装在纸架裟里的‘浪漫主义’的‘个性’和‘情感’的。新现实主义也只是广大劳动人民求民生、反专制、求解放、反独裁的积极的行动和怒潮。新写实主义的‘个性’是广大劳动人民的群众性。”扬风着眼于文学的“阶级性”，坚持“现实主义的大众文学”，完全无视于雷石榆所提的“新现实主义”是批判性的继承浪漫主义积极的能动性、创造性的一面，并与克服了自然主义的静态世界观的现实主义之真实性与科学性相结合，辩证地融合的主观作用与客观作用。扬风一再贬抑“浪漫主义”，要雷石榆“革除小资产阶级的意识和精神”（《从接受文学遗产说起》，1948.07.07）。

针对扬风强调“阶级性”的文学观，雷石榆在《形式主义的文学观——评扬风的“五四文艺写作”》（1948.06.14、16）中以“社会主义现实主义”在苏联社会文艺理论的辩证发展，解释说“苏联自革命，到新经济政策，到第二次五年计划中可说是绝对主张文学的阶级性的”，但是，“问题的错误”不在于“阶级性”，而是“立脚于机械的唯物观，加上宗派主义的成见，在十七年前，苏联的作家全面地展开了‘社会主义的现实主义’运动，清算了‘拉普’（苏联左翼作家同盟）的宗派主义、教条主义把文学从图式化、公式主义解放出来”。并引述高尔基的话“托尔斯泰、巴尔札克、莎士比亚、佛罗贝尔……他们是浪漫主义呢？还是现实主义？大概一切伟大的作家都是两者的融合”，以说明如何“批判地接受文学遗产”。雷石榆肯定扬风强调的文学的“阶级性”，他也强调：“问题只在于你在何种立场来写，有没有立脚于正确的世界观？”但也同时驳斥扬风否定“个性”、“情感”和“才能”等主观条件的作用。

扬风与雷石榆又再度交战了一回。扬风发表了《新写实主义的真义》（1948.06.28）、《从接受文学遗产说起》（1948.07.07），前文认为“在新现实主义这一战斗的文学阵营中，不但要不断对外展开战斗，对内更要不断的批判清算。批判清算那些动摇的、消沈的、不彻底的，尤其对雷先生那样在‘浪漫主义’的尾巴上贴上‘进步’的黄旗的……让他们露出浪漫派才子的苍白而病态的原形来”。并辩驳说他并不否定一切作者的“个性”和“感情”，而是反对雷石榆提倡的浪漫主义的“个性”和“感情”；后文则承认“接受文学遗产”的必要性，但“绝不能只着眼于过去，更应睁大眼睛看着变动中的现在。就是说过去应该是现在的过去，它应该于现在是有意义的、有益的”。扬风于此表现了他对“社会变动得像滚水似的在沸腾着”的“革命”的激进与狂热，行文中仍旧口气强硬地批评雷石榆的“浪漫主义个人中心”，但终于改口承认浪漫主义有积极的一面。扬风在“新现实主义”的论辩中，以及前述承继“五四精神”与否、“中国社会性质”的一系列的论辩中，都一再显露他机械而教条的社会主义论述的一面，此处面对雷石榆引述苏联社会主义文艺理论的质问，显得无力招架。

雷石榆于《再论新写实主义》（1948.06.30、07.02）一文，再度引述高尔基的话，区分“被动的”与“积极的”浪漫主义的差别：“被动的浪漫主义——那是修饰现实，或使那现实和人物妥协，或从现实向自己的内部的世界作无益的逃避。……积极的浪漫主义则强化人对生活的意志，对现实和现实一切压迫的反抗心，从人的内部唤醒起来。”雷石榆并驳斥扬风所谓的“群众性”“阶级性”太笼统。而提出他所谓的“个性”“感情”乃是基于“广而深的实践和对典型环境的典型性格的正确把握”，“不是抽象的‘群众性’或‘广大的人民性’，而是具体地被抽出自某一阶层的共通的特性”，因为“革命文学不是单以无产阶级对资产阶级的斗争，或某民族对某帝国主义斗争为主题，而是站在最高的世界观作更广泛、更深入、更多样的描写”。雷石榆在这次关于“新现实主义”论辩中，陆续提出立足于正确的世界观，结合写实主义的客观认识与积极的浪漫主义的个性与情感的主观、能动作用，以及典型性、阶级性的问题。触及了从 20 世纪 30 年代发展到 40 年代的社会主义写实主义文艺理论的核心概念，同时多少受到 1945 年到 1948 年间正在发展的中共文艺理论家邵荃麟、林默涵，对胡风“主观精神论”展开批判论争的影响。雷石榆的观点倾向于胡风强调的创作过程中，“主观战斗精神”的“能动性”“创造性”的作用。另外，1930 年代曾经留学东京的雷石榆所提出的“新现实主义”的论点，明显受到藏原惟人“新现实主义论”的影响，前引几段雷石榆的主要论点，吉光片羽地表现了藏原惟人强调的“要写本质、写必然，写出社会前进的趋势”，以及要“写复杂个性，写心理”，“把人们和那一切的复杂性一起全体地把握”。[1]

骆驼英在《论“台湾文学”诸问题的论争》（1947.07.30、08.02、08.04、08.06）总论《台湾新生报·桥》副刊的论争时，除了对扬风与雷石榆关于“新现实主义”的笔战有持平客观的评论外，他也对“新现实主义”理论做了补充。骆驼英针对“世界观”指出：“新现实主义是立脚在唯物辩证论和历史唯物论上，且站在与历史发展方向的方面相一致的阶级（资本主义社会的掘墓人）的立场的艺术思想和表现方法（合称为创作方法）。”骆驼英并强调“新现实主义”与“革命浪漫主义”的关系，是“批判性地接受了革命的浪漫主义和旧现实主义的优良成

---

[1] 有关藏原惟人“新现实主义”的理论根源与主张，参见艾晓明：《中国左翼文学思潮探源》。艾晓明指出：“藏原惟人作为‘纳普’的发起人和理论权威，着重强调了文学运动要区别于政治运动，要求推进艺术创作的发展。他不以对大众直接进行宣传鼓动的艺术为满足，还要求有‘现代生活的客观的叙事诗的展开’，认为只有向这方面努力，‘才使得艺术真正成为革命的武器又是建筑明日的艺术基础’。在无产阶级方向确立的基础上，维护和重视艺术性是藏原惟人在与‘纳普’内其他人关于艺术性质进行论争时一贯坚持的立场。”见艾晓明，1991：134—135。

分”，“两者是辩证地统一着。即客观决定存在，主观亦能施反作用于客观的存在”。骆驼英针对“个性、阶级性、群体性与典型”的问题，批判扬风“彻底否定了新现实主义的文艺中人物的个性，同时将阶级社会里文艺的阶级性都模糊了。这样根本就是否定典型，因而也就是否定文艺，取消文艺”。骆驼英认为“人物的典型”是个性、阶级性与群体性（如民族性、人民性与集团性）的统一，阶级性是其中决定的因素。但取消了“个性”会“消解人类对于幸福自由的未来的渴望和战斗的热情。”而文艺的目的“不只是要将人民的个性感情思想观念等解放，更重要的是要使人民从经济的残酷的榨取和政治的高压下解放出来”。

外省文化人探讨“五四精神”的扬弃与否，中国社会性质，以及“新现实主义”与革命浪漫主义的关系这些议题时，发生过激辩的扬风、雷石榆或是总结论争的骆驼英，尽管论述有教条或辩证之别，但都是基于他们在“抗日战争”中对国、共两党的认识，而倾向支持与民主党派站在同一阵线的共产党。他们想借由论争把抗日战争前形成的“民族革命战争的大众文学”的论争成果，引进台湾，让台湾人清楚敌、友，以扩大联合统一阵线。

扬风在 1948 年 3 月 28 日《台湾新生报·桥》第一次作者茶会上，认识了杨逵，两天后即主动往访杨逵，扬风在 1948 年 3 月 30 的日记里，详细记载了两人第二次会面的情形，并提到《台湾新生报·桥》副刊的论争是为了让文化人“认清敌友”：

> 我去看了杨逵，可惜的是：我们言语不通，否则可以交换更多的意见。我们用笔谈，谈到了当前的台湾文艺界，和今后展开和推动台湾的文艺活动。我们都迫切的感觉得到我们需要一个自己底自由的园地，我们在新生报投稿，第一被束缚了，不能大胆的写，第二，我们反做了官报的拉拉队，这实在是不必要，而且显得无聊的事。但在目前我们没有自己的园地前，可以借新生报这个小副刊做一种文艺的启发运动，可以造成文艺的空气，然后，再从这许多作者中去分别我们的敌人和友人，联合一些进步的文艺作者，组成一个坚强的阵线，再

来自己辛苦的耕耘自己的园地，这样去展开和推动台湾的文艺运动，才有一条正确的路线。[1]（底线为笔者所加）

扬风的日记充分说明了在《台湾新生报·桥》论辩中，带有“统一文化战线”动机的文化人，企图利用官报文艺园地先造成文艺空气，并从中“认清敌友”，为创办自己的创作园地做准备。扬风与杨逵从此来往密切，在1948年8月前后为摆脱警备总部逃离台湾时，寄放了一大皮箱的书籍与文稿在杨逵家中（黄惠祯，2009）404。杨逵则于同月推出《台湾文学丛刊》，展开耕耘自己的园地的文艺工作，第1辑刊出的第一篇作品就是扬风的《小东西》，描述一位失学的台湾女工沦落妓院的故事。

上述扬风的论述则几乎是香港《大众文艺丛刊》上乔木等人对胡风批判的翻版，而且显然受到共产党在内战中节节胜利的鼓舞。但这并非扬风个人独有的现象，台湾的青年作家一样也被内战的局势以及毛泽东“新民主主义”论述牵动着。试看他们关于文艺大众化与现实主义的主张，欧阳明说要“培养民主的新文学的蓓蕾，让新的文学走向人民，做为人民自己的巨大的力量，创造今天人民所需要的‘战斗的内容’、‘民族风格’、‘民族形式’适合于中国人民大众的要求和兴趣”；叶石涛说“必须打开窗口自祖国导入进步的、人民文学”（《台湾新文学的建设》《台湾新生报·桥》1947.11.7）；蔡瑞河说“（要）有社会性，以替台湾民众诉苦，为台湾人民吐露希望的……大众化的人民文学”（《论建立台湾新文学》《台湾新生报·桥》1948.11.30）；籁亮（赖义传）提出“不是死的乡土文学，而是动的写实文学”（《关于台湾新文学的两个问题》，《台湾新生报·桥》，1949.01.14）；陈百感提出“为台湾人民所易于接受和喜见乐闻”的“民族形式”，要教育人民并向他们学习，把文学作为斗争的武器为人民服务（《台湾文学吗？容抒我见》《中华日报·海风》1948.8.15），又说“我们虽喊着‘为人民’，但事实上，我们的文艺运动却已经给人民的时代抛在后头了！……巨人的那一个‘民族

[1] 扬风日记首次出土，转引自黄惠祯，2009：405。杨逵主编的《台湾力行报》“新文艺”（1948.09.06）的“北平通讯”，以及《台湾文学丛刊》第2辑（1948.09.15）的“文艺通讯”皆刊出扬风的“通讯”。

形式’的口号，是同时向全国进步的作家提出的，但在这里和那里，结果竟是如此不同，那里的文艺运动，已经向‘人民的’这目标大大地跨了一步”(〈答骆驼英先生〉《中华日报·海风》1948.9.5)；吴阿文（周青）强调理论与实践的统一：作为一个人民作家，不仅要学习革命的文学理论，同时也要以革命的实践行动配合理论，“反过来在战斗中提高革命文学理论的水平”，“要努力与国内的‘战斗的民主主义文学友军’，取得密切联系，而促成步调一致的新现实主义文学”(《略论台湾新文学建设诸问题》《台湾新生报·桥》1949.3.7)；杨逵提倡“人民文学”“反映台湾现实而表现着台湾人民的生活思想动向的有报告性的文学”(《欢迎投稿》,《台湾力行报·新文艺》创刊号，1948.08.02)。

上述种种台湾文化人强调战斗性、社会性、人民性与写实性的论调，都乍现着香港中共文化人宣传的毛泽东“人民文学”的革命话语。论争中王澍提道：“最近香港出版了一本《文艺的新方向》，荃麟写了一篇很长的东西，说明现阶段文艺的路向,《台湾新生报·桥》也曾为了这个问题……内容是早经盖棺论定，一致赞同，……文学是属于人民的。(〈我看“台湾新文学运动”的论争〉《台湾新生报·桥》1948/6/4)”郑树森指出当时左派利用了香港的转口港之便，展开对台湾的初步工作。[1] 可见毛泽东有关“人民文学”的无产阶级革命话语透过香港传播到了台湾。

台湾在日本殖民地统治时期1930年即展开过关于“文艺大众化”的论争，其中关于藏原惟人的“新现实主义”理论输入亦曾经与大陆有过共同的语境（徐秀慧，2013）34-43。两岸文化人在国、共内战期间再生产20世纪30年代新现实主义美学的论述，都贯串在阶级认同与社会革命的意识底下。他们出于阶级认同而提倡文艺大众化与新现实主义文艺美学的论点，显现两岸文化人一样是以议论文学的方式辨明行动逻辑，响应这场正在发生的社会阶级革命。

《台湾新生报·桥》副刊论争的现实意义，所显现的是面对生死攸关的内战，文化人要如何行动？此一问题要解决的是中国社会要迈向“民族独立”的国

[1]《三人谈》,收入郑树森 黄继持 卢玮銮编:《国共内战时期香港文学资料选》,香港：天地图书公司，1999，第5、22页。

家，是否已经完成“反殖民”与“反封建”的课题？而其问题意识皆出自于社会革命“路线”，到底要向“左”，还是向“右”的问题？社会革命的领导权是应由无产阶级领导，还是资产阶级领导？对当时的文化人而言，由美国提供经济与军事援助的国民党政权，从1947年“五二〇”大规模镇压学运、肃清“异议份子”以来，已充分暴露出它“反革命”的性质；因此，倾向于同情并支持与各民主党派站在同一阵线的共产党。密切注意国共内战变化的文化人，认为惟有厘清这些问题才能辨明“实践逻辑”，也才有行动的准则。外省文化人笔战的结论，最后和本省文化人正面肯定继承五四的“反帝”、“反封建”的革命精神以及现实主义文艺大众化的理念，殊途同归。

二、人民文学与文艺大众化的倡议

光复初期，是台湾社会主义文艺理论“再出发”的时期。[1] 龙瑛宗在这一波社会主义文艺思想复苏的潮流中带有相当的“先锋性”。第四章已述及战后龙瑛宗的一系列作品，展现他社会主义文艺理念的批判思维。龙瑛宗在《中华日报》的《文化》栏废刊前的1946年10月3、4日，刊登了翻译成日文的（叶）以群[2]的《新民主运动与文艺》，这是从1946年2月5日上海的《文联》第1卷第3期中以群发表的《新民主运动中的文艺工作》[3]节录翻译过来的。以龙瑛宗对社会主义理论的认知，不会不知道叶以群在中共文艺运动中所担任的要角，尤其是1930年叶以群曾经领导建立了中国左翼作家联盟东京支部，此后从事“文艺大众化”的理论著述不遗余力，向来注重中、日左翼文化动态的龙瑛宗，刊登（叶）以群这篇文章应该不是偶然，而是有心为之了。

（叶）以群在《新民主运动与文艺》提倡“文艺大众化”为主旨的文章中，主张配合“政协会议”以来新民主主义革命情势，文艺工作者应深入人民中，创作“各种形式、各种水平，各种风格的新文艺，以适应广大人民（读者）的需要”。从龙瑛宗刊登这篇《新民主运动与文艺》，说明战后席卷中国各地的民主运

[1] 参见施淑，《台湾社会主义文艺理论的再出发——新生报〈桥〉副刊的文艺论争（1947—1949）》，2000：20。

[2] 有关叶以群的身份，请参看本书第二章第二节。

[3] （叶）以群，《新民主运动中的文艺工作》见第40条注释。《文学运动史料选》第5册，北京大学等现代文学教研室编，1981：190—195。

动，同样也日渐地席卷 1946 年的台湾，使非行动派的龙瑛宗也起而呼应。《中华日报》的《文艺》/《文化》，是当时唯一的日文栏文艺副刊，龙瑛宗身为主编，他的思想轨迹也与本书第四章所分析其他左翼文化人一样在内战爆发后倾向于毛泽东的新民主主义运动。

光复初期，被日本军国主义压抑的社会主义思潮，又在国民党一党专制“接收”的腐败温床中，迅速复苏。除了表现在第四章所分析的左翼文化人主导的政论文化综合杂志上，另外当时各报的文艺性副刊（不包括综合副刊，如《台湾新生报·新地》和《中华日报·海风》），无论主编的省籍，一致地表现出社会主义的文艺美学倾向。这些副刊包括：

《中华日报》日文栏副刊《文艺》《文化》，1946.03.15—1946.10.25，龙瑛宗主编。

《中华日报·新文艺》，1946.10.31—1947.08.24，江默流主编。

《人民导报·南虹》，1946.01.01—1946.01.14 木马主编、1946.01.15—1946.02.14，黄荣灿主编。

《和平日报·新世纪》，1946.05.04—1947.02.13，王思翔主编（注：综合副刊）。

《和平日报·新文学》，1946.05.10—1946.08.09，杨逵主编。

上述文艺副刊，常出现翻译与介绍中、苏现实主义文艺理念的评论或作品，奠下了“二·二八事件”以后“新现实主义”文艺思潮的基础。笔者将“二·二八事件”前、后这方面的相关作品，包括《台湾新生报·桥》副刊“新现实主义”的论争已列入（附录表 7–10），关于文艺大众化思潮的论述则整理成（附录表 7–12）“民主思潮与大众文学创作思潮”作品目录。

杨逵于事变前编辑《和平日报·新文学》时，就已大量转载或刊登大陆 20 世纪 30 年代以来站在人民立场的作品，这些作家包括：楼宪、艾青、老舍、赵景深、何其芳、许杰、茅盾、臧克家、郭沫若、艾芜、刘白羽、丰子恺、莫洛等等，有一半以上是 30 年代“中国左翼作家联盟”的作家。而高尔基和托尔斯泰、葛洛斯曼等俄国名家的名字，也闪耀其中（请参看附录表 7–11《和平日报·新文学》副刊作品目录”），可见杨逵如何积极引介社会主义文艺美学的创作。“二·二八事件”以后这方面的论述，从（附录表 7–12）的作品目录可看出主要集中在杨逵所编的《台湾力行报·新文艺》（1948.08.02—1948.11.15）副刊。继“二·二八事件”以前台北和上海因“纪念鲁迅”促成两岸文化界的结盟，“二·二八事件”后杨逵编辑的《台湾力行报·新文艺》副刊，则因为国民党在全国各地发动大规模的整肃，大批文化人南下香港避难，杨逵也转而与香港左翼文化阵线互通声息。这份“二·二八事件”后罕见由本省文化人主编的文艺副刊，杨逵的编辑策略如何因应诡谲的时局变化？唯有将《力行报·新文艺》副刊与当时的政治、社会、文化场域联系起来考察，才能突显杨逵“二·二八事件”后一再鼓吹文化统一阵线，企图以文化力量介入现实、达到社会改革的目的，由此突显台中的《台湾力行报》副刊在战后初期台湾文化场域的重要性。

目前关于《台湾力行报》的研究，有朱宜琪在硕士论文针对杨逵主编的《台湾力行报·新文艺》副刊上大学院校青年的作品做过分析，[1] 但未能突显《台湾力行报·新文艺》在文学场域的重要性。目前位于台中的公共资讯图书馆的数位典藏资料库的“旧报纸数位典藏资料库”收藏上网的《台湾力行报》仅有 1948 年的 5 月至 7 月三个月份的报纸。笔者收集的《台湾力行报·力行》副刊从 1947 年 11 月 15 日创刊号至 1948 年 11 月 17 日第 190 号，杨逵主编的《台湾力行报·新文艺》副刊则从 1948 年 8 月 2 日第 1 期至 1948 年 11 月 15 日第 20 期。[2] 报纸一直发行到 1949 年的 5 月 10 日被警总查封。[3] 虽然还有将近半年的《台湾力行报》尚未得见，但从现有的资料中已足以管窥杨逵的编辑策略。

《台湾力行报》刚开始创办时是三日刊，直到 1948 年 8 月 1 日才改成日刊。7 月 28 日刊出一则启事强调：“［本刊］内容尽量力求充实，国家大事、国际新闻均作正面精编报道，尽量发挥地方特性，地方新闻将占全篇幅二分之一。”改成日刊的同时，特地于原有《力行报·力行》综合副刊之外，另辟《新文艺》副

[1] 朱宜琪《战后初期台湾知识青年文艺活动研究——以省立师院及台大为范围》第三章第三节《校园创作者与〈力行报·新文艺〉副刊》，成功大学台湾文学所硕士论文，2003.6。

[2] 感谢曾健民先生与横地刚先生提供资料。

[3] 根据《办报坐冤狱，半世纪后获赔》一文报道，张友绳遭前台湾省保安司令部指挥所指控思想偏激、报导失实、为“匪”宣传，1949 年 5 月 10 日查封报社，羁押张友绳，1950 年发交“新生总队”感化教育一年六月，至获释共羁押两年一个月。《中国时报》，2001.5.5。

刊，延揽当时在《台湾新生报·桥》副刊论争中具有主导作用的台湾作家杨逵担任主编。无论是扩大地方版，或是拉拢具有名望的本地作家杨逵，这份沿用事件前《和平日报》厂房设备的《台湾力行报》似乎在模仿事件前《和平日报》扩大地方影响力、争取读者的策略。《台湾力行报》与《和平日报》这两份“二·二八事件”前后在台中创刊的报纸其实有许多相似之处。

相较来说，“二·二八事件”后杨逵主编《力行报·新文艺》时编辑理念并未改变，但编辑策略却比《和平日报·新文学》时期更谨慎了。从国民党监狱的鬼门关走一回的杨逵，显然对于国共的政治斗争有了进一步的了解。杨逵不再转载大陆负有盛名的左派作家的作品，但他仍然从上海的《展望》杂志与香港的《大众文艺丛刊》中转载了左翼的文艺理念与作品。同时杨逵主编的《台湾力行报·新文艺》刊登的作品包括小说、文论与谣谚，大都是青年作家的作品，特别是台中“银铃会”的作家占了大部分。相较于“二·二八事件”前杨逵主编的《和平日报·新文学》大量转载大陆名家作品的编辑策略，致力于祖国的新文学交流；事件后，杨逵显然意识到文坛低迷气氛中，培养台湾文学的生力军的重要性。他在座谈会就表示“老先辈已经老了，没有元气，没有热情。让我们年青的人来干”[1]。受到杨逵的影响，原本色彩并不鲜明的《台湾力行报·力行》综合副刊也出现愈来愈多的现实主义的作品，从这里可以看出杨逵当时在文化界的影响力。

《台湾力行报》创刊于孙中山诞辰纪念日的 1947 年 11 月 12 日。“创刊献辞”表明：缅怀孙中山缔造民国的艰难，并哭半世纪来大好河山辗转烽烟里，批判“共匪”为一己利益，勾结国际外援，背叛民族主义，伪揭“民主”。以站在笃信三民主义之民营报纸的立场，肩起政府与民间桥梁的责任，使三民主义的“新中国”早日实现。创刊号头版同时刊出晨曦的《理想之邦》说明美国的制度“政治民主，经济放任”，苏联制度“经济平等，政治独裁”，唯有三民主义“政治经济均获得平等，人民均有参加政治之自由”，才是理想的政治制度。

这篇文章并批评共产党不但政治方面没有美式民主，政治方面也没有走苏联的路线，不过是“掠夺”的“土匪”行径而已。这番“反共”言论，已经是

[1] 《本报主办第一次新文艺座谈会纪录》，《台湾力行报·新文艺》1948.8.16。

“二·二八事件”以后所有报刊的正字标记。事件前行政长官陈仪对言论采取自由放任的态度，党政军的报刊势力分化，导致官方的文化宣传互相攻讦，出现多头马车的乱象。在一些民间创办《民报》《人民导报》也可以看到批评时政的言论，对国共内战持比较客观的报道，甚至在左派的《台湾评论》上还可看到称许共产党的文章。事件后新任的魏道明省主席表面上一派民主作风，但由“CC派”控制的省党部一手总揽了台湾的文化宣传，对报刊的言论严加管制。“反共”的言论比起“二·二八事件”前，显然占据了所有官方报纸的头版，成为所有报纸的每天都要强调的“霸权话语”，言论的空间并不因“改制”而享有更大的自由。“白色恐怖”的清乡与镇压，也对文化界造成很大的冲击，沉寂一阵子之后，文化人才打破沉默，却只能转移到官办的报纸副刊为阵地，民间办报刊的可能性大大缩减。例如曾经受陈仪重用的青年党人李万居，本来担任《台湾新生报》的社长，事件后报社改组，李万居权力被架空，因此离开《台湾新生报》，想模仿大陆《大公报》的中间派立场自行创办《公论报》，但对内战的报道却必须仿效其他官报的“反共”立场。至于《台湾力行报》的“反共”言论应该与发行人张友绳的班底大都是青年军有关。

根据1948年6月3日《台湾力行报》第四版上张友绳的《〈力行报〉是怎么办的？》一文，乃该报为庆祝第一期青年军复员节而作。同一版面还有邓文僖的《完成历史的使命——为纪念第一期青年军复员两周年而作》，以及程肇祯《复原两周年的感想》等等，这些文章将有助于我们拼凑《台湾力行报》的创办背景。其中“复员”指的是从军中退伍回到社会岗位之意，《台湾力行报》的班底是一些退伍的青年军，他们与发行人张友绳一行人都是抗战胜利后的1945年10月在政府的复员令下“离开了军营，走进工厂，走进学校”[1]。张友绳的文章指出：报社既无政府津贴又无大亨撑腰，“力行报的存在，完全是我们同志热情团结的表现，全社工作人员除了印刷工人以外，其余都是青年军同学，而且都是第一期的二等兵，我们都很明了干新闻工作唯有苦才会真实，唯有站在大众立场说话，才

[1] 邓文僖，《完成历史的使命——为纪念第一期青年军复员两周年而作》，《台湾力行报》1948.6.3，第四版。

会得到大众的支持”。[1] 这些受过中、高等教育的青年军，在抗日战争中还没有在前线实际作战的经验，就迎接胜利而复员了。但是战争期间跟随军队一路从军，从事“挑土、挖泥、扫粪坑”的备战工作，[2] 战争期间的下乡经验，使他们颇能体会民生疾苦。诚如《台湾力行报》创刊辞所表明的：“我们既为民间报纸！人民有隐痛有不平，我们有代为泄漏提供政府参考之必要。”翻阅报纸的言论也的确表现出地方报纸的民间立场。

杨逵主编的《台湾力行报·新文艺》为何从上海的《展望》杂志与香港的《大众文艺丛刊》转载左翼文艺理念的作品？有必要从当时国、共内战的情势说明此一背景。

1947 年 5 月 18 日，蒋介石鉴于学生从纪念“五四”发动的“反饥饿、反破坏、反内战、反美、反民主”的游行，从上海蔓延到全国各地，愈演愈烈，因而发表谈话，要求严处学生运动。国民党政府发布“维持社会临时法”，终于爆发警察与学生冲突的“五二〇”流血事件，数以百计的学生遭到逮捕，5 月 25 日支持学生运动的《文汇报》《联合晚报》与《新民晚报》遭到查封。“五二〇”事件波及全国六十多个城市的五月底，国民党下令一年之内“彻底消灭”“奸匪”，封锁了 263 种“民主刊物”（横地刚，2003b）89。1947 年 7 月，国民政府发布“戡乱动员令”，颁布并实施“后方共产党处理办法”“特种刑事法庭组织条例”“戒严法”等一系列法令。同年 5 月，一向主张“和平建国”的“中间派”团体民主同盟、民主促进会与三民主义同志会等，被国民党指称“受中共之命，而甘为中共之新的暴乱工具”。10 月，国民政府宣布“民盟”为“非法组织”，明令对该盟及其成员的一切活动“严加取缔”，国统区笼罩着“白色恐怖”的气息。大批民主党派与进步文化人在共产党的协助下，南下香港；“反饥饿、反内战、反迫害、求民主”运动的言论据点，也转移到了香港（袁小伦，1999）18。

国共内战时期香港的文化活动，诚如黄继持指出的：按照现存资料来看，“左翼的活动几乎占绝大部分”。卢玮銮也认为：“当时左翼活动俨然是香港文坛

[1] 张友绳，《〈力行报〉是怎么办的？》，《台湾力行报》1948.6.3，第四版。
[2] 方刚，《话旧》，《台湾力行报》1948.6.3，第四版。

活动主流……极多是政治宣传表态的行为”。郑树森基于20世纪40年代后期文学的政治化、左翼化及政策化，也指出：“政治化倾向并不是当时香港文坛的特殊现象。例如英国历史、军事小说家狄切尔访港搜集资料。结果也在公开讲话中‘谴责苏联支持中共’破坏世界和平，让我看到当年东西冷战开始后的对抗，连一些外国作家也不得不表态，甚至是‘选边’。[郑树森、黄继持、卢玮銮，1999a（上）][6-8]。

大陆左派文人利用香港属于的英国殖民地来掩护他们颠覆国民党政权的活动，这个时期的香港扮演过去上海租界在20世纪30年代的作用，提供了一个“言论空间”。郑树森总括国共内战时期的南下香港文人的文学活动，指出：“左翼文艺思想作为指导原则、文艺大众化、普及与提高、批判资产阶级文艺路线、土洋结合（洋为中用）等问题，其实可以说是五十年代中国大陆文艺理论与实践的前奏。”[1]

20世纪40年代后期香港文学的政治化、左翼化及政策化的现象，其实是共产党有组织性地运作的结果。毛泽东在1948年1月14日为中共中央起草致香港分局、上海局及各中央局电《对可以争取的中间派应采取积极争取与合作态度》中指示：

> 对一切可以争取的中间派，不管他们的言论行动中包含多少动摇性和错误成分，我们应采积极争取与合作态度，对他们的错误缺点，采取口头的善意的批评态度。……要在报纸上刊物上对于美帝及国民党反动派存有幻想、反对人民民主革命、反对共产党的某些中产阶级右翼份子的公开严重反动倾向加以公开的批评与揭露，文章要有分析，要有说服性，要入情入理。(1996)[15]

当时香港的共党以及左倾刊物遵照毛泽东的指示，在各种报刊上对民主党派中一些人的动摇倾向和活动，先从理论上批判了中间路线、第三条道路。接着又

[1] 《三人谈》，见郑树森，黄继持，卢玮銮编，1999b：5、22。

针对标榜“中间路线”、“自由主义”的文化人，采取又团结又斗争的方针，并且认为这种“对中间路线的批判是在有利于统一战线的巩固和发展的前提下进行”。例如《群众》周刊、《华商报》就先后针对有自由主义思想和行动的知名人士梁漱溟、曹聚仁进行了专门的批判。[1]

左倾文化人为了加强“统一战线”，也在文艺界大张旗鼓对国统区文学右倾现象发出了批判，以思想整风要求知识分子“到民间去”“向群众学习”。其中《大众文艺丛刊》的发行就具有鲜明的政治目的，它是中国共产党香港工作委员会的文委组织直接领导的刊物，也是“一本对当时文艺运动进行指导和对解放区文艺作品进行评介的理论性文艺杂志”（袁小伦，1999）[67]。这份杂志创刊的时间点 1948 年 3 月，刚好是中国共产党在内战中已逐渐扭转败势的时刻。毛泽东所领导的共产党显然已经在为胜利后的“党的文艺政策”进行铺路的工作，而其目的即在贯彻毛泽东 1942 年《在延安文艺座谈会的讲话》（下文简称《讲话》）。将 20 世纪 30 年代以来“文艺大众化”诸多面向的讨论，聚焦为“为群众”与“如何为群众”，要求知识分子作家“向群众学习”，完成自我的改造，以服膺于毛泽东所领导的无产阶级革命，走向人民共和国的建立。

笔者综观当时香港的《正报》、《光明报》与《群众》上有关“文艺大众化”的讨论，在展现毛泽东的“革命话语”的论述内容上有高度的同构性，其中又以《大众文艺丛刊》的刊行最能体现中共文艺政策的动向。下文即以这份刊物为例，说明当时中共文化人在召唤“新中国”建立的同时，由于毛泽东高举“人民民主”“大众文化”的旗帜，满足了 20 世纪 30 年代以后文化人对“文艺大众化”的新文化想象，因而服膺于毛泽东“为群众”的集体主义之下。

《大众文艺丛刊》1948 年 3 月创刊号以《文艺的新方向》为书名，其指示的方向就是毛泽东在《讲话》中提出的文艺为工农兵、为人民服务的方向。《大众文艺丛刊》每两个月发行一期，到 1949 年 3 月共发行六辑（1949 年 6 月因编者作者纷纷北上而自动停刊），每辑以中心内容或文章题目作为书名。其他各辑分别是《人民与文艺》《论文艺统一战线》《论批评》《新形势与文艺》《论主观问

[1] 详见袁小伦 :《第五章文化阵地与民主统战》收入《战后初期中共与香港进步文化》,216—277 页。

题》（袁小伦，1999）67。钱理群指出："第一辑《文艺的新方向》一出版，就在香港与国民党统治区的文坛上产生震动，引出各种反应，据说'发行数字与日俱增，影响也逐渐扩大'，并且十分深远，以至今日要了解与研究1948年中国文学以及以后的发展趋向，就一定得查阅这套《丛刊》（1998）23。"[1]第一辑在各大城市的书局零售，为躲避国民党的查禁在封底声明："本丛刊第二辑起：国内只收预定·概不零售"，实际上订户范围广泛，有上海、广东、河北、浙江、福建、东南亚各国的订户。有资料显示《大众文艺丛刊》当时也在台湾流通，这部分下文再述。

从《大众文艺丛刊》的主要撰稿人与其内容看来，都展现着鲜明的党性，这些作者包括：（邵）荃麟［时为香港工作委员会（简称"工委"）副书记、兼文化工作委员会（简称"文委"）委员，1949年担任作家协会党组书记］、冯乃超（时为香港文委书记，1949年后任中共中央宣传部人事处处长）、胡绳（时为香港文委委员，1949年后任中共中央宣传部副部长、社科院院长等职）、林默涵（时为中共香港报刊工委书记，1949年后任中共中央宣传部副部长、文化部副部长）、乔木（乔冠华，时为香港文委委员，"文革"后任外交部部长）、夏衍（时为中共华南局委员、香港工委委员、书记，1949年后任文化部副部长）、郭沫若（时为著名"民主人士"，1949年后任国务院副总理、科学院院长）、茅盾（时为著名"民主人士"，1949年后任文化部部长）与丁玲（时为解放区著名作家，1949年曾任中宣部文艺处处长），几乎都是中华人民共和国成立后主管文艺工作的领导人物，或是作为"旗帜"的文坛领袖。钱理群根据一些当事人的回忆，并从创刊号的纲领文件《对于当前文艺运动的意见》这份署名"本刊同仁/荃麟执笔"的文章，判断《大众文艺丛刊》的刊物宗旨、指导思想、重要文章与讨论议题，都不是个人（或几个人）的意见，而是代表了"集体"，即至少是与中共主管文艺的一级党组织的意志（1998）25。

《对于当前文艺运动的意见——检讨、批评和今后的方向》作为《大众文艺

[1] 钱理群表明这六辑《丛刊》，如今很难找全，北京大学图书馆也仅藏3辑，详见1998：23。笔者手边仅有《大众文艺丛刊》第1—4辑，其他阙漏的资料则参考《邵荃麟评论选集》，北京：人民文学，1981，以及郑树森、黄继持、卢玮銮编：《国共内战时期香港文学资料选》，香港：天地图书公司，1999。

丛刊》创刊的纲领文件，已经确立往后刊物的走向。文中首先断定："这十年来我们的文艺运动是处在一种右倾状态中"，因而展开严厉的"对自己的批判"，乃在于"我们忽略对两条路线的坚持"，"对于文艺阶级立场的不够坚定，对于马列主义的艺术观与毛泽东所指出的文艺观点的不够坚持"，以至于"削弱了自己的阶级立场"。并一再引用毛泽东的《讲话》(当时称为《论文艺问题》)的内容作为文艺思想的指导原则。

1948 年《大众文艺丛刊》的左倾文人标举的革命理想依旧是毛泽东 1940 年《新民主主义论》中提出社会革命"两阶段论"以及各阶级的统一战线的论述："现阶段的革命的基本任务主要是反对外国帝国主义和本国的封建主义，是资产阶级民主主义的革命，还不是以推翻资本主义为目标的社会主义的革命。"因此其文化内容"既不是资产阶级的文化专制主义，又不是单纯的无产阶级的社会主义，而是以无产阶级社会主义文化思想为领导的人民大众反帝反封建的新民主主义"(1991)[704]。当中间派的"中国民主同盟"1947 年被国民党公告为非法团体而被迫解散，"民盟"于 1948 年 1 月 5 日在香港召开一届三中全会公开声明：一、不承认总部的解散，二、推翻蒋介石政权，三、宣布与共产党通力合作(金冲及，2002)[430]。毛泽东立即于 14 日指示积极争取"中间派"合作。内战期间曾经在香港担任中共工委文委委员、香港生活书店总编辑的胡绳，晚年不讳言地表示当时真正认同国民党与共产党的，相较于广大的中间势力来说，毕竟都是少数。共产党的胜利在于广大的中间势力倒向共产党。[1]

当国民党因内战的失利而逐渐暴露封建官僚体制的专制性格时，共产党在当时的确代表着一股新生的力量。然而，二战后中间派原本所主张的"第三条路线"是"拿苏联的经济民主来充实英美的政治民主，拿各种民主生活中最优良的传统及其可能发展的趋势，来创造一种中国型的民主，这就是中国需要的一种民主制度"。[2] 尽管中间派这种出于折中调和的路线，其对于人民民主的"理想新中

---

[1] 见"从五四运动到人民共和国成立"课题组著：《胡绳论"从五四运动到人民共和国成立"》，北京：社会科学文献出版社，2001，第 3 页。

[2] 中国民主同盟中央文史资料委员会编：《中国民主同盟历史文献(1941—1949)》(文史资料出版社，1983)，第 77 页，转引自金冲及，2002：406。

国”的召唤同样是一种乌托邦的想象，不见得有现实的可能。然而，自1927年社会运动左、右分化以来，国民革命路线的分歧问题一直因为中日战争而被搁置多时，又受制于美、苏两大强国意识形态对垒的牵动，国、共两党透过内战进行对决几乎是势不可免的，两党也同时祭出战斗性的“革命”话语。那么当广大的中间派为了求生存而“倒向共产党”，也等于是被迫放弃了“第三条路线”。

1947年“五二〇”学潮之后，从上海被迫转移文化阵地到香港的大陆进步文化人，在香港的文化工作有三：第一，批判“反动文艺”；第二，宣扬“文艺大众化”的文艺理念；第三，倡议“方言文学”。杨逵在编辑《台湾力行报·新文艺》副刊与《台湾文学丛刊》时，即积极于“文艺大众化”的鼓吹，并以闽南话歌谣实践“方言文学”[1]。诚如横地刚指出的《台湾力行报·新文艺》副刊转载上海、香港进步刊物的文章：

> 杨逵从（邵）荃麟、冯乃超编的《大众文艺丛刊》中转载适夷（案：楼宪）的《林湖大队》，他也从《展望》转载了徐中玉、姚理、石火的评论文章，传播文学的新思潮，并且和他们齐一步伐，展开“实在的故事”的征稿企画，召开文艺座谈会，推展“反映”台湾“现实”的文学。（2003b）[119]

在国民党的封锁言论的政策下，杨逵仍有办法取得上海、香港的进步刊物，并积极将大陆反映现实的作品，以及提倡文艺大众化的文论介绍给台湾读者。实践着他所谓：“我们不能把台湾看做孤立的，为了了解台湾的现实，大家须要了解整个中国，整个世界，这样来才不致犯着‘看树不看林’的毛病。（《论“反映现实”》，《台湾力行报·新文艺》，1948.11.11）”

邵荃麟、冯乃超在香港主编的“大众文艺丛刊”从第1辑（1948.03.01）起

---

[1] 战后初期杨逵最早的闽南话歌谣创作，乃1948.08.02刊登在《台湾力行报·新文艺》创刊号上的《台湾民谣》，内容叙述李鸿章在马关签下割台条约，引起台湾人竖立台湾民主国的黄虎旗抗日，唐景崧却暗藏库银通清，导致台民受苦五十年。

陆续刊出“实在的故事”专栏[1]，编者在专栏前面说明：

> “实在的故事”是一种新的文艺形式，这是参照苏联战争中所提倡的 Ture story 形式以及日本的“实录”形式而创造的，中国旧时有所谓“笔记小说”，也是属于同类性质。我们企图运用它来作为迅速反映当前人民斗争的一种短小的文艺形式。它比报告文学要更加经济，通俗，朴素；把人民斗争和生活中具有典型意义的事实，用说故事的方式朴素地记录下来……
>
> ……为了加强文艺在革命中的教育和宣传作用，我们以为这种形式的提倡是必要的。

杨逵在主编《台湾力行报·新文艺》时，仿效《大众文艺丛刊》刊登《征求“实在的故事”》征稿启事：

> 在我们日常生活中所见所闻，如能够使我们感奋、高兴、愤慨、伤心的事情，我们当要将其发端、经过、结末仔细考察一下，而把它记录起来——这叫做“实在的故事”，它已然会震动我们的心，如果写得不错，应该也会鼓动读者的。在取材上，表现上，采取这样客观而认真的态度，才是“新文艺”的出路，也是文艺大众化的快捷方式。[2]

杨逵在日本殖民统治末期鼓励提倡“报导文学”时，曾说：“乍看下，这种小儿科的文学好像是没水平的文学形式，却和社会有最密切的关系。(《谈报导文学》,《杨逵全集》9,（彭小妍编，2001）470)”光复初期，杨逵为了推广“文艺大众化”，鼓励作家将日常生活所闻所见、能震动人心的“实在故事”记录下来，

[1] 香港《大众文艺丛刊》共有六辑，目前笔者仅见四辑。“实在的故事”专栏，1948.03.01 第一辑《文艺的新方向》刊载 6 篇，第二辑 1948.05.01《人民与文艺》刊载 5 篇，1948.07.01 第三辑《文艺统一战线》刊载 5 篇，1948.09.01 第四辑《鲁迅思想发展的道路》刊载 4 篇，并参见横地刚，2003b：127。

[2] 《征求“实在的故事”》（或《实在的故事》征稿）分别刊载于《台湾力行报·新文艺》第 8、9、11 期（1948.09.20、1948.09.27、1948.10.11）与《台湾力行报·力行》105 期 1948.10.05。

不改日本殖民统治时代“行动派”的本色。他同时刊登《“实在的故事”问答》一文，对来稿《囚徒》、《扁头哪里去？》的缺点作评论，教导青年写作。他指出青年作家的来稿：虽然“反映了现实”，却“太感伤了”，“这怜悯与感伤是肤浅的，消极的，不能把读者的感情化为意志或是行动”。“问题就在作者占（站）在‘第三者’或者‘旁观者’的地位”，作者应进一步去考察“作品里的人们的来历，他们与社会的关系，而使他们踏到这地步的因素，那么作者与作品中的人物就会发生血缘关系，怜悯就会发展到悲愤感伤就发展到热情，为他们的明天，也即是为大家的明天就不能仅仅发泄些伤感了事，这样一来，作品才会有力量地把读者的感情发展为意志，统一的意志”，这就是呈现人物“典型的部分”（《台湾力行报·新文艺》，1949.10.11）。《台湾新生报·桥》副刊曾经讨论过关于台湾文学“感伤”的“特殊性”，杨逵以实际的作品批评，说明作品人物的社会性、典型性。香港的《大众文艺丛刊》第一辑《对当前文艺运动的意见》一文中，也曾对“浅薄的人道主义和旁观者底微愠的怜悯与感叹态度”表示批判，指出“人民的血肉和强大的力量，在这种怜悯与感叹中间，变成了庸俗而无力”。杨逵这篇评论提出他对“旁观者”怜悯与感伤问题的看法，并提出作者应进一步去考察作品里的人们的来历，他们与社会的关系，也响应了有关“作家与群众结合”的问题。杨逵的目的正是隐而不宣地实践着《大众文艺丛刊》标举的，“为了加强文艺在革命中的教育和宣传作用”，却又能不失作品的艺术性。

杨逵在《台湾力行报》副刊转载适夷的《林湖大队》（1948.09.20、1948.09.27），描写的是抗日战争期间游击队与村民合作抗敌的故事。上海《展望》徐中玉的《作家的进步》、石火的《文艺漫谈》与姚理的《怎样看今日诗风》，一起刊登在1948年8月23日的“新文艺”。徐中玉指出：“为了要产生好诗，诗人便不能不深入到日常生活中。甚至深入到各式各样的技术过程——事务工作中间去”，这正是杨逵指导“银铃会”作家“用脚写”文艺的道理。[1] 姚理的文章从屈原、陶潜、杜甫的传统白描诗歌，说明民间故事、通俗歌谣都是今日要

[1] 萧翔文：“杨逵先生在担任‘新文艺’主编时，曾大力提倡‘用脚写’，意思就是要写自己亲自经验的事情，这样写出来的才是‘真’的东西。这样的作品才足以有力量去感动他人，让他人也能够产生力量。”见萧翔文，1995：82。

推行的诗歌运动。杨逵自己也实践闽南歌谣的创作。石火的文章指出："高度发挥文艺的战斗性的结果，使文艺自身变成推动人类社会的物质力量"。这也正是"二·二八"以后台湾文学场域推动"新写实主义"介入现实的理念。杨逵的编辑理念充分展现了社会性、战斗性、革命性与大众化的左翼文艺理念。

大陆进步文化人在香港与东南地区关于方言文学的论辩与实践，从1948年1月持续到4月，在《正报》《人间世》《展望》《星光日报》《大众文艺丛刊》《文艺生活》等杂志，长期论辩"方言文学"的议题。这是继1947年《正报》周刊华嘉（孺子牛）、司马文森、林洛、蓝玲等人长达三个月的"方言文学"的论争后，"由冯乃超、邵荃麟总结，肯定方言文学，并马上获得茅盾、郭沫若的回应支持"［郑树森、黄继持、卢玮銮，1999a（上）］12。香港方面，闽南文学的创作与讨论持续在《星岛日报》《华商报》上议论，直到1949年的7、8月之交。除了杨逵《台湾力行报·新文艺》之外，无从证明台湾、香港两地之间的文化人有直接的联系。但为了解决文艺大众化的问题，普及文学的传播，台湾继香港的"方言文学"运动之后，也出现"方言文学"的提倡与理论建设。首先是胡莫在《台湾文化》发表《厦门方言之罗马字拼音法》（第3卷第5期，1948.06.01），接着，1948年7月来自闽南地区的陈大禹创作闽南话剧本《台北酒家》。随即在《台湾新生报·桥》副刊掀起围绕着《台北酒家》，谈论关于"方言"与"文学"的论争，论争密集地讨论到9月，零星地持续到1949年的2月。期间胡莫与朱兆祥针对"厦门方言之罗马字拼音法"问题，还在《台湾文化》一来一往地讨论过。这可以说是继20世纪30年代"台湾话文论战"后，又一次关于方言文学的论争，其目的正是要解决"文艺大众化"的问题（请参看附录表7–13光复初期"国语运动"与方言文学的作品目录）。杨逵本人也在《台湾文学丛刊》，发表了许多闽南语诗歌、谣谚的实践。[1]

《台湾新生报·桥》副刊关于"方言"与"文学"的论争中，台湾文化人林曙光、麦芳娴对陈大禹《台北酒家》语言的"驳杂性"，夹杂着日本语、闽南语

[1] 杨逵刊在《台湾文学丛刊》的闽南话诗歌，包括：《黄虎旗》《却粪扫》《不如猪》《生活》《上任》等。

与中文的实验性剧本，持较为保留的立场。[1] 而省内文化人朱实、沙小风与省外文化人陈大禹、宋承治、胡莫、朱兆祥等人，则积极响应东南地区的方言文学运动。[2] 双方对于“方言文学”的热忱差异，无涉于“台湾化”“台湾文学”的自主性问题，而是根植于双方文化人之间，对于“无产阶级文学”认知差异所致。省内文化人朱实与省外文化人陈大禹、宋承治为了响应抗日战争以来“大众语”的实践，而提倡方言文学，以达到真正“言文一致”的左翼美学成规。相对来说，论述脉络中不具有阶级批判意识的麦芳娴、林曙光，则认为夹杂着日本语、闽南语与白话文实验性的文学语言，仍旧无法为“大众”所亲近，反而造成阅读的障碍。台湾 20 世纪 30 年代“台湾话文”意识高涨时期，就已经实证过另外在中文书写系统之外、改造“文学语言”，困难重重，窒碍难行。杨逵的实践也仅止于闽南话诗歌谣谚。

除了闽南话诗歌的创作，杨逵也曾热衷于罗马字书写系统。杨逵当时曾经对歌雷和黄永玉提道：

> 文艺运动是应该用斗争的方式来展开的，如果叫台湾人放开日文而重新学习方块字来阅读新的文艺作品几乎是不可能的事，除非以一种新的文字来代替它，易学，易懂。[3]（黄永玉，1950）81

---

[1] 林曙光，《文学与方言——“台北酒家”读后》（《台湾新生报·桥》，1948.07.19）指出：陈大禹的实验不能切实把握住台湾的方言、形成“一些奇奇怪怪的文字排列”，“终革不了什么命”，台湾也曾经有过这种尝试，但“由于带有冒险气味，不易克服技术上的困难。”麦芳娴，《文学的语言——兼评〈台北酒家〉》（1948.07.23）举高尔基的理论说明文学语言必须经过作家选择、改造，不能像陈先生那样以三两句闽南语、三两句国语、日语拼凑。麦芳娴，《作家的任务——答沙小风》（1948.08.30）又以文学作品内容应有“社会性”或“倾向性”，形式要有“艺术性”批驳沙小风的肯定意见，“完全否认了艺术的美感”。有关《台湾新生报·桥》副刊围绕《台北酒家》的方言文学论争经过，可参考许诗萱，1999：77—80。

[2] 朱实，《读〈台北酒家〉后》（1948.07.26），与沙小风，《文学的生命——致林曙光·麦芳娴两先生》（1948.08.20）对《台北酒家》的实验持肯定态度，朱实认为外省作家的大胆尝试，可引起本省作家的发愤与努力。沙小风以“文艺大众化的理念”认为“‘紊杂’的语言是人民大众生活斗争的一种武器”，“创作只是将语言所表现的现实加以整理”。胡莫，《厦门方言之罗马字拼音法》，《台湾文化》1948.06.01，3（5），介绍罗马字拼音法。朱兆祥，《厦语方言罗马字草案》[《台湾文化》1948.09.01，3（7）]，针对胡莫的拼音法提出修正。宋承治，《发展本岛方言文学的文字问题》，《台湾新生报·桥》，1949.01.22，提倡罗马字可消除语言与文字之间的隔阂。

[3] 黄永玉，《记杨逵》，见司马文森编，《作家印象记》，香港：智源出版社，1949 年 11 月初版，1950 年 11 月再版。横地刚先生提供，谨此致谢。

蔡德本的回忆指出，当年就读师范学院期间，于1947年8月创设台语戏剧社，同时研究闽南话书写的问题，杨逵曾赴台北参加座谈会，与众人讨论用罗马字、还是汉字掺杂罗马字比较恰当（蓝博洲，2000）256-251。杨逵闽南歌谣诗作与罗马字的尝试，极有可能是受到大陆东南地区与香港《大众文艺丛刊》"方言文学运动"鼓舞的产物，使杨逵找到了克服"语言障碍"的法门，也是实践从闽南话学习国语的"过渡"之道。[1] 不容我们忽视的是，尽管杨逵闽南话诗歌中有种种"假借字"的阅读障碍，然而却寄寓了对民生困顿的黑暗现实的批判，也因此主题内容的"战斗性"意义，恐大于方言形式实验的意义。

同一时间，台湾"当权派半山"与传统士绅，为配合国民党官方加速"国语运动"的推行，而实行"闽南白话字"的方式推行国语。第三章曾述及国语运动推行委员会副主委何容一向主张从台湾话学习国语，1947年6月1日他在《新生报》"星期专论"发表《方言为国语之本》，味橄（钱歌川）也有相同的主张。[2]1948年4月30日，《中华日报》的"社会服务"栏出现《台湾闽南白话字会创立宗旨》的报道，发起人有：游弥坚、杜聪明、黄国书、卢冠群、刘启光、吴三连、朱昭阳、许世贤、洪火练、刘明、林衡道、庄垂胜、韩石泉、蔡培火……等24人。目前并不清楚有关"台湾闽南白话字会"的实际活动，上述发起人名单中，除了林衡道是国民党官员，其他成员大部分是亲近国民党权力核心的"当权派半山"，和一些少数的台湾传统士绅。有别于在《台湾新生报·桥》副刊，以及在杨逵主编《台湾力行报·新文艺》《台湾文学丛刊》上发表作品的文化人。显然，在民间力主社会主义的现实主义的"实践逻辑"与"行动美学"之外，有一些日本殖民统治时代以来的老一辈文化人（大多是仕绅派），以及与国民党过从甚密的"当权派半山"，并不支持文学场域中风行的"倾共"的社会主义的文学行动。

在国共内战愈演愈烈的1948年，国民党极力封锁"倾共"言论、书籍与内战真实消息的情势下，"台湾闽南白话字会"的组成，说明了"二·二八事件"以

[1] "四六"事件后杨逵入狱服刑12年，依旧努力学习中文，《绿岛家书》与监狱中所创作的励志文章还是以中文作为创作语言。

[2] 钱歌川，《台湾的国语运动》，《台湾文化》1947.10.01，2（7）。

后的台湾文化人可以简化为三种："亲共""亲官方"与"忍痛沉默"者。其中以"忍痛沉默"者居多数，而文化场域积极活动者，表现的大都是"亲共"的论述。也因此，那些主张"文化交流""加强省内外合作"，或者到后来干脆标举"统一文化阵线"者［如：杨逵、扬风、雷石榆、何无感（张光直）、吴阿文（周青）、骆驼英］，基本上是看好共产党即将"解放台湾"的文化人。就此意义而言，"二·二八事件"以后，随着国共内战的情势急转，"二·二八事件"以前左、右翼结盟的台湾文化场域，继1927年"台湾文化协会"分化后，又一次在国共的分裂情势中分化。此一分化，或许为20世纪七八十年代国民党统治力松动之际，文化场域分化为"台湾结"与"中国结"，埋下了历史契机，成为叶石涛所言的"省籍对立"的"不死鸟"（叶石涛，1987）77。但是，从当时台湾文学的"特殊性"与"一般性"的论议中，包括叶石涛本人当年的言论，都可见"省籍对立"并非是主要因素，阶级认同的意识分化恐怕是当时更根源的社会因素。

三、官方意识形态主导的文艺论调与整肃运动

如第二章所述，陈仪行政系统与省党部、军方对"社会主义"的态度，始终存在着步调不一致的问题，"二·二八事件"的爆发，无疑凸显此一问题的严重性。"二·二八事件"爆发的时间点，刚好是国民党与共产党和平谈判宣告破裂，内战全面对立正式开打的关键时刻。国民党将"二·二八事件"的爆发定调为：台湾人受日本殖民"奴化"的影响，以及受"奸党"鼓噪暴动两个主要因素。[1]第一个说法延续了陈仪治台时"心理建设"的政策，第二个说法所投射的是国民党面对与共产党"内战"的焦虑。国民党的善后应变，一面肃清"奸党"，一面因应台人的要求废除"长官公署"制改为与全国各地方一致的"省政府"制，只有此项"改制"符合事变时台湾人"政治改革"的要求。然而，魏道明省府上台后，"CC派"操控的省党部就一手总揽了台湾的文化宣传，从此"意识形态的国家机器"不再有多头马车的问题。"反共"的言论比起"二·二八事件"前，显然占据了所有官方报纸的头版，成为所有报纸的每天都要强调的"霸权话语"，言论的

[1]《前日中枢纪念周中．白部长报告词全文．阐明台湾事变起因善后》，《台湾新生报》，1947.04.09；雅三，《"二·二八事件"的透视》，《台湾月刊》，1947.04.10；白崇禧，《台湾事变的真相》；柯远芬，《事变十日记》，《正气》月刊，1947.05。

空间并不因“改制”而享有更大的自由。“二·二八事件”以后，“白色恐怖”的清乡与镇压，对文化界的冲击颇大，沉寂一阵子之后，文化人才打破沉默，却只能转移到官办的报纸副刊为阵地，民间办报刊的可能性大大缩减。曾经受陈仪重用的青年党人李万居，在《台湾新生报》的权力被魏道明省主席架空后，自行创办《公论报》，以模仿大陆《大公报》的中间派立场，但对内战的报道却必须模仿其他官报，以“反共”立场虚应一番。

“二·二八事件”以后，国民党官方密切注意着台湾文化界动向，以杜绝违背“党国”利益的言论。1947 年五四文艺节，《中华日报·新文艺》副刊主编江默流与《台湾新生报》何欣主编的《文艺》副刊唱和，鼓吹“台湾新文学运动”，希望文化人打破“缄默”。1947 年 7 月，台湾文化人毓文与王诗琅打破“缄默”，予以回应。论争持续发酵，9 月、梦周在《台湾文化》抛出“文艺大众化”的议题，至此“台湾新文学运动”与“文艺大众化”的两项议题并陈。在《台湾新生报》《中华日报》《台湾文化》《南方周报》愈论愈热之际，11 月在《台湾新生报》上，出现“纯文艺”的论争，有意转移“文艺大众化”的议题。论争持续到 1948 年 1 月中。“纯文艺”论点乃是由稚真提出来的，他说：

> 我们可以勇敢地指出，一个真正从事文艺工作的人，并不一定要具备功利或伦理上的修养，他像一个画家一样，并不一定要绘一幅反映现实的，譬如说一副贫穷而疲惫的仆人被在巨大的铁链下给一个发福的胖子鞭打的图画，他同样可以画一幅萧统的山水画，或很平常的仕女图；在这之间除了纯艺术的技术外，我们不能把任何别的标准来衡量它们的价值。
>
> “除了真正的好作品外，再也没有什么能在文艺的园地里生长的了。”我们同意这话，宣传家，道德家，请你们缄默吧！（稚真，《论纯文艺》，《台湾新生报·桥》，1947.11.03，底线为笔者所加）

很显然稚真语带恫吓，针对着梦周所倡议的“文艺大众化”而来。扬风随即发表《请走出“象牙塔”来——评稚真君的〈论纯文艺〉》(1947.11.07)，批判稚真的论点，已是老生常谈，字里行间语带讽刺，揭穿亲国民党官方的自由主义派“御用”文人“故技重施”的手法：“我疑惑今天是否是四月的‘愚人节’，谁在开玩笑，将这几十年前就送进‘坟墓’的‘纯文艺’理论余渣又搬出来。”扬风认为：“一个真正的文艺工作者如尽（注：原文如此）生活在大众的生活里面，他应该是‘人民的前驱’。”扬风呼应梦周倡议的“文艺大众化”，反驳稚真的“为艺术而艺术”的论调，说：“文艺还有它更高更大更远的目标，这也并不是‘文艺’身上的附件‘功利’或‘伦理’，文艺应该是大众化的，大众的语言，大众的痛苦，欢乐，能为大众所接受。”

稚真于是又发表一篇《再论纯文学——兼答扬风先生〈走出象牙之塔来〉一文》(1947.11.19)，重申：“为艺术而艺术，是作为一个文艺作者应有的态度，但文艺的价值是由于作者的意象的价值而定。”又说：“一个文艺作者在创作的技术上不必顾到现实，因为他假使这样做了，他的作品便有了宣传性，而因之他的作品便难以达较高的境地。”

接着，斯妥发表《“纯文艺”诸问题》(1947.11.24)，声援扬风，搬出卢那卡尔斯基说“艺术是最有力的最耐久的斗争武器”，以及辛克莱说“艺术就是宣传”等苏联左翼教条口号。但斯妥说：“现实压迫着我们，限制着我们，使我们不敢正视它。我们很想探到大自然的美里，去深深吸一口气，然而山河破碎，血肉横飞所吸满的一口气，也充满了腥臭啊。”却也说明了现实条件不容许“为艺术而艺术”的理由。斯妥批评稚真“犯了形式主义的错误，他把内容与形式对立起来”，而指出文艺“内容必须是现实性的，而且要有崇高的意识，同时是用美的技巧来表现”，声明反对一切逃避现实的文艺作品。

斯妥一文引来凌风以《文艺与批评》(1947.11.22)加入笔战，将话题转移到“批评的态度”，认为稚真与扬风的论争，流于漫骂，斯妥的批评态度虽值得推许，但过于偏袒扬风。此举使扬风更加激愤，去信给歌雷表示“不想参加这无聊的‘混战’”，丝毫不留情面地痛批凌风的狐狸尾巴。凌风又去信辩驳，主编歌雷将当事人的信刊载《台湾新生报·桥》副刊上予以披露，希望藉此征求“论文学批评”的文章。[1] 谢青以“人民本位”重申“为人生而艺术”的道路（《关于这次论争的意见》，1948.01.09），希望凌风和扬风取得共识。

扬风的《杂话批评——兼答凌风致编者的信》（1948.01.12）除了讨论文艺批评的目的，又反驳了凌风对他“天真烂漫，不顾利害，不分皂白”的指控。熊煌写了一篇《古怪篇》（《中华日报·海风》，1947.11.25）声援扬风，讽刺地说道：“时至今日，还有人在辩论‘为人生而艺术’‘为艺术而艺术’的问题，已就颇得讶异了，可是那厚脸皮的作家不但不肯虚心接受指正，而且搬出美学家和色情的文学家来，做其‘为艺术而艺术’的理论根据。”熊煌是当时经常在《公论报》发表现实主义文艺创作理论的作家，与同时发生的“文艺大众化”的讨论互相呼应。关于“纯文艺”，稚真没有再提出更深入的论点，这场笔战终于不了了之，草草收场。

1948 年 1 月 9 日，林紫贵领导的“台湾文艺社”又设立了“台湾省文化界动员委员会”（《公论报》，1948.01.10），此一行动说明了掌控台湾文化、新闻主导权的“CC 派”省党部，对台湾文化展开新的“动员”（“动员”的背面就是“整肃”）。光复后，陈仪时期国民党官方屡屡宣传“三民主义文艺”，还曾得到台湾人的一些响应。“二·二八事件”后，《台湾新生报·新地》副刊曾出现倡议“国民文学”[2]“民族文学”[3] 的文章，但并不引人注意。

经过三月镇压，在“文艺大众化”的议题被带出后，适时出现稚真鼓吹“纯文艺”的文章，出于遏止“文艺大众化”的讨论的动机相当明显。出面拆穿稚真“御用”文人的“面具”，也是在大陆就已熟知这套伎俩的外省文化人扬风。民间文化人在当时的文化场域中呼应的是“人民文学”“现实主义”的文艺美学。国民党一连串的“文化宣传”在文化场域，始终激不起任何涟漪。换言之，国民党官方意识形态的文艺理念，当时根本无从在原本就具有现实主义抗争传统的台湾文学场域中被台湾作家“看见”。显然，日本殖民统治时代以来台湾作家现实主义的“习性”与“文学品味”，虽在战争期因为“皇民化”运动的压制而被压抑，

[1]　扬风、凌风的来信见《编者读者作者：扬风致编者的信》，《台湾新生报·桥》，1947.12.26，《编者读者作者：凌风的来信》，《台湾新生报·桥》，1947.12.31。

[2]　见惠，《谈国民文学》，《台湾新生报·新地》，1947.05.27。

[3]　辛洛，《略论民族文学》，《台湾新生报·新地》，1947.07.29。

但战后历经政、经恶化与“二·二八事件”，“现实主义”的思潮重新抬头。又因为国共内战两种政治路线造成的意识形态的对决，在国民党始终缺乏一套足以服人、与现实相应的文化宣传的情况下，整个文学场域里，不论本省、外省文化人，目光都集中在与大陆的民主运动浪潮相呼应，同情被压迫者的人道关怀、现实主义的社会主义文艺理念。

1948年年中，《台湾新生报·桥》副刊上关于“重建台湾文化”“台湾文学的走向”的论争，愈演愈烈的时候，省党部的报纸《中华日报》再度派出文化打手，企图将“台湾文化”的论争导向“乡土文学”的路向，而排除所谓“台湾文化”的“特殊性”。这时官、民之间在文化意识形态与美学上的对立，已是相当“紧绷”的时候了。

在“台湾文学的特殊性与一般性”的论争火热展开之际，钱歌川发表了《如何促进台湾的文运》(1948.05.13)，提倡“乡土艺术”，呼吁台湾作家“把写作的范围缩小到自己的乡土，把发表的范围扩大到全国……不要局限在台湾文艺协会或联盟的小天地中”。六月开始，《中华日报》即出现了一系列杜从、段宾和夏北谷的文章，抹杀《台湾新生报·桥》副刊上杨逵与骆驼英等人关于“台湾文学”的“定名”“特殊性”与“一般性”的辩证主张，其理由即在于“绝不容与中国文学对立与分离”。杜从、段宾和夏北谷的文章语带讥讽与肃杀之气，连“边疆文学”“乡土文学”也一并否定，流露出国民党官方法西斯封杀“台湾文学”的意识形态。黄永玉在离台滞留香港期间，耳闻杨逵再度被捕而写下《记杨逵》，控诉了国民党官方对台湾人民作家的“围剿”。[1]

[1] 黄永玉，《记杨逵》，《文艺生活》海外版，1949.07.15，16，后收入司马文森编：《作家印象记》(香港：智源出版社，1950)，横地刚先生提供，谨此致谢。黄永玉说：杨逵的文章刊出后，编者要大家提出意见，“接着几天就是十来篇多方对杨逵文章轻薄诬陷的长短各式文章出现，显然这些文章是受命而写的，前后一连接，尾巴就露出来了”。并替杨逵的处境担心“这回子是的确糟了”。对于杨逵因四六事件被捕，指出：“这一次据说是他们台中作家联名发表反对台湾在美帝卵翼下独立，反对以台湾作战争基地的宣言，掀动了特务们的肝火，几天之内逮捕了一百二十余人，内中有杨逵及素来不管闲事的雷石榆，‘普式庚胡子’(案：指歌雷)也在内，天知道他们搅的是什么鬼！”黄永玉此文对歌雷的戒心、对雷石榆“不管闲事”的评论，有言过其实之处。但，何以“二·二八”以后在官报《台湾新生报·桥》上能掀起论争，的确启人疑窦，笔者推论歌雷刚开始或许负有魏道明主席希望台湾人多“说话”以示其“自由”作风的任务，但《台湾新生报·桥》发展成“倾共”的左翼美学的论争，则恐连歌雷本人都始料未及。但因无任何资料足以左证，暂时存疑。黄永玉此文对《台湾新生报·桥》主编歌雷(史习枚)的角色颇具戒心，因为歌雷的表哥是钮先铭，姑丈是任卓宣，都是国民党的达官显贵。

国民党官方一面围剿《台湾新生报·桥》上“台湾新文学”的论争，一面兼用“怀柔”的方式，以“乡土文学”收编具有左倾论述的“台湾新文学”，1948年7月1日欧阳漫冈在《中华日报·海风》推出“乡土文学选辑”。欧阳漫冈是1947年年底自《海风》230期，继苏任予之后担任《海风》的主编。[1] 他在《关于“台湾乡土文学选辑”》中呼吁台湾作家多多投稿，除了少数不谙国民党官方此一“收编”政策的年轻作家投稿之外[2]，仍旧雷声大雨点小。一个月后，杨逵陆续推出《台湾文学》丛刊，从刊出作品的主题内容，很明显看出杨逵选编的作品才真正是反映大众现实生活，承继台湾文学抗议精神的台湾文学本色。

《台湾新生报·桥》副刊论争以来，“社会主义”的文艺理论与实践，直到1949年“四六事件”“白色恐怖”雷厉风行而告终。议论的提倡者歌雷、杨逵，以及多位参与的作家孙达人、张光直、雷石榆一一被捕。“四六事件”时，《台湾新生报·桥》副刊与《台湾力行报》一并被整肃封版。《台湾新生报·桥》副刊多位作者与杨逵一起被捕，此一逮捕行动也象征着《台湾新生报·桥》副刊带动的台湾社会主义文艺思潮的中挫。“四六事件”发生时，正是国民党在内战胜负关键的三大战役中，已经连续输掉了东北战役（1948年11月）与淮海战役（1949年1月徐蚌会战）之际。从1947年台湾的“二·二八事件”、大陆的“五二〇”学潮之后，国民党大肆搜捕左倾文化人与“异议份子”的作法变本加厉。台湾岛内掀起扩大肃清对象，“宁可错杀一百，不可放过一个”的白色恐怖策略，象征着国民党在大陆上败局已定，到了不得不为自己找退路的时候了。这当然不是看好共产党即将“解放”台湾的文化人所能预料的。历史学者薛化元曾指出：“1948年12月29日行政院任命自10月起即在台湾养病的陈诚担任台湾省主席，由于‘事出突然，连在任的台湾省主席魏道明亦未来得及知道’。可见其决定之仓促。蒋经国则于12月30日被任命为台湾省党部主任委员（未到任）。1949年

[1] 欧阳漫冈，《独语》，《中华日报·海风》，1948.01.01。

[2] 投稿的作品计有：

叶石涛，《娼妇》（台湾乡土文学选辑），《中华日报·海风》，1948.07.01。

施舍，《希望》（台湾乡土文学选辑），《中华日报·海风》，1948.07.03。

黄翳，《走在前面的人》（上、下），《中华日报·海风》，1948.07.06、8。

欧阳百川，《订婚》（台湾乡土文学选辑），《中华日报·海风》1948.07.11。

潜生，《她们》（上、下）（台湾乡土文学选辑），《中华日报·海风》1948.07.13、15。

1月，蒋介石并派蒋经国至上海，希望央行总裁俞鸿钧将中央银行现金移转至台湾。陈诚则于1949年1月5日正式接任魏道明成为台湾省主席，2月1日又兼任台湾警备总司令。5月，陈诚更兼任台湾省党部主任委员，掌握台湾党、政、军的大权。"[1]至此，"二·二八事件"换来的省政改革，又退回党、政、军集权的局面。南京《中央日报》1949年3月12日在台北市发行台湾版，社长为马星野，《中央副刊》主编耿修业。3月15日辟《学报》周刊，主编孙如陵。《中央日报》的迁台，象征国民党"反共文艺"的文化政策在台湾定调的开始。陈诚于4月6日发动了对学生、文化人的大逮捕行动，即一般所谓"四六事件"，开始岛内雷厉风行的"白色恐怖"镇压，也代表着文化场域的左右换防。1949年5月19日，台湾正式实施戒严令。1949年6月，《台湾新生报》姚朋（彭歌）接任《新生》副刊主编，10月30日，展开"战斗文艺"的讨论。11月6日，孙陵于《民族晚报》副刊创刊号提出"反共文学"一词。11月20日，冯放民（凤兮）主持《台湾新生报》副刊座谈会，是动员"反共文学"在台湾文坛的第一场文学活动。12月2日，冯放民接编《新生》副刊，提出"战斗性第一，趣味性第二"的征稿原则。12月7日，国民党当局退台。1950年3月，国民党当局公布《台湾省戒严时期新闻杂志管制办法》，严格限制出版自由；5月21日，"台湾省杂志协会"成立，官方对杂志业开始采取统制管理措施［（陈国祥、祝萍，1987）[54]、（何义麟，1997a）[4]］。

1949年11月20日，《自由中国》半月刊在台北市创刊，发行人胡适，社长雷震，主编毛子水，后由雷震接编，以自由主义的立场批判国民党的集权体制。直到20世纪60年代因雷震筹组反对党"中国民主党"，爆发闻名的"雷震案"，以雷震入狱、杂志停刊而落幕。有十几年的时间，《自由中国》是国民党退台后，唯一能发出异议的民间刊物。

1950年朝鲜战争爆发，美军第七舰队驻防台湾海峡，从此长期介入中国的内战与内政后，不分省内、外被国民党当局视为"异议份子"者，从此难逃白色恐怖的肃杀与拘禁。最典型的两个例子，就是黄荣灿与杨逵。就算有幸躲过一劫

[1] 薛化元，《战后十年台湾的政治初探》，张炎宪、陈美容、杨雅惠编，1998：19。

的，从此也只能如叶荣钟所云“余生只合三缄口，去死犹怀一寸心”，讽刺的是这原本是太平洋战争末期叶荣钟被日本军部征召到马尼拉，担任报纸汉文栏编辑时，致友人庄遂性的诗，原本表达的是“军国主义下被殖民者的绝望与无力感”，却“也是他们这一代知识分子，回归祖国以后后半生的真实写照”（戴国煇、叶芸芸，1992）[278]。国民党当局退踞台湾以后，虽标举“自由”“民主”“平等”等西方普世价值，但其所施行“白色恐怖”“戒严令”等专制体制，仍然是“民国”纪元以来的法西斯体制的延续。

结语

台湾的反殖民社会运动自1915年西来庵事变后，结束了武装抗日转向文化抗日，1927年台湾文化协会的左、右分裂，说明了台湾社会民主运动阵营的分道扬镳。尽管台湾的社会民主运动屡受日本殖民当局的镇压，尤其是1929年日本殖民当局以“治安维持法”，进行全岛性的镇压，于2月12日搜捕各地新文协、农组、工会、民众党的干部成员，是为著名的“二一二事件”，镇压行动持续到1931年。然而，反殖民运动并没有因日本殖民当局的镇压而完全沉寂，而是转移阵地西渡大陆。光复前台湾抗日团体与国民政府之间，展开了既是抗日合作又是治权抗争的关系。台湾回归“祖国”后，光复初期四年，在政治、经济、文化与社会上种种的隔阂与冲突，事实上延续了战争期间台籍抗日份子与国民政府之间的政治角力。虽然有为数不少的台湾人试图参与抗日战争的行列，但诚如戴国煇所指出：“台湾的‘解放’并不是台湾人自己与日帝对抗从日帝手中争取过来的，而是因日帝战败、第二次世界大战结束而捡来的。（戴国煇、叶芸芸，1992）[21-22]”正因为“解放台湾”的革命主动权不是出于台湾自发的力量，战后政治体制的选择与制订，自然还有很长的抗争之路。

台湾人不愿意作为被日本殖民统治的臣民，也极力拒斥反驳美国军方运作频频的“国际托管”论，要求国民党当局维护台湾的“法定地位”，也向国民当局要求政治地位的平等，表达以台湾为本位之“复省建省”的治台要求，无奈国民党当局抱持以巩固统治权位为优先考虑的心态，对待怀抱孺慕之情回归祖国的台湾人民。

战后国民政府赴台接收，不仅延续大陆官僚腐败、派系恶斗的乱象，并且由于日本殖民统治造成台湾与祖国五十年的隔阂，形成台湾的特殊性，纠结了接收“殖民地”的心理问题，表现在从政策面到赴台部分官员的优越感。而台人方面则因备受歧视的待遇感到不平，省籍的矛盾冲突很快蔓延开来。而复员的缓慢、支持大陆内战，使台湾粮食出现危机，形成从政治到经济、社会各个层面的社会问题层出不穷。

然而，就政治层面而言，仅从省制特殊性的单一面向，就论断长官公署是“承袭殖民遗规、翻版总督府旧制”，而忽略地方自治的施行（虽然不尽如人意）、民意代表的选举，此一“光复派”的台湾抗日份子在战前念兹在兹的建言。及至光复后，事实上民意代表也部分地、逐步地扩张权能。至于就陈仪政府最遭人非议的经济政策来看，当时的左倾文化人对台币政策与统制经济的目的，抱持肯定的看法，反而是“人治”造成的牵亲引故、贪官污吏、派系斗争，危害甚大。日本败战后，台湾社会曾经出现过短暂的、庆祝胜利的“民族主义”热潮，但文化人很快地即从国民党集权统治的“现实”当中，认知到“新中国”的建立，在完成了外抗强权的民族主义的阶段后，接下来的政治课题是“民主（权）主义”的确立与“民生主义”的建设。因此，他们一开始即以政、经评论，重新在台湾文化场域登场。当然，他们也并非因此就忽略的文化重建的任务，早于国民政府赴台接收之前，就有文化人自发性地思索清理“殖民性”的问题。当面对部分赴台官员与外省人抱持优越意识大谈“台人奴化”的偏见之际，他们一再提举台湾抗日的历史与文化遗产与之拮抗。在奴化论争高峰的“范寿康事件”中，甚至在省参议会演出质询范寿康，要求他为失言台人“奴化”之事说明、道歉。

由于陈仪相对开明的文化政策，使行政系统的文教幕僚一面推行“中国化”的政策，一面也着重“台湾化”与“现代化”的必要性。其道理乃在于这些文教政策的执行者皆认为建设“新中国”与“新台湾”，具有“现代化”意义的世界文化遗产的持续输入是必要的，同时强化台湾本位精神的“台湾化”，也并不与“中国化”的民族精神相冲突，都是“去日本化”“去殖民地化”的文化重编的一环。

然而，国民党官方的政治、文化宣传，因为派系斗争的缘故，出现多头马车、自我分化的现象。党、政、军系统自身缺乏文化人才，往往必须借重其他民主党派的人才，或是拉拢在地的文化人，其报刊资源反被民主文化人士加以运用，宣扬战后“民主思潮”与文艺大众化的理念。《和平日报》王思翔主编的《新世纪》与杨逵主编的《新文学》副刊，以及《中华日报》龙瑛宗主编的《文艺》与《文化》日文栏副刊，就是最好例子。王思翔与杨逵极力引介大陆20世纪30年代以来的社会主义文艺理论与作品；龙瑛宗一方面针对日本殖民统治时期的文学遗产提出“去殖民地化”的反思，一方面针对当时的国民政府提出清理“封建性”文化的省思。龙瑛宗以“台湾作为中国的一部份”、身为“中国人”，而提出清理“殖民性”与“封建性”的呼吁，并以“科学的世界观”要台湾人“正确地”认识战后美苏对立的世界局势，如何影响中国政局发展，因为这同时也将影响台湾的政治出路。如此具备社会主义批判视野的龙瑛宗，甚至以“反内战”为主题的诗歌，为老百姓请命，关怀下层民众的现实生活。

国民政府的“国家机器意识形态”，以封建官僚的集权统治反映在政治、经济、社会、文化各个层面，并不仅限囿于“中国化”“民族教育”“台人奴化论”等民族主义教育此单一的面向；还包括了封建体制、派系政治、官僚资本、省籍差别待遇、金融政策的盘削、米糖物资的剥削、言论结社的管制，以及动员人力以支持内战等等面向。台湾脱日本殖民而回归中国之际，面对国民政府在政治、经济、社会、文化层面延续日本法西斯统治的作风，知识分子在政治上的抗争，主要诉诸的是“民主政治”“地方自治”的实施。尽管在社会上“省籍矛盾”日渐发酵，媒体言论也充斥着对“行政长官公署”特殊省制与政、经政策的批判，然而从报刊的言论看来，知识分子要求的是与其他各省政治地位的平等，并以“三民主义”中“地方自治”理念，来合理化此一政治要求，基于“族群政治平等”的理念，批判长官公署体制与治台政策的“非民主化”。

从民间两大报《民报》《人民导报》的成员组成与言论内容来看，两份报纸分别代表本地资产阶级与左翼文化人阶级革命的立场。《民报》整体而言，代表的是本地资产阶级自日本殖民统治时代以来的民族主义的路线，并以台胞所具备的自由观念与法治精神为傲。批评接收政府的封建官僚主义，台湾本位的色彩随着贪污舞弊的恶化而增强，但始终强调台湾抗日的民族精神与革命精神，以及与大陆五四以来的新文化融合的必要。《民报》社论曾回顾其前身《台湾青年》《台湾民报》《台湾新民报》到《兴南新闻》，展现不绝如缕的“革命精神”，此一“革命精神”就是中山先生秉持的革命的“中国精神”（《民报精神》，1947.01.10），并认为此“革命精神”就是“中国精神”，要求中国的革新运动。《民报》上一些关于“中国化”、省内外感情隔膜的社论，尤为引人注目，其论点不外乎厘清省内外隔阂起因于政、经的恶化，强调泯除情感隔阂，应从澄清吏治做起，呼吁台湾争取民主，要与国内的澎湃的民主运动相应。《民报》社论这些论点基本上与《人民导报》并无二致，然而，民间这两份报纸的差异，主要表现在经济问题的讨论，说明其在阶级立场上的差异性。以两报的社论来看，显然代表台湾本地资产阶级的《民报》比较关注本省的经济发展问题，而代表左翼倾向的《人民导报》视野相对来说比较宽广，关注的问题在于全中国整体民主政治的发展，以及经济民主化与体制化的问题。即便反映本省经济问题的社论，也是倾向反映民生经济问题，没有《民报》那么专注公营事业的问题。《人民导报》对大陆政治、经济的动向的关注，与其他的左翼刊物有志一同。

具有左翼世界观的进步文化人，在与大陆赴台的进步知识分子的交流、合作中，能很快跳脱省籍矛盾，认识到影响台湾社会发展各种动因，包括战后国际局时的发展，美、苏冷战阵营开始壁垒分明的对立，国共内战的情势演变等等，努力在国民党言论、思想控制的层层封锁下，屡禁屡发、再接再厉地透过报纸、杂志等传媒，以及各种文艺（包括文学、戏剧、美术、音乐）创作与活动，宣扬民主思潮，企图对抗国民党封建、官僚的统治。仔细考察此一时期的文化活动，将不难发现这个时期的文化抗争，焦点在于民主的追求，而并非民族认同的问题。

“二·二八事件”以前，台湾文化场域中民主思潮的传布，从北部地区的台湾泛左翼文化人如：苏新、陈逸松、王白渊、蒋时钦、吕赫若、赖明弘、吴克泰、周青、蔡子民、孙万枝、徐琼二、萧来福、王添灯，陆续创办了《政经报》《台湾评论》《自由报》系列周刊与《人民导报》（其中苏新还主编过当时发行量最大的杂志《台湾文化》，可以想见他不放过任何可以扩大文化宣传的机会），这些进步的台籍文化人，结合了大陆返台“半山”中较为开明的宋斐如、丘念台，以及以黄荣灿、许寿裳为中心的外省人士延伸出去的人脉，共同集结为促进政治民主化而努力。而台中地区，在大陆赴台的王思翔、楼宪、周梦江等人的串联下，也结合了杨逵、谢雪红、杨克煌、林西陆等左翼势力。最值得注意的，是以林献堂为首的许多老文化人如叶荣钟、庄垂胜、张焕珪、杨守愚等，亦参与《新知识》与《文化交流》的出资或写稿。“二·二八事件”中，他们虽然不赞成谢雪红的武装路线，成立“台中地区时局处理委员会”力图稳定秩序，后来军队镇压扫荡时，也发挥了使台中地区伤亡最小的功效（戴国煇、叶芸芸，1992）[270-274]。然而，从他们愿意连续支持《新知识》这份由外省赴台进步文化人与左翼作家杨逵、台共谢雪红涉入其中的刊物，可以想见这些台中地区的传统士绅，与左翼知识分子一样，致力于联合台湾反抗力量，共同对抗国民党封建官僚的体制，积极促进两岸的文化交流。这些民主势力，包括了回台的“半山”、大陆赴台的进步文化人，以及岛内不分左、右翼的知识分子与地方士绅。战后短短的一年半的时间，台湾的文化场域已逐渐形成一股自主性的力量，足以和官方势力抗诘。这是经过20世纪二三十年代以来社会主义思潮洗礼的台湾文化人，与大陆经过抗日战争“文章下乡”“文艺大众化”经验的进步文化人，共同合作的结果。虽然双方之间对台湾社会、文化与文学的评价不尽相同，彼此的“习性”、在权力场域中的“位置”也各不相同。但面对国共内战与台湾民生经济贫困化的时代处境，却有一致的行动抉择，共同结盟对抗国民党官方的文化势力。

光复初期的文化人，除了左翼分子积极呼应大陆民主运动与“政治协商会议”中“和平建国纲领”的“议决”案，主张建立“联合政府”，“省”为地方自治之最高单位的“高度自治论”等；就是台湾传统士绅廖文毅与林献堂提出的“联省自治”，也是认同“和平建国纲领”下的一种“地方自治”方案。但国民政府在“二·二八事件”爆发后，竟无视台湾人所要求的地方自治论，只不过是“议决”案中的范畴，而以“奸党”“独立运动”的罪名派军队镇压，国民政府此举等于完全推翻了它在“政协会议”中的承诺，无疑刺激了进步的文化人加入共产党的决心，这是“二·二八事件”以后、台湾地下党从不到百人，迅速扩展到全岛性的组织的原因。只有在此脉络下探讨当时知识分子的抗争，才能呈现台湾脱殖民地化与回归中国之际，政治、文化抗争的意义。

换言之，所谓“中国化”，必须是在“民主化”的“中国化”的前提下，这是针对国民党政权显露的“封建性”官僚主义所提出的政治、文化抗争。因此，不论是政、经评论或是文化论述，文化人始终没有因为承认“中国化”的必要，而放弃台湾政治、文化的主体性及现代性的追求。他们在政治上力主1946年1月“政治协商会议”中决议的“地方自治”体制的实行，台湾不能被排除在外而有所特殊化，在文化上则呼吁“民主”“科学”与现代国民意识的启蒙的迫切性。光复初期的台湾文化人要求的不是脱离中国，而是要与中国境内各民族共享自由，各省政治地位平等的“一般化”体制。两岸的有识之士、文化人基本上是在“一般化”的“方向”上，与官方的传媒既合作又抗争，并且又基于于台湾历史的“特殊性”，要求尊重台湾的“主体性”，包括日语文化的国际视野与台湾文学的反抗精神等等。这是“二·二八事件”以后、文化界为打破“缄默”，鼓吹“重建台湾新文学”，却不得不面对台湾社会的性质到台湾文学的“特殊性”与“一般性”的社会、历史课题。而导致国民党丧失文化宣传的主导权，最根本的因素是国民党当局本身没有一套足以服人的政治、文化宣传理念。无论是“三民主义的文艺”“国民文学”“民族文学”还是“纯文艺”，都无法在光复初期台湾的文化场域激起涟漪。面对内战与现实的苦难，亲官方的“御用”文人，也写不出“建设性”的文学作品。

“鲁迅的战斗精神”是台湾文化人与大陆赴台作家沟通与共享的文化资本。日本殖民统治时代台湾进步文化人早已熟知鲁迅反法西斯、反封建的战斗精神。战后台湾的文化场域在短短的一年之内，从“三民主义热”变成“鲁迅热”，乃台湾文化人已清楚地认识到“内战”是第二次国共合作的失败，这意味着全国民意所嘱托的“和平建国纲领”的被撕毁与被践踏，孙中山先生以来以“革命”为号召建设“新中国”的计划又再次受阻。这样的情境正是阿Q所遭遇的“不准革命”的再现。国民党官方在台湾纪念“光复一周年”时，文化人却响应上海的“鲁迅逝世十周年纪念”，说明两岸文化界借由“鲁迅的战斗精神”此一“文化资本”，已连系成同一民主阵线。这是光复一年后的台湾文化界主动地与大陆赴台作家合作，联合发起的一次文化抗争。省内、外文化人借由这次“政治与文学的行动”，共同结盟。尽管在“台湾人奴化”论争中，凸显了光复后台湾社会持续蔓延的“省籍隔阂”，但两岸进步文化人却不在此省籍偏见的局限中。他们努力突破中日战争经验中“国籍”身份不同，所造就的彼此“习性”的差异，极力促成两岸文化的交流。由于对鲁迅战斗精神与现实主义美学实践逻辑的共鸣性，这次结合文学与政治的抗争行动，奠下“二·二八事件”后两岸文化人突破文化隔阂的基础。

“二·二八事件”以后，台湾文坛从“纪念五四”打开了三月镇压造成的“缄默”，重新展开“重建台湾新文学”“文艺大众化”的讨论。经过一年的酝酿，在1948年在“二·二八事件”周年前夕发生许寿裳离奇被杀事件，强化了文化人建立统一文化阵线对抗国民党法西斯统治的决心。在杨逵的呼吁下，两岸文化人在《台湾新生报·桥》副刊集结，展开以文学议论介入现实的抗争行动。台湾历来的文学论争往往发生在历史的关键时刻，承载着社会、历史复杂的内容与意识。《台湾新生报·桥》副刊的论争作为光复初期——尤其是经历了“二·二八事件”的恐怖镇压之后——持续相当长时间的论争，也有其特殊的历史背景与发生意义。《台湾新生报·桥》副刊的议论，从台湾文学与社会有无特殊性的论辩，又发展出“五四精神”的继承与否、中国社会性质、新现实主义的创作方法与世界观、理论与实践等等议题，即反映了他们在国共内战两条政治路线的斗争中，选择社会主义的思想作为介入现实的利器，导致当时的文化场域呈现一面倒向社会主义的现象。两岸文化人以社会主义的批判精神、统一文化阵线，欲推翻美国扶持的蒋介石政权。

换言之，《台湾新生报·桥》副刊的议论不是凭空产生的，而是台湾社会面对“二·二八事件”后“白色恐怖”的清乡，以及社会资源直接被卷入“国共内战”的困境。在这样影响台湾人民“生死交关”的现实条件下，迫使文化人思索着“台湾文学”的性质与定位的问题，如何依据自主性的组织力量，再生产新文学遗产中、反对统治者的“文化资本”，包括：日本殖民统治时代以来的“文学生产”的抗争意识与美学形式；以及中国“五四”新文化运动以来，从“文学革命”到“革命文学”，反殖、反专制的民主、科学精神，以及在抗日战争中得到发展的社会主义文艺理论。其中，牵涉文学生产所赖以生成的政治现实条件，归根结底乃在于国、共这两股政治权力势力是分或合，一直是影响中国新文学意识发展的力源。国共内战，两党历经两次合作与失败，逼使文化人必须在两条政治路线的斗争作一抉择。翻阅《台湾新生报·桥》上的论争，省外文化人一致声援台湾文化人，共同对抗国民党内极右翼打压“台湾文学”的法西斯意识形态，力陈“台湾文学”有其历史与现实的“特殊性”得据以存在。而所谓“特殊性”向“一般性”辩证转化，是《台湾新生报·桥》论争中省内外文化人一致憧憬的“新中国”的远景。省外文化人以抗日战争以来所发展出来的“新现实主义”、“大众文学”的左翼美学成规，站在台湾人民的立场对抗国民党的法西斯统治。杨逵（与在其带领下的新生代文化人）秉持20世纪30年代社会主义文艺理念与外省文化人结盟，贯串双方人士的实践逻辑乃在于“阶级认同”与“民主体制”的建立。

在国共内战愈演愈烈的1948年，国民党极力封锁“倾共”言论、书籍与内战真实消息的情势下，“二·二八事件”以后的台湾文化人可以简化为三种：“亲共”“亲官方”与“忍痛沉默”者。其中，以“忍痛沉默”者居多数，而文化场域积极活动者，表现的大都是左倾、“亲共”的论述。也因此，那些主张“文化交流”“加强省内外合作”，或者到后来干脆标举“统一文化阵线”者，基本上是看好共产党即将“解放台湾”的文化人，展现了两岸进步文化人在国共内战生死交关之际，“倾共”的政治宣示与行动抉择。两岸进步文化人面对台湾政、经社会逐渐与中国“一体化”的事实，尽管中间横隔着“二·二八事件”，一度使彼此身份“位置”的差异性更显突出。但是“反内战”与“阶级认同”的实践逻辑，让他们的“习性”随着时间与现实条件的生成，逐渐产生共鸣，修正差异，扩大共识。吾人若以20世纪七八十年代才产生的“台湾民族主义”认同，强加在20世纪40年代后半期的杨逵（以及台湾左翼文化人）身上，不仅忽略当时的社会情势，漠视左翼文化人正积极介入的“阶级革命”的现实意义，也忽视了杨逵一再呼吁填补“澎湖沟”、两岸文化交流与文化统一阵线的真义。也正因为他们“倾共”的“政治化”“左翼化”的发言，对国民党的统治造成威胁，以致在“四六事件”中遭到通缉、逮捕与驱逐的“惩治”的命运。“四六事件”的整肃，也象征着《台湾新生报·桥》副刊带动的台湾社会主义文艺思潮的中挫。就此意义而言，“二·二八事件”以后，随着国共内战的情势急转，“二·二八事件”以前左、右翼结盟的台湾文化场域，继1927年“台湾文化协会”分化后，又一次在国共的分裂情势中分化。此一分化或许为1980年代国民党统治力松动之际、文化场域分化为“台湾结”与“中国结”埋下了历史契机，成为叶石涛所言的“省籍对立”的“不死鸟”（叶石涛，1987）[77]。但是，从当时台湾文学的“特殊性”与“一般性”的论议中，包括叶石涛本人当年的言论，都可见“省籍对立”并非是主要因素，“阶级认同”的意识分化恐怕是当时更根源的社会因素。“新现实主义”创作方法的提出，是对光复以后呼声不断的“文艺大众化”“人民文学”的一次理论与实践的总结；这并不仅是大陆 20 世纪 30 年代以后社会主义文艺理论的指导或移植而已；而是历史与现实条件赋予复归中国的台湾社会与文学必须面对的时代课题。

然而时代的课题尚未有机会以实践检验论争中凝聚的理论与共识。国民党当局退踞台湾后，20 世纪 50 年代，尤其是抗美援朝战争的爆发，美国第七舰队协防台湾海峡，使国民党当局无后顾之忧地发动雷厉风行的“白色恐怖”。两岸进步文化人致力于民主追求，促使台湾与“祖国”社会、文化、族群融合的努力，从此却成为禁锢的历史。

附录

7-1 台湾省行政长官公署时期与台湾总督府时期文官籍贯配比表

A 行政长官公署及所属机关各级官员籍贯配比（1946 年 10 月）												
	总计		特任		简任		荐任		委任		其他（雇用或征用）	
	人数	%	人数	%	人数	%	人数	%	人数	%	人数	%
计	44451	100.00	1	100.00	385	100.00	2990	100.00	20341	100.00	20734	100.00
台湾籍	38234	63.53	–	–	27	7.01	817	27.32	14133	69.48	13257	63.93
外省籍	9951	22.39	1	100.00	358	92.99	2173	72.68	6208	30.52	121	5.84
日本籍	6266	14.09	–	–	–	–	–	–	–	–	6266	30.23

B 台湾总督府及所属机关各级官员籍贯配比（1945 年 10 月）												
	总计		特任		简任		荐任		委任		其他（雇用等）	
	人数	%	人数	%	人数	%	人数	%	人数	%	人数	%
计	84559	100.00	1	100.00	109	100.00	2226	100.00	37978	100.00	44245	100.00
台湾籍	46955	55.53	–	–	1	0.92	51	2.29	14076	37.06	32827	74.19
日本籍	37604	44.47	1	100.00	108	99.08	2175	97.71	23903	62.94.	11418	25.81

资料源：台湾省行政长官公署人事室编，《台湾一年来之人事行政》（1946）[7-8]。

出处：陈翠莲，《派系斗争与权谋政治》（1995）[77]。

表 7-2 台湾省公教机构中台籍、外省籍、日籍人员人数与比例表

年月 籍贯	1946.03	1946.08	1946.10	1946.12	1947.06	1947.11
台籍（人数）	31070	24714	28234	39711	40624	45698
比例（%）	76.06	62.21	63.52	72.71	72.44	73.97
外省籍（人数）	2642	7940	9951	13927	14524	15857
比例（%）	6.48	19.95	22.39	25.58	25.90	25.70
日本籍（人数）	7139	7027	6266	929	929	205
比例（%）	17.46	17.65	14.09	1.71	1.66	0.33
总数（人数）	40851	39802	44451	54612	56082	61778

资料源：汤熙勇，《光复初期公教人员任用及其相关问题》。

出处：陈翠莲，《派系斗争与权谋政治》（1995）[79]。

表 7-3 台币与大陆币（法币与金圆券）汇兑市场之变化

日期	台币对法币汇兑比率（元）	比率调整次数（次）	日期	金圆券对台币汇兑比率（元）	比率调整次数（次）
1945 年 10 月 日	30		1948 年 8 月 23 日	1835	固定比率
1946 年 8 月 20 日	40		1948 年 11 月 1 日	1000	机动调整再开始
1946 年 9 月 23 日	35		1948 年 11 月 11 日	600	
1947 年 4 月 24 日	40		1948 年 11 月 26 日	370	6
1947 年 5 月 16 日	44		1948 年 12 月 30 日	222	10
1947 年 6 月 2 日	51		1949 年 1 月 31 日	80	16
1947 年 7 月 3 日	65		1949 年 2 月 25 日	14	9
1947 年 9 月 1 日	72		1949 年 3 月 31 日	3	4
1947 年 11 月 22 日	79		1949 年 4 月 11 日	1	10
1947 年 12 月 24 日	90		1949 年 4 月 30 日	0.05	7
1948 年 1 月 13 日	92	机动调整开始	1949 年 5 月 27 日	0.0005	
1948 年 2 月 28 日	142	16			
1948 年 3 月 25 日	205	10			
1948 年 4 月 27 日	248	7			

日期	台币对法币汇兑比率（元）	比率调整次数（次）	日期	金圆券对台币汇兑比率（元）	比率调整次数（次）
1948年5月20日	346	11			
1948年6月28日	685	15			
1948年7月31日	1345	11			
1948年8月18日	1635	5			
总　计		96	总　计		66

资料源：1. 黄登宗,《台湾省五年来物价变动之统计分析》,《中国农村复兴联合会特刊》第3号，1952附表5。

2.《台湾银行季刊》1卷1期—3卷1期，各期所录之《台湾经济略志》。

出处：刘进庆,《台湾战后经济分析》(1995)[44]。

说明：1.1945年10月迄1948年8月22日为兑台币1元之法币的比率。

2. 1948年8月23日迄1949年5月27日为兑金圆券1元之台币的比率。

3. 1948年1月13日开始汇兑市场之机动的调整。调整次数显示表两个期间中之合计次数。1948年8月19日金圆券改革后，汇兑市场8月23日到10月31日都固定下来，但11月1日以后，重新又开始机动性调整。

4. 台币与金圆券之间的连带关系，在1949年6月15日实施新台币改革之后被废止了。

表 7–4　台币与大陆币之公定兑换比率及购买力评价比率比较

	1947 年		1948 年	
	公定兑换率	购买力平价	公定兑换率	购买力平价
1 月	1 : 35	1 : 71	1 : 102	1 : 148
2	1 : 35	1 : 64	1 : 141	1 : 188
3	1 : 35	1 : 54	1 : 205	1 : 248
4	1 : 40	1 : 64	1 : 248	1 : 265
5	1 : 44	1 : 86	1 : 346	1 : 413
6	1 : 51	1 : 92	1 : 685	1 : 678
7	1 : 65	1 : 103	1 : 1346	1 : 1551
8	1 : 65	1 : 101	1 : 1635	1 : 2372
9	1 : 72	1 : 113	1835 : 1	1285 : 1
10	1 : 72	1 : 120	1835 : 1	2467 : 1
11	1 : 79	1 : 107	370 : 1	381 : 1
12	1 : 90	1 : 120	222 : 1	281 : 1

资料源：1.《台湾银行季刊》1（4）：174-175。

2.《台湾银行季刊》2（5）：67。

出处：刘进庆：《台湾战后经济分析》（1995）46。

说明：1. 台币：法币、金圆券。购买力平价以 1937 年为基准年。[1]

2. 1948 年公定兑换率，以当月最后一次调整之比率表示。

表 7–5　1946—1952 年公民营工业产值比例　　　　单位 %

年份 类别	1946	1947	1948	1949	1950	1951	1952
公营	81.62	81.04	72.68	75.80	68.41	64.38	57.6
民营	18.38	18.69	27.32	24.20	31.59	35.62	42.3

资料源：省建设厅，《台湾的民营工业》及"行政院主计处"，《台湾公营事业近况统计》。

出处：刘士永，《光复初期台湾经济政策的检讨》，（1996）123。

[1] "购买力平价"以 1937 年为基准年，并非没有问题，但表 7—4 的指标，反映台币被低估还是有相当意义。至于更进一步以战后上海和台北两地的物价指数的分析，参见刘进庆，1995：46-48，刘进庆总结台币大约被低估 30%—50%。

表 7-6 台湾各业生产类指数与总指数（1937—1950）

年	农业指数	水产业指数	林业指数	工业指数	矿业指数	畜牧业指数	总指数
1937	100.00	100.00	100.00	100.00	100.00	100.00	100.00
1938	104.83	92.89	120.22	102.99	115.26	102.50	104.22
1939	107.96	105.81	108.01	116.79	19.29	92.44	110.57
1940	93.27	193.70	139.71	121.25	129.86	74.27	105.12
1941	92.00	98.89	172.06	100.20	129.28	63.75	95.49
1942	94.62	68.42	216.18	124.51	108.41	72.64	105.98
1943	86.77	47.03	394.12	120.57	97.82	69.93	100.80
1944	81.44	21.96	206.62	102.52	80.28	53.10	87.36
1945	47.75	14.88	355.15	36.97	33.79	41.27	45.38
1946	55.42	53.15	41.54	18.32	43.55	49.60	40.72
1947	64.68	61.01	54.04	17.57	58.72	64.05	46.94
1948	74.80	74.54	110.66	44.60	74.27	68.86	63.69
1949	91.40	77.85	81.99	75.63	71.29	82.79	83.90
1950	99.86	83.05	122.43	79.55	76.59	84.10	91.50

资料源：夏霁成，《论发行、物价、生产》，《财政经济月刊》1 卷 8 期，（1951）[59]。

出处：翁嘉禧，《台湾光复初期的经济转型与政策》，（1998）[21]。

表 7-7　光复初期左翼文化人主导的刊物发行一览表
（1945.10—1947.02）

刊名	日期	出资．发行人（社长）	主编	其他成员
《一阳周报》	1945.09—1945.11.17	杨逵	杨逵	
《政经报》	1945.10.25—1946.07.25	陈逸松	苏新、蒋时钦	王白渊、颜永贤、林金茎、胡锦荣
《人民导报》	1946.01.01—1947.03.08	宋斐如－王添灯（1946.05.08—1946.09.19）－宋斐如（1947.03.08）	总编辑：白克、苏新（1946.03—1946.09） 《南虹》副刊：林金波、黄荣灿（1946.01.15—1946.02.14）	总主笔：陈文彬。 编辑与记者：马锐筹、谢爽秋、郑明禄、吕赫若、吴克泰、周传枝、赖明弘
《和平日报》	1946.05.04—1947.03.17	国防部宣传处[1] 发行人：李上根 副社长陈正坤 （奉警备司令部参谋长柯远芬 1946.11 改组—）	《新世纪》副刊：王思翔（创刊—1947.03.02）、《新文学》副刊：杨逵（1946.05.10—1946.08.09） 每周画报：（耳氏）陈庭诗（1946.09—1947.01.12）	主笔：王思翔 经理：楼宪（创刊—1946.08） 编辑主任：周梦江（创刊—19467.01） 日文版编译课长：杨克煌 副经理：林西陆 采访课长：丁文治（1946.06—09） 记者：施英梧、蔡铁城、钟天启 主任秘书：韦佩弦 副社长：张煦本（1946.11—）
《台湾评论》	1946.07.01—1946.10.01	出资：刘启光 发行人：林忠	李纯青（在上海主编） 苏新、王白渊（在台湾编译）	丘念台、周天启、杨逵
《自由报》	1946.10.15—1947.02.28	出资：王添灯 发行人：陈进兴	挂名：蔡庆荣 实际：萧来福	王白渊、吕赫若、徐渊琛、孙万枝、蒋时钦、周庆安、吴克泰
《新知识》	1946.08.15	出资：张焕珪 发行人：张星建	王思翔、楼宪、周梦江	杨逵、杨克煌
《文化交流》	1947.01.15	出资：张焕珪 主办人：蓝更与	王思翔、杨逵	楼宪、周梦江

[1] 以标楷体代表“黄埔”系的“军统”人员。

表 7-8　龙瑛宗（刘荣宗、彭智远、刘春桃、R、李志阳）光复初期作品目录

	日期	篇名	类别（语言）	期刊	作者
1	1945.11.01	民族の烽火（民族的烽火）	论著（日）	《新青年》1：3	缺稿，以下若未特别注明，皆为署名龙瑛宗
2	1945.11.15	青天白日旗	小说（日）	《新风》创刊号	
3	1945.12.20	建设：文学	论著（日）	《新新》创刊号	
4	1945.12.20	汕頭から來た男（汕头来的男人）	小说（日）	《新新》创刊号	
5	1946.01.20	民族革命——太平天国（一）	论著（中日对照）	《中华》创刊号	署名刘荣宗 龙瑛宗主编
6	1946.01.20	中米關係並びに其の展望（中美关系及其展望）	论著（中日对照）	《中华》创刊号	署名彭智远
7	1946.01.20	楊貴妃の戀（杨贵妃之恋）	小说（日）	《中华》创刊号	
8	1946.02.01	二人乘り自轉車（两人乘坐的自行车）	随笔（日）	《新新》第 2 号	
9	1946.03.15	個人主義の終焉——老舍の駱駝祥子（个人主义的终结——老舍的骆驼祥子）	评论（日）	《中华日报》日文版《文艺》	
10	1946.03.21	台南にて歌へる（在台南唱歌）	随笔（日）	《中华日报》日文版《文艺》	署名彭智远
11	1946.03.21	生活と鬥ふ小孩子（与生活搏斗的小孩子）	随笔（日）	《中华日报》日文版《文艺》	
12	1946.04.04	台北時代の章炳麟——亡命家の一つの插話（台北时代的章炳麟——亡命家的一个插曲）	论著（日）	《中华日报》日文版《文艺》	署名彭智远
13	1946.04.11	名作巡禮：カルメン（卡门）	作品介绍（日）	《中华日报》日文版《文艺》	署名 R
14	1946.04.23	燃える女（燃烧的女人）	短篇小说（日）	《中华日报》日文版《文艺》	
15	1946.04.26	名作巡禮：お菊さん（菊子夫人）	作品介绍（日）	《中华日报》日文版《文艺》	署名 R
16	1946.04.28	女性と讀書（女性与读书）	论著（日）	《中华日报》日文版《家庭》	
17	1946.04.30	民族革命——太平天国（二）	论著（中日对照）	《中华》第 2 号	署名刘荣宗

	日期	篇名	类别（语言）	期刊	作者
18	1946.04.30	楊貴妃の戀（杨贵妃之恋）	小说（日）	《中华》第2号	
19	1946.05.02	名作巡礼：复活	作品介绍（日）	《中华日报》日文版《文艺》	署名R
20	1946.05.09	名作巡禮：ランテの死（蓝德之死）	作品介绍（日）	《中华日报》日文版《文艺》	署名R
21	1946.05.10	名作巡禮：青髯と七人の妻（蓝胡子和七个妻子）	作品介绍（日）	《中华日报》日文版《文艺》	未署名
22	1946.05.13	名作巡禮：ドン・キホーテ（堂·吉诃德）	作品介绍（日）	《中华日报》日文版《文艺》	署名R
23	1946.05.14	名作巡禮：波斯人の手紙（波斯人的信）	作品介绍（日）	《中华日报》日文版《文艺》	署名R
24	1946.05.14	文學は必要か——時代と文化の問題（文学是必要的吗——时代与文化的问题）	评论（日）	《中华日报》日文版《文艺》	署名刘春桃
25	1946.05.20	名作巡禮：阿Q正传	作品介绍（日）	《中华日报》日文版《文艺》	署名R
26	1946.05.20-09.13	陆章《锦绣山河》	翻译（日）	《中华日报》日文版《文艺》	陆章作，龙瑛宗译
27	1946.05.23	名作巡禮：アドルフ（阿道尔夫）	作品介绍（日）	《中华日报》日文版《文艺》	署名R
28	1946.05.30	“饭桶”论	翻译（日）		风人作，彭智远译
29	1946.05.30	名作巡禮：若キエルシ悲しみ（少年维特的烦恼）	作品介绍（日）	《中华日报》日文版《文艺》	署名R
30	1946.06.01	名作巡礼：老残游记	作品介绍（日）	《中华日报》日文版《文艺》	署名R
31	1946.06.01	ハイネよ（海涅阿）	新诗（日）	《中华日报》日文版《文艺》	署名刘春桃
32	1946.06.05	名作巡禮：ガルヴア旅行記（格列佛游记）	作品介绍（日）	《中华日报》日文版《文艺》	署名R
33	1946.06.07	名作巡禮：アルネ（亚尔尼）	作品介绍（日）	《中华日报》日文版《文艺》	署名R
34	1946.06.09	女性は何故化妝か（女人为什么化妆）	论著（日）	《中华日报》日文版《家庭》	
35	1946.06.13	名作巡禮：私の大學（名作巡礼：我的大学）	作品介绍（日）	《中华日报》日文版《文艺》	署名R

	日期	篇名	类别（语言）	期刊	作者
36	1946.06.22	文化を擁護せよ——台灣文化協進會成立を祝す（拥护文化——祝台湾文化协进会成立）	论著（日）	《中华日报》日文版《文艺》	
37	1946.06.22	名作巡禮：女の一生（女人的一生）	作品介绍（日）	《中华日报》日文版《文艺》	署名R
38	1946.06.25	名作巡禮：にごりえ、たけくらべ（浊江、比高）	作品介绍（日）	《中华日报》日文版《文艺》	署名R
39	1946.07.25	知性之窗：飢餓と商人——悲惨なエピソード（饥馑与商人—悲惨的故事）	论著（日）	《中华日报》日文版《文艺》	未署名
40	1946.08.01	名作巡禮：ナナ（娜娜）	作品介绍（日）	《中华日报》日文版《文艺》	署名R
41	1946.08.04	婦人と天才（妇人与天才）	论著（日）	《中华日报》日文版《家庭》	
42	1946.08.08	中國認識の方法（认识中国的方法）	（日）	《中华日报》日文版《文艺》	署名彭智远
43	1946.08.08	知性之窗：人材の扼殺——人事問題に關して（人才的扼杀——关于人事问题）	论著（日）	《中华日报》日文版《文艺》	署名风
44	1948.08.11	女性と學問——現代の文化は跛行性（女性与学问——现代文化已失调）	论著（日）	《中华日报》日文版《家庭》	署名R
45	1946.08.16	名作巡禮：罪と罰（罪与罚）	作品介绍（日）	《中华日报》日文版《文艺》	署名R
46	1946.08.16	中國文學の動向（中国文学的动向）	介绍（日）	《中华日报》日文版《文艺》	署名李志阳
47	1946.08.18	女性美の變遷——近代は健康美（女性美的变迁——近代是健康美）	论著（日）	《中华日报》日文版《家庭》	署名风
48	1946.08.22	知性之窗：理論と現實——よく現實を觀察せよ（理论与现实——好好观察现实）	论著（日）	《中华日报》日文版《文艺》	署名风
49	1946.08.25	キュリー夫人_婦人の能力について（居里夫人——关于妇人的能力）	论著（日）	《中华日报》日文版《家庭》	署名R

	日期	篇名	类别（语言）	期刊	作者
50	1946.08.29	血と涙の歷史——楊逵氏の『新聞配達夫』(血与泪的历史——杨逵的《送报夫》)	评论（日）	《中华日报》日文版《文艺》	
51	1946.08.29	名作巡禮：初恋	作品介绍（日）	《中华日报》日文版《文艺》	署名R
52	1946.09.05	知性之窗：ロスチャイルド家——金持になる祕語（罗斯柴尔德家族——成为富人的秘密）	作品介绍（日）	《中华日报》日文版《文艺》	署名R
53	1946.09.12	名作巡礼：浮生六记	作品介绍（日）	《中华日报》日文版《文艺》	署名R
54	1946.09.12	中國古代の科學書——宋應星の「天工開物"（中国古代的科学书——宋应星的《天工开物》）	评论（日）	《中华日报》日文版《文艺》	署名彭志远
55	1946.09.15	女は何故泣くか（女人为什么哭）	论著（日）	《中华日报》日文版《文艺》	署名R
56	1946.09.19	知性之窗：薔薇戰爭——台胞は奴化されたか（知性之窗：蔷薇战争——台胞被奴化了吗）	时论（日）	《中华日报》日文版《文艺》	署名R
57	1946.09.19	臺南から臺北へ（从台南到台北）	随笔（日）	《中华日报》日文版《文艺》	署名李志阳
58	1946.09.21	男女間の愛情（男女间的爱情）	论著（日）	《中华日报》日文版《家庭》	署名R
59	1946.09.28	傳統の潛在力——吳濁流氏の『胡志明』(传统的潜在力——吴浊流的《胡志明》)	评论（日）	《中华日报》日文版《文艺》	
60	1946.09.28	名作巡礼：外套	作品介绍（日）	《中华日报》日文版《文艺》	署名R
61	1946.10.03	知性之窗：戰爭か和平か（知性之窗：战争与和平）	论著（日）	《中华日报》日文版《文艺》	署名R
62	1946.10.06	婦人と政治（妇人与政治）	论著（日）	《中华日报》日文版《家庭》	
63	1946.10.13	哀しき鬼（悲哀的鬼）	短篇小說（日）	《中华日报》日文版《文艺》	
64	1946.10.13	名作巡禮：從妹ベット（名作巡礼：贝姨）	作品介绍（日）	《中华日报》日文版《文艺》	署名R

	日期	篇名	类别（语言）	期刊	作者
65	1946.10.15	新劇運動の前途——熊佛西作『屠戶』を觀て（新剧运动的前途——看熊佛西《屠户》）	评论（日）	《中华日报》日文版《文艺》	
66	1946.10.17	心情告白	新诗（日）	《中华日报》日文版《文艺》	
67	1946.10.17	知性之窗：知性の為に——お別れの言葉（为了知性——临别的话）	论著（日）	《中华日报》日文版《文艺》	署名 R
68	1946.10.19	中國近代文學の始祖——鲁迅逝世十週年紀念日に際して（中国近代文学的始祖——鲁迅逝世十周年纪念日）	论著（日）	《中华日报》日文版《文艺》	
69	1946.10.20	贞操问答	论著（日）	《中华日报》日文版《家庭》	
70	1946.10.20	女性と經濟（女性与经济）	论著（日）	《中华日报》日文版《家庭》	署名 R
71	1946.10.23	内戰を止める（停止内战）	新诗（日）	《中华日报》日文版《文艺》	署名彭智远
72	1946.10.23	名作巡礼：海燕	作品介绍（日）	《中华日报》日文版《文艺》	署名 R
73	1946.10.23	日本文化に就て——これからの心構へ（关于日本文化——今后的心理准备）	论著（日）	《中华日报》日文版《文艺》	
74	1946.10.24	台灣はどうなるか（台湾会变成怎样？）	论著（日）	《中华日报》日文版《文艺》	
75	1947.01.05	台北的表情	随笔（中）	《新新》第 2 卷第 1 号	

	日期	篇名	类别（语言）	期刊	作者
76	1947.02.17	あの女人への書翰（给那个女人的信） 第一信《男女の友情について》(《关于男女之间的友情》)、第二信《台北と台南について》(《关于台南和台北》)、第三信《文學關於》(《关于文学》)、第四信《別れについて》(《关于告别》)。其中第一、四信分别为首次发表；二、三信为《文學は必要か》(《文学是必要的吗？》)（05.14）、《臺南から臺北へ》(《从台南到台北》)（09.19）增补、改题。	书信（日）	《女性を描く》(《描写女性》)随笔集	其他文章皆《中华日报》日文栏旧作结集。
77	1949.05.20	左拉的实验小说论	理论介绍（中）	《龙安文艺》第1期	1948.03任职民政处， 编辑《山光旬刊》 注明作者第一篇中文文章

说明：1. 摘录自许维育：《战后龙瑛宗及其文学研究》（附录一 战后龙瑛宗生平写作年表）（1998）[171-178]。

2. 参照客家文学馆网页《龙英宗著作目录》：

http://cls.lib.ntu.edu.tw/hakka/author/long_ying_zong/com_list.htm

3. 笔者制表、增补校订。

表 7–9　光复初期“鲁迅精神”作品目录

时间	篇名	作者	期刊
*1945.10.25	《学习鲁迅先生》	木马（林金波）	《前锋》光复纪念号
*1945.12.12	《阿 Q 性》	新人	《民报·学林》
*1945.12.21、22、24、25	《鲁迅的诗》	铁汉	《民报·学林》
*1946.05.20	《名作巡礼——阿 Q 正传》	R（龙瑛宗）	《中华日报·文艺》
#1946.09	《鲁迅传》	小田狱夫 著 范泉译	开明出版社　注：叶荣钟藏书
*1946.10.19	《中國近代文學の始祖——鲁迅逝世十週年記念日に際して》(《中国近代文学的始祖——鲁迅逝世十周年纪念日》)	龙瑛宗	《中华日报》
*1946.10.19	《鲁迅を紀念して》(《纪念鲁迅》)	杨逵	《中华日报》
*#1946.10.19	《关于鲁迅精神的二三基点》	胡风	《和平日报·新世纪》 注 1：转载自《民族战争与文艺性格》(1937 年) 注 2：与《希望》第 2 集第 4 期同时揭载，1946.10.18
*#1946.10.19	《鲁迅和青年》	许寿裳	《和平日报·新世纪》
*1946.10.19	《纪念鲁迅》	杨逵	《和平日报·新世纪》
*#1946.10.20	《忘记解》	景宋	《和平日报·新世纪》 注：同页柳亚子诗一首、有毛润之（毛泽东）的名字。
*1946.10.20	《我所信仰的鲁迅先生》	秋叶	《和平日报·新世纪》
*#1946.10.20	《追念鲁迅》	（署名不清）	《和平日报·新世纪》
*#1946.10.20	《田汉先生的〈阿 Q 正传〉剧本》	杨蔓青	《和平日报·新世纪》
*#1946.10.21	《斯くの如き戰鬪》(《像这样战斗》)	楼宪	《和平日报·新世纪》
*#1946.10.21	《鲁迅的德行》	许寿裳	《和平日报·新世纪》
*#1946.10.31	《看了阿 Q 、不知阿 Q 的为人》	林焕平	《中华日报·新文艺》
*#1946.11.01	《抗战八年木刻选集》序	叶圣陶	《人民导报·艺文》创刊号
*1946.11	《中华民族之魂！》	游客	《正气》第 1 卷第 2 期 注：批评许寿裳文章，认为鲁迅不配为“民族之魂”
*1946.11.01	《纪念鲁迅》	杨云萍	《台湾文化》第 1 卷第 2 期
*1946.11.01	《鲁迅的精神》	许寿裳	《台湾文化》第 2 卷第 2 期
*#1946.11.01	《斯茉特莱记鲁迅》	高歌译	《台湾文化》第 1 卷第 2 期 注：转载自《文萃》第 10 期，1945.12.11。
*#1946.11.01	《鲁迅先生与中国新兴木刻艺术》	陈烟桥	《台湾文化》第 1 卷第 2 期 注 1：转载《鲁迅与中国新木刻》《文艺春秋》第 3 卷第 4 期，1946.10.15。 注 2：《鲁迅怎样指导青年木刻家》《文艺春秋》第 2 卷代 4 期，1946.03.15。
*#1946.11.01	《漫谈鲁迅先生》	田汉	《台湾文化》第 1 卷第 2 期 注：转载自《文萃》第 5 期，1945.11.06。

时间	篇名	作者	期刊
*1946.11.01	《他是中国的第一位新思想家》	黄荣灿	《台湾文化》第 1 卷第 2 期
*1946.11.01	《鲁迅旧诗录》	谢似颜	《台湾文化》第 1 卷第 2 期
*1946.11.01	《在台湾首次纪念．鲁迅先生感言》	雷石榆	《台湾文化》第 1 卷第 2 期
*1946.11.04	《鲁迅孤僻吗？》	朱啸秋	《台湾新生报·新地》
*#1946.11.07	《阿 Q 相》	林焕平	《中华日报·新文艺》
*1947.01.01	《鲁迅的人格和思想》	许寿裳	《台湾文化》第 2 卷第 1 期
*1947.01.10	《阿 Q 的私生子》	忆怀	《中华日报·海风》
*1947.01.15	《阿 Q 画圆圈》	杨逵	《文化交流》
*1947.01	《鲁迅先生》	杨逵	收入杨逵译《阿 Q 正传》东华书局 中日对照
*1947.01	《关于鲁迅》	王禹农 译	《狂人日记》标准国语通信学会 中日对照
*#1947.02.05	《读〈鲁迅书简〉》	李何林	《台湾文化》第 2 卷第 2 期 注：与《文艺春秋丛刊》同时发表，第 1 卷第 2 期 1947.02。
*#1947.05.25	《阿 Q 时候的风俗人物一班》（文艺佳作选）	周建人	《中华日报·新文艺》 注：转载自《读书与出版》第 2 年第 4 期。
*1947.06	《鲁迅的思想与生活》	许寿裳 杨云萍编	台湾文化协进会
*1947.08	《鲁迅与〈故乡〉》（中日对照）	蓝明谷	收入蓝明谷译：《故乡》，现代文学研究会 注：1948.06 东方出版社再版（见下村次作郎 1998）。
*1947.08.01	《鲁迅和我的交谊》	许寿裳	《台湾文化》第 2 卷第 5 期
*1947.10.22	《鲁迅——中国的高尔基》	欧阳明	《台湾新生报·桥》
*1947.11.01	《鲁迅的游戏文章》	许寿裳	《台湾文化》第 2 卷第 8 期
*1948.01	《关于鲁迅》	王禹农译《药》	东方出版社“现代国语丛书系列”中日对照
*1948.01	《关于鲁迅》	王禹农译《孔已己、头发的故事》	东方出版社“现代国语丛书系列”中日对照
*1948.4.11	《阿 Q 校长演讲词补遗》	江风	《公论报·日月潭》141 期

说明：1. 摘录、整理自横地刚先生未刊稿《台湾文学史资料》（1945-1949）。经著者同意使用，谨此致谢。

2. “*”代表在台湾发表，“#”代表在大陆发表。

3. 笔者增补。

表 7–10 光复初期“台湾新文学运动”作品目录

时间 篇名 作者 期刊	备 注
*1945.10.25 《我们新的任务开始了》 林萍心 《前锋》光复纪念号	
*1945.11.20 《“建设”——文学》 龙瑛宗 《新新》创刊号	
#1945.11.16 《台湾文化的再建设》 《文汇报·社论》	
*1945.12.02、03 《我们的“等路”——台湾的文艺与学术》上、下 杨云萍 《民报·学林》	“台湾文学”的历史评价
*1945.12.28 《台湾新文化》 吕伯扬 《民报·学林》	
#1946.01.01 《论台湾文学》 范泉 《新文学》创刊号 * 改题为《台湾文学的回顾》、(署名民权社姚群转载于 1947.01.01《民权通讯社》第 31 号)	“台湾文学”的性质与方向
#1946.01.28 《重见祖国之日——台湾文学今后的前进目标》 赖明弘 《新文学》第 2 期	“台湾文学”的性质与方向
*1946.04.19 《文學革命と五四運動》(《文学革命与五四运动》) 王育德 《中华日报·文艺》	五四新文化精神
*1946.05.04 《学习五四的精神》 王思翔 《和平日报·新世纪》	五四新文化精神 翻译成日文刊在《第二版》(日本语版)社论“發刊の辞(发刊词)”刊出《封建性に對する挑戰／五四運動の精神に學ぶ》(《挑战封建主义／从五四运动的精神中学习》)，隔日(05.05)又刊载一次
*1946.05.10 《一个开始、一个结束》 楼宪·张禹 《和平日报·新文学》	“台湾文学”的性质与方向
*1946.05.10 《來るべき文學運動》(《应该来个文学运动》) 竹林 《和平日报·新文学》	
*1946.05.13 《论文化运动》 《和平日报·社说》	《文化運動を論ず》(《论文化运动》)日文翻译出，双面刊出
*1946.05.17 《文學再建の前提》(《文学再建的前提》) 杨逵 《和平日报·新文学》	重建台湾文学
*1946.05.22 《台灣青年に送る》(《寄台湾青年》) 张文环 《和平日报·新青年》	
*1946.05.24 《台灣新文學停滯の検討》(《台湾新文学停滞的检讨》) 《和平日报·新文学》	“台湾文学”的性质与方向
*1946.05.20 《讀者投稿——文藝雜誌の方針の置くべきところ》(《读者投稿——文艺杂志的方针应该设置的方向》) 赖传监 《新新》第 4·5 号	

时间　　　　篇名　　　　作者　　　　期刊	备注
*1946.05.31　《台灣文學に就いて》(《关于台湾文学》)　张文环　《和平日报·新文学》	“台湾文学”的性质与方向
*1946.06.19　《论本省文化建设》　《新生报·社论》	
*1946.06.13　《編集室より》(《从编辑室》)　《中华日报·文艺》	
*1946.06.16　《思想の安定について》(《关于思想的安定》)　若云　《和平日报·新世纪》	
*1946.06.17　《祝台湾文化协进会——少数人的成功与失败》　《人民导报·民主点》	
*1946.06.22　《文化を擁護せよ一台灣文化協進會設立を祝す》(《拥护文化——祝台湾文化协进会成立》)　龙瑛　《中华日报·文艺》	新文学： 近代个性的确立与觉醒
*1946,07.18　《访宣传委员会夏主委.谈本省文化事业》　丁文治　《和平日报》	
*1946.07.28　《对当前台湾的文化运动的意见》　《新生报》	
*1946.07.31　《更正に對す》　赖起监　《和平日报·新世纪》	
*1946.08.15　《现阶段台湾文化的特质》　张禹　《新知识》	
#1947.08.15　《台湾高山族的传记文学》　范泉　《文艺春秋》第5卷第2期	
#1947.08.15　《高山族的舞踏和音乐》　范泉　同上	
*1946.08.15、8.21　《青年諸君と談る》及（續）(《与青年交谈》及（续））　杨达辉　《和平日报·新世纪》	
*1946.08.22　《彷徨へる台灣文學》(《彷徨的台湾文学》)　王莫愁（王育德）　《中华日报·文化》	“台湾文学”的性质与方向
*1946.08.29　《血と涙の歷史——楊逵氏の“新聞配達夫”》(《血与泪的历史——杨逵的《送报员》)　龙瑛宗　《中华日报·文化》	
*1946.09.04　《本省一年来的文化与宣传》　夏美驯　《和平日报·新世纪》	（长官公署）
*1946.09.15　《台湾新文学运动的回顾》　杨云萍　《台湾文化》创刊号	“台湾文学”的性质与方向
*1946.09.15　《文协的使命》　游弥坚　《台湾文化》创刊号	“文化协进会”、亲（长官公署）
*1946.09.15　《重建台湾文化》　林紫贵　《台湾文化》创刊号	（省党部）
*1946.09.15　《本会的记录——台湾文化协进会成立大会宣言》　《台湾文化》创刊号	“文化协进会”、亲（长官公署）
*1946.09.28　《傳統の潛在力——吳濁流氏の“胡志明”》(《传统的潜在力——吴浊流的〈胡志明〉》)　龙瑛宗　《中华日报·文化》	
*1946.10.17　《谈台湾文化的前途》　苏新、王白渊　《新新》第7期	“台湾文学”的性质与方向

时间　　　篇名　　　作者　　　期刊	备 注
*1946.10.17　《青年諸君に與ふ》(《给青年诸君》)　王白渊　《新新》第7期	
*1946.10.17　《知性の為に一お別れの言葉》(《为了知性——临别的话》)　R（龙瑛宗）　《中华日报·文化》	
*1946.10.17　《心情告白》　龙瑛宗　同上	
*《文學随筆——帰還者の弁》　赖耀钦　同上	
#1946.10.21　《台湾的秘密》　黄英（周梦江）　《文汇报》	
*1946.10.23　《日本文化に就いて——これからの心構へ》(《关于日本文化——今后的心理准备》)　龙瑛宗　《中华日报》	
*#1946.10.31　《看了阿Q、不知阿Q的为人》　林焕平　《中华日报·新文艺》 附注：转载自《文艺欣赏论》(上海某书店单行本)	
*1946.11.25　《文艺家在哪里？》　《民报·社论》	
* 1946.11.01　《台湾文化的饥渴》　姚隼　《台湾文化》第1卷第2期	
*#1946.11.07　《阿Q相》　林焕平　《中华日报·新文艺》	
*#1946.11.14　《看了旧小说去做和尚》　林焕平　《中华日报·新文艺》	
*1946.12.01　《近事杂记（一）》　杨云萍　《台湾文化》第1卷第3期	
*1946.12.01　《台北之秋》　天华　《台湾文化》第1卷第3期	
*1946.12.01　《文化动态》　《台湾文化》第1卷第3期	
*1946.12.01　《漫谈台湾艺文坛》　多瑙　《人民导报》“艺文”第5期	
*1946.12.08　《台湾新文学的建设》(正、续)　巴特　《人民导报·艺文》第5、6期	“台湾文学”的性质与方向改署名 欧阳明发表在《南方周报》《台湾新生报·桥》
#1946.12.06　《台湾的文化》　杨村（扬风？）　《文汇报》	
*1946.12.11　《报纸副刊的作品问题》　丁冲　《和平日报·新世纪》	
*1946.12.16　《漫谈文艺及其他》　姚冷　《和平日报·台湾文艺》　台湾文艺社主编	附注：台湾文艺社（台北市表町17号　白扬采）。《和平日报》《国是日报》分别刊载（省党部）
*1946.12.30　《对副刊的一个希望》　丁开托　《和平日报·新世纪》	

时间　　篇名　　作者　　期刊	备注
*1947.01.01　《一年来文化界的回顾》　王白渊　《(青年)自由报》	
*1947.01.01　《也漫谈台湾艺文坛》　苏生(苏新)《台湾文化》第2卷第1期	反驳1946.12.01多瑙一文 "台湾文学"的性质与方向
*1947.01.01　《随想》　雷石榆　《台湾文化》第2卷第1期	
*1947.01.05　《卷头语——文化的交流》　《新新》第2卷第1期	
*#1947.01.12　《谈风格》　林焕平　《中华日报·新文艺》	
*1947.01.15　《吵闹要不得——祝文化交流发刊》　冷汉　《文化交流》	
*1947.01.15　《释〈文化〉》　王思翔　同上	
*1947.01.15　《阿Q画圆圈》　杨逵　同上	
*1947.01.15　《纪念林幼春先生·赖和先生台湾新文学二开拓者》　杨逵编　同上	
*#1947.02.02　《看到美人、想起恋爱》　林焕平　《中华日报·新文艺》	
*1947.02.05　《随想》　雷石榆　《台湾文化》第2卷第2期	
*1947.02.20　《也是杂感》　梦周　《中华日报·海风》 注：本期针对《海风》的意见登载	
*1947.02.22　《台湾有文化吗?》　梦周　《台湾日报》"台风"	
*1947.03.01　《五分五分》　差不多　《台湾文化》第2卷第3期	
*1947.03.01　《土人的希望》　土人　《台湾文化》第2卷第3期	
#1947.03.03　《文协筹组台湾观光团》《文汇报》	
#1947.03.04　《台湾最近物价的涨风》　凤炎(周梦江)　《文汇报》	
#1947.07.03、04、05　《台湾归来》　扬风　同上	
#1947.03.06　《记台湾的愤怒》　范泉 注：文艺出版社收入《创世记》(寰星图书杂志社　1947.07刊)	
#1947.03.07　《杨云萍——一个台湾作家》　范泉　《文汇报·笔会》 注：收入《创世记》(寰星图书杂志社　1947.07刊)	
# 1947.03.16　《从文化看台湾》　龙新发言《文汇报·星期座谈》	
*1947.04.20　《扩大新文艺的领域》　江默流　《中华日报·新文艺》	"台湾文学"的性质与方向

时间　　　　篇名　　　　作者　　　　期刊	备 注
*1947.04.24　《宪政协会昨召开 . 新文化运委会》　《台湾新生报·记事》	（省新文化运委会）
*1947.04.30　《对于提倡新文化运动的意见》　《新生报·社论》	（省新文化运委会）
*1947.04.30　《台湾省新文化运委会告全省同胞书》　同上	（省新文化运委会）
*1947.05.02　《省新文化运委会宣言全文》　《台湾新生报》	（省新文化运委会）
*1947.05.04　《迎文艺节》　编者（何欣）　《台湾新生报·文艺》	五四新文化精神
*1947.05.04　《台湾需要一个新的五四运动》　许寿裳　《台湾新生报》	五四新文化精神 “台湾文学”的性质与方向
*1947.05.04　《十年回顾——中国新文艺运动的道路》　江默流　《中华日报·新文艺》	五四新文化精神
*1947.05.04　《一点感想》　明明　《中华日报·新文艺》	“台湾文学”的性质与方向
*1947.05.04　《跨出第一步》　遗珠　《中华日报·新文艺》	“台湾文学”的性质与方向
*1947.05.04　《编者的话》　《中华日报·新文艺》	“台湾文学”的性质与方向
*1947.05.11　《展开台湾的新文艺运动》　梦周　《中华日报·新文艺》	“台湾文学”的性质与方向
*1947.05.11　《文艺的教育价值》　江森（何欣）　《台湾新生报·文艺》	
*1947.05.13　《挖悼烂疮疤》　梦周　《中华日报·海风》	“台湾文学”的性质与方向
*1947.05.23　《论副刊的功用及其内容》　江默流　《中华日报·海风》	
*1947.05.25　《展开台湾文艺运动》　沈明　《台湾新生报·文艺》	“台湾文学”的性质与方向
*1947.05.25　《编后记》　同上	
*1947.05.27　《谈国民文学》　见惠　《台湾新生报·新地》	“民族文艺”理念
*1947.06《第十七章　文学》　王白渊　《台湾年鉴》（1946.12）	“台湾文学”的性质与方向
*1947.06.05　《转移风气》　梦周　《中华日报·海风》	“台湾文学”的性质与方向
*1947.06.08　《论写作态度的严肃》　江默流　《中华日报·新文艺》	
*1947.06.18　《造成文学空气》　江默流　《台湾新生报·文艺》	“台湾文学”的性质与方向

时间　篇名　作者　期刊	备注
*1947.06.18　《说教文学》　梦周　《台湾新生报·文艺》	
*1947.06.18　《编后》　《台湾新生报·文艺》	
*#1947.06.22　《小孩看了跳舞,〈好，再来一个〉》　林焕平　《中华日报·新文艺》	
*1947.07.01　《台湾新文化运动的意义》　游弥坚　《台湾文化》第2卷第4期	
*1947.07.02　《台湾新文学运动史料》　王锦江　《台湾新生报·文艺》	“台湾文学”的性质与方向
*1947.07.02　《我们要这样的新文艺——再论展开台湾新文艺运动》　沈明　《台湾新生报·文艺》	“台湾文学”的性质与方向
*1947.07.02　《此风不可长》　梦周　《中华日报·海风》	
*1947.07.04　《两个世界——〈八千里路云和月〉观后》　梦周　《中华日报·海风》	
*1947.07.23　《打破缄默谈“文运”》　毓文　《台湾新生报·文艺》 *附《编者按》	“台湾文学”的性质与方向
*1947.07.23　《无谓的争辩——二谈舞禁》　梦周　《中华日报·海风》	
*1947.07.24　《落水狗和死老虎》　梦周　《中华日报·海风》	
*1947.07.29　《略论民族文学》　辛洛　《台湾新生报·新地》	官方“民族文艺”理念
*1947.07.30　《闲话官架子》　梦周　《中华日报·海风》	
*1947.07.30　《编辑记》　何欣　《台湾新生报·文艺》	
*1947.08.01　《刊首序言》　歌雷　《台湾新生报·桥》	
*1947.08.04　《编者·作者·读者》　歌雷　《台湾新生报·桥》	
*1947.08.06　《所谓〈尾巴〉》　梦周　《中华日报·海风》	
*1947.08.13　《作者·读者·编者——写给桥和桥的建筑者》　林影　《台湾新生报·桥》	
*1947.08.17　《文艺春秋第5卷第1期》　《中华日报》	
*1947.08.24　《文艺思潮讲话》　雷石榆　《中华日报·新文艺》	
*1947.09.01　《文艺大众化》　梦周　《台湾文化》第2卷第6期	“文学大众化”
*1947.09.15　《四十六天的历程》　歌雷　《台湾新生报·桥》	
*1947.09.19　《我的感想》　王井泉　《台湾新生报·桥》	
*1947.10.01　《记省编译馆二三事》　烦《台湾文化》第2卷第7期	

时间　　篇名　　作者　　期刊	备 注
*1947.10.08　《文学通俗化与台湾》　黄玄　《台湾新生报·桥》	"文学大众化"
*1947.10.18　《今后文化建设的方向》　社论　《和平日报》	
*1947.11.07　《台湾新文学的建设》　欧阳明　《台湾新生报·桥》	"台湾文学"的性质与方向
*1947.11.03　《论纯文艺》　稚真　《台湾新生报·桥》	"纯文艺"论争
*1947.11.07　《请走出"象牙塔"来——评稚真君的〈论纯文艺〉》　扬风　《台湾新生报·桥》	"纯文艺"论争
*1947.11.08　《我们需要批评》　史航　《中华日报·海风》	"台湾文学"的性质与方向
*1947.11.08　《检讨台湾文坛》　向高　《中华日报·海风》	"台湾文学"的性质与方向
*1947.11.10　《文学的内容与形式》　曾子明　《公论报·日月潭》	
#1947.11.15　《关于三篇边疆小说》　范泉　《文艺春秋》第 5 卷第 5 期	
*1947.11.15　《文坛杂感两则》　易水　《中华日报·海风》	"台湾文学"的性质与方向
*1947.11.19　《再论纯文学——兼答扬风先生〈走出象牙之塔来〉一文》　稚真　《台湾新生报·桥》	"纯文艺"论争
*1947.11.19　《编者·读者·作者》　歌雷　《台湾新生报·桥》	
*1947.11.22　《文学的形象性》　里子　《公论报·日月潭》29	
*1947.11.22　《谈典型》　鲁尼　《公论报·日月潭》	"新现实主义"的提倡
*1947.11.24　《〈纯文学〉诸问题》　斯妥　《台湾新生报·桥》	"纯文艺"论争
*1947.11.25　《古怪篇》　熊煌　《中华日报·海风》	"纯文艺"论争
*1947.11.24　《编者·读者·作者》　歌雷　《台湾新生报·桥》	
*1947.11.26　《编者·读者·作者》　歌雷　《台湾新生报·桥》	
*1947.11.28　《评再论纯文艺》　扬风　《台湾新生报·桥》48	"纯文艺"论争
*1947.12.8　《略论艺术的美》　鲁尼　《公论报·日月潭》	
*1947.12.8　《关于短篇小说》　吴夔山　《公论报·日月潭》41	
*1947.12.8　《关于抒情诗》　吴夔山　《公论报·日月潭》46	
*1947.12.10　《文学的基本特殊性》　里予　《台湾新生报·桥》	
*1947.12.12　《投枪》　夏禾　《台湾新生报·桥》	"纯文艺"论争
*1947.12.21　《论台湾新文学运动》　欧阳明　《南方周报》	"台湾文学"的性质与方向

时间　　篇名　　作者　　期刊	备 注
*1947.12.24　《一个希望—听〈中国文学讲座〉后》　吴乃光　《台湾新生报·桥》	
*1947.12.26　《扬风致编者的信》　扬风　《台湾新生报·桥》	“纯文艺”论争
*1947.12.28　《谈文学的形象》　熊煌　《公论报·日月潭》	
*1947.12.31　《凌风的信》　凌风　《台湾新生报·桥》	“纯文艺”论争
*1947.12.31　《新现实主义》　熊煌　《公论报·日月潭》	“新现实主义”的提倡
*#1948.01　《五四运动》　李何林　中华书局台湾分局经销	上海“大成出版社”
#1948.01.01　《台湾今后的“新文化”与文化工作的任务》　李巨伯　《自治与正统》新台湾出版社	
*1948.01.01　《抱着期望过新年》　雷石榆　《中华日报·海风》	
*1948.01.05　《批评的批评》　易逊　《公论报·日月潭》	
*1948.01.09　《关于这次论争的一点意见》　谢青　台湾新生报·桥》	“纯文艺”论争
*1948.01.12　《杂话批评——兼答凌风致编者信》　扬风　《台湾新生报·桥》	“纯文艺”论争
*1948.01.14　《编者·作者·读者》　歌雷　《台湾新生报·桥》	
*1948.01.17　《人物的典型性格与典型境环》　熊煌　《公论报·日月潭》	“新现实主义”的提倡
*1948.1.19　《性格化和形象化——文艺技巧研究六》　司徒阳　《台湾新生报·桥》	“现实主义”文论
*1948.02.10　《台湾文学运动史稿》　王锦江　《南方周报》	“台湾文学”的性质与方向
*1948.02.13　《在台湾的作家》　张明　《台湾新生报·桥》	
#1948.02.24　《追念许寿裳》　憬心　《华商报》	
#1948.03.01　《再谈方言文学》　茅盾　《大众文艺丛刊》第1辑	发行地：香港“方言文学”
*1948.03.02　《文艺与生活》　高怡冰　《力行报·力行》	
*1948.03.02　《许寿裳先生追悼会》　徐子　《中华日报》	
*1948.03.03　《编者·作者·读者——〈桥〉的作者来一次小叙》　《台湾新生报·桥》	孙达人提议茶会
*1948.03.12　《读者·作者·编者》　《台湾新生报·桥》	
*1948.03.16　《编者·读者·作者——〈桥〉的短信》　歌雷　《台湾新生报·桥》	
*1948.03.17　《编者·读者·作者——〈桥〉的短简》　歌雷　《台湾新生报·桥》	

时间　　篇名　　作者　　期刊	备 注
*1948.03.19　《编者·作者·读者》　《台湾新生报·桥》	
*1948.03.22　《编者·作者·读者——茶会需要课题》　《台湾新生报·桥》	
*1948.03.24　《编者·作者·读者——茶会决定了》　歌雷　《台湾新生报·桥》	
*1948.03.26　《新时代·新课题——台湾新文艺运动应走的路向》　扬风　《台湾新生报·桥》	“文学大众化”（文艺统一阵线）
*1948.03.26　《编者·作者·读者——茶会课题：〈桥〉的路》　歌雷　《台湾新生报·桥》	
*1948.03.26　《欢迎——为第一次茶会作》　歌雷　《台湾新生报·桥》	
*1948.03.29　《如何建立台湾文学》　杨逵　《台湾新生报·桥》	“文学大众化”（文艺统一阵线）
*1948.03.31　《编者·作者·读者——茶会讨论结果.请求速寄下短文》　歌雷　《台湾新生报·桥》	
*1948.04.01　《谈谈写作》　黎牧　《台湾力行报·力行》	
*1948.04.02　《论文学的时代使命——艺术的控诉力》　史村子　《台湾新生报·桥》	
*1948.04.02　《编者·作者·读者——百期扩大征文》　歌雷　《台湾新生报·桥》	
*1948.04.07　《〈桥的路〉[第一次作者茶会（03.28）总报告]》《台湾新生报·桥》《作家应到人民中间去观察 本省及外省作家应当加强连繫与合作》　杨逵与郑重、陈大禹、葛乔、史村子、子珑、黄得时、扬风、丽叶、郑牧之、苏尚耀、姚隼、秦嗣人、天野、陈健夫、稚真的发言及寄稿文	杨逵：（文艺统一阵线） 陈大禹：突破恐惧 子珑：台湾新文学绝非乡土艺术 扬风：文学大众化 姚隼：接受民间遗产 稚真：文艺自由论
*1948.04.07　《如何建立台湾新文学（第二次作者茶会（04.04）总报告）》《台湾新生报·桥》《过去台湾文学运动的回顾》　杨逵 《过去台湾新文艺的运动值得研究》　吴浊流 《台湾新文学运动是直接或间接受到我国五四运动影响而产生而发展》　林曙光 《希望大家能打破这目前文艺界的沈寂》　吴坤煌 《今天文艺工作者的困难》　瀛涛 《〈桥〉的路》　田兵	台湾文学的“特殊性”与“一般性” （文艺统一阵线）
*1948.04.09　《如何建立台湾新文学（第二次作者茶会总报告）续完》《台湾新生报·桥》《台湾文学之道与文艺工作者合作问题》　杨逵与孙达人、歌雷、陈大禹、吴坤煌、冯谆的发言	“文学大众化”、 歌雷：台湾文学的“特殊性”与“一般性” 陈大禹：封建残遗的思想 孙达人、吴坤煌：反帝、反封建的努力 杨逵：“文艺统一阵线”

时间　篇名　作者　期刊	备注
*1948.04.09　《编者·作者·读者——迦尼的来信》　《台湾新生报·桥》	
*1948.04.10　《去现实问题多远？——文艺情绪与生活情绪》　欧阳漫冈　《中华日报·海风》	
*1948.04.12　《台湾文学的过去、现在与将来》　林曙光　《台湾新生报·桥》	台湾文学的“特殊性”与“一般性”（打破特殊性）
*1948.04.14　《编者·作者·读者——第三次茶会快举行／本省作家请多来稿》　歌雷　《台湾新生报·桥》	
*1948.04.16　《一九四一年以后的台湾文学》　叶石涛　《台湾新生报·桥》	台湾文学的“特殊性”与“一般性” 反省战争期文学、导入祖国人民文学
*1948.04.23　《本省作者的努力与希望》　朱实　《台湾新生报·桥》	台湾文学的“特殊性”与“一般性” 肯定日据期文学遗产与“特殊性”
*1948.04.23　《给各报副刊编者及文艺工作者的一封公开信》　杨逵　《台湾新生报·桥》	“文艺统一阵线”
*1948.04.23　《编者·作家·读者——第三次茶会／星期六晚(04.24)中山堂举行》　歌雷　《台湾新生报·桥》	
*1948.04.26　《文艺与成语俗谚》　方生　《台湾新生报·桥》	
#1948.05.01　《略论文艺大众化》　穆文（林默涵）　《大众文艺丛刊》第2辑	“文学大众化”，发行地：香港
*1948.05.03　《台湾的新文学问题》　王诗琅　《和平日报》社论	
*1948.05.03　《代启：欢迎全省文艺工作者参加五月三日〈文艺茶会〉》　《台湾新生报·桥》	
*1948.05.04　《冷落的节日——今日文艺是被践踏的野草》　江默流　《中华日报·海风》	纪念五四
*1948.05.10　《建设台湾新文学·再认识台湾社会》　彭明敏　《台湾新生报·桥》	台湾社会的特殊性与一般性（殖民或封建意识的残留）
*1948.05.12　《我的申辩》　雷石榆　《台湾新生报·桥》	台湾社会的特殊性与一般性（殖民或封建意识的残留）
*1948.05.12　《编者·作者·读者——第四次作者茶会／在台中“05.15”、彰化“05.16”、台南“05.16”连续举行》　《台湾新生报·桥》	
*1948.05.13　《如何促进台湾的文运》　钱歌川　《中华日报·海风》	“台湾文学”的性质与方向 提倡乡土艺术

时间 篇名 作者 期刊	备 注
*1948.05.13 《从玉井教员吃甘薯说起》 欧阳明 《中华日报·海风》	
*1948.05.14 《台湾文学需要一个“狂飙运动”》 阿瑞《台湾新生报·桥》	“台湾文学”的性质与方向 个性解放的浪漫主义 文学沙漠、打破狭隘的地域观念
*《编者·作者·读者——第四次茶会》 《台湾新生报·桥》	
*1948.05.17 《我的辩明》 彭明敏 《台湾新生报·桥》	台湾社会的特殊性与一般性（殖民或封建意识的残留）
*1948.05.17 《寻找台湾文学之路》 杨逵 《台湾力行报·力行》	
*1948.05.17 《建立严正的文艺批评》 胡牧 《台湾力行报·力行》	
*1948.05.20 《对如何建立台湾新文艺的几个基本问题的认识》 《台湾力行报·力行》	
*1948.05.24 《再申辩》 雷石榆 《台湾新生报·桥》	台湾社会的特殊性与一般性（殖民或封建意识的残留）
*1948.05.24 《“文章下乡”——谈展开台湾的新文学运动》 扬风 《台湾新生报·桥》	“文学大众化”（文章下乡） 新现实主义
*1948.05.24 《建设新台湾文学之路》 胡绍钟 《台湾新生报·桥》	“五四精神”的扬弃 建立自主的地方性文学
*1948.05.26 《台湾新文学的意义》 田兵 《台湾新生报·桥》	台湾文学的“特殊性”与“一般性” “文学大众化”、文艺阵线
*1948.05.28 《论前进与后退——〈建设新台湾文学之路〉读后》 孙达人 《台湾新生报·桥》	针对 5.24 胡绍钟文 “五四精神”的扬弃或延续 台湾文学不是乡土文学
*1948.05.31 《台湾新文学创作方法问题》 雷石榆《台湾新生报·桥》	针对 5.14 阿瑞 “新现实主义”与“浪漫主义” 反狭隘性的地方文学
*1948.06.01 《写作与生活》 志仁 《台湾力行报·力行》	
*1948.06.02 《了解·生根·合作——彰化文艺茶会报告之一》 萧荻 《台湾新生报·桥》	“台湾文学”的性质与方向 肯定杨逵、赖和台湾文艺成就 “大和化”下的封建性

时间　篇名　作者　期刊	备注
*1948.06.04　《我看〈台湾新文学运动〉的论争》　王澍《台湾新生报·桥》	评彭明敏与雷石榆的论争 台湾文学的"特殊性"与"一般性" "文学大众化" 批内地作家的优越意识
*1948.06.04　《编者·作者·读者》　歌雷　《台湾新生报·桥》	
*1948.06.07　《五四·文艺写作——不必向〈五·四看齐〉》扬风　《台湾新生报·桥》	驳 5.28 孙达人、5.31 雷石榆 "五四精神"的扬弃或延续 "新现实主义"与"浪漫主义"
*1948.06.09　《我的〈新台湾文学运动〉看法》　姚筠《台湾新生报·桥》	台湾文学的"特殊性"与"一般性" "文学大众化" 特殊性乃因落后现象而存在 靠本地文学工作者
*1948.06.09　《在〈论争〉外》　洪朗　《台湾新生报·桥》	驳 6.4 王澍、抗战时期的"文学大众化"
*1948.06.09　《介绍〈近廿年中国文艺思潮论〉》　易军《台湾新生报·桥》	
*1948.06.14.16　《形式主义的文学观——评扬风的〈五四文艺写作〉》　雷石榆　《台湾新生报·桥》	"五四精神"的扬弃或延续 "新现实主义"与"浪漫主义" 批外省作家的优越意识
◎ 1948.06.14　《？？？》　钱歌川　"中央通讯"	反对"台湾新文学"的名号，笔者未见，根据陈大禹文章存目
*1948.06.16　《〈台湾文学〉解题——敬致钱歌川先生》　陈大禹《台湾新生报·桥》	台湾文学的"特殊性"与"一般性" "台湾文学"正名 边疆文学
*1948.06.18　《编者·作者·读者——关于钱歌川先生对〈文运〉的意见》　《台湾新生报·桥》	
* 1948.06.21　《编者·作者·读者——总论台湾新文学运动（第九回茶会"06.26"）》　《台湾新生报·桥》	
*1948.06.23　《评钱歌川、陈大禹对台湾新文学运动意见》　濑南人（林曙光）　《台湾新生报·桥》	台湾文学的"特殊性"与"一般性" 历史过程＋自然环境 目标：非边疆文学而是一般性

时间　篇名　作者　期刊	备注
*1948.06.23　《编者·作者·读者——第九次茶会星期日举行》　歌雷　《台湾新生报·桥》	
*1948.06.23　《所谓〈建设台湾新文学〉台北街头的甲乙对话》　杜从　《中华日报·海风》	台湾文学的"特殊性"与"一般性"
*1948.06.25　《"台湾文学"问答》　杨逵　《台湾新生报·桥》	台湾文学的"特殊性"与"一般性" "台湾文学"正名 《文艺春秋》边疆文学特辑、驳奴化论、澎湖沟、文化交流
*1948.06.25　《传统·觉醒·改造——简论台湾新文学的方向》　孙达人　《台湾新生报·桥》	继承五四精神
*1948.06.25　《濑南人先生的误解》　陈大禹　《台湾新生报·桥》	台湾文学的"特殊性"与"一般性" 边疆文学非矮化
*1948.06.25　《"台湾新文艺运动"论文索引》　《台湾新生报·桥》	
*1948.06.25　《编者·作者·读者——本星期日晚第九次茶会》　歌雷　《台湾新生报·桥》	
*1948.6.26　《所谓〈总论台湾新文学运动〉台北街头的甲乙对话》　段宾　《中华日报·海风》	台湾文学的"特殊性"与"一般性"
*1948.6.26　《令人啼笑皆非》　夏北谷　《中华日报·海风》	台湾文学的"特殊性"与"一般性"
*1948.06.27　《现实教我们需要一次嚷》　杨逵　《中华日报·海风》	台湾文学的"特殊性"与"一般性"
*1948.06.28　《新写实主义的真义》　扬风　《台湾新生报·桥》	"新现实主义"与"浪漫主义"
*1948.06.28　《论争杂感》　姚隼　《台湾新生报·桥》	台湾文学的"特殊性"与"一般性"
*1948.06.29　《以锣鼓声来凑热闹》　杜从　《中华日报·海风》	台湾文学的"特殊性"与"一般性"
*1948.06.30　《再论新写实主义》　雷石榆　《台湾新生报·桥》	"新现实主义"与"浪漫主义" "五四精神"的继承与中国社会性质
*1948.07.01　《关于〈台湾乡土文学选辑〉》　欧阳漫冈　《中华日报·海风》	乡土文学
*1948.07.02　《再论新写实主义》(续完)　雷石榆　《台湾新生报·桥》	"新现实主义"与"浪漫主义" "五四精神"的继承与中国社会性质

时间　　篇名　　作者　　期刊	备注
*1948.07.05　《承继鲁迅精神——读鲁迅全集后》　吕宋　《台湾新生报·桥》	
*1948.07.05　《评雷石榆的〈断魂曲〉》　田兵　《台湾新生报·桥》	
*1948.07.07　《从接受文学遗产说起》　扬风　《台湾新生报·桥》	“五四精神”的扬弃或延续
*1948.07.14　《歌雷致陈大禹书》　《台湾新生报·桥》	
*1948.07.16　《文艺杂感》　宇然　《台湾力行报·船》	
*1948.07.16　《不算批评——〈知哥仔伯〉读后》　麦芳娴　《台湾新生报·桥》	方言文学
*1948.07.16　《编者·作者·读者——征收对〈台北酒家〉的批评与意见》　歌雷　《台湾新生报·桥》	方言文学
*1948.07.19　《文学与方言——〈台北酒家〉读后》　林曙光　《台湾新生报·桥》	方言文学
*1948.07.19　《评〈台北酒家〉》　沙小风　《台湾新生报·桥》	方言文学
*1948.07.20　《论台湾风土的研究——致杨云萍教授》　林曙光　《中华日报·海风》	
*1948.07.23　《文学的语言——兼评〈台湾酒家〉》　麦芳娴　《台湾新生报·桥》	方言文学
*1948.07.26　《读〈台湾酒家〉》　朱实　《台湾新生报·桥》	方言文学
*1948.07.26　《读〈台北酒家〉的序幕》　萧荻　《台湾新生报·桥》	方言文学
*1948.07.28　《评郑重〈摸索〉》　田兵　《台湾新生报·桥》	
*1948.07.30.08..02.04.06　《论〈台湾文学〉诸论争》　骆驼英　《台湾新生报·桥》	“五四精神”的继承与中国社会性质 台湾文学的“特殊性”与“一般性” “新现实主义”与“浪漫主义”
*1948.07.30　《我对叶石涛作品的印象》　陈显庭　《台湾新生报·桥》	
*1948.07　《梦与现实》　杨逵　《潮流》夏季号	现实主义的精神
*1948.08.01　《杨逵先生主持本报文艺座谈会》　文艺通讯之《台湾力行报·力行》	重建台湾新文学
*1948.08.01　《台湾文艺丛刊》广告　《台湾力行报·力行》	
*1948.08.01　《谈谈民歌的搜集》　廖汉臣《台湾文化》第3卷第6期	文艺大众化
*1948.08.02　《谈青年》　史良　《台湾力行报·力行》	

时间 篇名 作者 期刊	备 注
*1948.08.02 《欢迎投稿》 杨逵 《台湾力行报·新文艺》	
*1948.08.15 《台湾文学吗？容抒我见》 陈百感（邱永汉） 《中华日报·海风》	台湾文学的“特殊性”与“一般性” 理论与实践
*1948.08.15 《所谓〈建设台湾新文学〉钱歌川说有语病 展开文学运动则有必要》 中央社讯 《台湾新生报·桥》	台湾文学的“特殊性”与“一般性”
*1948.08.16 《本报主办第一次新文艺座谈会记录》 杨逵 《台湾力行报·新文艺》	重建台湾新文学
*1948.08.20 《文学的生命——致林曙光·麦芳娴两先生》 沙小风 《台湾新生报·桥》	方言文学
*1948.08.20 《方生未死之间——茅盾于潮等著·小雅出版社》 潜 《台湾新生报·桥》	
*1948.08.23 《关于理论与实践——驳陈百感先生〈台湾文学吗？容抒我见〉一文》 骆驼英 《台湾新生报·桥》	台湾文学的“特殊性”与“一般性” 理论与实践
*1948.08.23 《人民的作家》 杨逵 《台湾力行报·新文艺》	
*#1948.08.23 《作家的进步》 徐中玉 《台湾力行报·新文艺》	转载自《展望》第2卷第13期
*1948.08.25 《致陈百感先生的一封信》 何无感（张光直） 《台湾新生报·桥》	台湾文学的“特殊性”与“一般性” 理论与实践
*1948.08.09 《新文艺可走的两条路》 许世瑛 《创作》	现实主义
*1948.09.01 《文化时言》 杨云萍、洪炎秋 《台湾文化》第3卷第7期	
*1948.09.01 《文艺作品的社会价值——8.25台湾文艺社学术》 曾今可 《建国月刊》第2卷第6期	
*1948.09.01 《全省联吟会祝词》 林献堂 《建国月刊》第2卷第6期	汉诗
*1948.09.01 《推进台湾文艺运动的我见》杜重：旧诗保留的必要 《建国月刊》第2卷第6期	汉诗保留的必要性
*1948.09.05 《答骆驼英先生》 陈百感 《中华日报·海风》	台湾文学的“特殊性”与“一般性”
*1948.10.01 《五四运动对台湾的影响》 扬风 《台湾之声》	五四新文化精神
*1948.10.05 《征求〈实在的故事〉》 杨逵 《台湾力行报·新文艺》	
*1948.10.11 《〈实在的故事〉问答》 杨逵 《台湾力行报·新文艺》	现实主义
*1948.10.15 《台湾要怎样的诗和诗人》 鸿赓 《中华日报·海风》	

时间　　篇名　　作者　　期刊	备注
*1948.11.11　《论〈反映现实〉》　杨逵　《台湾力行报·新文艺》	现实主义
*1948.11.13　《牺牲奋斗创造!（续）—为本报周年而作》　河　《台湾力行报·力行》	
*1948.11.13　《路——一年来的副刊编辑》　芷　《台湾力行报·力行》	
*1948.11.14　《路（续）》　《台湾力行报·力行》	
*1948.11.15　《编者·读者·作者——改造编辑工作》　歌雷　《台湾新生报·桥》	
*1948.11.24　《古怪篇》　熊煌　《中华日报·海风》	讽刺“纯文艺”
*1948.11.30　《论建立台湾新文学》　蔡瑞河　《台湾新生报·桥》	台湾文学的“特殊性”与“一般性” 文学大众化
*1949.01.14　《关于台湾新文学的两个问题》　籁亮（赖义传）《台湾新生报·桥》	台湾文学的“特殊性”与“一般性” 台湾新文学不是死的乡土文学
*1949.01.24　《台湾文学的方向——师范学院文艺座谈会讲演》　歌雷　《台湾新生报·桥》	现实主义的文学
*1949.01.27　《论杨逵〈萌芽〉中的几个问题》　吴阿文（周青）《台湾新生报·桥》	
*1949.3.7　《略论台湾新文学建设诸问题》　吴阿文（周青）《台湾新生报·桥》	台湾文学的“特殊性”与“一般性” 理论与实践、文艺统一战线 文学大众化
* 1949.04.19　《台湾文学的方向》　吕荧　《公论报·日月潭》38 期	台湾文学的性质与方向 现实主义与浪漫主义
*1949.05.02　《展望光复以来台湾文运》　朱实　《龙安文艺》丛刊第 1 辑	台湾文学的性质与方向 台湾文学的“特殊性”与“一般性”
*1949.05.02　《左拉的实验小说论》　龙瑛宗　《龙安文艺》丛刊第 1 辑	介绍并批评“自然主义”
*1949.05.02　《关于写作》　黎烈文　《龙安文艺》丛刊第 1 辑	
*1949.09.01　《光复以来的台湾文艺界》　酪青（叶石涛）《今日台湾》第 7 辑	台湾文学的“特殊性”与“一般性”
*1950.06.01　《谈谈乡土文艺》　蔡德本　《乡曲》创刊号	
*1950.12.05　《半世纪来台湾文学运动》　王锦江　《旁观杂志》	
*1951.05.04　《中国文艺协会一年来的工作报告》　《中华日报·文艺》	

说明：1. 摘录、整理自横地刚先生未刊稿《台湾文学史资料》（1945—1949），谨此致谢。

2. “*”代表在台湾发表，“#”代表在大陆发表，“◎”代表目前仅存目录，尚未找到的资料。

3. 笔者增补整理、备注说明。

表 7–11 《和平日报·新文学》副刊作品目录

期别	日期	作者	题目	文类	备注
1	1946.05.10	楼宪、张禹	一个开始·一个结束	文艺时评．中文	
		竹林	來るべき文學運動（应该來个文学运动）	文艺时评．日文	
		A·E 霍斯曼	战争已经结束	新诗．翻译诗	
			专载：中华全国文艺协会上海分会成立宣言	文学报导．中文	
2	1946.05.17	杨逵	文學再建の前提（文学再建的前提）	文艺时评．日文	
		E·Z	明天的祖国	新诗．中文	
		节录苏联对外文化协会文学部副主席戈尔巴托夫致我国葛宝权先生信	他人所寄望于我们者	书信．中文	
		中华全国文艺界抗敌协会总会．郑振铎等人	特载：慰问上海文艺界书 & 覆书	书信．中文	
3	1946.05.24	杨逵	台灣新文學停頓の檢討（台湾新文学停顿的检讨）	文艺时评．日文	
		莫洛	走向原野——和浪浪在一起的时候	散文．中文	
		黎丁	我活着，我看到了胜利——寄台湾友人	书信．中文	
			楼宪启事	启事．中文	

期别	日期	作者	题目	文类	备注
4	1946.05.31	蒲风	奇遇	小说 . 中文	
		丰子恺	艺术与革命	文艺时评 . 中文	
		林绵	寂寞	新诗 . 中文	
		张禹	断章取义之一	散文 . 中文	
		张文环	台灣文學に就いて（关于台湾文学）	文艺时评 . 日文	
5 诗人节特刊	1946.06.04	王思翔	纪念屈原	评论	
		楼宪	我们曾为生活而奋斗	新诗	
		顿尼逊 作 碧渊 译	诗人的歌	翻译新诗	
		艾青	诗人	新诗	艾青：诗人论之一节
		艾青	关于诗	诗论	节录艾青：诗论
		编辑室	纪念诗人节	编者言	
6	1946.06.14	苏·B·甫列涅夫 作、首文 译	勇敢的心	翻译小说	
		陈白□	无题	漫画	
		莫洛	说话	散文	
		赵景深	山城文坛漫步	散文	
7	1946.06.21		高尔基之家	散文	
		（塔斯社讯）	苏热烈举行“高尔基纪念周”	报道	
		葛洛斯曼	生命	小说	
		何其芳	工作者的夜歌	新诗	
		老舍	储蓄思想	散文	
		佚名 作	无题	漫画	
		艾黎	归来了	新诗	

期别	日期	作者	题目	文类	备注
8	1946.06.28	何其芳	叫喊（诗选）	新诗	
		郁影	写作底态度	散文	
		凡石	梦太平	漫画	
		葛洛斯曼	生命	小说	
9	1946.07.06	伊凡·威左夫 作 星帆 译	归来乎！	翻译 小说	
		诸葛灵	巴黎圣母寺	散文	
		许杰	献身文学的精神	散文	
10	1946.07.12	茅盾	高尔基的作品在中国	评论	
		张羽	反“肉糜主义”	散文	
		L·托尔斯泰 著 星帆 译	鸡蛋般大的谷	翻译 小说	
		莫洛	枪与蔷薇	散文	
11	1946.07.19	臧克家	假诗	散文	
		陈残云	走人民的道路	新诗	
		莫洛	红雀	散文	
		雪莱 作 叶田 译	哀英吉利人民	翻译 新诗	
		米海登 作 吴燮山 译	情书	翻译 散文	
		羽	剪刀生活		
12	1946.07.26	刘白羽	饥饿	小说	
			矛盾编文学丛书 蒯伯赞贫病交迫	文艺消息	
		静子	记女版画家凯浮珂勒维支	评介	文末括号署名
		郭沫若	慈悲 外一章	新诗	
		沙兵	都市的背面	版画	
		唐宋	奴隶的梦	散文	
		编者	赖若萍女士	通讯	

期别	日期	作者	题目	文类	备注
★12	1946.08.02	给赛珍珠女士	靳以	书信散文	文末括号署联合
		秸生	海	散文	
		信佛	风格和模仿	评论	
		艾芜	高尔基的小说	评论	在高尔基逝世十周年纪念会上一个简短的报告
		芳群	星光——寄给 L.N.	新诗	
		莫洛	眼睛——给诗人 V.G.	新诗	
		高尔基	高尔基语录——关于写作	语录	
★	1946.08.09	文艺教育论	士仁	评论	
		S. 赫特尔斯东 凯蒂译	安德烈记德（上）——巴黎文人生活琐谈之一	散文	
		莫洛	黑屋	新诗	

说明：“★”表“新文学”副刊原始文献期数有误，表格依照原来期数编订。

表 7-12　光复初期民主思潮与“大众文学”创作思潮

*#1946.01.19《所谓伟大的作品》　王平陵《人民导报·南虹》 注 :《中原、文艺杂志、希望、文哨联合特刊》第 1 卷第 2 期 1946.01.20
#1946.01.20《陪都文艺界致政治协商会议各会员书》《中原、文艺杂志、希望、文哨联合特刊》第 1 卷第 2 期
*#1946.01.20《上海文协分会向总会及全国文艺作家致敬电》中华全国文艺协会上海分会　同上 注：转载自《文艺复兴》第 1 卷第 1 期 1946.01.10
*#1946.01.26《向人民大众学习》　郭沫若《人民导报·南虹》第 24 期 注：转载自《文萃》第 4 期 1945.10.30。《文哨》第 1 卷第 1 期 1945.05.04 初出
#1946.01.28《重见祖国之日——台湾文学今后的前进目标》赖明弘《新文学》第 2 期
*1946.01.31《给艺术家以真正的自由／响应废止危害人民基本自由》黄荣灿《人民导报·南虹》
*1946.05.04《和平·民主·繁荣与文化》张禹·楼宪《和平日报·新世纪》
*#1946.05.10《广港文化在民主浪潮中》　危舟 《政经报》第 2 卷第 5 号
*1946.05.20《本报主催检讨省参议会座谈会》　《和平日报》 注：5 月 14 日，台中市民馆开办。楼宪任代理主席，杨逵、王思翔、周梦江等人发言
*1946.05.25《世相〈目耳口〉》　赖仙梦《和平日报·新青年》
*1946.05.25《闲话——言之者无罪，听之者足戒》张禹 《和平日报·新青年》
*#1946.05.28《舊傳統の改造，新作風の確立》(《旧传统的改造，新作风的确立》) 以群 白英译《和平日报·新世纪》　注：转载自《文哨》第 1 卷第 1 期 1945.05.04
*#1946.05.31《艺术与革命》　丰子恺 《和平日报·新文学》
*1946.06.04《纪念屈原》　王思翔《和平日报·新文学》
*1946.06.07《封建文化の打破——台灣青年の進むべき道》(《封建文化的打破——台湾青年应该走的路》) 王育德《中华日报·文艺》
*#1946.06.12《欢送鹿地亘先生》　冯乃超《和平日报·新世纪》 注：转载自《文联》第 1 卷第 6 期 1946.04.15
*1946.06.22《文化を擁護せよ一台灣文化協進會設立を祝す》(《拥护文化——祝台湾文化协进会成立》) 龙瑛宗《中华日报·文艺》
#1946.06.30《反内战、争自由——上海文化界对时局发表宣言》　《文汇报》
*1946.07.04《访宋斐如副处长——他说《过去日人在台所施《皇民化》教育，现在业已说明是全失败了》丁文治《和平日报》
*#1946.08.01《反内乱》　郭沫若《台湾评论》 注：转载自《反内战》《民言》创刊号 1946.06.25
*1946.08.01《人民の聲を聞け》(《听人民的声音》)　杨逵　《台湾评论》
*1946.08.15《光复杂感》　赖明弘《新知识》
*1946.08.15《现段阶台湾文化的特质》 张禹　《新知识》
*1946.08.15《为此一年哭》　杨逵　《新知识》

*#1946.09.13《日本新宪法批判》　林焕平《和平日报》
*1946.09.15《文化在农村》　吴新荣　《台湾文化》创刊号
*#1946.10.03-04《新民主運動と文藝》(《新民主运动与文艺》)(上、下)(叶)以群《中华日报》《文化》 注：转载自《新民主运动中的文艺工作》《文联》第 1 卷第 3 期（1946.02.05）
*1946.10.03《戰争か和平か》(《战争与和平》)　（R）《中华日报·文化》
*1946.11.20《谒官记》　梦周《中华日报》《海风》
#1947.01.01《民主运动中的二三事》　郭沫若《华商报》 注：《新文化》半月刊 1947.01.14 转载
*1947.01.01《关于〈乌合之众〉》洪炎秋 《台湾文化》第 2 卷第 1 期 注：转载自《和平日报》1946.12.24
*1947.01.04《谈官僚政治》　芦天《中华日报》《海风》
*1947.01.05《当然的主张——言论要绝对自由》　白龙 《新新》第 2 卷第 1 期
*1947.01.05《〈内地〉与〈内地人〉》　苏生（苏新）《新新》第 2 卷第 1 期
*1947.01.05《希望文化人共同迈进》　黄克正《新新》第 2 卷第 1 期
*#1947.01.10《和平礼赞》　任钧（卢森堡）《和平日报·新世纪》
*#1947.01.10《和平的实习》　孙伏园 《和平日报·新世纪》
*#1947.01.10《和平·民主·建设·段阶的文艺工作——在广州三个文艺团体欢迎会上的讲演》 茅盾《新创造》创刊号 1947.03.01 注 1：司马文森编《文艺生活》光复版第 4 期　1946.04.10 注 2：《中原、文艺杂志、希望、文哨联合特刊》第 6 期　1946.06.25
*1947.01.15《阿 Q 画圆圈》　杨逵《文化交流》
◎ 1947.04《展开华南通俗文艺运动（文协港粤分会通俗文艺座谈会座谈记录）》 冯乃超《文艺生活》光复版第 13 期
#1947.04.20《台游杂拾》(游记）　欧阳予倩《人间世》复刊第 2 期 注：改题《一个戏剧工作者的〈二·二八〉见闻》,《台湾时报》1990.02.28 转载
*1947.10.08《文学通俗化与台湾》　黄玄　《台湾新生报·桥》
#1948.01.01《低沈的文坛——抗战后近三年来的文坛动态》楚骥《星光日报·星星》
#1948.02《当前的文艺诸问题》郭沫若《文艺生活》海外版第 1 期(香港发行)
#1948.03.01《斥反动文艺》　郭沫若 《大众文艺丛刊》第 1 辑(香港发行)
#1948.03.01《对于当前文艺运动的意见——检讨、批判、和今后的方向》本刊同人、荃麟　大众文艺丛刊》第 1 辑
#1948.03.01《战斗诗歌的方向》　冯乃超《大众文艺丛刊》第 1 辑
#1948.03.01《略谈沈从文的〈熊公馆〉》　乃超《大众文艺丛刊》第 1 辑
#1948.05.01《略论文艺大众化》　穆文（林默涵)《大众文艺丛刊》第 2 辑
#1948.05.15《反帝、反封建、大众化》　《文艺生活》海外版第 3.4 期

#1948.05.15《文艺工作者的改造》　冯乃超　《大众文艺丛刊》第 1 辑上
#1948.07.01《关于当前文艺运动的一点意见》（叶）以群《大众文艺丛刊》第 3 辑
*1948.07.01《与文艺大众化有关》　培茵《创作》
*1948.08.01《谈谈民歌的搜集》　廖汉臣《台湾文化》第 3 卷第 6 期
*1948.08.11《歌谣偶拾——从封建社会中看被迫害的妇女》 田家乐 《台湾新生报·桥》
*1948.08.23《人民的作家》　杨逵《台湾力行报·新文艺》
*#1948.08.23《作家的进步》　徐中玉《台湾力行报·新文艺》 注：转载自上海《展望》第 2 卷第 13 期
*#1948.08.23《怎样看今日的诗风》　姚理 《台湾力行报·新文艺》 注：转载自上海《展望》第 2 卷第 14 期
*#1948.08.23-24《文艺漫谈》　石火《台湾力行报·新文艺》 注：转载自上海《展望》第 2 卷第 15 期
*1948.08.09《新文艺可走的两条路》　许世瑛《创作》
◎ 1948.10.18《建立华南的人民文学》　马逸野《星岛日报·文艺》
*1948.11.10《论民间歌谣特质》　臧洛克《台湾新生报·桥》
*1948.12.06《论文学与生活》　杨逵《台湾力行报·新文艺》
#1948.12《论文艺的人民性和大众性》　默涵《大众文艺丛刊》第 5 辑
*# 1949.01.21《台湾人民关心大局盼不受战乱波及》(和平宣言)(杨逵)《大公报》
*1949.02.03《由民歌到新音乐》　孙孙 《台湾新生报·桥》》
*1949.02.16《谈〈街头巷尾〉的主题——兼论知识分子的路向》姜龙昭《台湾新生报·桥》
*1949.02.21《台语与文艺——评绿岛小曲》　林曙光《台湾新生报·桥》
#1949.02.28《大众化两个彻底办法》　潘佳 + 乃之《星光日报·星星》
1949.03.23《向民间学习》　矗磊　同上《星光日报·星星》
#1949.03.31《大众文艺问题——厦门文艺座谈会记录之一》《星光日报·星星》
◎ 1949.03《新形势下文艺运动上的几个问题　荃麟《大众文艺丛刊》第 6 辑
#1949.04.19《建立新的文艺批评巩固文艺统一战线——厦门文艺座谈会记录之二》《星光日报》“星星”
*1949.4.8 蓝钟离《漫谈文学批评》《公论报·日月潭》335
*1949.05.02《左拉的实验小说论》龙瑛宗《龙安文艺》丛刊第 1 辑
*1949.05.02《关于写作》黎烈文《龙安文艺》丛刊第 1 辑
#1949.05.15《展开华南文艺运动的几个问题》黄绳《文艺生活》海外版第 14 期
#1949.07.06《在反动派压迫下斗争和发展的革命文艺——十年来国统区革命文艺运动报告提纲》茅盾“中华全国文学艺术工作者代表大会”
◎ 1949.07.06《谈加强时间性、战斗性和地方性》司马文森《大公报·文艺》

说明：1. 摘录、整理自横地刚先生未刊稿《台湾文学史资料》(1945—1949)。经著者同意使用，谨此致谢。

2. “*”代表在台湾发表，“#”代表在大陆发表，“◎”代表目前仅存目录，尚未找到的资料。

3. 笔者增补。

表 7–13 光复初期“国语运动”与方言文学

*1945.11.08《国语问题》 《台湾新生报·社论》
*1946.01.22《需推行废除日文运动》 《民报·社论》
*1946.02.28《漫谈国语与台湾推行国语》 金文咏《新台湾》第 2 期
*1946.02.28《对于从台湾省国语普及运动应有的认识与态度》曾彗明 同上
*1946.03.16《国语的文化凝结性》 魏建功《新生报》
*1946.03.31《國語比賽會に對する感想》(《对国语比赛的感想》) 陈蕙贞《人民导报》
*1946.04.07《恢复台湾话应有的方言地位》 何容 《新生报》“星期专论”
*1946.04.21《国语与台语》 陈文彬《人民导报》
*1946.05.01《台湾国语的推行与注音符号》 陈鸿勋《新台湾》第 4 期
*1946.05.10、11《利用台语学习国语》 陈文彬《人民导报·专论》
*1946.05.28《何以要提倡从台湾话学习国语》 魏建功《新生报·国语》
*1946.08.27《关于禁止日文版》 《民报·社论》
*1946.09.15《文化在农村》 吴新荣《台湾文化》创刊号
*1946.10.17《日文廢止に對する管見》 吴浊流《新新》第 7 期
*1946.10.17《本省人と日本語》 张·G·S《新新》第 7 期
*1946.10.17《知性の為に—お別れの言葉》(《为了知性——临别的话》) R(龙瑛宗)《中华日报·文化》
*1946.10.17《心情告白》 龙瑛宗《中华日报·文化》
*1946.10.17《文學隨筆——歸還者の弁》(《文学随笔——归还者的辩解》) 赖耀钦《中华日报·文化》
*1946.10.24 特集“さらば(告别)日文版”——《臺灣はどうなるか》(《台湾会变成怎样？》)龙瑛宗《中华日报》
*1946.10.24《自己の文字を使用すべし》(《应该使用自己的文字》) 《和平日报·社论》
*1946.12.01《中国文字问题浅说》 陈文彬《台湾文化》第 1 卷第 3 期
*1947.01.26《国语推进运动的实施》 《台湾新生报·社论》
*1947.06.01《方言为国语之本》 何容 《台湾新生报·星期专论》

*1947.06.06《辟〈台湾为日语环境说〉》 何容 《台湾新生报》
*1947.06.07《日本语文应恢复吗？》 《台湾新生报·社论》
*1947.10.01《台湾的国语运动》 味橄《台湾文化》第2卷第7期
◎#1948.01.01《方言问题论争总结》 冯乃超·荃麟《正报》第69.70期
#1948.01.29《杂谈方言文学》 茅盾《群众》第2卷第3期
#1948.03.01《再谈方言文学》 茅盾《大众文艺丛刊》第1辑
◎#1948.03.25《方言文学试论》 《文艺生活》海外版第2期
#◎1948.03.28《谈方言小说》 司马文森 《星岛日报·文艺》
#◎1948.04.06《关于方言文艺的创作实践》 华嘉 《星岛日报·文艺》
*1948.4.30《台湾闽南白话字会创立宗旨》 《中华日报·社会服务》
#1948.05.10《方言文学的实质——方言文学问题管见之一》姚理《华商报·热风》
#1948.05.11《防止形式主义的偏向——方言文学问题管见之二》姚理《华商报·热风》
*1948.05.20《〈新文艺〉与方言文学——方言文学问题管见之三》姚理《华商报·热风》
*1948.06.01《厦门方言之罗马字拼音法》 胡莫《台湾文化》第3卷第5期
#1948.06.02《谈创造方言文学》 姚理 《星光日报·星星》 注：《台湾力行报》1948.08.02曾转载姚理的文章
#1948.07.01《方言文学的创作》 静闻《大众文艺丛刊》第3辑
*1948.07.19《文学与方言——〈台北酒家〉读后》 林曙光 《台湾新生报·桥》
*1948.07.19《评〈台北酒家〉》 沙小风 《台湾新生报·桥》
*1948.07.23《文学的语言——兼评〈台湾酒家〉》麦芳娴 《台湾新生报·桥》
*1948.07.26《读〈台湾酒家〉》 朱实 《台湾新生报·桥》
*1948.07.26《读〈台北酒家〉的序幕》 萧荻 《台湾新生报·桥》
*1948.08.20《文学的生命——致林曙光·麦芳娴两先生》沙小 《台湾新生报·桥》
*1948.8.30《作家的任务——答沙小风》 麦芳 《台湾新生报·桥》
*1948.09.01《厦语方言罗马字草案》 朱兆祥 《台湾文化》第3卷第7期
#◎1948.10.03《潮州语言与文艺创作》 薛汕 《华侨日报·文艺》
#◎1948.11.28《一本失败的潮州方言文学》 薛汕《华侨日报·文艺》
*1949.01.22《发展本岛方言文学的文字问题》 宋承治 《台湾新生报·桥》
*1949.02.21《台语与文艺——评绿岛小曲》 林曙光 《台湾新生报·桥》
*1949.03.01《谈谈声调问题及其他——答复兆祥先生》胡莫《台湾文化》第4卷代1期
#1949.03.23《对于闽南文艺运动方向的一点意见》方菲《星光日报·星星》
#1949.03.28《谈方言小说》 司马文森《星岛日报》

◎ 1949.05.23《由方言小说而想起的》 薛汕《大公报·文艺》
◎ 1949.06.20《闽南方言文学运动》 楚骥《文艺生活》海外版第 15 期
#1949.06.29《关于闽南方言文学》 张岱 《华商报·茶亭》 注：收入张殊明《解放军过长江》诗二篇“方言文学专号”
◎ 1949.07《论方言文学》 华嘉编 人间书屋 注：收入华嘉《方言文艺搜索实践的几个问题》
#1949.07.09《方言文学专号——关于闽南方言文学的讨论》《华商报·茶亭》 《答张岱先生》 卓华 《对闽南方言用字的意见——请教张殊明先生》吴楚 《对〈方言文学专号〉的意见》 老赖 其他诗三篇
◎ 1949.07.11《谈运用方言的两种偏向》 薛汕 《大公报·文艺》
#1949.08.20《忆华南方言文艺先驱——龚明先生》 欧阳山《华商报》
◎ 1950.02.01《大力开展方言文学运动》 华嘉 《文艺生活》穗新 1 号

说明：1. 摘录、整理自横地刚先生未刊稿《台湾文学史资料》(1945—1949)。经著者同意使用，谨此致谢。

2. “*”代表在台湾发表，“#”代表在大陆发表，“◎”代表目前仅存目录，尚未找到的资料。

3. 笔者增补。

从台湾文学研究走向中国之路

根据 2014 年 12 月初采访录音整理

受访者：徐秀慧（后简称“徐”）

采访者：彰化师范大学大陆交换生姚婷（后简称“姚”）

姚：吕正惠老师在您的博士论文台湾初版的专书序言中提到，当时您已经选好了论文题目，且开始准备，恰巧曾健民医生搜集了一大批光复初期的资料，希望吕老师能找一个博士生来写论文，吕老师便多次说服或者说是“强迫”您改变论文方向。想问问当时具体情况是怎样的？您是经过怎样的思想斗争最终选择了这个题目呢？

徐：我当初本来想做台湾乡土文学跟大陆寻根文学的比较。台湾乡土论战是 1977 年，但乡土文学创作其实 60 年代末差不多就开始了，黄春明、尉天骢的《文学季刊》是 1967 年创刊，所以它其实是已经有了十年的成果，到 1977 年才有理论出来，然后有了论争。大陆的寻根文学是 1985 年兴起，也是 1978 年新时期开始经过一段时间后才开始思考寻找文化传统。但当时吕老师一直觉得这个题目不好，他觉得寻根背后的意识是要走向世界，虽然是要回到传统去寻找中国自己的文化，但寻根受到拉美马奎斯（马尔克斯）获诺贝尔文学奖的刺激，他认为那样的刺激是中国想要走向西方、走向世界的意识的推动力，所以寻根在中国大陆是要面向西方的。可是在台湾，乡土文学是要回归现实的，是对之前的现代主义跟“反共文学”的一种反动。他认为寻根与乡土感觉上好像都是要回归自身的文化，却是完全不一样的面向。我自己对寻根有一些地域性的写作非常感兴趣，像《最后一个渔佬儿》，李杭育作品里还是有反现代化的一面，他认为整个乡土的文化受到现代化的冲击。还有像李锐的一些作品，我基本上看到了寻根文学，尤其是一些地域性的作品里，还是有面向现代化冲击的部分。后来我看到一些把乡土作家跟寻根作家做比较的研究，但不是流派的比较，而是个别作家的比较。

当时曾健民医生的确是有一批长期搜集来的资料，他非常关注光复初期的转折，就希望吕老师的学生去做这个时期。我其实没有像吕老师说的那么排拒，他跟我讲的时候，我是有考虑，但是没有像他说的我是“被强迫”，只是我没有马上答应他。事实上我是乐意的，我自己其实很也想搞清楚台湾的“二·二八事件”，还有台湾的历史转折，所以我并没有像吕老师说的那么为难。事实上，在我开始看资料的过程当中，就觉得这个题目是我自己也会想要研究的题目。

姚：所以就是在这种情况下，最后还是决定接受了吕老师的这个题目。

徐：对啊。其实我自己还去找了一些材料，我觉得是有意义的，最主要是我当时也确实是想了解“二·二八事件”，因为当时“二·二八事件”被炒得很凶，甚至变成台湾所谓的“国殇日”，还放假了。光复节的放假却取消了，变成是“二·二八”放假，这一切都牵涉到整个台湾社会意识的变化。因为研究台湾文学，我自己对于统“独”，对于怎么诠释台湾文学史，怎么理解台湾历史的发展，其实是困扰的。如果没有把这些问题想清楚，你去做台湾文学研究是有困难的，所以我如果还要继续做台湾文学研究，我就必须去解决这个困境，除非我不做台湾文学研究。但是就算我不做台湾文学研究，我还是关心这个议题，所以我并没有像吕老师说的那么勉强。他当然不知道啦，我也没跟他讲我自己的考虑吧，所以他也不知道我有这些心理的转折。事实上，当我开始看这些材料时，我就很投入，甚至觉得这个题目可能比原先那个题目更有意义，对我来说更为迫切。

姚：吕老师还提到，很多人写论文是以一种“史观”或理论引导，大纲的拟定先于资料的阅读。因为您当时面对的是完全陌生的材料和时代，所以被迫从资料入手，在比较熟悉资料后却发现，虽然您并非“台独”派，但在台湾大环境中成长的“先天”具有的“省籍对立”和“台湾、中国对立”的模糊观念，这与论文的资料常常“打架”。请问您在这个过程中是怎样逐步抛弃先入为主的观念，达成吕老师所说的“自我改造”？您对左翼的选择是如何养成的？

徐：吕老师在我的专书初版《序言》里提到的状况，我读到《序言》时，还不是很清楚他为什么会有这样的评价和判断。我是最终选择了统派的左翼立场之后，才比较清楚为什么吕老师会这样看。他说我经过了一个自我改造的过程，是因为我是从资料入手，而不是先以一个先入为主的观念去看这些材料，所以才能达成论文的写作，能够较贴近那个时代，去看那个时代的问题。但是他认为我的自我改造还不够彻底，这是因为先天具有的省籍观念，且还受到当时主流的，甚至一直持续到现在的统“独”对立意识的影响。我是到了比较明确自己的思想跟立场之后，才知道吕老师说的这种先天的省籍或者统“独”对立的意识，在我的论文里还是有一些残存。我当时不这样想的原因是，我写这个论文时有一个预设的读者，我不只想写给台湾的读者看，我也想写给大陆的读者看。所以，怎么样让大陆的读者了解台湾人在去殖民与国民党当局接触过程当中的困境，尤其是心理上的困境，我觉得在处理时还是应该比较谨慎、比较具体地把这些转折呈现出来。如果我现在再去处理这个部分，我可能不会像原先那样有我自己的困扰，但我还是会把台湾各个立场的人在面对这个状况时的复杂性呈现出来，只是呈现的方式可能会有所不同。我也承认吕老师所说的先天的省籍意识那个部分很难克服，它毕竟还是跟你的情感记忆和具体的生活经验相连接。吕老师他自己当然可以完全超克，我相信除了信仰之外，还是会有其他的生活历练去支撑他去克服这个部分，这我也是越到后来才越清楚。

姚：您觉得自己的左翼观受到吕老师怎样的影响？在此基础上又有如何的继承与发展？

徐：其实我并不是一开始就能够完全接受吕老师那一套信仰。吕老师是一个非常好的老师，你有什么问题，只要你不是用挑衅的方式去跟他讨论，他都还是很有耐心的。我刚进去（台湾）清华大学的时候，很多学长姐都说老师对我特别有耐心，也许就是因为他没有感受到我的敌意吧。他有一些很要好的学生，比我早期的他的学生，有些是所谓“本土派”的学生，他们之间可能就会有很多不愉快，尤其是在选举时。那时候应该是宋楚瑜竞选台湾地区领导人的时候，应该是2000年吧。吕老师可能感受到那种敌意，所以他会不耐烦，但是因为他很清楚知道我不是那种“本土主义”的学生，我只是有一点省籍意识，而且还在摸索和探索当中。据其他学长说，他们很少看到吕老师这么有耐心地去跟学生讨论这些问题。所以包括现在也是一样，只要有疑惑或者在研究上有一些瓶颈，我还是会去找老师讨论。在台湾，尤其是李登辉提出“两国论”的时候，吕老师就是非常非常少的坚定的统左派，更早在陈映真访问大陆时，吕老师应该也是一起去的吧，他们那个时候去访问大陆，就因为这种统“左”的色彩，基本上被台湾民众认为是站在官方那一边。所以他们长期在台湾是非常孤立的。因为问吕老师的人太多了，有时候他会用很简化的方式告诉你，人需要信仰，人活着就是要有信仰，人活着就是要做一点有意义的事情。他认为统左是台湾最好的出路，是一条比较能够保障台湾大多数人的幸福跟前途的路。但是你绝对不会满足于这么简单的回答。尤其是我们后来去大陆，知道改革开放以后也有一些社会问题，那你怎么会满足于吕老师这么简单的回答。不过我跟着吕老师的时间比较长，我们常常有机会一起去开会和比较长时间的聊天，老师就可以比较有时间跟我解释这些问题，我也比较明白老师的一些想法。我想每个学生都一样，在建立自己的世界观的过程当中，如果你是马上就接受老师的看法，你总还是会遇到瓶颈，因为那你并不是你自己摸索出来的。我就是那种不是马上就完全能够接受的人，我毕竟没有走过他走的路，所以我只是把老师的这些看法放在心里，我自己必须去验证。走到后来我就会发现，其实吕老师对我的影响是越来越深。就是说，我自己去转一圈回来，就会发现，唉，又印证老师说的一些事情，然后又再去转了一圈回来，又更多地去印证了老师的一些经验和判断。这些吕老师也不知道啦，我也没有跟他讲过。当然，这个过程里面是什么样的一个绝对因素一刀切地让你去确立思想，这个是没有办法说清的，因为思想是一个慢慢演变发展的过程。

譬如今年陈明忠先生的回忆录的新书发表会（徐起身去拿《无悔：陈明忠回

忆录》)。他是台湾“白色恐怖”的政治犯，前后有两次入狱的经验跟历史。以前他们这些“老同学”(老政治犯彼此互称)，都不愿意把他们的历史这么详尽地跟世人做介绍。吕老师其实很早就要他接受采访，可是他们都觉得说，我们都是过去的人，我们个人的历史有意义吗？现在应该是做事的时候，不是回忆个人事迹的时候，所以他们以前都没有那么看重自己的经验。陈明忠的回忆录对我的启发很大。陈明忠跟陈映真都不是日本殖民统治时代的老一辈。陈映真是 1937 年出生，光复时他才八岁，“二·二八”时他才十岁。陈明忠应该比较早一点，他光复时十几岁（徐翻书查阅陈明忠的出生日期），1929 年出生，所以光复时他十六岁，1947 年参加“二·二八”时也才十八岁。我曾经在“中研院”当助理，帮忙编过《杨逵全集》，杨逵的资料我读得比较熟，以前我就认为杨逵他们入狱以后，台湾的左翼基本就被镇压了。虽然后来也知道陈映真透过读禁书的方式，透过阅读鲁迅、马克思的读书会，变成社会主义的信仰者。以前我们也知道有很多的老同学被关了，像林书扬被关了 34 年又 7 个月，据说是全台湾政治犯被关得最久的记录，我们当然也知道有这些老同学，我还参加过他们的聚会。我有时候会觉得人大概也有一些所谓的缘分，或者是机缘吧。就像我很早就接触到这些老同学，你也可以说这是因为我关心这些人，所以就会有机缘，或者说身边有吕老师这样的长辈，自然就会有这些机缘去接触他们。以前也知道有他们的存在，但我是透过陈明忠的回忆录才知道，其实他们出狱以后并没有完全放弃他们的理想，他们出狱以后也曾经涉入台湾的党外运动，想要发挥他们的政治作用。我们以前可能会觉得他们还有一个《夏潮》杂志，还有陈映真的《人间》，可是你总会觉得那个是一个比较文化性的活动。透过陈明忠的回忆录，我才知道其实他还曾经结合党外的势力，希望能够跟大陆联结，包括后来组劳动党这些，你都可以看到他们没有放弃他们当年的政治信仰。从这里来说，我就会意识到，虽然台湾社会缺乏“左眼”，可是台湾的“左”的这个命脉一直都没有断，而且后来我接触大陆学界，发现整个学界在 1980 年改革开放以后，有过一段时间是比较右倾的。如果这样子来看的话，在理解中国近代以来的这一些历史发展的纵深，对于整个中国面向世界的压力，面向各国的挑战，这些台湾的左派、大陆的左派是比较能够看到中国大陆在面对这些事情时的复杂性，而不会只是从一个很西方的所谓的普世价值或者是仅止于人权这样的一个观点，或是从个人主义的视角，很狭隘地去看中国的历史发展。对我来说，这样的思想的摸索跟确立的过程，其实是有很多现实的经验去支撑，而不只是在书斋的研究或者理论能够解决的，这其实是结合了我现实的处境跟经验慢慢去确立出来的。

姚：今年10月15日，吕正惠老师在上海大学发表“战后台湾左翼思想状况漫谈”的演讲，在观察者网刊载吕老师《台湾左翼漫谈》第五部分中提到，台湾左翼思想复兴是保钓运动开启的风气，1987年“解严”的空隙左翼复活过，但20世纪70年代的“左”是虚的，真正有社会主义情怀的人并不多，他还提到台湾的问题不是民族主义的问题，而是有钱主义的问题。对此能否谈谈您的看法？

徐：其实我也是要到最近才比较能够看清楚台湾的议题。陈明忠的回忆录里，他们不断地说“二·二八”不是“台独”的起源，“二·二八”其实是跟大陆的反内战、反饥饿、要和平是同一个脉络底下的学运，在台湾是一个官逼民反的运动。他们基本上清楚地知道，整个“台独”意识的起源就是所谓的“白色恐怖”。以蓝博洲的说法，就是“四六事件”开始整个台湾进入了被噤声的时期，国民党来台湾，实施所谓的“三七五减租”、土地改革，模仿大陆的土地改革政策，把台湾原来资产阶级的权利、财力跟土地收编。可以说是国民党退踞台湾之后，资产阶级的权益受损，再加上基本上都是以外省为主体的政治系统。当然他们慢慢地必须拉拢士绅、资产阶级，也才会有后来的黑金问题，尤其是以李登辉为首的台湾国民党势力壮大之后，民进党上台后就有了打击黑金的号召。基本上你可以说“台独”意识的根源，就是台湾的资产阶级想要掌权，台湾的资产阶级想要台湾人出头天。像我们客家人，在台湾族群的光谱里是比较弱势的，我们根本就不可能会想要去掌权，不会想要在政治场域上有什么作为。虽然选举的时候，少数民族和客家人都是被拉拢的对象，但也就是在选举的时候，才会想到台湾还有客家人和少数民族。可能也正因为这样吧，对于我来说，我的祖国意识从来没有因为国民党的“反共教育”而完全地被洗脑吧。当然我可能就是像蓝博洲所说的脑筋有问题的、不正常的学生，那种在统一化的体制下歧出的学生。我印象很深刻的是，以前在读国民党的教科书时，提到“反共”教育的部分有很多地方很难自圆其说。譬如整个教科书基本是“胜者为王、败者为寇”的逻辑，可是这个逻辑就没办法解释国民党败退来到台湾却又自认为是正义的一方，你会觉得它的历史叙事有很多逻辑不通的地方。我自己印象很深的就是整个教科书的国民党史里面，大概只有孙中山还有中学时期读的《三民主义》会让我觉得好像是比较理想的，而且是有理论的。我觉得国民党向来就没有所谓的一套理念、一套理想去实施，在《三民主义》里面你会发现有很多宪法的制定，但是来到台湾之后却是一个架空的所谓“宪法”，没有办法完全按照《三民主义》去实施跟制定。慢慢地你就会在成长过程当中发现，那一套根本就不足以取信于人，所以要把它丢掉也不是那么困难的事情，比较困难的真的还是克服省籍意识的部分。长期以来，外省人在台湾的确有一些优势，在日常生活当中，的确还是会感受到彼此的文化还是有隔阂，还有你会觉得外省族群有一种优越的意识，那样的优越意识是台湾人最不能够忍受的，这也是为什么后来会用所谓的“他们是外来政权”这种论述去排挤他们的一个原因。

姚：在课堂上您曾经提到，去大陆开会的时候，因为自己的左翼思想，甚至被质疑是否是台湾的学者。您认为造成当代大陆和台湾学界的左翼整体寂寞的原因是什么？

徐：刚刚有稍微聊到了。其实历史的转折从来都不是直线的，现在这个转折期刚好就是要从右转回到“左”，我认为就是要从过去面向西方现代化的过程慢慢回顾自己的步调，重新回头审视自己的左翼资源的时刻，尤其是在西方的金融体系出现危机的时候。所以，我认为过去两岸的左派在一个向右转的时代被孤立，这实际上不只是中国向右转，而是整个世界在东西柏林围墙倒塌、苏联解体后，就是一个向右转的时期。现在因为资本主义的发展、全球化的发展遇到了瓶颈，所以理所当然又重新在“左”的思想里摄取资源。这就是时势，不是个人能够去力挽狂澜的，基本上就是一个历史转折。

为什么今年在国民党的地方选举败选之后，报纸上说就是1949年以来国民党最惨烈的失败，输到只剩下领导人席位，我在脸书（Facebook）上就把连胜文道歉的新闻贴上去，我说又来到了历史的转折期。我的判断是，如果在2016年的地区领导人选举中，国民党下台的话，可以加速两岸关系。就是民进党执政才能让问题继续往前，不管是往什么方向，但是至少可以正视统"独"问题，而不是搁置。国民党显然没有能力面对问题，马英九当然很想有所作为，他其实很想要在历史上留名，他很想要去解决这个问题，但是显然他没有能力。国民党内部也不愿意给他这个能力，国民党内部也牵制他，不愿意让他去处理这个问题。

姚：您在博士毕业论文的后记中提到，1999年至2004年读博期间，台湾社会蓝绿对立逐渐分化也影响了台湾文学研究论述的统"独"对立，在此之前对政治十分冷感的您因为论文方向的扭转而被迫面对历史。经历认同的挣扎，直到现在成为坚定的左翼学者，您觉得政治观和文学观之间有怎样交互的影响？

徐：这还是一个思想发展的过程。不是因为政治观，而是世界观，其实你的价值观和世界观影响到你怎么去了解自己和自己的历史，你也才能够去了解这些文学为什么会发生在这块土地上。如果说你对自己的历史没有一定的认识的话，你只是用现在的想法去扭曲历史，去诠释历史，而不是回到历史，然后去理解为什么我现在会这样子，这是一个相反的、逆反的方法。我会认为还是要从历史的发展去了解台湾的现实，而不是从现实的需要去扭曲历史，这还是不太一样的。

姚：您最近对《北平无战事》十分着迷，可否谈谈您对这部连续剧的看法？它在学界引起广泛关注的原因，还有您觉得它的贡献，或者说社会效应是什么？

徐：倒也不是因为着迷于电视剧，而是我觉得它代表了一个现象：大陆出现这样的一个编剧，重新去诠释国共内战、国共谍战的历史。基本上它采取的叙述视角是从蒋经国的立场出发，就是从建丰同志的立场，去诠释国民党1949年面临的挑战。当它面对颓势，面对国共内战的复杂形势，包括金融体系、政治派系的斗争时如何变化，当时要打内战，又处于抗日战争之后的资源极度匮乏时期，又不像共产党有农村根据地，有农民的支持，能够解决粮食问题。也就是说共产党的“农村包围城市”的政策，完全让国民党束手无策。主要它还面向了台湾，编剧刘和平自己就说这部戏是面向台湾的，当然就是指他重新肯定国民党也不是坏人，也不是国共内战时期用“妖魔化”的方式单纯的丑化对方。他现在是重新去看待国民党在当时所面临的困境，而且是能够同情地去理解国民党当时面对“外戚之患”，孔家、宋家想要趁内战捞取民脂民膏的行为，中国历史上不是有很多外戚之患吗，我想国民党也是败在这个上面。基本上它是用国民党内部所面临的这种复杂的权力斗争、复杂的金融和政治困境去诠释历史。这当然是一个新的局面，也就是说一定是现实有新的需求，我们才会改变过去我们对历史的看法，出现了这样子重新诠释历史的角度。我想它能够吸引学界眼球和大陆民众的喜好，大概就是因为这个新的角度。

但是，我对于大陆的“民国热”或者“民国范儿”还是有意见的。这跟我们前面讲到的“文革”以后向右转的风气有关，也就是说大陆在“文革”以后对于“左”的敏感，以至于它对于国民党的民国时期有一种憧憬跟想象，我想这种憧憬跟想象还要再面临一次幻灭，才能够真正地去认识历史。在这个历史剧里，我们还是看到了它对国民党有不切实际的幻想。我比较喜欢的角色是谢培东，他既是共产党员，又在国民党的北平分行里担任秘书，他既能够了解当时经济金融的困境，又能够在国共两党的角力当中采取一个稳定的态度，因应了这个时代的变化。他的演技也很不错，给人感觉演得非常自然，非常入戏，其他的年轻演员还不够火候。另外还有北平分行的方步亭，我觉得他也演得很好。不过，这种对于“民国范儿”的幻想，我觉得是不恰当的。当然我们可以了解国民党本身也有国民党左派，从辛亥革命以来，国民党内也有一些受到美国民主思想和苏联社会主义思想影响的人，这些政治人物后来到了台湾，对台湾的政治发展也是有一定的贡献。在剧中不是没有这样的人物，可是你可以看到里面的这些国民党的“官二代”，如方孟敖、方孟韦、何孝钰等，基本上他们所承担的就是我说的“民国范儿”角色，他们既受美式的教育，又是国民党的权贵之后，还有进步的思想，我觉得这些很难全部在当时的“官二代”身上体现，国民党的“官二代”应该没有这么进步。当然，当时的很多进步青年是倾向共产党的，可绝对不是“官二代”，我觉得这个部分还是对“民国范儿”太理想化的角色设定。

姚：您参加了今年11月23日刚刚结束的“全球华文作家论坛”，在第五场“张大春专题”中发表了论文，引起学者和作家们的广泛讨论。您以张大春为切入点，寄予了对于外省第二代作家怎样的期许？至于很多作家响应“很多人在谈论社会责任的时候只是一种卸责，并且试图模糊知识分子的社会责任”这个观点，您有怎样的看法？还有，您觉得优秀的作家和伟大的作家之间的差异在哪里？

徐：我不是为张大春一个人写这篇论文的，只是想要借由他外省第二代作家的身份，以讨论“三一八学运”浮现的一个问题——两岸的统“独”问题。过去可以在台湾内部的政治角力，或者说内斗中被搁置，它好像是一个悬而未决但是又影响政局的因素，可是我觉得“三一八学运”所突显的“两岸问题”，其实已经到了不得不面对的时候，它已经影响到我们的生活。过去也许可以不用去面对，只要维持现状，大陆也没有迫切地逼着你去面对这个问题。如今是台湾的经济已经非常依赖大陆，这是一个事实，在这种情况下，如果台湾自己的群众和知识界不愿意面对这个问题，只是用西方所谓的“民主”，或者说人权或内部的政党对立，去模糊这个焦点问题的话，就还是一个鸵鸟的心态。所以我认为外省第二代作家，因为过去他们的父亲曾经经历过国共内战、两岸的分离与对立的过程，他们有很多历史经验跟历史的记忆，其实是可以像《北平无战事》一样，让人们重新去面对历史。并不一定说失败者的历史就没有可借鉴之处，它也可以让我们了解我们怎么走到现今。首先就是你得抛开自身的位置，能够比较同情地去理解父亲那一代，能够有一个比较宽广的视野去了解两岸在帝国主义侵略的过程当中，国民党跟共产党因为政治路线的不同，而有了一个必然的内战。现在经过了六十几年之后，我们要怎样重新去面对当年政治路线的不同。如果大家还愿意去面对如何解决帝国主义侵略的历史问题的话，应该怎么样才能用一个双赢的、互惠互利的方式去解决这个民族问题，我觉得这才是一个比较有担当的、真正有良心的知识分子作家应该去面对和思考的。

所谓优秀的作家跟伟大的作家，优秀的作家就是很熟悉各种理论和套数，能写出一个零缺点的、结构非常棒的小说。而伟大的作家是他的作品主题是跟民族、现实、社会相关的，能够让读者透过他的作品去了解到文学与社会关系的作家。

姚：最近您和朋友新办了一份名为《桥》的杂志，这个名字是借用战后初期《新生报》的副刊《桥》，可以谈谈如此命名的原因是什么吗？另外您和友人对这份杂志的定位和期待是怎样？还有，杂志的受众是哪一些群体？

徐：《桥》的新书发表会是下个礼拜，12 月 13 日。这个构想主要来自吕老师主持的人间出版社。酝酿了差不多两年，比较素朴的想法就是我们两岸交流了那么久，但是大陆不了解台湾的新生代作家，台湾也不熟悉大陆的新生代作家，对彼此作家的理解都仅止于 20 世纪 90 年代之前。90 年代以后，因为彼此没有比较明显的流派，也就很难互相了解 90 年代以后的写作情况。文学毕竟有一个反映社会的功能，我们认为透过文学是可以有助于两岸的读者互相了解彼此社会的差异。当初命名为《桥》，当然也是认为战后初期《新生报》的《桥》副刊搭建了两岸交流的一个平台，我们认为同样命名为《桥》，至少可以让熟悉台湾文学史的同好们能够联想到当年在《台湾新生报》上的前辈们。他们当时也是秉持着想要化解两岸隔阂，深入彼此并理解对方生活现状的理念，搭起一座桥，我们也希望以这样的理念把文化交流的工作推动下去。

这个刊物是在台湾发行的，所以受众首先是台湾读者，大陆那边的话，我们的稿子会发到期刊或网络上，就是形式上不是直接凝聚成一本刊物，而是会把台湾评论大陆的作品分散到各个期刊上去。

参考文献

一、报纸

[1]《南音》文艺杂志南音社发行。第1卷第3号，1932.02.01。

[2]《台湾文艺》第2卷第1号—第4号（1934.12.12—1935.04.01）、第2卷第2号（1935.02.01）、第2卷第3号（1935.03.05）。

[3]《台湾新文学》第1卷第7号（1936.08.05）、第9号（1936.11.05）。

[4]《台湾先锋》创刊号，1940。

[5]《民报》台湾民报社、社长林茂生。1945.10.10—1947.02（现存于台中图书馆）。

[6]《台湾新生报》长官公署宣传委员会。1945.10.25至今（台湾图书馆、台湾大学、政治大学皆保存完整的微卷）。

[7]《中华日报》国民党中央宣传部。1946.02.21—1991（台湾大学、政治大学皆保存完整的微卷）。

[8]《和平日报》国防部宣传部。1946.05.05—1947.04（台南市立图书馆存有1946年7月—1947年1月，1947年3月—1949年4月）（曾健民提供笔者完整微卷）。

[9]《自强报》基隆七十军机关报。1946.08.06—1947.01.11（曾健民提供笔者部分报纸）。

[10]《人民导报》人民导报社、社长宋斐如（王添灯）。1946.01.01—1947.03.10（台湾图书馆、“中研院”近史所、“吴三连基金会”）。

[11]《国声报》高雄汤秉衡（王天赏、彭勃）1946.06.01发行。1947.04.01—1949.04。

[12]《台湾省政府公报》台湾省政府。1947.05.06夏字号第1—2号。

[13]《公论报》台北李万居发行。1947.10.25—1961（台湾图书馆存有1948.07—1949.07微卷；台南市立图书馆存有1947年11月—1952年9月原版报纸）。

[14]《台湾力行报》台中力行出版社。1947.11.12—1948.03.？（曾健民提供笔者部分报纸）。

[15]《全民日报》台北全民日报社。1947.07.07—1951.09.16 与民族报、经济时报合并为联合报）（现存台湾图书馆）。

二、杂志

[1]《缘草》1945.5.1 夏季号。台中银铃会行。（现存 1 册，陈建忠提供）

[2]《前锋》创刊号（光复纪念号）（1945.10.25）原出版者“台湾留学国内学友会”，资料提供者台湾史料中心，复刻出版社：传文文化事业有限公司

[3]《新台湾》1946.02.15—1946.05.01（共 4 期）原出版者新台湾杂志社，资料提供者 1—3 期秦贤次、4 期台湾图书馆，复刻出版社：传文文化事业有限公司。

[4]《政经报》半月刊，1945.10.25—1946.07.25（共 11 期）原出版者政经报社，资料提供者台湾史料中心，台北：传文文化事业有限公司复刻出版。

[5]《新知识》月刊第 1 期（1946.08.15）原出版者新知识出版社，资料提供者秦贤次，台北：传文文化事业有限公司复刻出版。

[6]《台湾评论》1946.07.01—1946.10.01（共 4 期）原出版者台湾评论社，资料提供者台湾史料中心，台北：传文文化事业有限公司复刻出版。

[7]《正气》月刊 1946.10.01—1947.05（1 卷 1 期—2 卷 2 期）（台大图书馆馆藏）。

[8]《现代周刊》1945.12.10—1946.11.25（创刊号至今）台湾图书馆发行，（国家图书馆馆藏）。

[9]《新新》1945.11.20—1947.01.5（共 8 期）原出版者新新月报社，资料提供者郑世璠，台北：传文文化事业有限公司复刻出版。

[10]《文化交流》第 1 辑（1947.01.15）原出版者台中文化交流服务社，资料提供者台湾史料中心，台北：传文文化事业有限公司覆刻出版。

[11]《台湾月刊》1946.10.25—1947.04.10（共 6 期）长官公署宣传委员会发行（台湾分馆馆藏）。

[12]《建国》月刊 1947.10.01—1948.09.01（1 卷 1 期—2 卷 6 期）（台大图书馆馆藏）。

[13]《创作》月刊 1948.04—1948.09（共 6 期，4 本）原出版者台北创作月刊社，资料提供者毛文昌，台北：传文文化事业有限公司覆刻出版。

[14]《台湾文学丛刊》1948.08.10—1948.12.15（共 3 辑）台中：台湾文学社发行。（陈建忠提供笔者）

[15]《潮流》季刊 1948.05—1949.05 银铃会发行。（现存共 5 期，陈建忠提供笔者）。

[16]《龙安文艺》创刊号台北师院台语戏剧社发行，1949.05.02 出版。（现存一期，陈建忠提供笔者）

[17]《前锋》创刊号（光复纪念号）（1945.10.25）、第 17 期（1949.09.02）廖文毅发行；原出版者台湾留学国内学友会。资料提供者台湾史料中心，覆刻出版社：传文文化事业有限公司。

[18]《台湾文化》1946.09.15—1950.12.01（共 6 卷 27 期）原出版者台湾文化协进会，资料提供者台湾史料中心、秦贤次，覆刻出版者：传文文化事业有限公司。

[19]《文学界》季刊 8、9、10 1983.11、1984.02、1984.05 高雄：文学界出版社。

[20]《台湾年鉴》1—6 册原 1947 年《新生报》报社编辑出版，黄玉斋主编。覆刻出版社：海峡出版社，2001.03 发行。

三、著作、期刊、论文

[1] 阿都塞，1990. 列宁与哲学 [M]. 杜智章，译 . 台北：远流出版社。

[2] 艾晓明，1991. 中国左翼文学思潮探源 [M]. 长沙：湖南文艺出版社。

[3] 阪口直树，2001. 十五年战争期的中国文学 [M]. 宋宜静，译 . 台北：稻乡出版社。

[4] 北冈正子，秦贤次，黄英哲，等编，1993. 许寿裳日记（自 1940 年 8 月 1 日至 1948 年 2 月 18 日）[M]. 日本：东京大学东洋文化研究所。

[5] 北京大学等现代文学教研室编，1981. 文学运动史料选：第五册 [M].1 版 2 刷 . 上海：上海教育出版社。

[6] 布尔迪厄，1997. 布尔迪厄访谈录——文化资本与社会炼金术 [M]. 包亚明，译 . 上海：上海人民出版社。

[7] 布尔迪厄，2001. 艺术的法则——文学场的生成与结构 [M]. 刘晖，译 . 北京：中央编译出版社。

[8] 蔡德本，2003.〈龙安文艺〉终于找到了 [J]. 文学台湾，(46)。

[9] 蔡其昌，1994. 战后（1945 ～ 1959）台湾文学与国家角色 [D]. 台湾东海大学历史所。

[10] 蔡淑满，2002. 战后初期台北的文学活动研究 [D]. 台湾中央大学中文系。

[11] 曾健民，2001. “战后再殖民论”的颠倒——关于陈芳明的战后文学史观的历史批判 [J]. 联合文学，(195)。

[12] 曾健民，等编，2001. 人间思想与创作丛刊：因为是祖国的缘故 [M]. 台北：人间出版社。

[13] 曾健民，2002. 建设人民的现实主义的台湾新文学 [M].// 赵遐秋、吕正惠主编，台湾新文学思潮史纲 . 台北：人间出版社。

[14] 曾健民，2010. 日据末期（抗战末期）的台湾光复运动 [M]// 氏著台湾光复史春秋：去殖民、祖国化和民主化的大合唱 . 台北：海峡学术出版社。

[15] 曾士荣，1994. 战后台湾之文化重编与族群关系——兼以“台湾大学”为讨论例案（一九四五～五〇）[D]. 台湾大学历史所。

[16] 陈才昆译，1995. 王白渊·荆棘的道路：上下册 [M]. 彰化：彰化县立文化中心出版。

[17] 陈翠莲，1995. 派系斗争与权谋政治——二·二八悲剧的另一面 [M].1 版 2 刷 . 台北：时报出版社。

[18] 陈翠莲，1998. “大中国”与“小台湾”的经济矛盾——以资源委员会与台湾行政长官公署的资源争夺为例：二·二八事件研究论文集 [C].1 版 2 刷 . 台北：吴三连台湾史料基金会。

[19] 陈翠莲，2001. 战后初期台湾政治结社与政治生态：曹永和先生八十寿庆论文集 [C]. 台北：乐学书局。

[20] 陈翠莲，2002. 去殖民与再殖民的对抗——以一九四六年“台人奴化”论战为焦点 [J]. 台湾史研究，9（2）。

[21] 陈芳明，1989. 杨逵的文学生涯 [M]. 台北：前卫出版社。

[22] 陈芳明，1998. 殖民地台湾——左翼政治运动史论 [M]. 台北：麦田出版社。

[23] 陈芳明，1999. 台湾新文学的建构与分期 [J]. 联合文学，（178）。

[24] 陈芳明，2000a. 鲁迅在台湾 . 收入中岛利郎主编，台湾新文学与鲁迅 [M]. 台北：前卫出版社。

[25] 陈芳明，2000b. 马克思主义有那么严重吗？——回答陈映真的科学发明与知识创见 [J]. 联合文学，（190）。

[26] 陈芳明，2000c. 当台湾文学戴上马克思面具——再答陈映真的科学发明与知识创见 [J]. 联合文学，（192）。

[27] 陈芳明，2001a. 台湾新文学史第九章战后初期文学的重建与顿挫 [J]. 联合文学。

[28] 陈芳明，2001b. 台湾新文学史第十章二・二八事件后的文学认同与论战 [J]. 联合文学。

[29] 陈芳明，2001c. 有这种统派，谁还需要马克思——三答陈映真的科学创见与知识发明 [J]. 联合文学，（202）。

[30] 陈芳明编，1991. 台湾战后史资料选——二・二八事件专辑 [M]. 台北：二・二八和平促进会发行。

[31] 陈芳明（施敏辉）编，1995. 台湾意识论战选集—台湾结与中国结的总决算 [C]. 台北：前卫出版社。

[32] 陈芳明编，1996. 蒋渭川和他的时代 [C]. 台北：前卫出版社。

[33] 陈国辉，祝萍，1987. 台湾报业演进四十年 [M]. 台北：自立晚报出版社。

[34] 陈建忠，2007. 被诅咒的文学战后初期（1945-1949）台湾文学论集 [M]. 台北：五南图书出版股份有限公司。

[35] 陈俐甫，夏荣和，林伟盛编译，1992. 台湾・中国・二・二八 [M]. 台北：稻乡出版社。

[36] 陈明通，1990. 威权体制下台湾地方政治菁英的流动（1945～1986）——省参议员及省议员的流动分析 [D]. 台湾大学政治学研究所。

[37] 陈明通，2001. 派系政治与台湾政治变迁 [M].2 版 1 刷 . 台北：新自然主义出版社。

[38] 陈鸣钟，陈兴唐主编，1989. 台湾光复和光复后五年省情（上）（下）[M]. 南京：南京出版社。

[39] 陈少廷，1972. 五四与台湾新文学运动 [J]. 大学杂志，（53）。

[40] 陈淑芬，1990. 战后之疫台湾的公共卫生与建制（1945～1954）[M]. 台北：稻乡出版社。

[41] 陈漱渝，1998. 蓝明谷与鲁迅的《故乡》[J]. 鲁迅研究。

[42] 陈兴唐主编，1992. 台湾"二·二八"事件档案史料：上下册 [M]. 台北：人间出版社。

[43] 陈耀东，孙党伯，唐达晖主编，1998. 中国现代文学大辞典 [M]. 北京：高等教育出版社。

[44] 陈义芝主编，1998. 台湾现代小说史综论 [M]. 台北：联经出版社。

[45] 陈映真（许南村）,1977."乡土文学"的盲点 [J]. 台湾文艺，（革新号第二期）。

[46] 陈映真（石家驹），1999a. 一场被遮断的文学论争 [M]// 陈映真、曾健民主编，人间思想与创作丛刊：1947—1949 台湾文学问题论议集 . 台北：人间出版社。

[47] 陈映真（许南村），1999b."台湾文学"是增进两岸民族团结的渠道——读杨逵〈台湾文学问答〉[M]// 陈映真、曾健民主编，人间思想与创作丛刊：噤哑的论争 . 台北：人间出版社。

[48] 陈映真，2000a. 以意识形态代替科学知识的灾难——批评陈芳明先生的〈台湾新文学史的建构与分期〉[J]. 联合文学，（189）。

[49] 陈映真，2000b. 关于台湾"社会性质"的进一步讨论——答陈芳明先生 [J]. 联合文学，（191）。

[50] 陈映真，2000c. 陈芳明历史三阶段论和台湾新文学史论可以休矣！ [J].

联合文学,(194)。

[51] 陈映真,曾健民主编,1998. 人间思想与创作丛刊：清理与批判 [M]. 台北：人间出版社。

[52] 陈映真,曾健民主编,1999. 人间思想与创作丛刊：1947-1949 台湾文学问题论议集 [M]. 台北：人间出版社。

[53] 陈映真,曾健民主编,1999. 人间思想与创作丛刊：噤哑的论争 [M]. 台北：人间出版社。

[54] 陈映真,曾健民主编,2000. 人间思想与创作丛刊：复现的星图 [M]. 台北：人间出版社。

[55] 陈映真总编辑,2007. 人间思想与创作丛刊：学习杨逵精神 [C]. 台北：人间出版社。

[56] 陈幼鲑,1999. 战后日军日侨在台行踪的考察(上)[J]. 台湾史料研究,(14)。

[57] 陈幼鲑,2000. 战后日军日侨在台行踪的考察(附录)[J]. 台湾史料研究,(16)。

[58] 陈昭瑛,1998. 光复初期“台湾文化”的概念学 . 收入台湾文学与本土化运动 [M]. 台北：正中书局。

[59] 池田敏雄,1982. 败战日记 Ⅰ Ⅱ ：台湾近代史研究第四号 [J]. 东京：绿荫书房。

[60] 从五四运动到人民共和国成立课题组著,2001. 胡绳论“从五四运动到人民共和国成立”[M],北京：社会科学文献出版社。

[61] 戴国煇,1991. 台湾史探微 [M]. 台北：南天出版社。

[62] 戴国煇,1992. 台湾总体相——人间、历史、心性 [M]. 魏廷朝,译 .2 版 2 刷 . 台北：远流出版社。

[63] 戴国煇,1999. 台湾史探微——现实与史实的相互往还 [M]. 台北：南天书局。

[64] 戴国煇,叶芸芸,1992. 爱憎 228 [M]. 台北：远流出版社。

[65] 戴维·贾里，朱莉娅·贾里，1998. 社会学辞典 [M]. 周业谦，周光淦译 . 台北：猫头鹰出版社。

[66] 邓孔昭，1991. 二·二八事件资料集 [M]. 台北：稻乡出版社。

[67] 段炳麟，1997. 世界当代史 [M].3 刷 . 北京：北京师范大学出版社。

[68] 范泉，2000. 遥念台湾 [M]. 台北：人间出版社。

[69] 傅国涌，2005.1949 年：中国知识分子的私人纪录》[M]. 武汉：长江文艺出版社。

[70] 方孝谦，2001. 殖民地台湾的认同摸索——从善书到小说的叙事分析 1895 ～ 1945 M]. 台北：巨流图书。

[71] 费正清主编，1992. 剑桥中华民国史·第二部 [M]. 章建刚等译 . 上海：上海人民出版社。

[72] 高秋福 . 亚洲情脉漫追叙 [M]，北京：新华出版社，2012。

[73] 葛兰西，2000. 狱中札记 [M]. 曹雷雨等，译 . 北京：生活·读书·新知三联出版社。

[74] 行政院文化建设委员会编，1996. 台湾文学发展现象 [M]. 编者发行。

[75] 何干之，1937. 中国社会性质问题论战 [M]. 上海：生活书店。

[76] 何容，齐铁恨，等编，1948. 台湾之国语运动 [M]. 台北：台湾省教育厅。

[77] 何义麟，1996. 战后初期台湾报纸之保存现况与史料价值 [J]. 台湾史料研究，(8)。

[78] 何义麟，1997a. 战后初期台湾出版事业发展之传承与移植 (1945 ～ 1950) [J]. 台湾史料研究，(10) . (又见《政经报》,《台湾评论》覆刻本导言)。

[79] 何义麟，1997b.〈政经报〉与〈台湾评论〉解题——从两份刊物看战后台湾左翼势力之言论活动 [J]. 台湾史料研究，(10)。

[80] 何义麟，2003.〈民报〉——台湾战后初期最珍贵的史料 [J]. 台湾风物，53 (3)。

[81] 横地刚，2000. 贩卖香烟的孩子们——台湾现实主义美术的行踪 (1945-

1950）：“苏州·台湾新文学思潮会议”会议论文 [C]. 陆平舟，译。

[82] 横地刚，2002. 南天之虹——把二·二八事件刻在版画上的人 [M]. 陆平舟，译 . 台北：人间出版社。

[83] 横地刚，2003a.「民主刊物”と台灣の文學狀況（“民主刊物”与台湾的文学状况）[C].// 日本台湾学会第五回学术大会”会议报告论文（未刊稿）（经作者于同年 8 月 30 修订，同意引用）。

[84] 横地刚，2003b. 范泉的台湾认识——四十年代后期台湾的文学状况 [M].// 陈映真，吴鲁鄂共译，人间思想与创作丛刊：告别革命文学 . 台北：人间出版社。

[85] 横地刚，2005a. 由〈改造〉连载〈中国杰作小说〉所见日中知识分子之姿态——从鲁迅佚文 / 萧军〈羊〉所附〈作者小传〉说起 . 陆平舟译 [M].// 人间思想与创作丛刊：迎回尾崎秀树 . 台北：人间出版社。

[86] 横地刚，2005b. 一九四七年的“五四”文艺节——“缄默”如何被打破 金培懿译 [M]// 黄俊杰编 . 光复初期的台湾思想与文化的转型 . 台北：台大出版中心。

[87] 横地刚，2007. 读〈〈第三代〉及其他〉——杨逵一九三七年的再次访日 [M]. 陆平舟译 . 曾建民校订 // 人间思想与创作丛刊：学习杨逵精神 . 台北：人间出版社。

[88] 横地刚，蓝博洲，曾健民编，2004. 文学二·二八 [M]. 台北：台湾社会科学出版社。

[89] 胡允恭，1992. 地下十五年与陈仪 . 传记文学，60（6）。

[90] 黄煌雄，1999. 蒋渭水传 [M]. 台北：前卫出版社。

[91] 黄惠祯，1994. 杨逵及其作品研究 [M]. 台北：麦田出版社。

[92] 黄惠祯，2009. 左翼批判精神的锻接：四〇年代杨逵文学与思想的历史研究 [M]. 台北：秀威资讯公司。

[93] 黄静嘉，2002. 春帆楼下晚涛急——日本对台湾殖民地统治及其影响 [M]. 台北：台湾商务印书馆。

[94] 黄英哲，1991. 许寿裳与战后初期台湾的鲁迅文学介绍 [J]. “国文天地”，（75）。

[95] 黄英哲，1992. 许寿裳与台湾（1946 ～ 1948）——兼论二·二八前夕长官公署时代的文化政策 [C]// 二·二八学术研讨会论文集 . 台北：“台美文化基金会”。

[96] 黄英哲，1996. 试论战后台湾文学研究的成立与现阶段台湾文学研究的问题点 [C]// “行政院文化建设委员会”编 . 台湾文学发展现象 . 台北；“行政院文化建设委员会”。

[97] 黄英哲，1997. 战后初期台湾的文化重编（1945-1947）——台湾人“奴化”了吗？ [C]// 何谓台湾？近代台湾美术与文化认同论文集 . 行政院文建会策划 / 出版“台湾美术研讨会”，台北：雄师美术月刊社。

[98] 黄英哲，1998. 台湾省编译馆研究（1946.8 ～ 1947.5）[C]// 二·二八事件研究论文集 . 台北：吴三连台湾史料基金会。

[99] 黄英哲，2000. 战后鲁迅思想在台湾的传播（1945 ～ 49）[M]// 中岛利郎主编，台湾新文学与鲁迅 . 台北：前卫出版社。

[100] 黄英哲，2001. 黄荣灿与战后台湾的鲁迅传播 [J]. 台湾文学学报，（2）。

[101] 黄英哲，2002. “台湾文化协进会”研究：论战后台湾之“文化体制”的建立 [C]// 叶石涛及其同时代作家文学国际学术研讨会论文集 . 高雄：春晖出版社。

[102] 黄英哲，2016. 战后台湾文化重建 [M] 镇江：江苏大学出版社。

[103] 黄永玉，1950. 记杨逵 [M]// 司马文森编，作家印象记 . 香港：智源出版社。

[104] 黄昭堂，2002. 台湾总督府 [M]. 黄英哲译 . 修订 1 版 5 刷 . 台北：前卫出版社。

[105] 蒋梨云，等编，1996. 蒋渭川和他的时代附册 [M]. 台北：前卫出版社。

[106] 金炳华主编，1999. 上海文化界奋战在“第二条战线上”史料集 [M]. 上海：上海人民出版社。

[107] 金冲及，2002. 转折的年代——中国的 1947[M]. 北京：生活·读书·新知三联书局。

[108] 金重远，1996. 战后世界史 [M].2 刷 . 上海：复旦大学出版社。

[109] 柯乔志，1991. 被出卖的台湾 [M]. 陈荣成译 .3 刷 . 台北：前卫出版社。

[110] 旷新年，1998. 1928：革命文学 [M]. 济南：山东教育出版社。

[111] 赖泽涵，1991a. 陈仪在闽、台的施政措施 [J]. 中国论坛，31（5）。

[112] 赖泽涵，2000. “二·二八事件” 研究报告 [M]1 版 9 刷 // 召集人陈重光，叶明勋，台北：“行政院研究二·二八事件小组”。

[113] 蓝博洲，1991. 沉尸、流亡、二·二八 [M]. 台北：时报出版社。

[114] 蓝博洲，1995. 寻访被湮灭的台湾史与台湾人 [M].1 版 2 刷 . 台北：时报出版社。

[115] 蓝博洲，2000. 天未亮 [M]. 台中：晨星出版社。

[116] 蓝博洲，2001a. 麦浪歌咏队 [M]. 台中：晨星出版社。

[117] 蓝博洲，2001b. 台湾好女人 [M]. 台北：联合文学出版社。

[118] 蓝博洲，2001c. 消失在历史迷雾中的作家身影 [M]. 台北：联合文学出版社。

[119] 蓝博洲，2005. 杨逵与台湾地下党关系的初探 [M]// 消失在历史迷雾中的台湾作家 . 北京：台海出版社。

[120] 蓝博洲，2015. 寻找祖国三千里——日据末期台湾青年学生的抗日之路 [J]. 雨花，（9）。

[121] 李敖编著，1989a. 二·二八研究 [M]. 台北：李敖出版社。

[122] 李敖编著，1989b. 二·二八研究续集 [M]. 台北：李敖出版社。

[123] 李敖编著，1989c. 二·二八研究三集 [M]. 台北：李敖出版社。

[124] 李敖编著，1991. 安全局机密文件——历年办理匪案汇编 [M]. 台北：李敖出版社。

[125] 李纯青，1993. 望乡 [M]. 台北：人间出版社。

[126] 李瑞腾，1997. 光复初期台湾新生报〈文艺〉副刊研究 [M]// 陈义芝、

痖弦主编，世界中文报纸副刊学综论．台北：“行政院文建会”。

[127] 李翼中，1992. 帽簷述事——台事亲历记 [M]//“中央研究院”近代史研究所编，二·二八事件资料选辑（二）台北：“中央研究院”近代史研究所。

[128] 李友邦，1940. 台湾要独立也要归返祖国 [J]. 台湾先锋，（1）。

[129] 李云汉，1966. 从容共到清党：上、下册 [M]. 台北：中国学术著作奖助委员会。

[130] 李筱峯，1996. 台湾战后初期的民意代表 .[M] 台北：自立晚报出版社。

[131] 李筱峯，1996. 林茂生·陈炘和他们的时代 .[M] 台北：玉山社。

[132] 李筱峯，1996. 从《民报》看战后初期的政社会 [J]. 台湾史料，（8）。

[133] 李筱峯，林芳微，1998. 回忆录与自云中的二二·八史料 [J]. 台湾史料，（11）。

[134] 梁华璜，1984. 台湾总督府在福建省的教育设施——东瀛学堂与旭瀛书院 [J]. 成大历史学报，（11）。

[135] 廖封德，1994. 学潮与战后中国政治（1945 ～ 1949）[M]. 台北：东大图书发行。

[136] 林梵（林瑞明），1984. 让他们出土 [J]. 文学界，（10）。

[137] 林瑞明，1993. 台湾文学与时代精神赖和研究论集 [M]. 台北：允晨文化。

[138] 林瑞明，1996. 台湾文学的历史考察 [M]. 台北：允晨文化。

[139] 林瑞明，2000. 鲁迅与赖和 [M].// 中岛利郎主编，台湾新文学与鲁迅 . 台北：前卫出版社。

[140] 林瑞明主编，2000. 赖和全集 [M]. 台北：前卫出版社。

[141] 林书扬，1992. 从二·二八到五〇年代白色恐怖 . 台北：时报出版社。

[142] 林曙光，1994. 感念奇缘吊歌雷 [J]. 文学台湾，（11）。

[143] 林忠，1985. 台湾光复前后史料概述 [M]. 增订版 . 台北：皇极出版社。

[144] 刘进庆，1995. 台湾战后经济分析 [M]. 王宏仁等译 .1 版 3 刷 . 台北：人间出版社。

[145] 刘进庆，2003. 序论台湾近代化问题——晚清洋务近代化与日据殖民近代化之评比 [C]// “台湾殖民地史学术研讨会”会议论文 . 夏潮联合会，台湾大学东亚文明研究中心主办，2003 年 3 月 29—30 日。

[147] 刘进庆，涂照彦，隅谷喜三男，1993. 台湾之经济——典型 NIES 之成就与问题 [M]. 雷慧英等译 . 台北：人间出版社。

[148] 刘士永，1996. 光复初期台湾经济政策的检讨 [M]. 台北：稻乡出版社。

[149] 刘献彪，林治广编，1981. 鲁迅与中日文化交流 [M]. 长沙：湖南人民出版社。

[150] 刘孝春，1997.“桥”论争及其意义 [J]. 世界新闻传播学院人文学报，(7)。

[151] 刘孝春，2003. 试论〈亚细亚的孤儿〉[C]// “台湾殖民地史学术研讨会”会议论文 . 夏潮联合会，台湾大学东亚文明研究中心主办，2003 年 3 月 29—30 日。

[152] 柳尚彭，1995.《鲁迅和尾崎秀实》[J]. 上海鲁迅研究，(7)。

[153] 柳书琴，2002. 跨时代跨语作家的战后初体验——龙瑛宗的现代性焦虑 (1945—1947) [C]// “战后台湾文学学术研讨会”会议论文 . 台中修平技术学院主办，2002 年 10 月 19 日。

[154] 柳书琴，2001. 荆棘的道路旅日青年的文学活动与文化抗争 [D]. 台湾清华大学中文系。

[155] 龙瑛宗，1987. 崎岖的文学路——抗战文坛的回顾 [J]. 文讯，(7)。

[156] 龙瑛宗，1987. 崎岖的文学路——抗战文坛的回顾 [J]. 文讯，(8)。

[157] 龙瑛宗，1991. 杨逵与〈台湾新文学〉——一个老作家的回忆 [J]. 文学台湾，(创刊号)。

[158] 罗秀芝，1999. 台湾美术评论集王白渊 [M]. 台北：艺术家出版社。

[159] 吕芳上，1973. 台湾革命同盟会与台湾光复运动 (一九四〇～一九四五) . 收入“中华民国研究中心”编，中国现代史专题研究报告：第三辑 [M]. 台北：“中华民国史料研究中心”。

[160] 吕芳上，1985. 抗战时期在大陆的台湾抗日团体及其活动 [J]. 近代中国双月刊，(49)。

[161] 吕正惠，2001. 陈芳明"再殖民论"质疑 [J]. 联合文学，(206)。

[162] 吕正惠，2014. 被殖民者的创伤及其救赎——台湾作家龙瑛宗后半生的历程 [J]. 澳门理工学报（人文社会科学版），(1)。

[163] 毛文昌，1997.《创作》的点点滴滴 [J]. 台湾史料研究，(9)。

[164] 毛泽东，1991. 毛泽东选集：第二卷 [M].2 版 3 刷 . 北京：人民出版社。

[165] 毛泽东，1996. 毛泽东文集（第 5 卷）[M]. 北京：人民出版社。

[166] 倪莫炎，陈九英编，2003. 许寿裳文集：上下卷 [M]. 上海：百家出版社。

[167] 欧坦生，2000. 鹅仔 [M]. 台北：人间出版社。

[168] 潘志奇，1980. 光复初期台湾通货膨胀之分析 [M]. 台北：联经出版事业股份有限公司。

[169] 彭明敏，1988. 自由的滋味——彭明敏回忆录 [M]. 台北：前卫出版社。

[170] 彭瑞金，1984. 记一九四八年前后的一场台湾文学论战 [J]. 文学界，(10)。

[171] 彭瑞金，1991. 台湾新文学运动四十年 [M]. 台北：自立晚报社文化出版部。

[172] 彭瑞金，1997."桥"副刊始末 [J]. 台湾史料研究，(9)。

[173] 彭小妍主编，2001. 杨逵全集（一）～（十四）[M]. 台南：台南文化资产保存研究中心筹备处。

[174] 钱理群，1998. 1948：天地玄黄 [M]. 济南：山东教育出版社。

[175] 钱理群等，2001. 中国现代文学三十年（修订本）[M].1 版 8 刷 . 北京：北京大学出版社。

[176] 秦贤次，1997a.〈新知识〉月刊导言 [J]. 台湾史料研究，(10)(又见《新知识》覆刻本导言)。

[177] 秦贤次，1997b.〈文化交流〉第 1 辑导言 [J]. 台湾史料研究，(10)(又见《文化交流》覆刻本导言)。

[178] 秦孝仪主编，1981. 中华民国重要史料初编——对日抗战时期：第四册 [M]. 台北："中国国民党中央委员会党史委员会"。

[179] 秦孝仪主编，1983. 中华民国经济发展史：第三册 [M]. 台北：近代中国出版社。

[180] 丘念台，2002. 岭海微飙 [M]. 台北：海峡学术出版社。

[181] 全国政协等编，1987. 陈仪生平及被害内幕 [M]. 北京：中国文史出版社。

[182] 若林正丈，1987. 台湾抗日运动中的"中国坐标"与"台湾坐标"[J]. 当代，(17)。

[183] 若林正丈，2000. 台湾——分裂国家与民主化 [M].1 版 6 刷 . 台北：月旦出版社。

[184] 若林正丈，2003a. 寻找遥远的连带——中国国民革命与台湾青年（上）[J]. 陈怡宏，译注 . 台湾风物，53（2）。

[185] 若林正丈，2003b. 寻找遥远的连带——中国国民革命与台湾青年（下）[J]. 陈怡宏，译注 . 台湾风物，53（3）。

[186] 上海社会科学院文学研究所编，1998. 三十年代在上海的"左联"作家 [M]. 上海：上海社会科研究院出版社。

[187] 邵毓麟，1967. 胜利前后 [M]. 台北：传记文学出版社。

[188] 沈云龙，1989. 陈仪其人与二·二八事件 [J]. 传记文学，54（2）。

[189] 施敏辉编，1995. 台湾意识论战选集——台湾结与中国结的总决算 [M].1 版 2 刷 . 台北：前卫出版社。

[190] 施淑，2000. 台湾社会主义文艺理论的再出发——新生报"桥"副刊的文艺论争（1947 ～ 1949）[J]. 世界华文文学论坛，(33)。

[191] 施淑，2001. 龙瑛宗文学思想初论 [C]// 台静农先生百岁冥诞论文集 . 台北：台湾大学中文系。

[192] 水秉合，1987. 民族主义与中国政治发展 [J]. 当代，(17)。

[193] 司马文森编，1950. 作家印象记 [M]. 再版 . 香港：智源出版社。

[194] 苏新，1993a. 愤怒的台湾 [M]. 台北：时报出版社 .（苏新以庄嘉农笔名，

于 1949/03 在香港：智源出版社发行初版）。

[195] 苏新，1993b. 未归的台共斗魂——苏新自传与文集 [M]. 台北：时报出版社。

[196] 孙万国，1998. 半山与二·二八初探 [C]// 二·二八事件研究论文集 .1 版 2 刷 . 台北："吴三连台湾史料基金会"。

[197] 台湾省行政长官公署宣传委员会编，1946. 台湾一年以来之宣传 [M]. 编者印。

[198] 台湾省文献会主编 .1952. 台湾省通志卷十"光复志"[M]. 南投：台湾省文献委员会。

[199] 台湾省文献会主编 .1970. 台湾省通志卷首下"大事记"[M]. 南投：台湾省文献委员会。

[200] 汤熙勇，1991. 台湾光复初期的公教人员任用方法留用台籍、罗致外省籍及征用日人（1945.10 ～ 1947.5）[J]. 人文及社会科学集刊，4（1）。

[201] 涂照彦，1999. 日本帝国主义下的台湾 [M].3 刷 . 台北：人间出版社。

[202] 王诗琅，1995. 台湾社会运动史——文化运动 [M]. 台北：稻乡出版社。

[203] 王晓波编，2002. 二·二八真相 [M]. 台北：海峡学术出版社（重新出版 1985 年"夏潮论坛"为避免查缉未署名出版、编者，补入江鹏坚《为平反"二·二八事件"再质询》1986/03/01）。

[204] 翁嘉禧，1998. 台湾光复初期的经济转型与政策（1945 ～ 1947）[M]. 高雄：复文图书公司。

[205] 吴纯嘉，1999. 人民导报研究（1946-1947）——兼论其反映出的战后初期台湾政治、经济与社会文化变迁 [D]. 台湾中央大学历史所。

[206] 吴克泰，2002. 吴克泰回忆录 [M]. 台北：人间出版社。

[207] 吴新荣，1997. 吴新荣选集 3·震瀛回忆录 [M]. 台南：台南县立文化中心。

[208] 吴浊流，1977. 亚细亚的孤儿 [M]. 台北：远行出版社。

[209] 吴浊流，1988. 台湾连翘 [M]. 台北：前卫出版社。

[210] 吴浊流，1990. 无花果 [M].1 版 4 刷 . 台北：前卫出版社。

[211] 吴原编，1976. 民族文艺论文集 [C]. 台北：帕米尔书店。

[212] 下村作次郎，1998. 从文学读台湾 [M]. 邱振瑞译 .1 版 2 刷 . 台北：前卫出版社。

[213] 萧阿勤，1999.1980 年代以来台湾文化民族主义的发展：以“台湾（民族）文学”为主的分析 [J]. 台湾社会学研究，（3）。

[214] 萧阿勤，2000. 民族主义与台湾一九七〇年代的“乡土文学”：一个文化（集体）记忆变迁的探讨 [J]. 台湾史研究，6（2）。

[215] 萧友山，徐琼二，2002. 台湾光复前后的回顾与现状 [M]. 陈景平译 . 台北：海峡学术出版社（重新出版 1946 年书籍萧友山《台湾解放运动的回顾》与徐琼二《谈谈台湾的现状》）。

[216] 萧翔文，1995. 杨逵先生与力行报副刊 [C]// 台湾诗史“银铃会”论文集 . 彰化：矿溪文化学会出版。

[217] 夏金英，1995. 台湾光复后之国语运动 1945 ～ 1987 [D]. 台湾师范大学历史所。

[218] 谢汉儒，2002. 早期台湾民主运动与雷震纪事——为历史见证 [M]. 台北：桂冠出版社。

[219] 谢南光，1999. 谢南光著作选 [M]. 郭平坦校订 . 台北：海峡学术出版。

[220] 谢泳，2004. 打捞历史解读一份文件——以《中央宣传部关于胡风及胡风集团骨干分子的著作和翻译书籍的处理办法的通知》为例 [J]. 南方文坛，（98）。

[221] 徐静波，2012. 尾崎秀实与上海 . 外国问题研究，（2）。

[222] 徐秀慧，1997. 阴郁的灵视者龙瑛宗——从龙瑛宗小说的艺术表现看其在台湾文学史上的历史意义 [J]. 台湾新文学，（7）。

[223] 徐秀慧，2013. 无产阶级文学的理论旅行（1925—1937）——以日本、中国大陆与台湾“文艺大众化”的论述为例 [J]. 现代中文学刊，2013（2）。

[224] 许介鳞，1998. 战后台湾史记·卷一 [M].3 版 1 刷 . 台北：文英堂出版社。

[225] 许诗萱，1999. 战后初期（1945/8 ～ 1949/12）台湾文学的重建——以

〈台湾新生报〉“桥”副刊为主要探讨对象 [D]. 台湾中兴大学中文系。

[226] 许维育，1998. 战后龙瑛宗及其文学研究 [D]. 台湾清华大学中文系。

[227] 薛化元主编，1996. 台湾历史年表终战篇 I（1945 ~ 1965）[M]. 台北：业强出版社。

[228] 薛月顺编，1993. 资源委员会档案史料汇编——光复初期台湾经济建设（上、下册）[M]. 台北：“国史馆”印行。

[229] 痖弦主编，1980. 永不熄灭的爝火——光复前台湾文学中的民族意识与抗日精神 [J]. 联合报“联副”，1980.7.7—7.8。

[230] 亚夫，1943. 漫谈台湾文化 [J]，上海《申报月刊》(复刊号)，1943.1.16。

[231] 塩见俊二，2001. 秘录·终战前后的台湾 [M]. 台北：文英堂出版社。

[232] 杨聪荣，1992. 文化建构与国民认同战后台湾的中国化 [D]. 台湾清华大学社会人类所。

[233] 杨锦麟，1993. 李万居评传 [M]. 台北：人间出版社。

[234] 杨肇嘉，1980. 杨肇嘉回忆录 [M].4 版 . 台北：三民书局。

[235] 姚辛编，1994. 左联辞典 [M]. 北京：光明日报社。

[236] 叶明勋，1988. 后世忠邪自有评 [J]. 传记文学，52（5）。

[237] 叶荣钟，1987. 台湾民族运动史 [M].5 版 . 台北：自立晚报出版社。

[238] 叶荣钟，2000. 台湾人物群像 [M]. 改版 . 台中：晨星出版社。

[239] 叶荣钟，2002. 叶荣钟早年文集 [M]. 台中：晨星出版社。

[240] 叶石涛，1977. 台湾乡土文学史导论 [J]. 夏潮，(14)。

[241] 叶石涛，1984. 流泪撒种的，必欢呼收割——光复初期的日语文学 [J]. 文学界，(9)。

[242] 叶石涛，1987. 台湾文学史纲 [M]. 高雄：文学界杂志社。

[243] 叶石涛，1991. 一个台湾老朽作家的五○年代 [M]. 台北：前卫出版社。

[244] 叶芸芸，1989. 试论战后初期的台湾智识份子及其文学活动 [C]// 先人之血、土地之花——台湾文学研究论文精选集 . 台北：前卫出版社。

[245] 叶芸芸编，1993. 证言二·二八 [M]. 新校增订 2 版 . 台北：人间出版社。

[246] 游胜冠，1996. 台湾文学本土论的兴起与发展 [M]. 台北：前卫出版社。

[247] 渔父，1987. 马克思主义与民族主义 [J]. 当代，(17)。

[248] 袁小伦，1999. 战后初期中共与香港进步文化 [M]. 广州：广东教育出版社。

[249] 张光直，1998. 番薯人的故事 [M]. 台北：联经出版事业公司。

[250] 张季琳，2003. 杨逵和入田春彦——台湾作家和总督府日本警察 [J]. 中国文哲研究集刊，(22)。

[251] 张炎宪，1992. 战后初期台独主张产生的探讨——以廖家兄弟为例：二·二八学术研讨会论文集（1991）[C].1 版 2 刷 . 台北："台美文化基金会"发行。

[252] 张炎宪，陈美容，杨雅惠编，1998. 二·二八事件研究论文集 [C].1 版 2 刷 . 台北："吴三连台湾史料基金会"。

[253] 张炎宪，李筱峯编，二二八事件回忆集 [M]. 板桥：稻香出版社，1993 年。

[254] 张炎宪，李筱峰，庄永明编，1990. 台湾近代史名人志：第五册 [M]. 台北：自立晚报出版部。

[255] 张俐璇，2018. 从问题到研究：中国"三十年代文艺"在台湾（1966-1987）[J]. 成大中文学报，(63)。

[256] 张良泽编，1981. 吴新荣全集 [M]. 台北：远景出版社。

[257] 张瑞成编，1990a. 台籍志士在祖国的复台努力秦孝仪主编 . 收入秦孝仪主编，中国现代史史料丛编第二集 [M]. 台北：国民党党史会。

[258] 张瑞成编，1990b. 抗战时期收复台湾之重要言论 . 收入秦孝仪主编，中国现代史史料丛编第三集 [M]. 台北：国民党党史会。

[259] 张瑞成编，1990c. 光复台湾之筹划与受降接收 . 收入秦孝仪主编，中国现代史史料丛编第四集 [M]. 台北：国民党党史会。

[260] 张诵圣，2001. 文化场域的变迁 [M]. 台北：联合文学出版社。

[261] 张煦本，1978. 工作在浙西及台湾：扫荡二十年——扫荡报的历史纪录 [M]. 台北："中华文化基金会"。

[262] 张禹（王思翔），1955. 我们的台湾 [M]. 上海：新知识出版社。

[263] 张禹（王思翔），2003. 从心随笔 [M]. 北京：中国致公出版社。

[264] 章子惠，1947. 台湾时人志 [M]. 台北：国光出版社。

[265] 郑树森，黄继持，卢玮銮编，1999a. 国共内战时期香港本地与南来文人作品选（上下册）[M]. 香港：天地图书公司。

[266] 郑树森，黄继持，卢玮銮编，1999b. 国共内战时期香港文学资料选 [M]. 香港：天地图书公司。

[267] 郑梓，1985. 本土菁英与议会政治——台湾省参议会史研究（1946-1951）[M]. 作者发行。

[268] 郑梓，1994. 战后台湾的接收与重建——台湾现代史研究论集 [C]. 台北：新化图书公司。

[269] 郑梓，1998. 二·二八悲剧之序曲——战后报告文学中的台湾“光复记”[C]// 二·二八事件研究论文集 .1 版 2 刷 . 台北：“吴三连台湾史料基金会”（首次发表于 1997/05《台湾史料研究》第 9 号）。

[270] 中岛利郎编，2000. 日治时期的台湾新文学与鲁迅 . 邱振瑞，译 . 收入中岛利郎主编，台湾新文学与鲁迅 [M]. 台北：前卫出版社。

[271] 中共福建省委文件史资料征集编辑委员会研究室编，1985. 福建抗日救亡运动 [M]. 福州：福建人民出版社。

[272] 钟铁民编，1997. 钟理和全集 1 ～ 6 [M]. 高雄：“财团法人钟理和文教基金会”。

[273] 钟逸人，1993. 辛酸六十年 [M]. 台北：前卫出版社。

[274] 周梦江，王思翔著，叶芸芸编 1995. 台湾旧事 [M]. 台北：时报出版社。

[275] 朱家慧，2001. 两个太阳下的台湾作家——龙瑛宗与吕赫若研究 [D]. 台南：台南市立艺术中心出版。

[276] 朱双一，2001. 略论光复初期台中〈和平日报〉副刊——兼及〈新知识〉月刊和〈文化交流〉辑刊 . 收入人间思想与创作丛刊：那些年我们在台湾……[M]. 台北：人间出版社。

[277] 朱双一，2004. 寻找梦周——一位在光复初期台湾文坛留下深深足迹的作家 [C].// 人间思想与创作丛刊：爪痕与文学 . 台北：人间出版社。

[278] 朱宜琪，2003. 战后初期台湾知识青年文艺活动研究——以省立师院及台大为范围 [D]. 台南成功大学台湾文学所硕士论文。

[279] 庄惠惇，1998. 文化霸权、抗争论述——战后初期台湾的杂志分析 [D]. 台湾中央大学历史研究所。

[280] 庄惠惇，1999. 战后初期台湾的杂志文化（1945/8/15 ～ 1947/2/28）[J]. 台湾风物，49（1）。

[281] 资中筠，2000. 追根与溯源（1945 ～ 1950）——战后美国对华政策的缘起与发展 [M]. 上海：上海人民出版社。

[282] 何义麟，1998. 台灣人の政治社會と二・二八事件——脱植民化と國民統合の葛藤 [D]. 东京大学大学院总和文化研究所。

[283] 黄英哲，1999. 台灣文化再構築 1945 ～ 1947 の光と影　魯迅思想受容の行方 [M] 爱知大学国研丛书第三期第一册 . 东京：创土社。

[284] 間ふさ子，2003.40 年代後期の台灣演劇——語言問題を手がかりとして [D]. 九州大学大学院。

[285] 王惠珍，2002. 日本統治期台灣人作家龍瑛宗研究——『改造』懸賞創作の入選及び、受賞之旅 [D]. 日本：日本关西大学文学研究科。

[286]Antonio Gramsci（葛兰西），1979. *Selection From the Prison Notebook*. New York: International Publishers.

[287]Pierre Bourdieu（布尔迪厄）, 1993. *The Field of Cultural Production*. Polity press.

后记

本书是我在台湾清华大学完成的博士论文基础上修订而成的，很高兴这本书能有机会在大陆出版。在我攻读博士学位的阶段，两岸学术界的交流已经很频繁，因此我在写作时的预期读者，就不仅限于台湾学界和读者，虽然我主要是基于史料和学理与当时已经很盛行的“台独论述”展开辩驳。但我更希望能让大陆学界和读者了解台湾光复初期“回归中国”时遭遇的困境，并期望这段历史与文献的梳理能发挥鉴往知来的作用。

本书之所以加上“回归中国”的主标题，是根据国际公法的协定，日本天皇1945年8月15日宣布无条件投降，接受同盟国的《波茨坦公告》与《开罗宣言》，台湾就已经回归中国了。在世界冷战构成的局势下，国、共两党因两条政治路线、体制的斗争爆发了内战，所以台湾回归的是“内战中的中国”。1949年国民党因内战失败而退台，1950年朝鲜战争爆发，美军第七舰队驻防台湾海峡，国民党当局的官僚体制因此获得重整的机会，在台湾实行了长达38年的“戒严令”，埋下了台湾民众长期对国民党当局的不满。中共因为抗美援朝战争的胜利，成功遏阻了美国帝国主义想要取代战前日本在中国东北势力的野心，维护了东北的领土，却因而错失了“解放台湾”的时机。冷战与内战形成的两岸“分断”，导致台湾问题至今仍是东亚区域和平发展的关键性因素。研究这段历史的因果关系与发展，才让我走出仅仅从台湾内部思考台湾前途的偏狭意识。

感谢人生一连串的机遇，让我能与致力于让台湾回归中国的前行者相遇，这些现实上的前行者指引我能够正确地认识关于回归中国的思想遗产，才让我克服了乙未割台以来因为“孤儿的历史”导致“历史的孤儿”的盲点。

首先要特别感谢我的两位导师：施淑老師与吕正惠老師。施老师从我本科生开始从文艺作品与理论知识开启了我的“左眼”，引发我对两岸左翼文学与社会运动史的关注。读博以后，吕老师则让我摆脱了当时已成为台湾学术主流的“台独论述”的限制，立足于历史脉络与历史发展的道路，复归于中国人的立场思考台湾的前途，解决了困扰我已久的认同问题，确立了从事学术研究必不可少的世界观、人生观与价值观。

其次，要感谢陈映真先生与曾健民医师。在我读博期间，陈映真先生与曾健民医师合作的“人间思想创作丛刊”针对光复初期的史料与研究，陆续出版了《1947—1949台湾文学问题议论集》《噤哑的论争》《复现的星图》以及《那些年，我们在台湾……》等，使我得以很快地掌握这段复杂的历史脉络。又承蒙曾健民医师提供长期搜集的光复初期文献史料，使我得以按图索骥在台湾各地图书馆补齐相关的文献，奠基在这些文献基础上我才能贴近这段复杂的历史，提出光复初期两岸文化人致力于以人民为主体的新民主运动的论证。

另外，也是透过陈映真先生与曾健民医师的组织，2000年8月16日至18日在苏州大学红楼国际会议中心，召开了“台湾新文学思潮(1947—1949)研讨会”。会议上发表文章的大陆学者有刘登翰、古继堂、赵遐秋、黎湘萍、周良沛等学者，从台湾与会的有陈映真、施淑、吕正惠、李瑞腾、曾健民、施善继、蓝博洲等前辈，以及被提携的博士生陈建忠学长和我。日本学者则有山田敬三先生带领博士生丸川哲史、上村优美与会并发表文章，横地刚先生虽然无法亲临但提交了关于黄荣灿的论文，由吕正惠老师代为宣读。还有远从纽约长岛赴会的叶芸芸，更重要的是大会找来了当年参与1947年《台湾新生报·桥》副刊的论争者，计有：田野、方生、孙达人、朱实、谢旭、萧荻、王业伟、周青等诸位先生，以历史的见证者在会上发言回顾这场论争的意义。

2002年陈映真先生主持的人间出版社翻译出版了横地刚先生的《南天之虹——把二二八事件刻在版画上的人》，透过考察黄荣灿从抗战时期到光复初期在两岸的文化活动，重现了二战前后复杂的政局与各种影响台湾文化发展的历史作用力。这本以木刻画家黄荣灿曾经主编的《人民导报·南虹》副刊命名的专书，既是黄荣灿的思想评传，又是光复初期两岸文化交流史的研究，再现了与黄荣灿一样致力于两岸文化交流，共同为人民的民主请命的两岸进步文化人的思想面貌。

现在回想起来，当年陈映真先生与曾健民医师即煞费苦心地要揭开光复初期两岸文化交流的“历史迷雾”，让那段长期被埋没的历史可以拨云见日。因此我才能在2000年的会议以及横地刚先生的专书《南天之虹》的基础上，达成吕正惠老师交付给我研究光复初期台湾文化思潮的任务。写作过程中还经常受益于曾健民、横地刚与叶芸芸等前辈透过见面长谈或是书信往返为我解惑、加油打气。也因此让我得以突破狭隘的“台湾意识”，重新认识台湾问题就是近代中国遭受帝国主义侵略历史的一环。光复初期两岸文化交流与社会主义思潮复苏的研究，也引发了我往上追溯20世纪30年代两岸左翼文学的研究，使我重新思考近代中国的文化思潮，特别是关于文艺大众化的实践与民族革命发展的关系。

博士论文完成后，我才深刻体悟到吕正惠老师给我这个选题的意义。除了梳理台湾光复初期文化思想的急迫性，更重要的是这个题目让我得以克服对台湾历史认识不足的局限。从光复初期这个联结两岸现代与当代的历史转折期，让想要继续研究两岸左翼文学的我必不可缺乏的史观得以建立。附录里有篇我曾任教的彰化师大的大陆交换生姚婷2014年对我的采访稿，主要谈的也是我的史观确立的过程，希望能有助于读者更了解台湾问题的根源。

自从2014年以“反服贸”为名的“三一八学运”后，民进党当局“去中国化”的行径愈演愈烈，其中最令人无法接受的就是“历史课纲”将“中国史纳入东亚史”。考虑到下一代的教育，我开始积极在大陆寻求教职。在此由衷感谢福建师大文学院孙绍振、汪文顶、郑家建、李小荣等前辈与领导的支持与提携，让我得以举家在福州安家立业。

这本书能够在大陆出版，还要特别感谢福建社科院刘小新副院长的引荐，并得到九州出版社王守兵副社长的支持。同时感谢福建师大几位研究生陈诗婕、万齐岭、余晓钊、刘童欣帮忙修改格式与校稿。感谢家人总是给我无限的支持，让我得以无后顾之忧继续践行前行者的道路。

2021.6.30

于福州